Ursula Poznanski · Cryptos

Bisher von Ursula Poznanski im Jugendbuchprogramm des Loewe Verlags erschienen:

Erebos

Saeculum

Die Verratenen
Die Verschworenen
Die Vernichteten

Layers

Elanus

Aquila

Thalamus

Erebos 2

Cryptos

Shelter

Oracle

Eleria
Die Verratenen
Die Verschworenen
Die Vernichteten

Ursula Poznanski

CRYPTOS

Thriller

Loewe

ISBN 978-3-7432-1673-0
1. Auflage als Loewe-Taschenbuch 2024

Dieses Werk wurde vermittelt durch die
AVA International GmbH Autoren- und Verlagsagentur, München.
www.ava-international.de
Redaktion: Susanne Bertels
Umschlagbilder: © Mywalkmindway shutterstock.com; ©Susanitah shutterstock.com
Umschlaggestaltung: Michael Ludwig Dietrich
Printed in the EU
www.ursula-poznanski.de
www.loewe-verlag.de

1

Heute lasse ich in Kerrybrook die Sonne scheinen. Das ist angemessen nach drei Tagen mit wolkenverhangenem Himmel und Nieselregen. Es ist acht Uhr morgens, und die ersten Bewohner sind bereits vor Ort. Vierzehn Prozent, zeigt der Zähler an. Achtzehn. Siebenundzwanzig.

Kerrybrook ist die kleinste meiner Welten und die, die am wenigsten Arbeit, dafür aber den meisten Spaß macht. Ich habe sie nach dem Vorbild irischer Dörfer modelliert: hügelig, mit viel Grün, geduckten Häuschen und einer Burgruine, die über der Landschaft thront. Es gibt Schafe, gemütliche Pubs und jede Woche einen Markt auf dem Hauptplatz. Unendlich friedlich, all das. Manchmal ein bisschen eintönig vielleicht, aber das ist dann meine Schuld. Am liebsten würde ich selbst dort leben; das Schlimmste, was sich in den letzten vier Wochen getan hat, war eine Schlägerei im *Goldenen Horn*.

Zweiunddreißig Prozent. Ich gleite im Ansichtsmodus die Küste entlang. Die Sonne steht über dem Meer, lässt das Wasser funkeln. Ein paar Möwen kreisen um den Turm der Burg, eine von ihnen trägt einen Fisch im Schnabel. Am Fuß des Hügels spaziert eine Frau mit einem Korb über dem Arm, den Blick aufmerksam auf den Wegrand gerichtet. Sie sucht Goldschwämmchen, schätze ich. Ich habe die Pilze vor etwa zwei Monaten eingeführt, und sie sind ein voller Erfolg. Wer vierzig davon sammelt, kann sich einen Pass für eine von drei Welten aussuchen. Die Jagd nach den kleinen, golden schimmernden

Hütchen hält meine Bewohner ziemlich auf Trab. So schön Kerrybrook auch ist, niemand hat etwas gegen eine Reise einzuwenden.

Acht Uhr dreißig, und neunundfünfzig Prozent der Bewohner sind anwesend. Ein Blick auf die Statistik: nur drei Transfers in andere Welten. Das ist ein ausgezeichneter Wert. Wer einmal hier ist, fühlt sich so wohl, dass er bleibt.

Auf Transfers muss ich nicht reagieren, nur auf Ausfälle, also wenn jemand, der zuletzt in meiner Welt war, überhaupt nicht mehr auftaucht. Weder hier noch anderswo im System. Meistens bedeutet das, die Person ist schwer krank oder tot. Bei einem Ausfall muss ich den jeweiligen Personalcode heraussuchen und Meldung machen, damit jemand beim entsprechenden Wohndepot vorbeisieht.

Acht Uhr fünfunddreißig, und in Kerrybrook weht kühler Wind vom Meer her. Ich seufze und wische mir den Schweiß von der Stirn. Hier bei uns ist es jetzt schon heiß, und das wird über den Tag hin noch schlimmer werden. Die Kühlung schaltet sich nie vor elf Uhr ein, und auch dann ist sie nur ein schlechter Scherz. Aber die vorhandene Energie wird für andere Dinge gebraucht.

Ich beginne den Funktionscheck für die nächste meiner Welten, Macandor. Bereits vierundachtzig Prozent der Bewohner anwesend. Ruhiger Schlaf ist dort schwieriger geworden, denn ich habe vor drei Tagen eine Horde von Feuerdämonen losgelassen. War nicht nett von mir, aber Macandor ist im Moment rettungslos überlaufen. Die Dämonen sollen ein wenig Platz schaffen; wer von ihnen gegrillt wird, der muss erst mal anderswo hingehen, je nachdem, welche Pässe er zur Verfügung hat. Der für Macandor ist dann futsch. Ich überprüfe die Statistik der letzten acht Stunden. Sieben Prozent sind den Dämonen zum Opfer gefallen, ich hatte auf acht abgezielt, aber was nicht ist, kann ja noch …

»Hey, Jana!« Jemand tippt mir auf die Schulter, es ist Matisse, der mit einiger Verspätung in unserem gemeinsamen Workspace eintrifft. Er hält einen großen Becher in der Hand, auf dessen Außenseite sich Kondenswasser gebildet hat. Ich greife danach, das Gefäß ist verführerisch kalt.

»Danke dir!« Eistee mit Zitronenaroma. Ich trinke einen großen Schluck und schiele auf Matisse' Trinkbecher. »Oh nein! Ehrlich? Synthetische Schokolade?«

Er blinzelt glücklich. »Ja. Eisgekühlt.«

Mich schaudert. »Da würde ich ja lieber in Milch pürierten Fisch trinken als dieses widerliche Gebräu. Sieht aus wie Dünnpfiff.«

»Jajaja, ich weiß. Du kannst das noch hundertmal sagen, mir schmeckt es trotzdem.« Er setzt sich vor den halbkreisförmigen Schild seiner drei Monitore, jeder davon fast zwei Meter hoch. »Wie läuft's mit den Dämonen?«

»Gut eigentlich. Die Bevölkerung ist geschrumpft, aber es ist immer noch eine ziemliche Drängelei. Ich überlege schon, ob ich nicht ein paar Landstriche dazumodellieren soll. Einen großen Sumpf oder noch ein unterirdisches Höhlensystem. Oder eine Wüste, was meinst du?«

Matisse rümpft die Nase und schüttelt den Kopf. Seit drei Wochen ist sein dunkles Haar zu Cornrows geflochten; bei jeder Bewegung klirren am Ende der Zöpfchen bunte Perlen. »Als ob wir nicht schon Wüste genug hätten.«

Das Argument ist nicht von der Hand zu weisen. Ausgedehnte Wüsten auf allen Kontinenten, und sie erobern sich immer noch neuen Raum, auch wenn die Baumbepflanzungen an den Rändern langsam Wirkung zeigen. Aber eben nur langsam. Wer Wüste will, muss in keiner der virtuellen Welten leben; schwitzen kann man auch ganz ohne Realitätsbereinigung.

Ein kleiner Trupp meiner Dämonen macht sich auf den Weg in Richtung Zaina. Die Stadt wird hauptsächlich von Elfen bewohnt, sie wurde erst vor drei Monaten gegründet, die Befestigungsanlagen sind noch schwach. Mit etwas Glück machen sie bis heute Mittag ein bisschen Feuer innerhalb der Mauern, und die acht Prozent Einwohnerreduktion sind geschafft.

»Du bist ganz schön gnadenlos zu deinen Leuten«, sagt Matisse grinsend.

»Es muss doch interessant bleiben.« Die ersten Elfen verlassen fliegend die Stadt, aber ich habe praktischerweise auch geflügelte Dämonen auf Lager. »Hey, wir gehören zu den Jungstars hier. Unsere Welten sollten aus der Masse herausstechen, findest du nicht?«

Nachdenklich nippt Matisse an seiner Schokolade und rollt mit seinem Arbeitsstuhl näher heran. »Ich fühle mich überhaupt nicht wie ein Jungstar, eher wie ein Fehlschlag. Ich kapiere nach wie vor nicht, warum manche Welten so gut funktionieren und andere nicht. Bei Venedig dachte ich, es wird der absolute Renner, aber es hat kaum Transfers gegeben.«

Ich kann ihm das Bedauern darüber immer noch ansehen, Venedig war eines seiner Lieblingsprojekte. »Vielleicht«, sage ich, »weil es schon so lange versunken ist. Es lebt doch keiner mehr, der es wirklich gesehen hat, also hat niemand Sehnsucht danach.«

Er zuckt mit den Schultern. »Glaube ich nicht. Die Fidschi-Inseln sind mein größter Hit, und die sind noch länger weg.«

Da ist was dran. Rick, unser Kollege mit dem zweifelhaften Humor, nennt sie deshalb auch gern Futschi-Inseln. Doch eigentlich war die Phase, in der Designer hauptsächlich die gute alte Zeit virtuell wieder zum Leben erweckt haben, schon längst vorbei, als ich hier angefangen habe. Zu Beginn war das wichtig – den Leuten blieb ihre vertraute Umgebung erhalten, und kaum einer wollte sie gegen die Schrecken der echten Welt eintauschen. Jetzt gibt es so gut wie niemanden mehr, der sich daran erinnern kann, wie es früher war, und …

»Seltsam«, unterbricht Matisse meine Gedanken. »Kann es sein, dass mit dem Zähler in Kerrybrook etwas nicht stimmt?«

Ich lasse die Dämonen Dämonen sein und wende meine Aufmerksamkeit den grünen Hügeln und der Burgruine am Meer zu. In dem Ausschnitt, den ich sehe, wirkt alles so harmonisch wie immer. Ein Paar spaziert Händchen haltend über eine Wiese, ein Hirte treibt Schafe vor sich her. Ich werfe einen schnellen Blick auf die Statistik. Sechsundneunzig Prozent Anwesenheit, fünfundzwanzig Neuzugänge – aber drei Ausfälle in den letzten zehn Minuten.

Das ist alarmierend. Drei Ausfälle in so kurzer Zeit? Dafür muss es Gründe geben – entweder ein Wohndepot hat einen Stromausfall, oder es gibt Schwierigkeiten innerhalb der Welt. Ich öffne meinen Infoassistenten.

»Hallo, Jana«, schallt mir eine fröhliche Stimme entgegen. »Was kann ich für dich tun?«

»Ich müsste wissen, ob es vor Kurzem zu Zwischenfällen in Wohndepots gekommen ist. Stromschwankungen irgendwo? Stürme, beschädigte Leitungen?«

»Nein«, gibt der automatische Assistent unmittelbar zurück. »Keine Störungsmeldungen an Depots in den letzten achtzehn Stunden.«

Ich nicke, mein Blick hängt am linken der drei Monitore, dem mit der Statistik. Sechs Ausfälle mittlerweile, keine Erklärung. Ich rufe die Servicedaten für Kerrybrook auf, doch die erscheinen nicht, stattdessen erhalte ich eine Meldung. Fünf mickrige Worte. *Es ist ein Fehler aufgetreten.*

Ein Fehler? Ich drehe mich zu Matisse um. »Läuft bei dir alles rund?«

»Na sicher«, sagt er und zieht eine Augenbraue hoch. »Würde ich sonst so ruhig hier sitzen?«

Ich werfe ihm freundschaftlich meinen Stressball an den Kopf und versuche es noch einmal. *Es ist ein Fehler aufgetreten.* Mit tiefem Seufzen lehne ich mich in meinem Stuhl zurück. So etwas passiert mir zum ersten Mal.

»Welcher Fehler ist aufgetreten?«, frage ich den Infoassistenten. »Gibt es eine Fehlernummer?«

»Dazu liegen mir keine Informationen vor«, erklärt das Programm gut gelaunt.

Ich knalle den Becher mit dem Eistee auf den Tisch. Wie soll ich herausfinden, was los ist, wenn das System mir die Daten verweigert? »Hilft nichts«, murmle ich. »Dann muss ich eben selbst rein.«

Das Nebengebäude ist so etwas wie die Mini-Version eines Wohndepots. Vierundvierzig Einheiten, für jede Person fünf Quadratmeter, auf denen auch die Kapsel Platz finden muss. Ich laufe nach drüben, meinen Overall über dem Arm, und grüße zwei Arbeiter, die draußen zu tun haben.

Mürrisch grüßen sie zurück, sichtlich unglücklich über ihr Schicksal. Niemand wird gern in die Realwelt zurückbeordert, aber ganz ohne menschliche Arbeitskraft geht es eben nicht. Dafür bekommen sie Punkte, mit denen sie sich später neue Zugangspässe kaufen können. Oder ein hübscheres Äußeres.

Einheit zwölf ist frei, ich schlüpfe durch die Tür und verriegle sie mit meinem Identitätschip. Dann ziehe ich meine Sachen aus. Das ist nötig, denn der Overall muss buchstäblich wie eine zweite Haut auf meiner eigenen sitzen. Er saugt sich fest, was genau so lange unangenehm ist, bis ich mich in die Kapsel lege. Als Kind hat Monty die Kapseln mit aufklappbaren Riesenbohnen verglichen – das trifft die Sache ziemlich genau.

Ich frage mich, wo er gerade steckt. Das letzte Mal, als ich nach seinem Personalcode gesucht habe, war er in London. Allerdings im London des Jahres 1622. Ich muss bei Gelegenheit nachsehen, ob er schon weitergezogen ist.

Über das Bedienpanel schließe ich die Kapsel. Lege die Maske an, stecke Hände und Füße in die Kontakthüllen und warte, bis der Overall sich ans System anschließt.

»Identifikation«, sagt eine weibliche Stimme. »Jana Pasco. Zuletzt angemeldet in Mumbai. Rückkehr?« In der Maske wird mir groß ein Bild der Stadt angezeigt, kleiner daneben eine Unzahl von Thumbnails, so viele, dass sie nur winzige Lichtpunkte sind. Jeder steht für eine Welt, zu der ich Zugang habe.

Aber ich will nicht zurück nach Mumbai, dessen reale Vorlage auch schon längst unter der Meeresoberfläche liegt. Dort war ich nur, weil Matisse mich zu einem Ausflug überredet hat.

»Nein. Kerrybrook«, sage ich.

»Kerrybrook«, wiederholt das System und spielt das passende Bild ein.

»Bestätigt«, sage ich, und im nächsten Moment wird mir schwarz vor Augen. Es ist ein Gefühl, wie kurz ohnmächtig zu werden und danach zu schweben. Ein paar Sekunden der Schwerelosigkeit, dann fühle ich Boden unter den Füßen und sehe vor mir die irisch-grünen Hügel. Die Burgruine an der Klippe. Die Steinhäuschen, an denen der Efeu hochwächst. Der Wind trägt vom Meer den Geruch nach Salz und Seetang zu mir, er weht mir das Haar aus der Stirn, und ich bedaure schon jetzt, dass mein Aufenthalt hier kurz sein wird.

In den alternativen Welten fühlt das Leben sich so viel besser an. Als hätte die Realität ein Upgrade bekommen. Ich bewege mich geschmeidiger, meine Stimme hat einen volleren, samtigeren Klang. Hätte ich einen Spiegel vor mir, bekäme ich die denkbar beste Version meiner selbst zu sehen. Wiedererkennbar, aber … geglättet, in gewisser Weise. Superjana.

»Guten Morgen, Jana«, sagt eine freundliche Männerstimme. »Hier kommt dein Horoskop für den heutigen Tag. Dir drohen keine Gefahren, aber rechne mit Überraschungen. Das Meer wird ruhig bleiben, die Temperatur mild. Der Lammbraten im *Schwarzen Hahn* ist nicht nach deinem Geschmack. Iss lieber den Gemüseeintopf. Beim Blumenmarkt würdest du heute Menschen treffen, mit denen du dich verstehst. Im *Teestübchen* nicht so sehr. Du solltest mindestens zweieinhalb Liter Wasser trinken.«

Ich grinse. Das Horoskop ist eine der Besonderheiten, die Kerrybrook von ähnlichen Welten abhebt. Es analysiert die Nutzerdaten und gibt dem Bewohner täglich maßgeschneiderte Tipps, die dafür sorgen, dass der Tag rundläuft. Keine Esoterik, bloß ein Algorithmus, der für Wohlbefinden sorgt, nicht nur in Kerrybrook, auch in der Kapsel.

Kein Lammbraten also. Ich mache mich auf den Weg zum Dorf, mein Blick schweift ganz automatisch über jedes Haus, jeden Baum. Wie bei einem Kontrollgang. Am Schild der Bäckerei entdecke ich eine blass-durchsichtige Stelle. Ein Glitch, der mir entgangen ist. Ich mache mir im Geist eine Notiz. Kleine Fehler dieser Art sind nicht schlimm, aber sie stören die Illusion.

Ich nehme den Umweg über den Hafen, atme den Salzgeruch ein. Auf einem niedrigen Steinmäuerchen sitzt ein Mann in einer langen Jacke und Fischerstiefeln. Er unterhält sich mit einem zweiten, älteren. Offenbar geht es um das Dorffest, das in zehn Tagen stattfinden soll. Ich geselle mich dazu. »Hey. Wird ein schöner Tag heute, nicht wahr?«

Der Fischer betrachtet mich neugierig. »Sieht so aus.«

Ich blicke mich um. Ein dritter läuft in ebenfalls kniehohen Stiefeln hin und her, als würde er etwas suchen, das er auf dem Weg verloren hat. »Alles wie immer, hm? Oder ist euch heute etwas Ungewöhnliches aufgefallen?«

Die beiden Männer schütteln die Köpfe. »Nein«, sagt der Ältere. »Aber wenn du etwas weißt, gib uns Bescheid! Der Kabeljaufang ist ja bald vorbei!«

Richtig, diese Challenge läuft noch. Ein Kabeljau mit einem goldenen Ring im Magen, der hundert Prämienpunkte bringt. Ein Spiel für Kerrybrooks Fischer.

Als mit den alternativen Welten begonnen wurde, hat sich schnell herausgestellt, dass einfach nur rumhängen den Menschen nicht genügt, so schön kann die Umgebung gar nicht sein. Sie wollen herausgefordert werden, sich mit anderen messen. Probleme bewältigen und einen Lebenssinn finden, sonst stellen sie sich lieber der Realität mit ihren Tornados, Dürren und Überschwemmungen. Also versorgen wir sie mit Aufgaben und Geheimnissen, verstecken Schätze und lassen sie Gefahren meistern. Die ihnen natürlich nicht wirklich gefährlich werden können. Stirbt man, verliert man nicht sein Leben, sondern wird nur zurück in die Kapsel gespuckt. Meistens ist man dann eine Zeit lang für die Welt gesperrt, in der man gerade das Zeitliche gesegnet hat. Ärgerlich, aber kein Drama.

»Wie war dein Horoskop für heute?«, fragt mich der jüngere Fischer.

»Zweieinhalb Liter Wasser soll ich trinken und auf den Blumenmarkt gehen, dann wird es ein guter Tag. Außerdem soll ich den Lammbraten im *Schwarzen Hahn* meiden.«

»Ah«, macht der Fischer. »Na, das ist ausführlich. Bei mir hieß es vor allem, ich sollte dem kahlen Marcel aus dem Weg gehen. Der will sich angeblich mit mir prügeln.«

Das Stichwort kann ich nutzen, ich bin schließlich nicht zum Spaß hier. »Ist Marcel noch in Kerrybrook? Jemand hat erzählt, dass eine Menge Leute verschwunden sind«, sage ich. »Ist euch etwas aufgefallen?«

»Mir nicht.« Der Ältere zieht eine Pfeife aus seiner Jackentasche. »Eher, dass ständig Leute dazukommen. Nur Melinda, die früher im Werkzeugladen gearbeitet hat – die ist weitergezogen. Hat sich vor zwei Tagen verabschiedet.«

Das hilft mir nicht. Ich winke zum Abschied und blicke mich noch einmal um. Der dritte Fischer, der vorhin so hektisch herumgelaufen ist, steht jetzt seltsam starr auf einem rot gestrichenen Boot, das, von Felsen und einem dreimastigen Segelschiff halb verborgen, aufs Meer hinaustreibt. Jetzt hebt er eine Hand, streicht sich über die Stirn und klettert dann auf die Reling. Seine Jackentaschen sehen merkwürdig vollgestopft aus. Das Boot schwankt. Er bleibt noch einen Moment stehen, dann springt er ins Wasser. Geht unter und taucht nicht mehr auf.

Die beiden Männer auf dem Mäuerchen plaudern weiter, ich höre nicht mehr zu. Was war das eben, eine Mutprobe? Hat er etwas unter Wasser entdeckt, das er nach oben holen wollte? Ich warte, fixiere mit meinem Blick die Stelle, an der der Mann untergegangen ist, rechne jede Sekunde damit, dass sein Kopf die Wasseroberfläche durchstoßen wird, aber er bleibt verschwunden.

Ich kann es nicht fassen. Das war kein Unfall, der Mann ist freiwillig gesprungen. Warum? Wenn er aus Kerrybrook fortwollte, hätte er doch einfach einen Transfer machen können. Warum sich die Unannehmlichkeiten des Ertrinkens antun?

Etwas läuft hier ganz definitiv falsch, ich sollte schnellstmöglich zum Rathaus laufen, dort habe ich ein Kontrollpanel eingerichtet, von dem aus ich auf die Statistik zugreifen kann. Der ertrunkene Fischer wird dort als Exit aufscheinen, noch nicht als Ausfall. Dazu müsste er länger als drei Stunden in der Realwelt ausharren.

Auf dem Hauptplatz verkauft eine Frau Käse, es drängen sich Menschen um einen Lautenspieler und werfen ihm Kupfermünzen in eine Schale. Ich will gerade – mit einigem Kraftaufwand – die große Holztür des Rathauses öffnen, als ich in einer Nebengasse eine Gestalt auf dem Boden kriechen sehe. Sie zieht sich mit den Händen über die gepflasterte Straße, Zentimeter für Zentimeter. Es ist eine Frau. Aus dem Knoten, zu dem sie ihr rotes Haar geschlungen hat, lösen sich Strähnen und fallen ihr ins Gesicht.

Nun bleibt sie liegen, ein Zucken geht durch ihren Körper. Ich lasse den Knauf der Rathaustür los und gehe ein paar Schritte näher. Etwas stimmt hier nicht, und als ich auf zehn Meter heran bin, sehe ich auch, was es ist: Im Rücken der Frau steckt ein Messer.

2

Blut sickert zwischen die Pflastersteine. Ich rüttle an der Schulter der Frau, doch sie rührt sich nicht. Atmet nicht. Ich knie irritiert neben ihr.

Irritiert, nicht schockiert und schon gar nicht entsetzt, denn der Frau selbst ist natürlich nichts zugestoßen. Ihr virtuelles Ich ist allerdings tot, wie es scheint. Vorfälle wie dieser sind in Kerrybrook nicht vorgesehen, dafür gibt es andere Welten. Wer sich für Kerrybrook qualifiziert, dürfte vom Persönlichkeitsprofil her eigentlich nicht gewalttätig sein und mordlüstern schon gar nicht. Ab und zu gibt es Schlägereien, aber auch die sind eher spielerisch. Das System, das ausrechnet, für welche Welt man einen Pass bekommen kann, macht nur selten Fehler. Ich persönlich kann mich an keinen einzigen erinnern.

Das ist das eine. Das andere ist, dass ihr Horoskop die Frau eigentlich hätte warnen müssen, wenn einer der anderen Bewohner ihr etwas Übles wollte. So, wie es den Fischer vor dem kahlen Marcel gewarnt hat. Und mich vor Überraschungen.

Noch zwei Dinge also, die ich nach meiner Rückkehr überprüfen muss, Kerrybrook läuft mir wirklich aus dem Ruder. Immerhin eine Sache kann ich sofort herausfinden – da ich mich in einer meiner eigenen Welten befinde –, nämlich den Namen der Frau. Ich schließe die Augen und lege meine Hand auf ihren Arm. »Identität«, flüstere ich. Auf der Innenseite meiner Lider erscheint Schrift: Zoe Uhland. Personalcode 4TG9812E.

Ich bin gespannt, ob sie Beschwerde einreichen wird. Sie hätte jedes Recht dazu; wer nach Kerrybrook geht, darf davon ausgehen, dort nicht ermordet zu werden.

Aber wenigstens wird es kein Problem sein, den Übeltäter zu finden, denn das System dokumentiert alles und speichert es achtundvierzig Stunden lang. Ich werde das checken, sobald ich wieder an meinem Arbeitsplatz bin, doch zuerst will ich noch die Statistik überprüfen. Ich laufe zurück zum Marktplatz und spreche ein Paar an, das gemeinsam einen geflochtenen Weidenkorb voller Holzscheite trägt. »In der engen Gasse neben dem Rathaus liegt eine tote Frau. Jemand muss die Stadtwache informieren!«

Die beiden stellen ihren Korb ab und stürmen davon in die von mir angegebene Richtung; mindestens sieben andere, die mitgehört haben, folgen ihnen. Ich kehre zum Rathaus zurück. Die Stadtwache von Kerrybrook habe ich eigentlich nur der Atmosphäre wegen ins Leben gerufen. Damit jemand in einer hübschen Uniform durch die Straßen spazieren und Streitigkeiten in den Pubs schlichten kann. Mit einem Mord haben sich die fünf bisher nie auseinandersetzen müssen.

Ich drücke die schwere Tür zum Rathaus auf. Aus dem ersten Stock höre ich Stimmen, es riecht nach Kaffee und frisch gebackenem Kuchen. Doch mich führt mein Weg in den Keller, dort habe ich die Servicezentrale für Kerrybrook installiert. Sie ermöglicht mir Zugriff aufs System, sobald sie meine Identität erfasst hat.

Weil ich verspielt bin, habe ich in den Keller des Rathauses einen Brunnen gebaut, einen schönen, altmodischen Ziehbrunnen. Die dunkle Wasseroberfläche dient als Display. Ich drehe an der Kurbel, es quietscht.

»Jana Pasco«, hallt es aus dem Brunnenschacht.

»Richtig. Ich möchte Zugriff auf die Statistik und auf die Daten zu den Ausfällen bei den Bewohnern.«

Ich habe kaum fertig gesprochen, als Zahlen und Namen auf dem Wasser erscheinen. Mir bleibt die Luft weg. Dreiundzwanzig Ausfälle sind es nun schon. Dreiundzwanzig Bewohner, die nach dem morgendlichen Erwachen keinen Transfer vorgenommen haben. In keine der Welten.

Wenn man sich aber vor Augen führt, dass es sonst meist nur einen Ausfall alle zwei Wochen gibt, ist das nicht nur ungewöhnlich, sondern beängstigend. Wollten die Leute nicht in die Welten zurück? Oder – was ich für wahrscheinlicher halte – konnten sie nicht?

Ich überfliege die Liste mit den Namen der Betroffenen. Keiner davon ist mir vertraut; Zoe Uhland ist im Moment noch als Exit gekennzeichnet. Wenn sie sich in drei Stunden nicht für eine Rückkehr oder eine neue Welt entschieden hat, wird sie sich in die lange Liste der Ausfälle einreihen. Drei Stunden sind das Richtmaß.

Das passiert so selten, meist wirklich nur dann, wenn jemand schwer krank oder tot ist. In einer der Welten zu sterben hat keine großen Konsequenzen. Ist eine Illusion, wie Matisse und ich immer sagen. Man wird in die Realwelt zurückkatapultiert, die Kapsel öffnet sich. Der Bewohner ist verärgert oder traurig, macht vielleicht eine halbe Stunde Realitätsstopp, aber dann sucht er sich unter den Weltenpässen, die er zur Verfügung hat, einen neuen aus. Exit und dann Transfer, das ist normal. Ausfall ist es definitiv nicht. Was ist mit den dreiundzwanzig Leuten auf der Liste los? Brauchen sie alle so lange, um sich für einen ihrer Pässe zu entscheiden?

Ich schicke die Liste mit den Ausfällen an mein Arbeitsterminal und drehe die Kurbel in die entgegengesetzte Richtung.

Das Display verschwindet, der Brunneninhalt sieht wieder aus wie gewöhnliches Wasser. Ich sollte mich auf den Rückweg machen.

Einer der Exit-Points, die ich in Kerrybrook angelegt habe, liegt direkt im Nebenraum, dem Weinkeller. Große Fässer säumen die Wände, darüber hängen Bilder. Das, hinter dem sich der Exit-Point verbirgt, zeigt einen Adler, der einen schneebedeckten Berggipfel umkreist. Das Gemälde müsste das zweite von rechts sein, doch schon als ich den Raum betrete, sehe ich, dass es nicht mehr da ist. Stattdessen hängt an der Stelle nun ein anderes Bild; das einer Taube, die vom Himmel stürzt, die weiß gefiederte Brust von einem Pfeil durchbohrt.

Ich bin absolut sicher, dass nicht ich es war, die die Gemälde ausgetauscht hat, ich sehe diese Taube zum ersten Mal, und keiner der anderen Designer hat einen erweiterten Bearbeitungszugang zu Kerrybrook. Dass Bewohner mein Konzept verändern, ist normal – sie bauen neu, pflanzen Bäume, brennen schon auch mal etwas nieder. Die Welten wandeln sich, so ist es gedacht. Aber die Bedienelemente sind fest installiert. Niemand, der in Kerrybrook wohnt, hätte das Adlerbild abnehmen können. Ein Designer nur dann, wenn ich ihm Bearbeitungsrechte gegeben hätte.

Noch etwas, das ich überprüfen muss, höchste Zeit zurückzukehren. Ich lege meine linke Handfläche auf die Taube. »Exit«, sage ich. Nichts passiert. Das Bild schaukelt nur leicht an seinem Wandhaken.

Ich gebe nicht sofort auf. Erst als sich nach zwei oder drei Minuten immer noch nichts tut, lasse ich die Hand sinken. Kein Ausgang. Macht ganz den Eindruck, als müsste ich länger in Kerrybrook bleiben.

Vor dem Rathaus hat sich eine Menschentraube gebildet. Die tote Zoe Uhland beherrscht die Gespräche, aber soweit ich es mitbekomme, denken alle, der Mord ist Auftakt zu einem neuen Rätselspiel. Sie lachen, stellen Mutmaßungen an und sind bester Laune. Ich lehne mich in geheuchelter Aufregung an die Theke des Käsestandes. »Weißt du, was passiert ist?«, frage ich die Verkäuferin.

»Eine Frau wurde erstochen«, flüstert sie verschwörerisch.

»Ach, wirklich? Hast du gesehen, wer es war?«

Erst schüttelt sie den Kopf, dann zuckt sie mit den Schultern. »Nein, leider. Aber sie sagen, er hatte eine Kapuze auf dem Kopf.«

Das bringt mich kein Stück weiter. Ich muss zurück, wenn nicht von hier, dann eben von einer anderen Welt aus.

Die Exit-Technik ist so eine Sache. Üblicherweise wollen die Menschen nicht raus aus der Welt, in der sie sich gerade befinden. Im Gegenteil, die meisten sind bemüht, die Phasen, die sie in ihren Wohndepots verbringen müssen, so kurz wie möglich zu halten. Aber wenn man einschläft, wacht man automatisch in der Realität auf, ein totales Abtauchen ist nicht vorgesehen. Auch deshalb, weil es Vorschriften gibt, die einzuhalten sind. Regelmäßiges Duschen zum Beispiel, auch wenn der Overall ein eigenes Hygienesystem aufweist. Außerdem soll der Körper die Bewegung in der wirklichen Welt nicht verlernen. Sie nennen das den täglichen Realitätsstopp, er dauert etwa vierzig Minuten. Für viele sind das die unangenehmsten vierzig Minuten des Tages, und genau so soll es im Grunde auch sein. Auch dazu dient der Stopp: Man soll sich zurückwünschen. Weltendesigner wie Matisse und ich werden deshalb so hoch gehandelt, weil wir es schaffen, die richtige Balance aus Aufregung und Sicherheitsgefühl zu finden. Aus

Vertrautheit und Überraschung. Was wir uns einfallen lassen, ist so viel besser als die unwirtlichen Landstriche, die dem Großteil der Menschen sonst zur Verfügung stehen. Niemand soll sich nach einer Welt sehnen, die nur noch in wenigen Gegenden lebenswert ist.

Trotzdem muss es für Leute wie mich einen schnellen Ausgang geben. Dafür legt man Exit-Points an, die man aber nur benutzen kann, wenn man weiß, wo sie sich befinden. Genau so einen brauche ich jetzt, wenn nicht in Kerrybrook, dann eben anderswo.

Ich könnte meinen Transfer überall machen, wo niemand mich im Blick hat, aber üblich ist es, sich einen abgelegenen Ort zu suchen. Die Burg auf ihrem Hügel ist dafür wie geschaffen. Ich setze mich mit dem Rücken an die sonnengewärmte Mauer und blicke aufs Meer hinaus. Vierzehn Fischerboote zähle ich, die gerade in der Bucht von Kerrybrook unterwegs sind; garantiert alle auf der Jagd nach Kabeljau. Neben mir im Gras leuchtet ein Goldschwämmchen, das bisher noch niemand gefunden hat. Ich schließe die Augen. »Transfer.«

Die zahllosen Lichtpunkte werden auf die Innenseite meiner Lider projiziert, Tausende winzige Thumbnails. Sie alle durchzusehen würde Tage dauern, aber ich habe mich ohnehin bereits entschieden, welche Welt ich wählen werde. Eine, in der ich mich auskenne, deren Exit-Points ich problemlos finde. Eine, die ich selbst gestaltet habe. »Macandor«, sage ich.

Schatten, flüsternder Wind in den Blättern, schillernde Libellen an dumpf gurgelnden Bächen. Der Kontrast zu Kerrybrook ist riesig. Macandor ist eine Feenwelt, in der es fast überall dämmrig ist. Ein Großteil der Fläche ist mit Wäldern bedeckt, durch die nur da und dort das Sonnenlicht dringt, dafür geht von manchen Pflanzen grünliches oder goldenes Licht aus. Wer allerdings zu den geflügelten Wesen zählt, kann über den Baumwipfeln schweben, die Sonne über sich, und kann die Wälder wie ein grünes, wogendes Meer von oben betrachten.

Natürlich habe ich Flügel, wenn ich hier bin. Ich liebe es zu fliegen. Nicht nur der Aussicht wegen, sondern vor allem, weil es sich anfühlt, als würde jemand einem den Rücken massieren. Das war eine meiner besten Ideen, man kann danach geradezu süchtig werden.

Ich bin auf weichem Waldboden gelandet, wahrscheinlich im östlichen Teil der Welt. Macandor ist mindestens fünfmal so groß wie Kerrybrook und hat über hunderttausend Bewohner, auch nach der Feuerdämonenplage noch.

Ein kurzer Blick rundum – kein Dämon in der Nähe. Aber es ist ungewöhnlich ruhig, normalerweise findet man in Macandor kaum einen Flecken, den nicht schon drei andere Elfen, Kobolde oder ähnliche Wesen für sich beanspruchen. Total überfüllte Welt eben.

Ich fliege hoch, um mir einen besseren Überblick zu verschaffen, und erkenne sofort zu meiner Linken das Kristallgebirge. Perfekt, dort gibt es nicht nur einen, sondern zwei Exit-Points, einer davon wird ja hoffentlich funktionieren.

Nicht weit von mir entfernt sehe ich drei Feen schweben, mit langen, durchsichtigen Flügeln. Sie winken mir zu, steigen höher, der Wind trägt ihr Lachen bis zu mir. Etwas weiter rechts steigt Rauch auf, da war wohl ein Dämon an der Arbeit. Gut, denke ich. Wenigstens hier laufen die Dinge, wie sie sollen.

Die Sonne lässt das Kristallgebirge funkeln, als wäre es mit Diamanten gespickt. In einer kleinen Höhle unterhalb eines Felsvorsprungs befindet sich der erste der Exit-Points. Ich sollte so schnell wie möglich an meinen Arbeitsplatz zurück, aber alles in mir sträubt sich. Es ist so schön hier, dass ich es noch ein paar Minuten lang genießen möchte. Ein bisschen fliegen. Endlich wieder einmal Sonnenstrahlen spüren, die freundliche Wärme verströmen, keine sengende Hitze.

Aber es hilft leider nichts. Ich muss, so schnell es geht, an mein Terminal, ich habe schließlich Verantwortung für meine Bewohner. Wenn ich versage, kostet mich das den Job und alle meine Privilegien. Dann kann ich zwar wieder in eine Kapsel zurück, aber bloß mit einer Auswahl sehr unerfreulicher Weltenpässe. Dass ich jung bin, ist keine Ausrede.

Ich fliege noch einmal hoch und kreisle dann langsam tiefer, mit weit ausgebreiteten Flügeln. Der Wind in meinem Gesicht ist kühl und duftet nach …

Etwas trifft meine Schulter, etwas Weiches, Feuchtes. Rutscht ab und fällt auf die Baumwipfel zu. Es ist weiß mit Spuren von Rot, es sieht aus wie …

Ich mache mich schmal und setze zum Sturzflug an. Zwei Sekunden, und ich greife danach, halte es zwischen meinen blutig verschmierten Händen.

Ein totes Tier, das fast genauso aussieht wie das auf dem Gemälde in Kerrybrook. Eine Taube mit pfeildurchbohrter Brust.

Natürlich kann ich sie nicht mit zurücknehmen, sosehr ich das auch möchte. Ich würde zu gerne Matisse fragen, was er davon hält. Ob er eine Idee hat, was es mit den toten Vögeln auf sich haben könnte – schließlich gehört ihm Venedig, und dort soll es von Tauben nur so gewimmelt haben. Während ich wieder höher steige, sehe ich mir den kleinen Kadaver genauer an. Der Pfeil ist aus schwarzem Metall – nicht nur die Spitze, auch der Schaft und die Federn, die seine Flugbahn stabil halten sollen.

Eine weiße Taube, nur die Enden der Schwingen sind dunkel. Ich muss überprüfen, ob die Sorte für Macandor vorgesehen ist und …

Hinter mir ein Zischen. Wie von einem geöffneten Ventil, aus dem Luft ausströmt. Hitze in meinem Rücken. Instinktiv fliege ich ein Stück höher, drehe mich um.

Vor mir schwebt ein blutrotes Wesen mit Augen wie aus geschmolzenem Metall. Die Schwingen ähneln denen einer Fledermaus, auch sie sind rot und von lavafarbenen Adern durchzogen. Den länglichen Kopf krönen grauschwarze Hörner, das aufgerissene Maul ist gespickt mit Zähnen der gleichen Farbe.

Einer meiner Feuerdämonen, und ich habe ihn nicht kommen hören. Leider rieche ich ihn auch erst jetzt – ein Gestank nach verbranntem Haar und altem Öl.

Ich lasse die Taube fallen und ergreife die Flucht, doch der Dämon reagiert sofort. Er schnellt an mir vorbei und bringt sich in Position; blendend helle Flammen schießen aus Maul und Fingerspitzen auf mich zu.

Der ist mir wirklich gut gelungen, denke ich noch, bevor das Feuer mich einhüllt und die Hitze unerträglich wird.

Die Kapsel öffnet sich mit einem Zischen, das dem des Dämons nicht unähnlich ist. Ich reiße mir die Maske vom Gesicht und setze mich auf. Sich grillen lassen ist natürlich auch eine Möglichkeit der Rückkehr, allerdings tut es echt weh.

Ich stemme mich hoch und steige mühsam aus der Kapsel. Wie jedes Mal nach einem Aufenthalt in einer der Welten fühlt sich mein Körper doppelt so schwer und wie eingerostet an. Auch das ist ein Grund, warum die Menschen keine Lust mehr auf die Realität haben. Hier sind sie ungelenker, behäbiger und – nennen wir es ruhig beim Namen – hässlicher. Wer neunzig Prozent seiner wachen Zeit in den Welten verbringt, erträgt beim Zähneputzen seinen Anblick im Spiegel meist nur noch schwer.

Ich schäle mich aus dem Overall, jeder Handgriff ist mühsam. Meine Haut prickelt, meine Fingerspitzen fühlen sich taub an. Es dauert gut zehn Minuten, bis ich meine normalen Sachen angezogen habe.

Als ich nach draußen trete, wird es schlimmer. Die Sonne steht jetzt hoch am Himmel, und mein Kreislauf protestiert. Ich brauche etwas zu trinken. Die beiden Arbeiter von vorhin sitzen im Schatten der Bäume, die zwischen den Gebäuden gepflanzt wurden, und würdigen mich keines Blickes.

»Du warst lange unterwegs«, begrüßt mich Matisse.

»Ja. Ich musste über Macandor gehen, der Exit-Point im Rathaus von Kerrybrook funktioniert nicht.«

Matisse formt seine Lippen zu einem übertrieben überraschten O. »Ach. So was gibt's?«

»Offensichtlich. In Macandor hat dann ein Feuerdämon die Sache beschleunigt. Tat sauweh. Sterben ist immer irgendwie scheiße.«

»Aber nur eine Illusion«, trällert Matisse, so wie jedes Mal, wenn ich mich angesichts der Erzählungen anderer Designer schüttle, in deren Welten der ständig drohende Tod das spannendste Element ist. Manchmal das einzig spannende. *Sterben ist nur eine Illusion.*

»Apropos Tod und so.« Er hat sich wieder seinen Bildschirmen zugewandt. »Helling hat nach dir gesucht.«

Immer noch mit dem Gefühl, Bleigewichte am Körper zu tragen, lasse ich mich auf meinen Bürostuhl sinken. Olga Helling, das auch noch. Echt nicht mein Tag heute. »Hat sie gesagt, was sie will?«

»Sie hat ihren üblichen Rundgang gemacht und wollte wissen, was das für Unregelmäßigkeiten in Kerrybrook sind.«

Verdammt. Dann ist dem Management also schon aufgefallen, dass etwas nicht stimmt. Und ausgerechnet Olga schicken sie, die mich sowieso nicht leiden kann. Nicht aus persönlichen Gründen – glaube ich wenigstens –, sondern weil ich eingestellt wurde, um einen ihrer Favoriten zu ersetzen. Ich habe diesen Tivon nie kennengelernt, aber es heißt, er war das Wunderkind unter den Weltendesignern, bis er sich dann irgendwie unbeliebt gemacht hat. Laut Matisse war er ein arroganter Typ mit Hang zu Wutanfällen. Angeblich sind alle froh, dass ich jetzt seine Stelle habe. Keine Ahnung, ob das stimmt. Für Olga Helling jedenfalls nicht, denke ich. Für sie bin ich nur ein trauriger Ersatz, wie sie mir gegenüber immer wieder mal andeutet.

Ich wische mir die Hände an der Hose ab und rufe auf dem mittleren meiner drei Bildschirme die Statistik für Kerrybrook auf. Nach wie vor dreiundzwanzig Ausfälle, seit meiner Abreise hat sich nichts mehr verändert. Auch das ist für sich betrachtet merkwürdig, beruhigt mich aber trotzdem. Ich gehe die Listen durch. Zoe Uhland steht immer noch bei den Exits, damit habe ich nicht gerechnet. Die drei Stunden sind bald vorbei, und sie hat sich immer noch nicht in eine andere Welt transferieren lassen. Warum?

Tja, das ist die große Frage. Was hat sie getan? Sitzt sie in ihren dunklen fünf Quadratmetern Wohnraum, starrt die Kapsel an und meditiert? Ist sie nach draußen gegangen?

Ich würde gerne ihren realen Aufenthaltsort checken, aber auf diese Information habe ich keinen Zugriff. Nur wenige Leute bei Mastermind dürfen die Datenbanken einsehen, in denen verzeichnet ist, wo jemandes Kapsel steht. Die meisten Wohneinheiten liegen in riesigen Depotsiedlungen, und deren

Umgebung ist fast immer trostlos. Außer hässlichen Siedlungsklötzen bis zum Horizont wird Zoe draußen wahrscheinlich nichts finden. Nichts und niemanden, denn außer den Leuten, die für Wartungsarbeiten oder Ähnliches gebraucht werden, treibt sich dort niemand herum. Kann es trotzdem sein, dass sie ins Freie gegangen ist?

Ich strecke unter dem Tisch die Beine aus und denke daran, wie schauderhaft schwer das Leben sich anfühlt, wenn man gerade aus einer der Welten zurückgekehrt ist, so wie ich vorhin. Dabei war ich nur ein paar Stunden lang weg. Jemand, der die reale Welt über Jahre gemieden hat, erträgt ihre Umstände kaum mehr.

Genau so soll es ja auch sein. Das ist der Masterplan, der Masterplan von Mastermind, und er funktioniert.

Ich spüre einen leichten Lufthauch im Nacken und drehe mich um. Neben mir steht Olga Helling, die Hände auf dem Rücken, das dunkle Haar mit einem Schweißband nach hinten gehalten.

Ich habe sie nicht kommen hören, das tue ich fast nie. Sie bewegt sich lautlos durch unser Studio, huscht von einer Designstation zur nächsten und bleibt nur stehen, wenn sie Kritik loswerden möchte. Ich wappne mich innerlich.

»Jana.« Ihre Stimme ist weich, fast liebevoll. »Dein Kerrybrook hat in der Zentrale Alarm ausgelöst. Dreiundzwanzig Ausfälle! Was ist denn los?«

»Ich bin dabei, es herauszufinden«, sage ich, ohne sie anzusehen.

»Wir haben auch schon Nachforschungen eingeleitet«, sagt Olga, und obwohl ihr Ton sich nicht verändert, kann ich die Drohung darin hören. »Bei einer so hohen Zahl muss ein Fehler im System sein, meinst du nicht?«

Nun suche ich doch ihren Blick. »Wenn, dann ist es ein technischer Fehler, und für die bin ich nicht zuständig. Vielleicht machst du mal einen Kurzbesuch in der Programmierabteilung?«

Wenn sie lächelt, jagt sie mir wirklich Angst ein. »Keine Sorge. Dort war ich schon. Nachdem ich dich hier nicht vorgefunden habe.«

»Ich war vor Ort und habe mir die Lage angesehen«, erkläre ich und beiße mir sofort wieder auf die Zunge. Ich sollte nicht anfangen, mich zu verteidigen.

»Und? Irgendetwas Auffälliges?«

Ich denke an Zoe Uhland und das Messer in ihrem Rücken. An den Fischer, wie er in den Fluten versinkt. An den verschwundenen Exit-Point. »Nichts Beunruhigendes. Ein paar unvorhergesehene Ereignisse, aber das darf ja so sein. Die Welten sollen schließlich eigene Dynamik entwickeln, nicht wahr?« Ich straffe mich. »Außerdem gibt es eine Menge Transfers nach Kerrybrook. Mehr als Ausfälle. Die Benutzerzahl wächst.«

Wieder lächelt sie. »Na, das ist doch ein Glück.« Damit dreht sie sich um und geht, lautlos wie immer. Matisse späht an seinen Monitoren vorbei zu mir herüber. »Mach Olga ja keinen Ärger«, spöttelt er, sobald sie außer Hörweite ist. »Angeblich könnte sie zu den Alphas befördert werden, wenn ihre Abteilung weiterhin so erfolgreich ist. Ich will nicht in der Haut der Person stecken, die ihr das vermasselt.«

»Zu den Alphas?« Das höre ich zum ersten Mal. Ich kenne zwar keinen Alpha persönlich, aber die Elite Europas habe ich mir anders vorgestellt. Nicht als Ansammlung von Olgas. »Davon träumt sie doch nur, oder?«

»Wenn, dann träumt sie ziemlich intensiv, nach allem, was

ich gehört habe.« Er kratzt sich am Kinn. »Was war denn los in Kerrybrook?«

»Eine Frau wurde erstochen und ist seitdem nicht mehr im System aufgetaucht, jemand ist vor meinen Augen ins Wasser gegangen, und ein Exit-Point wurde deaktiviert. Ich habe dreiundzwanzig Ausfälle und keine richtige Erklärung dafür. Aber ich suche mir jetzt die Aufzeichnungen der letzten zwölf Stunden raus, und dann weiß ich hoffentlich mehr.«

Matisse nickt mitfühlend. »Wenn du Hilfe möchtest, gib Bescheid.«

Am besten beginne ich bei dem Mord selbst, bei der Identifikation des Täters. Jemand, der psychisch so gestrickt ist, dass er einem anderen ein Messer in den Leib rammt, hätte nie einen Pass nach Kerrybrook bekommen dürfen. Hier liegt also schon der erste Fehler.

Ich hole mir die Stelle heran, an der sich der Zwischenfall ereignet hat. Als ich Zoe Uhland zuerst gesehen habe, war sie noch am Leben. Sie ist zwar unmittelbar danach gestorben, aber die Tat muss ein paar Sekunden, höchstens Minuten vorher passiert sein.

Ich gebe den passenden Timecode ein, dann zoome ich den Marktplatz und die Gässchen rund um das Rathaus heran. Ja, da ist die Verkäuferin an ihrem Käsestand. Zwei junge Mädchen gehen vorbei, ein älterer Mann setzt sich auf eine sonnenbeschienene Bank.

Und da kommt Zoe Uhland, in ihrem hübschen hellblauen Kleid. Sie hat sich etwas Altmodisches ausgesucht, sieht fast viktorianisch aus – es passt perfekt in mein Kerrybrook-Design. Zoe überquert den Marktplatz; am Rand bleibt sie kurz stehen und sieht sich um, als würde sie jemanden suchen.

Ohne Erfolg. Sie zuckt mit den Schultern und geht … in die Gasse, in der sie gleich sterben wird.

Ich zoome noch näher, sehe ihr dabei zu, wie sie wieder stehen bleibt. Um sich blickt.

Was dann geschieht, ist merkwürdig. Etwas nähert sich, aber es ist kein Bewohner, es ist eher ein Schatten. Halb durchsichtig, halb trübe, als hätte jemand eine Figur gezeichnet, sie hässlich gefunden, sie aber nicht mehr ganz ausradieren können.

Das verschmiert wirkende Ding geht auf Zoe zu. Sie läuft nicht weg, sondern lächelt, nickt, dreht sich schließlich um und hebt den Arm. In diesem Moment stürzt sich der Schatten auf sie, eine heftige Bewegung, und sie bricht zusammen. Die schemenhafte Gestalt huscht davon – nicht auf das Rathaus zu, wie ich erwartet habe, sondern genau in die entgegengesetzte Richtung.

Ich zoome mich aus der Detailansicht raus, um dem Täter besser folgen zu können, doch nach ein paar Sekunden verliere ich seine Spur. Es ist, als würde er mit einer dunklen Stelle in einer Steinmauer verschmelzen und dort verschwinden. Vier-, fünfmal wiederhole ich die Sequenz, versuche herauszufinden, wohin der Schatten geflohen ist, aber es gelingt mir nicht.

Na gut. Dann finde ich jetzt den Personalcode des Täters heraus, was ganz einfach ist, wenn er auf dem üblichen Weg nach Kerrybrook gekommen ist. Ich muss nur den Analysemodus aktivieren und die Sequenz ein weiteres Mal wiederholen.

Diesmal ist kaum etwas von der Umgebung zu sehen, so dicht sind die Infodaten auf dem Monitor. Von jeder anwesenden Person bekomme ich Namen, Personalcode, Status, gültige Pässe und derzeitigen Stand der Prämienpunkte angezeigt. Es ist ein Chaos aus engen Zeilen, die sich mit dem jeweiligen Bewohner durchs Bild bewegen, einander überlappen, sich laufend ändern. Ich schwenke meine Perspektive in Richtung Tatort. Hier wird es einfacher sein, Zoe Uhland und ihr Mörder sind schließlich nur zu zweit, wenn es so weit ist.

Da kommt Zoe auch schon. Über ihrem Kopf schwebt ein Textblock in hellgrünen Lettern. Zoe Uhland, PC 4TG9812E. Pässe: NewYork1977, Luhara, Florestania, Space35, Paris1659, Asherville, Plantage12. Prämienpunkte: 471.

Sie bleibt stehen, sieht sich um, zuckt mit den Schultern, geht weiter, bleibt wieder stehen – ich kenne mittlerweile jede einzelne ihrer Bewegungen. Und weiß, dass es nur noch einen Wimpernschlag lang dauern wird, bis der verwaschene Umriss des Täters auftauchen wird.

Da ist er. Ich halte den Atem an und stoße ihn geräuschvoll wieder aus, als genau das passiert, was eigentlich nicht sein dürfte. Über dem Schatten erscheinen keinerlei Daten. Nicht einmal ein Name, nichts. Es ist, als gäbe es ihn gar nicht. Als würde er sich nicht in Kerrybrook befinden, doch das tut er offensichtlich. Es ist auch klar erkennbar, dass Zoe ihn sieht, sich ihm freundlich zuwendet – doch unmittelbar darauf ersticht er sie.

Ich schalte den Analysemodus aus und lehne mich zurück, ohne zu wissen, was ich mit dem eben Gesehenen anfangen soll.

»Was ist los?«, höre ich Matisse fragen.

Es dauert ein paar Sekunden, bis ich eine Antwort parat habe. »Sieht so aus, als hätten wir ein Phantom.«

3

Meine Vermutung ist natürlich ein Schuss ins Blaue. Ich habe noch nie ein Phantom gesehen, ich weiß nur, dass sie früher recht häufig waren. Lange vor meiner Geburt, als die Zugänge noch nicht so gut gesichert waren. Damals schleusten sich technisch begabte Menschen in Welten ein, zu denen sie eigentlich keinen Pass hatten, und richteten dort allerlei Unheil an. Anonym und unerkannt.

Wenn sich ein Phantom in Kerrybrook eingeschlichen hat, ist das wirklich übel, obwohl der Fehler dann wohl eher bei den Programmierern und nicht bei mir liegt. Sie fertigen gewissermaßen das Baumaterial an, mit dem wir dann kreativ arbeiten. Trotzdem wird man die Panne mit meinem Namen in Verbindung bringen. Es sind die Designer, die als die Schöpfer einer Welt gelten. Was nett ist, wenn alles gut läuft. Im anderen Fall …

»Du hast ganz sicher kein Phantom«, höre ich Matisse sagen. »Die gibt es seit fünfundzwanzig Jahren nicht mehr. Oder noch länger.«

»Dann komm und sieh es dir selbst an.« Ich rücke mit meinem Arbeitsstuhl zur Seite, als Matisse mit seinem herüberrollt. Während die Sequenz noch einmal läuft, betrachte ich nur seinen Hinterkopf. Sehe, wie die unzähligen Zöpfchen in Bewegung geraten, als er beim Auftauchen des Schattens zusammenzuckt. »Oh«, macht er. »So was habe ich wirklich noch nie gesehen.« Er bringt sein Gesicht näher an den Monitor heran und lässt das Bild einfrieren. Die Gestalt verschwindet. Sobald die Aufzeichnung weiterläuft, ist der verwischte Schemen wieder da. Sieht aus wie Dreck, denke ich.

»Weißt du was?«, murmelt Matisse. »Der Typ hat seinen Personalcode mit einem Störsignal verknüpft.« Er weist mit seinem bunt beringten Zeigefinger auf den Bildschirm. »Die Frau kann ihn ganz normal sehen, sie grüßt ihn – siehst du? Aber für uns hier draußen wirkt er wie ein Grafikfehler. Wir nehmen ihn überhaupt nur dann wahr, wenn er sich bewegt. Wenn er ruhig hält oder wir die Aufnahme anhalten, ist er unsichtbar.« Matisse demonstriert es noch einmal. »In gewisser Weise ist es also wirklich ein Phantom.«

Ich nicke. »Wie werde ich den wieder los?«

»Puh. Gute Frage.« Nun versucht auch Matisse zu verfolgen, wohin der Schatten sich nach dem Mord verflüchtigt hat. Klopft ungeduldig mit den Fingerkuppen auf die Tischplatte. »Er löst sich einfach auf. Oder – er bleibt stehen und rührt sich nicht mehr. Jedenfalls ist er verschwunden. Für unsere Aufzeichnungen. Für die Leute in Kerrybrook natürlich nicht, die sehen ihn.«

»Oder sie.«

»Richtig. Am besten wäre, du versuchst mit Zoe Uhland selbst zu sprechen, sie kann dir sicher eine Personenbeschreibung geben, und damit finden wir leichter raus, wer das System ausgetrickst hat.«

Ich bin Matisse ehrlich dankbar für dieses »wir«. Ohne ihn würde ich jetzt wirklich nervös werden, dabei ist nichts allzu Schlimmes passiert. Obwohl mir ein Blick in die Statistik verrät, dass aus den dreiundzwanzig Ausfällen nun siebenundzwanzig geworden sind. Ich unterdrücke die böse Vorahnung, die in mir aufsteigen will.

»Okay«, sage ich betont munter. »Ich stelle einen Antrag auf Zoes Kontaktdaten, und dann werde ich mit der Technik …« Etwas in Matisse' Gesicht lässt mich verstummen. Sein Blick geht an mir vorbei, ich drehe mich um, und da steht Helling. Wieder habe ich sie nicht kommen gehört.

Sie steht einfach nur da, ihr Gesicht ist starr, ihr Blick gleitet zwischen mir und meinem Monitor hin und her. »Weißt du schon mehr?«, fragt sie.

»Ein bisschen«, antworte ich hastig. »Es gibt einen Eindringling, vielleicht ist es auch ein Bewohner, der seine Identität verschleiert. Er hat zumindest eine Gewalttat begangen, möglicherweise ist er für die Ausfälle verantwortlich. Das Opfer ist eine Frau, die bisher nicht wieder im System aufgetaucht ist.«

Olga verschränkt die Arme vor der Brust. »Zoe Uhland? Personalcode 4TG9812E?«

Ich nicke stumm. Hat das Management sich die Aufzeichnung schon angesehen?

»Tja«, sagt Olga. Jetzt blickt sie zu Boden. »Für diesen einen Ausfall haben wir immerhin eine Erklärung.« Ihr Gesichtsausdruck verheißt nichts Gutes, und ich ertrage ihre dramatische Sprechpause nicht.

»Hat Zoe Uhland Beschwerde eingereicht?«, stoße ich hervor. »Was hat sie gesagt?«

»Gar nichts.« Olgas Blick richtet sich erst auf Matisse, dann zur Decke, dann auf ihre Fingernägel, um am Ende auf mir zu verharren. »Sie konnte sich nicht beschweren. Sie ist tot.«

Ein Gefühl, als würde mein Inneres sich verflüssigen, aber dann setzt mein Verstand ein. Ich huste, räuspere mich. »In Kerrybrook, ja. Das habe ich gesehen. Aber …«

»Nicht nur in Kerrybrook. Zoe Uhland ist verstorben, offenbar hat ihre Maske ihr einen tödlichen Stromschlag versetzt.

Es ist noch nicht offiziell, aber …« Sie heftet ihren Blick auf meine Monitore. »Mastermind hat einen Spezialtrupp in ihr Wohndepot geschickt, der die Umstände untersuchen soll.« Sie wendet sich um und geht, nach ein paar Schritten dreht sie sich noch einmal zu mir. »Ich hoffe, deine anderen sechsundzwanzig Ausfälle haben es besser erwischt.«

Es fühlt sich an wie eine Ewigkeit, aber wahrscheinlich sind es nur ein paar Sekunden, bis Matisse mich aus meiner Erstarrung reißt. Er packt mich an den Oberarmen und schüttelt mich leicht. »Jana? Das hat nichts mit dir zu …«

»Schon gut.« Ich befreie mich aus seinem Griff. »Ich bin nicht schuld daran, aber erzähl mir jetzt nichts von Zufall. Die Frau wird in einer der Welten erstochen und stirbt dann tatsächlich?«

»Aber an einem Stromschlag«, protestiert Matisse. »Wenn ihre Ausrüstung defekt war, ist das erst recht nicht deine Verantwortung.«

Er will mich trösten, und dafür bin ich ihm dankbar. Doch es ändert nichts daran, dass Zoe Uhland in einer meiner Welten gestorben ist. Noch dazu in der friedlichsten von allen.

Bei dem Gedanken, dass unter den anderen Ausfällen weitere Todesopfer sein könnten, fährt die Angst in mir spitze Stacheln aus. Ich klemme mich wieder hinter meinen Arbeitsplatz. Wiederhole die Sequenz noch einmal und noch einmal. Versuche, das Phantom zu identifizieren, irgendwie einen Blick hinter die Tarnung zu erhaschen. Vergeblich.

Also wende ich meine Aufmerksamkeit der Frau zu. Sie ist gewissermaßen ein offenes Buch für mich. Seit drei Monaten war sie Bewohnerin von Kerrybrook; davor hat sie acht Monate in einer Welt namens Florestania verbracht.

Die kenne ich, sie wurde von Kareen gestaltet und ist ein Meisterwerk. Grünes, blühendes Land, in dem die Bewohner neue Pflanzenformen entwickeln und pflegen. Ich war noch nie an einem Ort, der so fantastisch geduftet hat. Auch eine Welt, in der ich gerne geblieben wäre. Die Leute schließen sich zu Werkstätten zusammen und erfinden prachtvoll schöne, blühende Gewächse; in manchen davon kann man sogar wohnen. Das Gemeinschaftsgefühl ist groß, ich habe niemanden getroffen, der schlecht gelaunt war.

Ich sehe noch einmal Zoe Uhlands Pässe durch. Alles friedvolle Welten, die niemanden mit hohem Aggressionslevel zulassen. Eine davon weckt meine besondere Aufmerksamkeit: Plantage12. Das ist eine Übergangswelt, für Menschen, die auf ein Leben in der Wirklichkeit vorbereitet werden sollen, um zum Beispiel Wälder wieder aufzuforsten. Sollte Zoe Uhland nach draußen berufen werden? So wie ich vor zwei Jahren?

Meine Übergangswelt hieß Toplevel. Ohne dass ich es wusste, lief dort ein permanentes Casting in Weltendesign, und die Besten wurden in die reale Welt rekrutiert. Ich weiß noch, wie gering meine Begeisterung war, als sie mich dafür auswählten. Wie sehr ich versuchte, die Leute von Mastermind davon zu überzeugen, dass es viel bessere Leute gab als mich, denn Toplevel war ein grandioser Spielplatz. Wir bauten Welten und lebten dann selbst darin, es gab Themenwettbewerbe, Innovationswettbewerbe …

Ich fand mich eigentlich immer durchschnittlich, im Vergleich zu manchen anderen dort. Aber mich holten sie raus. *In deinen Welten bleiben die Testpersonen am längsten und möchten immer gerne zurückkehren*, hieß es. *Deine Ideen sind einfallsreich, aber nicht um jeden Preis, sie sind benutzerfreundlich und haben einen hohen Wohlfühlfaktor.*

Damit dürfte es vorbei sein, nachdem dort nun neuerdings Leute gekillt werden.

Ohne es zu bemerken, habe ich begonnen, an den Fingernägeln meiner linken Hand herumzubeißen. Ich balle sie zur Faust und rufe die Daten eines anderen Ausgefallenen ab. Robbie Breuger, 24, seit sieben Monaten in Kerrybrook. Hat im Pub gearbeitet, um Prämienpunkte zu sammeln.

Die Weltenpässe, die er in seinem Profil hat, lassen auf einen abenteuerlustigen Charakter schließen. Jopur, ein Paradies für Entdecker und Kletterer. Außerdem hat er einen Kombipass für drei Welten, die Hawaii, der Arktis vor der Eisschmelze und dem Great Barrier Riff nachgebildet sind.

Und auch in seiner Sammlung befindet sich eine Übergangswelt: Rescue. Dort werden Sanitäter und andere Einsatzkräfte für Katastrophengebiete ausgebildet.

»Gehen wir auf einen Snack?« Matisse ist hinter mich getreten und legt mir die Hände auf die Schultern.

»Keine Zeit«, murmle ich.

»Du brauchst eine Pause, das sehe ich dir an. Außerdem könntest du bei den anderen nachfragen, ob noch jemandem so viele Ausfälle passiert sind.«

Das ist ein Grund, der mir einleuchtet. Ich stelle meine Designstation auf Stand-by und tappe hinter Matisse her.

Der Zwischenfall mit Zoe Uhland scheint sich schon herumgesprochen zu haben. Als wir die Kantine betreten, richten sich alle Blicke auf mich. Ich erwidere sie nicht, starre stattdessen die Porträts der Familie Faber an, die in allen Gemeinschaftsräumen von Mastermind hängen, so wie früher die Fotos von Präsidenten. In gewisser Weise sind die Fabers exakt das. Heute haben nicht mehr Staatsoberhäupter das Sagen, sondern die Eigentümer der multinationalen Konzerne;

bei Mastermind sind das Gregor, Theodor und Irina Faber. Sie treffen die Entscheidungen für uns alle, ihnen gehört Mastermind und damit die Welt. Oder, genauer gesagt, die Welten.

»Hey, Jana!«, ruft Rick, der gerade seinen Teller auf einen freien Tisch stellt. »Matisse! Setzt euch doch zu uns!«

Ich weiß nicht, ob ich heute in der Stimmung für Ricks Gesellschaft bin, ich würde mich lieber zu Babette setzen, die einen Tisch für sich allein am anderen Ende der Kantine hat. Sie ist erst kürzlich von einer französischen Designstation hierherversetzt worden und war mir auf Anhieb sympathisch. Ruhig und kompetent.

Aber Matisse hat bereits einen Daumen hochgestreckt. Er klopft mir aufmunternd auf den Rücken und packt sich einen Teller Nudeln mit undefinierbarer Soße auf sein Tablett. Das Display zeigt fünf Punkte an, Matisse seufzt. Stellt den Teller zurück, nimmt stattdessen den Linseneintopf mit Brot und eine Flasche Wasser. Alles zusammen vier Punkte. »Ich muss aufpassen«, sagt er. »Vorgestern habe ich mir Huhn gegönnt, das war ein schwerer Schlag für mein Konto.«

Das kann ich mir vorstellen. Kaum jemand von uns isst noch Fleisch, eben weil es so hohe Klimapunkte hat. Pro Monat dürfen wir zweihundertfünfzig verbrauchen, keinen einzigen mehr, sonst gibt es Sanktionen. Ich habe schon Leute für zwei oder drei Wochen nach Molar gehen sehen, weil sie sich verbotene Lebensmittel beschafft haben.

Für uns hier draußen ist es so viel schwieriger als für die Leute in den Wohndepots. An einem Tag in der Kapsel verbraucht man gerade mal einen halben Punkt für Atemluft, drei Punkte für den Energieanteil am alternativen Weltensystem und noch mal zwei für Essen und Trinken. Es gibt Nährlösungen, die alles Nötige enthalten. Sie schmecken widerlich, aber das bekommt man in der Kapsel nicht mit, das System gaukelt einem ein Festmahl vor. Lachs und Steak, Torten und Schokolade.

Wir fordern schon lange eine virtuelle Kantine für unsere Niederlassung, aber die Leitung von Mastermind ist dagegen. Es geht zu viel Zeit für An- und Ablegen der Overalls drauf, heißt es. Außerdem würden wir dann die Pausen ins Unermessliche ausdehnen und nicht mehr genug arbeiten.

Wir haben das lauthals abgestritten, aber natürlich hat die Führungsebene recht. Ich lade mir eine kleine Portion Rübenmus auf den Teller. Punkte: einer. Appetit: null.

Trinkwasser schlägt sich nicht auf das Klimakonto nieder, also nehme ich eine ganze Karaffe mit und trage das Tablett hinüber zu dem Tisch, von dem aus Rick uns schon erwartungsvoll entgegenblickt.

»Stimmt es, was sie rumerzählen?« Er hält sich nicht mit höflichen Einleitungen auf, das tut er nie. »Du hast jetzt eine Killerwelt?«

Ich würde ihm gern den Teller mit dem Rübenmus überstülpen, das würde sich gut auf seiner rot gefärbten Angeberfrisur machen, aber Nahrungsverschwendung geht gar nicht.

»Ich habe vor ein paar Wochen mal in deinem Kerrybrook vorbeigeschaut«, plaudert er weiter, »da war es die pure Idylle. Gut, dass du es aufgepeppt hast.«

Jemand wie Rick würde normalerweise nie Zugang zu Kerrybrook bekommen, dafür hat er einfach nicht das richtige Charakterprofil. Aber er ist Designer, und so wie wir alle hat er einen Generalpass.

»Ich habe gar nichts aufgepeppt.« Das Rübenmus schmeckt, als hätte man ihm Erde beigemengt. »Bei mir hat sich so was wie ein Phantom eingeschlichen, danach sieht es jedenfalls aus.«

»Stimmt.« Matisse stellt sein Tablett neben meinem ab. »Seltsames Ding. Mir ist so etwas vorher noch nie untergekommen.«

»Und die Frau ist wirklich tot?« Rick rührt in seinem Vitaminshake. »Das wäre ein Feature für Dropout, denkt ihr nicht? Würde die Sache viel spannender machen.«

Dropout. Eine von Ricks Welten, eine Mischung aus Rätselspiel und brutalem Kriegsschauplatz. Ausgesprochen beliebt bei Leuten, die Nervenkitzel lieben, und zwar die Art, bei der es ums Ganze geht. Es ist eine der Welten, die die Realität vor Menschen schützt, die mehr Schaden anrichten als andere. Wer sich für Dropout qualifiziert, hat praktisch keine Chance, jemals aus den Wohndepots rauszukommen. Von einem Fortpflanzungszertifikat ganz zu schweigen.

»Ja, sie ist wirklich tot«, sage ich, »und das ist kein Anlass, Witze zu machen. Ich hoffe, die Technik findet bald raus, welchen Fehler die Maske hatte. So etwas darf nicht noch einmal passieren.«

»Ach.« Rick steckt sich ein Stück Maisbrot in den Mund. »War sicher ein schnelles Ende, nicht wahr? Ein bisschen die Gehirnwindungen grillen, und zack – vorbei. Bei den meisten Gehirnen, die ich kenne, wäre das kein Verlust.«

Ein viertes Tablett wird auf den Tisch geknallt. Elsie – groß, dünn und so blond, dass sie fast weißhaarig wirkt – wirft sich auf den letzten verbleibenden Stuhl. »Du bist ein Idiot, Rick«, sagt sie nüchtern.

»Aber ein begabter Idiot.« Er grinst sie an. »Ich hab's doch nicht ernst gemeint. Ich will nur, dass Jana sich besser fühlt.«

»Idiot«, wiederholt Elsie zufrieden, bevor sie sich mir zuwendet. »Ich habe gehört, was passiert ist. Tut mir so leid, aber es ist sicher nicht deine Schuld.«

»Danke.« Ich mag Elsie, sie ist fünf oder sechs Jahre älter als ich, war aber ebenfalls schon mit siebzehn bei den Designern. Ich freue mich jedes Mal, wenn wir uns sehen, bloß die Welten, die sie modelliert, ertrage ich kaum. Horrorszenarien mit Zombies und anderen Monstern; man kämpft dort ständig ums Überleben und muss an jeder Ecke damit rechnen, von einem grauenvoll entstellten Wesen angefallen und gekillt zu werden. Besonders stolz ist sie auf das Geruchsspektrum, das sie passend dazu gestaltet hat. Bisher ist zu meiner Überraschung noch keiner der Bewohner daran gestorben, dass er vor Ekel in die Maske gekotzt hätte.

»Ich würde gern mal so was wie Kerrybrook machen«, sagt sie und beißt nachdenklich von einem Stück Zwieback ab. »Aber mit lauter Spukhäusern, versteht ihr? Eine verfluchte Hütte neben der nächsten, und wer drei Tage überlebt, bekommt eine Reise nach … Venedig.« Sie grinst Matisse an. »Perfekter Ort, um sich zu erholen, nicht wahr? So ruhig, wie es ist.«

»Ja ja, bohrt nur in meinen Wunden«, brummt er.

Ich habe das Rübenmus bisher kaum angerührt, essen muss ich es aber. Nahrungsmittel zu verschwenden hat Konsequenzen, also löffle ich den Brei in mich hinein. Das Wasser, mit dem ich ihn hinunterspüle, schmeckt heute ebenfalls scheußlich. Nach Chlor? Ich muss das Gesicht verzogen haben, denn Rick lacht auf. »Widerlich, oder? Hättest dir auch einen Shake nehmen sollen, da übertüncht das künstliche Erdbeeraroma alles andere.« Er prostet mir mit seinem pinkfarben gefüllten Glas zu. »Spukhäuser«, sagt er dann zu Elsie gewandt, »in einer Gefängniswelt. Das wäre mal etwas anderes, oder? Wir könnten das zusammen machen, du sorgst für den Horror und ich dafür, dass keiner je wieder rauskommt, nicht einmal für den Schlaf-Exit.«

Als Elsie eine Grimasse zieht, wendet er sich uns anderen zu. »Wir sollen doch neue Ideen liefern, und so was wäre nagelneu! Noch dazu: Ich kann das! Joscha hat mich ein paar Tage lang an Molar mitarbeiten lassen, ich weiß, wie man eine Welt luftdicht abschließt! Wir nennen sie NoWayOut und lochen dort die wirklich bösen Jungs ein!« Er sticht ein paar Mal mit seiner Gabel auf imaginäre Opfer ein. »Wenn sie wieder rauskommen, sind sie streichelweich und schäfchenzahm.«

»Na dann, macht mal«, sagt Matisse kauend. »Ich bin sicher, Mastermind wird begeistert sein.«

Normalerweise hätte ich Spaß daran, mich an dem Geplänkel zu beteiligen und mir auch abartige Weltenkombinationen auszudenken, aber ich bin in Gedanken immer noch in Kerrybrook. Warum habe ich mich zu dieser Snackpause überreden lassen? Ich sollte besser an der Designstation sitzen und mich um meine Welten kümmern.

»Bei euch gibt es also keine Ausfälle?«, frage ich und lege den Löffel zurück auf den leeren Teller. Allgemeines Kopfschütteln. »Ein paar Transfers schon«, sagt Elsie, als könnte mich das trösten.

Ich nicke müde und stehe auf. Rick gähnt demonstrativ. »Gehst du Phantome jagen? Könntest du dann Babette fragen, ob sie sich zu uns setzen will?«

Ich würdige ihn keiner Antwort, aber auf dem Weg zurück an meinen Arbeitsplatz hallt seine Frage in meinem Kopf wider. Phantome jagen. Wenn ich wüsste, wie man das am besten macht.

Ich trete aus der Kantine und laufe den Gang entlang, der zu den Treppen führt, bleibe aber auf halbem Weg abrupt stehen. Am Treppenabsatz steht Olga, im Gespräch mit einem groß gewachsenen, bulligen Mann, den ich bisher nur von Videobotschaften an die Mitarbeiter kenne. Lauritz, unser neuer Sicherheitschef. Glatt rasierter Schädel, dichte dunkle Augenbrauen. Ausgerechnet heute gibt es also einen der seltenen Alpha-Besuche.

Soweit ich weiß, war er noch nie in Designcenter 12. Ist er meinetwegen hier? Untersucht er den Fall Zoe Uhland persönlich? Ich schleiche ein paar Schritte zurück und drücke mich in eine Türnische. »... keine Unsicherheitsfaktoren dulden«, sagt Lauritz gerade. »Offenbar ist uns etwas Gravierendes entgangen, und der Zeitpunkt ist denkbar ungünstig. Wurden alle Ausfälle und Transfers in diesem ...« Er sucht nach einem Wort.

»Kerrybrook«, hilft Olga ihm aus.

»Richtig. In diesem Kerrybrook überprüft?«

»Ja. Dreimal jetzt.«

Sie sind also auch auf der Suche nach dem Phantom. Mir wird heiß. Wenn ein Fehler passiert ist, wird Olga bestimmt nicht die Verantwortung dafür übernehmen. Die schiebt sie zehnmal lieber mir in die Schuhe.

»Wir riskieren, dass es wieder passiert«, sagt Lauritz, es klingt kalt. »So etwas ist doch kein Zufall. Wenn wir die Kontrolle verlieren, haben wir demnächst Unruhen, vielleicht sogar Aufstände. Ich tue das Meine, um das zu verhindern. Tun Sie das Ihre.«

»Ich bin dran«, murmelt Olga, ungewohnt scheu.

Über mein Gesicht läuft ein Schweißtropfen. Warum bin ich nicht an meinem Platz geblieben? Jetzt werden sie sagen, ich bin verantwortungslos, ich nehme das Problem nicht ernst.

Von Aufständen redet Lauritz. Wegen einer toten Benutzerin? Bei der die Todesursache ein Defekt in der Maske war?

Ich schließe die Augen und sehe einen schmutzig verwischten Schatten. Versuche, den Zusammenhang zu begreifen. Das Phantom ersticht Zoe mit seinem Messer. In ihrer Kapsel stirbt sie an einem Stromstoß.

Aber vielleicht ist Lauritz genau deshalb so angespannt. Weil das Management selbst nicht begreift, was da passiert ist.

»Ich will keine derartigen Pannen mehr«, herrscht er Olga noch an, bevor er die Treppen nach unten läuft. Sie folgt ihm mit ein paar Sekunden Abstand, lautlos wie immer.

Am liebsten würde ich mich verstecken. Mich unsichtbar machen, aber das ist ein kindischer Impuls. Ich muss mich um Kerrybrook kümmern.

Zwei Stunden später bin ich noch keinen Schritt weiter. Ich habe mir die Mordsequenz so oft angesehen, dass sie auch dann vor mir abläuft, wenn ich die Augen schließe. Aber jedes Mal verliere ich den Schatten an der Stelle aus den Augen, an der er mit der Mauer verschmilzt. Egal, ob ich die Straße fünf oder dreißig Minuten länger beobachte – er taucht nicht wieder auf.

Dafür erscheint Rick an meiner Designstation, mit Babette im Schlepptau. Die beiden wollen sich das Ereignis selbst ansehen, weil Rick, wie er selbstbewusst behauptet, den Verbleib des Phantoms ganz sicher nachvollziehen kann.

Das wäre mir nur recht, also lasse ich die Sequenz noch zehn Mal ablaufen. Rick klebt mit seiner Nase fast am Monitor, Babette hält mehr Abstand, aber ihre dunklen Augen folgen den Bewegungen auf dem Bildschirm mit konzentrierter Aufmerksamkeit.

»Gibt's doch nicht.« Nach dem elften Mal springt Rick entnervt auf, nun nimmt Babette seinen Platz ein. Mir ist klar, dass Rick sie mitgenommen hat, um sie mit seinem Können zu beeindrucken. Leider schiefgegangen.

Sie wirft ihren dunklen Zopf auf den Rücken und startet die Szene neu, sieht sie sich zweimal genau an, dann schüttelt sie entschlossen den Kopf. »Am besten, du verschwendest deine Zeit nicht weiter«, meint sie. »Da wusste jemand genau, was er tut.« Sie steht auf, schenkt mir ein bedauerndes Lächeln und geht.

Verschwendete Zeit ist meine geringste Sorge. Die Vorstellung, bei Olgas nächstem Besuch mit völlig leeren Händen dazustehen, dreht mir den Magen um. Ich öffne den Arbeitsmodus, kontrolliere den Strukturcode, suche nach Fehlern, doch es sieht alles okay aus. Sich länger auf die Mauer zu konzentrieren, hat keinen Sinn, besser ich gehe noch einmal die langen Datenlisten durch – und endlich fällt mir etwas auf, in einem der Bearbeitungsprotokolle. Jemand anders hat sich als Designer in Kerrybrook eingeloggt. Was eigentlich nicht sein kann, nicht ohne meine Zustimmung. Hat er Änderungen vorgenommen? Neue Features eingebaut? Ich gehe die letzten Aktionen im Protokoll durch, doch die stammen alle von mir.

Allerdings habe ich nicht vergessen, dass jemand den Adler auf dem Gemälde durch eine Taube ersetzt hat. Und einen Exit-Point gesperrt. Nicht mehr so unerklärlich jetzt; ein Eindringling mit Designrechten hätte beides leicht hinbekommen.

Aber ich finde nirgendwo Spuren der Bearbeitung, ebenso wenig wie eine Signatur und schon gar keinen Personalcode. Alles gelöscht. Was technisch gar nicht möglich sein sollte. Doch es steht ausdrücklich da: *gelöscht*. Ich versuche, die Daten wiederherzustellen, ohne Erfolg. Babette hat recht, hier war jemand am Werk, der wirklich weiß, was er tut.

Immerhin das habe ich nun herausgefunden und kann es Olga zeigen, wenn sie das nächste Mal auftaucht. Bis dahin habe ich ein Auge auf Kerrybrook; ich gehe gewissermaßen Patrouille. Zoome mich in Straßen, Pubs, Häuser rein und wieder raus. Scrolle über die Wiesen, hole mir die Burg nah heran. Es ist nicht das Gleiche, wie selbst dort zu sein, aber dafür habe ich den Überblick.

Zwischendurch ein schneller Blick nach Macandor, wo die Dinge rundlaufen. Die Bevölkerung ist um die gewünschten acht Prozent geschrumpft, und ich schicke die Hälfte der Dämonen in ihre Höhlen zurück, bis auf Weiteres.

Meine dritte Welt, Cretaceous, habe ich heute noch völlig vernachlässigt. Hier gibt es siebzehn Transfers und dreiunddreißig Neuzugänge. Keinen Ausfall.

Ich würde zu gerne wissen, in welchem Wohndepot Zoe Uhland untergebracht war. Falls nicht einfach nur ein Defekt in der Maske schuld an ihrem Tod war, könnte es ein Fehler in der Energieversorgung gewesen sein. Ein Versagen des Sicherheitssystems, in dem Fall muss jemand alle Stromleitungen des Komplexes überprüfen.

Das sollte ich Olga sagen, oder Lauritz, es würde zeigen, dass ich Verantwortungsbewusstsein habe und mitdenke. Selbst nachsehen, in welcher Zone Zoe Uhland gewohnt hat, kann ich leider nicht, das fällt alles unter Datenschutz. Aber vermutlich im deutsch-/englischsprachigen Raum, also Mitteleuropa. Das schließe ich aus ihrem Namen und aus den Weltenpässen, die sie zur Verfügung hatte. Klar gibt es in Kerrybrook gelegentlich auch Besucher aus asiatischen oder amerikanischen Depots, doch in deren Pässesammlungen findet man dann

Welten wie Hongkong89, CaliforniaSurf oder TaipehFly, für die die asiatischen Filialen von Mastermind zuständig sind.

Mich an Zoes Äußerem, also ihrer Hautfarbe oder Ähnlichem orientieren zu wollen, ist sinnlos, daran kann man die Herkunft eines Bewohners schon lange nicht mehr festmachen. Als die Krise ihren Höhepunkt erreichte, wanderten Millionen von Menschen quer über den Erdball, dorthin, wo sie glaubten, sicherer zu sein. Jedenfalls die, die es sich leisten konnten. Von den anderen wird offiziell nicht gesprochen, und ich war damals ohnehin noch nicht geboren.

Gehen wir also davon aus, dass Zoe in einem der Wohndepots auf dem europäischen Kontinent zu Hause war. Ich checke noch mal die Liste mit den Störungsmeldungen, finde aber nur eine einzige, die ein Treffer sein könnte: Sturmschäden an Wohndepot 76b23, das liegt an der französischen Atlantikküste, nicht weit von Poitiers. In der Gegend stehen die Depots ungewöhnlich dicht, weil das Land sich für nichts anderes eignet. Überall da, wo man Wälder, Mais- oder Rübenfelder anlegen kann, haben sie Vorrang vor Quartieren für die Bevölkerung.

Ich bin so konzentriert auf meine Suche, dass ich kaum mitbekomme, was sich um mich herum abspielt. Irgendwann ist Matisse zurückgekommen, was ich kaum registriert habe. Dass er jetzt plötzlich aufspringt, als hätte ihn etwas gestochen, entgeht mir aber nicht. »Guten Tag«, murmelt er.

Voller böser Vorahnungen wende ich den Kopf, und da steht Lauritz mitten im Zimmer. Hinter ihm, mit zwei Metern Respektabstand, Olga. Eine kurze Handbewegung des Sicherheitschefs, und Matisse verlässt fluchtartig den Raum.

»Pasco?« Lauritz tritt einen Schritt näher.

»Richtig. Jana Pasco.« Meine Stimme klingt nicht halb so fest, wie ich es mir wünschen würde.

»Sie sind zuständig für Kerrybrook? Es ist Ihre Kreation?«

»Ja.« Auf dem mittleren Monitor sieht man gerade den Fischerhafen. Ein Boot legt ab, Möwen kreisen übers Wasser.

»Offenbar gibt es dort Unregelmäßigkeiten.« Lauritz wirft nicht einmal einen flüchtigen Blick auf den Bildschirm. »Ich würde gerne Ihre Erklärung dafür hören.«

»Ich … also, ich habe noch keine.« Meine Stimme klingt heiser. »Aber etwas habe ich gerade herausgefunden: Jemand mit Designrechten hat sich in Kerrybrook eingeschlichen und danach seine Spuren verwischt.« Die Nervosität lässt mich undeutlich und viel zu schnell reden. Ich rufe das Protokoll auf und deute auf die betreffende Stelle. »Sehen Sie? Ich weiß leider nicht, wer es war, es wurden alle persönlichen Spuren gelöscht.«

Lauritz beugt sich vor, betrachtet den Eintrag wortlos. Seine Wangenmuskeln treten hervor, als würde er die Zähne zusammenbeißen. »Tja. Haben Sie denn Ihre Welten nicht gegen Sabotage von außen abgesichert?«

Ich schnappe nach Luft. »Doch! Genau nach Vorschrift, ich verstehe es ja auch nicht!«

Er reibt sich nachdenklich das Kinn. »Nun ja«, sagt er. »Wir werden uns darum kümmern. Sie nehmen sich bitte vier oder fünf Tage frei. Machen sich eine schöne Zeit in einer erholsamen Welt, bis wir alles wieder in Ordnung gebracht haben.« Sein Ton ist so herablassend, dass mir fast Tränen kommen vor Wut.

»Ich möchte den Fehler gern selbst finden«, stoße ich hervor. »Wenn es wirklich einen gibt. Um ehrlich zu sein, glaube ich das nicht, es hat ja auch früher Phantome gege…«

»Wir haben nicht die Zeit, das Problem jemandem zu überlassen, der es wahrscheinlich selbst verursacht hat.« Obwohl

Lauritz die Stimme kaum hebt, habe ich das Gefühl, er herrscht mich an. »Sie werden so freundlich sein und meinen Anweisungen folgen. Wenn wir es mit einer Sicherheitslücke zu tun haben, müssen wir sie schnell finden. In den nächsten Tagen wird endlich Minus3 eröffnet, falls Sie das vergessen haben. Eine der wichtigsten Welten überhaupt. Ich will, dass das Sicherheitssystem bis dahin wieder kugelsicher ist.«

Ich habe es tatsächlich vergessen, in all dem Chaos, dabei ist Minus3 seit Monaten das Thema schlechthin. Was heißt seit Monaten – seit Jahren eigentlich. Eine Welt, die die begabtesten Wissenschaftler anlocken soll. Vor allem solche, die sich auf Geoengeneering spezialisiert haben, aber auch kreative Köpfe anderer Disziplinen. Sie sollen einen Weg finden, den Planeten um drei Grad runterzukühlen – und dann könnte man vielleicht versuchen, den grönländischen Eisschild wiederherzustellen. Vorschläge gibt es viele, aber sie alle haben Nebenwirkungen, die man zuerst gründlich simulieren und studieren muss. Ein Riesenprojekt, angeblich das größte des letzten Jahrzehnts. Kein Wunder, dass Mastermind sofort gereizt ist, wenn irgendwo etwas schiefläuft.

Ich muss trotzdem die Frage stellen, die mir die ganze Zeit auf der Zunge brennt: »Die anderen sechsundzwanzig Ausfälle – weiß jemand, was mit denen passiert ist? Sind sie okay?«

»Natürlich«, antwortet Olga wie aus der Pistole geschossen. Ein wenig zu schnell vielleicht. Ein wenig, als hätte sie Angst. »Haben wir längst überprüft. Alles in Ordnung.«

»Und – könnte ich erfahren, wo Zoe zu Hause war? In welchem Depot?«

Olgas Blick schnellt zu Lauritz, heftet sich dann wieder an mein Gesicht. »Warum sollte das wichtig sein?«

Der Sicherheitschef bringt sie mit einer Geste zum Schweigen, dann dreht er langsam den Kopf vom Monitor zu mir. »Bitte folgen Sie einfach meinen Anweisungen. Vielleicht sind Sie nicht schuld an dem Problem, aber Sie werden verstehen, dass ich erfahrene Experten darauf ansetzen muss. Wir wollen uns alle nicht vorstellen, was passiert, wenn sich plötzlich Leute einfach in Welten hineinmogeln können, zu denen sie keinen Zutritt haben. Ein Opfer gibt es nun ja auch schon zu beklagen, und ich werde dafür geradestehen müssen.«

Sein Ton ist freundlicher geworden, aber er täuscht mich nicht. Im Fall des Falles wird es mein Kopf sein, der rollt. Ich bin bald achtzehn, sie werden einen Grund finden, mich nach Trokar zu schicken oder nach Molar. Auf Sabotage stehen schwere Strafen.

Ich kämpfe das Bedürfnis nieder, mich weiter zu verteidigen. »Gut«, sage ich. »Wenn Sie meinen.«

Lauritz verzerrt seinen Mund zu etwas, das einem Lächeln ähnelt. »Ich wusste, Sie würden das verstehen.« Er dreht sich um und geht; Olga wieselt ihm hinterher.

Ich sinke auf meinem Stuhl in mich zusammen. Ich hatte damit gerechnet, dass sie mir Hilfe zur Seite stellen, nicht, dass sie mir meine Welten aus der Hand nehmen. Aber vielleicht, wenn ich schneller bin …

Eben. Für Selbstmitleid ist später immer noch Zeit. Ich fange noch einmal von vorne an. Suche nach Markierungen, nach irgendetwas Verräterischem, das mich auf die Spur des Phantoms führen könnte. Leider macht es seinem Namen weiterhin alle Ehre. Es ist nicht zu greifen, wie ein Schatten ohne Form und Substanz, der nichts hinterlassen hat als eine Tote.

Drei Stunden später tränen meine Augen, und in meinem Kopf hämmert Schmerz. »Ich lasse es jetzt«, murmle ich, als Matisse mir ein Glas Wasser bringt. »Dann sollen eben Lauritz und seine Leute ihr Glück versuchen. Ciao, Matisse. War nett, dich kennengelernt zu haben.«

»Quatsch«, sagt er und tätschelt mir tröstend die Schulter. »Es war sicher nicht dein Fehler, und selbst wenn – im schlimmsten Fall wirst du für ein paar Wochen beurlaubt, und sie schicken dich in eine nette Welt zum Relaxen.« Er tut, als müsse er nachdenken. »Soothe Bay zum Beispiel; dort liegen die Leute den ganzen Tag im Schatten von Palmen, beobachten Schildkröten und lesen Bücher aus der Strandbibliothek. Ich bin jetzt schon neidisch.«

Ich schließe die Augen. Schöne Vorstellung, auch wenn ich nicht daran glauben kann. Viel eher schicken sie mich in die Wüste. Wahrscheinlich die von Trokar, wo es von widerlichem Krabbelgetier nur so wimmelt.

Aber das wäre noch nicht einmal das Schlimmste, für kurze Zeit würde ich das sicher aushalten. Solange ich dafür Kerrybrook nicht verliere, in das ich so viel Herz und Arbeit gesteckt habe. Denn die Welt wird wohl gelöscht werden, wenn niemand es schafft, die Sicherheitslücke zu finden. Die Bewohner werden Transferanweisungen erhalten, der Speicherplatz wird frei gemacht.

Ich reiße mich zusammen und trinke das Wasser, das Matisse mir gebracht hat, in einem Zug aus. Schmeckt wirklich schauderhaft heute. Ich schüttle mich. Zum Teufel mit den düsteren Gedanken, ich bekomme das hin. Und wenn ich noch einmal persönlich in Kerrybrook auftauchen muss. Dort war das Phantom kein Schatten, sondern sah aus wie ein ganz normaler Mensch, den jemand beschreiben können müsste. Wenn ich mit meinen Protokollen und Tabellen nicht weiterkomme, wird es eben anders gehen.

Allerdings sollte ich vorher das Exit-Problem noch lösen.

Und die Dämonen in Macandor vorübergehend stilllegen, bevor sie zu viele Bewohner killen. Das tue ich am besten gleich, dann kann ich es von meiner To-do-Liste streichen –

Schon als ich den Ansichtsmodus öffne, wird mir klar, dass auch in Macandor etwas nicht stimmt, doch die Welt ist so groß, dass ich nicht sofort sehen kann, was es ist, das sich verändert hat. Ich zoome ein Stück hinein, werfe einen Blick in die Wälder von Algihra, das Trypha-Tal und die Moore von Ochris. Alles sieht gut aus, es gibt keine auffälligen Schwankungen in der Bevölkerung, bloß eine kleine Fehde zwischen Albinofeen und Sylphiden.

Doch dann steuere ich die nördliche Bergkette an und fühle, wie mein Magen sich ein Stück hebt. Schon im Überblicksmodus erkenne ich das Gebirge kaum wieder. Ich zoome näher heran. Die zehn Berggipfel, die wie felsige Wächter am Rand von Macandors Wäldern hochragen, haben ihre Form verändert. Als hätte jemand sie mit Hammer und Meißel bearbeitet, mit gewaltigen Werkzeugen. Die Gipfel haben nun die Konturen von Buchstaben, und sie bilden ein riesiges Wort.

VERBRENNEN.

4

»Wie kann so etwas passieren?« Es tut mir leid, dass es Matisse ist, der meinen Wutanfall aushalten muss, er hat ihn nicht verdient, aber wir teilen uns nun mal einen Arbeitsraum. »Das muss jemand mit Master-Zugang gewesen sein. Wir anderen können so große Änderungen in einer fremden Welt doch gar nicht vornehmen!« Ich bin schon halb auf dem Weg zur Tür; selbst wenn es jemand aus dem Management gewesen sein sollte, der sich an Macandor zu schaffen gemacht hat, habe ich ein Recht darauf, die Gründe zu erfahren.

»Du willst jetzt nicht ernsthaft Wirbel deswegen machen?« Matisse versperrt mir den Weg, und natürlich hat er recht. Ich sollte möglichst niemanden darauf aufmerksam machen, dass ich nun auch noch die Kontrolle über eine zweite Welt verliere.

Wie betäubt kehre ich zurück zu meiner Designstation und betrachte das Desaster auf allen drei Bildschirmen. Was soll das überhaupt heißen: Verbrennen? Beschwert sich jemand über meine Feuerdämonen? Oder will er, dass ich Macandor völlig in Asche lege?

Matisse hat sich das Gipfel-Dilemma schweigend angesehen und nur den Kopf geschüttelt, ratlos. »Mastermind sollte Spezialisten darauf ansetzen«, sagt er jetzt. »Ich denke, da hat es jemand auf dich abgesehen. Jemand, dem es nicht passt, dass die jüngste Designerin im Team so erfolgreich ist.«

Jemand von den Älteren? Hm. Das ist nicht ganz unlogisch. Obwohl auch unter ihnen nur wenige über einen Master-Zugang verfügen, den sie sofort verlieren würden, wenn rauskäme, dass sie ihn auf diese Weise missbrauchen. Im Grunde habe ich zu ihnen nicht viel Kontakt, und keiner ist mir je unfreundlich begegnet. Außerdem würden sie mich kaum als Konkurrenz empfinden – ihren Legendenstatus nimmt ihnen niemand. Viele von ihnen betreuen Welten, die einfach die Zustände von früher darstellen, bloß hübscher. Dort kann man so tun, als wäre nie etwas geschehen. Man hat einen Beruf, den man mag, ein Haus, gelegentlich Stress mit den Nachbarn und vielleicht einen Hund. Es werden Ehen geschlossen – zwischen Menschen, die sich in der jeweiligen Welt kennengelernt haben. In der Realität werden sie sich wahrscheinlich nie begegnen, ihre Wohndepots können Tausende Kilometer voneinander entfernt liegen. Doch das ist völlig egal. In der Realität verbringt ohnehin kaum jemand mehr als eine Stunde pro Tag.

Ein ganz normales Leben, wie man es noch im 21. Jahrhundert geführt hat, in dem alles möglich ist – bloß Kinder nicht. Umso wichtiger sind Haustiere, hat sich herausgestellt. Wer solche Welten entwirft und betreut, kann sich von meinen nicht gestört fühlen.

VERBRENNEN. Ist es eine Drohung? An mich gerichtet? Kaum, so wichtig bin ich wirklich nicht.

»Willst du es den anderen zeigen?« Matisse dreht an einem seiner Zöpfchen, ein klares Zeichen dafür, dass er doch auch nervös ist. Wahrscheinlich geht er gleich auf die Suche nach Saboteuren in seinen eigenen Welten.

»Bin ich verrückt? Rick lacht sich kaputt, Elsie bemitleidet mich bloß, und Babette ist es egal. Aber alle zusammen halten mich dann für inkompetent. Außerdem, wer weiß, ob sie es nicht weitererzählen.«

»Hast recht.« Matisse lässt sein Zöpfchen los. »Solange Lauritz noch hier ist, verhalte dich besser ruhig. Er ist wirklich mieser Laune. Als ich vorhin Wasser geholt habe, war er gerade bei Rick. Hat ihn persönlich an seiner Designstation besucht und ihn erst angebrüllt, dann hat er ihm einen langen Vortrag darüber gehalten, dass er gefälligst mehr Disziplin an den Tag legen muss, dass Talent allein nicht genügt, dass er ihn jederzeit ersetzen könnte.«

»Echt? Nicht nur mich, Rick auch?«

»Ich sage doch, Lauritz ist mies drauf. Rick hat sich aber nichts gefallen lassen, er hat gesagt, er legt ohnehin keinen Wert auf Zusatzaufgaben. Glaub es oder nicht, dann hat Lauritz ihn in Ruhe gelassen. Hat ihm zwar noch mit zehn Tagen Trokar oder wahlweise mit Bauarbeitsdiensten in der Nähe von Madrid gedroht, ist dann aber gegangen.«

Ob das ernsthafte Drohungen waren? Beides sind ziemliche Horrorvorstellungen, die eine virtuell, die andere real. Madrid ist so heiß, dass man es kaum eine halbe Stunde im Freien aushält.

Mich hat Lauritz nicht angebrüllt. Ist das ein gutes oder ein schlechtes Zeichen? »Pass auf, Matisse, ich werde …«

Der Satz bleibt mir im Hals stecken, denn neben mir ist eben Olga aufgetaucht. Ich sehe sie nur aus den Augenwinkeln, wie sie da steht in ihrem ockerfarbenen Dienstanzug, die Arme vor der Brust verschränkt. Jetzt, nachdem sie weiß, dass ich sie bemerkt habe, tritt sie einen Schritt näher. »Gute Nachrichten, Jana. Der Vorfall rund um diese Zoe Uhland ist aufgeklärt.« Sie spricht schneller als sonst, beinahe hastig. »Zoe hat ihre Ausrüstung nicht korrekt bedient. Die Maske hätte längst ausgetauscht gehört, sie hat sich nicht mehr korrekt mit den Anschlüssen verbunden, deshalb der Stromschlag.« Olga verzieht die dünnen Lippen zu einem Lächeln. »War also nicht deine

Schuld, sondern ihre eigene. Die anderen Ausfälle waren Fehlermeldungen, das hat die Technik eben bestätigt.«

Im ersten Moment fühle ich mich ganz schwach vor Erleichterung. Ich bin aus der Schusslinie. Unmittelbar darauf finde ich die Erklärung mehr als löchrig. »Wirklich bloß Fehlermeldungen, und alle ausgerechnet in Kerrybrook? Und ... was ist mit dem Phantom? Du hast den Schatten gesehen, oder? Und ...«

»Meine Güte, die Sache ist geklärt, reicht dir das nicht?« Olga blickt zur Tür, dann wieder zu mir. »Die Dinge laufen jetzt einfach so ab, wie Herr Lauritz es gesagt hat: Du machst ein paar Tage Pause, in der Zwischenzeit sieht sich ein Sicherheitsteam dein Kerrybrook an. Wenn du zurückkommst, wissen wir, ob es ein Problem gibt oder nicht. Sei doch froh, dass wir das für dich erledigen!«

Vernünftig sein, sage ich mir. Einfach nachgeben. Egal, ob mir die Logik einen Strich durch meine Erleichterung gemacht hat. Eine schlampig angesteckte Maske erklärt nur den tragischen Tod von Zoe Uhland, sonst genau nichts. Nicht die verwischten und gelöschten Spuren, nicht den defekten Exit-Point, nicht das Taubensymbol.

Davon abgesehen – es heißt doch, dass das System keinen Transfer erlaubt, wenn Overall oder Maske nicht korrekt angeschlossen sind. Aus Sicherheitsgründen eben. Olga belügt mich, und ich muss so tun, als würde ich es nicht merken.

Sie nimmt mein Schweigen mit zufriedener Miene zur Kenntnis, kehrt mir den Rücken zu und marschiert nach draußen. Matisse und ich wechseln einen langen Blick. »Das war ja ... eigenartig«, sagt er.

»Es war ein Haufen zusammengesponnener Blödsinn, meinst du nicht?« Beide betrachten wir die Bergkette von Macandor auf meinem Hauptmonitor, den Olga nicht einmal flüchtig wahrgenommen hat. VERBRENNEN.

Mein Kopf fühlt sich schwer an. »Ich muss mir etwas einfallen lassen.«

Hallo Olga, ihr habt vollkommen recht, ich brauche eine Pause. Die letzten sechs Monate habe ich durchgearbeitet, ohne Wochenenden, dafür mit Überstunden. Ich bin wirklich ausgepowert und werde Lauritz' Vorschlag gerne folgen: vier oder fünf freie Tage am Meer oder im Spaceresort werden mir guttun. Ihr kümmert euch um Kerrybrook, das ist toll, vielen Dank! Matisse und Elsie werden ein Auge auf meine anderen Welten haben, ich vertraue ihnen da ganz. Bis nächste Woche!

Danke und liebe Grüße, Jana.

Ich habe eine halbe Stunde an der Nachricht gefeilt, damit sie möglichst echt klingt. Erschöpft, aber unbefangen. Jetzt lasse ich Matisse sie lesen und beobachte gespannt seine Reaktion.

»Na ja«, sagt er. »So viel Dankbarkeit kommt schon sehr plötzlich, nicht? Als Olga vorhin hier war, hast du nicht so begeistert gewirkt. Aber egal, hauptsächlich werden sie froh sein, dass niemand Fragen stellt.« Er verzieht das Gesicht. »Eine fehlerhaft angeschlossene Maske«, murmelt er. »Wer soll das denn glauben?«

Ich zucke mit den Schultern und schicke die Nachricht ab; keine zehn Minuten später kommt die Antwort von Olga:

Deine Beurlaubung ist registriert. Suche noch eine dritte Person für die Aufsicht über deine Welten. Sobald alle drei die Übernahme deiner Zuständigkeitsbereiche be-

stätigt haben, kannst du deinen Arbeitsplatz verlassen. Du bist für fünf Tage freigestellt, danach sehen wir weiter.

Olga

»Danach sehen wir weiter – da lassen sie eine Menge offen«, stellt Matisse fest.

»Ja, nicht wahr?«

»Du musst dir auf jeden Fall keine Sorgen um deine Welten machen. Ich werde auf sie achten, als wären es meine eigenen.« Er blickt resigniert zu seiner Workstation. »Zeit genug werde ich haben. Venedig säuft bei mir sowieso ein zweites Mal ab, und meine anderen drei laufen wie geschmiert. Worauf speziell soll ich ein Auge haben?«

Mit flauem Gefühl im Magen ziehe ich die Bergkette näher heran. »Auf Veränderungen, auf Ausfälle. Ich werde ein kleines Design-Kit in mein Inventar packen. Wenn du das Phantom entdeckst oder noch mehr beunruhigende Veränderungen, versuch, mir eine Nachricht zu schicken.«

Matisse klopft mit den Fingern auf die Tischplatte. »Ein Design-Kit? Du machst keinen Urlaub?«

»Ich muss noch mal nach Kerrybrook. Und nachsehen, was mit den Bergen in Macandor passiert ist. Wenn sie es mich nicht von außen tun lassen, dann gehe ich eben rein.«

»Und wenn sie dich erwischen? Gerade Kerrybrook wird unter ständiger Beobachtung stehen.«

»Ich bleibe nur kurz«, versuche ich ihn und mich selbst zu beruhigen. »Ich muss unbedingt jemanden finden, der mir das Phantom beschreiben kann.«

»Und jemand Dritten, der dich vertritt«, wirft Matisse ein. »Weißt du schon, wer es werden soll?«

Nein, nicht wirklich. Meine Freundin Tomomi würde es ohne Zögern tun, aber sie ist mir eine Spur zu chaotisch. »Babette vielleicht«, überlege ich. »Obwohl ich sie noch nicht so gut kenne.«

Matisse klopft nachdenklich mit den Fingern auf die Tischplatte. »Nachdem der Urlaub ja nur Vorwand ist«, sagt er, »würde ich jemanden nehmen, der kein Problem damit hat, das Management notfalls an der Nase rumzuführen. Der dich auch dann nicht verpetzt, wenn du die Regeln ein wenig verbiegst. Da fällt mir jemand Besseres ein als Babette.«

Das kann nicht sein Ernst sein. »Du denkst an Rick, nicht wahr? Nein, danke. Vielleicht hält er dem Management gegenüber dicht, aber er wird mir später ständig das Leben schwer machen. Weil er ja Dinge *weiß* und sie weiterzählen *könnte* …«

»Was er nie tun würde.« Dankenswerterweise hört Matisse mit der Fingerklopferei auf und deutet mit dem Kinn ungefähr in die Richtung, in der Ricks Designstation liegt. »Er wird dich die nächsten drei Jahre auf den Arm nehmen und dir erzählen, dass er dich gerettet hat, aber dafür wird er seinen ganzen Ehrgeiz daransetzen, dich nicht auffliegen zu lassen. Du hättest vorhin sehen sollen, wie egal ihm Lauritz' Brüllerei war. Er kriecht nicht vor dem Management. Ich würde mich darauf einlassen.«

Da ist was dran. »Okay. Dann also du, Elsie und er. Mit Bauchschmerzen.«

Zwei Stunden später habe ich alles geklärt. Elsie hat mir lächelnd versichert, dass sie keine Zombies in Kerrybrook ansiedeln wird, sondern bloß darauf achten, dass alles weiterhin funktioniert. Sie wird dafür sorgen, dass niemand es mitbekommt, wenn ich mich in eine meiner Welten transferiere.

Rick hat ebenfalls umgehend zugesagt, wenn auch mit gönnerhaftem Lächeln. »Na sicher, Küken. Ich pass auf deine Sachen auf. Darf ich mit den Feuerdämonen spielen?«

Mein größtes Vertrauen lege ich trotzdem in Matisse, der besorgter ist, als er es mich merken lassen möchte. »Verabreden wir ein Zeichen«, schlägt er betont heiter vor. »Für den Fall, dass du Hilfe brauchst.«

»Hilfe wobei? Wenn es Probleme gibt, suche ich mir einen Exit-Point.«

»Das hat beim letzten Mal nicht besonders gut funktioniert.«

Ich lege meine Hand auf seine. »Ich bin sicher, Kerrybrook war eine Ausnahme. Ich nehme diesmal ein Design-Kit mit, dann kann ich kaputte Exit-Points reparieren. Außerdem habe ich ein paar Werkzeuge und Vorlagen in mein Inventar eingespeichert. Was soll passieren?«

Matisse verzieht den Mund. »Ich denke bloß an Zoe Uhland und habe ein komisches Gefühl bei der Sache. Hast du dir schon überlegt, mit welcher Welt du beginnen willst?«

Das habe ich tatsächlich. »Ich steige in SeaMe ein. Das sieht total nach Urlaub aus. Türkiser Ozean, Luxusbungalows an langen Stegen und Delfine, die einem bis vor die Tür schwimmen. Eine überzeugende Wahl für jemanden mit Erholungsbedarf, oder?«

Matisse nickt, immer noch ernst. »Mir wäre wohler, wenn du wirklich dort bleiben würdest.«

Seine Sorge ist echt, und bevor sie auf mich übergreifen kann, stehe ich auf und umarme ihn. »Okay. Wir verabreden ein Zeichen für den Fall, dass die Dinge beunruhigend werden sollten. Dann … lasse ich blaue Schmetterlinge aufsteigen. Und falls ich richtig Angst bekomme, wird es ein schwarzer Adler sein, der hochsteigt. Ganz schwarz, Schnabel und Klauen rot. Wenn du den siehst, ist es meiner und ich stecke massiv in der Klemme.«

»In Ordnung.« Matisse löst sich aus meiner Umarmung und nimmt mich an den Schultern. »Ich werde dich im Auge behalten, so gut ich kann. Hast du dir schon eine freie Kapsel organisiert?«

»Noch nicht. Aber ich denke, ich gehe in eines der unterirdischen Depots, dort ist es kühler, und sie sind erst vor einem halben Jahr erneuert worden.« Ich lächle bemüht. »Meine Maske ist fast noch neu, und dort sollten sämtliche Anschlüsse unbedenklich sein.«

Die nächste halbe Stunde verbringe ich damit, blau schillernde Schmetterlinge und den schwarzen Adler zu modellieren. Die Schmetterlinge bekommen seltsam längliche Flügel, der Vogel rot leuchtende Augen. Sie sollen ungewöhnlich aussehen. Unverwechselbar.

Natürlich ist mir klar, dass eine Portion Glück vonnöten sein wird, damit Matisse meine Zeichen überhaupt sieht. Die meisten Welten sind unüberschaubar groß; ein kleiner Schwarm blauer Schmetterlinge fällt da absolut nicht auf. Was einerseits der Sinn der Sache ist – sonst würden zu viele darauf aufmerksam werden –, andererseits muss Matisse so die ganze Zeit über einen Blick auf mich haben, wenn er meine Botschaften nicht übersehen will.

Eigentlich rechne ich gar nicht damit, dass ich die Schmetterlinge wirklich brauchen werde, ebenso wenig den Adler. Ich packe sie nur in mein Inventar, um meinen besten Freund zu beruhigen.

Fünf Tage raus aus der echten Welt. Ein Stück weit freue ich mich einfach nur darauf – auf dieses leichte Körpergefühl, die angenehmen Temperaturen, das gute Essen. Außerdem werde ich Klimapunkte sparen. Vielleicht genug für eine Woche lang Eiswürfel in meinen Getränken. Ich brauche etwas, worauf ich mich bei meiner Rückkehr freuen kann.

Freie Kapseln findet man fast überall, es gibt sie im Überfluss, niemand soll lange herumirren müssen, um eine zu finden. Immer noch werden Gebäude, die nicht mehr verwendet werden, zu Depots umgebaut. Ich könnte meinen Transfer also in nächster Nähe durchführen, doch die Kapsel, die ich ausgewählt habe, liegt drei Kilometer entfernt in einem der neuen, mittelgroßen Depots. Ich habe Matisse die Daten gegeben, er wird mich jederzeit finden können, wenn es nötig sein sollte.

Mein Overall ist frisch gereinigt und in perfektem Zustand, nun muss ich nur noch irgendwie zum Depot kommen. Für einen Fußmarsch ist es immer noch zu heiß, obwohl schon der Abend dämmert. Es gibt zwar Shuttles für Mastermind-Mitarbeiter, doch die möchte ich nicht in Anspruch nehmen. Mir wäre es lieber, wenn Olga und ihr Team nicht so genau wüssten, wo ich stecke. Was sie natürlich jederzeit herausfinden können, wenn sie es darauf anlegen, aber das kostet einen gewissen Aufwand, den sie grundlos nicht betreiben werden.

Also schnappe ich mir eines der Solarbikes, die an jeder Ecke der Mastermind-Niederlassung stehen. Der Campus ist riesig, und viele, die zwischen den Gebäuden hin und her wechseln müssen, nutzen sie regelmäßig. Sie zu fahren ist nicht anstrengend, und sie verfügen über ein ausgeklügeltes Sonnendach, das dem Fahrer Schatten spendet, egal, in welche Richtung er unterwegs ist.

Ich packe die Tasche mit dem Overall auf den Träger und schwinge mich auf den Sitz. Merke wieder einmal, wie gut mir körperliche Betätigung tut – in den Kapseln bekommt man mehr davon als bei einem Job wie meinem. Man muss die eigenen Muskeln benutzen, wenn man in den Welten laufen, springen oder etwas heben will. Auch wenn man von außen betrachtet fast ruhig daliegt, ist vieles körperlich anstrengend. Der Overall sorgt für Widerstand – angepasst an die Kraft seines Trägers. Wenn man möchte, kann man Muskelberge aufbauen – es gibt jede Menge Bodystyling-Welten.

Mit meinen eigenen Muskeln steht es nicht zum Besten, das merke ich, als ich eine leichte Steigung hochfahre und sich sofort die elektronische Unterstützung zuschaltet. Ich war früher fitter.

Das Wohndepot meiner Wahl ist in einer umgebauten Tiefgarage untergebracht; ich erreiche es in einer knappen Viertelstunde. Zwei Parkplätze wurden zu je einer Wohneinheit umgestaltet, die meisten davon sind dauerhaft besetzt.

Ich suche die Nummer 209 im zweiten Untergeschoss, schließe mit meinem Identitätschip auf und trete ein. Das Licht geht an und erhellt Betonwände, ein Waschbecken und die perlmuttfarbene Kapsel, die bereits offen steht. Ein schneller Blick bestätigt mir, dass alle Kabel, Schläuche und Sensorkontakte am richtigen Platz liegen – sie werden sich die Anschlüsse im Overall selbst suchen, sobald es losgeht.

Eine Tür führt in die Dusch- und Toilettenkabine. Für das Toilettenproblem ist zwar grundsätzlich gesorgt, während man sich in den Welten aufhält – der Overall verfügt über ein Zu- und Ableitungssystem, das diese Angelegenheiten hygienischer erledigt, als man selbst es könnte. Trotzdem hat jede Wohneinheit ein ganz normales Klo, für die Zeit »draußen«. Die meisten Menschen haben nicht mehr die geringste Lust, mit ihren Ausscheidungen konfrontiert zu werden, und meiden es. Sie haben mein volles Verständnis; wieder eine Toilette benutzen zu müssen, war für mich eine der schwierigsten Umstellungen nach meiner Rückkehr in die Realwelt.

Ich ziehe meine Kleidung aus und schlüpfe in den Overall. Sofort saugt er sich fest, schließt mich ein wie eine weitere Hautschicht. Ein letzter Blick auf die grauen Betonwände, dann steige ich in die Kapsel. Lege die Maske an, mit kurzem Zögern und einem bangen Gedanken an Zoe Uhland, doch nichts Ungewöhnliches passiert. Der Overall wird automatisch an Kabel und Schläuche angeschlossen, die Kapsel schließt sich.

»Identifikation«, sagt eine Stimme. »Jana Pasco. Zuletzt angemeldet in Macandor, vor neun Stunden und zwölf Minuten. Rückkehr?« Ein Bild von Macandor wird eingeblendet; die Wälder und Hügel, dahinter die Bergkette, zu weit entfernt, um die Buchstaben erkennen zu können.

Die Thumbnails daneben schimmern winzig, wie die unzähligen Sterne einer Galaxie. »Nein«, sage ich. »Nach SeaMe.«

Die Sonne muss eben untergegangen sein, ein roter Horizont spiegelt sich im Meer, während am Himmel bereits die ersten Sterne sichtbar werden. Ich habe mein Outfit dem Zufallsgenerator überlassen und stehe nun in Sommerkleid und Flipflops im warmen Sand. Ein Stück vor mir liegen die Stege mit den Bungalows wie ein übers Meer gebautes Dorf. Zu meiner Linken sitzen acht oder neun Leute um ein Feuer. Leichter Wind trägt Gelächter bis zu mir.

Ich gehe ein paar Schritte näher, und prompt hebt ein junger Mann in Badeshorts eine Hand und winkt mich heran. »Hey! Bist du neu hier? Wir wollen gleich grillen, bist du dabei?«

Wäre ich wirklich im Urlaub hier, würde ich mit Freuden Ja sagen, aber so, wie die Dinge stehen, zögere ich. Eigentlich sollte ich meine nächsten Schritte planen. Mich vorbereiten, ein wenig schlafen. »Sehr gerne«, höre ich mich zu meiner eigenen Überraschung antworten und denke im gleichen Moment, es ist wahrscheinlich sogar klüger so. Ich verhalte mich normal. Wie jemand, der ein bisschen Spaß haben will.

»Ich heiße Chris«, sagt der Typ, der mich angesprochen hat. Er steht auf und legt einen Arm um mich. »Das hier sind Lisa, Ramona, Bert, Emile und Charly. Die anderen kenne ich selbst noch nicht.« Wir setzen uns, sein Arm ruht weiter um meine Schultern.

Welten wie SeaMe sind bekannt dafür, dass die Umgangsformen locker sind, ebenso wie die Beziehungen, die dort geknüpft werden. Warum auch nicht, hier bleibt man längstens für einen Monat, den meisten wird schon früher langweilig. Ich finde Chris ganz ansprechend, aber im Moment habe ich keinen Sinn für ein Abenteuer. Sanft schäle ich mich aus seinem Griff. »Was grillt ihr denn?«

»Fisch und Steaks.« Er ist kein Stück beleidigt; statt nach mir greift er jetzt nach einer Gitarre, die auf der Decke neben ihm liegt. »Fisch und Steaaaaks«, singt er, wechselt dann die Tonart und stimmt ein Lied an, das ich nicht kenne. Es geht um ein Mädchen namens Michelle, der Text ist teils englisch, teils französisch.

Ich lehne mich zurück, stütze die Hände in den Sand und schließe die Augen. Was, wenn ich doch einfach hierbleibe, die gesamten fünf Tage? Olga hat gesagt, alles wäre geklärt. Niemand hat mir aufgetragen herauszufinden, was in Kerrybrook und Macandor schiefläuft.

Nicht lange, und das Feuer ist heruntergebrannt, und nun legen Lisa und Emile einen Grillrost mit Fleisch- und Fischstücken über die Glut. Der Duft weckt einen Appetit in mir, den ich seit Monaten nicht mehr verspürt habe. Steak. Kartoffeln und Grillgemüse. Ich häufe eine riesige Portion auf meinen Teller und folge den anderen zu einem langen Tisch mit wackeligen Stühlen, der direkt an der Wasserlinie steht.

Es ist ein Fest. Mir ist vage bewusst, dass Verhalten wie dieses – Fleisch essen! – meine Chancen auf ein Leben in der realen Welt stark reduzieren würde. Ein Fortpflanzungszertifikat würde mir so bald nicht ausgestellt werden, denn die Realität steht nur denen offen, die sich schon in den Probewelten klimaverträglich verhalten.

Aber das ist mir heute völlig egal. Ich habe ohnehin meinen Platz in der unbequemen, heißen, echten Welt und frage mich schon beim ersten Bissen, warum das eigentlich als erstrebenswert gilt. Natürlich ist die Realwelt der einzige Ort, an dem man wirklich auf Dinge Einfluss nehmen, sie verändern und verbessern kann. Aber in diesem Moment finde ich das vollkommen bedeutungslos. Sollten sie mir in den nächsten Minuten Aufenthaltsgenehmigung und Arbeitslizenz entziehen, ich würde höchstens mit den Schultern zucken.

Bloß um Matisse täte es mir leid. Er ist ein echter Freund, ich würde ihn vermissen. Davon abgesehen …

»Wir haben Kokoslikör«, verkündet Charly. »Wer möchte?«

Weil es sich so gut anfühlt, alle Vernunft über Bord zu werfen, sage ich Ja. Stark nach Alkohol schmeckt der Likör nicht; ich frage mich, ob der Designer von SeaMe seine alkoholischen Getränke nur mit dem Geschmack oder auch der entsprechenden Wirkung versehen hat. Möglich ist beides. Beim Gesamtfeeling hat er jedenfalls großartige Arbeit geleistet; er muss sich massenhaft Dokumentationsmaterial über Karibikinseln im 20. und 21. Jahrhundert angesehen haben.

Ich befühle den Sand, lasse mir eine Handvoll davon durch

die Finger rieseln. Eine Welt wie diese würde ich auch gerne einmal modellieren. Ein paar Inseln gestalten und ein Korallenriff voller bunter Fischschwärme. Papageien, die um Palmen kreisen, türkisblaues Meer, weiße Segelboote und all die Tiere, die früher auf solchen Inseln gelebt haben. Allein die Recherche wäre ein Fest – so wie vor acht Monaten bei Cretaceous.

Und deshalb wäre es mir eben doch nicht egal, wenn man mir die Arbeitsgenehmigung entziehen würde. Ich liebe es, Spielwiesen für andere zu erschaffen und dann zu sehen, wie sie sie mit Leben füllen. Früher hießen die Designer Creators, und genauso fühle ich mich. Meine Kopfgeburten werden für die, die sie bewohnen, zu Wirklichkeit. Das Gefühl lässt sich mit nichts anderem vergleichen.

Als Chris das nächste Mal den Arm um mich legt, stehe ich auf. »Ich muss noch meinen Bungalow suchen. Danke für die Einladung, das Essen war umwerfend.«

»Dann sehen wir uns morgen? Hier am Strand?«

»Wahrscheinlich.« Ich winke in die Runde, und schon bin ich fort. Ich habe Chris belogen, aber mein schlechtes Gewissen hält sich in Grenzen, er wird sich schnell trösten. Wahrscheinlich mit Ramona, die ihn die ganze Zeit über angeschmachtet hat.

Mein Bungalow hat die Nummer 62, liegt an Steg Nummer drei und ist auf Pfählen errichtet. Eine kleine Brücke führt bis zur Tür, die sich schon beim leichtesten Druck öffnet.

Innen gibt es ein großes Bett und ein Fenster, durch das ich den Mond über dem Wasser sehen kann. Die Wellen plätschern leise und gleichmäßig gegen den Strand, das Meer glitzert.

Ich muss den Transfer nicht sofort machen. Heute werde ich

ohnehin nichts Großartiges mehr ausrichten können, also gehe ich zurück auf den Steg und lasse die Beine ins Wasser hängen. Sehe silbrigen Fischen dabei zu, wie sie meine Füße umkreisen.

Welche Welt soll ich mir zuerst vornehmen? In Kerrybrook könnte ich Leute fragen, ob sie den Mann gesehen haben, der Zoe Uhland in die kleine Gasse gefolgt ist. Und ob sie ihn beschreiben können.

Wahrscheinlicher ist aber, dass ich in Macandor fündig werde, dort muss das Phantom erst kürzlich gewesen sein. Sonst hätte ich die Veränderungen an den Berggipfeln früher bemerkt.

Das Wasser ist herrlich. Kühl und weich und so klar wie Kristall. Zu allem Überfluss schwimmt nun auch ein Delfin heran, sein Kopf taucht an der Oberfläche auf. Er kommt so nah, dass ich ihn streicheln kann. Glatte blaugraue Haut.

Eigentlich genügt es ja, wenn ich mich morgen entscheide. Ich könnte mich hier schlafen legen, in diesem paradiesischen Fleckchen virtueller Welt. Könnte zum Rauschen der Brandung langsam wegdämmern.

Der Delfin hält ganz ruhig unter meiner Berührung. Seine Schnauze stupst gegen mein Bein.

Er ist nicht echt, sage ich mir. Aber Zoe Uhland war echt.

Ich streiche noch einmal mit dem Handrücken über den Delfinkopf, dann stehe ich auf und gehe in meinen Bungalow zurück. Versperre die Tür und schließe die Augen. »Transfer.«

Die unzähligen Leuchtpunkte erscheinen. Thumbnails, zu klein, um zu erkennen, was sie darstellen. Zahllose Welten, unendliche Möglichkeiten.

»Macandor«, sage ich.

5

Auch hier ist bereits die Nacht angebrochen. Nachdem mein Abgang beim letzten Mal ein tödlicher war, lande ich nicht dort, wo ich Macandor verlassen habe, sondern dort, wo der Zufallsgenerator mich ausspuckt. Ich finde mich also am Rand von Ishadar wieder, einer von Macandors größeren Städten. Hier wird mit magischen Waren gehandelt; ich weiß noch, wie viel Mühe ich in die Entwicklung des Magiesystems gesteckt habe. Es gibt Zauber, die nur Albinofeen lernen können; andere sind Kobolden vorbehalten. Für manche braucht man bis zu sieben Komponenten, für andere mindestens dreißig Stunden Übung.

Allmählich beginnen sich sogar Königreiche zu bilden. Sie sind klein, aber es ist extrem spannend zuzusehen, wie sie entstehen. Indem nämlich eine Person so erfolgreich und interessant ist, dass andere sich um sie scharen wollen. Zum Beispiel gibt es eine Königin im Osten, die meine Feuerdämonen nicht nur ferngehalten, sondern drei davon pulverisiert hat. In ihrem Reich gab es gerade mal fünf Opfer, kein Wunder also, dass ihre Anhängerschaft wächst wie verrückt.

Wenn ich nach Macandor komme, so wie jetzt, weiß niemand, dass ich es war, die die Welt gebaut hat. Ich flattere als simple Schattenelfe herum, mit ockerfarbener Haut und dunkelgrün schillernden Flügeln. Die mich so schnell leider nicht bis zur nördlichen Bergkette tragen werden.

Es bleibt mir also nichts anderes übrig, als nach Ishadar zu gehen und mir einen Flügler zu mieten. Den ersten Stall finde ich schon knapp hinter der Stadtmauer; an einem Holzzaun sind drei der Tiere angebunden. Das ganz rechts ist unruhig, es surrt immer wieder hoch, so weit der Strick es zulässt.

Ich gehe näher und lege meine Hand auf die Stirn des mittleren Tiers. Eben noch habe ich einen Delfin gestreichelt, jetzt ist es ein überdimensionaler Nachtfalter mit pelzigem Kopf und Fühlern, die wie geschwungene Kämme aussehen.

»Sonderangebot«, höre ich eine Stimme neben mir. »Für acht Knospen kannst du ihn drei Tage lang haben.«

Knospen. Auch so eine Idee von mir, eine Währung einzuführen, bei der man erst weiß, welchen Wert man in der Hand hält, wenn man eine Blütenkapsel aufbricht. Acht Knospen könnten dem Händler den traurigen Gegenwert eines halben Brotes bringen – oder ein kleines Vermögen. »Ich habe fünf bei mir«, antworte ich. »Dafür brauche ich den Flügler auch nur für zwei Tage.«

»Wohin soll's denn gehen?«

»Nach Norden.«

»Das ist nicht sehr genau.«

Mein Seufzen klingt genervter, als es sollte. »So ungefähr bis zur nördlichen Bergkette. Ist das wichtig? Nach Ablauf der Frist kommt der Flügler ohnehin von selbst zurück.«

Der Händler kratzt sich hinter dem rechten Ohr. Seiner gelblichen Hautfärbung nach ist er zumindest ein halber Kobold, sieht aber untypisch aus.

»Stimmt schon«, sagt er schließlich. »Wenn er nicht von einem dieser elenden Feuerdämonen gegrillt wird, und die sind im Norden eine richtige Plage.«

Jetzt nicht mehr, hätte ich fast gesagt. Stattdessen hebe ich nur die Schultern und kraule den Flügler zwischen den Fühlern. »Ich passe auf. Außerdem habe ich gehört, dass die Feuerdämonen sich zurückgezogen haben.«

Der Beinahe-Kobold zupft an seiner Unterlippe. »Na schön. Für sechs Knospen.«

Ich tue, als wäre das ein riesiges Opfer für mich, verdrehe die Augen, hole dann aber den verlangten Preis aus meiner Tasche. »Ich nehme den Mittleren.«

Das Tier ist wirklich ein freundliches Exemplar seiner Gattung. Es lässt mich widerstandslos aufsteigen und hebt sofort ab, als ich ihm die Fersen in die Seiten drücke. Anders als ihre realen Artgenossen taumeln und torkeln Flügler nicht durch die Luft, sondern sind rasante Flieger, die ihre Reisestrecken wie pelzige Geschosse zurücklegen.

Ich ducke mich in das weiche Nackenfell, sehe unter mir die Lichter von Ishadar und steuere mein Reittier in Richtung Norden.

Das ununterbrochene Surren der Flügel rechts und links von mir versetzt mich schon bald in einen Zustand völliger Gelassenheit. Ich muss aufpassen, dass ich nicht einschlafe, also beginne ich, mir Pläne für mein weiteres Vorgehen zurechtzulegen.

Ich werde erst mal Villon anfliegen. Es ist die Stadt, die der nördlichen Bergkette am nächsten liegt. Meine Chancen, jemanden zu treffen, der gesehen hat, was mit den Gipfeln passiert ist, sind dort am höchsten.

Außerdem hat dort erst kürzlich eine Taverne aufgemacht, die einen hervorragenden Ruf genießt. Seitdem hat sich die Einwohnerzahl der Stadt um drei Prozent erhöht, und das trotz Dämonenplage, das Lokal ist also sicherlich einen Besuch wert.

Ein Blick nach unten. Im Moment überfliegen wir einen der

endlosen Wälder, es müsste der Elriswald sein, der, in dem Lindwürmer brüten. Das ist der hauptsächliche Grund, warum er so beliebt ist – so wie Flügler kann man auch Lindwürmer als Reit- oder Kampftiere zähmen, es gibt sie in allen Größen. Am wertvollsten sind die kleinsten Exemplare, die golden und ziemlich niedlich sind. Manche Feen tragen sie wie Schmuck um den Hals.

Der Wald zieht sich endlos, und wenn ich zu lange nach unten sehe, wird mir schwindelig. Außerdem muss mein Flügler immer häufiger Sylphiden ausweichen, die zwischen den Baumkronen in den nächtlichen Himmel steigen. Sie sind nachtaktiv und deshalb als Erscheinungsform sehr beliebt bei Bewohnern, die den Tag in einer der produktiven Welten verbringen. Wenn man zehn Stunden lang in einer Welt wie Manufactum oder Plantage23 verbracht hat, ist es nett, die letzten zwei oder drei Stunden vor dem Einschlafen als ätherisches Luftwesen durch Macandor zu schweben.

Endlich lassen wir den Wald hinter uns, fliegen über zwei Sümpfe, ein wenig Marschland und schließlich die ersten Felder, die rund um Villon angelegt wurden. Nun ragt auch die nördliche Bergkette hoch vor uns auf. Drei der Gipfel sind von Wolken umhüllt, die Buchstaben, zu denen die anderen sieben geformt wurden, sind klar erkennbar.

VE_BRE_N_N.

Ich lasse den Flügler tiefer gehen, er flattert jetzt nicht mehr, sondern gleitet. Über einen Bauernhof, bei dem jemand am Ziehbrunnen steht. Über eine kleine Siedlung Baumhäuser, hinter deren Fenstern Leuchten flackern.

Vor dem Stadttor lasse ich den Flügler sanft auf dem Boden aufsetzen. Zwei Wachen kommen mit gesenkten Lanzen auf mich zu. »Wer bist du, Fremde?«

»Mein Name ist Jana. Ich möchte nach Villon, ich komme in Frieden.«

Der Linke der beiden lacht. »Pech, das Tor schließt eine Stunde nach Sonnenuntergang.«

Mist. Stimmt, das habe ich vergessen. »Ich wäre pünktlich gewesen, aber ein Feuer hat mich aufgehalten.« Nicht gelogen, auch wenn es ein Lagerfeuer in SeaMe war. »Bitte. Lasst mich nicht die ganze Nacht hier draußen bleiben.«

Die beiden wechseln einen Blick. Der eine zuckt mit den Schultern, der andere nickt. »Gegen Gebühr drücken wir ein Auge zu.«

Na klar. Ich krame in meinen Taschen und hole vier Knospen heraus, zwei für jeden. »Ist das in Ordnung?«

Erneutes Nicken. Der Ältere von beiden wirft meinem Flügler einen prüfenden Blick zu, bevor er eine kleinere Tür in dem mächtigen Stadttor öffnet. »Wird ein bisschen eng für ihn, aber das große Tor bleibt für heute zu.«

Ich nehme das Tier am Zügel und ziehe es hinter mir her, ich will mich gar nicht auf die Diskussion einlassen, ob es nicht auch über die Mauer fliegen dürfte. Es wird kein Problem sein, Flügler sind wie Katzen, sie können sich unglaublich schmal machen.

Innerhalb der Stadtmauern herrscht noch reges Treiben. Die Schenken sind alle geöffnet, es riecht nach warmem Wein, Bratenfett und dem Rauch der Kochstellen. Zwei Frauen bieten Gänseeier zum Verkauf an, ein Kobold verschnörkelten Schmuck aus Lichtsilber.

Es ist zwar ironisch, dass ich in einer von mir selbst geschaffenen Welt nach dem Weg fragen muss, aber wie die wirkliche Welt ist sie laufenden Änderungen unterworfen. Die Bewohner bauen neue Häuser, reißen alte ab, fällen halbe Wälder, pflanzen neue – ich kann nur einen Bruchteil der Veränderungen im Blick behalten. Dafür weiß aber eine der Eierhändlerinnen genau Bescheid.

»Neue Taverne? Du meinst sicher den *Blauen Kranich*, der ist die Straße entlang und dann in der zweiten Gasse rechts.« Sie deutet vage eine Richtung an. »Ich fürchte nur, du wirst keinen Platz mehr bekommen. Dort ist es jeden Abend brechend voll.«

»Danke.« Das kommt mir sehr entgegen. Je mehr Leute dort herumsitzen, desto wahrscheinlicher ist jemand darunter, der mir etwas über die Berggipfel erzählen kann.

Doch dann ist der *Kranich* tatsächlich so überfüllt, dass ich kaum zur Tür reinkomme. Ich habe den Flügler draußen angebunden – zwischen einem Artgenossen und einem prächtig gesattelten schwarzen Lindwurm – und ihm eine Schale mit Zuckerlösung hingestellt. Wenn wir morgen in die Berge fliegen, darf er nicht erschöpft sein.

Ich quetsche mich zwischen einer männlichen Albinofee und einem Gornak hindurch, bekomme einen Ellenbogen in die Rippen und eine Beschimpfung hinterhergerufen. »Ziemlich trampelig für eine Elfe«, keift der Gornak. Kurz wallt Empörung in mir auf – als hätte ich ein Recht auf Sonderbehandlung, immerhin gäbe es ohne mich kein Macandor. Doch das ist ungerechtfertigte Arroganz, hat man uns im Designerseminar eingeschärft. Sobald wir eine Welt betreten, sind wir den anderen dort gleichgestellt. Zu erzählen, dass man zu den Designern gehört, ist sogar verboten und kann alle Privilegien kosten.

Also lasse ich mich weiter herumschubsen und mir auf die Zehen treten, bis ich mich zur Theke durchgekämpft habe. Es ist ein Halbelf, der den *Blauen Kranich* betreibt, und er würdigt mich keines Blickes; er schenkt nur aus einer großen Karaffe trübe Flüssigkeit in Steingutbecher.

»Hallo«, rufe ich über den Lärm hinweg, »ich bräuchte eine Auskunft!«

Entweder hat er mich nicht gehört, oder er ignoriert mich mit Absicht. Ich greife nach einem leeren Krug und klopfe damit drei Mal auf das Holz der Theke. »Entschuldigung!«, brülle ich. »Ich hätte eine Frage!«

Nun blickt er auf. Seine Augen sind leuchtend grün, wie Ampellichter. »Was willst du trinken?«

»Egal. Nichts. Irgendwas.« Ich beuge mich zu ihm hin, so nah ich kann. »Ich würde gerne wissen, ob dir in den letzten zwei Tagen jemand Neues in Villon aufgefallen ist. Jemand, der sich ungewöhnlich verhalten hat.«

Die Flügel des Wirts heben sich langsam und senken sich wieder. »Hier gehen dauernd neue Leute ein und aus. Ich habe den Überblick verloren.«

»Aber die seltsame Form der Berggipfel ist dir aufgefallen, oder?«

Die leuchtend grünen Augen fixieren mich eine Sekunde lang. »Ich bin ja nicht blind. Bisher hat aber niemand herausgefunden, was es damit auf sich hat. Wird ein origineller Kommentar zu den Feuerdämonen sein oder die Ankündigung für einen neuen Contest.« Er stellt die Becher auf ein großes hölzernes Tablett. »So wie vor zwei Monaten, als sich plötzlich die Viehwiese in Sumpf verwandelt hat. Schwarzer Schlamm, von dem grüne Blasen aufgestiegen sind.« Er verzieht den Mund. »Erst nach einem halben Tag haben wir festgestellt, dass manche der Blasen sich in Knospen verwandeln, wenn man sie mit der bloßen Hand fängt. Andere wurden zu bissigen Kröten, war ein ziemlicher Aufruhr draußen vor der Mauer.« Er nimmt das Tablett hoch. »Warst du da schon hier? Hast du es mitbekommen?«

Nicht direkt, aber ausgedacht habe ich es mir. War eine eher mittelgute Idee. »Nein, ich bin erst vor Kurzem eingetroffen.«

»Na dann, viel Spaß.« Er balanciert das Tablett durch die Menschenmenge, wie durch ein Wunder unfallfrei. Ich blicke mich um. Normalerweise erkennt man die Stammgäste leicht; sie sitzen in den dunkleren Ecken und beobachten das Geschehen. Wirken dabei, als wären sie an ihrem Tisch zu Hause.

Dann entdecke ich in einer Nische einen Gornak, auf den genau das zutrifft. Er hält einen großen Bierkrug zwischen den knorrigen Händen und lässt das bunte Treiben in der Taverne auf sich wirken. Verzieht nur kurz das Gesicht, als plötzlich jemand zu singen beginnt.

Gornaks waren die erste lebbare Spezies, die ich selbst entwickelt habe, noch vor den Sylphiden. Ich wollte eine Lebensform schaffen, die gleichzeitig massiv und elegant ist und in deren Form man mindestens ebenso viel Spaß hat wie als geflügeltes Wesen. In den Gornaks steckt mein ganzer persönlicher Ehrgeiz, ich habe mir wirklich Mühe gegeben. Sie können die Beschaffenheit ihrer Haut ändern: von glänzend metallisch zu pelzig oder stumpf wie Stein. In ihrem Rücken befindet sich ein Stachelkamm, der sich bei Gefahr aufstellt; an Körpergröße überragen sie die anderen Bewohner Macandors um gut einen Kopf, außerdem können sie sich mit bloßen Händen durch die Erde graben. Was den Sylphiden, Feen und Elfen die Lüfte sind, sind den Gornaks ihre unterirdischen Hallen und Gänge.

Der, auf den ich jetzt zusteuere, ist männlich, und seine Haut hat den Farbton und Schimmer polierter Bronze. Ich lächle ihn an. »Darf ich mich zu dir setzen?«

»Warum nicht.«

Ohne mich von seinem Mangel an Begeisterung beeindrucken zu lassen, quetsche ich mich neben ihn auf die Bank. Wo trotz des überfüllten Raums bisher niemand sitzen wollte, wie es scheint.

Vor dem Gornak liegen drei Knospen auf dem Tisch, die er nachdenklich betrachtet. Ich räuspere mich. »Sag mal – du bist doch öfter hier, oder?«

Er blickt langsam hoch. »Warum?«

»Ich frage mich, ob dir in den letzten Tagen jemand aufgefallen ist. Jemand, der aus den Bergen gekommen ist und sich auffällig verhalten hat?«

Der Gornak verdunkelt den Bronzeton seiner Haut. »So wie du, ja?«

Ich schüttle den Kopf, suche nach einer neuen Formulierung, doch er unterbricht mich mit einer ungeduldigen Handbewegung. »Es waren ein paar komische Typen hier. Eine Albinofee, die versucht hat, gefälschte Knospen unters Volk zu bringen. Und gestern ein Faun, der Leute gesucht hat.«

Ich horche auf. »Wen hat er gesucht?«

»Hat er nicht verraten, aber er hat was von Bergen erzählt. Ich wollte ihn begleiten.« Er wirft mir einen düsteren Blick zu. »Ist langweilig geworden hier, seit zwei meiner Kumpel von Dämonen gekillt worden sind. Aber der Typ wollte mich nicht dabeihaben.«

Ich betrachte den Gornak genauer. »Hat er gesagt, warum?«

»Nein. Ist aber egal; sobald ich genug Knospen für einen interessanten Weltenpass habe, bin ich hier raus.«

Wie nebenbei greife ich in meine Tasche. Knospen habe ich,

so viele ich möchte. Drei davon lege ich auf den Tisch. »Kannst du mir den Faun beschreiben?«

Der Gornak schiebt die Unterlippe vor. »Ein Faun eben. Hörner, Hufe, Fell – seines war mittelbraun.«

»Kannst du mir sein Gesicht beschreiben?« Kaum ist sie draußen, würde ich die Frage gerne zurücknehmen, denn sie entlarvt mich als jemanden, der in der Realwelt lebt. Es ist zwar so, dass wir unsere Gesichtszüge behalten, wenn wir in eine der Welten gehen, aber sie werden gewissermaßen geglättet. Gefälliger gemacht. Zudem gibt es Anpassungen, wenn man eine nicht menschliche Identität wählt. Der Gornak neben mir wird wohl grundsätzlich ein eher breites Gesicht haben. Aber wahrscheinlich nicht diese markanten Wangenknochen. Falls er eine schiefe Nase hat, ist sie jetzt begradigt. Ein mögliches Doppelkinn verschwunden. Würde ich ihm draußen begegnen, wer weiß, ob ich ihn wiedererkennen würde. Zudem kann man mit genügend Prämienpunkten auch optische Änderungen kaufen.

Doch zum Glück macht meine Frage ihn nicht stutzig. »War so mittelalt und hat ganz normal ausgesehen. Also, für einen Faun. Total kahler Kopf, wie glatt poliert. Das war das Auffälligste an ihm.«

Ich schiebe dem Gornak die drei Knospen zu und stehe auf. »Danke.«

Für heute habe ich genug, ich bin ausgelaugt und müde. Der Faun hat wahrscheinlich nur alte Bekannte gesucht, und ich verschwende hier meine Energie. Ich sollte mir einen Schlafplatz suchen und morgen früh nach Kerrybrook gehen. Dort kann ich zumindest konkret nach dem Mann mit dem Messer fragen.

Es ist eine Wohltat, wieder hinaus in die frische Luft zu treten. Mein Flügler steht mit hängenden Fühlern am Zaun und scheint zu schlafen. Der Lindwurm neben ihm putzt sich mit seiner gespaltenen Zunge die Bauchschuppen.

Schlafquartiere für Neuankömmlinge und Durchreisende gibt es drei Straßen weiter. Ich habe sie rund um einen kleinen See angelegt, und man kann sie fünf Nächte lang benutzen; will man länger in Macandor bleiben, muss man sich etwas Festes suchen.

Ein dunkelgrüner Gornak und ein Sylphide sitzen beim Eingang des Haupthauses und spielen ein Spiel mit gläsernen Würfeln; sieben Knospen liegen als Einsatz auf dem Tisch. »Ich brauche ein Bett für eine Nacht«, erkläre ich und der Sylphide winkt mich durch. »Nummer 12 ist frei.«

Es ist ein winziges Zimmer und fast zur Gänze von dem darin befindlichen Holzbett ausgefüllt.

Kaum habe ich mich hingelegt, fallen mir auch schon die Augen zu. Ich werde morgen entscheiden, ob ich noch einmal nach Macandor gehe und, wie eigentlich geplant, zu den Gipfeln fliege oder ob mein Ziel Kerrybrook sein wird.

Immerhin habe ich den Flügler für zwei Tage gemietet.

Ich werde es morgen entscheiden.

Morgen.

Ich erwache nur langsam und mit leichten Kopfschmerzen. Immer noch mit geschlossenen Augen taste ich nach oben. Jahrelang habe ich das völlig automatisch getan, um mir nicht den Kopf am halb geöffneten Kapseldeckel zu stoßen, wenn ich mich aufrichte. Jetzt muss ich bewusst daran denken, denn in meiner Wohneinheit steht ein ganz normales Bett.

Meine Hand fährt ins Leere. Da ist kein Deckel, nur Luft. Ich öffne die Augen.

Ein Schlafquartier mit Holzbett. Ein Fenster mit grün gestrichenen Läden. Davor ein kleiner See, der im Licht des frühen Morgens funkelt.

Ich verstehe nicht, wie das geschehen konnte, aber ich bin immer noch in Macandor.

6

Meine Kopfschmerzen sind vergessen, meine Pläne vorerst auch. Wie kann das möglich sein? Ich habe geschlafen, also muss ich in der Realwelt aufwachen. In meiner Kapsel, in Kabine 209 des Wohndepots in der Tiefgarage. Bisher bin ich noch nie in einer der Welten erwacht, und ich kenne auch niemanden, dem das schon passiert wäre.

Ich stehe auf und trete ans Fenster. Etwas ist schiefgelaufen, anders kann ich mir die Dinge nicht erklären. Oder bin ich vielleicht noch gar nicht wach? Träume ich das nur?

Sehr schwer zu sagen, nachdem ich mich nicht in einer realen Umgebung befinde. Ich bohre mir die Fingernägel in die Handflächen. Es tut weh, okay, das spricht gegen einen Traum. Draußen fliegen zwei Blattelfen über den See und winken einem Gornak zu, der gerade aus dem Haus tritt.

Ich setze mich an die Bettkante und schließe die Augen. »Transfer.« Die zahllosen Lichtpünktchen erscheinen. Also habe ich wenigstens noch meinen Generalpass. Immerhin. »Transfer abbrechen.«

Augen wieder auf. Ich atme tief durch und öffne meine Tasche. Vor meiner Abreise habe ich ein tragbares Kontrollpanel in mein Inventar programmiert. In möglichst unauffälliger Form, es sieht einfach aus wie ein flacher schwarzer Stein, so groß wie meine Handfläche. Ich lege meinen Daumen auf eine raue Stelle an der Unterseite.

»Jana Pasco«, sagt eine leise Stimme.

»Korrekt. Ich brauche die aktuellen Statistiken für Kerrybrook, Cretaceous und Macandor.«

Die dunkel glänzende Oberfläche verfärbt sich mattschwarz, dann erscheinen Daten. Ich muss den Stein näher halten, um die winzige Schrift lesen zu können. Zahlen und Namen. Kein Ausfall in Kerrybrook. Keiner in Cretaceous. Fünf in Macandor, drei Männer und zwei Frauen.

Das sind nicht so viele wie gestern in Kerrybrook, aber es ist trotzdem eine auffällig hohe Anzahl. Nichts, was man einfach ignorieren könnte.

Ich treffe meine Entscheidung schnell und aus dem Bauch heraus: Kein Transfer jetzt, stattdessen werde ich zu den Berggipfeln fliegen und mich dort umsehen.

Mein Flügler trippelt fröhlich auf seinen sechs Beinen hin und her, als er mich kommen sieht. Er hat über Nacht neue Kräfte getankt und legt schon beim Start ein erstaunliches Tempo an den Tag. Ich steuere ihn auf die Bergkette zu, ohne auf die Landschaft oder andere Flugwesen zu achten; ich versuche immer noch zu begreifen, was vorhin passiert ist.

Ich hätte in der Kapsel aufwachen müssen. So ist das System programmiert, für alle. In diesem Punkt gibt es keine Ausnahmen und keine Fehler.

Allerdings wurde bisher auch noch nie jemand von seiner Maske getötet.

Ich steuere den dritten Gipfel an, das erste R. Hier oben ist es kalt, auf den Felsen halten sich vereinzelt Schneereste. Kaum bin ich abgestiegen, sucht der Flügler sich ein sonnenbeschienenes Fleckchen, um Wärme zu tanken.

Gut so, denn ich werde Zeit brauchen, um den umgestalteten Gipfel genau in Augenschein zu nehmen. Das R ist etwa zwanzig Meter hoch und sieht aus, als habe jemand es in jahrelanger

Arbeit mit Hammer und Meißel aus dem Stein gehauen. Keine glatten Flächen, sondern Arbeitsspuren. Rillen, Kanten, Kerben.

Das bestätigt meinen Verdacht. Hier war jemand mit Designrechten am Werk, die Handschrift erinnert mich ein wenig an die von Elsie. In ihrem verfluchten Gebirgsland gibt es grauenvolle Fratzen, die in die Felsen gemeißelt sind. Meterhohe schreiende Gesichter. Aber Elsie kann es nicht sein, die mich sabotiert. Oder?

Eine halbe Stunde lang untersuche ich das R, suche nach Hinweisen auf den Urheber, nach verwertbaren Spuren. Dann rufe ich den Flügler zu mir, steige auf und steuere den nächsten Gipfel an. Das B. Dann das zweite R, das zweite E und das erste N. Ich befühle jeden der Buchstaben, immer noch auf der Suche nach versteckten Zeichen, nach Hinweisen auf denjenigen, der mir hier ins Handwerk gepfuscht hat. Ohne Erfolg.

Mutlos steige ich auf den Flügler und fliege zum zweiten N. Vielleicht hätte ich am Anfang des Worts beginnen sollen, beim V. Doch die ersten beiden Buchstaben sind noch in Wolken eingehüllt, in kalten, feuchten Nebel. Den ich mir ersparen wollte.

Und vielleicht kann ich das sogar, denn als wir uns dem nächsten Ziel nähern, sehe ich direkt am Fuß des N etwas liegen, geschützt unter dem schrägen Balken wie unter einem Dach. Je näher wir kommen, desto klarer wird mir, worum es sich handelt, und als ich nach der Landung absteige, bestätigt sich meine Vermutung.

Es ist ein Schattenelf. Seine ockerfarbene Haut hat sich blassgelb verfärbt, seine Flügel sind eingetrocknet. Ich muss nicht überprüfen, ob er tot ist, das sehe ich auf den ersten Blick. Daran wäre nichts Beunruhigendes – anders als in Kerrybrook sind Todesfälle in Macandor an der Tagesordnung. Nicht zuletzt dank meiner Feuerdämonen.

Doch der Schattenelf ist nicht ihnen zum Opfer gefallen. Er ist auch nicht von einem Wettereinbruch überrascht worden und erfroren, wie man bei flüchtigem Hinsehen meinen könnte.

Ich knie mich neben ihn auf den kalten Fels und schiebe vorsichtig einen der Flügel beiseite. Da steckt es, das Messer. Ein wenig Blut ist unter dem Körper des Elfs gefroren; weiße Schneekristalle glitzern auf dunklem Rot.

Nachdem der Tote sich in einer meiner Welten befindet, habe ich per Berührung Zugriff auf seine Daten; sein Name lautet Lennard Menk. Langsam stehe ich auf. Hole noch einmal mein Kontrollpanel aus der Tasche, nur um sicherzugehen, dass ich mich richtig erinnere. Der Stein liegt eiskalt in meinen Händen.

»Jana Pasco.«

»Ja. Statistik für Macandor.«

Die Daten werden eingeblendet, und hier steht es: fünf Ausfälle, drei davon Männer. Einer von ihnen heißt Lennard Menk.

Ich stecke den Stein in meine Tasche zurück und hoffe, dass Menk mit Kopfschmerzen in seinem Wohndepot sitzt und sich überlegt, welchen seiner Weltenpässe er als Nächstes nutzen soll. Doch viel wahrscheinlicher ist ein anderes Szenario. Dass er in seiner Kapsel liegt, nach einem tödlichen Stromstoß über die Maske.

Ich lehne mich gegen den Fels. Am besten wäre es, ich würde meinen Trip abbrechen. Mich einfach vom Berg stürzen, damit einen schnellen Exit machen und sofort zu meiner Designstation zurückkehren. Retten, was noch zu retten ist. Vor allem aber herausfinden, warum diese Dinge ausgerechnet in meinen Welten passieren.

Es sind vor allem drei Gründe, die mich davon abhalten, diese Option zu wählen. Erstens die Tatsache, dass Olga und die anderen denken, ich wäre zur Erholung in SeaMe und würde durch Korallenriffe schnorcheln. Was ja auch die Anweisung von oben war. Ein frühzeitiger Abbruch würde mir Ärger bescheren.

Zweitens: Wer weiß, ob ich wohlbehalten in der Kapsel ankommen würde. Dort hätte ich ja schon heute Morgen aufwachen sollen, würde alles wie üblich verlaufen. Der Schlafexit hat nicht funktioniert – würde ein normaler es tun?

Der dritte Grund ist eine seltsame Struktur, die ich in meinem Rücken spüre. Eine weiche Unregelmäßigkeit im Fels, an dem ich lehne. Ich drehe mich um und sehe mir die Stelle genauer an.

Ein Fehler in der Oberfläche, fast wie ein Glitch, aber zu verwischt an den Rändern. Eher wie …

Verwischt. Das könnte ein Treffer sein. Ich taste die Stelle ab, suche nach einer vertrauten Form und finde sie schließlich. Ein Rechteck, etwa in der Größe eines aufgeschlagenen Buchs. Hier hat jemand einen Exit-Point angelegt und nach Benutzung wieder entfernt. Nicht besonders geschickt allerdings, eher so, als wäre er in Eile gewesen.

In meinem Kopf setzen sich die Teile einer möglichen Hintergrundstory zusammen. Ein paar Leute modellieren meine Berggipfel um. Zu einem seltsamen Wort: VERBRENNEN. Danach wollen sie Macandor verlassen. Einer von ihnen ist Designer, und zwar mit erweiterten Rechten, sonst hätte er die Berge nicht umgestalten können. Ohne diese Regelung könnte ja jeder aus Spaß oder Bosheit in der Arbeit von Kollegen herumpfuschen. Er formt die Gipfel um, danach legt er einen Exit-Point an, doch als sie ihn benutzen wollen, kommt etwas dazwischen. Jemand.

Fast alle schaffen den Ausstieg, aber einer liegt hier vor mir, mit einem Messer im Rücken. Lennard Menk.

Es kann aber auch ganz anders gewesen sein. Die Statistik zeigt fünf Ausfälle, Lennard Menk ist einer von ihnen. Was nicht heißt, dass allen anderen die Flucht gelungen ist. Ebenso gut können vier von ihnen anderswo herumliegen. Mit Messern im Rücken.

Keine schöne Vorstellung – nicht einmal dann, wenn die Menschen, anders als Zoe Uhland, nicht wirklich gestorben sind. Aber jemand, der von einer Welt zur nächsten springt und überall Tote hinterlässt, bringt das Gleichgewicht durcheinander. Zerstört die Arbeit des Designers, indem er Elemente einführt, die nicht ins Konzept passen.

Und nach allem, was ich weiß, betrifft dieses Problem derzeit nur mich und meine Welten. Warum?

Hinter mir ein Geräusch, ich fahre alarmiert herum, entspanne mich aber gleich wieder. Es ist nur ein Sylphide, der bei meinem Flügler steht und ihn zwischen den Fühlern krault. »Schönes Tier«, sagt er. Oder sie, bei Sylphiden ist das oft schwer zu erkennen. »Wo hast du es her?«

»Ich habe es nur leihweise. Von einem Händler in Ishadar.«

»Ah.« Der Sylphide tritt einen Schritt zurück. Sein Körper ist schillernd transparent wie ein Libellenflügel. Ich mag das Design, da habe ich lange dran gesessen.

»In Ishadar war ich noch nie«, stellt er fest. »Lohnt sich das?«

»Auf jeden Fall. Es ist wärmer als Villon, und es gibt dort bald ein Musikfestival. Lebst du schon lange in Macandor?«

Ich deute auf das N, unter dem wir uns befinden. »Hast du vielleicht mitbekommen, wer das hier gemacht hat?«

Er zieht ein nachdenkliches Gesicht. Doch weiblich? Nein, Irrtum. Oder? Ohne nachzufragen, werde ich es nicht herausfinden. Nicht einmal die Stimme lässt sich zuordnen.

»Ich habe es nicht mitbekommen«, sagt er, »aber die Leute meinen, es ist die Ankündigung für eine neue Plage. Verbrennen, das könnte noch einmal Feuerdämonen bedeuten, oder diesmal vielleicht Drachen.« Er deutet auf den toten Schattenelf. »Ein Freund von dir?«

»Nein. Und ich war das auch nicht.«

»Gut zu wissen.« Er legt den Kopf in den Nacken und blinzelt gegen die Sonne zur Spitze des N hinauf.

Gegen die Sonne?

Ich mache einen Schritt auf ihn zu. »Sag mal, findest du es nicht ein wenig zu hell? Ungewöhnliche Tageszeit für einen Sylphiden.«

Er lächelt. Hebt ein paar Zentimeter vom Boden ab, leicht wie Rauch, der aufsteigt. »Das ist wahr. Es ist auch wirklich unangenehm, aber was sein muss, muss sein.« Ein zarter Windhauch treibt ihn fort von mir. Aber nicht schnell genug, ich springe auf die Felskante zu, strecke die Hand aus. Die Berührung fühlt sich an, als würde ich über hauchdünne Seide streichen, sie dauert nur den Bruchteil einer Sekunde, aber sie genügt. Ich kann hinter geschlossenen Lidern die Daten des Sylphiden aufrufen.

Nur, dass da keine sind.

Name: ---

Personalcode: ---

Pässe: ---

Das ist alles, was ich zu sehen bekomme. Als ich die Augen

wieder öffne, hat er sich gut zehn Meter tiefer sinken lassen und treibt auf den Wald zu, der den Berghang bedeckt.

Ich könnte ihm nachfliegen, schließlich habe ich selbst Flügel, aber was dann? Er hat es irgendwie geschafft, seine Daten zu löschen oder zumindest zu verschleiern. Ich werfe einen Blick über die Schulter, auf den toten Elfenkörper. Vielleicht habe ich diesmal das Phantom mit eigenen Augen gesehen.

Es zu verfolgen und zu stellen, ist aber ganz klar Aufgabe der Sicherheitskräfte von Mastermind. Ich bin dafür nicht ausgebildet, und ich habe schon mehr getan, als man eigentlich von mir verlangen kann. Also werde ich jetzt den nächsten Exit-Point ansteuern, kurz bei der Designstation vorbeischauen und Olga Helling mitteilen, dass sich jemand ohne Personalcode in Macandor herumtreibt. Dass es neue Ausfälle gibt. Und dass ich die Klärung dieser Angelegenheiten doch dem Management überlasse, sorry für meinen Alleingang.

Danach – könnte ich den Rest meines Urlaubs nutzen und zurück nach SeaMe gehen. Das wäre fantastisch.

Allein die Vorstellung verbessert meine Laune spürbar. Ich steige wieder auf den Flügler und steuere ihn nach Westen. Den nächstliegenden Exit-Point habe ich nur ein paar Minuten entfernt eingerichtet – ein Mosaik mitten im Wald, das goldene Sterne auf schwarzem Grund zeigt.

Zweimal lande ich an einer falschen Stelle; es ist wirklich viel schwieriger, sich in einer Welt zu orientieren, wenn man keine Designperspektive hat. Aber beim dritten Mal liege ich richtig. Das Mosaik strahlt in der Düsternis des Walds zart golden und taucht die Stämme der umliegenden Bäume in mattes Licht. Ich ziehe den Flügler am Zügel hinter mir her, binde ihn aber nicht fest. Sobald ich fort bin, soll er von selbst den Rückweg nach Ishadar antreten.

Tief durchatmen. Ein paar trockene Blätter von den Sternen fegen. Warum bin ich eigentlich nervös? Meine Hand zittert leicht, als ich sie auf das Mosaik lege. »Exit.«

Nichts geschieht. »Exit«, wiederhole ich lauter. Aber Macandor löst sich nicht vor meinen Augen auf, es wird nicht dunkel, der leichte Schwindel setzt nicht ein. Ich wische mir die Hand an meinem Wams ab und lege sie noch einmal auf das Mosaik, weil ich nicht glauben will, was ich eigentlich schon weiß. »Exit!«

Hinter mir gibt der Flügler surrende Töne von sich. Um mich herum wispern und rauschen die Wälder. Ein grün schillernder Käfer krabbelt auf das Mosaik, bleibt vor meiner Hand kurz stehen, macht kehrt und krabbelt zurück.

Ist mir echt gut gelungen, diese Welt. Sie funktioniert, sie lebt, sie atmet. Nur leider lässt sie mich nicht mehr raus.

Ich habe mein Design-Kit ausgepackt und tue alles, um dem Problem auf den Leib zu rücken. Aber die Fehleranalyse verläuft ergebnislos, der Ausgang scheint in Ordnung zu sein. Er müsste funktionieren.

»Exit«, versuche ich es noch einmal. Nichts.

Nachdem der Flügler sich noch nicht auf den Rückweg gemacht hat, beschließe ich, einen der drei anderen Exit-Points anzufliegen, die sich einigermaßen in der Nähe befinden. Wenn es einen Fehler gibt, muss er doch aufzuspüren sein.

Die nächste Stelle, bei der ich es versuche, befindet sich direkt an einem Höhleneingang, es ist ein schmiedeeiserner Fackelhalter, in den ein Wolfskopf graviert ist. Doch meine Hoffnung verflüchtigt sich schon, bevor ich noch meine Hand gehoben habe, denn der Wolfskopf ist verschwunden. Stattdessen ziert den Halter nun eine pfeildurchbohrte Taube.

Ich versuche es trotzdem, aber natürlich klappt es nicht. Ebenso wenig wie meine Reparaturbemühungen. Beim nächsten und beim übernächsten Exit-Point das gleiche Ergebnis. In einer Mischung aus Wut und Verzweiflung packe ich mein Design-Kit aus und erstelle einen neuen Ausgang, an einem vermoderten Baumstumpf, auf dem silbrige Leuchtkäfer herumkriechen. Es dauert länger als sonst, weil ich jeden Arbeitsschritt dreimal überprüfe, um sicherzugehen, dass ich alles richtig mache. Als ich fertig bin, fege ich ein paar Käfer zur Seite und lege meine Hand auf das morsche Holz. »Exit.«

Nichts. Ich stehe mitten in einem Sumpf, versinke bis zu den Knöcheln im Schlamm. Aus lauter Ratlosigkeit sende ich einen Schwarm blauer Schmetterlinge in den Himmel. Hat Matisse mich im Blick? Bemerkt er es?

Neben mir fiept mein Flügler. »Es ist gut«, sage ich und tätschle seinen Kopf. »Flieg zurück.« Er flattert hoch, dreht über mir eine kleine Runde und schießt dann davon. Ich sehe ihm noch kurz nach, dann ziehe ich erst meinen rechten, dann den linken Fuß aus dem schwarzen Schlick. Jede meiner Bewegungen ist von schmatzenden Geräuschen begleitet.

Am Fuß einer kahlen Weide finde ich ein Stück festen Boden, setze mich hin und schließe die Augen. »Transfer«, flüstere ich.

Wie groß meine Angst war, spüre ich erst jetzt, als mich beim Anblick der winzigen Thumbnails Erleichterung durchflutet. Ich bin nicht in Macandor gefangen, ich kann anderswo einen Exit-Point finden.

Nur bin ich letztens auch in Kerrybrook gescheitert. Ist also eher nicht die beste Wahl. Ich überlege kurz und treffe eine Entscheidung. »Cretaceous.«

7

Von meinen drei Welten ist Cretaceous die, in der ich mich am wenigsten gern aufhalte. Das liegt hauptsächlich daran, dass ich das tropisch-feuchte Klima dieses Zeitalters nicht mag.

Beim Bauen hatte ich dafür außerordentlich viel Spaß. Für keine meiner Welten musste ich vorab so intensiv recherchieren wie für diese. Sie einfach mit möglichst imposanten Dinosauriern und Riesengewächsen zu bevölkern, wäre billig gewesen, also habe ich mich wochenlang in alle Datenbanken zu den entsprechenden Zeitaltern vertieft. Klar war eines: Jeder würde vor einem Tyrannosaurus Rex davonlaufen wollen. Oder zumindest einen zu sehen bekommen. Daher würde ich alles an der Kreidezeit ausrichten. Die im Englischen Cretaceous heißt, was deutlich besser klingt als das schlichte *Kreide*.

Die Vielfalt der Lebewesen war in dieser Periode großartig und optisch unbezahlbar: Neben dem T-Rex gab es den Triceratops, den dreißig Meter langen Argentinosaurus, den Iguanodon und die Mesosaurier – riesige, fleischfressende Meeresechsen. Ich habe alles hier angesiedelt, was spektakulär und wissenschaftlich korrekt ist.

In Cretaceous anzukommen ist jedes Mal ein kleiner Schock – die Hitze und die Gerüche machen einen schwindelig. Wenn man dann umkippt und unmittelbar von einem fünf Tonnen schweren Hadrosaurier platt getreten wird, war es ein kurzer Ausflug.

Ich überlasse meine Kleidung diesmal nicht dem Zufallsgenerator, denn ich kenne die Statistiken. Die besten Überlebenschancen haben Bewohner mit kühlender Tarnkleidung. Ein atmungsaktiver grün-braun gefleckter Overall und eine hartschalige Kopfbedeckung erhöhen die Chancen sehr. Schließlich gibt es hier nicht nur riesige Saurier, sondern auch beunruhigend große, stechende Insekten, von denen manche gerne menschliche Köpfe anfliegen.

Ich lande zwischen Farnen, die höher sind als ich. Die Geräuschkulisse ist selbst für mich fremdartig. Kein Vogelgezwitscher aus den Mammutbäumen, dafür merkwürdig klagende Schreie, vermischt mit gelegentlichem Brüllen. Letzteres dürfte von einem der Gorgosaurier kommen, einem Fleischfresser, der dem T-Rex ziemlich ähnlich sieht. Um für ihn charakteristische Laute zu finden, habe ich Raubvogelschreie mit Leopardengebrüll gemischt und verzerrt, vertieft und mit mehr Hall belegt. So lange, bis Matisse mir gedroht hat, sich eine andere Designstation zu suchen.

Gorgosaurier sind für achtzehn Prozent der tödlichen Zwischenfälle in Cretaceous verantwortlich, ich sollte also in Deckung bleiben.

Schon jetzt klebt mir der Overall an der verschwitzten Haut, es wird mir ewig ein Rätsel sein, warum diese Welt so beliebt ist. Wahrscheinlich, weil sich die wohlige Angst mit permanentem Staunen mischt. Weil sich erstmals Dinosaurier und Menschen einen Lebensraum teilen, der sich real anfühlt.

Ich blicke mich um. Vor mir liegt ein Hügel, von dem aus ich mir besseren Überblick verschaffen können sollte. Wenn ich lebend hinaufkomme.

Schnell zu sterben wäre natürlich auch eine Exit-Option. Aber das Ausbleiben des Schlaf-Exits spukt mir noch im Kopf herum. Ich bin lieber vorsichtig.

Die Bewohner von Cretaceous tun sich prinzipiell in Gruppen zusammen, denn allein hat man hier fast keine Chance. Obwohl es massenhaft Material gibt, bauen sie keine Hütten, denn die würde auch ein nur durchschnittlich großer Saurier mit einem Nasenstupser pulverisieren.

Aber es gibt Höhlen, die sich gut bewohnen lassen und deren Eingänge zu eng für die größeren Fleischfresser sind. In manchen dieser Höhlen habe ich Exit-Points eingerichtet, die würde ich jetzt gerne finden, aber das kann Tage dauern. Anders als in Macandor habe ich hier bewusst keine freundlichen Transporttiere installiert – gesattelte Ornithomimidae zum Beispiel, also Straußensaurier, die bis zu sechzig Kilometer pro Stunde schaffen. Hier muss man selbst klarkommen, und ich bereue das gerade zutiefst.

Bei jedem Schritt muss ich Pflanzen zur Seite biegen, und immer wieder schrecke ich dabei kleine Tiere auf. Eines beißt mich ins Bein, ich spüre den Biss durch den Overall. Hoffentlich nichts Giftiges, aber das würde ich in ein paar Minuten sicher merken.

Beim Klettern über einen umgestürzten Baumstamm werde ich von einem urzeitlichen Ameisenvolk überfallen, das dort sein Nest hat. Ungefährlich, rufe ich mir in Erinnerung, aber lästig. Ebenso wie der Schweiß, der mir in die Augen rinnt. Über vierzigtausend Bewohner hat Cretaceous im Durchschnitt – ich verstehe nicht, warum die nicht sofort nach der Ankunft wieder abhauen, sondern lieber warten, bis etwas sie frisst. Immerhin habe ich endlich den Fuß des Hügels erreicht.

Durch Ranken und Gestrüpp bergauf laufen. Alles, was bisher nicht schweißdurchtränkt war, ist es jetzt. Ich muss in absehbarer Zeit Wasser finden, sonst kippe ich um. Aber das wenigstens sollte einfach sein, ich habe massenhaft Flüsse und

Bäche und kleine Seen angelegt. Und glücklicherweise auch den hohen Sauerstoffgehalt in der Luft imitiert, der in der Kreidezeit geherrscht hat, deshalb bin ich noch nicht völlig außer Atem.

»Hey!« Neben mir landet etwas in einer Farnstaude, so überraschend, dass ich einen Schrei nicht unterdrücken kann. Ein Mann, geschätzt Mitte zwanzig, in Tropenanzug, kniehohen Stiefeln und mit einem Piratentuch um den Kopf.

»Nicht erschrecken.«

»Sehr witzig.«

»Du bist gerade erst angekommen?« Er mustert mich mit amüsiertem Blick.

»Ja. Wieso?«

»Weil dein Overall noch so sauber aussieht. Und weil du genau der Typ bist, der nach spätestens drei Stunden zu Dinofutter wird.«

Ich möchte etwas Patziges erwidern, aber da hält er mir seine Feldflasche hin. Wasser ist wichtiger, als das letzte Wort zu haben. Außerdem kann er mich mal, das alles hier ist schließlich auf meinem Mist gewachsen.

»Wo finde ich hier die nächste Höhle?« Ich habe die Flasche leer getrunken und gebe sie ihm zurück.

»Zwei gibt es hier den Hügel rauf, beide bewohnt, aber ich denke, in der größeren nehmen sie dich noch auf. Wenn du in Richtung Vulkan wanderst, ungefähr zwei Stunden lang, findest du eine Anhöhe mit vier oder fünf Höhlen.«

Okay, dann weiß ich jetzt, wo ich bin. Ich weiß auch, dass ich den Zweistundenmarsch nicht machen werde, denn in der Ebene zwischen dem Hügel und dem Vulkan brüten aktuell drei T-Rex-Weibchen. Die sich, wie ich beobachtet habe, sehr über leicht erbeutetes Futter freuen.

Der Hügel hingegen ist relativ sicher. Er ist das Zuhause einiger riesiger Flugsaurier mit dem drolligen Namen Hatzegopteryx, doch die sehen gefährlicher aus, als sie sind. Sie sind hoch wie Giraffen, ihre Schnäbel so groß wie Kanus, und mit zehn Metern Flügelspannweite werfen sie im Flug enorme Schatten. Aber bisher haben sie noch nie einen Menschen gefressen, und ich verlasse mich darauf, dass sie nicht heute damit anfangen.

»Du hast Glück, dass du mich getroffen hast«, unterbricht der Kerl mit dem Piratenkopftuch meine Gedanken. »Ich bin schon den dreiundvierzigsten Tag hier, kannst du dir das vorstellen? Der Rekord liegt bei einundsechzig, glaube ich.«

Das ist richtig, der Durchschnitt aber weit darunter. Nach zehn Tagen haben die meisten Leute genug Dinos gesehen, genug Schweiß vergossen und hauen wieder ab. Viele werden schon nach viel kürzerer Zeit gefressen, aber alle haben hinterher wirklich etwas zu erzählen. Und – das ist nicht in allen Welten möglich – die Bewohner können vier Bilder mitnehmen, abgespeichert auf ihrem Identitätschip. In manchen der anderen Welten kann man damit ziemlich Eindruck schinden. Sogar Wettbewerbe gewinnen.

Ohrenbetäubendes Kreischen reißt mich aus meinen Gedanken; ein riesiger Schatten schwebt über uns hinweg. So muss es früher ausgesehen haben, wenn ein Flugzeug gelandet ist. »Hatzegopteryx«, murmle ich und ernte einen erstaunten Blick meines neuen Begleiters.

»So heißen die? Woher weißt du das?«

»Ach – ich habe mich vorab ein wenig informiert. Bücher gelesen«, antworte ich hastig. »Auf Biblio12 gibt es massig wissenschaftliche Wälzer über die Urzeit.«

Er nickt ungnädig. »Na ja, Bücher werden dich hier nicht am

Leben halten«, sagt er. »Willst du jetzt mit hinauf zu den Höhlen oder nicht?« Ohne eine Antwort abzuwarten, geht er voran, ich stolpere hinterher. Es ist nicht zu übersehen, dass er mir mein Wissen übel nimmt. Wo er doch der Experte hier in Cretaceous ist.

Aber immerhin wartet er auf mich, als er sieht, dass ich nicht hinterherkomme. »Wir sind gleich da.« Er hat eine Machete dabei, mit der er die Farne und Lianen aus dem Weg hackt. Muss er sich über Prämienpunkte beschafft haben.

»Hey«, ruft er, als wir an der Kuppe ankommen und aus dem Dschungel treten. »Ich habe eine Neue mitgebracht. Viel Ausdauer hat sie nicht, aber dafür eine Menge Bücher gelesen.«

Mehrstimmiges Lachen. Jetzt kann ich die Höhlen sehen – eine davon liegt ebenerdig, vor ihr brennt ein Feuer, um das herum Menschen sitzen. Die zweite erreicht man, wenn man ein wenig über die Basaltfelsen nach oben klettert.

Die Leute, die ums Feuer sitzen, rücken ein Stück zusammen, und ich lasse mich neben sie plumpsen. Hier ist es noch heißer, aber das lässt sich nicht ändern, denn es wird gerade gekocht. Als Kessel dient eine halbe Dinosauriereischale, die über den Flammen hängt. Der Inhalt riecht fragwürdig.

»Du bist eben erst angekommen?«, fragt mich eine junge Frau, bei deren Anblick ich mir ein Grinsen verkneifen muss. Sie trägt so wenig Kleidung wie möglich. Ein Fellröckchen, das gerade mal bis zu den Oberschenkeln reicht, ein bauchfreies Felltop und Stiefel aus dem gleichen Material. Ihr langes blondes Haar fällt in Locken bis weit über ihren Rücken. Bei ihr ist klar, sie ist nur wegen der Bilder hier.

»Ja, vor ein oder zwei Stunden«, sage ich. »Aber ich denke, ich werde nicht lange bleiben.«

Gebrüll vom Fuß des Hügels. Ich bin nicht die Einzige, die

aufspringt. Von hier aus hat man einen guten Blick über die Baumwipfel auf die Ebene hinunter, wo gerade ein T-Rex einen Iguanodon jagt. Es sieht spektakulär aus. Ich bin stolz auf mich.

»Also, auf ein paar Tage würde ich mich schon einlassen«, meint die Blondine, als der Tyrannosaurus beginnt, sein Opfer zu verspeisen. »Einen Pass für Cretaceous bekommt man schließlich nicht so leicht, meiner hat mich neunzig Prämienpunkte gekostet.«

»Ja, ich weiß«, murmle ich, den Blick auf den Höhleneingang gerichtet. »Hast ja recht.« Ich wünschte, ich wüsste noch, ob ich in einer dieser beiden Höhlen einen Exit-Point eingerichtet habe. Ich habe sie ziemlich großzügig über die Landschaft verteilt, war aber zuversichtlich, dass ich gerade in diese Welt nicht allzu oft würde reisen müssen.

»Ich bin Leyla«, sagt die Blonde und streckt mir eine Hand hin. »Vielleicht möchtest du ja später mit mir angeln gehen? Es gibt einen Teich hier, mit essbaren Fischen. Man kriegt sie nur kaum allein raus, sie sind wirklich schwer.«

»Jana«, stelle ich mich vor. »Ich überleg's mir. Aber könnte ich mir erst mal die Höhlen hier ansehen? Da drin müsste es eigentlich kühler sein.«

»Sie mag die Hitze nicht«, spottet das Piratenkopftuch. »Darüber stand wohl nichts in den Büchern.«

Leyla lächelt mich an. »Beachte Norman gar nicht. Er tut immer so, als hätte er Cretaceous erfunden, und nervt uns alle damit. Du hast völlig recht, die Temperatur in den Höhlen ist viel angenehmer. Soll ich mit dir kommen?« Sie schließt kurz die Augen. Lächelt breiter. Öffnet sie wieder.

Alles klar. Wahrscheinlich hat sie gerade überprüft, ob sie für ihr freundliches Verhalten Neulingen gegenüber ein oder zwei

Prämienpunkte bekommen hat. Ein Feature, das ich hier und in Kerrybrook eingerichtet habe. Belohnungen für Hilfsbereitschaft. Ich grinse schief zurück. »Nett von dir, aber ich schaffe das schon allein. Toll wäre, wenn du mir ein Stück Fleisch aufheben würdest.« Ich deute auf den Eierschalenkessel. »In einer halben Stunde habe ich sicher Hunger.«

Insgeheim hoffe ich natürlich, dass ich in einer halben Stunde nicht mehr hier sein werde. Leyla strahlt mich an und hebt einen Daumen. »Mache ich. Klar! Gerne!« Sie rückt ihr Top zurecht und blickt nach oben, wo hoch über uns wieder ein Hatzegopteryx dahingleitet.

In der ebenerdigen Höhle sitzt ein knappes Dutzend Leute und plant eine gemeinsame Exkursion in Richtung Meer, wo sie ein Boot bauen und auf die Suche nach einem Elasmosaurus gehen wollen. Angeblich soll sich ein Exemplar in einer nahen Bucht aufhalten.

Ich könnte ihnen jetzt sagen, dass das schon möglich ist. Ganz sicher ist hingegen, dass an der Küste, die sie ansteuern wollen, einige Kronosaurier ihr Revier haben, und für die ist ihr Boot samt Besatzung nicht mehr als ein Häppchen. Allein ihr Schädel ist zweieinhalb Meter lang.

Aber was soll's, ist jedenfalls ein originelleres Dahinscheiden, als dem T-Rex zum Opfer zu fallen. Ich grüße flüchtig und verziehe mich zum Ende der Höhle, dahin, wo man nicht mehr aufrecht stehen kann.

Was ich suche, sind Höhlenmalereien. Ich habe sie in den dunkelsten Winkeln angebracht, damit man seinen Exit möglichst unbeobachtet machen kann – was natürlich den Nachteil hat, dass man sie kaum findet. Ich taste die Wand ab, auf Augenhöhe und ein wenig tiefer. Nichts.

Draußen schlagen mir Hitze und Luftfeuchtigkeit wie ein

nasses Handtuch ins Gesicht. Beim Klettern zu Höhle Nummer zwei bricht mir wieder der Schweiß aus, zweimal rutsche ich fast ab, dann ist es geschafft.

Hier oben ist im Moment fast niemand, die Höhle ist leer bis auf ein sich heftig küssendes Liebespaar, das mich überhaupt nicht wahrnimmt. Ich schleiche an den beiden vorbei, bis in die hinterste Ecke, und werde diesmal schon nach Sekunden fündig: ein rot-schwarzer Triceratops, umgeben von menschlichen Jägern. Voller Hoffnung lege ich die Hand auf die Zeichnung. »Exit.«

Nichts. Das darf einfach nicht wahr sein. Ich fühle aufsteigende Tränen hinter meinen Augen brennen, schlucke, räuspere mich. »Exit!«

Der einzige Effekt, der sich einstellt, ist, dass der männliche Teil des Pärchens am Eingang ein unwilliges Schnauben von sich gibt. »Muss das sein? Sorry, aber du störst hier ein bisschen.«

Ich stütze mich mit beiden Händen am Fels ab, mir ist schwindelig. Wenn dieser Exit-Point versagt, wird es bei den anderen in Cretaceous nicht anders sein. Das ist zumindest meine Erfahrung aus Macandor.

»Willst du nicht langsam verschwinden?«, meldet sich nun die Frau zu Wort. »Wir hätten gern ein bisschen Zweisamkeit.«

Ich würde nichts lieber tun, als zu verschwinden. Etwas stimmt in meinen Welten ganz und gar nicht, und ich kann den Fehler ebenso wenig finden, wie ich das Phantom ausschalten kann. Ich wünschte, Lauritz hätte mich an meiner Designstation bleiben und versuchen lassen, die Dinge auf die klassische Art in Ordnung zu bringen.

»Bin gleich draußen«, murmle ich, lege ein letztes Mal meine Hand auf den Triceratops und flüstere »Exit«. Dass auch der dritte Anlauf fehlschlägt, war im Grunde klar, trotzdem ist meine Enttäuschung größer als zuvor.

Ich tappe geduckt aus meiner Ecke heraus und meide dabei bewusst den Blick auf das Pärchen. Sobald die Decke hoch genug ist, richte ich mich auf – und bleibe abrupt stehen.

Der Triceratops ist nicht das einzige Zeichen an der Wand. Ein Stück weiter hat ebenfalls jemand etwas hinterlassen. Kein Bild, sondern Text. Beim Hereinkommen habe ich es entweder nicht gesehen, oder es war zu diesem Zeitpunkt noch nicht da – beides möglich. Ich trete näher heran. Lege die Hand auf die Schrift, obwohl ich ganz sicher bin, dass sich kein Exit-Point dahinter verbirgt. Sondern eine Warnung.

Sterben ist keine Illusion. M.

Mein Mund ist mit einem Mal vollkommen trocken. Ich habe Matisse um Nachrichten gebeten, und das ist nun wohl eine. Die Aufforderungen der zwei Verliebten, mich endlich zu verziehen, kann ich durch das Rauschen in meinen Ohren kaum verstehen.

Keine Illusion. Etwas muss passiert sein, aber Matisse kann mir nicht deutlicher Bescheid geben. Wieso nicht? Wie es aussieht, wagt er es nicht einmal, mit seinem richtigen Namen zu unterschreiben.

Während ich die Schrift noch anstarre, verblasst sie vor meinen Augen. Ich stehe regungslos da, warte darauf, dass vielleicht ein neuer Satz erscheint, einer, der mir mehr Klarheit verschafft. Mir rät, was ich jetzt tun soll. Doch der Felsen bleibt stumpf und grau.

»Kannst du bitte endlich abhauen?«, ruft es hinter mir.

Ich nicke langsam. Gehe ebenso langsam auf den Ausgang zu, hinaus in die tropische Hitze von Cretaceous. Von einem versteckten Winkel zwischen zwei Felsen schicke ich wieder einen Schwarm blauer Schmetterlinge in den Himmel, aber obwohl ich lange Minuten warte, kommt kein Zeichen von Matisse zurück.

Leyla hat mir Fleisch und Suppe in eine kleinere Eierschale gelöffelt, sichtlich begeistert von ihrer eigenen Liebenswürdigkeit. Geistesabwesend nehme ich die Schale entgegen und puste den aufsteigenden Dampf weg.

»Das Fleisch musst du mit den Fingern herausholen«, höre ich Leyla sagen, »Besteck haben wir nicht.«

»Geht klar.« Ich setze mich ein Stück abseits auf einen Stein und blicke nach unten in die Ebene, wo ein paar kleinere Pflanzenfresser zwischen Farnen und Sträuchern herumstaksen.

Sterben ist keine Illusion, schreibt Matisse. Wenn das bedeutet, was ich denke, dann ist mir der letzte Ausweg zurück in die reale Welt jetzt versperrt. Ich kann mich nicht einfach vom T-Rex fressen lassen und damit rechnen, dass ich mich nach ein paar schmerzhaften Bissen in meiner Kapsel wiederfinde. Ich wäre dann wirklich tot, so wie Zoe Uhland.

Das Ausmaß dieser Erkenntnis wird mir erst nach und nach bewusst. Ich muss ab sofort also jeden meiner Schritte genau überlegen, muss extrem vorsichtig sein. Und das in einer Welt voll riesiger urzeitlicher Fleischfresser. Aus der ich mich zwar jederzeit transferieren kann – hoffe ich wenigstens –, aber in anderen Welten kenne ich die Exit-Points nicht. Dort kann ich mit meinem Design-Kit auch keine anderen bauen. Was egal ist, denn vermutlich würden sie ohnehin nicht funktionieren.

Ich habe mein Essen noch nicht angerührt, jetzt hole ich ein blasses Stück Fleisch aus der Schale und beiße davon ab. Schmeckt ein bisschen wie Huhn, nur intensiver.

Lachend und sichtlich in Abenteuerstimmung kommt die Gruppe, die den Elasmosaurus suchen will, aus der Höhle. Ich schlucke meinen Bissen hinunter. Gilt Matisse' Warnung eigentlich nur für mich? Oder ist Sterben nun für alle tödlich? Soll ich die Gruppe warnen?

Ich stelle die Schale neben mich und winke einem der Männer, der zufällig gerade zu mir hersieht. Er ist einer der älteren. Lächelnd kommt er näher. »Wir wandern weiter, zum Meer. Ist ungefähr eine Tagesreise. Willst du mitkommen?«

Ich schüttle den Kopf. »Nein. Danke. Ich wollte … ich habe … also, ich habe gehört, an der nächstgelegenen Küste soll es Kronosaurier geben. Wollte ich euch nur sagen.«

Sein Gesicht leuchtet auf. »Wirklich? Ist ja großartig! Ich und meine Freunde sammeln Dino-Sichtungen, weißt du? Peter liegt mit dreiundzwanzig Gattungen ganz weit vorne, aber bei mir sind es auch schon achtzehn.« Er lacht. »Kronosaurier, wie toll!«

»Die sind aber angriffslustig und echt gefährlich, ihr solltet …«

Er tätschelt mir die Schulter. »Du bist ein nettes Kind. Danke! Aber weißt du, vor ein paar Tagen bin ich in Rouen1143 bei einer Schlacht vom Schwert meines Gegners aufgespießt worden, das tat auch weh, und es hat länger gedauert, bis es vorbei war. Ich denke, ein Kronosaurier würde schneller arbeiten.«

Sein Lachen ist ansteckend. Ich mag ihn, und als er sich zum Gehen wendet, halte ich ihn am Ärmel fest. »Komische Frage, ich weiß. Aber – bist du heute Morgen in deiner Kapsel aufgewacht?«

Er verzieht sein Gesicht, wahrscheinlich gehört er zu denen, die die täglichen vierzig Minuten Realität wirklich verabscheuen. »Natürlich bin ich das. Wo denn sonst?«

»Klar. Dann viel Glück bei eurer Expedition.«

Er tätschelt noch einmal meinen Oberarm, bevor er zu den anderen zurückläuft, die letzte Vorbereitungen treffen. Messer schärfen, Proviant einpacken, eventuell noch ein paar Prämienpunkte in eine Machete investieren.

Etwas beruhigter setze ich mich zurück auf meinen Felsen und greife nach der Schale. Wenn ich die Einzige bin, die heute nicht in der Kapsel erwacht ist, geht Matisse' Warnung wohl auch nur an mich.

Doch eine Sache muss ich dringend noch überprüfen, das habe ich bisher hinausgezögert. Einfach aus Angst vor dem Ergebnis. Ich schließe die Augen. »Transfer«, flüstere ich.

Da sind sie, die Thumbnails. Mein erleichtertes Aufatmen müssen sogar die fünf Struthiosaurier hören, die gerade die Ebene vor dem Hügel überqueren. Ich sitze also immerhin nicht in Cretaceous fest, ich kann mich in eine ungefährlichere Welt flüchten und dort in Ruhe nachdenken.

Jetzt, nachdem meine Angst langsam verebbt, wird mir noch ein weiterer tröstlicher Fakt bewusst: Auch wenn er meine Schmetterlinge ignoriert, Matisse hat ein Auge auf mich. Er hat seine Botschaft exakt dort angebracht, wo ich mich befunden habe. Richtige Welt, richtige Höhle, zu genau der Zeit, als ich dort war.

Sollte ich also wirklich in Gefahr sein, wird er hoffentlich die erste Gelegenheit ergreifen, um in das Tiefgaragen-Wohndepot zu laufen. Er weiß, wo er mich findet, er kann die Kapsel vom Strom trennen und mich rausholen.

Das könnte jederzeit passieren. Der Gedanke erleichtert mich mehr, als ich mir selbst eingestehe. Jetzt muss ich es nur noch schaffen, am Leben zu bleiben, bis es so weit ist.

Mein Appetit ist zurückgekehrt, ich esse die halbe Eierschale leer, dann stemme ich mich hoch und marschiere zu der Expeditionsgruppe. Zehn Leute sind es, die sich nun endgültig zum Aufbruch bereit machen. Zwei checken noch ihre Punktekonten auf Displays, die wie Notizbücher aussehen. Der nette Kerl, der Dino-Sichtungen sammelt, trägt jetzt einen breitkrempigen Hut und hat ein Jagdmesser in den Gürtel gesteckt. Ich tue so, als würde ich etwas auf dem Boden suchen, dabei fasse ich kurz nach seinem Ärmel. Schließe die Augen. »Identität«, murmle ich, so unhörbar wie möglich.

Tobias Harklin, Personalcode WL82CP91.

Ich speichere die Information ab. Wenn ich zurück bin, will ich überprüfen, ob mit ihm alles in Ordnung ist.

Bei Leyla werde ich mir diese Mühe wohl eher nicht machen. »Kann ich dir noch irgendwie helfen?«, zwitschert sie, als ich zu der Feuerstelle zurückkehre. »Noch etwas zu essen? Ich könnte dir auch die Schultern massieren.«

»Nein, aber danke.«

»Sicher nicht?« Sie beugt sich ein Stück vor und zwinkert verschwörerisch. »Ich brauche noch dreißig Gefälligkeitspunkte für einen Pass nach Starlight. Abenteuerpunkte nur noch drei, die Beauty-Points habe ich schon alle.«

Starlight, da passt sie hin. Die bonbonrosa Blondinenhölle, mit täglichen Posing-Wettbewerben. Wo man Prämienpunkte für den hübschesten Fingernagelschmuck bekommt. Bevor ich dorthin transferiere, gehe ich lieber nach Molar.

»Wenn du Gefälligkeitspunkte brauchst, könntest du der Expedition anbieten, ihr Gepäck zu tragen«, schlage ich vor. »Oder dich als Köder für Carnivoren anbieten, die Tyrannosaurier von der Gruppe ablenken, da hast du dann die Abenteuerpunkte gleich inklusive.«

Sie sieht mich unsicher an. »Du spinnst ja.«

»Tja. Das höre ich nicht zum ersten Mal.« Mit dem Ärmel wische ich mir den Schweiß von der Stirn, höchste Zeit, wieder in den Schatten zu kommen.

Kann ich einfach in das kleine Wäldchen am Hang des Hügels absteigen? Theoretisch muss ich dort mit Raptoren rechnen, und es wäre wirklich lächerlich, von Dinosauriern getötet zu werden, die ich selbst modelliert habe. Besser, ich gehe in die untere Höhle zurück, da ist jetzt ohnehin niemand mehr.

Bevor ich mich in die Dunkelheit ganz hinten begebe, prüfe ich die Felswände. Streiche darüber. Nutzt Matisse die Gelegenheit, mir noch eine Nachricht zukommen zu lassen?

Ich warte, aber es passiert nichts. Nach ein paar Minuten wende ich mich ab, auch deshalb, weil Schreie bis zu mir dringen, von denen ich nicht weiß, ob sie tierischen oder menschlichen Ursprungs sind. Könnte sein, dass die Expeditionsgruppe bereits ihre ersten Teilnehmer verloren hat.

Keine Illusion. Ich kauere mich in den hintersten Höhlenwinkel und schließe die Augen. »Transfer.«

Unzählige Lichtpunkte, unzählige Möglichkeiten. Ich habe mir noch nicht überlegt, wohin ich als Nächstes gehen soll, und fühle mich jetzt überfordert. Kerrybrook wäre logisch, aber dort lief letztens erst das Phantom mit einem Messer herum. Wenn Sterben plötzlich eine ernste Sache ist, sollte ich mir etwas garantiert Harmloses suchen.

Eine Welt wie Bloom zum Beispiel, in der vor allem ältere Bewohner besonders schöne Blumenbeete anlegen. Dort könnte ich mich unter einen Baum setzen und ungestört nachdenken. Auffallen würde ich allerdings, nachdem ich das Durchschnittsalter um gut fünfzig Jahre unterschreite.

Dann vielleicht Sinfonia, das Paradies für alle, die Instrumente lernen, Musik machen und ansonsten in hübschen

Cafés sitzen oder in üppigen Parkanlagen spazieren gehen wollen. Dort könnte mich höchstens jemand mit seinem Geigenbogen erstechen.

Mein Blick fällt wieder auf die Felswand. Keine Nachricht. Dabei bräuchte ich so dringend Hilfe …

Und im nächsten Moment weiß ich, was ich tun werde. Nämlich in eine Welt transferieren, in der es einfacher ist, mir zu helfen, zumindest für die eine Person, von der ich Hilfe erwarten kann. Ich werde in eine von Matisse' Welten wechseln.

Er hat vier davon, und die Wahl fällt mir nicht leicht, doch dann brüllt etwas vor der Höhle. Sehr laut. Sehr nah. Ich schließe die Augen fester. »Austen.«

8

Der Kontrast könnte fast nicht größer sein. Eben noch Hitze, Luftfeuchtigkeit und prähistorische Fleischfresser, jetzt grüne Wiesen, ein paar Schäfchenwolken und, gerade mal hundert Meter entfernt, eine Picknickgesellschaft.

Ich war schon einige Male zu Kurzbesuchen hier – meistens wegen der Bälle – und stecke in meinem zuletzt gewählten Tagesoutfit: hellgrünes Kleid mit kurzen Puffärmeln und hoher Taille, Hut in der gleichen Farbe, mit Schleife unter dem Kinn, weiße Seidenschühchen. Der Stil heißt Regency, und Matisse hat bei der Arbeit an dieser Welt einige Zeit überlegt, ob er sie nicht auch so nennen soll. Hat sich dann aber für Austen entschieden, nach Jane Austen, deren Bücher er liebt.

Auf seine Empfehlung habe ich zwei davon gelesen und war erstaunt darüber, dass es Parallelen zu heute gibt: Fast niemand in diesen Romanen arbeitet regelmäßig, außer Bauern und Dienstboten. Die gehobene Gesellschaft vertreibt sich die Zeit und lebt von dem, was die Landgüter abwerfen.

Wir, dreihundertfünfzig Jahre später, haben nur noch wenige Jobs, die menschliche Arbeit erfordern. Alles, was Rechen- oder Organisationsleistung braucht, erledigen digitale Systeme viel besser. Handwerkliche Arbeit wird von energiesparenden Maschinen übernommen – die einzigen Jobs, die bisher nicht ersetzt werden konnten, liegen in der Kontrolle von Mensch und Maschine, im Kreativen und in der Betreuung derer, die den Großteil ihrer Zeit in der realen Welt verbringen. Da gäbe es noch Luft nach oben – manchmal wünsche ich mir Köche, die abschmecken könnten, was sie zusammenpanschen.

Hier in Austen gibt es Köchinnen, Köche und keine Lebensmittelverbote. Ich trete hinter dem Gebüsch hervor, das meine Landung verborgen hat, und folge dem Duft von geräuchertem Schinken, der direkt zu der Picknickgesellschaft führt.

Mich einfach dazuzusetzen ist hier unmöglich, ich darf mich noch nicht mal selbst vorstellen, wenn ich die Etikette nicht verletzen will. Also gehe ich nur freundlich nickend vorbei. Lauter junge Damen mit Hüten und Sonnenschirmen. Die Herren mit cremefarbenen Zylindern.

»Jana! Jana Elford!«

Natürlich heiße ich nicht Elford, aber Matisse schickt jeden Neuankömmling durch einen Namensgenerator. Gut, dass ich wenigstens meinen Vornamen behalten habe, sonst hätte ich mich jetzt überhaupt nicht betroffen gefühlt.

Ich drehe mich um. Eines der Mädchen ist aufgesprungen. Rosafarbenes Kleid, dunkle Aufsteckfrisur. »Möchtest du dich zu uns setzen?«

Ich zögere. Eigentlich wollte ich mir eine einsame Bank an einem Ententeich oder einer Hecke suchen und auf eine weitere Nachricht von Matisse warten. Noch einmal ein paar blaue Schmetterlinge steigen lassen. Aber es wird bald dunkel.

»Komm! Wir haben Sandwiches und Apfelwein!«

Na gut, beschließe ich und mache kehrt. Alle Anwesenden stehen auf, die Damen knicksen, die Herren verbeugen sich. Alle werden mir vorgestellt, und ich vergesse die Namen sofort wieder. Dafür fällt mir der des dunkelhaarigen Mädchens endlich ein: Sophie und dann irgendwas mit K. Kirby? Kendrick?

Wir sind uns auf einem Ball begegnet, einem Sommerball in einem der prächtigen Herrenhäuser, die Matisse quer über Austen verstreut hat.

»Wie geht es dir, bist du gerade erst angekommen, was gibt es Neues?« Sophie ist gesprächiger, als ich sie in Erinnerung hatte.

»Gerade erst angekommen«, bestätige ich. »Ich hatte wirklich Sehnsucht nach Austen. Ich verstehe gar nicht, warum ich nicht ständig hier bin.«

Sie greift nach meinen Händen. »Ja, nicht wahr? Und jetzt bleibst du? Wie wunderbar, morgen gibt es einen Ball in Hesterly House, ich kann dir sicher eine Einladung beschaffen!«

Die anderen lächeln, nicken, nippen an ihren Gläsern. Betrachten den Sonnenuntergang, während ich noch unwillkürlich am Himmel Ausschau nach jagenden Hatzegopteryxen halte. Doch das Gefährlichste, was ich entdecke, sind zwei Rotkehlchen auf einem nahe gelegenen Baum.

Meine Güte, Matisse, denke ich. So hübsch hast du das hier gestaltet. So kitschig.

Die Welt ist ungeheuer erfolgreich. Drei Jahre gibt es Austen jetzt, und manche Bewohner haben es seit seiner Entstehung nicht mehr verlassen. Sie haben geheiratet – was hier ein großes Thema ist – und verbringen seitdem ihre Tage damit, andere Einwohner in ihren Villen zu besuchen. Teekränzchen abzuhalten. Klavier zu spielen, Porträtbilder zu malen und spazieren zu gehen.

Sollte mir hier etwas zustoßen, wäre es wirklich auffällig. Ich blicke in die Runde. »Sagt mal – hat es hier in letzter Zeit seltsame Ereignisse gegeben? Unfälle? Schlimmeres?«

Einer der Zylinderträger dreht langsam den Kopf in meine Richtung. »Shelly Hendriks ist vom Pferd gefallen. Hat sich zwei Rippen gebrochen, der arme Kerl, aber es geht ihm schon besser.«

»Oh«, mache ich. »Wie bedauerlich.«

Sophie kichert. »Keine Sorge, Amanda kümmert sich sehr fürsorglich um ihn.« Sie beugt sich vor. »Es heißt«, flüstert sie, »er will sie bald um ihre Hand bitten.«

Ich strahle, als wäre das die Nachricht des Jahrhunderts, obwohl ich weder einen Shelly noch eine Amanda kenne.

Dafür entdecke ich knapp neben den Rotkehlchen eine flimmernde Stelle, einen Glitch, der mir vorhin nicht aufgefallen ist.

Fünf Minuten später spaziert noch ein junges Fräulein heran, in einem strahlend weißen Kleid. »Sophie!«, ruft sie schon von Weitem. »Ist das nicht ein herrlicher Abend?«

Sie tänzelt heran, als würde sie sich zu Musik bewegen. Ich sehe weg, vielleicht war es doch ein Fehler herzukommen.

Das Mädchen hört auf den Namen Adele und freut sich ebenso heftig auf den bevorstehenden Ball wie alle außer mir.

»Wir sollten gemeinsam Kleider kaufen gehen«, schlägt Sophie vor und greift nach meiner Hand. »Was sagst du?«

Kein Problem, ich habe ausreichend Knospen, liegt mir auf der Zunge, und das macht mir klar, dass ich für heute besser den Mund halten sollte. Ich bin nicht in Macandor, Knospen bringen mir hier gar nichts, aber die ständigen Transfers fordern allmählich ihren Tribut.

»Grandiose Idee«, zwitschere ich. »Ein bronzefarbenes Kleid mit einer Schleppe, denkst du, das finde ich? Hach, wäre das nicht wundervoll?«

Ganz reizend, bestätigen alle, besonders zu meinem Teint und meinem Haar. Ich greife nach einem Sandwich – wer isst, muss nichts sagen. Erwartungsgemäß bewegt das Gespräch sich in neue Fahrwasser und dreht sich in kürzester Zeit um die Frage, ob Hüte mit Federn zu protzig sind. Adele betrachtet mich mit neckisch schief gelegtem Kopf. »Also dir würden sie bezaubernd stehen, Jana. Findet ihr nicht auch? Jana ist genau der Typ für Federhüte.«

Ich schließe für einen Moment die Augen. Zwei Wochen hier, und mein IQ würde um zehn Punkte sinken. Wäre vielleicht ganz angenehm, mittelkluge Leute sind oft ausgeglichener. Allerdings brauche ich gerade jetzt jede graue Zelle, die sich aktivieren lässt.

Ich tupfe mir mit einer zierlichen Spitzenserviette die Lippen. »Sophie, Liebes, könnte ich für diese Nacht deine Gastfreundschaft in Anspruch nehmen?«

Über Sophies Gesicht geht ein Leuchten. »Aber natürlich! Wie unaufmerksam von mir, dich nicht gleich zu fragen! Du bekommst das schönste Zimmer, mit Ausblick auf den See.«

Eine halbe Stunde später ist die Sonne hinter den Baumwipfeln verschwunden, und wir spazieren durch den Park auf einen prächtigen Landsitz zu, der fast die Ausmaße eines Schlosses hat. Das Dinner ist bereits fertig, und allein dafür hat sich der Abstecher nach Austen gelohnt. Wachteln, Rehbraten, Schokoladensoufflee – ich esse, bis ich nicht mehr kann. Ab und zu nicke und lächle ich, wenn Sophie oder Adele mich ansprechen, doch mit dem Kopf bin ich anderswo. Das Tischgespräch dreht sich um den morgen stattfindenden Ball; ich habe mich längst gedanklich ausgeklinkt. Wenn ich keinen Exit-Point finde und Sterben keine Alternative mehr ist – soll ich dann hierbleiben? Es ist eine ungefährliche Welt, und es wäre sicher nicht für immer, ich müsste nur hier abwarten, bis Olga mein Fehlen auffällt. Matisse wird sie längst auf das Problem aufmerksam gemacht haben, und wenn es mit der Kapsel zu tun hat, sind wahrscheinlich schon ein paar Reparaturroboter dran.

Außer … Mastermind will sicherstellen, dass sie mich erst mal aus dem Weg haben. Nur – warum? Könnte ich etwas herausfinden, das ihnen nicht in den Kram passt?

»… Erdbeertörtchen?« Ich fahre aus meinen Gedanken hoch, vor mir schwebt ein Porzellanteller mit etwas Rosafarbenem darauf. Sophie hält mir ein weiteres Dessert unter die Nase.

»Nein, vielen Dank, aber ich bringe nichts mehr hinunter. Es war köstlich!«

»Ach, das freut mich.« Sie stellt das Tellerchen ab und klatscht in die Hände. »Wollen wir in den Salon gehen?«

Der restliche Abend verläuft ebenso angenehm wie langweilig. Eine junge Frau setzt sich ans Klavier und spielt, wir anderen trinken Tee. Adele führt ein paar außerordentlich elegante Tanzschritte vor. Als jemand vorschlägt, man könne doch Karten spielen, stehe ich auf und gähne demonstrativ. »Entschuldigt mich bitte. Ich muss schlafen gehen.«

Sofort ist Sophie an meiner Seite. »Aber natürlich! Ich zeige dir dein Zimmer.«

Es ist ein außerordentlich hübscher Raum, mit Stuckdecke und einem Baldachin über dem Bett, alles in Kerzenlicht getaucht. »Ich hoffe, du wirst gut schlafen«, säuselt Sophie, dann huscht sie hinaus.

Ich hebe mit spitzen Fingern das Nachthemd hoch, das über einem Stuhl hängt. Bestickt und mit Puffärmeln. Gut schlafen ist nicht das Problem, viel wichtiger ist mir, wo ich aufwachen werde. Vielleicht war das heute früh ja eine Ausnahme, und der Fehler ist längst behoben. Dann werde ich morgen ganz normal in der Kapsel wach.

Ich schäle mich aus dem Kleid, ziehe das Nachthemd an und lege mich in das Himmelbett. Blicke nach oben, auf den Baldachin, der ebenfalls bestickt ist.

Mit einer weißen, pfeildurchbohrten Taube.

Einschlafen ist danach schwieriger als gedacht, das Aufwachen ist durchtränkt von Nervosität. Ich wage es kaum, die Augen zu öffnen. Taste mit meiner linken Hand neben mich – alles weich. Der Geruch von gebratenem Speck, der mir in die Nase steigt, sorgt jedoch unmittelbar für Klarheit. So riecht es in keinem der Wohndepots, die ich kenne.

Mein erster Blick bestätigt das. Ich liege in demselben Himmelbett, in dem ich gestern eingeschlafen bin. Durch zarte weiße Vorhänge dringt das Licht der Morgensonne.

Verdammt. Es ist, als wäre ich in eine der Strafwelten deportiert worden, nach Molar zum Beispiel, nur viel komfortabler. Die Verurteilten erwachen ebenfalls jeden Morgen in der virtuellen Welt, ohne Realitätsstopp, manchmal für Jahre. Ich habe Molar einmal zu Studienzwecken besucht und war heilfroh, nach zwei Stunden wieder wegzudürfen, im Vergleich dazu ist das hier das reine Paradies. Ich wünschte, ich könnte es genießen.

Als ich mich aufrichte, fällt mein Blick auf die Unterseite des Baldachins. Auf zwei dicke Engelchen mit kurzen Flügeln, die sich umarmen.

Ich stelle mich auf die Matratze, befühle die Stickerei mit den Fingerspitzen. Gestern war hier noch die erschossene Taube, das weiß ich. Oder – habe ich mich geirrt? Ich war müde, das Licht der Kerzen nicht allzu hell. Kann es sein, dass meine Fantasie mir einen Streich gespielt hat?

Nein. Ich habe lange und so intensiv nach oben gestarrt, ich weiß genau, was ich gesehen habe. Unwillig schwinge ich die Füße aus dem Bett und ziehe das Kleid von gestern wieder an. Dann steige ich die Treppen nach unten, wo das Frühstück auf mich wartet. Außerdem Sophie und Adele, beide unerträglich gut gelaunt.

Meine Einsilbigkeit stört sie überhaupt nicht. Sie haben den ganzen Tag verplant – allein zwei Stunden für das Frisieren und das Anlegen der Kleider vor dem Ball –, zuerst steht aber Einkaufen auf dem Programm. Im nahe gelegenen Städtchen, in das wir per Kutsche fahren.

Adele möchte zuallererst Schuhe kaufen, also zerrt Sophie nur mich allein in den Kleiderladen, der eigentlich mehr eine Schneiderei ist. Sie findet auf Anhieb fünf Roben, die sie gern anprobieren möchte, und vier für mich. Die Schneiderin stellt mich auf einen Schemel, huscht um mich herum, steckt hier etwas ab, rafft dort etwas zusammen. Nach zwei Kleidern habe ich das Gefühl, keine Luft mehr zu bekommen.

»Ich muss kurz raus«, keuche ich, schlüpfe in meine Sachen, lasse sie notdürftig zuschnüren und haste aus dem Laden.

Ein Stück die Straße entlang befindet sich die Kirche, auf dem Platz davor entdecke ich eine Linde, unter der eine Parkbank steht. Dorthin setze ich mich, beuge mich vor und drücke mir die Hände aufs Gesicht, bis der Anflug von Panik verebbt.

Wie es aussieht, schaffe ich es nicht, einfach abzuwarten, während um mich herum die Dinge ganz offensichtlich schieflaufen. So zu tun, als würden Ballroben mich interessieren, obwohl ich in Wahrheit nur herausfinden möchte, wer meine Welten sabotiert, ist kaum auszuhalten.

Ich hätte doch gleich am Anfang nach Kerrybrook gehen sollen. Wer weiß, vielleicht haben meine fünf verträumten

Leute von der Stadtwache ja etwas über Zoes Mörder herausgefunden.

Kerrybrook. Eben. Das Gewicht, das mir den Atem abgedrückt hat, hebt sich ein wenig von meiner Brust, ich habe wieder so etwas wie einen Plan.

»Guten Morgen, gnädiges Fräulein.«

Ich schrecke auf. Jemand steht dicht vor mir, ich habe ihn nicht kommen hören.

»Darf ich mich zu Ihnen setzen?« Mein Schweigen nimmt er als Zustimmung, im nächsten Moment hat er links von mir Platz genommen.

Ein heller Gehrock, ein ebenso heller Zylinder, ein Hemd mit Rüschen am Kragen und ein Spazierstock. Dazu ein Gesicht, das vertraut ist, aber erst auf den zweiten Blick.

»Matisse?«

Er nickt mir zu, ernsthaft. »Endlich erwische ich dich allein. Du warst gestern nicht von dem Picknick wegzubekommen, und plötzlich in deinem Zimmer auftauchen wollte ich nicht.«

Am liebsten würde ich ihm um den Hals fallen, aber diese Art von Benehmen würde in Austen Aufsehen erregen. »Ich bin so froh, dass du da bist«, flüstere ich. »Ich komme nirgendwo raus, alle meine Exit-Points sind stillgelegt. Ich wache auch nicht in der Kapsel auf, sondern an der gleichen Stelle, an der ich eingeschlafen bin, zweimal jetzt schon.«

»Ich weiß«, sagt Matisse. »Jemand hat an deinen Einstellungen herummanipuliert. Ich habe es Olga gemeldet, und sie meint, sie würde sich darum kümmern.« So, wie er es sagt, klingt es nicht sehr verheißungsvoll.

»Deine Nachricht.« Ich greife nach seiner Hand. »Sterben ist keine Illusion. War das ernst gemeint?«

Matisse' Brust hebt und senkt sich unter einem tiefen Atemzug. »Ich fürchte, schon. Nachdem ich bemerkt habe, dass der Schlaf-Exit bei dir nicht ausgelöst wird, habe ich mir deine Einstellungen genauer angesehen. Und da war ein merkwürdiger Code für den Todesfall. Definitiv kein normaler Exit in die Kapsel, wie allgemein üblich, sondern etwas, das ich nicht kenne. Das auch sonst niemand hat. Aber klar sichtbar war, dass im nächsten Schritt bereits die Löschung des Personalcodes integriert ist.«

In mir steigt leichte Übelkeit auf. Personalcodes werden nur beim Tod der entsprechenden Person gelöscht. An Matisse' Stelle hätte ich die gleichen Schlüsse gezogen.

»Als ich dann gesehen habe, dass du nach Cretaceous gegangen bist, hat mich beinahe der Schlag getroffen. Ich konnte zu dem Zeitpunkt nicht weg, aber ich musste dich warnen.«

»Ja. Danke.« Bei der Vorstellung, dass ich ernsthaft die Möglichkeit in Betracht gezogen habe, mich einem T-Rex zum Fraß vorzuwerfen, nur um wieder in die reale Welt zurückkehren zu können, verstärkt sich meine Übelkeit. »Du kannst nicht lange bleiben, schätze ich.«

»Nein. Ich habe unsere Designstationen Elsie überlassen, sie passt auf. Aber ich musste ihr versprechen, mich zu beeilen.«

»Okay.« Ich werfe einen Blick in Richtung der Schneiderei. Sophie muss noch drin sein. So berauscht, wie sie von all der Seide, dem Samt und den glänzenden Borten war, wird es dauern, bis sie mich vermisst. »Du gehst über einen deiner Exit-Points, oder? Deine sind sicher nicht blockiert, ich versuche mitzugehen. Gut?«

Er nickt. »Zum nächsten sind es nicht mehr als fünf Minuten. Ich hoffe, du magst Friedhöfe.«

Mein Lachen klingt humorlos. »Solange ich sie auf meinen

eigenen zwei Beinen wieder verlassen kann.« Ein letzter Blick in Richtung Schneiderei. »Lass uns gehen, bevor jemand auf die Idee kommt, mich zu suchen.«

Übertriebene Eile würde in Austen auffallen, wir schreiten also in gemächlichem Spaziertempo auf die Kirche zu, hinter der sich ein malerisches Gräberfeld erstreckt. Steinerne Kreuze, verwitterte Grabsteine.

»Die Taube auf meinem Baldachin«, sage ich, als wir durch das Friedhofstor treten. »War die auch von dir?«

Matisse sieht verwirrt drein. »Taube? Baldachin?«

»Eine von einem Pfeil durchbohrte Taube, sie muss ein Symbol sein, ich weiß bloß nicht, wofür. Ist mir in Kerrybrook auch schon aufgefallen.«

»Sagt mir gar nichts.« Er blickt sich suchend um. »Wir finden das heraus, sobald wir zurück sind. Oder wir melden es, nur hat das Management derzeit nichts anderes als Minus3 im Kopf, die Hälfte der Firmenleitung treibt sich dort herum. Tote Tauben in Austen oder Kerrybrook sind ihnen da völlig egal.« Matisse ist vor einem der Gräber stehen geblieben, über dem ein keltisches Kreuz aufragt. In dem Ring, der den Schnittpunkt von Längs- und Querbalken umgibt, stehen die Worte *Memento mori*. Bedenke, dass du sterben wirst.

Macht mir nicht gerade Mut, der Spruch. Ich blicke zu Matisse hoch, der mich sachte auf das Kreuz zuschiebt. Die Angst, die mich plötzlich überfällt, hat nichts Logisches, aber sie lässt mich zurückweichen. »Warte noch.«

»Soll ich zuerst?« Matisse ist freundlich wie immer, aber ich kann spüren, dass er es eilig hat. »Ich dachte nur, ich behalte den Vorgang von hier aus besser im Blick. Wenn es wieder nicht klappt, kann ich versuchen, an den Einstellungen zu drehen.«

Ja. Da hat er natürlich recht. Ich trete einen Schritt vor, wende mich dann aber noch einmal um und greife nach seinem Arm. »Falls wir es nicht hinbekommen … du weißt, in welchem Depot ich bin? Die Kapsel ist im zweiten Untergeschoss, Nummer 209.«

»Alles klar, dann hole ich dich auf die unelegante Art raus.« Er drückt mich kurz an sich. »Mach dir keine Sorgen.«

Also gut. Ich knie mich vor das Kreuz, als wollte ich beten. *Memento mori.* Mit meiner Hand verdecke ich das zweite Wort. Hole tief Luft. »Exit.«

Das vertraute, saugende Gefühl stellt sich ein, nicht ganz so wie bei meinen eigenen Exit-Points, aber ähnlich. Zwei Sekunden noch, höchstens drei, dann wird mich der Kunststoffgeruch der Kapsel umhüllen …

Aber es dauert länger. Dunkelheit umgibt mich, etwas drückt auf meinen Magen, auf meine Brust – das kenne ich so nicht. Gerade als Panik in mir aufzusteigen beginnt, verschwindet der Druck, verkehrt sich ins Gegenteil. In schwebende Leichtigkeit, wie bei einem …

Plötzlich fühle ich Erde unter meinen Fingern, trocken und krümelig. Keinen warmen Kunststoff, keine Kapselpolsterung. Ein Knall lässt mich hochfahren, aus einiger Entfernung höre ich jemanden schreien. »Sie kommen von rechts. Geht in Deckung!«

Ich öffne die Augen. Ein schneller Blick rundum, und es ist klar, dass der Exit nicht geklappt hat. Stattdessen hat ein Transfer stattgefunden, ich habe bloß keine Ahnung, wohin.

»Matisse?« Etwas dringt in meine Luftröhre, stechend und metallisch, ich huste. Pulverdampf, das ist Pulverdampf. »Matisse?«

Von ihm ist keine Spur zu entdecken. Hustend richte ich

mich auf; außerhalb des Waldstücks, in dem ich mich befinde, herrscht Aufruhr. Schüsse, Schreie, gebrüllte Befehle.

Wie ist das möglich? Ich initiiere einen Exit, und der wandelt sich in einen Transfer? Noch dazu in einen, dessen Endpunkt ich nicht kenne; ich habe keine Ahnung, in welcher Welt ich gelandet bin.

Das alles passiert nicht zufällig, ganz sicher nicht. Dahinter steckt Absicht. »Matisse!«, rufe ich noch einmal, aber ihn hat es nicht hierherverschlagen.

Der Gedanke, der in mir aufsteigt, schmerzt so sehr, dass ich ihn sofort wegzuschieben versuche, aber er kehrt wieder, mit all dem Gift, das in ihm steckt. Kann es sein, dass Matisse mir eine Falle gestellt hat? Er weiß, wie sehr ich ihm vertraue; hat er das ausgenutzt, um mich aus dem harmlosen Austen in eine Welt zu locken, in der gekämpft und geschossen wird?

Nein. Schritt für Schritt schleiche ich auf den Waldrand zu. Nein, ich glaube das nicht. Nicht Matisse. Noch ein Schritt. Ich blicke mich um, weniger um herauszufinden, wo ich gerade stecke, sondern in der Hoffnung, dass er den Fehler bemerkt hat und mir gefolgt ist.

Wieder ein ohrenbetäubender Knall und der beißende Geruch von Schießpulver. Ich ducke mich hinter ein Gebüsch und spähe darüber hinweg.

Etwa Zweihundert Meter entfernt knien Soldaten auf einer zerwühlten Wiese, in weißen Kniebundhosen und blauen Uniformjacken. Die meisten von ihnen haben Gewehre im Anschlag, mit aufgepflanzten Bajonetten. An ihren Gürteln hängen Säbel.

Ein kleines Stück links davon bedienen drei Männer eine Kanone. Ihre Schüsse müssen es sein, die so unfassbar laut sind. 18. Jahrhundert, denke ich. Irgendein Krieg, solche Szenerien meide ich grundsätzlich. Auch dann, wenn der Tod keine Illusion ist – ich finde die Freude, mit der sich die Gegner gegenseitig hinmetzeln, jedes Mal irritierend. Hierhin hätte ich mich niemals freiwillig transferiert.

Plötzlich ist da hinter mir ein Geräusch, ein Rascheln zwischen den Bäumen. Ich fahre herum, sehe drei Männer auf mich zukommen, mit roten Uniformjacken, die Gewehre im Anschlag. »Keine Bewegung!«, schreit einer von ihnen.

»Ist sicher eine Spionin, knallen wir sie ab«, ruft ein zweiter.

Menschen zu töten erfordert keine große Überwindung mehr, nicht in den virtuellen Welten, denn jeder geht davon aus, dass er keinen echten Schaden anrichtet. Prinzipiell richtig, nur bei mir nicht.

Panik steigt in mir hoch; ich drücke mich hinter einen Baum, schließe die Augen und flüstere »Transfer«, ohne große Hoffnung. Erstens bin ich nicht wirklich aus dem Sichtfeld der beiden verschwunden. Zweitens bauen viele Designer gerade in Kriegswelten Sperren ein, damit man sich nicht einfach verstecken und absetzen kann, sobald die Situation haarig wird. Wäre ja auch bescheuert, wenn sich plötzlich halbe Armeen mitten in der Schlacht in Luft auflösen würden. Transfers hinaus sind nur dann möglich, wenn gerade alles ruhig ist.

»Putputput, komm raus, du Hühnchen«, ruft einer der Männer; gleichzeitig sehe ich die Thumbnails auf der Innenseite meiner Lider auftauchen. Glück gehabt, keine Transferbeschränkung hier. »Kerrybrook«, rufe ich erleichtert.

Zu dieser Welt hast du derzeit keinen Zugang. Ein roter Schriftzug, der dreimal blinkt und dann verschwindet.

Wie bitte? Ich habe keinen Zugang zu meiner eigenen Welt? Vielleicht habe ich undeutlich gesprochen, aber jetzt ist nicht die Zeit, Fehleranalysen zu betreiben. Einer der roten Männer ist schon bedrohlich nahe, wahrscheinlich kreisen sie mich ein, gleich können sie mich wieder sehen, und dann ist es vorbei.

Wohin? Nicht Macandor, keinesfalls Cretaceous, wie hieß noch mal die Strandwelt? Die Angst legt mein Denkvermögen lahm. »Random«, keuche ich daher und tauche ins Dunkel, in dem vagen Bewusstsein, dass dieser Befehl auch verhängnisvoll enden könnte. Denn nun wählt der Zufallsgenerator, und mit ein bisschen Pech wirft er mich direkt einer Herde Elefanten vor die Füße oder setzt mich auf ein sturmgebeuteltes Schiff.

Doch dann ist es eine der ruhigsten Ankünfte, die ich je hatte. Ich knie im Schnee, um mich herum ist alles weiß. Obwohl ich irgendwelches Thermozeug trage, friere ich.

Ich richte mich auf, drehe mich einmal um die eigene Achse. Wie es aussieht, bin ich der einzige Mensch weit und breit. In einiger Entfernung liegen drei verfallene, zugeschneite Häuser, die Dächer eingebrochen, die Wände am Zerbröckeln. Graue Wolken hängen über mir, so tief, dass ich den Eindruck habe, ich könnte sie mit Händen greifen. Wahrscheinlich ist es nur eine Frage von Minuten, bis es wieder zu schneien beginnt.

Ich stolpere einige Schritte vorwärts. Matisse, denke ich. Ist es möglich, kann es wirklich sein, dass er mich verraten hat?

Nein. Ohne ihn wüsste ich gar nicht, dass ich in Gefahr bin. Er hat die Manipulation in meinen Einstellungen entdeckt und mich gewarnt. Er will mir nicht schaden.

Innerlich ruhiger, beäuge ich nun die Schneefläche um mich herum, finde aber keine Spuren, die auf bedrohliches Tierleben schließen lassen. Vielleicht verschafft mir diese Welt wirklich die nötige Atempause, um mir meine nächsten Schritte überlegen zu können.

Allerdings nicht im Stehen, mir klappern schon jetzt die

Zähne. Ich muss mich bewegen, egal wie, also laufe ich los. Nicht auf die Häuser zu, sondern die Ebene entlang, an deren Ende sich ein kleiner Hügel erhebt. Wenn in dieser Welt Gefahren lauern, werde ich sie kommen sehen, aber je länger ich hier bin, desto mehr verstärkt sich das Gefühl vollkommener Einsamkeit. Unendliche weiße Weiten, ganz für mich allein. Wie lange würde ich das aushalten?

Kaum habe ich den Gedanken zu Ende gedacht, höre ich über mir etwas schreien. Ich schaue hoch. Unter den grauen Wolken kreist ein Greifvogel, zieht seine Runden, als würde er mich beobachten. Steigt dann ein Stück höher, bis er fast im Dunst verschwindet, und fliegt davon.

Nun beginnt es, leicht zu schneien. Die Flocken knistern, wenn sie auf dem alten Schnee landen. Alles hier strahlt Ruhe, Frieden und auch ein wenig Traurigkeit aus. Und dann höre ich aus der Ferne einen Wolf heulen. Ein zweiter stimmt ein, dann ein dritter.

Also doch nicht so ungefährlich hier. Ich beschleunige meine Schritte. Matisse muss längst gemerkt haben, dass mein Exit misslungen ist. Wird er sofort zu meinem Depot laufen und mich befreien? Oder zuerst an die Designstation zurückkehren, um dort nach dem Rechten zu sehen?

Das Heulen kommt näher, ich gehe schneller. Es könnte jede Minute geschafft sein. Wenn Matisse sich wirklich beeilt. Aber das muss ich nicht hier abwarten. Ich schließe die Augen. »Transfer. Kerrybrook.«

Zu dieser Welt hast du derzeit keinen Zugang.

Das kann nicht wahr sein. Ich fühle, wie mir Tränen in die Augen steigen, und wische mir wütend übers Gesicht. »System: Error!«, sage ich mit schwankender Stimme. »Identität: Jana Pasco. Kerrybrook ist mein Design. Korrekt?«

Korrekt.

»Eben. Also. Transfer Kerrybrook.«

Zu dieser Welt hast du derzeit keinen Zugang.

»Verdammt, was soll der Scheiß?« In der Stille dieser Schneewüste klingt meine Stimme unverhältnismäßig laut. Als hätte ich ihnen ein Zeichen gegeben, fangen nun auch die Wölfe wieder zu heulen an. Näher als eben noch. Ich werfe einen beunruhigten Blick über die Schulter, aber sie sind nicht zu sehen, dafür fängt sich im nächsten Moment mein linker Fuß in einem Hindernis. Ich stolpere und falle. Schnee dringt mir in die Ärmel und den Kragen, beißend kalt.

Fluchen bringt nichts. Ich kämpfe mich zurück auf die Beine, und noch während ich mich aufrichte, sehe ich, was mich zu Fall gebracht hat.

Eine Taube, weiß wie der Schnee, an dem sie festgefroren ist. Weiß, bis auf den blutig roten Fleck an ihrer Brust, dort, wo der Pfeil sie durchbohrt hat.

9

Ein reißendes Geräusch, als ich die tote Taube aufhebe. Ein paar Federn bleiben am Schnee haften. Nachdem diese erschossenen Vögel mich gewissermaßen durch alle Welten verfolgen, müssen sie eine Bedeutung haben, nicht wahr? Vielleicht verstehe ich sie, wenn ich den Kadaver genauer untersuche.

Ich zwinge den Schnabel auf. Nichts. Die Federn sind aneinander festgefroren, aber an manchen Stellen schaffe ich es, meine Finger darunterzuschieben. Auch das vergebens. Um das Innere der Taube begutachten zu können, bräuchte ich ein Messer, aber ich vermute, meine Anstrengungen würden zu nichts führen, außer zu einer ziemlichen Sauerei.

Der Pfeil besteht aus schwarzem Metall, die Federn am Ende ebenfalls. Ich umfasse den Schaft und ziehe daran – zu meiner Überraschung gleitet der Stahl fast widerstandslos aus dem toten Tier heraus.

Ich lege die Taube auf den Boden, greife mir eine Handvoll Schnee und säubere damit den Pfeil vom daran haftenden Blut. Etwas Silbriges wird sichtbar. Ein winziger eingravierter Schriftzug, der metallisch glänzt.

Ich kann dich nicht holen. Du musst den Weg selbst finden. R2.

Den Weg. Den nach draußen, vermute ich. Beim ersten Lesen denke ich, die Botschaft stammt von Matisse, der mir erklärt, dass er nicht kommen und meine Kapsel öffnen wird. Aber er wusste nichts von den Tauben, von der Stickerei auf dem Baldachin. Vielleicht gab es dort auch eine Nachricht, und ich habe sie übersehen.

Wieder heulen die Wölfe, diesmal beunruhigend nah. Ich gehe ein paar Schritte weiter, den Blick immer noch auf den Pfeil gerichtet. Nein, Matisse hat das nicht geschrieben. Er würde nicht so schnell aufgeben.

Fast wäre ich in einen kleinen Schneehügel hineingelaufen, hier ist ganz klar etwas zugeschneit worden. Ich fege darüber und lege rostiges Blech und ein wenig Glas frei. Ein Auto, aus der Zeit, als es noch Individualverkehr gab. In dieser Welt ist aber schon lange niemand mehr gefahren; sie wirkt, als wäre die Menschheit ausgestorben.

Meine Finger sind rot und eiskalt, ich habe kaum noch genug Gefühl darin, um den Pfeil festzuhalten. »Transfer.« Nach kurzem Überlegen entscheide ich mich. »London1622.«

Wieder einmal ein Entschluss, den ich aus dem Bauch heraus getroffen habe. Einfach in der Hoffnung, dass Monty noch hier ist. Ich brauche jemanden, dem ich vertraue und mit dem ich mich beraten kann. Die Chancen, ihn zu finden, sind nicht schlecht. Er gehört nicht zu denen, die alle paar Tage die Welt wechseln; wenn er sich einmal an einem Ort eingelebt hat, bleibt er, bis es einen Grund für einen Umzug gibt. Er ist völlig anders gestrickt als ich. Wir sind das beste Beispiel dafür, wie verschieden Geschwister sein können.

Ich lande in einem dreckigen Hinterhof, wo einige Hühner zornig gackernd auseinanderstieben. Im ersten Moment denke ich, ich muss mich übergeben, dann beginne ich, durch den Mund zu atmen, und es wird besser.

Das Unangenehmste an historischen Welten ist meistens der Gestank. Ich weiß nicht, wer London1622 modelliert hat, aber er oder sie hat viel Arbeit in die Authentizität gesteckt. Der Misthaufen, auf dem die Hühner herumpicken, stinkt nach Fleischabfällen, die Straße nach dem Inhalt zahlloser Nachttöpfe. Nichts Besonderes; soweit ich mich erinnere, riecht die ganze Stadt so. Ein oder zwei Stunden, dann werde ich mich wenigstens ein bisschen daran gewöhnt haben.

Ein schneller Blick an mir hinunter. Grobes braunes Leinenkleid, helle Schürze. Ich gehöre offensichtlich zum einfachen Volk, umso besser. Auffallen ist das Letzte, was ich möchte.

Wenn man von den hygienischen Bedingungen und den Matschstraßen absieht, ist das Jahr 1622 kein schlechtes für England. James I. ist König, die erste Pestwelle ist vorbei, die zweite noch über vierzig Jahre entfernt, ebenso wie das große Feuer. Trotzdem begreife ich nicht, wie man hier hängen bleiben kann, wenn man seine Neugier erst einmal gestillt hat.

Ich versuche, mich zu orientieren. Durch einen Durchgang gelange ich von dem Hof auf die Straße, weiche einem Eselkarren aus und konzentriere mich darauf, in nichts hineinzutreten. Als wir uns das letzte Mal gesehen haben, war Monty ein ziemlich erfolgreicher Straßenhändler nahe St Paul's. Verkaufte selbst gebrannte Töpferwaren an einem eigenen Stand.

Langsam gehe ich durch enge Gassen, über unebene Pflastersteine, zwischen schmalen Fachwerkhäusern hindurch. Überall hängt Wäsche über der Straße, die Leinen sind von Fenster zu Fenster gespannt. Jemand hat eine Schweinehälfte an einen Haken direkt neben seiner Tür gespießt.

Ein neuer Geruch mischt sich unter die anderen: fischig und leicht faulig. Nicht weit von hier muss die Themse sein. Zweimal abbiegen, und ich kann sie sehen, ein breiter Fluss ohne eine einzige Brücke, die ihn überspannt. Okay, jetzt finde ich mich zurecht.

Was an Orten wie diesem besonders auffällt: Es gibt keine Kinder. Die meisten historischen Welten sind erst ab sechzehn zugelassen, Kriegswelten und schlimmere, wie Dropout, erst ab achtzehn. Allerdings ist die Anzahl der Kinder in der Bevölkerung ohnehin stark geschrumpft, seitdem es so schwierig geworden ist, ein Fortpflanzungszertifikat zu bekommen. Die ganz kleinen Kinder leben mit ihren Eltern in Babywelten, für Kleinkinder ab drei Jahren gibt es dann eigene. Ich erinnere mich noch lebhaft an Aquaqua mit seinen endlosen Wasserrutschen oder die Bauernhöfe von Grenfeld. Unterricht wurde so verpackt, dass man lernte, ohne es zu bemerken, und es gab auch eine Lernwelt für Städtereisen. Zwei Wochen lang bin ich mit meinen Freunden durch London, Paris und Barcelona gelaufen, wo wir Rätsel lösen sollten. Hauptsächlich deshalb finde ich mich jetzt einigermaßen zurecht.

Die Themse liegt vor mir, und ich wende mich nach links. Wenn ich Monty nicht innerhalb der nächsten zwei Stunden finde, lasse ich die Suche bleiben und mache den nächsten Transfer. Vielleicht in eine friedlich-langweilige Welt wie Nusfjord.

Doch tatsächlich entdecke ich meinen Bruder schon, kaum dass ich die Marktgasse betreten habe. Sein Stand mit Töpferwaren ist größer als zuletzt, Monty steht gestikulierend dahinter. Hochgewachsen und breit, mit rotblonden Locken. Er hat sichtlich Spaß.

Ich warte, bis er seine aktuelle Kundin verabschiedet hat, und beuge mich über die Verkaufstheke. »Hallo.«

»Guten Tag, was kann ich dir zei… Jana?« Er strahlt. »Schön, dass du dich wieder einmal blicken lässt!« Umständlich kommt er hinter seinem Tisch hervor und drückt mich an sich. »Wie geht es dir?«

»Danke, ging schon mal besser. Kannst du für ein paar Minuten hier weg?«

»Äh … na ja. Warte einen Moment.« Er dreht sich um und öffnet die Tür des Hauses hinter ihm. »Sarah? Könntest du den Stand übernehmen? Nicht für lange, aber meine Schwester ist hier, und wir wollen … wie? Okay, danke.«

Er wendet sich mir wieder zu und zwinkert. »Dann kann ich es dir ja gleich verraten: Wir werden heiraten.« Er bricht in schallendes Gelächter aus, mein Gesichtsausdruck muss zum Schießen sein.

»Ihr werdet – aber warum? Das ist doch mühsam, sobald einer weiterziehen will. Was, wenn der andere nicht den richtigen Pass bekommt – ich sehe das immer wieder in meinen Welten, das gibt nur Schwierigkeiten.«

Monty legt einen Arm um mich. »Wir ziehen nicht weiter, wir bleiben hier.«

Aus dem Haus tritt eine hübsche dunkelhaarige Frau, die ein weißes Häubchen über ihrer Aufsteckfrisur trägt. »Schön, dich kennenzulernen«, sagt sie. Ihr Gesichtsausdruck passt nicht ganz zu ihren Worten, aber das wundert mich nicht. Wenn Monty von mir spricht, dann immer von seiner merkwürdigen Schwester, die sich hat breitschlagen lassen, in der realen Welt zu bleiben. Er tischt auch gerne schräge Geschichten aus meiner Kindheit auf, die wir zu einem großen Teil zusammen verbracht haben. Obwohl er vier Jahre älter ist als ich, hat er sich seine Verspieltheit immer bewahrt. Damals war er ein großer Fan von Aquaqua.

»Wir gehen zu Hugos Pub, er verkauft das beste Ale im Viertel.« Monty zieht mich mit sich fort.

»Du willst hierbleiben? Noch länger als bisher schon?«

»Für immer.« Er festigt seinen Griff um meine Schultern.

»Ich fühle mich so wohl hier, Jana, ich habe Freunde und werde immer besser im Töpfern – warum soll ich anderswo hingehen?«

»Zum Beispiel, weil es hier bestialisch stinkt«, beginne ich. »Weil außerdem 1665 wieder die Pest ausbrechen wird, und 1666 brennt die ganze Stadt nieder. 1641 gibt es einen Bürgerkrieg, nicht wahr? Oder läuft es hier nicht chronologisch weiter?«

»Nein, wir haben Gestaltungsfreiheit«, erklärt Monty gut gelaunt. »Ist ja kein Geschichtsunterricht, sondern Lebensraum. Alles offen, wir müssen also keine Fehler wiederholen. Außerdem wäre es bis da noch lang hin, neunzehn Jahre!« Er grüßt einen Schuster in seiner Werkstatt, der winkt mit seinem Hammer zurück. »Ich bin so erfolgreich hier«, fährt Monty fort, »dass ich mir in den letzten vier Monaten zwölf neue Pässe erarbeitet habe. Aber ich will die gar nicht. Habe sie alle verkauft.« Er schleust mich in eine Kaschemme mit rußgeschwärzter Fassade. Innen riecht es nach altem Bratenfett und Bier.

Ich widerstehe der Versuchung, mir die Nase zuzuhalten. »Hier willst du bleiben? Wirklich?«

Doch Monty hört mich nicht, er tauscht gerade eine freundschaftliche Umarmung mit dem Wirt aus, überhaupt scheint er alle Anwesenden zu kennen. Er stellt mich mindestens fünf Leuten vor, aber ich verstehe ihre Namen kaum, so laut ist es hier.

»Ich wollte dich um Rat fragen«, rufe ich über den Lärm des Pubs hinweg, nachdem wir uns an einen klebrigen Tisch gesetzt haben. »Du hast doch viel Zeit in Rätselwelten verbracht. Ich stehe gerade vor einem Rätsel.«

»Aber gern!« Monty nimmt zwei bis zum Rand gefüllte

Steinkrüge von zweifelhafter Sauberkeit entgegen. »Schieß los.«

Ich schiebe meinen Krug ein Stück von mir weg. »Also, erstens: Ich stecke in den Welten fest, ich schaffe es nicht mehr ins reale Leben zurück. Beim Aufwachen liege ich nicht in der Kapsel, sondern dort, wo ich am Abend zuvor schlafen gegangen bin.«

»Großartig«, brummt Monty. »Das macht mich jetzt fast neidisch. Morgens aus der Kapsel zu steigen und in dieser elenden grauen Kammer zu stehen, lässt mich noch depressiv werden. Ich gehe mit Sarah schlafen, aber ich wache jeden Tag allein auf.«

»Das tut mir leid, aber darum geht es doch nicht!« Ich bin lauter geworden, als ich es wollte. Meine Nerven spielen langsam nicht mehr mit. »Es klappt auch über keinen der Exit-Points, und wenn mir gleich jemand ein Messer in den Rücken sticht, dann bin ich wirklich tot. Die ganzen üblichen Mechanismen funktionieren bei mir nicht mehr, wenn man von den Transfers absieht.«

Monty hat seine Stirn in Falten gelegt. »Das ist seltsam … aber wie soll ich dir da weiterhelfen? Du bist von uns beiden die Expertin in Sachen Weltenbau und Technik.« Seine Miene hellt sich auf. »Wenn du Unterschlupf brauchst und jemanden, der dich beschützt – du kannst gerne bei uns wohnen! Wir haben noch eine freie Kammer unter dem Dach, da wärst du sicher.«

Ich schüttle entschieden den Kopf. »Danke, aber das bringt mich nicht weiter. Fällt dir jemand ein, der einen Vorteil davon hätte, dass ich nicht an meinen Arbeitsplatz zurückkann? Oder dass ich überhaupt das Zeitliche segne?«

»Ein Konkurrent«, sagt Monty sofort. »Jemand, der dich ablösen möchte. Oder jemand, dem du mit einer deiner Ideen auf die Füße getreten bist. Hattest du Streit?«

Nein, nicht dass ich wüsste. Ich nehme einen Schluck aus meinem Krug und würde am liebsten gleich wieder alles ausspucken. Das Gebräu ist dünn und säuerlich. Mein Magen rebelliert.

»Es ist außerdem jemand in Kerrybrook zu Tode gekommen. Tödlicher Stromschlag durch die Maske, sah aber aus wie Mord durch Erstechen. Der Täter ist nicht festzustellen, hat alle digitalen Spuren verwischt. Sich zum Phantom gemacht, wenn dir das etwas sagt.«

»Hm.« Erstmals scheint mein Bruder den Ernst der Lage zu erfassen. »Stromschlag durch die Maske? Was sagen deine Leute?«

»Dass es ein Unfall war und geklärt ist. Ich glaube ihnen kein Wort, die wollen sich bloß nicht mit Ermittlungsarbeit herumschlagen.« Ich reibe mir die Schläfen. »Als ob die Polizei es wagen würde, Mastermind an den Karren zu fahren. Ach ja, kannst du mir etwas über das Symbol der Taube sagen? Mir fallen jetzt ständig tote Tauben vor die Füße, die mit einem schwarzen Pfeil erlegt wurden.«

»Friedenssymbol«, erklärt Monty sofort. »Wenn jemand eine Taube erschießt … ich würde sagen, das heißt, er will Krieg.«

»Mit mir?« Mein Auflachen klingt jämmerlich. »Das ist ja albern. Ich bin relativ neu im Team, habe nicht viel zu sagen und bin außerdem die Jüngste. Wenn Mastermind mich loswerden will, müssen sie mich nur suspendieren. Dann suche ich mir eine Welt, in der es besser riecht als hier, und genieße mein Leben.« Ich öffne und schließe die Hand, in der ich vor Kurzem noch den Pfeil gehalten habe. Der natürlich nicht mit transferiert wurde. »Da ist noch etwas. Eine Art Botschaft auf dem Pfeilschaft: *Ich kann dich nicht holen. Du musst den Weg selbst finden. R2.* Ist das ein Rätsel, das du lösen könntest?«

Montys Augen leuchten auf, diese Art von Herausforderungen liebt er. »R2 könnte der Code für eine Welt sein. Warte mal ... Renaissance2? Wenn ich mich richtig erinnere, existiert das. Maler und Künstler und so.« Er überlegt weiter, ich stütze meinen Kopf in die Hände. Verdammt, Matisse, worauf wartest du?

»Oder es sind die Initialen des Absenders«, ruft Monty plötzlich. »Und die Zwei war eigentlich ein Z. Kennst du jemanden, auf den das passt? Einen Roland, Robin, eine Rachel?«

Einen Rick. Der gerade dabei hilft, auf meine Welten aufzupassen. Aber ich habe keine Ahnung, wie er mit Nachnamen heißt.

Jemand rüttelt an meiner Schulter, hektisch, ich fahre herum. Sehe in das Gesicht einer Frau mittleren Alters, die ähnlich schlicht gekleidet ist wie ich.

»Jana Pasco?«, stößt sie hervor.

Blitzschnell wandert mein Blick über ihre Hände, an ihren Gürtel. Nirgendwo ein Messer zu sehen, trotzdem rücke ich näher zu Monty. »Warum willst du das wissen?«

»Ich muss mit dir sprechen, jetzt gleich. Allein.«

»Du kannst hier mit ihr reden«, dröhnt Monty. »Sie ist meine ...«

Ich greife nach seiner Hand, um ihn zu unterbrechen; besser, die Fremde weiß nicht, dass wir verwandt sind. Er soll nicht auch noch ins Kreuzfeuer geraten. »Worum geht es?«

Die Frau wirft einen hastigen Blick über die Schulter. »Bitte!«, drängt sie. »Wir sollten schnell machen.« Sie greift nach meinem Ärmel und zerrt mich hoch. »Komm mit mir.«

»He!«, fährt Monty dazwischen. »Lass sie sofort los, ernsthaft jetzt, sonst …«

Sie bringt ihren Mund ganz nahe an mein Ohr. »Die Tauben«, flüstert sie, »kommen von uns. Aber du begreifst nicht, deshalb bin ich dir gefolgt, meine Leute wissen nichts davon.«

Schon bei ihrem ersten Wort bin ich aufgestanden. Schiebe sie durch das Gedränge auf den Ausgang zu. »Wer soll das sein: deine Leute?«, frage ich, kaum dass wir auf der Straße stehen. Ein Bettler humpelt heran, ich scheuche ihn mit einer Handbewegung davon.

»Komm mit!« Sie zieht mich in einen düsteren, schmalen Durchgang, der viel zu menschenleer ist für meinen Geschmack. »Wir sind schon viele, sicher sechzig oder siebzig, aber wir haben immer wieder Verluste, und er meint, du wärst der Schlüssel. Deshalb …«

»Er? Wer ist er?«

Sie blickt zur Seite, als hätte sie schon zu viel gesagt. »Ich bringe dich zu ihm. Er erklärt dir dann …«

»Ist er dafür verantwortlich, dass ich nicht mehr rauskann?«

Sie sieht mich nur aus großen Augen an, und ich muss mich zurückhalten, um sie nicht an den Schultern zu packen und zu schütteln. »Hat dieser ominöse ›er‹ mir die Exit-Points gesperrt? Hat er einen realen Tötungsmechanismus für mich eingerichtet, für den Fall, dass ich virtuell sterbe?«

Ihr Mund öffnet sich langsam. »Du weißt …«

Was jetzt passiert, halte ich zunächst für eine optische Täuschung oder einen Glitch der besonders üblen Art. Die Frau bricht mitten im Wort zusammen, aber nicht nur das, sie verformt sich, scheint zu schmelzen, wird zu einem braunen Fleck am Boden, verschwindet.

Ich bin unwillkürlich zurückgesprungen, mein Herz schlägt in doppeltem Tempo. Das hier war kein Exit und schon gar kein Transfer, da hat jemand von außen eingegriffen. Auf eine Art, die ich noch nie gesehen habe.

Einen Transfer bemerkt man üblicherweise kaum. Die meisten Leute führen ihn ohnehin nur einmal täglich durch: morgens, von der Kapsel aus, dann bleiben sie den Tag über in der gewählten Welt. Wer zwischendurch wechselt, sucht sich dafür einen unbeobachteten Fleck, denn sonst klappt es nicht – das lernt man schon als Kind.

Bei dieser Frau war es ein Exit, aber definitiv einer außerhalb der Norm. Selbst wenn sie in ihrer Kapsel einen tödlichen Herzinfarkt erlitten hätte, wäre sie einfach nur stumm vor mir stehen geblieben. Und verschwunden, sobald niemand in der Nähe gewesen wäre.

Jemand muss es eilig gehabt haben, sie aus dem Verkehr zu ziehen. Einer ihrer sogenannten »Leute«?

Mein erster Impuls ist es davonzulaufen, aber dann holt die Logik mich wieder ein. Derjenige, der die Kapsel der Frau geöffnet oder beschädigt hat, befindet sich in ihrem Depot, das wahrscheinlich Hunderte, wenn nicht Tausende Kilometer von meinem entfernt ist. Von dieser Seite droht mir keine unmittelbare Gefahr – allerdings ist mein Aufenthalt in London1622 offenbar nachverfolgt worden. Das bedeutet, jeder hier, der sich mir nähert, könnte das Phantom mit Mordauftrag sein. Der Bettler, die Marktfrau mit ihrem Korb voller Eier, der Soldat, vor dessen Pferd die Leute zurückweichen.

Ich flüchte zurück in den Pub und pralle schon am Eingang auf Monty, der mir mit Verspätung gefolgt ist. »Was wollte die Frau von dir?«

»Dass ich … egal. Sie ist jetzt, äh, fort. Und ich muss auch los. Tut mir leid. Grüß Sarah von mir, ich wünsche euch alles Gute. Ich versuche, zu eurer Hochzeit hier zu sein, wann ist die?«

»Freitag in zwei Wochen.« In Montys gutmütiges Gesicht haben sich tiefe Sorgenfalten gegraben. »Wohin willst du?«

»Weiß ich noch nicht.« Und würde es ihm nicht sagen, wenn ich es wüsste. Er ist viel zu vertrauensselig, das Phantom müsste sich nur als dicker, fröhlicher Kartenspieler zeigen und unauffällig das Gespräch auf seine Schwester bringen.

»Aber er hat so nett ausgesehen«, wäre Montys einzige Verteidigung, so war er immer schon. Deshalb mögen ihn die Leute auch lieber als mich. Ich schlinge ihm die Arme um den Hals und schnappe in seiner Umarmung nach Luft. »Freitag in zwei Wochen. Ist notiert.«

Wie erhofft lässt er sich die Sorge, ich könnte in zwei Wochen bereits Geschichte sein, bereitwillig nehmen. »Abgemacht. Und wenn du mich brauchst – du weißt, wo du mich findest.«

10

Dass ich meinen Bruder jederzeit am gleichen Ort treffen kann, tröstet mich in meiner Situation tatsächlich, entgegen jeder Vernunft. Denn häufig ist es so, dass man Menschen, denen man irgendwo begegnet, später nie wiederfindet, weil sie eben weiterziehen. Damit man sich nicht auf ewig aus den Augen verliert, gibt es Welten mit Nachrichtenboards, zu denen alle Zugang haben, wo man »Zettelchen« für Freunde anbringen kann: »Bin nach Sailor3, hatte Lust auf Wind und Meer, ihr findet mich auf der Triton (geiler Dreimaster, die Fahrt geht nach Barbados)«, zum Beispiel. Oder: »Habe nach monatelangem Worldhopping die Nase voll und bleibe bis auf Weiteres in Cinematica. Wir drehen eine romantische Komödie, die wahrscheinlich in dreiundzwanzig Welten zu sehen sein wird! Wer von meinen Freunden Lust auf guten Kaffee und eine Statistenrolle hat – ich freue mich auf euch!«

Die Boards sind beliebt, und es ist wirklich witzig, jemanden, den man zuerst als schwertschwingenden Soldaten bei der Schlacht von Agincourt kennengelernt hat, später als fröhlichen Surfer am Strand von Hawaii wiederzutreffen. Aber das ist nicht der Grund, warum ich jetzt überlege, ob ich nicht einen schnellen Abstecher nach StayInTouch machen sollte. Es ist eher die Idee, dass ich dort eine falsche Spur legen könnte.

In einem Bootsschuppen gleich an der Themse finde ich einen unbeobachteten Winkel und schließe die Augen. »Transfer.«

Täusche ich mich, oder sind die Lichtpunkte weniger geworden? Es sind immer noch unüberblickbar viele, aber trotzdem sieht es so aus, als wären die Thumbnails gewissermaßen ausgedünnt worden.

Ich versuche, woran ich jetzt schon zweimal gescheitert bin, aber ich kann es immer noch nicht glauben. »Kerrybrook.«

Zu dieser Welt hast du derzeit keinen Zugang.

Ich könnte schreien vor Wut, aber ich werde meine Energie noch brauchen. »Dann StayInTouch.«

Das schwebende Gefühl setzt ein, und ich wünschte, es würde ewig dauern, doch schon zwei Herzschläge später spüre ich kühlen Rasen unter meinen nackten Füßen. Rund um mich liegen Rosenbeete, ein Goldfischteich, ein japanischer Garten und weitläufige Parkanlagen mit Bungalows und Lauben. Menschen sitzen auf bunten Decken im Gras, plaudern und erzählen sich, was sie anderswo erlebt haben.

Die Welt ist ein beliebter Treffpunkt für zwischendurch; die Restaurants und Bars sind hervorragend, es gibt ein Seecafé, ein Ausflugsboot – alles ist darauf abgestimmt, dass man sich in gemütlicher Atmosphäre unterhalten kann.

Bloß mir ist nicht gemütlich zumute. Ich mache mich auf die Suche nach dem nächsten unbenutzten Nachrichtenboard und finde es am Rand des japanischen Steingartens. Ein aufrecht stehender, glänzender Spiegel von der Größe einer Tischplatte, auf dem Momentaufnahmen aus verschiedenen Welten sich in Sekundenschnelle abwechseln. Ich lege meine Hand auf die Fläche, die Bilderschau endet abrupt.

»Jana Pasco«, sage ich. »Personalcode 8QUQ875P.«

»Identifiziert«, bestätigt das Board mit sonorer Männerstimme. »Du kannst jetzt deine Nachricht eingeben.«

Ich habe mir im Groben überlegt, was ich übermitteln möchte, jetzt feile ich an der Formulierung. »Die Dinge laufen merkwürdig«, sage ich langsam. »In meinem System ist definitiv der Wurm drin. Ich wäre dankbar für Hilfe, wer mich sucht, findet mich auf Ruhepol3. Das richtet sich speziell an meine Freunde und Vorgesetzten bei Mastermind.«

Das Board blinkt zweimal. »Du kannst deine Eingabe noch ändern.«

»Nein, ist in Ordnung so.«

Ein atmosphärisches Bild von Ruhepol3 wird eingeblendet – eine Gruppe von Leuten, die auf einem Hügel stehen und den Sonnenuntergang malen. Was ich gesagt habe, steht als Text dabei.

Ich bestätige noch einmal, dass alles so passt, dann wende ich mich um und spaziere auf den See zu. Überfliege dabei die Tafeln rechts und links des Weges.

Nando, warum bist du so plötzlich verschwunden? Ich suche dich überall, niemand hat dich gesehen. Wir hatten doch vereinbart, dass wir den nächsten Transfer zusammen machen. Ich bin jetzt in Safaria2, bitte komm nach! Ricci.

Drei Tafeln später hat jemand den wortlosen Abschied eines Freundes nicht so gutmütig aufgenommen: *Max, du kannst mir gestohlen bleiben! Einfach ohne einen Ton abzuhauen ist letztklassig, wo wir doch so große Pläne hatten! Such mich nicht, ich bin jetzt mit Jasper zusammen! Kristen.*

Innerlich grinsend steuere ich das nächste Café mit Terrasse an. Bei einem großen Glas Ananassaft beobachte ich die Leute, die dort sitzen. Niemand beachtet mich. Niemand sucht das Gespräch mit mir. Als sich zwei Freundinnen, die einander lange nicht gesehen haben dürften, freudig quiekend um den Hals fallen, stehe ich auf und laufe zum See. Dort, den Rücken an einen Stein gelehnt, schließe ich die Augen. »Transfer.«

Ich werde eine falsche Spur legen, sie aber am angekündigten Ort beginnen lassen. »Ruhepol3.« Kaum habe ich es ausgesprochen, überkommen mich Zweifel – was, wenn meine Nachricht bereits gelesen wurde und das Phantom schon auf mich wartet? Wer sagt überhaupt, dass es nur eines von ihnen gibt? Die Frau, die vorhin vor meinen Augen zerflossen ist, hat von einer Gruppe gesprochen. *Wir sind schon viele, sicher sechzig oder siebzig.*

Ich lande auf einem kleinen Felsplateau am Meer. Direkt vor mir vollführen neun konzentrierte Menschen Yogaübungen, sie stehen mit dem Rücken zu mir, ihre Bewegungen sind fließend, das Rauschen des Meeres fast hypnotisch. Leise stehle ich mich davon.

In einer Hütte wird getöpfert, was mich sofort an Monty denken lässt, ein Stück weiter lehrt jemand die Kunst des Origami. Schmetterlinge werden gefaltet. Rund zwanzig Leute folgen gebannt jedem Handgriff der Lehrerin.

Ein paar Tage hier würden mir definitiv guttun, wenn ich nicht auf der Flucht wäre. Das Bild der Frau taucht wieder in meiner Erinnerung auf. Wie sie sich förmlich vor meinen Augen aufgelöst hat. Egal, ob sie mir Gutes oder Böses wollte, der Anblick war verstörend.

Ich wende mich vom Meer ab und steuere auf ein Palmenwäldchen zu. Ein Kakadu fliegt auf. Entweder meinetwegen oder wegen der Gruppe von Pflanzenfreunden, die neue Bäumchen setzen. Gut möglich, dass die besten von ihnen schon bald zur Aufforstung der Wälder und Regenwälder nach draußen rekrutiert werden.

Der Kakadu kreischt, einige seiner Artgenossen antworten – und im gleichen Moment stürzt etwas vor meine Füße. Kein Kakadu natürlich. Es ist wieder eine der toten Tauben.

Ich fluche leise. Hebe den Vogel auf. Er wirkt wie ein Fremdkörper in dieser friedlichen Umgebung, wo alle meditieren, malen und eins mit der Natur sind.

Ich ziehe den blutigen Pfeil aus der weiß befederten Brust und wische ihn mit einem großen Blatt sauber. Ja, da ist wieder eine Nachricht, und sie klingt vorwurfsvoll.

Davonlaufen nützt dir nichts. Aufmerksamkeit schon. S7.

Aufmerksamkeit, aha. Hektisch blicke ich um mich. Ich bin gerade mal fünf Minuten in Ruhepol3, und schon bekomme ich totes Federvieh vor die Füße geworfen, meine Aufmerksamkeit ist noch höher als meine Pulsrate. Es ist den Nutzern verboten, sich an die Fersen eines anderen zu heften; nicht einmal wir von Mastermind dürfen das. Virtuelles Stalking wird bestraft, aber meine Verfolger dürfte das nicht kratzen.

Ich lasse die Taube fallen und betrachte den Pfeil genauer. Kann es sein, dass die Botschaften von Olga und Konsorten stammen? Die könnten meinen Aufenthaltsort jederzeit feststellen, aber sie hätten ganz andere Möglichkeiten, mich zu kontaktieren. S7. R2. Ich schüttle den Kopf. Mich damit zu beschäftigen hat keinen Sinn, die Kürzel könnten alles bedeuten. Also besser weiter davonlaufen.

Ich mache drei schnelle Transfers hintereinander. OlympiaGold, Bibliomania und Klondirwas. Dort angekommen, ist mir schwindelig. Die merkwürdig geklonten Wesen, die über lila Wiesen hoppeln, tragen auch nicht gerade zu meinem Wohlbefinden bei. Ich setze mich an die Wand eines der Labors und lege meine Stirn auf die Knie. Jeden Moment könnte meine Kapsel geöffnet werden. Scheiße, Matisse, was treibst du so lange?

Lautes Schnaufen. Ich hebe den Kopf. Ein kuhgroßes grünweißes Etwas schnüffelt mit seinem Rüssel an mir. Was es zu riechen bekommt, gefällt ihm offenbar, denn es beginnt zu quieken und mit seinen krummen Beinen aufrecht im Kreis zu tänzeln.

Wer hat sich diese bescheuerte Welt einfallen lassen? Ich stemme mich hoch, der Schwindel ist noch nicht ganz verschwunden, aber in zwei oder drei Minuten sollte ich weiterziehen können.

Das fleckige Rüsseltier stupst mich von hinten an. Wedelt es? Ich streichle ihm gedankenverloren über den Kopf, was sich als Fehler erweist, denn nun folgt es mir bei jedem weiteren Schritt. Lässt sich aber glücklicherweise ablenken, kaum dass ein zweites Tier die Szene betritt. Groß wie ein Pferd, kugelrund, sechsbeinig und babyrosa. Es gibt fiepende Geräusche von sich.

Ich nutze die Gelegenheit, mich um die Ecke des Laborgebäudes zu drücken. »Transfer.« Eigentlich wollte ich nach Aimera, eine heimelige, dämmrige Welt, wo das Leben sich auf und in den Bäumen abspielt. Mächtige, hohle Baumstämme dienen als Behausungen; wenn abends das Licht der Laternen hinter den Fensteröffnungen angeht, ist es wunderschön dort. Und friedlich, nicht zu vergessen.

Aber der Gedanke an Olga hat mich auf eine andere Idee gebracht. Ich könnte versuchen, direkt mit ihr zu sprechen, und sie bitten, sich um meine Exit-Probleme zu kümmern. Sie mag mich nicht, okay, aber etwas wie meine derzeitige Situation würde sie mir nicht antun wollen. Und ich weiß, wo sie sich aktuell befinden müsste. In der Forschungswelt, die jeden Moment eröffnet werden soll.

»Transfer«, wiederhole ich. »Minus3.«

Die Sekunden vergehen, ohne dass etwas passiert. Dann erscheint der rote Schriftzug. *Zu dieser Welt hast du keinen Zugang.*

Erstaunt öffne ich die Augen. Mein Generalpass ist ohne Einschränkungen ausgestellt. Allerdings hatte ich vorhin schon den Eindruck, dass die Thumbnails weniger geworden sind. War der für Minus3 einer von denen, die entfernt wurden? Warum? Eigentlich wird Interesse für Forschungswelten immer gern gesehen.

Merkwürdig. Ich versuche es noch mal und scheitere wieder. *Zu dieser Welt hast du keinen Zugang.* Vielleicht hat sich die Eröffnung ja verzögert? Doch da ist noch ein kleines, feines Detail, das mir jetzt erst auffällt. Bei der Zugangssperre für Kerrybrook hieß es, ich hätte *derzeit* keinen Zutritt. Das Wort fehlt nun. Es macht den Eindruck, als wäre Minus3 mir grundsätzlich versperrt.

Eigentlich wäre es mir egal, wenn ich nicht meine Hoffnungen auf ein Gespräch mit Olga gesetzt hätte, denn etwas Besseres fällt mir gerade nicht ein. Matisse hat meine Kapsel immer noch nicht geöffnet, und einen Exit auf eigene Faust versuche ich gar nicht mehr.

Jetzt hoppelt das runde rosa Fiepsding auf mich zu. Zeit zu verschwinden. »Transfer. Aimera.«

Es ist eine dieser Welten, die ich selbst gern erfunden und dann ein wenig spannender gemacht hätte. Optisch ist sie fast unschlagbar. Mächtige Bäume, deren riesige Blätterkronen fast überall den Blick zum Himmel versperren. Das Licht, das bis nach unten dringt, ist grün und golden, so wie die Overalls, die alle hier tragen. Der Wind in den Blättern klingt, als würden Silberglöckchen angeschlagen, und es riecht nach Honig und Harz.

Ich werde mir ein freies Baumhaus suchen und dort einmal

verschnaufen. Die ersten drei, die ich ansteuere, sind belegt, wie die geschnitzten Schilder an der Tür verraten; beim vierten habe ich Glück.

Der Baumstamm ist so breit, dass er fast wirkt wie der Sockel eines Pilzes. Innen ist er hohl, beherbergt ein Bett, einen Tisch mit Stühlen rundherum und einen Steinkamin, in dem ein Feuer glimmt. Ein verschnörkeltes, gut gefülltes Regal mit uralten Büchern rundet das winzige Paradies ab. Ich höre mich selbst aufseufzen. Wenn jemand mir hier eine Taube schicken will, muss er sie schon durchs Fenster werfen.

Ich ziehe ein Buch aus dem Regal – Jane Austen. Eigentlich gerne, doch derzeit eher nicht. Es lässt mich sofort an Sophie und die Schneiderei denken, aus der ich abgehauen bin. Gleich daneben: Jules Verne, Der Schuss am Kilimandscharo. Ich frage mich, wer hier die Buchauswahl trifft. Kann kein Zufall sein, dass ausgerechnet das Buch im Regal steht, in dem zum ersten Mal jemand eine Idee für Geoengineering umsetzt.

Als Nächstes in der Reihe: Jurassic Park. Jetzt wird es wirklich witzig, schade, dass mir nicht zum Lachen zumute ist, wenn ich mir bewusst mache, wie sehr ich unter Beobachtung stehen muss. Ich habe mich eben erst entschieden, genau dieses Haus zu betreten, und schon steht da eine Reihe von alten Büchern, die meine Zwischenstopps dokumentieren. Das nächste ist ein Sachbuch zu London im 17. Jahrhundert, das übernächste eine wissenschaftliche Abhandlung über das Klonen. Direkt daneben steckt ein schmaler Roman von einem Autor namens Patrick Süskind. Titel: Die Taube.

Ich reiße es förmlich aus dem Regal, öffne es irgendwo – und habe das Bild des pfeildurchbohrten Vogels vor mir. Darunter in geschwungener Schrift drei Sätze: *Ich sagte doch, dass Davonlaufen nichts nützt. Das Rätsel ist einfach. Du bist klug. C1.*

Ich lege den Kopf in den Nacken, blicke nach oben, als ob ich nicht wüsste, dass der Absender der Tauben sich nicht über mir befindet. »Lass mich in Ruhe!«, schreie ich. »Und mach die Exits frei!« Ich schleudere das Buch quer durch den kleinen Raum, im gleichen Moment fliegt die Tür auf, und Matisse stürzt herein. In einem grüngoldenen Overall.

»Endlich«, stößt er hervor. »Du wechselst die Welten so schnell, dass ich dich nie erwische!«

Ich möchte ihn gleichzeitig schlagen und ihm um den Hals fallen. »Ich werde hier noch irre! Wieso holst du mich nicht raus, statt mir nachzureisen? Weißt du, wie lange ich schon warte?«

Er legt seine Hände auf meine Schultern; in seinem Blick liegt etwas, das ich nicht deuten kann, aber es macht mir Angst. »Komm, setz dich«, sagt er.

»Warum? Ich habe wirklich genug, ich will nur noch raus, und ab morgen mache ich mich auf Fehlersuche. Ich glaube, ich muss das Management informieren, es gibt alarmierende …«

»Hör zu«, unterbricht mich Matisse und drückt mich auf einen Stuhl. »Es gibt tatsächlich ein Problem, deshalb bin ich hier. Reg dich bitte nicht zu sehr auf.«

Das hört sich mehr als beunruhigend an. »Sag schon.«

»Also.« Er blickt zu Boden. »Nachdem mir klar geworden ist, dass dein Exit nicht geklappt hat, habe ich das getan, was wir besprochen hatten: Ich bin in das Depot gegangen, das du mir genannt hast. Zweites Untergeschoss, Platz 209.«

»Genau.« Ich verschränke meine Hände ineinander, als würde mir das Halt geben. »Und?«

»Dort liegst du nicht mehr.« Matisse sagt es leise, als würde das den Schlag mildern. »Die Kapsel ist leer. Deine Sachen waren aber noch da – Schuhe, Hose, der ganze Kram. Es war also die richtige Kabine.«

Etwas in meinem Inneren hat sich zu einem heißen, steinharten Klumpen geballt. Als würde in meinem Magen flüssiges Metall gerinnen. »Die Kapsel kann nicht leer sein. Das ist unmöglich. Wenn jemand sie geöffnet hätte, wäre ich jetzt nicht mehr hier!«

Matisse' Mundwinkel senken sich ein Stück weiter. »Schon wahr. Außer, jemand hätte dich bei laufendem Betrieb umgesteckt. Du weißt schon. Die Anschlüsse überbrückt und dich in eine andere Kapsel gelegt.«

Das bedeutet einen ziemlichen Aufwand, aber es ist möglich, da hat er recht. Das Atmen fällt mir zunehmend schwerer. »Und – wo bin ich jetzt?«

Er hält meinem Blick nicht stand. »Ich habe keine Ahnung.«

»Was?«

»Ich weiß es nicht. Ich habe sofort Olga und den Sicherheitsdienst informiert. Habe ihnen gesagt, dass sie deine Signale zum Kapselstandort rückverfolgen sollen, aber bisher haben sie es nicht geschafft. Lauritz war blass vor Zorn.« Matisse' Stimme wird immer leiser. »Sieht aus, als würde dein Standort verschleiert.«

Mir ist übel. Ich bin hier, in Aimera, aber ich habe keine Ahnung mehr, wo mein Körper sich befindet. Ich spüre die Fingernägel, die ich mir in die Handflächen bohre, ich spüre Matisse' tröstendes Streicheln über meinen Kopf, trotzdem ist es plötzlich so, als hätte ich die Verbindung zu mir selbst verloren.

»Was ist mit der Löschung des Personalcodes?« Meine Stimme hört sich an, als würde ich gleich in Tränen ausbrechen. Ich räuspere mich. »Habt ihr das wenigstens beheben können?«

»Sie … versuchen es.« Matisse setzt sich auf den zweiten Stuhl, er nimmt meine Hände zwischen seine, als wäre er ein Arzt, der seiner Patientin schlechte Nachrichten überbringen muss. »Es sind zwei Techniker dran. Leider haben sie die Verschlüsselung noch nicht knacken können, niemand versteht, was da passiert ist. Aber das Problem wird auf höchster Ebene behandelt. Nicht mehr lange, und wir finden dich. Wir holen dich raus.«

»Wie wollt ihr das denn anstellen?« Meine Stimme schwankt. Noch nie in meinem Leben habe ich mich so allein gefühlt. Egal, ob Matisse hier ist. Egal, ob ganz Mastermind nach mir sucht. Mein realer Körper ist verschollen, jemand hat ihn geklaut, ohne dass ich es gemerkt hätte.

»Wir werden die Verschlüsselung schon durchschauen. Bleib am besten hier, in Aimera kann dir nicht viel passieren.«

Matisse steht auf, ich klammere mich an seiner Hand fest. »Willst du wirklich schon wieder weg?«

»Ich will nicht, ich muss.« Sanft befreit er sich aus meinem Griff. »Es sind Sicherheitskräfte unterwegs, die alle nahen Depots nach dir durchsuchen. Die Techniker machen Überstunden, um dich zu orten – ich kann nicht einfach hier sitzen bleiben und nichts tun. Aber ich komme zurück. Versprochen.«

Ich verzerre meinen Mund zu einem Lächeln, das erschreckend aussehen muss. »Und ich? Ich muss doch auch etwas tun können. Gibt es nichts, was ich machen kann?«

»Doch.« Matisse drückt mich an sich, kurz, aber fest. »Bleib am Leben.«

11

Kaum ist Matisse fort, stürze ich mich auf das weggeworfene Taubenbuch. Angeblich gibt es rund um die toten Vögel ja ein Rätsel zu lösen – ein einfaches Rätsel –, und wer weiß, vielleicht hilft die Lösung mir tatsächlich weiter.

Ich schlage das Buch auf, an einer anderen Stelle als zuvor. *Tja, jetzt weißt du mehr*, steht in verschnörkelter Schrift unter dem Bild der toten Taube. Ich blättere herum. Auf jeder Seite der gleiche Inhalt. In einer Mischung aus Panik und Zorn dresche ich das Buch gegen die Tischkante. Öffne es wieder. Keine Taube mehr, keine überheblichen Sprüche. Nur ein einziges Wort.

Aua.

Soll das witzig sein? »Was ihr getan habt, ist strafbar, das ist euch hoffentlich klar!«, brülle ich. Drehe mich nach allen Seiten, als würde das die Chance erhöhen, jemanden zu entdecken. »Wenn sie dich erwischen, stecken sie dich für zwei Jahre nach Trokar. Hast du dort schon einmal einen Blick reingeworfen? Nein? Dort vergehen jedem die Späßchen. Du Arschloch!«

Fast erwarte ich, dass jemand zurückschreien wird, aber das ist natürlich Humbug. Ich öffne das Buch erneut. Wieder auf allen Seiten das gleiche Bild und diesmal neuer Text: *Wenn sie uns erwischen, haben wir keine zwei Jahre mehr.*

Uns, aha. Dann hatte ich immerhin mit einem recht: dass das Phantom nicht allein arbeitet. »Na klar«, höhne ich laut. »Sehr dramatisch. Wenn der Blitz in diesen Baum einschlägt, habe ich keine zwei Minuten mehr, dank euch.« Ich drossle meine Lautstärke, versuche, vernünftig zu klingen. »Aber wenn ihr jetzt einfach die Kapsel öffnet und mich gehen lasst, werde ich euch nicht verpfeifen. Ehrlich.«

Buch schließen, Buch wieder öffnen, erwartungsvoll diesmal. Doch alles, was ich zu sehen bekomme, ist die tote Taube. Ohne begleitenden Kommentar.

»Ich meine es ernst«, beteuere ich. »Ich weiß nicht, wer ihr seid, und ich muss es auch nie wissen. Ihr könntet meine Kapsel einfach irgendwo abstellen und vom Strom nehmen. Bis ich ausgestiegen bin, seid ihr schon weg.«

Wieder keine Reaktion. Vielleicht beraten sie sich gerade. Brauchen mehr Zeit. Ich lege das Buch auf ein Tischchen neben dem Fenster und durchstöbere das Baumhaus auf der Suche nach Essbarem. Finde frisches Brot, Butter und Schokotörtchen. Alles Süße stopfe ich unmittelbar in mich hinein, dann lege ich mich aufs Bett und warte auf die tröstende Wirkung des Zuckers.

»Nachdem ich ja weiß, dass ihr mich jede Sekunde beobachtet, sollte ich euch besser warnen: Ab jetzt wird es langweilig.« Ich drehe mich zur Seite und schließe erschöpft die Augen, aber einschlafen klappt nicht, mein Gedankenkarussell lässt sich nicht stoppen. Wie will Matisse herausfinden, wohin meine Kapsel gebracht wurde, wenn die Taubenleute den Standort verschleiern?

Nach einiger Zeit macht der harzige Geruch im Bauminneren mich doch müde. Gut so. Immerhin besteht die Chance, dass Mastermind mich in den nächsten Stunden aufspürt. Und mein Kapseldeckel sich öffnet, sobald ich aufwache.

Tut er nicht. Das ist mir schon klar, bevor ich die Augen wieder aufschlage, denn immer noch umgibt mich harziger Holzduft. Von draußen höre ich vereinzelte Vogelstimmen, der Morgen muss gerade angebrochen sein.

Ich richte mich auf. Blinzle gegen das dämmrig grüne Licht, das in meinen Wohnbaum fällt. Meine Schultern schmerzen, ich fühle mich schwach. Sie nennen das den Close-Effekt. Darunter leiden meist nur Strafgefangene, die ihre Kapseln oft jahrelang nicht verlassen dürfen und jeden Morgen in Welten erwachen, die noch schauderhafter sind als die Realwelt. Mein Hals ist trocken, in meinem Kopf surrt es. Ich würde gerne weinen, aber ich weiß, dass das die letzten Kräfte aus mir herausspülen würde.

Draußen grollt etwas, klingt wie ein Gewitter. Ich tappe zum Fenster, höre wieder das Grollen und außerdem ein Rascheln – direkt neben mir.

Eine Maus, ein Vogel? Nein. Ein Blick rundum, und es wird klar, das Buch auf dem Tischchen hat sich eben selbst aufgeschlagen. Die offen daliegende Seite zeigt die Taube – und um sie herum vier Worte: *Hau ab! Mach schnell!*

Eine Falle, ist der erste Gedanke, der mir in den Sinn kommt. Ich bin hier zu gut aufgehoben, zu sicher. Matisse hat Überblick über die Welten, und er hat mir geraten, in Aimera zu bleiben. Nun wollen meine Verfolger mich weglocken. Ich reibe mir die Schläfen, in der Hoffnung, dass das nervtötende Geräusch in meinem Kopf verschwindet. Draußen wieder Grollen, lauter diesmal. Das Buch auf dem Tisch schlägt eine neue Seite auf.

Das ist kein Scherz. Sieh zu, dass du fortkommst, solange es noch geht.

Ich habe kaum begonnen, den Kopf zu schütteln, als ein Schlag den hohlen Baum erschüttert, Stacheln wie Lanzenspitzen bohren sich durchs Holz. Ich springe zurück, als der nächste Schlag die Baumkrone und den oberen Teil des Stamms wegreißt. Durch die entstandene Öffnung blicke ich einem Riesen in die Augen. Dunkelrotes Gesicht, schiefe Reißzähne. Die Stachelkeule, die er mit beiden Händen schwingt, ist doppelt so lang wie ich.

Ich ducke mich hinter den Tisch. »Transfer!« Welche Welt nehme ich, oh Gott, ich kann nicht denken, mir fällt nichts ein. Kerrybrook ist verschlossen, mein Kopf ist leer, ich muss …

Ein Transfer während eines laufenden Kampfes ist leider nicht möglich, erscheint die Mitteilung hinter meinen geschlossenen Lidern.

Verdammt, das stimmt, aber das hier ist doch kein richtiger Kampf. Eher ein Überfall. Ich muss außer Sichtweite meines Angreifers. Sobald er mich nicht sieht, kann ich die Welt wechseln.

RUMS! Der nächste Keulenschlag reißt einen weiteren Teil des Baums weg, jetzt ist nur noch ein schulterhoher, hohler Stumpf übrig. Ich sehe den Riesen die Keule heben und hechte, ohne nachzudenken, nach draußen. Dort wächst hoher Farn, ich rolle mich ab und renne. Nicht den Weg entlang, sondern durchs Dickicht, an anderen bewohnten Bäumen vorbei, zwischen moosbewachsenen Felsen und matt leuchtenden Pilzfeldern hindurch.

Meinem Verfolger ist das nicht entgangen, ich höre seine Schritte nicht nur, ich spüre sie auch; jeden davon wie ein kleines Erdbeben.

Schneller. Ich brauche ein Versteck, einen Ort, an dem ich für ein paar Sekunden unsichtbar bin.

Ein Haufen abgestorbenes Gehölz. Nein, zu riskant. Ein Bachbett. Genügt mir auch nicht. Aber das dort vorne sieht wie eine Höhle im Fels aus. Die wäre ein Unterschlupf, den man nicht so schnell mit einer Keule zertrümmern kann, und hätte den Vorteil, dass sie für den Riesen zu klein ist.

Bloß erreichen müsste ich sie, und meine Chancen stehen schlecht. Für einen Schritt, den das Ungetüm hinter mir macht, brauche ich zehn.

Ich beschleunige mein Tempo, stolpere, rapple mich wieder hoch. Wie würde es sich anfühlen, von der Keule zerquetscht zu werden, den Schmerz zu spüren und zu wissen, er ist echt, es ist ernst, es ist das Ende …

Nicht, nicht, nicht daran denken. Dort vorne ist die Höhle, sie ist verflucht niedrig, aber ich bin fast da. Aus einer Eingebung heraus schlage ich einen Haken, und tatsächlich – die Keule saust so knapp an mir vorbei, dass ich den Luftzug spüren kann. Gräbt sich in den Boden, Erde spritzt hoch. Hinter mir frustriertes Brüllen, vor mir die Höhle, ich zwänge mich hinein, stoße mir den Kopf an, krieche tiefer. Unter meinen Fingern wispern alte Blätter und werden zu Staub. Schwer atmend schließe ich die Augen. »Transfer.«

Unendliche Erleichterung, als die Thumbnails aufleuchten. Wohin ich mich flüchten soll, weiß ich aber immer noch nicht. Eine Zufallswelt ist zu hohes Risiko. Eine Kinderwelt? Vielleicht keine dumme Idee, nur würde ich dort sofort auffallen.

Dann blitzt eine Idee durch mein Bewusstsein, und ich weiß im gleichen Moment, dass sie einen Versuch wert ist. »Sokratia«, sage ich.

Optisch erinnert alles hier an das antike Griechenland. Hohe Säulen, weiße Tempel, blauer Himmel, Olivenhaine. Zutritt zu dieser Welt bekommt nur, wer einen Intelligenzquotienten jenseits der 135 hat. Oder einen Generalpass.

Mein Adrenalinspiegel ist noch von der Verfolgungsjagd hochgepeitscht, ich komme nur langsam wieder zur Ruhe. Ich bin am Fuß eines Hügels gelandet, sitze mit dem Rücken an einem steinernen Ziehbrunnen. In ein paar Hundert Metern Entfernung beginnt eine Stadt. Zwei Männer in weißen Gewändern gehen auf das Stadttor zu. Sie sind zu sehr in ihr Gespräch vertieft, um zu mir herüberzusehen.

Ich stehe auf und putze mir die Erde von meinem Kleid. Es ist ebenfalls weiß und reicht mir in Falten bis zu den Knöcheln. Nur der Gürtel um die Taille ist blau.

Ich schnüre meine Ledersandalen ein bisschen fester, dann mache ich mich langsam auf den Weg zum Stadttor. Nicht, ohne mich regelmäßig umzublicken. Wer weiß, vielleicht laufen hier Monster aus der griechischen Mythologie umher. Ich hätte auch in Aimera nicht mit Gefahren gerechnet, also besser vorsichtig sein.

Die Sonne brennt auf den steinernen Weg, um einen blühenden Busch herum summen Bienen. Auf einem Stein am Wegesrand sitzt eine kleine grüne Eidechse, die mich misstrauisch beäugt, aber nicht davonläuft. Es duftet nach Kräutern und warmer Erde.

Beim Betreten der Stadt fällt mein Blick sofort auf einen Straßenhändler, der Olivenbrote verkauft. Von mir abgesehen ist er der Jüngste hier. Die Menschen, die in den Tavernen und schattigen Lauben sitzen, sind älter als in den meisten Welten, in denen ich mich sonst herumtreibe. Eine Menge Männer mit grauen oder weißen Bärten. Die Frauen, die mir begegnen, sehen aus wie Priesterinnen.

Ich steuere auf den Tempel zu; meiner persönlichen Logik nach müssten sich dort die intelligentesten Bewohner treffen. Um zu diskutieren, sich auszutauschen, zu philosophieren.

Weise Menschen, die vielleicht klügere Schlüsse ziehen können als ich. Genau so jemanden brauche ich jetzt.

Mit meiner Vermutung liege ich gar nicht so falsch. Auf den Stufen zum Tempel sitzen einige weißbärtige Männer und unterhalten sich angeregt. Zwei sehen aus, als würden sie gleich zu streiten beginnen. Eine Gruppe von drei Frauen und zwei Männern beugt sich über eine Schriftrolle. Ein anderer Mann, mit dunklem Bart und ungewöhnlich dichten Augenbrauen, lehnt an einer Säule. Sein Blick ist aufmerksam und finster, als wäre er hier der Aufseher.

Ich bleibe stehen. In keines der laufenden Gespräche möchte ich einfach hineinplatzen, aber ich brauche dringend jemanden, der mir weiterhilft.

Ein wenig abseits sitzt ein einzelner Mann und zeichnet mit dem Zeigefinger den Schatten eines Palmenblatts auf den Stufen nach. Lächelt in sich hinein, blinzelt dann gegen die Sonne. Er wirkt, als wäre er völlig zufrieden, so allein mit sich selbst. Sein Gesicht ist freundlich. Er sieht aus wie die perfekte Falle.

Schritt für Schritt gehe ich näher. Dass ich von Aimera nach Sokratia gewechselt habe, ist meinen Verfolgern bestimmt nicht entgangen. Haben sie mir das Phantom bereits nachgeschickt? Nun in der Form eines gelassen wirkenden griechischen Philosophen?

Ich zögere. Drehe mich langsam um die eigene Achse. Niemand beachtet mich auch nur im Geringsten. Die Philosophen diskutieren zunehmend lebhaft, eine der Frauen mit der Schriftrolle wirft den Kopf in den Nacken und lacht.

Der Dunkelbärtige steht merkwürdig starr an seiner Säule. Wie mitten in einer Bewegung eingefroren. Unfreiwilliger Exit, denke ich sofort, doch in der nächsten Sekunde bewegt er sich.

Allmählich sollte ich eine Entscheidung treffen, also steige ich die ersten drei Stufen hinauf zu dem Mann im Schatten. Er schenkt mir keinerlei Aufmerksamkeit. Ich gehe weiter, bis ich drei Stufen höher bin als er und ihn gut im Blick habe, dann erst setze ich mich.

Er zeichnet konzentriert Linien in den Staub vor ihm. Hält inne, denkt offenbar nach, zeichnet weiter. Eine Kurve. Dann Geraden, die sich kreuzen, bis sie ein Raster bilden.

Und plötzlich ist die Idee da, und ich verstehe nicht, dass ich sie nicht schon früher gehabt habe. Ein Raster. Buchstaben und Zahlen. Wie bei einem Koordinatensystem. C1 wäre dann der Punkt, wo sich die dritte Linie von oben und die erste von links treffen.

Was gab es noch? S7. Und … R2. Ich versuche, mir das Muster vorzustellen und im Geist die entsprechende Kurve zu ziehen. Von ziemlich weit oben sehr flach ein weiteres Stück hinauf – R2 – und dann steil runter zu S7.

Du musst den Weg selbst finden. Sind die Koordinaten eine Art Skizze davon? Die mir den Weg zu einem Exit-Point zeigt, der tatsächlich funktioniert? Tja, nette Idee, hilft mir nur leider nichts, solange ich nicht weiß, wo sich die jeweiligen Punkte befinden. Es gibt noch nicht einmal einen Hinweis auf die dazugehörige Welt. Außer …

»Was bedeuten tote Tauben?«, frage ich, und mir wird erst bewusst, dass ich es laut ausgesprochen habe, als der Mann aufblickt. »Hallo«, sagt er.

»Äh. Ja. Hallo.«

»Ich würde dir gerne helfen, aber mein Gebiet ist die Mathematik.« Er streckt sich. »Doch soweit ich weiß, bedeuten Tauben für jeden etwas anderes. Für manche ein gutes Omen. Für andere eine warme Mahlzeit.«

»Aber als Symbol«, beharre ich.

Er blickt zum Himmel. »Was bedeuten sie für dich?«

Eine Drohung, überlege ich. Eine Kriegserklärung. Man schickt jemandem eine Friedenstaube und bekommt sie durchbohrt zurück.

»Sie stehen auch für Hoffnung«, erklärt der Mann freundlich. »Erinnerst du dich an die Bibelgeschichte mit der Arche? Noah schickt eine Taube aus, um herauszufinden, ob endlich Land auftaucht. Und sie bringt ihm einen Zweig zurück.«

Noah. Neues Land finden. Lebensraum. Neue Welten. Das könnte theoretisch passen.

»Ich sehe, du hast eine Antwort gefunden«, sagt der Mann und streckt behaglich die Beine aus. »Für mich ist jetzt Essenszeit; falls du noch etwas von mir wissen willst, findest du mich in der Taverne.« Er steht auf und deutet auf den Eingang des Tempels. »Aber besser wäre es, du wendest dich mit deinen Fragen an das Orakel.« Er winkt mir nachlässig, aber freundlich zu und steigt die Treppen zum Platz hinunter.

Ein Orakel. Wenn es ähnlich funktioniert wie mein Horoskop, ist es eine gute Idee. Ich steige die restlichen Stufen bis zum Tempeleingang hinauf, nervös und gleichzeitig voller Hoffnung. Wenn es mit aktueller künstlicher Intelligenz ausgestattet und auf Problemlösungsstrategien programmiert ist, könnte es mir wirklich weiterhelfen.

Würde ich in eine meiner Welten ein Orakel einbauen – wie würde ich es gestalten? Vielleicht als Brunnen, in den man seine Frage hineinruft und dann darauf wartet, dass die Antwort herausschallt. Oder als Rauchsäule, die sich zu einer bildlichen Antwort formt. Nein, besser nicht, die würde bei mir garantiert wieder nach toter Taube aussehen.

Im Inneren des Tempels ist es deutlich kühler als draußen.

Es duftet nach Räucherwaren, rechts und links wird der Hauptgang von Götterstatuen flankiert. Weit und breit ist kein Orakel zu entdecken, nur eine grauhaarige Frau auf einem wackeligen Holzstuhl.

Ich gehe mit angehaltenem Atem zwischen beeindruckenden Statuen hindurch. Ein Mann mit Helm und Schwert, der sich auf einen Zentauren stürzt. Eine hochgewachsene Frau, die einen Wasserkrug auf der linken Schulter trägt.

Aber nirgendwo etwas, das nach Orakel aussieht.

Für langes Herumsuchen habe ich heute keine Geduld. Am besten, ich lasse es und starte einfach den nächsten Transfer. Einen weiteren Kerrybrook-Versuch. Und wenn das nicht klappt, kehre ich nach SeaMe zurück. Delfine streicheln wäre jetzt genau das Richtige.

Beim Hinausgehen komme ich wieder an der alten Frau vorbei. Ihr Blick folgt mir, ich bleibe stehen. Einen Versuch kann ich ja noch wagen. »Entschuldigen Sie, es soll in diesem Tempel ein Orakel geben, wo finde ich das?«

Die Frau lächelt. Winkt mich mit ihrem knochigen Finger näher heran. »Du hast es gefunden. Gegen eine kleine Opfergabe kannst du mir Fragen stellen.«

Ich zögere, unsicher, ob ich ihr glauben soll. Ein Orakel habe ich mir völlig anders vorgestellt. Nicht als Mensch, und wenn doch, dann irgendwie … prunkvoller.

»Was für eine Opfergabe?«, erkundige ich mich.

»Gold, wenn du welches besitzt. Eine Gefälligkeit, wenn nicht.«

Mit Gold sieht es schlecht aus. »Dann wird es die Gefälligkeit sein müssen«, sage ich.

Die Frau nickt zufrieden. »Stelle mir deine Frage. Ein einziger Satz. Keine Erklärungen.«

Nur ein Satz? Wie soll sie da verstehen, worum es geht? Ich überlege, während sie mit geschlossenen Augen auf ihrem Stuhl sitzt und sich langsam vor- und zurückwiegt. »Wo finde ich einen Ausgang?«, murmle ich schließlich. Die Antwort darauf wird nicht brauchbar sein, so viel ist mir klar, aber ich will allmählich weg hier. Der Anblick der Frau verursacht mir Unbehagen.

Kaum habe ich meine Frage ausgesprochen, hält sie abrupt inne in ihren Bewegungen. Öffnet die Augen, von denen nur das Weiße zu sehen ist. »Der Weg nach draußen«, sagt sie mit veränderter Stimme, »ist für dich verschlossen, bis du die sieben vollständig hast.«

»Wie bitte?« Ich bin nicht sicher, ob ich sie richtig verstanden habe. »Welche sieben?«

Keine Antwort. Die Frau schließt ihre Augen, und als sie sie wieder öffnet, sind sie klar und fröhlich. »So, jetzt bist du dran. »Ich hätte gern, dass du …«

»Welche sieben muss ich vollständig haben?«, falle ich ihr ins Wort. »Ich verstehe nicht, was du meinst.«

»Oh.« Lächelnd zuckt sie mit den Schultern. »Das kann ich leider nicht ändern, ich erinnere mich im Anschluss nie an das, was ich gesagt habe. Ist so bei Orakeln. Und jetzt bist du dran.«

Fünf Minuten später schleppe ich einen großen Krug zum Brunnen, um Wasser zu holen. Tomaten hätte sie auch gerne, vier Stück. Reif.

Ich greife gerade nach der Kurbel, um den Eimer nach unten zu lassen, als mir etwas genau vor die Füße fällt.

Natürlich ist es wieder eine Taube, durchbohrt und tot wie die anderen. Ich lasse die Kurbel los, der Eimer rasselt an seiner Kette in den Brunnenschacht. Keine Sekunde unbeobachtet, denke ich. Blicke mich ängstlich um, obwohl ich weiß, dass die, die mich belauern, das nicht von hier aus tun.

Die Taube fühlt sich noch warm an. Ich ziehe den Pfeil heraus und wische ihn sauber. Wieder ist eine Botschaft in den Schaft geritzt, länger diesmal: *Erst Blut, dann Schein, dann Schmerz. In dieser Reihenfolge, bewege dich schnell, die Tore schließen sich. P4.*

Noch eine Koordinate im System, aber die Kurve, die ich im Kopf zeichne, ergibt für mich nach wie vor keinen Sinn. Alles andere leider auch nicht. Blut, Schein, Schmerz? Nichts davon klingt verheißungsvoll.

Nur *bewege dich schnell* hört sich nach einem Tipp an, den ich gerne befolgen möchte. Ein letzter Blick in den Brunnen. Ich fürchte, die Orakelfrau wird sich ihr Wasser selbst holen müssen.

Augen zu. »Transfer.«

Ich schnappe nach Luft, als die Thumbnails erscheinen. Diesmal besteht kein Zweifel, es sind deutlich weniger als zuletzt. Immer noch mehr, als ich auf Anhieb zählen kann, aber geschätzt ein Drittel ist verschwunden.

Panik erfasst mich. Ich kann nicht mehr einfach irgendeine Welt nennen und mich darauf verlassen, dass sie mir offensteht. »SeaMe«, starte ich einen ersten Versuch.

Zu dieser Welt hast du keinen Zugang.

Verdammt. Mein Kopf ist wie leer gefegt, also gehe ich das Angebot durch. Viele der Welten sagen mir überhaupt nichts, aber ich will nicht auf gut Glück irgendwo landen.

Rascheln in der Nähe lässt mich die Augen wieder aufschlagen. Eine Sekunde später ist mir klar, dass die Zeit drängt: In dem Weizenfeld auf der anderen Seite des Wegs bewegt sich etwas auf mich zu. Etwas, das versucht, ungesehen zu bleiben.

Noch mal Augen zu, schnell. »Transfer.« Sind die Thumbnails schon wieder weniger geworden? Ich sehe sie hektisch durch, auf der Suche nach etwas, das ich einschätzen kann, aber auf den ersten Blick ist alles, was man mir gelassen hat, gefährlich. Wilde Tiere, Killerwelten, Monster.

Augen auf. Das, was sich durch das Feld nähert, wird nun gleich sichtbar werden. Ich sehe etwas Stählernes aufblitzen, weiche zurück, laufe ein paar Meter, sehe, wie eine lange, blasse Gestalt sich zwischen den Weizenhalmen aufrichtet. Die Augen nur zwei schwarze Löcher, der Mund ein starres Grinsen. Eine Gestalt wie aus einem Albtraum, mit einem langen Messer in der Hand.

Ich renne los, ohne nachzudenken. Den Weg entlang, bis zu einem Stall, hinter dem ich Deckung finde. »Transfer.«

Noch immer nichts als Grauen und Gefahr im Angebot. Ich gehe die Welten so schnell durch, dass die Namen und Bildchen ineinanderfließen wie bei einem Film.

Bei einem der Bilder stoppe ich. Keine Welt, die ich wirklich betreten möchte, aber zumindest eine, deren Schöpferin ich kenne. *Erst Blut, dann Schein, dann Schmerz*, stand auf dem Pfeil.

Blut würde immerhin passen. Ich atme tief ein. »Vampyrion.«

12

Ich habe vor dem Betreten der Welt nicht im Auswahlmodus haltgemacht, um mir mein Outfit auszusuchen. Deshalb stecke ich jetzt in einem dunkelgrauen Miederkleid und trage weiße Zwirnhandschuhe. Nicht ideal für Kampf oder Flucht, aber ich werde nicht lange bleiben. *Bewege dich schnell* wird mein neues Motto.

Dass ich mich in eine Vampirwelt wage, hat nur zwei Gründe. Erstens: der Hinweis auf dem Pfeil. Zweitens: Vampyrion ist Elsies Welt, und Elsie ist eine Freundin. Falls sie sieht, dass ich hier bin, kann sie mir vielleicht helfen. Mir einen funktionierenden Exit-Point öffnen, mir eine Nachricht zukommen lassen, irgendetwas.

Ein Blick rundum offenbart mir genau die trostlos-schaurige Atmosphäre, die die Fans von Elsies Kreationen so schätzen: ein Dorf mit halb eingestürzten Häusern, direkt vor mir steht ein brüchiger Holzkarren. Manche Türen sind mit Brettern vernagelt, an anderen sind mit roter Farbe Kreuze gemalt. In beunruhigender Nähe eine Kirche mit gotischen Spitzfenstern, umgeben von einem ausgedehnten Friedhof. Auf einem Hügel, vielleicht eine halbe Stunde Fußmarsch entfernt, erhebt sich ein Schloss, gerade so verfallen, dass es gleichzeitig furchterregend und romantisch wirkt.

Ich raffe meinen Rock und laufe ein Stück die Straße entlang. Noch ist es hell, und Elsie hält sich an die Regeln ihrer Spielwelten: Vampire jagen nur bei Dunkelheit. Bis die hereinbricht, muss ich es irgendwie schaffen, auf mich aufmerksam zu machen und gleichzeitig am Leben zu bleiben.

Ich hole mein Design-Kit hervor. In dieser Welt sieht es aus wie ein Nähtäschchen, mein Modellierstick hat die Form einer Schneiderschere. Niedlich beinahe. Nun stellt sich nur noch die Frage, wie pingelig die Einschränkungen für andere Designer in Vampyrion eingestellt sind.

Als Erstes nehme ich mir eines der zerbrochenen Fenster an einem ansonsten relativ gut erhaltenen Haus vor. Das Dorf ist wie ausgestorben, es wird mich also niemand beobachten. Ich erneuere die dicken Glasscheiben, erstelle einen intakten Holzrahmen und verziere mein Werk – passend zur Welt – mit dekorativen Blutspritzern.

Wenn Elsie auch nur mit einem halben Auge auf Vampyrion achtet, muss sie jetzt die Information entdecken, dass jemand in ihrem Zuständigkeitsbereich herummodelliert. Würde bloß irgendein Bewohner mit Werkzeug und einer neuen Scheibe anrücken, wäre das keine Meldung des Systems wert – so etwas passiert jede Minute hundertfach. Es ist keine Designarbeit, sondern normaler Umgang mit Werkstoffen. Was ich tue, sieht so aus, als entstünden Glas, Holz und Farben gewissermaßen aus dem Nichts.

Fertig. Ich lehne mich gegen die Mauer, blicke mich um. Warte auf eine Antwort, ein Zeichen. Aber es bleibt totenstill um mich herum, wenn man vom Rauschen des Winds in den Bäumen absieht. Und von dem Hund, den man von weit her bellen hört.

Jemand hat ein Bund Knoblauch an einen verwitterten Türstock gehängt. Aus einem der verlassenen Häuser stakst jetzt ein Huhn und pickt nach Körnern auf dem Boden. Ich zähle bis zwanzig, dann gehe ich weiter. Sieht aus, als wäre Elsie entweder nicht an ihrer Station oder gerade unaufmerksam. Wenn sie auf kleine Hinweise nicht reagiert, muss ich eben härtere Geschütze auffahren.

Ich könnte ein großes Kreuz auf dem vertrocknet wirkenden Feld zu meiner Rechten aufstellen. Mich druntersetzen und den Vampiren den Finger zeigen. Aber der Versuch scheitert. Reparaturen sind in Elsies Einstellungen offenbar okay, Neukreationen nicht.

Weiter die Straße entlang. Wieder höre ich den Hund, oder ist es ein Wolf? Es beginnt zu dämmern, obwohl es höchstens Mittag ist. Wahrscheinlich läuft Vampyrion nicht synchron zur mitteleuropäischen Zeit, sondern ein paar Stunden versetzt. Damit die Bewohner nicht die ganze Action verschlafen.

Das sind keine guten Nachrichten für mich. Der Friedhof ist in Sichtweite, aber ich sollte möglichst weit davon entfernt sein, wenn die Särge in der Gruft beginnen, sich zu öffnen. Noch ein Stück die Straße entlang entdecke ich endlich ein Haus, hinter dessen Fenstern Licht brennt. Beim Näherkommen sehe ich ein Schild über der Tür: *Zum letzten Schluck*.

Ziemlich entmutigender Name für eine Gaststätte – dafür ist sie aber gut besucht. Soweit ich es durch die gelblichen Fenster sehen kann, ist kein einziger Sitzplatz frei. Um die Theke herum steht eine Traube von Menschen, die angeregt zu diskutieren scheinen.

Ich stoße die Tür auf, Wärme schlägt mir entgegen, gesättigt mit dem Geruch nach Bier, Schweiß und gebratenem Fleisch.

Niemand beachtet mich, kein Wunder, denn ich steche nicht heraus. Die Leute sind alle ähnlich gekleidet wie ich, Elsie muss sich die Mitte des 19. Jahrhunderts als Zeitrahmen für ihre Welt ausgesucht haben.

»Wir machen uns auf, noch bevor die Sonne richtig versinkt«, schreit ein junger Mann, der auf die Theke geklettert ist. »Mahed und ich haben genug Pfähle für alle geschnitzt. Wenn wir diesmal nicht die Nerven verlieren, erledigen wir mindestens dreißig und verlieren keinen von unseren Leuten.«

»Das hast du vor drei Tagen auch gesagt, und jetzt haben die Vampire schon wieder sieben von uns auf ihrer Seite«, erwidert eine der Frauen. »Ich glaube ja, sie haben immer noch Spione hier. Sie wissen jedes Mal, was wir planen.«

»Blödsinn, Spione!«, ruft der junge Mann, aber einige seiner Zuhörer blicken sich verstohlen um. Ein älterer Bewohner fixiert mich mit zusammengezogenen Augenbrauen. Lächelt dann böse. »Wir hängen Spione«, höre ich ihn sagen.

Als er seinen Nachbarn mit dem Ellenbogen anstößt und auf mich deutet, verdrücke ich mich weiter nach hinten. Gehängt werden ist für mich eine ebenso tödliche Perspektive wie ausgeblutet werden. Schlimmer sogar, denn würde ich gebissen, wäre ich bloß untot.

In den historischen Welten ist man sehr großzügig mit Todesurteilen, das scheint auch hier so zu sein. Ist ja auch kein Drama, niemand stirbt deshalb wirklich. Allerdings verliert man den Pass zur Welt und damit auch alle Freundschaften, die man geschlossen hat.

»Wir müssen uns schnell entscheiden!«, ruft der Mann auf der Theke. Die aufgeregte Menge drückt mich gegen die Wand, es wird zunehmend ungemütlich hier. Ich schließe kurz die Augen, murmle »Transfer«, so leise, dass es hoffentlich keiner hört. Ich will noch nicht abhauen, es ist nur ein Test, doch das Ergebnis macht mir mehr Angst als alle Blutsauger in Vampyrion. Wieder sind mindestens hundert Thumbnails verschwunden. Meine Fluchtmöglichkeiten kommen mir abhanden, eine nach der anderen.

An einer Bank, höchstens einen Meter neben mir, entdecke ich einen Glitch, eine flimmernde Unregelmäßigkeit. Wenn ich ihn beheben würde, bekäme Elsie wieder eine Meldung. Würde sie sie diesmal zur Kenntnis nehmen? Und dann die richtigen Schlüsse ziehen?

Die Frage ist im Moment bedeutungslos, denn vor so vielen Menschen kann ich mein Design-Kit ohnehin nicht auspacken. Also besser warten. Der Schreihals auf der Theke hält gerade zwei verschiedene Modelle von Holzpfählen in die Höhe. Er beginnt, die angeblich beste Technik zu demonstrieren, wie man sie einem Vampir ins Herz stößt, da fällt mein Blick auf ein Gesicht, das mir bekannt vorkommt.

Ich weiß nicht sofort, wie ich den Mann zuordnen soll, aber ich bin sicher, dass er mir schon einmal begegnet ist. Ich erinnere mich an die scharf geschnittene Nase, an das hervorspringende Kinn ... war es in Kerrybrook, bei den Fischern? Nein.

Leute in verschiedenen Welten wiederzuerkennen, ist oft eine echte Herausforderung. Nicht nur, weil man Prämienpunkte dafür einsetzen kann, das eigene Aussehen zu verbessern, sondern auch, weil man ja nicht überall als Mensch herumlaufen muss, sondern das beispielsweise als Ork tun kann, als Gornak oder als ...

Als Schattenelf. Plötzlich weiß ich, woher ich den Mann kenne. Ich habe ihn in Macandor gesehen, das Gesicht blassgelb, mit eingetrockneten Flügeln und einem Messer im Rücken. Ich erinnere mich sogar an seinen Namen, er hieß Lennard Menk und war als Ausfall klassifiziert.

Nun ist er offenbar wieder im System eingeloggt. Seine Haut ist nicht fahlgelb, sondern leicht gebräunt, und er steht keine fünf Schritte von mir entfernt in der Menge. Lauscht aufmerksam dem Kerl auf der Theke, dessen Ansprache immer lauter und schriller wird. »Wir formieren uns in Zehnergruppen«, schreit er. »Niemand geht allein! Niemand geht verloren!«

Irre ich mich, oder rückt Lennard Menk auf mich zu? Stück für Stück, so unauffällig, dass es auch bloß Einbildung oder Zufall sein könnte. Zu mir hergesehen hat er bislang noch nicht, dennoch könnte ich schwören, meine Anwesenheit ist ihm bewusst.

Aber … er kann nicht das Phantom sein, oder? Eher eines seiner Opfer, zumindest sah das in Macandor so aus. Trotzdem, besser vorsichtig sein. Ich quetsche mich zwischen zwei Frauen hindurch in Richtung Tür, weg von Menk.

Im selben Moment bricht die Hölle los. Etwas klatscht gegen eine der Fensterscheiben, die klirrt, aber nicht zerbricht. Für die Dauer einer Sekunde wird eine grauenerregende Fratze sichtbar: schmutzig weiße Haut, durchzogen von blauen Adern, rot glühende Augen und ein übergroßer Mund, gespickt mit nadelspitzen Zähnen, die metallisch glänzen. Nicht einfach zwei Fangzähne, sondern ein Maul voller kreuz und quer stehender Spieße, das sich jetzt weit geöffnet gegen die Scheibe drückt.

Boah, denke ich, Elsie.

Das Wesen stößt einen hohen, unmenschlich klingenden Schrei aus, der schmerzhaft in meinem Kopf vibriert. Auch in der Taverne schreien einige auf, weichen vom Eingang zurück, greifen nach den Kreuzen, die sie an Ketten um den Hals tragen.

Sekunden später wieder ein Krachen, diesmal sind es zwei Exemplare. Das von vorhin und ein größeres, zwischen dessen spießartigen Zähnen Hautfetzen hängen.

»Jana Pasco.«

Ich fahre herum, Menk steht nun direkt hinter mir. Legt mir

die linke Hand auf die Schulter, ich schlage sie weg, versuche zu erkennen, ob er in der rechten eine Waffe hält.

»Keine Angst, ich will dir nichts Böses, im Gegenteil, ich bin …«

In diesem Moment birst die Scheibe, und nicht zwei Vampire stürzen herein, sondern fünf. Einer von ihnen fällt sofort den Mann auf der Theke an; der hält ihm das Kreuz vors Gesicht, es zischt, der Vampir windet sich kreischend am Boden.

Tische werden umgekippt, um sich dahinter zu verschanzen. Pfähle werden hektisch hervorgekramt, Kruzifixe ans Licht befördert. Ich versuche, mich in eine Hinterkammer zu verziehen, aus dem allgemeinen Blickfeld zu verschwinden, damit ein Transfer möglich wird.

Menk legt wieder seine Hand auf meinen Arm, aber ich stoße ihn weg, remple ihn so fest an, dass er das Gleichgewicht verliert und stürzt, springe über ihn hinweg und reiße eine Tür auf, von der ich vermute, dass sie in die Küche führt.

Irrtum. Was sich dahinter befindet, ist die Treppe zum Keller. Sekunden später bin ich die ersten beiden Stufen nach unten gestiegen und entdecke im Zurückblicken einen Riegel an der Innenseite der Tür. Ich lege ihn vor, voller Erleichterung. Fürs Erste bin ich in Sicherheit, vorausgesetzt, dass sich nicht unten auch ein paar Vampire eingenistet haben, in alten Weinfässern zum Beispiel.

Doch es gibt bloß Regale voller staubiger Flaschen hier. Auf einer Kiste steht eine flackernde Kerze – und direkt daneben liegt, von mir schon erwartet wie ein lästiger Refrain in einem Lied, die übliche tote Taube.

Die Schreie in der Schankstube werden lauter, die Stufen unter meinen Füßen sind rutschig und feucht, als ich sie hinunterlaufe, aber ich falle nicht. Mit einer wütenden Bewegung reiße ich den Pfeil aus der weiß gefiederten Brust; finde einen Lappen, mit dem ich ihn abwischen kann.

Du könntest es einfacher haben, aber das Ziel kommt näher. Fünf von sieben. T5.

Brüllen. Poltern. Ein triumphierender Schrei, ob von Mensch oder Vampir, kann ich nicht sagen. »Transfer«, keuche ich.

Erschreckend klein ist meine Auswahl geworden, seit meiner letzten Überprüfung hat sie sich fast halbiert, aber ich habe nicht die Zeit, um lang zu überlegen, ich muss einen Schuss ins Blaue versuchen.

»ZenZone«, stoße ich heraus. Eine Meditationswelt wäre ideal.

Zu dieser Welt hast du keinen Zugang.

Shit. Ich durchforste mein Gehirn, Matisse fällt mir ein, Matisse und – natürlich!

»Venedig!«

Zu dieser Welt hast du keinen Zugang.

Was für ein Dreck. »Cretaceous!« Nicht optimal, gar nicht, aber immerhin kenne ich mich dort aus.

Zu dieser Welt hast du keinen ...

Mir fällt nichts mehr ein, mein Hirn ist wie leer gesaugt. Oben schlägt jemand gegen die verriegelte Tür, es knarzt bedenklich.

Ich gehe die Thumbnails durch. WarZone4, nein, bestimmt nicht; Sturmjäger auch nicht; ebenso wenig wie SamuraiChallenge, eine Welt, die Babette geschaffen hat und in der die Überlebenszeit für Neuankömmlinge bei etwa einer halben Stunde liegt. Zuletzt auch noch Dropout, Ricks Last-Man-Standing-Welt.

Alles Mist, alles für mich nicht brauchbar. Wieder kracht etwas gegen die Kellertür, fauchend und kreischend, zweimal, dreimal. Ich muss mich endlich entscheiden –

Da. In meiner Auswahl gibt es eine Welt, in der ein Aufenthalt gefahrlos für mich sein sollte. Mirror. Dort werde ich mich zwar vor innerem Ekel krümmen, aber dafür wird mich niemand beißen. Nicht mit teuer erkauften, frisch gebleichten Zähnen.

In dem Moment, als ich den Befehl gebe, wird mir klar, dass ich mit meiner Entscheidung den Anweisungen auf dem Pfeil gefolgt bin. *Erst Blut, dann Schein.*

Bisher habe ich Welten gemieden, deren einziger Inhalt die Oberfläche ist. Rein optisch sind mir die Vampire lieber, aber ich habe keine Wahl. Das Gute ist, dass niemand mich großartig beachten wird. In Mirror beschäftigt sich jeder bloß mit sich selbst.

Diesmal überlasse ich meine Kleidung nicht dem Zufallsgenerator, sondern lege einen kurzen Stopp im Auswahlbereich ein. In meinen Ohren hallen noch die Schreie der Vampire und ihrer Opfer, als ich mir das Kleidungsangebot zeigen lasse. Es gibt Gratisoutfits, die entweder schlicht oder abartig hässlich sind; für die ausgefalleneren Sachen muss man mit Prämienpunkten zahlen. Ebenso wie für größere Augen, eine schlankere Taille, längere Beine oder vollere Lippen.

Ich habe zwar – noch – unbegrenzte Punkte, aber nicht die geringste Lust, auch nur fünf Minuten an Körperverbesserungskram zu verschwenden. Ich wähle ein weißes Gratisoutfit mit hässlichen silbernen Knöpfen und betrete Mirror.

Bevor Las Vegas von der Wüste verschluckt wurde, muss es dort ähnlich ausgesehen haben. Protzige Gebäude, bunt beleuchtete Springbrunnen, blinkende Neonschriftzüge. Gleich drei davon werben für einen Wettbewerb, bei dem das beste Selfie prämiert wird. Für zwölf Prämienpunkte kann man eine fliegende Kamera leihen, die auf Schritt und Tritt alles festhält, was man tut, und aktiv darauf hinweist, wenn sich ein besonders lohnender Hintergrund für ein Bild bietet.

Ich laufe an Menschen vorbei, die auf Brunnenrändern balancieren oder sich im Schatten von Palmen rekeln. Kaum jemand beachtet mich, und wenn doch, dann sind es ungläubige Blicke, die mir folgen. Man braucht schließlich Beauty-Points, um einen Pass zu bekommen. In Mirror wirke ich wie ein krummes Gänseblümchen unter lauter Orchideen. Mein Gesicht ist nicht herzförmig, mein Haar glänzt weder lackschwarz noch wie poliertes Gold, meine Kurven sind unspektakulär.

Auf einem riesigen digitalen Billboard werden laufend Fotos eingespielt. *Daliah, erster Platz Sportfotos* steht über einem Bild, auf dem eine junge Frau von einer Klippe in blitzblaues Meer springt. Ihre Proportionen sind so übertrieben perfekt, dass sie bereits wieder falsch wirken, aber das scheint der neue Trend zu sein. Mädchen mit merkwürdig giraffenartigen Beinen posen hier an jeder Ecke. Ein weiterer Trend sind offenbar Federn in allen Farben. Man steckt sie sich ins Haar, an die Kleidung, man ersetzt damit die eigenen Wimpern.

»He, du!« Ein Mädchen mit silbrig weißem Haar und türkisfarbenen Augen winkt mich heran. »Sieh mal her!«

Misstrauen ist meine zweite Natur geworden. »Was gibt's denn?«, frage ich und mustere ihr knappes Outfit. Keine Waffe zu sehen.

»Na, waaaas schon, ich brauche Entscheidungshilfe«, blökt sie genervt. Genervt bin ich auch, trotzdem setze ich so etwas wie ein Lächeln auf und gehe zu ihr.

»Also!« Sie tritt zu einem der riesigen Spiegel, die der Welt ihren Namen geben, und streicht mit der Hand darüber. Ein Foto von ihr erscheint, im hautengen Overall, wie sie auf einem mannshohen Neon-D sitzt. »Gefällt dir das besser?« Sie wechselt das Bild. »Oder das?«

Wieder sie, diesmal im Bikini auf einem gischtumspülten Felsen.

»Sind beide okay«, murmle ich und will weiter, aber sie hält mich am Ärmel fest. »Okay? Spinnst du? Weißt du, wie lange ich an denen gearbeitet habe?«

Ich mache mich los. »Das mit dem Felsen. Das ist ziemlich gut.«

Sie schimpft mir hinterher, als ich mich davonmache. Dass ich keine Ahnung hätte und mich besser mal um mein eigenes Aussehen kümmern sollte. Dass sie nicht verstehe, wie ich überhaupt hier reingekommen sei. Dass sie froh sei, nicht so hässlich zu sein wie ich.

Unwillkürlich stelle ich mir die Frage, wie die Silberblonde tatsächlich aussieht, wenn sie morgens aus ihrer Kapsel steigt. Ob sie irgendwelche Ähnlichkeiten zu ihrem hart erarbeiteten Äußeren findet, das sie so gern fotografieren lässt. Oder ob sie den Blick in den Spiegel während dieser einen Stunde pro Tag meidet.

Ich suche und finde ein Diner, in dem Milchshakes serviert werden, dort setze ich mich in die hinterste Ecke und atme tief durch. Von griechischen Philosophen über Vampire zu selbstverliebten Körperfetischisten in geschätzt dreieinhalb Stunden. Das muss mir erst mal jemand nachmachen, kein Wunder, dass mein Kopf schmerzt. Ich bestelle einen Schoko-Shake und suche einen Punkt im Raum, an dem ich nicht mein eigenes Spiegelbild im Blick habe. Doch nicht einmal die Tischplatte eignet sich, sogar die ist verspiegelt.

Ich habe genug Zeit in der Realität verbracht, um zu wissen, dass mein virtuelles Ich deutlich besser aussieht als mein echtes – obwohl ich kaum Punkte in meine Optik investiert habe. Trotzdem sind meine Zähne perfekt gerade, meine leicht abstehenden Ohren liegen an, meine Augen sind größer und blauer. Ich weiß, dass nach meiner Rückkehr der erste Blick in einen realen Spiegel ein Schock sein wird, aber viel wichtiger ist, dass diese Rückkehr endlich klappt. Nachdem der Milchshake serviert worden ist, schließe ich kurz die Augen. »Transfer.«

Oh Gott, nur noch so wenige Möglichkeiten. Und, soweit ich es erkennen kann, alle grauenvoll. Ich reiße die Augen wieder auf, nur um einer jungen Frau ins Gesicht zu sehen, die sich lautlos an mich herangeschlichen haben muss. »Kann ich mich zu dir setzen?« Sie wirft ihr honigfarbenes Haar zurück.

Verunsichert sehe ich mich um – außer meinem ist keiner der Tische besetzt. »Warum? Willst du mir auch deine Fotos zeigen?«

Sie lächelt, ignoriert meinen abfälligen Ton. »Das können wir gerne machen.«

Jeder will hier Bestätigung, und ich bin gerade der einzige Gast im Diner, also nicke ich schicksalsergeben. Hauptsächlich aus Höflichkeit, aber auch, weil etwas an der Frau mir vage bekannt vorkommt, trotz der aufgeplusterten Lippen und der lila Federwimpern. Während ich noch meine Erinnerung nach flüchtigen Bekanntschaften durchforste, zieht sie einen Spiegel von der halben Größe der Tischplatte hervor und legt ihre flache Hand darauf. Das erste Bild, das erscheint, zeigt sie in einer verschneiten Bergwelt, mit ausgebreiteten Armen vor dem Sonnenuntergang, der alles in Orangetöne taucht. Das zweite Foto lässt mich fast auflachen. Es muss in Cretaceous geschossen worden sein, denn sie sitzt auf einem Triceratops, trägt einen hautengen Camouflage-Overall und streckt zwei Finger im Victory-Zeichen hoch.

Das dritte stammt aus einer der vielen Inselwelten – sie liegt im Sand, die Wellen umspülen sie, in einer Hand hält sie einen bunten Schirmchendrink.

Ich scrolle weiter durch die Fotos, nur halb bei der Sache, viel intensiver beschäftigt mich, was ich tun soll, wenn ich noch mehr Weltenpässe verliere.

Ein Space-Foto, ein Piratinnen-Foto, ein Bild aus der Französischen Revolution. Ich frage mich immer noch, wann und wo ich dieses Gesicht schon einmal gesehen habe. Wahrscheinlich egal.

»Coole Sammlung«, sage ich und greife nach meinem Milchshake, im gleichen Moment vollführt meine neue Bekanntschaft eine fließende Bewegung. Stechender Schmerz durchfährt mich, ich greife mir reflexartig an die Seite.

Da steckt etwas, zwischen zwei meiner unteren Rippen.

Ich springe auf, der Schmerz wird schlimmer, Blut strömt aus der Wunde und färbt meine weiße Kleidung rot.

Die Frau packt meinen Arm, hält ihn fest. »Hierbleiben. Wir warten gemeinsam.«

Mit meiner freien Hand versuche ich, die Klinge aus meinem Körper zu ziehen, aber sie hat keinen Griff, sie ist wie ein Dorn, der zur Gänze in meinem Brustkorb steckt. Ich spüre, wie mir die Luft ausgeht, wahrscheinlich ist meine Lunge durchstochen.

Transfer, denke ich, ich brauche einen Transfer, das ist die einzige Rettung. Wenn ich hier wegkomme, bevor der Stich mich tötet, passiert mir gar nichts. Die Klinge macht den Wechsel nicht mit.

Doch genau das möchte meine Attentäterin verhindern, deshalb hält sie meine Hand umklammert. Weil sie weiß, dass man nicht einfach aus einer Kampf- oder Konfliktsituation verschwinden kann.

Blubbernde Geräusche, wenn ich nach Luft ringe. Viel Zeit bleibt mir nicht mehr, die Kellnerin ist nirgendwo zu sehen. Ich versuche, nach Hilfe zu schreien, doch dafür reicht mein Atem nicht mehr.

Aber eine meiner Hände ist frei. Glitschig von Blut, aber egal, ich packe das schwere Milchshake-Glas und schlage es der Frau mit aller Kraft über den Kopf. Zweimal, dreimal, bis sie mich loslässt, dann stolpere ich davon. In einen Nebenraum – keine Toilette, wozu auch, aber ein Schminkraum. Von innen absperrbar.

Ich hinterlasse eine verschmierte Blutspur, sowohl auf dem Boden als auch an der Tür, aber ich schaffe es, den Riegel vorzulegen. Sekunden später rüttelt meine Verfolgerin von außen an der Klinke, hämmert gegen die Tür. Es wird nicht lange dauern, bis sie etwas findet, womit sie sie aufbrechen kann. Ich muss mich beeilen.

An der gegenüberliegenden Wand entdecke ich ein gerahmtes Bild. Es zeigt die pfeildurchbohrte Taube; der Satz darunter ist kurz.

Keine Zeit zu verlieren. O6.

»Transfer.« Meine Stimme klingt schwach, ich halte mich an der Wand fest, spüre aber den Boden unter meinen Füßen nicht mehr. Konzentriere mich darauf, wach zu bleiben.

Von den unzähligen kleinen Lichtpunkten, die ich sonst hinter meinen geschlossenen Lidern zu sehen bekomme, sind nur noch zwei geblieben. Zwei Symbolbildchen, zwei mögliche Welten, und ich kann nicht glauben, dass es ausgerechnet diese sind. Es ist eine Wahl zwischen Pest und Cholera, und ich muss mich schnell entscheiden, ich kann spüren, wie mein Bewusstsein sich trübt. Wenn ich überleben will, bleibt mir nichts anderes übrig, als mich selbst zu inhaftieren, denn meine letzten beiden Optionen sind Strafwelten. Beide hart, beide grausam.

»Trokar«, flüstere ich.

13

Erst Blut, dann Schein, dann Schmerz. Eigentlich hatte Mirror bereits alles davon zu bieten, aber mir ist klar, dass die Sache mit dem Schmerz hier noch einmal schlimmer werden wird.

Trokar ist keine Welt, für die man auf normale Weise einen Pass erwerben kann oder die man freiwillig besuchen würde. Es ist eine Art Strafkolonie. Hierhin werden verurteilte Straftäter verbannt, Menschen, die anderen schweren Schaden zugefügt oder in böser Absicht gegen die Klimagesetze verstoßen haben.

Ich bin in Sand gelandet, auf Händen und Knien, und die Sonne verwandelt ihn in eine glühend heiße, feinkörnige Masse. Meine Kleidung habe ich mir diesmal nicht aussuchen können; ich trage die Sträflingsuniform von Trokar: graue Hosen, graues Langarmshirt. An meinem Gürtel hängt eine Wasserflasche. Für deren Inhalt sind hier schon Menschen ermordet worden, was für sie kaum eine Rolle spielte, anders als bei mir. Nur werde ich das einem durstigen Häftling nicht schnell genug erklären können. Ich sollte schleunigst versuchen, mich zu verstecken.

Der Grund, warum ich Trokar und nicht Molar gewählt habe, ist, dass Molar viel mehr einem Gefangenenlager gleicht. Baracken, geregelte Mahlzeiten, computergenerierte Befehle, die durch Lautsprecher gebrüllt werden; ein fester Tagesablauf, enges Zusammenleben.

Trokar ist dagegen eine Art unerfreuliches Survivalcamp, wo

jeder auf sich selbst gestellt ist. Wo es keine festen Regeln gibt. Mord ist in beiden Welten an der Tagesordnung, hat aber keine Konsequenzen. Der Getötete erwacht nicht in seiner Kapsel, er wird unmittelbar zurückgeschickt. Bleibt dann im Allgemeinen eine halbe Stunde bewusstlos liegen, bevor er sein Leben in der Strafkolonie fortsetzt. Dementsprechend niedrig ist die Hemmschwelle dafür, jemandem den Schädel einzuschlagen.

Ich ziehe meine Beine aus dem Sand und schleppe mich auf etwas zu, das wie ein halb versunkener Betonbunker aussieht. Es gibt dort Schatten, ich werde mich kurz hinsetzen und nachdenken können. Keine Zeit zu verlieren war die letzte Botschaft der Taube. Und sie war richtig, ich wäre fast draufgegangen, weil ich einmal nicht misstrauisch genug war. Weil ich dachte, der einzige Antrieb der Leute in Mirror wäre Eitelkeit. Und weil etwas an der Frau mir bekannt vorkam. Woher, zum Teufel?

Meine Schuhe sind geschnürt und reichen mir bis zu den Knöcheln, trotzdem quillt bei jedem Schritt heißer Sand hinein. Etwa Hundert Meter sind es noch bis zum Bunker, der tatsächlich verlassen zu sein scheint. Ich schnalle die Wasserflasche vom Gürtel und trinke sie zur Hälfte leer, die Hitze ist schon nach knapp fünf Minuten kaum noch zu ertragen.

Bevor ich mich in den Schatten setze, werfe ich einen Blick ins Innere des Bunkers. Niemand da. Das Einzige, was ich außer Sand auf dem Betonboden entdecke, sind die verstreuten Knochen eines kleinen Tiers.

Ausruhen. Die Wunde, die die Frau in Mirror mir zugefügt hat, ist verschwunden, meine Erschöpfung dagegen nicht. Ich müsste schlafen, aber die Chancen, danach wieder aufzuwachen, sind nicht allzu groß. Es gibt Raubtiere hier, giftige Pflanzen, übergroße Insekten, Schlangen. Dazu die permanente

Hitze; wenn ich nicht bald Trinkwasser finde, werde ich vermutlich verdursten. Die Leute, die es auf mich abgesehen haben, müssen dann keinen Finger mehr rühren.

Ich blicke hinauf zum Himmel, der eher weiß als blau wirkt. Hat Matisse mitbekommen, wo ich gerade stecke? Kann er mich noch orten? Oder versucht er herauszufinden, wohin mein realer Körper verschwunden ist?

Vielleicht ist beides nicht der Fall, und er ist vom Management abgezogen worden, um beim Launch von Minus3 zu helfen. Ich kann mir keinen anderen Grund vorstellen, aus dem er mich im Stich lassen würde, vor allem wenn er sieht, wo ich gelandet bin.

Der restliche Inhalt der Wasserflasche muss dran glauben. Ich trinke sie bis zum letzten Tropfen aus, dann sehe ich mich noch einmal genauer um. Ein Stück entfernt wachsen Büsche, und wenn ich mich nicht täusche, gibt es auch ein paar Bäume am Horizont. Bäume bedeuten Wasser, das ich dringend brauchen werde.

Ich kann nicht warten, bis es kühler wird, denn kurz danach wird es auch dunkel sein, und bis dahin möchte ich einen Unterschlupf gefunden haben. Also marschiere ich los.

Es ist schlimmer als erwartet. Bei jedem Schritt saugt der Sand meine Füße förmlich ein; es kostet viel Kraft, sie wieder herauszuziehen. Nach einer halben Stunde stoße ich glücklicherweise auf etwas wie einen Trampelpfad, der besser trägt, und von da an wird es einfacher. Immer noch ist mir keine Menschenseele begegnet, allerdings habe ich schon zwei braun-gelb gezackte Schlangen entdeckt, eingeringelt auf sonnenbeschienenen Felsen.

Bis ich die Bäume erreiche, habe ich das Gefühl, völlig ausgetrocknet zu sein. Die Landschaft wird grüner, einen Bach oder Brunnen habe ich aber noch nicht gefunden. Erschöpft setze ich mich hin, mein Atem geht stoßweise. Obwohl ich weiß, wie unberechtigt meine Hoffnung ist, schließe ich kurz die Augen. »Transfer.«

Nichts. Kein einziges Thumbnail, keine Fluchtmöglichkeit, nichts. Nur Schwärze. Ich werde hier nicht rauskommen, außer jemand öffnet meine Kapsel, die sich wer weiß wo befindet. Düstere Aussichten. Ich bin erst eine Stunde hier und fühle mich jetzt schon völlig ausgelaugt. Aber sitzen bleiben wird nichts besser machen, also kämpfe ich mich wieder auf die Füße und gehe weiter. Nach und nach verdichten die Bäume sich zu einer Art Wäldchen, und dort finde ich einen fast ausgetrockneten Tümpel. Mehr Schlamm als Wasser, trotzdem schöpfe ich mir, so viel ich kann, davon in den Mund.

Dass sich jemand an mich herangeschlichen haben muss, bemerke ich erst, als sich eine Hand auf meinen Rücken legt. Ich schnelle herum und sehe eine junge Frau vor mir stehen, die Haare raspelkurz geschnitten, das Gesicht mit Lehm beschmiert. Sie mustert mich prüfend, aber nicht feindselig. »Du bist neu in der Gegend.«

»Ja.«

»An deiner Stelle wäre ich vorsichtiger. Es gibt hier drei Banden, die nicht zimperlich sind. Nehmen dir erst alles weg und verprügeln dich dann, wenn du nicht für sie arbeitest. Wasser holst, Essen beschaffst, solche Sachen.« Ein schneller Blick nach rechts und links. »Warum bist du hier? Verbotenerweise mit Weltenpässen gedealt? Oder gegen die Klimagesetze verstoßen?«

»Weder noch.« Bei näherer Betrachtung kann die Frau kaum älter sein als ich. Achtzehn vielleicht, oder neunzehn. »Dass ich hier bin, ist eher … Zufall.«

Sie zieht einen Mundwinkel hoch. »Wohl kaum. Niemand ist zufällig hier.«

»Dann nennen wir es eine Falle. Und du?«

Jetzt grinst sie. »Unterwanderung des Systems, heißt es offiziell. Ich nenne es Aufdeckung von Lügen. Zwei Jahre habe ich gekriegt, danach darf ich nur in staatlich kontrollierte Welten.« Sie schnauft verächtlich. »Da bleibe ich lieber in Trokar. Hier langweile ich mich wenigstens nicht zu Tode.«

Sie reicht mir eine Hand, hilft mir beim Aufstehen. »Wie heißt du?«

»Jana.«

»Ich bin Irma. Komm mit, ein Stück weiter gibt es einen Bach. Ich kenne eine Stelle, wo man relativ gefahrlos trinken kann.«

Ich lasse mich mitziehen. »Was waren es denn für Lügen, die du aufgedeckt hast?«

»Kann ich nicht sagen. Dafür gibt's strafweise Stromstöße. Wenn ich bestimmte Schlüsselworte ausspreche, werde ich gezüchtigt – das nennen die wirklich so.« Irma dreht sich um, läuft ein paar Schritte rückwärts, den Blick grüblerisch auf mein Gesicht gerichtet. »Aber – hm. Sagen wir einfach, es gibt schlimmere Fallen als Trokar.« Sie spricht die Worte mit Bedacht, lauernd, als könnte jedes davon die schmerzhafte Bestrafung nach sich ziehen. »Fallen, die dir das Genick brechen. Das Wasser bis zum Hals stehen lassen. Die Luft nehmen. Für immer.« Sie atmet tief ein, lächelt strahlend, offensichtlich begeistert darüber, dass sie es geschafft hat, ihre Botschaft losgeworden zu sein, ohne dafür Konsequenzen in Kauf nehmen zu müssen.

Ich nicke langsam, auch wenn ich nicht sicher bin, dass ich Irma richtig verstehe. Aufdeckung von Lügen. Über Dinge, die endgültig den Tod bringen. Das kommt mir bekannt vor. »Wie bist du diesen Lügen auf die Spur gekommen?«

»Kann ich nicht sagen.«

»Bist du Weltenbürgerin? Oder warst du vorher in der Außenzone beschäftigt?«

Sie zuckt zusammen, greift sich an den Hals. »Hör auf, mich auszufragen, sie geben schon Warnschocks ab.«

»Okay. Sorry.« Ich frage mich, ob man bei mir einen ähnlichen Bestrafungsmechanismus installiert hat, und wenn ja, bei welchen Worten er ausgelöst wird. »Aber vielleicht kannst du mir erzählen, wie es hier abläuft. Was man tun muss, um zu überleben.«

Irma denkt kurz nach. »Immer zusehen, dass man genug zu trinken hat. Den Skorpionen aus dem Weg gehen, den Schlangen besser auch. Sich nicht mit den falschen Leuten anlegen.« Sie lacht auf. »Aber überleben kriegt man trotzdem nicht hin. Zu Beginn wollte ich es auch gar nicht, ich habe ungefähr zwölf Mal versucht, mich auf alle möglichen Arten zu killen, in der Hoffnung auf einen Exit. Aber es dauert gefühlt bloß zehn Sekunden, bis man wieder hier ist. Ohne den Kram, den man sich bis dahin beschafft hat, und meistens an einem noch widerlicheren Ort als zuvor. Wenn andere einen töten, ist es genauso.«

Ihr humorvoller Ton soll mich beruhigen, doch das geht gründlich schief. »Sterben ist in meinem Fall keine gute Idee«, sage ich mit schwacher Stimme.

Sie zieht ein mitleidiges Gesicht, als würde sie verstehen. »Ach, so ist das. Tja, dann solltest du dir die richtigen Freunde suchen. Hattest du Komplizen bei deiner Tat? Ein Netzwerk, irgendwelche Verbündete? Dann könnte es sein, dass jemand von ihnen auch hier gelandet ist. Oder arbeitest du allein?«

Etwas in mir wehrt sich dagegen, als verurteilte Verbrecherin betrachtet zu werden, aber das ist albern. »Allein.«

»Wirklich? So siehst du gar nicht aus.«

»Ich weiß«, sage ich kläglich, und im nächsten Moment stößt Irma mich grob zur Seite. »Vorsicht!«

Die Schlange, die sich eben von einem Ast hat fallen lassen, verfehlt mich nur um Haaresbreite. Ihr Körper schillert grün, ihre Giftzähne sind unverhältnismäßig lang. Mit einem gezielten Tritt befördert Irma sie in den nächsten Dornenbusch. »Die Viecher sind die Pest«, erklärt sie. »Wenn sie dich beißen, stirbst du langsam und es tut höllisch weh.« Sie lächelt schief. »Selbst erprobt.«

Ich folge ihr weiter, versuche, meine Augen überall zu haben. Chancenlos, denke ich bei jedem Schritt. Ich habe verloren. Ich bin verloren. Schmerzhaftes Sterben gehört hier zu den üblichen Strafen; bei mir wird es nur ein Mal passieren, dafür aber endgültig sein.

Für eine Sekunde wage ich es, die Augen zu schließen, und überprüfe meine Transfermöglichkeiten; hoffe, dass sich etwas geändert hat. Doch die Situation ist die gleiche wie vorhin. Kein einziges Weltensymbol. Nur Dunkelheit.

Ich kämpfe die Tränen zurück, besser keine Flüssigkeit verschwenden. Besser einen klaren Blick behalten. »Wie weit ist es noch bis zu diesem Bach?«

»Zehn Minuten, normalerweise. Zwanzig, wenn du weiterhin so langsam …«

Ohrenbetäubendes Heulen lässt mich zusammenschrecken. »Appell!«, brüllt im nächsten Moment eine schneidende Stimme. Sie kommt von überall und nirgendwo, sie erfüllt die ganze Welt. »Hinlegen! Flach! Auf den Bauch!«

Ich blicke mich noch ratlos um, da hat Irma schon die verlangte Position eingenommen. »Alphas!«, zischt sie. »Los, mach schon, die akzeptieren keinen Ungehorsam!«

Ein hastiger Blick, um den Boden zu überprüfen, dann lasse ich mich fallen. Ich habe keine Skorpione gesehen, trotzdem durchfährt mich ein stechender Schmerz am Hüftknochen. Ein Stachel, ein Stein? Ich halte die Luft an, warte auf das brennende Gefühl von Gift, das sich im Körper ausbreitet. Aber da ist nichts zu spüren. War wohl doch ein Stein.

Sekunden später rauscht etwas über uns hinweg. Ich höre Lachen, ein Gewirr fröhlicher Stimmen, die sich nähern und wieder entfernen. Als hätte sich ein Riss in Trokar aufgetan, und die Laute aus einer anderen Welt würden hereindringen. »Was machen die?«, flüstere ich.

»Keine Ahnung. Passiert ab und zu. Sie kommen zu uns wie in den Zoo und sollen uns daran erinnern, dass es den Leuten anderswo besser geht. Eine kreative Art von Strafverschärfung.«

Ich versuche, ein Stück von dem Stein abzurücken, der immer noch gegen meinen Hüftknochen drückt. Hoffentlich wirklich ein Stein und kein Biss, kein Stich. Das Bewusstsein, dass jede Minute meine letzte sein könnte, liegt so schwer auf mir wie noch nie. Am klügsten wäre es, mir einen Platz zu suchen, an dem ich mich verbarrikadieren kann. Aber wie lange? Soll ich mich auf ewig verstecken? Einfach verkriechen, nur um zu überleben, irgendwie? Es muss einen anderen …

»Ende Appell!«, dröhnt es von allen Seiten. »Aufstehen! Wer gehorcht hat, findet seinen Lohn drei Schritte zu seiner Rechten.«

Ich stehe langsam auf, untersuche die schmerzende Stelle an meiner Hüfte – wirklich nur geprellt, ein Glück – und werfe einen Blick nach rechts.

Ein Stück Brot, ein Stück Käse, eine Flasche mit rosafarbener Flüssigkeit, alles ausgebreitet auf einem grauen Stofffetzen. Irma hat die gleiche Belohnung erhalten und stürzt sich darauf. »Iss! Bevor jemand kommt und es dir wegnimmt. Wenn es Geschenke für alle gibt, formieren sich immer schnell ein paar miese Typen und machen sich auf die Suche nach Leuten, die sich ihre Rationen aufsparen möchten.«

Ich greife nach der Flasche und schraube sie auf. Limonade, mit klebrig-süßem Erdbeergeschmack. Davon werde ich erst recht Durst bekommen, aber es ist Flüssigkeit. Das Brot ist hart und schmeckt sandig, dem Käse fehlt jeder Geschmack.

Das ist die reine Schikane, denn genießbares Essen ist keine Frage der Ressourcen oder Kosten. Man muss sich noch nicht mal Mühe machen, wenn man keine Lust hat, sich damit zu beschäftigen. Es gibt Vorlagen, die jeder Weltendesigner benutzen kann – sie auszuwählen macht genauso viel Arbeit wie die Wahl von ungenießbarem Fraß.

Was mich zu der Frage bringt, wer eigentlich für Trokar verantwortlich ist. Niemand, den ich kenne, jedenfalls. Bloß Rick hat mal erwähnt, dass er weiß, wie man eine Strafwelt entwickelt.

Die eklige Erdbeerlimonade wirkt erstaunlich belebend; sie versorgt mich mit mehr Energie, als ich erwartet hätte. Ich schaffe es beinahe, mit Irma Schritt zu halten, als wir weitergehen. Achte dabei ständig auf Tiere in den Bäumen und am Boden, wehre gleichzeitig fingerlange Moskitos ab, deren Stiche höllisch brennen.

Nach zehn Minuten bleibt Irma abrupt stehen. »Wow, toll. Sie haben uns eine neue Attraktion gebaut.«

Ich verstehe nicht sofort, was sie meint; erst als sie mit ausgestrecktem Finger auf etwas zeigt, begreife ich. In etwa Hundert Metern Entfernung versperrt uns eine Dornenhecke den Weg. Rechts und links von Felsen begrenzt, ungefähr doppelt so hoch wie wir, mit Dornen, die wie Dolche aussehen.

»Da will jemand nicht, dass wir deinen Bach erreichen«, sage ich, als wir direkt davorstehen. Es soll munter klingen, hört sich aber kraftlos an.

Irma stellt sich der Hecke entgegen wie einem Duellgegner. »Wir kommen da drüber. Du musst nur aufpassen, dass du dir die Hände nicht aufschlitzt. Die Dornen wachsen nicht allzu dicht. Los!«

Bevor ich etwas einwenden kann, beginnt sie schon mit dem Aufstieg. Man sieht ihr an, dass sie in solchen Dingen geübt ist, ganz im Gegensatz zu mir. Sie gleitet mehr nach oben, als sie klettert; ich dagegen suche nach einer Stelle, an der die Hecke ungefährlicher wirkt, an der die Dornen weniger lang sind.

»Jetzt komm schon!«, ruft Irma. Sie ist oben angelangt und beginnt, auf der anderen Seite abzusteigen. »Ich warte nicht ewig auf dich.«

Unwillig greife ich nach dem ersten Ast, der stabil genug aussieht, und steige mit einem Fuß in das Gestrüpp. Als ich hochblicke, sehe ich etwas Weißes über mir hängen. Etwas Vertrautes. Ohne lange nachzudenken, klettere ich darauf zu.

Die Taube steckt halb verborgen zwischen den Ästen, der schwarze Pfeil ist gut erkennbar. Mit zusammengebissenen Zähnen kämpfe ich mich hoch, obwohl das Holz unter meinem Gewicht knackt, meine Sträflingskleidung sich in den Dornen verfängt und mein linker Unterarm bereits einen blutigen Schnitt davongetragen hat.

Ich muss den toten Vogel förmlich aus der Umklammerung der Hecke reißen. Federn bleiben hängen. Ich klemme mir den Pfeil zwischen die Zähne und klettere weiter. Schmecke Taubenblut. Erkläre mir selbst, dass es nicht echt ist, ebenso wie alles andere hier, trotzdem muss ich ein Würgen unterdrücken.

Neue Risse und Kratzer, als ich oben ankomme und ein Bein auf die andere Seite der Hecke schwinge. Beim Hinunterklettern rutscht die Taube mit einem schmatzenden Geräusch vom Pfeil und fällt nach unten.

»Ist ja großartig«, höre ich Irma rufen. »Die grillen wir!«

Als ich endlich wieder festen Boden unter den Füßen habe, fühlt mein ganzer Körper sich wund an. Ich könnte hier auch an einer Blutvergiftung sterben, wenn mich nicht schon vorher etwas oder jemand zur Strecke bringt.

Irma hat die Taube aufgehoben und inspiziert sie. »Hat die in der Hecke gesteckt? Ist mir gar nicht aufgefallen.«

»Ja.« Ich halte den Pfeil hinter meinem Rücken, ich möchte ihn mir in Ruhe ansehen. »Wollen wir weitergehen?«

Wieder läuft Irma voran und ich hinterher. Rupfe im Gehen ein dürres Büschel Gras aus und säubere damit den Pfeil so gut wie möglich. Die Schrift auf dem Schaft ist diesmal besonders klein, ich muss kurz stehen bleiben, um sie lesen zu können.

Alle sieben. Wir erwarten dich. Dunkelheit und Ausweglosigkeit sind nicht dasselbe. Y3.

Sie erwarten mich? Ich lese die Nachricht noch einmal, mit wachsender Ratlosigkeit. *Alle sieben* bedeutet wohl, dass ich ab jetzt mit keiner der merkwürdigen Brieftauben mehr rechnen kann. Aber das ist auch nur konsequent. Die letzte Welt für mich und gleichzeitig die letzte Taube. Ein paar tröstende Worte zum Abschied. Als hätte ich eine Botschaft aus dem Jenseits erhalten.

»Wo bleibst du?« Irma steht an einer Art Weggabelung – wenn man hier überhaupt von einem Weg sprechen kann – und winkt mich heran. »Wir sind gleich da. Du hast hoffentlich die Flasche nicht vergessen?«

Ich bin ja keine komplette Idiotin. Sowohl die Trinkflasche aus meiner Basisausrüstung als auch die leere Limonadenflasche stecken fest in meinem Gürtel. Zum Glück, denn der Durst kehrt bereits spürbar zurück. Kein Wunder bei der Hitze. Der Schweiß lässt mir Hemd und Hose an der Haut kleben; er brennt in jedem meiner Kratzer.

Dass auch Irma einiges abgekriegt hat, scheint sie nicht zu irritieren. Sie greift nach meinem Ellenbogen. »So, hier jetzt nach links, und dann sind es nur noch ein paar Schritte.«

Tatsächlich. Leises Plätschern. Und noch etwas anderes. Tiere, die im Dickicht lauern? Ich wünschte, es wäre aufkommender Wind und damit die Hoffnung auf ein bisschen Abkühlung.

Irma drückt einen hohen Busch zur Seite, und nun kann ich ihn nicht nur hören, sondern auch sehen, den versprochenen Bach. Er ist breiter, als ich ihn mir vorgestellt habe, und sein Wasser dunkler.

Ich weiche einem schwarzen Skorpion aus, der drohend seinen Stachel hebt, und reiße eine der Flaschen aus dem Gürtel. Öffne sie und halte sie in die Strömung.

So kühl. So angenehm. Ich beuge mich über den Bach und schwappe mir mit der linken Hand Wasser ins Gesicht, als ich plötzlich einen Schlag im Nacken spüre. Nicht allzu heftig, gerade nur fest genug, um mich aus dem Gleichgewicht zu bringen.

Ich kippe zur Seite, die Flasche immer noch in der Hand. Vor mir steht ein stoppelbärtiger Mann mit einer breiten Narbe über der Stirn. Sekunden später schälen sich zwei sehr ähnlich aussehende Gestalten aus dem nahen Gestrüpp. »Das hier ist unser Land«, knurrt der erste. »Haut ab. Ganz schnell.«

»Wir wollen nur Wasser holen.« Ich bemühe mich um einen freundlichen Ton und eine ebensolche Miene, obwohl ich am liebsten schreien würde vor Wut.

»Ist unser Wasser«, grölt einer der beiden anderen.

Nun taucht noch ein vierter Mann neben dem Bach auf. Jünger, sauberer, mit einem eigenartigen Grinsen im Gesicht. »Machen wir kurzen Prozess!«, schlägt er vor und zieht eine Pistole aus dem Gürtel.

Feuerwaffen? Hier, in einer Strafwelt? Ich kenne die Vorschriften und die Einstellungen – wenn man nach Molar oder Trokar geschickt wird, ist das Inventar leer. Man kann sich selbst Waffen zusammenbasteln, mit Material, das man hier findet, aber das sind dann bestenfalls stumpfe Klingen oder einfach Holzprügel. Das hier muss ein Irrtum sein oder die Pistole eine Attrappe.

»Übertreib nicht gleich«, knurrt der Erste und hält den Jüngeren zurück. Er geht einen Schritt auf Irma zu. »Haut ab. Unser Revier.«

Auch Irma blickt ungläubig auf die Schusswaffe. »Seid ihr vom Wächterteam? So seht ihr gar nicht aus.«

Was dann passiert, geschieht so schnell, dass ich es erst begreife, als es schon vorbei ist. Irma tritt auf den Jungen zu, mit ausgestreckter Hand, im gleichen Moment löscht ein Knall alle anderen Geräusche aus, und Irma sackt zusammen. Blut sickert durch ihr graues Hemd.

»Bist du verrückt, du bescheuerter Arsch?« Der Anführer der Gruppe reißt dem Jungen die Waffe aus der Hand und stößt ihn so grob gegen die Brust, dass er nach hinten stolpert und stürzt. »Alphas sind Idioten, sage ich immer schon. Das wird Folgen haben, du kleiner …«

Den Rest höre ich nicht mehr, Irma liegt regungslos auf dem Boden; in einem ersten Impuls stürze ich auf sie zu, mache aber gleich wieder kehrt. Ich kann ihr nicht helfen, und sie braucht meine Hilfe auch gar nicht. In ein paar Sekunden wird sie an einem anderen Fleck in Trokar landen, den kleinen Irren kurz verfluchen und sich auf die Suche nach einer neuen Wasserstelle machen.

Es dauert gefühlt bloß zehn Sekunden, bis man wieder hier ist. Ohne den Kram, den man sich bis dahin beschafft hat, und meistens an einem noch widerlicheren Ort als zuvor, hat sie mir erklärt. Sie macht das nicht zum ersten Mal durch, sie kommt zurecht. Bei mir bin ich da nicht so sicher.

»Ihr müsst mich ja nicht verpetzen«, protestiert der schießwütige Bengel jetzt. »Wenn wir die Zweite auch abknallen, kriegt niemand etwas mit.«

»Du hast wirklich keinen Schimmer, oder?« Der Anführer versetzt dem Jungen einen Tritt. »Die sind doch nicht tot, die machen nur einen kurzen Reset und tauchen wieder hier auf. Ohne Gedächtnisverlust, ohne …«

Ich bin Schritt für Schritt zurückgewichen, jetzt drehe ich mich um und renne. Für mich gilt nicht, was der Mann gesagt hat. Mein Tod ist keine Illusion. Vor mir taucht die Dornenhecke auf, wieder drübersteigen würde zu lange dauern, aber auf dieser Seite sind die Felsen einfacher zu erklettern. Ich beginne hinaufzusteigen, rutsche zweimal ab, höre hinter mir Stimmen näher kommen.

Nicht hinhören. Weiterklettern. Meine Hüfte schmerzt immer noch, scharfe Steinkanten schneiden mir in die Innenflächen der Hände. Egal. Weiter.

»Natürlich können wir sie nicht einfach laufen lassen«, höre ich einen der Männer röhren, als ich ganz oben am Felsen angelangt bin. Auf der anderen Seite geht es senkrecht nach unten. Keine Chance, kletternd den Boden zu erreichen.

Der Junge muss etwas gefragt haben, das mir entgangen ist, aber ich höre die gebrüllte Antwort. »Weil sie diese Jagdgesellschaften hassen! Wundert dich das? Die da trommelt ihre Leute zusammen, und dann drehen sie den Spieß um, und es ist ihnen egal, ob du ein verzogener Alpha bist. Sie werden uns richtig wehtun. So sehr, dass du dir wünschen würdest, du wärst tot! Also los, zieh sie aus dem Verkehr!«

Alles klar, ich habe keine Wahl. Tief durchatmen, innerlich bis drei zählen. Springen.

Der Aufprall ist weniger hart, als ich befürchtet habe. Ich lande in einem Busch, dessen Gehölz knackend unter mir zerbricht. Ein Ast bohrt sich in meine Schulter, aber ich habe mir nichts verstaucht, gezerrt oder gebrochen. Das ist die Hauptsache.

Ich rapple mich hoch, höre bereits die Schritte meiner Verfolger auf der anderen Seite. Laufe los, ohne auf Gifttiere oder neue Feinde zu achten. Ich muss aus dem Schussfeld sein, wenn der erste der Männer die Oberkante der Hecke erreicht. Gleichzeitig darf ich nicht hinaus in die trockene Steppe geraten. Dort gibt es nirgendwo Deckung, keine Verstecke, nur schattenlose, mörderische Hitze.

Ich schlage mich nach rechts ins Dickicht, finde einen Baumstamm. Wenn ich mich dahinter flach auf den Boden drücke und warte, bis die Männer vorbeigelaufen sind …

Ja. Was dann? Zurück zum Bach, noch einmal klettern? Wenn ich nicht verdursten will, muss ich das wohl.

Eine hastige Überprüfung der Erde hinter dem Baum. Sie ist

mit trockenen Ranken überwachsen, aber ich entdecke nichts Lebensbedrohliches, nur große schwarze Ameisen, die in dem alten Stamm ihr Nest gebaut haben.

Hinlegen. Keine Bewegung. Ich kann unwillige Laute hören. Das Geräusch von brechenden Ästen. Sie klettern über die Hecke. Ameisen kriechen in meinen Ärmel, ich wage es nicht, sie herauszuschütteln, halte ganz ruhig und versuche, mir einen Plan zurechtzulegen.

Wenn sie vorbei sind, werde ich zum Bach zurückkehren. Wo sie mich früher oder später aufspüren werden. Wenn nicht sie, dann andere. Ich kann natürlich auch versuchen, auf eigene Faust eine neue Wasserstelle zu finden, aber anders als alle anderen hier habe ich nur einen Versuch. Verdurstet ist verdurstet. Vergiftet ist vergiftet. Erschossen ist erschossen.

Ich sollte ehrlich zu mir selbst sein. Ich werde hier sterben, eher früher als später. Meine Chancen sind minimal, und es gibt keinen Ausweg.

Dunkelheit und Ausweglosigkeit sind nicht dasselbe. Der Satz auf dem letzten Pfeil geht mir unwillkürlich durch den Kopf. Klingt tröstlich, hilft mir aber nicht.

Sie sind jetzt runtergeklettert. Ich kann hören, dass der Anführer den Pistolentypen immer noch in der Mangel hat, doch der hat begonnen, sich zu wehren. »Ihr habt mir gar nichts zu sagen, im Gegenteil. Schon vergessen?« Seine Worte klingen aufmüpfig, seine Stimme weniger. Macht weiter, denke ich. Je mehr ihr aufeinander konzentriert seid, desto größer ist die Chance, dass ihr mich überseht.

Ich presse mich gegen die Erde. Etwas krabbelt über mein Bein, zu schwer, um eine Ameise zu sein. Zu groß. Ich beiße mir auf die Unterlippe. Ruhig bleiben. Ruhig.

Ich sagte doch, dass Davonlaufen nichts nützt. Wieder ein

Pfeilspruch. Nicht ermutigend. Wie ging es weiter? *Das Rätsel ist einfach. Du bist klug.*

Nicht einfach genug. Nicht klug genug. Aber immerhin mit einem wirklich guten Gedächtnis ausgestattet. Ich memoriere die einzelnen Nachrichten, während die Männer näher kommen. *Ich kann dich nicht holen*, lautete die erste. *Du musst den Weg selbst finden.*

Es gab also einen Weg hinaus. Gibt es den immer noch? Ich schließe die Augen, wispere »Transfer«, kaum hörbar.

Nichts, das hatte ich erwartet. Nur die Schwärze hinter geschlossenen Lidern. Aber auch das hatte der Taubenkiller vorhergesagt. *Bewege dich schnell, die Tore schließen sich. P4.*

Es sind jetzt zwei krabbelnde Tiere auf meinem linken Bein. Ich brauche meine ganze Beherrschung, um nicht den Kopf zu heben und nach hinten zu schauen. Um nicht aufzuspringen.

»Die muss schnell gerannt sein«, sagt einer der Männer. »Wollen wir uns aufteilen? Vielleicht ist sie durchs Gebüsch.«

»Wir bleiben zusammen. Ist am sichersten.«

Sie müssen genau da stehen, wo ich abgezweigt bin. Ich fühle meinen Puls in den Schläfen, im Hals, in den Fingerspitzen. P4, wiederhole ich im Geist. Was soll das bedeuten? P4. S7. R2.

Vielleicht wusste der Verfasser der Nachrichten, dass ich am Ende in Trokar landen würde. Dann könnten die Koordinaten sich auf die Weltenkarte beziehen. Die ich nicht zur Verfügung habe.

Das Rätsel ist einfach.

»Wir gehen weiter. Wenn sie hinaus ins offene Land gelaufen ist, sehen wir sie sofort. Wenn nicht, kommen wir eben zurück.« Der Ton des Anführers lässt keinen Widerspruch zu. Knirschende Schritte entfernen sich, aber ich bleibe trotzdem noch liegen. Irgendeiner von ihnen wird sicher zurückblicken.

C1. O6. Wie komme ich an eine Weltenkarte? Und was mache ich dann mit den angegebenen Schnittpunkten? Ist jeder davon ein Exit-Point?

Oder … denke ich in eine völlig falsche Richtung?

C1. Alle sieben.

Das könnte sein. Ich konzentriere mich. Kann ich sicher sein, dass ich mich an die Nachrichten korrekt erinnere?

Die Schritte der Männer sind jetzt nicht mehr zu hören. Ich warte noch ein paar Sekunden, dann hebe ich den Kopf und spähe über den liegenden Baumstamm hinweg. Nichts mehr von ihnen zu sehen.

Ich stehe auf, tue den ersten Schritt, und genau in diesem Moment spüre ich den Stich. Ich muss nicht hinsehen, um zu wissen, dass das ein Skorpion war, denn das Brennen setzt sofort ein. Zieht sich durch die ganze Wade und breitet sich von dort aus, kriecht hinauf zum Oberschenkel.

Instinktiv schüttle ich mein Bein, sehe den Skorpion fallen und sich davonmachen. Der Schmerz zieht sich jetzt bis zur Hüfte. Mir wird schwindelig.

Vorbei. Ich höre, wie mein Atem rauer wird. So schnell kann es gehen. Dass ich stürze, merke ich erst, als ich auf dem Boden aufpralle. Vor meinen Augen wird es dunkel.

Dunkelheit und Ausweglosigkeit sind nicht dasselbe.

Y3. Vielleicht …

Denken klappt noch. Die Erinnerung funktioniert. Das Rätsel ist einfach – was, wenn es zu einfach ist? Was, wenn die Lösung so naheliegt, dass ich sie überhaupt nicht in Betracht gezogen habe?

Dann tue ich es jetzt. Ich löse das Rätsel auf die simpelste Art. Was herauskommt, ergibt eine Art von Sinn. Ob es der richtige ist, wird sich zeigen.

Alle sieben. Wir erwarten dich.

Mein Brustkorb krampft sich zusammen, ich keuche. Schließe die Augen. »Transfer.«

Kein Lichtpunkt, kein einziger. Dunkelheit und Ausweglosigkeit sind nicht dasselbe. Hoffentlich.

»Cryptos«, sage ich.

14

Der Schmerz verschwindet sofort, wird ersetzt durch das gewohnte Schwebegefühl. Es fühlt sich an, als würde ich mich auflösen, aber mein Gedankenstrom reißt nicht ab.

Der Name Cryptos ist mir noch nie untergekommen. Natürlich ist die Anzahl der Welten unüberschaubar hoch, aber von den meisten habe ich irgendwann gehört. Sehr viele auch besucht. Jede von ihnen wird als leuchtendes Thumbnail dargestellt, wenn man einen Transfer startet, doch jetzt war nur Schwärze vor meinen Augen. Was ist anders an dieser Welt?

Ich fühle Widerstand unter meinen Füßen, im nächsten Augenblick wird es hell um mich. Sehr hell.

Ich stehe in einem Raum mit weißen Wänden, weißem Boden und weißer Decke. Kein Stuhl, kein Tisch, nur strahlendes Weiß. Der einzige Farbfleck – wenn man das so nennen möchte – ist meine Kleidung. Hose und Shirt in Hellblau. Oder doch nicht. In einer Ecke stehen eine Flasche Wasser und ein Teller mit drei Sandwiches darauf. Fünf Minuten später ist nichts mehr davon übrig. Jetzt, wo ich satt und hoffentlich nicht mehr in Lebensgefahr bin, spüre ich erst das ganze Ausmaß meiner Erschöpfung.

Kann ich es riskieren einzuschlafen? Der Boden ist warm und weniger unbequem als befürchtet. Wenigstens ein paar Minuten lang die Augen schließen.

Ich habe keine Ahnung, wie viel Zeit vergangen ist, als ich wieder erwache. Nur, dass es Stunden sein müssen. Ich richte mich auf, und im gleichen Moment höre ich hinter mir ein leises Geräusch, wie ein Rauschen, und fahre herum.

In dem weißen Raum ist eine Öffnung entstanden, eine Tür, durch die nun jemand tritt. Hinter der Gestalt schließt sich die Wand, wieder mit dem sanften Geräusch, als würde ein Windhauch alles in die richtige Position bringen.

Vor mir steht ein junger Mann. Schlank, fast schmal, mit blassem Gesicht, dunklem Haar und grünen Augen.

»Jana Pasco«, sagt er. »Höchste Zeit, dass wir uns persönlich kennenlernen.«

Wieso?, frage ich mich stumm. Warte darauf, dass nun er sich vorstellt, doch daran scheint er nicht zu denken. »Hat ganz schön lange gedauert, bis bei dir der Groschen gefallen ist«, fährt er fort. »Viel einfacher hätte das Rätsel nicht sein können. Mit ein bisschen Mühe hättest du schon von Sokratia aus transferieren können.« Sein Mund verzieht sich zu etwas, das man mit gutem Willen für ein Lächeln halten könnte. »Früher sogar, wenn du dir die Tauben in Macandor und Austen genauer angesehen hättest. Aber du hast wirklich bis zum letzten Moment gewartet. War es das Skorpiongift, das deinem Hirn dann endlich auf die Sprünge geholfen hat?« Er schüttelt den Kopf. »So begriffsstutzig.«

Allmählich gewinnt die Empörung Oberhand über meine Erleichterung. »Du warst das, der mir ständig tote Tauben vor die Füße geworfen hat?«

»Sicher.« Er hat sich halb abgewandt, als wäre er mit seinen Gedanken längst anderswo. »Wir.«

»Ihr, aha.«

»Also, ich vor allem. Die letzten Tage hast du mich fast meine ganze Zeit gekostet, weil ich dich ständig im Auge behalten musste.«

Er sagt es nicht besonders vorwurfsvoll, trotzdem fühlt es sich an, als würde er über sein entlaufenes Hündchen reden. »Tja, tut mir leid«, entgegne ich patzig. »Aber das hättest du auch bequemer haben können. Warum diese bescheuerte Geheimnistuerei? Warum das alberne Wörterpuzzle? Es wäre so einfach gewesen, mir bloß …«

»Einfach, ja«, unterbricht er mich. »Klar. Ich hätte auch ein Board in StayInTouch für dich beschriften können. Damit wirklich jeder Bescheid weiß.« Er seufzt. »Die Sache ist die, Cryptos ist eine verborgene Welt. Nicht im Katalog und es gibt keinen Pass – aber jeder, der den Namen kennt, kann zu uns transferieren.« Er sieht mich forschend an, als müsse er sich vergewissern, dass ich ihn verstanden habe. »Dir ist klar, wie gefährlich es wäre, wenn gewisse Leute von Cryptos wüssten?«

Ich nicke zögernd, auch wenn ich nicht sicher bin, ob wir die gleichen Leute meinen.

»Hierher kommt nur, wer eingeladen wird.« Er mustert mich kühl. »Und wer die Einladung auch versteht.«

Eine verborgene Welt also. Dass es so etwas gibt, höre ich zum ersten Mal. Gesperrte Welten, ja, von denen weiß ich. Sie werden geschlossen, weil sie sich als fehlerhaft erwiesen haben oder niemand sich dort aufhalten will. Vor zwei Monaten wurde Labyritopia endgültig dichtgemacht, weil fast die Hälfte der Besucher schon nach drei Tagen psychische Störungen entwickelte. Andere Welten sind nicht zugänglich, weil sie noch nicht eröffnet wurden, so wie Minus3. Aber verborgen?

»Wenn Cryptos nicht im Weltenkatalog aufgeführt ist«, taste ich mich gedanklich vor, »dann heißt das, ich kann hier nicht geortet werden?«

»Nein. Das System klassifiziert dich derzeit als Exit, demnächst als Ausfall.«

Irgendwo in meinem müden Kopf beginnen sich Dinge zusammenzufügen. Massenhaft Ausfälle in Kerrybrook. Vielleicht haben nicht alle Zoe Uhlands Schicksal geteilt. Sondern sind hier gelandet. »Das heißt aber, meine Freunde können keinen Kontakt mehr zu mir aufnehmen?«

»Wenn du Matisse Meran meinst – nein, kann er nicht. Vermutlich wird er dich für tot halten. Was du auch wärst, wenn wir uns nicht um dich gekümmert hätten.« Er setzt sich auf den Boden, lehnt sich gegen die Wand.

»Du kennst Matisse?«

»Ja. Nett und naiv. Ein wenig eitel. Aber nicht die allerhellste Kerze auf der Torte.«

Ich schnappe nach Luft. Möchte Matisse verteidigen, aber das hat Zeit. Erst mal muss ich die Lage einschätzen können, in der ich mich befinde. Ich blicke nach oben. »Das hier ist also Cryptos, ja? Alles weiß mit ein bisschen Leuchten? Oder kommt da noch was?«

Er verschränkt die Finger ineinander. »Ja, doch. Ein paar Kleinigkeiten, aber beim ersten Transfer landet jeder in der weißen Kammer. Du kommst hier erst raus, wenn feststeht, dass du kein Sicherheitsrisiko bist.«

Tolle Aussichten. »Und wie soll ich dir das beweisen?«

Er streckt sich. »Musst du nicht. Wir haben dafür gesorgt, dass du niemandem schaden kannst. Die Weltenpässe hat ja Mastermind dir schon entzogen, damit sitzt du ohnehin hier fest und kannst nirgendwo hin, um uns zu verraten. Um den Rest haben wir uns gekümmert.«

Mastermind war das? Schwer zu glauben, warum sollten sie? Und was meint der Typ mit dem Rest? Ich will nachfragen, aber er ist wieder aufgestanden, hat mir den Rücken zugewandt und mit einer Handbewegung die unsichtbare Tür geöffnet. Er macht sich auf den Weg nach draußen. Ob ich ihm folge oder nicht, scheint ihn nicht zu kratzen.

Mit drei schnellen Schritten bin ich bei ihm und halte ihn am Ärmel fest. »Bisschen wenig Erklärung, findest du nicht? Ich weiß noch nicht mal, wie du heißt. Verrätst du mir das? Oder muss ich es auch über lustige Buchstabenpuzzles herausfinden?«

Die Berührung scheint ihm unangenehm zu sein, er schüttelt meinen Griff ab. »Nein, ein wenig logisches Denken hätte gereicht.« Er dreht sich zur Gänze zu mir um. Betrachtet mich, als würde er es bereits bereuen, mich hergeholt zu haben. »Ich heiße Tivon, und du hast meine Designstation übernommen.«

Wir treten ins Freie hinaus, aus einem weißen Würfel, von dessen Art noch einige andere verstreut in der Wiese stehen. Ich nehme sie flüchtig wahr, doch eigentlich habe ich keinen Blick für die Umgebung. Tivon, den ich abgelöst habe. Das angebliche Wunderkind, dem Olga immer noch nachtrauert. Von dem Matisse gesagt hat, er wäre arrogant und unbeliebt gewesen. Das kann ich unterschreiben, der Kerl ist ein Ekel.

Ich versuche, alles in meinem Kopf zusammenzukratzen, was ich je über ihn gehört habe, aber viel ist das nicht. Mastermind hat ihn rausgeschmissen. Oder ist er aus freien Stücken gegangen? Keine Ahnung, das hat mich nie besonders interessiert. Ich war zu beschäftigt damit zu beweisen, wie begabt ich bin, und Welten zu bauen, die den Bewohnern den Atem rauben würden.

»Falls du wissen möchtest, was jetzt mit dir passiert – das steht noch nicht fest«, erklärt Tivon, während wir über eine Art grünen Rasen marschieren. »Wir entscheiden das im Team.«

Er läuft nun schneller, so als könnte er auf diese Weise möglichen Rückfragen meinerseits entgehen. Aber ich wüsste ohnehin nicht, wo ich anfangen sollte. Fürs Erste bin ich am Leben, das ist mehr, als ich noch vor einer Stunde zu hoffen gewagt hätte. Nur leider kann ich es Matisse nicht mitteilen. Er wird sehen, dass ich ausgefallen bin und nicht wieder im System auftauche. Er wird also vermuten, dass ich tot bin, und das wird ihm nahegehen.

Der Gedanke legt sich schwer auf meine Stimmung, wie eine nasskalte Decke. Matisse ist in den letzten Jahren wie ein Bruder für mich gewesen, mehr noch als Monty. Ich möchte nicht, dass er trauert und sich Vorwürfe macht, weil er mich nicht retten konnte.

Tivon ist jetzt sicher schon dreißig Meter vor mir. Wir gehen über eine Wiese auf zwei große, leuchtend weiß gestrichene Gebäude zu. Über beiden dreht sich ein Symbol, das mir zur Genüge bekannt ist: die von einem Pfeil durchbohrte weiße Taube. In einem goldenen Ring.

Was ist das hier? Eine Firma, ein Unternehmen, das seinen Hauptsitz in Cryptos hat? Ich bin stehen geblieben, was Tivon nicht sofort bemerkt. Erst als er schon fast am Eingang angekommen ist, dreht er sich nach mir um. »Was ist? Kommst du?«

Ich schüttle entschlossen den Kopf. »Zuerst will ich wissen, was hier passiert. Wer ihr seid. Sind verborgene Welten zulässig, oder ist das hier illegal?«

Er sieht unendlich genervt aus. Macht nur einen einzigen Schritt auf mich zu, die Hände in die Hosentaschen gesteckt. »Wir haben dir gerade das Leben gerettet, okay? Du könntest einfach mal Danke sagen und ansonsten Ruhe geben.«

Ruhe wäre großartig, nur fühle ich, wie all der Stress, die

Angst und die Ungewissheit der letzten Tage sich jetzt ein Ventil suchen. Wie Tivons Überheblichkeit mir meine restliche Selbstbeherrschung raubt. »Mein Leben gerettet, ja, nachdem ihr mir vorher jeden Ausweg versperrt und alle Transfermöglichkeiten genommen habt. Auf ein Danke kannst du lange warten, sei froh, dass ich dir nicht in den Hintern trete.«

Einen Wimpernschlag lang sieht es aus, als würde er zu lachen beginnen. Seine Mundwinkel zucken, aber der Anflug von Heiterkeit ist in Sekundenschnelle vorbei. »Hast du mir vorhin nicht zugehört? Nicht wir, sondern Mastermind hat deine Pässe gesperrt. Wir haben dir die einzige *sichere* Transfermöglichkeit geboten. Dass du erst im letzten Moment kapierst, was Sache ist – tja. Nicht meine Schuld.«

Damit wendet er sich endgültig um und betritt das blau schillernde Gebäude. Idiot, denke ich. Blicke zu der Taube hinauf, die sich tot und weiß um ihre eigene Achse dreht. Dann folge ich ihm, einfach deshalb, weil mir nichts einfällt, was ich stattdessen tun könnte.

Wie ein Bürogebäude, ist mein erster Gedanke beim Eintreten. Wie eine der Niederlassungen von Mastermind oder der Sitz einer Firmenzentrale. Ein großer, geschwungener Empfangstresen, Sitzgruppen für wartende Besucher, belanglos dahinplätschernde Musik.

Tivon ist in der Mitte der Empfangshalle stehen geblieben. »Ich muss zurück an die Station«, sagt er. »Norma und Henry kümmern sich gleich um dich.«

Das ist im Prinzip eine gute Nachricht; ich habe kein großes Verlangen danach, ihn länger um mich herum zu haben. Bloß eines verstehe ich nicht. »An die Station? Meinst du eine Designstation? Hier?«

Er sieht mich an, als hätte ich eine völlig absurde Frage gestellt. »Norma und Henry«, wiederholt er langsam, »bringen dich in dein Quartier. Ich muss wieder gehen, das hier dauert schon viel zu lange.« Er winkt zwei Gestalten heran, beide etwa so alt und ebenso hellblau gekleidet wie ich. »Glaube es oder nicht, aber du bist nicht die Einzige, die gerettet werden muss.«

Ein Zimmer mit einem großzügigen Bett, einer Karaffe Orangensaft, Sandwiches und einem Obstkorb auf dem Tisch. In einem Regal an der Wand stehen Bücher, eines von Jane Austen ist dabei, und kaum haben Norma und Henry die Tür wieder geschlossen, entriegle ich das Fenster und will blaue Schmetterlinge aufsteigen lassen, aber es funktioniert nicht. Gar nichts funktioniert, ich kann mit meinem Design-Kit noch nicht einmal die Farbe der Bettwäsche ändern.

Draußen spazieren Leute herum, manche allein, manche in kleinen Gruppen. Ich könnte mich zu ihnen gesellen und versuchen, mehr über Cryptos zu erfahren – aber ich bin schon wieder müde. Oder immer noch. Mein Zeitgefühl habe ich völlig verloren. Ist es Morgen, Abend, Nachmittag? Vor meinem Fenster herrscht strahlend sonniges Wetter, aber was heißt das schon. Ich lasse die Rollläden herunter und lege mich hin. *Du bist nicht die Einzige, die gerettet werden muss*, geht mir noch durch den Kopf. Dann nichts mehr.

Was mich irgendwann später weckt, ist ein Geruch. Ein Duft, zart und süßlich. Ich kämpfe mich aus dem Halbschlaf. Auf meinem Nachttisch steht ein zierliches Kännchen und daneben eine Tasse, in der eine rötlich-goldene Flüssigkeit dampft. Apfeltee. Noch ein wenig zu heiß, um ihn zu trinken.

Ich stehe auf, ziehe die Läden wieder hoch. Nun ist es dunkel draußen, aber auf den Wiesen zwischen den weißen Gebäuden tummeln sich Menschen. Sitzen auf Bänken, auf Decken, beugen sich über leuchtende Tablets. Viele von ihnen sehen aus, als würden sie noch arbeiten; sie machen sich Notizen auf Datenpads, diskutieren, scrollen durch Seiten, die lange Listen sein könnten. Die Wiese ist von kugelförmigen Leuchtkörpern erhellt, die wie zufällig verstreut im Gras liegen. Ich glaube nicht, dass ich jemanden der Anwesenden kenne – bis mein Blick auf einen Mann fällt, der direkt neben einer der Leuchtkugeln steht. Sein Gesicht habe ich schon einmal gesehen, darauf könnte ich schwören. Dunkler Bart, buschige Augenbrauen und ein grimmiger Zug um den Mund. War das in Cretaceous? Oder …

Dann habe ich das Bild plötzlich vor mir. Der Mann stand an einer Säule, er war ebenso weiß gekleidet wie jetzt, allerdings nicht in Hemd und Hose, sondern in ein faltenreiches griechisches Gewand. Sokratia, dort bin ich ihm begegnet, kurz bevor ich zum Orakel gegangen bin.

Ich trete vom Fenster weg, will nicht gesehen werden. Im gleichen Moment öffnet sich die Tür zu meinem Raum. Es ist Norma, das Mädchen, das mich vorhin herbegleitet hat. »Schmeckt dir der Tee?«, fragt sie. Ihre Stimme ist leise, was nicht so recht zu ihrer hochgewachsenen Gestalt passt.

»Ich habe ihn noch nicht probiert, aber er riecht toll«, antworte ich.

»Es ist nur – ich soll dich in den Besprechungsraum bringen. Sie wollen sich mit dir unterhalten.«

Ich frage nicht, wer sie sind. Werden wohl die Leute sein, die mich hier reingeschleust haben, oder gerettet, wie Tivon es nannte. Um Normas kummervolle Falten auf der Stirn zu vertreiben, nehme ich einen Schluck vom Apfeltee. »Der ist richtig gut.«

Das scheint sie zu freuen. »Ich bringe dir später welchen in den Besprechungsraum. Aber jetzt sollten wir uns beeilen.«

Wie alles andere hier ist auch der Raum, den wir wenige Minuten später betreten, weiß. Der Schriftzug *Cryptos* überwölbt hellgrün die vertraute Taube, der Pfeil, der sie durchbohrt, ist rot.

Es sind ungefähr zehn Personen, die uns erwarten. Sie sitzen um einen langen Tisch; Männer und Frauen unterschiedlichen Alters, alle mit ernstem Gesicht. Einer von ihnen ist Tivon. Der Stuhl ihm gegenüber ist frei, er deutet stumm darauf.

Ein wenig erinnert mich die Situation an meine erste Sitzung mit dem Management von Mastermind. Auch damals wurde ich vor einen Haufen mir unbekannter Leute geführt und sollte ihnen von meinen Ideen erzählen.

Dieses Gespräch hingegen beginnt völlig anders. Tivon beugt sich vor. »Was ist mit Zoe Uhland passiert?«

Ich bin perplex. »Das fragst du mich?«

»Ja, wen denn sonst? Ihre Spur verliert sich in deiner Welt. Sie wurde in Kerrybrook angegriffen, aber wir haben sie seitdem nicht mehr ausfindig machen können.«

Ein Gefühl, als würde mir etwas im Hals stecken, das sich nicht hinunterschlucken lässt. Die Cryptos-Leute kannten Zoe Uhland offenbar, wissen aber nicht, dass sie tot ist. Ich suche nach Worten. »Es, ähm, ich … also, es ist so: Sie ist erstochen worden.«

Neben Tivon sitzt ein Mann, dessen Kopf völlig kahl ist und glänzt wie ein frisch geschältes Ei. Er unterbricht mich mit einer ungeduldigen Handbewegung. »Das spielt doch keine Rolle. Sie hätte nach einem Exit jederzeit hierher zurückkommen können. Warum ist sie nicht längst wieder in Cryptos?«

Ich werde nicht darum herumkommen, ihnen die traurigen

Tatsachen mitzuteilen. »Weil sie wirklich tot ist. Ein Stromschlag durch die Maske, hat man mir gesagt.«

Einige Atemzüge lang rührt sich niemand. Tivon ist zusammengefahren, als hätte man auch durch seinen Körper Strom geleitet. Er schluckt, seine Hände umklammern die Stuhllehne.

Der Kahlköpfige legt ihm eine Hand auf den Arm. »Nicht deine Schuld«, murmelt er. »Rede dir das bloß nicht ein.«

»Wessen Schuld denn sonst?« Er ist blass geworden, seine Augen glänzen, und er blinzelt, als er sich mir wieder zuwendet. »Von wem hast du das?«

»Von meiner Vorgesetzten. Olga Helling. Du kennst sie, nicht wahr?«

Er nickt, sein Mund ist zu einem Strich zusammengepresst; ich kann nicht einschätzen, ob es Wut oder Trauer ist, die ihn erfüllt. Die anderen Leute am Tisch sind jedenfalls erschüttert, schütteln die Köpfe, einem Mann mit grauem Schnurrbart laufen Tränen übers Gesicht; er macht sich nicht die Mühe, sie wegzuwischen. »Ich hätte mich so gerne noch bei Zoe bedankt«, murmelt er mit brüchiger Stimme.

»Wofür denn?« Die Worte sind mir herausgerutscht, ohne dass ich es wollte. Aus geröteten Augen sieht der Mann mich an. »Sie war meine Fluchthelferin. Ohne sie würde ich nicht hier sitzen.«

Flucht? Ich gebe mir Mühe, aber ich begreife die Zusammenhänge nicht. Nur so viel ist klar: Es waren wohl nicht die Cryptos-Leute, von denen Zoe Uhland getötet wurde. Sie haben das Phantom nicht geschickt.

»Woher sollen wir wissen, ob die Nachricht wirklich stimmt?«, meldet sich eine Frau, die neben Tivon sitzt. Sollte ihr Äußeres Rückschlüsse auf ihr tatsächliches Aussehen zulassen, muss sie ungefähr dreißig sein. Ihr dunkles Haar ist zu einer Pagenfrisur geschnitten, ihre Lippen sind mattrot geschminkt. »Vielleicht ist Zoe ja untergetaucht.«

»Oder sie haben sie einkassiert«, überlegt der mit dem Schnurrbart. »Um sie zu befragen.«

Tivon schüttelt düster den Kopf. »Dann wäre längst ein ganzer Trupp Soldaten in der Zentrale und würde alles kurz und klein schießen. Nein, warum hätte Olga lügen sollen? Sie ist meistens direkter, als angenehm ist.« Er senkt den Kopf. »Außerdem – wir wissen doch, welche Maßnahmen bei Jana getroffen worden sind. TBE, Tod-bei-Exit. Sobald ihr Rückholmechanismus einsetzt, wird sie sterben.« Er atmet zitternd ein. »Wahrscheinlich war das auch bei Zoe die Todesursache. Jemand hat sie erstochen, aber nur, damit der Exit den Stromschlag auslöst.«

Die Bestimmtheit, mit der er das sagt, jagt mir mehr Angst durch den Körper als der Skorpionstich in Trokar. Bisher war mein möglicher Tod nur eine Theorie von Matisse. Tivon spricht davon, als wäre er eine Tatsache.

»Bist du sicher?«, frage ich leise. »Bloß weil für danach eine Löschung des Personalcodes vorgesehen ist?«

In seinem Blick liegt etwas, das ich nicht deuten kann. Als müsste er entweder gleich zu schreien oder zu lachen beginnen. »Auch. Aber vor allem, weil ich diese Technik kenne. Ein Exit-Impuls, sei es durch Tod in einer der Welten oder dadurch, dass du einen Ausgang benutzt, setzt einen Mechanismus in Gang, der etwas Tödliches auslöst. Strom normalerweise.« Er schaudert, als würde ihn frösteln. »Man könnte auch Gift einleiten, aber nach dem, was du über Zoe erzählst …« Tivon bricht kurz ab, räuspert sich. »Was glaubst du, warum wir dir seit Macandor alle Exit-Points versperren?«

Ich starre ihn an.

»Und Mastermind mir die Transfermöglichkeiten? Warum?«

Er schüttelt fast unmerklich den Kopf, als läge das auf der Hand. »Einkesselungstaktik. Du selbst warst verschwunden, deine Exits gesperrt, also sind sie dich nicht durch TBE losgeworden. Aber sie konnten dir eine harmlose Welt nach der anderen wegnehmen, bis nur noch die geblieben sind, in denen du kaum Überlebenschancen hattest.« Tivon wechselt einen Blick mit der Pagenkopf-Frau. »Nicht unsere Idee, aber vermutlich unsere Schuld.«

Ich kapiere immer weniger, was er meint, und das sieht man mir offenbar an. »Wir sollten es ihr erklären«, sagt der Kahlköpfige. Ein anderer, blond und rundlich, hebt beschwörend die Hände. »Nicht, bevor wir wissen, woran wir mit ihr sind.«

Von der Diskussion, die daraufhin entbrennt, begreife ich wieder nur Bruchteile. Von Spionage ist die Rede, von Unterwanderung, von U-Booten, die nach Cryptos geschleust werden sollen.

Tivon mischt sich in das Wortgefecht nicht ein, hört aber aufmerksam zu. Als kurz Ruhe einkehrt, steht er auf. »Ich weiß, ich entscheide das nicht allein, aber ich finde, Jana hat ein Recht darauf, mehr zu erfahren. Dass sie in Schwierigkeiten steckt, liegt schließlich an mir.«

Der Eierkopf nickt, der blonde Pummelige wird rot im Gesicht. »Was, wenn sie uns verrät? Wir wissen nicht, mit wem sie in Verbindung steht. Wir haben keine Ahnung, wem wir trauen können.«

Am Ende ist es die Frau neben Tivon, die die Entscheidung trifft. »Alle Vorsicht in Ehren – aber wie sollte Jana uns schaden? Sie kann hier nicht weg. Sie kann zu niemandem Verbindung aufnehmen.«

»Elvina, da bist du zu unvorsichtig!«, wirft jemand von der linken Tischseite ein, aber Tivon sieht nicht einmal hin. »Also«, sagt er, »es ist so: Deine Probleme hast du mir zu verdanken. Ich habe Kerrybrook benutzt und gefährdete Menschen dort angesiedelt. Habe ihnen dafür Weltenpässe zugeschanzt. Es war der perfekte Ort für unsere Zwecke. Drei Monate lang hat Zoe dort die Stellung gehalten, aber jemand muss sie verraten haben.«

Wenn er denkt, dass ich jetzt auch nur einen Funken schlauer bin, irrt er sich. »Gefährdete Menschen?«, wiederhole ich verwirrt.

»Ja. Du hast dieses Horoskopsystem installiert. Das ist schon genial, das muss ich dir lassen. Weil es nicht nur Kerrybrook miteinbezieht, sondern auch die Außenwelt. Extreme Temperaturen zum Beispiel. Flutwellen, die das Depot des Bewohners bedrohen könnten.«

»Ich weiß.« Warum erzählt er mir das?

»Für Menschen in Krisenzonen ist Kerrybrook deshalb die sicherste aller Welten. Dein Horoskop ist wie eine Alarmanlage, verstehst du? Also schleusen wir möglichst viele Leute dorthin.«

Ich schließe die Augen, um besser nachdenken zu können. Was Tivon sagt, würde die vielen Transfers nach Kerrybrook erklären. Aber das Horoskop ist eigentlich nur ein Zusatzfeature. Für wirkliche Gefahren gibt es ein allgemeines Warnsystem, das viel ausgeklügelter ist.

»Sie versteht es nicht«, höre ich die dunkelhaarige Frau sagen. Elvina, wenn ich es mir richtig gemerkt habe.

»Was bedeutet, dass sie unverdächtig ist«, ergänzt Tivon.

»Oder sich einfach verstellt«, brummt der Blonde.

Ich öffne die Augen wieder. Tivon hat die Hände verschränkt

und bohrt seinen Blick in meinen. »Du hast von den orkanartigen Stürmen an der Atlantikküste gehört, letzte Woche?«

»Äh, nein. Wieso?«

»Weil es ein Wohndepot weggerissen hat, samt den Bewohnern. Dreihundertachtundvierzig Tote auf einen Schlag.«

Ich höre mich selbst einatmen. »Aber ... es gibt doch ein Frühwarnsystem. Für drohende Katastrophen gibt es Evakuierungspläne.«

»Ja«, sagt der Glatzkopf. »Das dachten wir auch. Aber es wurde seit einem halben Jahr niemand mehr evakuiert. Dafür gab es insgesamt über viertausend Tote durch Überschwemmungen, Brände und Sturm.«

Entschieden schüttle ich den Kopf. »Das muss ein Irrtum sein. Davon hätte ich gehört.«

Schweigen rund um den Tisch. Da und dort ein mitleidiges Lächeln. Der ältere Mann, der um Zoe Uhland getrauert hat, ist der Erste, der wieder das Wort ergreift. »Ich hatte meine Kapsel in einem Depot, das in einer früheren Industrieanlage untergebracht war. Vor sieben Wochen ist dort ein Feuer ausgebrochen. Dein Horoskopsystem hat mich sofort gewarnt, und Zoe brachte mich zum Exit.« Seine Unterlippe zittert. »Die Kapsel hat sich geöffnet, ich konnte aus dem Depot laufen. Ohne Zoe wäre ich tot. Insgesamt sind nur achtzehn Leute unversehrt davongekommen. Ich, weil ich in Kerrybrook war, und siebzehn andere, deren Kapseln ich und mein Depotnachbar noch öffnen konnten, bevor wir durch den Rauch nach draußen gerannt sind.«

Wäre er nicht so sichtbar erschüttert, wäre ich misstrauisch. Ich weiß genau, wie gut die Wohndepots gesichert sind. Überall sind Sprinkleranlagen montiert. In Krisensituationen ertönt eine Sirene, und die Kapseln springen auf, Fluchtwege sind in den Gängen ausgeschildert. Meine Güte, wir haben in Notfallübungen immer wieder das richtige Verhalten trainiert.

»Dann muss etwas schiefgegangen sein«, murmle ich, obwohl erster Zweifel in mir zu nagen beginnt. Denn wir haben über dieses Unglück nichts erfahren. Es gab nicht die kleinste Meldung im Nachrichten-Feed.

Mein Depot in der ehemaligen Tiefgarage habe ich für absolut sicher gehalten. Aber wer weiß, wo ich jetzt liege? Vielleicht ebenfalls in einem wassernahen oder einsturzgefährdeten Gebäude. Ohne Chance rauszukommen.

»Ich habe versucht, dein Horoskopsystem zu kopieren und in anderen Welten einzubauen«, ergreift Tivon wieder das Wort. »Ein bisschen deutlicher, als Frühwarnsystem. Und auch für körperliche Notfallsituationen. Wusstest du, dass bei Herzinfarkten und Schlaganfällen schon seit Monaten kein Rettungsteam mehr alarmiert wird?«

Wie bitte? Nein, das wusste ich nicht. Was ich hingegen weiß, ist, dass jede größere Depotsiedlung eigene Ärzte und eine Krankenstation hat. Für die Fälle, bei denen eine medikamentöse Therapie über Overall und Maske nicht genügt.

Alles in mir sträubt sich gegen die Theorie, die Tivon gerade aufstellt. Dass Mastermind sich nicht um seine Nutzer kümmert. »Aber das würde doch auffallen! Wenn über dreihundert Leute einfach so verschwinden. Da müsste es doch Meldungen geben.«

Der kleine Blonde will aufspringen, aber Tivon bremst ihn mit einer beschwichtigenden Geste. »Lass nur, Gerry. Ist doch klar, dass sie es nicht wahrhaben will.« Er seufzt. »Meldungen an wen denn? Ans System? Die gibt es bestimmt. Aber wenn jemand von einem Tag auf den anderen aus einer Welt verschwindet, denkt doch niemand sofort an das Schlimmste, sondern eher an einen Transfer oder einen gewöhnlichen Exit. Abgesehen davon«, er verschränkt die Arme vor der Brust, »gibt es ja Meldungen. Suchanzeigen. Hast du nicht kürzlich erst StayInTouch besucht?«

Doch, denke ich. Und?

Dann fallen mir die Nachrichtenboards wieder ein. *Nando, warum bist du so plötzlich verschwunden? Ich suche dich überall, niemand hat dich gesehen.*

Oder: *Max, du kannst mir gestohlen bleiben! Einfach ohne einen Ton abzuhauen ist letztklassig, wo wir doch so große Pläne hatten!*

Ich fand das eher witzig als alarmierend. Erst jetzt, als ich mir vor Augen halte, dass die Verschwundenen vielleicht nicht freiwillig, dafür aber endgültig gegangen sind, zieht sich mein Magen zusammen.

Gerry beobachtet meine Reaktion mit grimmiger Genugtuung. »Nachrichten mit Vermisstenmeldungen nehmen in letzter Zeit sprunghaft zu. Aber wer will denn nachprüfen, was mit dem Freund, der Mutter oder der Schwester passiert ist? Die Wohnkapsel kann sich sonst wo befinden.«

Ich glaube das einfach nicht. »Bei Todesfällen werden Nachrichten verschickt«, protestiere ich. »An die leiblichen Verwandten und an die Menschen, mit denen man in den letzten acht Wochen intensiver zu tun hatte.« Ich weiß das genau, ich erinnere mich noch daran, dass ich auf diese Weise vom Tod meiner Großmutter erfahren habe. Das ist zwar fünf Jahre her, aber so läuft es sicher immer noch.

Doch die Mienen der Anwesenden – teils ungehalten, teils mitleidig – erzählen eine andere Wahrheit.

»Es wäre gut, wenn du uns glaubst«, sagt Tivon leise. »Denn wenn du es nicht tust, können wir dich nicht rauslassen.«

»Raus aus Cryptos?« Ich lache auf. »Das könnt ihr sowieso nicht. Außer ihr schafft es, Weltenpässe für mich zu klauen.«

»Raus aus der Kapsel«, sagt Tivon.

Ich öffne meinen Mund und schließe ihn wieder. »Aus der Kapsel?«, wiederhole ich ungläubig. »Ihr wisst, wo sie steht?«

Er lächelt, das erste Mal ohne jede Arroganz. »Im Moment direkt neben meiner.«

15

Meine Sprachlosigkeit hält nicht lange an. »Wie bitte?«

Der Mann mit der Glatze will beschwichtigend seine Hand auf meine legen, aber ich ziehe sie weg. »Sieh mal«, sagt er, »wir mussten dich doch schützen.«

Ich lache auf. »Indem ihr mich entführt?«

Seine freundliche Miene wird ernst. »Ja, wenn du es so ausdrücken möchtest. Wir wussten, dass ein Exit dich töten würde – unsere Schuld, denn wir haben Kerrybrook für unsere Zwecke benutzt und zuletzt auch Macandor. Damit war vorherzusehen, dass Mastermind denken würde, du steckst mit uns unter einer Decke. Und solange sie den Standort deiner Kapsel kannten, hätten sie dich dort problemlos beseitigen können.« Nun lächelt er wieder. »Wobei Mastermind keine Ahnung hat, wer wir sind.«

»Sie wissen nicht, wo wir sind«, korrigiert Tivon ihn. »Aber dass ich es bin, der ihnen Ärger macht, ahnen sie zumindest. Und ich bin sicher, sie denken, dass Jana mit mir gemeinsame Sache macht. Dass sie mir Zugriff auf ihre Designstation gegeben hat.«

Mir wird schwindelig. Alles in mir sträubt sich gegen die Vorstellung, dass Mastermind einfach Menschen umbringt. Ihnen Hilfe verweigert oder sie gezielt tötet, so wie es bei Zoe passiert ist. Und bei mir beinahe.

»Wo ist meine Kapsel jetzt?«, krächze ich. »Wann kann ich raus?«

Tivon sieht zu der dunkelhaarigen Frau hinüber, die kaum sichtbar mit den Schultern zuckt. »Wenn wir sicher sein können, dass du kein Risiko darstellst.«

Verstehe. Die einen wollen mich aus dem Weg räumen, die anderen trauen mir auch nicht. Plötzlich ist es gar nicht so einfach, meine Wut zu bändigen. Ich beuge mich weit über die Tischplatte. »Wenn ihr wissen wollt, ob ich vertrauenswürdig bin, könnt ihr ja das Horoskop in Kerrybrook befragen.«

Der Glatzköpfige lacht, ich lache nicht mit. »Was würdest du als Erstes tun, wenn du aus der Kapsel wärst?«

Gute Frage. Duschen wahrscheinlich. Mich orientieren. Und dann versuchen, Matisse mitzuteilen, dass ich noch lebe. Ich gebe der Runde einen ungefähren Überblick über meine Pläne.

»Eben«, sagt Tivon. »So geht das leider nicht. Kontakt mit Matisse auzufnehmen ist zu gefährlich.« Er tut, als müsse er kurz nachdenken. »Aber duschen ist okay.«

Bevor ich ihm an den Kopf werfen kann, was ich von seinen dämlichen Witzchen halte, wird die Tür aufgerissen, und ein junges Mädchen mit kurzem braunem Haar stürzt herein. »Konrad? Hier bist du, Gott sei Dank. Es sieht nach Sturmwarnung aus, an der Nordsee. Wenn die Prognosen stimmen, könnte es diesmal das Depot erwischen, das schon beim letzten Mal so viel abbekommen hat!«

Der kahle Mann, der offenbar Konrad heißt, steht auf. »Wie viele Bewohner haben wir geortet?«

»Ungefähr zwanzig.« Das Mädchen holt tief Luft. »Wir haben in der letzten halben Stunde wieder fünf Personalcodes entschlüsselt, ein paar Läufer sind schon unterwegs, aber es geht alles viel zu langsam.«

Konrad ist bereits bei der Tür. »Wie viele Läufer?«

»Sechs. Henry hat sich eben auf den Weg nach Fashionista

gemacht, dort lebt eine der Personen. Drei sind zum Glück schon in Kerrybrook, sie hatten die Sturmwarnung im Horoskop und wussten noch vor uns Bescheid.«

Plötzlich achtet niemand mehr auf mich. Konrad schickt vier Leute an ihre Arbeitsstationen, drei andere weist er an, sich für Transfers bereit zu machen. »Wie lange dauert es noch, bis der Sturm die Küste erreicht?«

»Sieben Stunden«, sagt das Mädchen leise. »Maximalstärke in zehn.«

Sie laufen nach draußen, nur ich bleibe ratlos sitzen. Konrad ist der Letzte der Gruppe. In der Tür dreht er sich noch einmal zu mir um. »Hast du Erfahrung im Entschlüsseln? Kennst du die Programme?«

Nicht sehr gut, und das sage ich auch. »Besser bin ich im Verschlüsseln.«

»Wenn du es trotzdem versuchen möchtest – wir haben noch freie Arbeitsstationen. Und wir brauchen jeden Kopf.«

Einen kurzen Moment zögere ich. Ehrlicherweise würde ich lieber erst wissen, ob ich lebendig aus meiner Kapsel komme. Wo ich mich tatsächlich befinde. Wie ich weitermachen soll.

Aber niemand hier hat jetzt Zeit für meine Probleme. »Okay«, sage ich. »Versuchen kann ich es ja.«

Es ist nicht das erste Mal, dass ich in einer virtuellen Welt an einem virtuellen Computer arbeite. Dieser hier ähnelt dem meiner – sehr realen – Designstation, allerdings läuft darauf ein völlig anderes Programm. Auf jedem der drei Bildschirme sehe ich eine Etage des betroffenen Depots von oben; kleine Kästchen symbolisieren die Kapseln. Die leeren sind grün eingefärbt, die belegten sind blau und mit acht Kreuzen gekennzeichnet – dem verschlüsselten Personalcode.

»Es gibt drei Programme, durch die du die Codes laufen lassen musst«, erklärt Konrad. »Manchmal bleiben sie hängen, weil das System sie entdeckt und stoppt, dann musst du eine kleine Umgehung programmieren. Kannst du das?«

Ich nicke. Und wie ich das kann. Ich habe schon mit zwölf die Sicherungscodes unserer Lehrer deaktiviert und mir Prüfungsaufgaben samt Lösungen geholt. Schwierig ist es nicht, aber es kostet viel Zeit.

Ich lasse meinen Blick über den Bildschirm gleiten. Einige der Kästchen haben sich rot gefärbt, das sind wohl die, an deren Entschlüsselung gerade gearbeitet wird. Willkürlich suche ich mir eine der blauen Kapseln heraus und ziehe die verschlüsselten Daten in das Bearbeitungsfeld des ersten Programms.

Das gewählte Kästchen verfärbt sich rot, in der linken Spalte des Fensters beginnen Zeichenkombinationen vorbeizuflimmern. Ich sitze vor dem Monitor, mit in die Hände gestütztem Kinn, und betrachte das Kapselsymbol, das ich markiert habe. Ich weiß nichts über die Person, deren Personalcode ich suche. Ist es ein Mann oder eine Frau? Gerade mit Tangotanzen beschäftigt oder mit Tiefseetauchen oder mit Vorbereitungen zu einem Backwettbewerb? Alles möglich.

Das zweite Entschlüsselungsprogramm schaltet sich zu, und prompt wird der Prozess gestoppt. Das System hat mich erwischt. Ich suche die Stelle, an der ich ausgebremst wurde, baue eine Umgehung, und schon läuft alles weiter. Die Daten in der linken Spalte laufen nun langsamer. Ich schalte das dritte Programm zu, dann sitze ich nur noch da und warte. Betrachte die Kästchen. Eines färbt sich plötzlich grau, da ist also ein Exit gelungen, und zieht auch gleich noch ein paar weitere nach sich. Ein Bewohner, der andere Bewohner rettet.

Aber es dauert alles ewig. Mit einem Management-Zugang von Mastermind könnte ich mir in Sekundenschnelle für jeden Depotplatz die dazugehörige Identität ausspucken lassen. Dann bräuchte es nur noch einen Klick, und ich wüsste, in welcher Welt die Person sich gerade aufhält. Aber so kostet alles unendlich viel Zeit.

Ich kann fühlen, wie meine Hoffnung schwindet. Immerhin haben wir Zugriff auf die Datenbanken, versuche ich mich aufzumuntern. Sonst wären wir überhaupt zur Tatenlosigkeit verdammt.

Ein Stück links von mir ertönt ein triumphierender Schrei. »Hab einen! PB75WP9G, Lars Winter, hält sich derzeit in Steampunk8 auf. Haben wir einen freien Läufer?«

Jemand springt auf, es ist Norma, das Mädchen, das mir mein Zimmer gezeigt hat. »Ich übernehme das!«, ruft sie und sprintet nach draußen.

Ich kann auf meinem linken Monitor sehen, dass auf einem der roten Kästchen die acht Kreuze durch den Code ersetzt wurden, und nun packt mich der Ehrgeiz. Es kann doch nicht sein, dass man so endlos auf einen Treffer warten muss!

Ich kann mich erinnern, dass ich vor einem halben Jahr einen Booster programmiert habe, der mein Designprogramm schneller laufen ließ – vielleicht wäre der auch hier sinnvoll. Aber ich habe kaum damit begonnen, als mein Rechner einen leisen Signalton von sich gibt. Das Kästchen blinkt, ein Personalcode wird sichtbar, der linke Bildschirm zeigt das Gesicht einer blassen jungen Frau. Innerlich triumphierend lasse ich mir alle Daten anzeigen.

»Treffer!«, rufe ich. »Lara Heiwald, FQ71P933. Hält sich derzeit in Fjordis auf!« Ihre aktuelle Position ist als rot blinkender Punkt auf einer Karte der Welt markiert.

Wieder startet ein Läufer, und Konrad kommt zu mir, um mir auf die Schulter zu klopfen. »Großartig!«, freut er sich. »Es werden immer mehr.«

Beschwingt mache ich weiter. Lara Heiwald hat Glück gehabt, vorausgesetzt, der Läufer stellt sich geschickt an. Doch ein Blick auf die Zeitanzeige meiner Monitore macht mir klar, dass ich für dieses eine Erfolgserlebnis über vierzig Minuten gebraucht habe. In dem bedrohten Depot liegen sechshundert Menschen. Und selbst die, die wir orten können, muss dann noch jemand informieren und zu einem Exit-Point lotsen.

Das ist ein Wettlauf, den wir nicht gewinnen können. Entmutigt lehne ich mich in meinem Stuhl zurück. Klicke das nächste Kästchen an, beobachte wieder, wie endlose Namenslisten über den Monitor rauschen, und arbeite parallel dazu an meinem Booster.

Ich merke nicht mehr, wie die Zeit vergeht. Als der Booster endlich fertig ist, erweist er sich als extrem nützlich, ich brauche jetzt nur noch fünfzehn Minuten pro Person. Ein Läufer nach dem anderen macht sich auf den Weg, die Stimmung im Raum wird besser und besser, bis irgendwann die Tür zum Computerraum erneut aufgerissen wird. Das Mädchen, das uns vorhin über den drohenden Sturm informiert hat, kommt mit neuen schlechten Nachrichten. »Das Unwetter ist jetzt da. Hoffentlich haben sich wenigstens die gefundenen Leute schon in Sicherheit gebracht, weiß jemand, ob es in der Nähe Bunker gibt?«

Sie hat den Satz kaum zu Ende gesprochen, als sich mit einem Schlag sämtliche verbliebenen Kästchen grau färben. Ein paar erstaunte Ausrufe, dann herrscht Totenstille im Raum, denn wir wissen alle, was eben passiert sein muss.

Das Depot wurde von einer Welle zerstört. Oder ist eingestürzt. Auf jeden Fall ist die gesamte Stromversorgung unterbrochen. Massenexit. Die Kapseln sind aufgesprungen, die Menschen, die wir nicht schon vorher rausholen konnten, müssen völlig überrascht gewesen sein.

Falls das Gebäude noch steht, falls die Wassermassen nicht zu mächtig waren, haben manche es vielleicht bis nach draußen geschafft.

Und dann? Wohin dann? Wenn keine Evakuierungseinheiten vor Ort waren, keine Rettungszüge vorbereitet – dann laufen sie jetzt vor Sturm und Wellen davon, noch geschwächt von der Schwere der Realwelt. In ihren hauchdünnen Overalls.

Ich reiße meinen Blick vom Monitor und stehe auf. Schaue in müde, ratlose Gesichter. »Haben wir eine Chance zu erfahren, was passiert ist?«

Tivon schüttelt den Kopf, er wirkt erschöpft. »Nein. In ein paar Stunden können wir versuchen herauszufinden, welche der Personalcodes, die wir geknackt haben, noch existieren.«

Dann wissen wir, ob wir schnell genug waren und wenigstens die Menschen überlebt haben, die wir informieren konnten. Von den anderen werden wir es nie erfahren.

Mir ist schlecht, gleichzeitig versuche ich mir einzureden, dass die plötzliche Abschaltung des ganzen Depots nicht zwingend mit Sturm und Flut zu tun haben muss. Vielleicht hat Mastermind doch eine Evakuierung gestartet und deshalb die Kapseln deaktiviert? Und die Bewohner sind in Sicherheit – so, wie es jedem versprochen wird, der das System nutzt.

Aber ich kann nicht mehr daran glauben. Nicht nach Zoe Uhlands Tod und der Falle, die man für mich gebaut hat. Ich schalte meine Monitore aus.

Jetzt, wo ich nichts mehr ändern, niemandem mehr helfen kann, überrollt mich erneut die Müdigkeit wie eine eigene Art von Flutwelle. Am liebsten würde ich mich an Ort und Stelle auf den Boden legen und schlafen, aber eben ist Konrad wieder aufgetaucht. Er wechselt ein paar leise Worte mit Tivon und winkt mich dann zu sich. »Es ist Zeit.«

Wir sitzen in dem Besprechungszimmer, in dem ich vor Stunden Rede und Antwort stehen musste. Nur Konrad und ich sind hier, von Tivon ist nichts zu sehen. Konrad wirkt angespannt, er muss ebenfalls erledigt sein, aber jedes Mal wenn unsere Blicke sich treffen, bemüht er sich um ein Lächeln.

»Es wird sicher gleich so weit sein«, sagt er, als ich zunehmend nervöser werde. »Wir wollen bloß kein Risiko eingehen. Nichts tun, das den Stromstoß auslöst.«

Großartig, meine Müdigkeit ist mit einem Schlag dahin, dafür habe ich jetzt Panik. Sitze verkrampft da und warte darauf, dass der Tod aus dem Nichts kommt, schmerzhaft, schnell und endgültig. »Vielleicht sollten wir doch nicht …«, beginne ich, aber das ist alles, was ich noch sagen kann. Der weiße Raum löst sich vor meinen Augen in wolkiges Grau auf, mir wird schwindelig.

Als der Nebel sich lichtet, ist es um mich herum viel dunkler als zuvor, obwohl man mir die Maske bereits abgenommen hat. Alles, was ich erkennen kann, ist der aufgeklappte Kapseldeckel über mir. Sonst sehe ich nichts als Betonwände. Und dann, nach ein paar Sekunden, Tivon, der am Rand der Kapsel neben meiner sitzt, in schwarzen Hosen und einem grünen Shirt.

Es ist gut gegangen, ist das Erste, was ich denke. Ich bin draußen.

Tivon hat noch kein Wort gesagt, er sitzt nur da und sieht mich an, ein wenig forschend. Dabei muss er ja schon wissen, wie ich in Wirklichkeit aussehe. Ich dagegen studiere sein echtes Gesicht zum ersten Mal.

Es ist mir auf den ersten Blick vertraut, denn bei ihm gibt es praktisch keinen Unterschied zwischen realem und virtuellem Aussehen. Normalerweise ist es immer ein Schock, jemandem erstmals gegenüberzustehen, den man bislang nur aus einer der Welten kannte. So gut wie jeder investiert ein paar Prämienpunkte in sein Äußeres. Macht sich jünger, schlanker, hübscher. Ich hatte schon Begegnungen, bei denen ich die reale Person überhaupt nicht erkannt habe, obwohl wir wochenlang Zeit miteinander verbracht hatten.

Tivon dagegen sieht hier genauso aus wie in Cryptos. Interessant, aber nicht perfekt. Die Augen ein bisschen zu nah beieinander, die Lippen ein wenig zu schmal. Als ich langsam den Kopf hebe, nickt er zufrieden. »Na also. Dann gebe ich dir mal ein wenig Privatsphäre.« Er steht auf und geht aus dem Raum. Lautstark fällt die Tür ins Schloss.

Ich bin dankbar dafür, dass er mich allein lässt, denn das, was jetzt kommt, wird sicher nicht schön. Erst beim dritten Versuch gelingt es mir, mich auf die Ellenbogen zu stützen, damit ist meine Kraft so gut wie verbraucht. Mehrere Tage ohne den Realitätsstopp fordern ihren Tribut, der Close-Effekt hat voll zugeschlagen, mein Körper ist die Wirklichkeit nicht mehr gewohnt.

Es dauert eine gute halbe Stunde, bis ich mich aufgerichtet habe und stabil sitze. Meine Hände zittern, in meinem Kopf rauscht es, aber ich kippe nicht um. Neben dem Fußende meiner Kapsel entdecke ich einen Hocker, auf dem zusammengefaltete Kleidung liegt, darunter steht ein Paar Schuhe. Nichts davon gehört mir, aber passen wird es wahrscheinlich. Was ich allerdings erst in circa zwei Stunden wissen werde, denn ich schätze, so lange wird es dauern, bis ich mich aus meinem Overall geschält habe.

Alles so anstrengend. Meine Hände gleiten an der glatten Oberfläche des Kunststoffs ab, und obwohl es hier kühl ist, spüre ich, wie mir der Schweiß ausbricht. Als es endlich geschafft ist, würde ich mich am liebsten zurück in die Kapsel legen, stattdessen schleppe ich mich in die Dusche. Es ist eine enge gemauerte Nische, kaum drei Meter von mir entfernt, die ich mehr kriechend als gehend erreiche.

Je brutaler ich jetzt zu mir selbst bin, desto schneller werde ich mich wieder wie ein Mensch fühlen. Ich ziehe mich an der Wand hoch und drehe den Kaltwasserhahn auf. Schließe in Erwartung des Temperaturschocks die Augen, doch erst passiert gar nichts, dann gurgelt und sprotzt es in den Leitungen, bis sich zuletzt aus dem Duschkopf über mir ein schwacher, dünner Strahl löst.

So gut es geht, versuche ich, nass zu werden. Auf dem brüchigen Duschregal finde ich ein kleines Fläschchen mit Flüssigseife, von der ich eine großzügige Portion auf meinem Körper verteile. Es riecht zitronig. Die ganze Zeit über stütze ich mich mit einer Hand an der Wand ab, weil ich auf keinen Fall umkippen will. Wer weiß, ob ich dann je wieder auf die Beine käme.

An einem Haken vor der Duschnische hängt ein verschlissenes, aber frisches Handtuch. Während ich mich abtrockne, merke ich, wie mein Zustand sich langsam bessert. Mein Körper fühlt sich nicht mehr fremd, nicht mehr tonnenschwer an, sondern eher so, als wäre ich nach längerer Krankheit zum ersten Mal wieder auf den Beinen.

So brutal habe ich die Rückkehr noch nie erlebt. Klar habe ich jahrelang in den virtuellen Welten gelebt, aber nie ohne den Realitätsstopp. Ich frage mich, wie Menschen zurechtkommen, nachdem sie aus einer der Strafwelten entlassen werden. Wie es Irma gehen wird, nach zwei vollen Jahren in Trokar. Ich will es mir überhaupt nicht vorstellen.

Die zurechtgelegte Kleidung ist ein bisschen weit, wird aber gehen. Sandfarbene Hose, dunkelrotes Shirt, weiße Sneaker, die schon ein wenig brüchig werden an den Nähten.

Bevor ich den Raum verlasse, mache ich noch ein paar Gehübungen. Die Wand entlang, hin und zurück und wieder hin. Dann ohne Abstützen. Wenn ich nicht gleich Treppen hochsteigen muss, werde ich zurechtkommen.

Als ich hinaustrete, ist da nichts weiter als ein langer, schwach beleuchteter Gang, von dem rechts und links Türen abgehen. Glück gehabt.

Schritt für Schritt bewege ich mich vorwärts. An einer der Türen bleibe ich kurz stehen, öffne sie und spähe in den dahinterliegenden Raum. Drei Kapseln, dicht an dicht, zwei davon geschlossen. Am Ende des Gangs drei bewältigbare Stufen und dann eine Metalltür.

Ich drücke mit meinem ganzen Gewicht dagegen, in der Erwartung, gleich unter freiem Himmel zu stehen. Auf der grünen Wiese, die ich bei meiner Ankunft gesehen habe, in Sichtweite des weißen Gebäudes mit dem Taubensymbol auf dem Dach. Aber natürlich ist das ein Irrtum, der lange Aufenthalt in den Welten hat offenbar auch mein Denkvermögen in Mitleidenschaft gezogen. Die Realität, in die ich hinaustrete, hat mit Cryptos nicht das Geringste zu tun.

Rissiger Asphalt, rechts und links davon trockene Erde, aus der nur manchmal ein dürres Grasbüschel ragt. Hitze schlägt mir entgegen. Ich bin allein, weit und breit ist niemand zu sehen.

Ich hätte Tivon fragen sollen, wo ich ihn und die anderen finde. Oder ich hätte besser gewartet, bis jemand mich holen kommt. Am besten kehre ich gleich wieder um, aber im Moment fasziniert mich, was ich sehe. Es ist wohl einfach Gewohnheit: Beim Betreten einer neuen Umgebung erwacht in mir ganz automatisch die Freude am Entdecken.

Das Gebäude, das direkt zu meiner Rechten liegt, war früher bestimmt ein Wohnhaus, jetzt ist es ein kleines Depot, das kann ich schon von außen erkennen. Die grüne Nahrungszuleitung, die rote Ableitung für Exkremente und dergleichen. Blau leuchten die Stromverteiler in der Sonne.

Ich drücke die Klinke am Eingang hinunter. Unversperrt, ich trete ein.

Allein im Erdgeschoss stehen zwölf Kapseln. Das Badezimmer beherbergt drei Duschkabinen. Ich schaue bei einigen der Kapseln durch die Sichtfenster, die in Kopfhöhe eingelassen sind. Erahne durch die Masken eine Frau, einen Mann – und zwei Kinder! Bei ihnen verharre ich länger, Kinder sind ein so seltener Anblick. Die vier bilden wohl eine Familie, so ähnlich war das früher bei uns auch. Monty, ich und unsere Eltern. Wir sahen uns morgens, nach dem Aufwachen, für zwei Stunden, dann transferierten wir Kinder in unsere jeweilige Ausbildungswelt und mein Vater in sein wissenschaftliches Labor. Meine Mutter war meistens in Bücherwelten unterwegs. Entweder da, wo es viel zu lesen gab und man danach mit Gleichgesinnten diskutieren konnte, oder in nachempfundenen Buchszenarien. Von Welten wie Tolkien, Verne oder Le Guin erzählte sie stundenlang.

Abends trafen wir uns in einer der Familienwelten. Freundlichen Landschaften mit bunten Restaurants, Spielplätzen und Vergnügungsparks. Aber auch mit Wohnungen, in denen Eltern ihre Kinder zu Bett bringen konnten. Wir begannen und beendeten unsere Tage gemeinsam. Ich schätze, diese Familie macht es ebenso.

Kurz streiche ich über eine der Kapseln, dann gehe ich zurück unter die sengende Sonne, zum Ausgangspunkt. Dort werden Tivon oder Konrad mich am leichtesten wiederfinden.

Doch dann ist es umgekehrt. Ich stelle mich in den Schatten des lang gezogenen Baus, aus dem ich gekommen bin, und entdecke an der Mauer des Hauses gegenüber ein vertrautes Zeichen: die tote Taube, nur handtellergroß. Schmutziges Hellgrau auf der dunklen Betonwand.

Gerade als ich mich aus meinem wohltuenden Schatten löse und den Eingang des markierten Gebäudes suchen will, kommt jemand um die Ecke und bleibt abrupt stehen. »Was tust du denn hier draußen? Bist du verrückt?« Er stürzt auf mich zu, packt mich am Arm und zieht mich mit sich.

Im ersten Moment denke ich, er hat mich verwechselt. Im zweiten erkenne ich Konrad.

Die Unterschiede, die ich zwischen Tivons eigentlichem und seinem virtuellen Ich vergeblich gesucht habe, springen bei Konrad sofort ins Auge: Seine Glatze glänzt keineswegs perfekt haarlos – über seinen Ohren sprießen blonde Büschel. Er hat deutlich mehr Falten, die Nase ist größer, die Zähne stehen ein bisschen vor. Es ist wie bei so vielen: Wenn man ihnen das erste Mal in Wirklichkeit begegnet, hat man das Gefühl, man trifft ihre älteren, weniger hübschen Verwandten.

Ich stolpere hinter ihm her, irritiert von seiner Aufregung. »Was ist denn los?«

»Nicht im Freien aufhalten, jemand könnte dich sehen.« Er zieht mich weiter. »Man weiß nie, ob nicht Beobachtungsdrohnen unterwegs sind. Oder ob jemand zufällig gerade Realitätsstopp macht und aus dem Fenster sieht.«

Er schiebt mich durch eine Tür auf der Hinterseite des Gebäudes. Kaum sind wir drin, lässt Konrad mich los. »Tut mir leid, wenn ich dich angefahren habe. Aber wir müssen extrem vorsichtig sein.«

Ich sehe mich um. »Ist das auch ein Depot?«

»Wir haben einige Kapseln hier, ja. Früher einmal war es ein Bürohaus, dann wurde es ein Designcenter, jetzt ist es unsere Zentrale.«

Wenn das wirklich stimmt, handelt es sich um das schäbigste Designcenter aller Zeiten. Die Büroräume stehen leer, auf den Böden liegt Staub, es gibt keine Klimaanlage, die das Gebäude kühlt. Bisher habe ich auch keine einzige besetzte Station gesehen. Überhaupt keine Station, um genau zu sein.

»Mastermind hat diese Filiale schon vor Jahren aufgegeben«, erklärt Konrad, als ich nachfrage. »Wir haben sie heimlich übernommen. War Tivons Idee.«

»Aber ich sehe nirgendwo Rechner«, wende ich ein. »Ihr müsst doch Computer gehabt haben, um Cryptos zu bauen und ins System einzubinden. Wo sind die?«

Wortlos läuft Konrad weiter. Das Gebäude hat sieben Stockwerke, trotzdem steigen wir Treppen nach unten, hier sind nun auch leise Stimmen zu hören. Die meisten Türen stehen offen, ich werfe im Vorbeigehen kurze Blicke in die dahinterliegenden Räume.

Früher müssen das Lager- oder Technikräume gewesen sein. Jetzt befinden sich dort die vertrauten Arbeitsplätze mit Hochleistungsrechnern und den üblichen mannshohen, dreiteiligen Bildschirmen. Hat Mastermind die einfach hiergelassen?

In einer der Kammern sitzt Tivon, seine Finger fliegen über das Designboard. Als wir eintreten, blickt er auf. »Wieder auf den Beinen, sehr gut. Tut mir leid, wir haben gerade alle zu tun, du musst eine Zeit lang allein klarkommen. Ich hoffe, dir wird nicht langweilig hier, aber falls doch, Cryptos hat ein kleines Wellnesscenter. Das findest du in dem flachen Gebäude an der Picknickwiese.« Er wendet sich wieder den Bildschirmen zu. »Gute Erholung.«

Ich bin nicht sicher, ob ich ihn richtig verstehe. »Du meinst, ich soll zurück in die Kapsel und dann … ein Dampfbad nehmen? Ernsthaft?«

»Klar.« Er studiert eine Tabelle auf dem linken Monitor, findet offenbar einen Fehler und ändert ein paar Daten. »Was willst du sonst tun? In eine andere Welt als Cryptos kannst du derzeit nicht. Für Mastermind bist du aus dem System verschwunden. Natürlich könnten wir dir eine Handvoll Weltenpässe zur Verfügung stellen, aber dann taucht dein Personalcode wieder auf, und das werden sie merken. Glaube mir. Dann geht die Jagd weiter, ich habe es bisher noch nicht geschafft, den Tötungsbefehl aus deinem Profil zu löschen. Egal welche Kapsel oder welche Maske – sobald du in einer der Welten stirbst oder einen Exit-Point benutzt, wirst du unter Strom gesetzt.« Wieder ändert er Daten. »Ein Dampfbad dürfte aber ungefährlich sein, und wenn du Realitätsstopp machen willst, nehmen wir wieder deine Kapsel vom Strom.«

Ich bin nicht bereit, die Dinge für so ausgemacht zu halten wie er. »Wer sagt denn überhaupt, dass es die von Mastermind sind, die mich aus dem Weg schaffen wollen? Die waren total scharf darauf, mich zu bekommen, erst vor zwei Wochen hat es geheißen, ich soll mir ein Konzept für eine vierte Welt überlegen.« Meine Stimme klingt trotzig, ich kann es nicht verhindern. »Könnte es nicht jemand anders sein, der mich loswerden möchte?«

Neben mir höre ich Konrad seufzen. Tivon reißt nun doch seinen Blick vom Monitor los. »Ich fürchte, nein. Du wirst dich mit dem Gedanken anfreunden müssen, dass Mastermind die Regeln geändert hat. Keine medizinischen Hilfseinsätze mehr, keine Evakuierungsmaßnahmen bei Naturkatastrophen. Das halten sie natürlich geheim.« Er und Konrad wechseln einen schnellen Blick. »Sie sind nicht erfreut darüber, dass jemand bemerkt hat, was passiert. Wenn es sich herumspricht, haben sie ein echtes Problem.« Er streicht sich das Haar aus der Stirn, denkt kurz nach. »Was würde es bedeuten, wenn die Menschen sich in ihren Kapseln nicht mehr sicher fühlten? Sie hätten Angst, sie zu benutzen, viele von ihnen würden sich wieder der Realität zuwenden – und zum ersten Mal wirklich mitbekommen, wie übel die ist. Bis zu den ersten Aufständen dauert es dann vielleicht noch zwei Monate. Höchstens drei.« Ich versuche, es mir vorzustellen. Sehe mich in unserer tristen Umgebung um, denke an die traurigen Grasbüschel in der trockenen aufgeplatzten Erde. Vermutlich hat Tivon recht, die Leute würden auf die Barrikaden gehen. Was er sagt, habe ich in sehr ähnlicher Form schon von Lauritz gehört.

»Sie suchen intensiv nach uns. Schon längere Zeit und aus einigen Gründen, aber seit wir Rettungseinsätze starten, machen sie richtig Ernst.«

Das leuchtet mir ein – wer Todesfälle vertuschen will, kann sich keine Zeugen leisten. »Aber dass sie mich sofort für eine von euch halten, bloß weil sich die meisten Leute über Kerrybrook absetzen, ist schon ein bisschen paranoid.«

»Das ist nicht der einzige Grund.«

Tivon blickt zur Seite. Gibt sich dann einen Ruck. »Ich bin immer wieder über deine Designstation ins System eingestiegen. War ja früher meine Station, und ich habe mir ein paar Hintertürchen geschaffen, für den Fall der Fälle.« Er stockt, fährt dann aber doch fort. »Das heißt, ich habe Cryptos über deinen Zugang ins System geladen. Sie finden die Welt nicht, aber sie wissen, über welche Station sie eingespeist wurde.«

In meinem Kopf herrscht für ein paar Sekunden völlige Leere, dann beginne ich zu lachen, ohne wirklich zu wissen, warum. Ein paar Hintertürchen. Ich schnappe nach Luft. »Und du dachtest, wenn jemandem etwas auffällt, geht es dann auf meine Kappe, nicht auf deine, ja?«

»Ich wollte …«

»Schon gut.« Mein Lachanfall endet so plötzlich, wie er begonnen hat. »Du wolltest Mastermind ausspionieren und deine kleine Rebellenwelt anlegen. Bist wahrscheinlich nach wie vor sauer, dass sie dich rausgeschmissen haben, kann das sein?« Konrad greift nach meiner Hand, ich ziehe sie weg. »Hast du noch ein paar Dinge eingebaut, von denen ich wissen sollte? In meinen Welten rumgepfuscht? Oder gleich ein schriftliches Geständnis in meinem Namen hinterlegt?«

Seine Antwort warte ich nicht ab, ich will jetzt auch keine Rechtfertigungen hören, ich will meinem Zorn freien Lauf lassen. Weil das guttut, weil es mir ein Stück meiner Angst nimmt.

Ohne mich noch einmal umzusehen, stürme ich aus dem Zimmer, die Treppen hoch und in eines der leeren, staubigen Büros. Dort starre ich durch das trübe Fenster nach draußen.

Ich war noch nie besonders gut darin, Wut lange am Leben zu halten. Das ist diesmal leider nicht anders. Ich sitze da und konzentriere mich darauf, die Tränen zurückzudrängen.

Cryptos geht also offiziell auf mein Konto. Obwohl niemand wirklich weiß, dass es existiert. Es muss wie ein Fehler im Weltenkatalog aussehen – dort ist jede Welt eingetragen, beschrieben und mit einer Nummer versehen. Nun wird es eine Nummer zu viel geben, zu einer Welt, die keiner findet. Ein verborgenes Land, zu dem niemand von Mastermind Zutritt hat, weil sie nicht wissen, wie sie dorthin transferieren sollen. Ohne die nötigen Zugangsdaten können sie es nicht einmal löschen.

Was sie aber offenbar wissen, ist, dass ihnen von hier aus ins Handwerk gepfuscht wird. Deshalb der ganze Aufwand mit dem Stromstoß-Auslöser. Ich wüsste gern, seit wann sie mich im Fokus haben. Ob sie mich festgenommen hätten, wenn ich nicht nach Macandor verschwunden wäre, um nach dem Rechten zu sehen. Ob ich noch leben würde, wenn Cryptos mich nicht aus dem Depot in der Garage geholt hätte.

Jede Frage hat sofort ein paar andere im Schlepptau: Auf welche Weise haben sie es eigentlich geschafft, mich hierherzubringen? Haben sie die Kapsel auf ein Solarbike geschnallt? Wohl kaum, aber ich weiß auch gar nicht, wo genau wir uns befinden. Was ich aus meinem Fenster sehen kann, wirkt wie der Randbereich einer Stadt. Ehemalige Wohnhäuser, ein verlassener Supermarkt, eine Kirche. Dahinter kann ich ein Sonnenkraftwerk erahnen. Keine schlechte Gegend, um sich zu verstecken.

Vom Gang her höre ich, wie Schritte sich nähern, und wappne mich innerlich. Wenn es Tivon ist, kann er sich auf etwas gefasst machen. Doch der kahle, büschelbewachsene Kopf, der um die Ecke lugt, gehört Konrad. Ich funkle ihn böse an.

»Ich verstehe wirklich, dass du wütend bist«, sagt er und kommt langsam näher. »Aber glaube mir bitte, Tivon wollte dich nicht in Gefahr bringen. Er hat alle Hebel in Bewegung gesetzt, um dich an einen Ort zu schaffen, an dem Mastermind dich nicht finden kann, und er hat ständig an seiner Station geklebt, um dir in günstigen Momenten die Tauben zu schicken.« Er betrachtet seine Fingernägel. »Dein Zugang war der einzige, über den wir ins System gekommen sind, anders hätten wir Cryptos nicht verwirklichen können. Aber wir brauchen diese Welt. Als sicheren Hafen und als Auffangbecken für kluge Köpfe, die Rettungspläne entwerfen. In Cryptos kann niemand sie orten.«

Ich nicke langsam. Hätte man mir nicht Tivons alte Designstation zugeteilt, sondern eine andere, säße ich jetzt nicht in diesem Schlamassel. Pech. Oder Schicksal. Oder beides.

»Wir haben uns überlegt, wie wir dich ein bisschen entschädigen könnten«, fährt Konrad betont munter fort. »Was hältst du davon: Du bekommst einen neuen Personalcode, dann ist auch das mit dem Sterben kein Problem mehr, denn Tod-bei-Exit ist ja fest an deinen Code gekoppelt. Dann geben wir dir eine der bequemsten Kapseln hier im Haus. Weltenpässe sind natürlich auch kein Problem. Wir modifizieren dein Äußeres so, dass niemand dich erkennt, und du erholst dich erst mal. In den Bergen oder am Meer. Hm?«

Ich sehe ihn an, wie er mich fast väterlich anlächelt. Er möchte wirklich wiedergutmachen, dass ich meinen Platz im Leben verloren habe. »Danke«, sage ich. »Aber das kann ich alles selbst. Und ans Meer will ich derzeit nicht.«

Er lässt die Mundwinkel hängen. »Nein?«

»Nein. Ich bin nicht in der Stimmung für Urlaub.«

»Kann ich verstehen. Aber für den Augenblick ist es das Beste, das wir dir bieten kö…«

»Ich möchte, dass ihr mir eine Designstation zur Verfügung

stellt«, unterbreche ich ihn. »Gibt ja einige hier. Eine davon möchte ich in den nächsten Tagen benutzen.«

Ich kann sehen, dass mein Anliegen Konrad Unbehagen bereitet. »Hm. Das ist nicht so einfach …«

»Keine Sorge. Ich werde Cryptos weder sabotieren noch verraten. Aber ich will herausfinden, ob ihr recht habt. Und wenn ja, ob mir nicht etwas Besseres zur Warnung der Menschen einfällt als dieses alberne Horoskop.«

»Äh. Okay.« Konrad sieht überrumpelt aus. »Einige Tage. Wann willst du loslegen?«

»Bald. Erst bastle ich mir noch ein hübsches Störsignal und gehe zurück in die Welten.« Nun kann ich doch nicht verhindern, dass mein Mund sich zu einem Grinsen verzieht. »Als Phantom.«

16

Sie haben mir einen Rechner zur Verfügung gestellt, ein Designboard und den dreiteiligen Monitor. Auf meine Frage, wo die Ausrüstung herkommt, hat Konrad nur verschmitzt gelächelt und »Wir haben unsere Quellen« gesagt.

Der Arbeitsraum liegt im Keller, so wie der von Tivon, und als ich ihn betrete, stelle ich fest, dass ich hier nicht allein bin. Der Tür gegenüber sitzt eine Frau mit grau meliertem Haar, an der linken Wand ein Mann, von dem ich bisher nur den Hinterkopf gesehen habe.

Als die Frau sich zu mir umwendet, pralle ich erschrocken zurück. Ich kenne sie, wir sind uns schon begegnet, und zwar in London1622. Sie war es, die vor meinen Augen zu einem Fleck auf der Straße geschmolzen ist.

Mein entsetztes Gesicht interpretiert sie richtig; sie steht auf, kommt auf mich zu und drückt mich kurz an sich. »Hallo, Jana. Schön, dass du es endlich hergeschafft hast. Ich bin Jackie.«

»Ah. Okay. Hallo.«

»Muss seltsam für dich gewesen sein, unsere Begegnung in London, und ich habe mir dafür schon einiges anhören dürfen, glaube mir.« Wenn sie lächelt, bilden sich Hunderte feine Fältchen in ihrem Gesicht. »Ich wollte dich möglichst schnell ins Team Cryptos holen, weil es immer gefährlicher für dich wurde, aber ich hatte es nicht mit den anderen abgesprochen, deshalb hat Tivon meinen Weltenpass gelöscht, aus der Befürchtung heraus, dass jemand unser Gespräch mithören könnte. So eine Löschung geht schneller, als zur Kapsel zu laufen und sie aufzureißen, macht aber einen gruseligen Anblick.« Sie bietet mir sonnengetrocknete Rübenchips an, die erstaunlich knusprig sind. »Fühlt sich auch abartig an. Als würde man durch ein sehr dünnes Rohr gesaugt.«

Wieder habe ich etwas gelernt. Ich wusste bislang nicht, dass man einen Pass löschen kann, während jemand sich in der betreffenden Welt befindet.

Ich nehme noch ein paar von Jackies Rübenchips und beginne damit, ein Störsignal zu programmieren, das ich im Anschluss mit meinem neuen Personalcode verknüpfen möchte. Ich will den gleichen Effekt erzielen, den ich bei dem Phantom von Kerrybrook so frustrierend gefunden habe: In den Welten will ich so normal erscheinen wie jeder andere, aber von außen betrachtet möchte ich bloß ein verwischter Schatten sein.

Es ist schwieriger, als ich es mir vorgestellt hatte, aber nach fünf Stunden habe ich ein Ergebnis, das zumindest in der Simulation überzeugend aussieht.

Konrads Angebot, mir einen neuen Personalcode zur Verfügung zu stellen, war zwar sehr nett, aber ich habe beschlossen, ihn mir lieber selbst zu programmieren. Ich mache mich gerade daran, eine noch nicht vergebene Kombination zu suchen, als erstmals der Mann, der mir vorhin nur den Rücken zugewandt hat, aufsteht und an meinen Arbeitsplatz tritt. »Wir haben uns noch gar nicht begrüßt«, sagt er, als würde er das ohnehin für keine gute Idee halten. »Hallo, Jana.«

Ich blicke auf und weiß sofort, dass ich auch ihn schon einmal gesehen habe. In einer der Welten, denn ein paar entscheidende Dinge waren anders. Die Größe? Und die Hautfarbe –

Im nächsten Moment fällt es mir ein. Macandor. Der tote

Schattenelf, den ich bei meinen verunstalteten Berggipfeln gefunden habe. Und danach sind wir uns in Vampyrion über den Weg gelaufen. »Lennard«, entfährt es mir. »Du bist Lennard Menk.«

Er nickt ernst. »Ja. Danke übrigens für deinen freundlichen Schubs in der Gaststube. Erst haben mich die Leute niedergetrampelt, und dann hat mich einer der Vampire erwischt.«

»Das tut mir leid. Ich hatte Panik.« Meine Hoffnung, dass die Entschuldigung ihm ein Lächeln entlocken wird, erfüllt sich nicht. »Du warst auch in Macandor«, sage ich, um das Schweigen zu überbrücken. Wo sich, wie mir jetzt einfällt, zur gleichen Zeit auch ein kahlköpfiger Faun herumgetrieben haben soll. Ich erinnere mich noch an die Worte des Gornak: eine Glatze, wie poliert. Da war wohl Konrad ein Teil der Rettungsexpedition. »Du warst allerdings tot, kannst du mir sagen, wer …«

»Ein Sylphide.« Lennard lässt mich nicht aussprechen, er muss mir die Sache im *Letzten Schluck* wirklich übel nehmen. »Er hat mich abgestochen, es war den kurzen Schmerz aber wert, wir haben alle Gefährdeten durch den Exit-Point gebracht. Dir wollte ich ebenfalls helfen, deshalb war ich in Vampyrion.« Er sieht mich missbilligend an. »Als Läufer, um dich endlich nach Cryptos zu holen.« Er zieht einen Mundwinkel nach unten. »Aber offenbar wolltest du lieber noch einen Abstecher nach Trokar machen.«

»Es tut mir wirklich leid.«

Seine Züge bleiben unverändert kühl, trotzdem stelle ich ihm die Frage, die mir schon die ganze Zeit auf der Zunge liegt. »VERBRENNEN. Das Wort, das in die Berggipfel gehauen wurde. War es gar keine Warnung vor den Feuerdämonen? Sondern vor einer Katastrophe?«

Lennards Miene verdüstert sich weiter. »Es war eine Warnung. Und eine Anklage, ein Zeichen an die Verbrecher bei Mastermind. Unsere Wut war so groß, wir wollten ihnen mitteilen, dass wir wissen, was sie tun.«

Ich blicke ihn unverwandt an, also fährt er fort. »Waldbrände in Norditalien. Zwei Depots waren direkt bedroht, fünfhundertachtunddreißig Menschen. Wir haben ungefähr die Hälfte retten können. Aber auch das nur, weil die meisten, die wir direkt zu einem Exit gebracht haben, mutig genug waren, nicht sofort aus der Gefahrenzone abzuhauen.« Er sieht mich an, als würde ich zu denen gehören, die sich sofort aus dem Staub machen würden. »Vier haben wir zum Beispiel über Macandor evakuiert. Nach ihrem Exit haben sie noch so viele Kapseln geöffnet, wie sie konnten, bevor sie geflohen sind.«

Ich atme tief durch, denke an Rauch und Flammen. »Und keine Evakuierungstrupps von Mastermind?«

»Eineinhalb Tage später«, sagt Lennard Menk grimmig. »Es wurden Züge geschickt, um die Überlebenden zu holen. Haben sie medizinisch versorgt und dann in neue Depots gesteckt. Jeden mit drei Bonuswelten als Entschädigung. Noch mal zwei Tage später haben sie sich um die Leichen gekümmert.«

Ich frage gar nicht nach dem Warnsystem, weil klar ist, dass es versagt haben muss. Oder deaktiviert wurde. Bloß den Grund dafür kann ich mir nicht zusammenreimen. Warum setzt Mastermind das Vertrauen der eigenen Nutzer aufs Spiel?

VERBRENNEN. »Hast du den Sylphiden gekannt, der dich angegriffen hat?«, frage ich Lennard.

»Nein. Komisches transparentes Ding. Aber eigentlich möchte ich mit dir über dein kleines Warnsystem reden, wir wollen es in möglichst viele Welten schmuggeln. Wenn auch nicht unbedingt als albernes Horoskop, da fällt mir sicher etwas Besseres ein.«

Tot war Lennard mir sympathischer. Trotzdem verbringe ich die nächsten zwei Stunden damit, ihm zu erklären, welche Faktoren ich in mein Prognosetool miteinbezogen habe. Wie es auf die geschützten Kapselkoordinaten zugreift und diese Information mit den internen Wetterwarnungen und Temperaturprognosen kombiniert. Als er loslegt, bin ich erschöpft und überlege kurz, das mit dem Dampfbad vielleicht doch zu versuchen. Besonders, als ich feststelle, dass die Küche hier noch schlimmer ist als der Fraß im Designcenter 12. Dünne Suppe, in der ein paar Maiskörner schwimmen. Merkwürdig graues Brot, ein Klecks Margarine.

Ich rühre lustlos in meiner Schüssel und sehe zu, wie draußen vor dem Fenster der Wind Schmutz und Staub aufwirbelt. Wer hier wohnt, kann es morgens wohl kaum erwarten, in die Welt seiner Wahl abzutauchen. Er wird ernährt, unterhalten und ist unter den Menschen, die er mag. Zudem wird er sich sagen, dass ihm bestimmt nichts zustößt. Warum auch? Informationen über tödliche Zwischenfälle werden ganz sicher nicht weiterverbreitet. Nicht einmal ich habe bis vor Kurzem davon gewusst, und ich war fest in der Realwelt verankert.

Gegen Abend habe ich einen neuen Personalcode gefunden, den das System akzeptiert, als ich ihn durch die Simulation schicke. Ich verknüpfe ihn mit dem Namen »Hanna Alt«, nicht meinem eigenen. Als ich gerade damit beginnen will, das Störsignal einzurichten, betritt Tivon unseren Kellerraum und lehnt sich gegen die Wand. »Hundertzwölf konnten wir gestern rausholen«, sagt er. »Ich weiß nicht, wohin sie sich gerettet haben, aber sie dürften noch leben. Siebzehn von den entschlüsselten Personalcodes sind gelöscht.«

Niemand entgegnet etwas, niemand flucht. Ich denke an sturmgepeitschtes Meer und Wellen, die so hoch werden, dass sie alles mit sich reißen.

»Wie entwickelt sich der Sturm?«, fragt Jackie. »Sollen wir heute wieder …«

Müdes Kopfschütteln. »Nein, das wird nicht nötig sein. Der Wind ist noch stark, aber nicht mehr gefährlich. Für heute gibt es keine Katastrophenwarnungen auf europäischem Gebiet.«

Er geht, und ich arbeite mit doppeltem Tempo weiter. Ich werde heute Abend keinen Transfer nach Cryptos machen, jedenfalls nicht, bis ich nicht alles für meine Phantom-Mission fertiggestellt habe. Ich finde nämlich nicht, dass es genügt, ein paar Leute zu retten, wenn es wieder einmal brennt. Ich will wissen, warum Mastermind das nicht tut.

Eine unruhige Nacht auf einer alten, staubigen Matratze später stehe ich unter einer anderen Dusche. Der Wasserstrahl ist um nichts stärker als gestern, aber diesmal riecht die Seife nach Tannennadeln.

Mein Plan für heute ist es, nach Report zu transferieren. Das ist die Welt, in der Nachrichten aus aller Welt zusammengetragen und auf unterschiedliche Art verbreitet werden. Von manchen Teams seriös, von anderen ironisch, von wieder anderen reißerisch. Besonders viele Besucher zieht es normalerweise nicht nach Report. Wer will schon wissen, ob noch eine chinesische Stadt im Meer versunken ist, wenn er stattdessen in Zeppelin Ballonfahrwettbewerbe gewinnen kann?

Ich jedenfalls habe mich bisher nicht sehr um aktuelle Informationen gekümmert, muss ich mir selbst eingestehen. Solange ich mich jeden Tag in eine der Welten einklinken konnte, haben mich die deprimierenden Nachrichten aus der Realwelt herzlich wenig interessiert. Und ab dem Zeitpunkt, an dem Mastermind mich engagiert hat, dachte ich, dass alles Wichtige sich ohnehin bis zu mir herumsprechen würde.

Bevor ich aufbreche, braucht mein Äußeres noch neuen Schliff. Zwar ist die Wahrscheinlichkeit gering, dass ich in Report Leuten begegne, die mein Gesicht erkennen, aber besser, ich bin vorsichtig.

Anders als normale Nutzer brauche ich keine Prämienpunkte, um mich optisch zu verändern, ich habe eine Designstation zur Verfügung. Ein spezielles Programm scannt meine Züge ein, ich sehe mich im Monitor wie in einem Spiegel. Also: längeres Haar, blond statt braun. Locken. Gesicht etwas runder, Augen ein bisschen schräger, Wangenknochen hervorheben. An der Nase sitze ich am längsten; sie soll anders sein als meine, aber trotzdem zum Rest passen. Ich verbreitere die Basis, gleiche die Nasenflügel an, lege einen leichten Aufwärtsschwung in den Nasenrücken. Nicht übel.

Obwohl es Hanna Alt nicht gibt, hat sie Designrechte, wenn auch nicht so umfassende, wie Jana Pasco sie hatte. Angeblich war es Tivon, der herausgefunden hat, wie man manchen der Sicherheitsmechanismen von Mastermind entgeht. Das erzählt Jackie mir hinter vorgehaltener Hand. Und angeblich war das einer der Gründe dafür, dass er seinen Job verloren hat.

Jackie war es auch, die mir empfohlen hat, eine der Kapseln im Haus zu verwenden. »Da haben wir dich im Blick, ich komme alle paar Stunden und sehe nach dir.« Dass sie das tun will, ist nett – obwohl es mich beunruhigt, dass sie es für nötig hält.

Eigentlich dürfte mir nichts zustoßen, oder? Mit meinem neuen Personalcode bin ich nicht mehr als Jana Pasco identifizierbar, Tod-bei-Exit ist also kein Problem mehr. Ganz abgesehen davon, dass niemand den Code wird lesen können, wenn ich gut gearbeitet habe. Bevor ich Ernst mache und in eine der offiziellen Welten abtauche, werde ich das Störsignal testen, und zwar in Cryptos.

Die Kapsel, die ich gewählt habe, liegt im zweiten Untergeschoss, es stehen noch drei weitere im Raum, eine davon belegt. Mit gemischten Gefühlen betrachte ich meinen frisch gereinigten Overall. Ich glaube nicht, dass ich ihn jemals wieder anziehen werde, ohne dabei die Erinnerung an Trokar niederkämpfen zu müssen, aber dorthin wird es mich nur dann wieder verschlagen, wenn meine Deckung auffliegt.

Meine Muskeln verkrampfen sich, als sich der Kapseldeckel über mir schließt. Ruhig bleiben. Tief atmen. »Identifikation«, sagt die übliche weibliche Stimme. »Hanna Alt. Erster Einstieg ins System. Bitte wähle eine Welt für deinen Transfer.«

Die Tatsache, dass mein neuer Personalcode sofort akzeptiert wird, senkt meine Pulsrate spürbar. In der Maske sind etwa zweihundert der winzigen Thumbnails erschienen. Von einem Generalpass bin ich damit weit entfernt, aber die Auswahl ist großzügig. Gestern habe ich eine Liste an Tivon geschickt, und er dürfte sie um ein paar Ziele ergänzt haben. Für das erste, das ich anpeile, gibt es allerdings kein leuchtendes Bildchen in der Kollektion. »Cryptos.«

»Cryptos«, wiederholt die weibliche Stimme.

»Bestätigt.«

Es wird dunkel um mich, das vertraute Schwebegefühl setzt ein. Sekunden später stehe ich auf einem Kiesweg, direkt vor mir ragt das blockförmige weiße Gebäude mit dem Taubensymbol auf.

Dahinter, hat Jackie mir erklärt, soll sich ein Nachrichtenboard befinden, dort wollen wir testen, wie gut mein Störsignal funktioniert. Ich marschiere los. Auf halbem Weg begegnet mir Gerry, der rundliche Kerl, der bei meiner Ankunft hier so misstrauisch war. Sein Blick streift mich kurz und ohne das geringste Anzeichen des Erkennens.

Perfekt. Ich schlendere weiter, betrachte mein Spiegelbild in der Glasfassade eines Restaurants. Ein völlig fremdes Mädchen grinst mir entgegen. Hätte ich mir so viel Veränderung über Prämienpunkte beschaffen müssen, hätte es Jahre gedauert.

Das Board steht mitten in einer der knallgrünen Wiesen und sieht aus wie eine digitale Plakatwand. »Seminar für Verschlüsselungstechnik heute, 15 Uhr, in Gebäude vier«, leuchtet rote Schrift auf grauem Hintergrund.

Ich stelle mich direkt vor das Board, warte, bis der Monitor weiß wird, dann drehe ich mich im Kreis, laufe den Weg ein Stück auf und ab. Wenige Sekunden später meldet Jackie sich über das Display:

Du siehst aus wie ein wandelnder Schmutzfleck. Gute Arbeit!

Zufrieden wende ich mich ab. Dann kann es ja losgehen. Zeit für den Transfer in die Nachrichtenwelt.

Es gibt keine Ecke in Report, von der aus man nicht mindestens einen Bildschirm im Blick hätte. An ungünstigen Stellen hört man drei Programme durcheinanderbrüllen, und ich frage mich, ob man das nicht besser hätte designen können.

Laut brummend fliegt eine altmodische Doppeldeckermaschine über mich hinweg. An ihrem Heck hängt ein flatterndes Transparent: *Besucht Airborne! Erkundet die Lüfte!*

An Wänden und Plakatsäulen klebt Werbung für andere Welten – vor allem für solche, die nicht allzu gut laufen. Sansibar12, Zombieplanet oder Aktienmarkt3. *Günstige Weltenpässe!*, werben die Plakate. *Drei Stück für nur zwölf Prämienpunkte!*

Aber Werbung und Nachrichten sind nicht das Einzige, was Report zu bieten hat. An der Straße, die ich entlanggehe, reiht sich ein Lokal an das nächste, überall laufen Übertragungen aus Sportwelten. Geländebowling scheint derzeit hoch im Kurs zu stehen, der Wettbewerb läuft in vielen der Bars und Restaurants über die Bildschirme. Die meisten anderen Lokale haben live nach Worldcup geschaltet, wo ein Team in roten Trikots gegen eines in schwarzen spielt.

Sport ist nicht, was ich suche, aber mit meinem Wunsch nach ernsthafter Information scheine ich ziemlich allein zu sein. Als ich auf einer Wiese voller Liegestühle endlich einen Monitor finde, der Nachrichten bringt, sitzt davor nur eine einzige Frau.

Der Bildschirm schwebt drei Meter über dem Boden, ein Moderatorenpaar erzählt strahlend von Erfolgen in der Planetenbegrünung. »Dreißigtausend neue Bäume sind letzte Woche allein in Nordfrankreich aus ihren Gewächshäusern ins Freie übersiedelt worden«, freut sich der Mann, und die Frau neben ihm nickt eifrig. »Sie werden bei besten Bedingungen angepflanzt. Ein neuer Wald entsteht.« Bilder von grün gekleideten Menschen, die kniehohe Bäumchen in Erdgruben setzen.

»Weitere fünfzigtausend Bäume werden in der nächsten Woche folgen.« Die beiden Moderatoren sehen so stolz aus, als hätten sie selbst jedes einzelne Pflänzchen gegossen.

Ich warte, aber auch die nächste Nachricht ist eine reine Freudenbotschaft. Thunfischzüchtungen waren erfolgreich, der Plastikmüll im Meer hat sich um zwölf Prozent reduziert. Eine mir unbekannte Schildkrötenart ist doch nicht ausgestorben.

Ich hieve mich aus meinem Liegestuhl hoch und laufe weiter, Wege entlang, die mit Bildschirmen gesäumt sind, aber nirgendwo wird berichtet, was mit den Leuten aus dem Todesdepot passiert ist. Oder mit den Geretteten. Wie es zu der Katastrophe kommen konnte. Warum Mastermind keine Evakuierungsteams geschickt hat. Keine einzige Meldung dazu.

Einige der Monitore fahren auf Rollen und folgen einem wie Hunde, wenn man auch nur fünf Sekunden lang davorgestanden hat. »Die Vergaberegelungen für Fortpflanzungszertifikate wurden verschärft«, tönt es aus dem, der sich an meine Fersen geheftet hat.

Ich will davon nichts hören. Ich will, dass jemand einen Verantwortlichen von Mastermind interviewt und fragt, warum niemand versucht hat, die Bewohner des zerstörten Depots zu retten. Oder wenigstens zu warnen. Ich will wissen, wie viele Todesopfer es wirklich gegeben hat.

»Betrübliche Nachrichten«, höre ich es in diesem Moment aus dem fahrenden Monitor quäken und bleibe abrupt stehen. Kommt doch noch etwas Wesentliches?

»Die Eröffnung von Minus3 wird sich noch verzögern«, fährt die Stimme fort. »Grund dafür, so der Sprecher von Mastermind, ist das hochkomplexe Design dieser Welt. Die Führungsebene von Mastermind versichert aber, dass an dem neuen Eröffnungstermin, dem 23. Mai, keinesfalls mehr gerüttelt werde.«

Enttäuscht gehe ich weiter. Dem Monitor, der sich nicht abschütteln lassen will, versetze ich einen Tritt, der ihn leider nicht beeindruckt, er beschallt mich jetzt mit Werbung. »Möchtest du wissen, wie es sich anfühlt, ein Löwe zu sein? Dann komm nach Animalia!«, jubelt es aus seinen Lautsprechern. »Siebenundneunzig attraktive Tierarten stehen zur Auswahl!«

Dass ich meinen lärmenden Verfolger getreten habe, ist mindestens zwei Leuten aufgefallen, einem Mann und einer Frau. Sie beobachten mich kopfschüttelnd, und ich laufe eilig weiter. Aufsehen erregen wollte ich bestimmt nicht.

Andererseits – wenn ich schon in Report bin, könnte ich für ein paar richtige Nachrichten sorgen.

Ich hole das Design-Kit aus meinem Inventar und suche mir eine Mauer, die nicht von oben bis unten mit Plakaten beklebt ist. Nach kurzem Nachdenken bringe ich meine Meldung an, in großen, leuchtenden Buchstaben.

Vor zwei Nächten hat der Sturm ein Depot an der Nordsee zerstört. 600 Bewohner. Mindestens 480 Tote. Mastermind schickt keine Rettungsteams, und niemand erfährt davon.

Hinter mir Getuschel, die beiden von vorhin sind mir nachgeschlichen und betrachten nun mit gerunzelter Stirn mein Werk. »Glaube ich nicht«, sagt die Frau leise.

Ich lasse mich auf keine Diskussion ein, ich suche mir lieber die nächste Wand. Schreibe den gleichen Text noch einmal und noch einmal und noch einmal. Fixiere ihn so, dass nur jemand ihn entfernen kann, der ebenfalls über ein Design-Kit verfügt.

Insgesamt zehn Mal kopiere ich meine Nachricht auf diverse passende Oberflächen und frage mich, ob schon jemand bei Mastermind auf mich aufmerksam geworden ist. Auf den herumhuschenden schmutzigen Schatten, der eine Anklageschrift nach der anderen hinterlässt.

Möglich wäre es, denn eben sind ein paar Männer gewissermaßen aus dem Nichts aufgetaucht, die nicht meine Schmierereien, sondern mich ins Auge fassen. Möglicherweise sind sie aus einem der Sportcafés gekommen, aber ich fürchte eher, es sind Lauritz' Leute. Security, die den Befehl bekommen hat, nach Report zu transferieren und herauszufinden, wer dort die Wände bemalt.

Ich stecke mein Design-Kit weg und mache mich schnellstmöglich davon. Ein Blick über die Schulter, und ich weiß, dass die Männer mir folgen.

Egal, sage ich mir. Sie sehen Hanna Alt, nicht mich. Und wenn wir alles richtig gemacht haben, können sie meine Daten überhaupt nicht abfragen. Nicht einmal die falschen.

Was sie aber durchaus können, ist mich einfangen, und wie es aussieht, ist es genau das, was sie versuchen. Mein nächster Blick nach hinten zeigt mir, dass sie sich aufgeteilt haben, fächerförmig. Damit ich nicht plötzlich querfeldein abhauen kann.

Schneller. Ich brauche einen Ort, an dem ich für ein paar Sekunden nicht zu sehen bin und einen ungestörten Transfer vornehmen kann. Brummen über mir, ich blicke hoch. Ein herzförmiger Monitor, auf dem ein blondes Mädchen mit den Wimpern klimpert. »Wenn du mich treffen willst«, haucht sie, »ich warte auf dich! Hol dir einen Pass für AllesLiebe!«

Ich bin nicht die Einzige, die von dem Werbebildschirm irritiert ist. Die Männer schauen auch nach oben, und diese Gelegenheit nutze ich. Ein paar Schritte vor mir, auf der linken Seite, liegt eine der Sportbars. Ich renne los, drücke die Tür auf, dränge mich zwischen Menschen hindurch, die gebannt ein Dartturnier verfolgen. Gibt es einen Hinterausgang? Nein, aber eine Treppe nach unten. Ich schiebe einen empörten Sportfan zur Seite, nehme immer zwei Stufen auf einmal. Hinter mir höre ich, wie die Tür sich wieder öffnet, und ich weiß, wer jetzt hereinstürmt.

Ich wollte zurück nach Cryptos, aber jetzt scheint mir das plötzlich riskant. Soll ich in eine andere Welt transferieren?

Damit auf keinen Fall jemand den Namen unseres verborgenen Refugiums mitbekommt?

Hier im Keller stehen Kistentürme mit leeren Bierflaschen; sehr echt, das alles. Ich ducke mich in eine Ecke und schließe die Augen. »Transfer.«

Die leuchtenden Weltenbilder tauchen auf, aber ich habe mir die Auswahl vorhin nicht angesehen, und jetzt ist es zu spät. Raten ist riskant, denn wenn ich eine Welt wähle, für die ich keinen Pass habe, verliere ich kostbare Zeit. Also doch Cryptos.

Ich höre oben die Kellertür aufspringen, flüstere den Namen meines Ziels so leise, dass ich ihn selbst nicht hören kann – und es passiert nichts.

Die Laufschritte meiner Verfolger hallen im Keller wider. Ich kann nicht riskieren, dass die falschen Leute von Cryptos erfahren, deshalb wähle ich die einzige andere Möglichkeit, die mir einfällt. »Random.«

17

Wieder schweben. Federleicht, aber nervös, denn ich mag keine Zufallslandungen. Schließlich weiß ich nicht, was Tivon mir alles in meine Weltenpalette gepackt hat.

Ich habe jetzt keine Zweifel mehr daran, dass Mastermind die Todesfälle wirklich verschweigt, und zwar bewusst – sonst hätten sie mir nicht so schnell ihre Security auf den Hals gehetzt.

Meine Leuchtbotschaften sind nun sicher schon gelöscht. Ich hoffe, wenigstens ein paar Leute haben sie gelesen und erzählen anderen davon. Am liebsten hätte ich auch noch eine Nachricht an Matisse geschrieben, aber das wäre wohl sinnlos gewesen. Warum sollte er ausgerechnet in Report danach suchen? Er hat meine Spur verloren, und selbst wenn sich herumspricht, dass noch ein Phantom in den Welten unterwegs ist, wird er nicht denken, dass ich das bin.

Ich hoffe, das Management lässt ihn in Ruhe. Kreidet ihm seine Freundschaft zu mir nicht an, denn mich zählen sie sicher längst zu den Rebellen. Die Verräterin, die geholfen hat, Leute über Kerrybrook rauszuschleusen. Die das merkwürdige Horoskop-Frühwarnsystem entwickelt hat. Die in ihrer Kapsel nicht mehr aufzufinden war und dann auch noch aus einer Gefängniswelt ins Nirgendwo entschwunden ist.

Dass der Transfer fast beendet ist, höre ich schon, bevor ich wieder etwas sehen kann. Ein Knall schreckt mich aus meinen Gedanken, dann noch einer. In der nächsten Sekunde wird es hell um mich.

Brüchige Mauern, brennende Autos, überall Dreck und Scherben. Ich stecke in einem gefleckten Tarnanzug, vor mir liegt ein Sturmgewehr auf einer rostigen Mülltonne. Links von mir wieder ein Knall, da dürfte etwas Größeres detoniert sein.

Ich seufze. Warum lädt Tivon mir eine Shooter-Welt in die Kollektion? Egal, ich mache jetzt einfach meinen Transfer, und dann werde ich …

»Da ist eine!«, brüllt es, nur ein paar Schritte entfernt, und schon stürzen zwei Männer auf mich zu, ihre Gewehre im Anschlag. Reflexartig reiße ich die Waffe von der Mülltonne und beginne zu rennen. Etwas pfeift knapp an meinem Ohr vorbei. Ich kann nicht nach Cryptos gehen, solange ich Gefahr laufe, dass jemand meinen Transfer-Befehl hört, also muss ich mich verstecken, die beiden schießwütigen Typen loswerden.

Oder …

Mit einem Ruck bleibe ich stehen und drehe mich um. Hebe halbherzig mein Gewehr.

Eine Kugel trifft mich in die Schulter, eine ins Bein, die dritte endlich in die Brust. Dass ich zu Boden gehe, spüre ich noch, dann wird wieder alles dunkel.

Das vertraute Zischen, als sich der Kapseldeckel öffnet. Der Phantomschmerz in den getroffenen Körperteilen lässt innerhalb von Sekunden nach. Benommen, aber sehr erleichtert richte ich mich auf. Ich habe die Rückkehr geschafft, ohne eine Spur zu hinterlassen.

Die Umgewöhnungsphase ist diesmal vergleichsweise ein Klacks, nach zwei Minuten bin ich so weit, dass ich mich aus dem Overall schälen und in meine normalen Sachen schlüpfen kann.

Mein erster Weg führt mich zu Tivons Designstation. »Sag

mal, warum habe ich Pässe für Kriegswelten in meiner Auswahl?«

Er blickt nur kurz hoch. »Zwingt dich ja keiner, sie zu verwenden.«

Sehr witzig. »Ich musste eben einen Zufallstransfer machen, und der hat nicht besonders hübsch geendet.«

Offensichtlich findet Tivon die Vorstellung amüsant, denn seine Mundwinkel heben sich. »Tja, wie hat dein Freund Matisse früher immer gesagt? Der Tod …«

»… ist nur eine Illusion, ja ja.« Dass er Matisse erwähnt, stimmt mich versöhnlicher. Ich hake sofort nach. »Könnte ich ihm eine Nachricht schicken? Zum Beispiel über StayInTouch? Ich wüsste gern, wie es ihm geht, und außerdem macht er sich bestimmt Sorgen um mich.«

»Kommt nicht infrage.« Jede Spur von Fröhlichkeit ist aus Tivons Gesicht verschwunden. »Ich bin sicher, er steht unter ständiger Beobachtung. Wenn sie ihn nicht überhaupt schon abgezogen haben. Du würdest ihm damit keinen Gefallen tun und uns erst recht nicht.«

Genau das habe ich eben auch noch gedacht, aber es von Tivon zu hören, macht es noch mal deprimierender. Ich betrachte ihn, wie er auf seinen Bildschirmen Wohndepots in Meernähe markiert und die Wetterdaten prüft. »Ich verstehe nicht, warum Mastermind plötzlich seine Nutzer im Stich lässt«, sage ich mehr zu mir als zu ihm. »Was ist passiert?«

Tivon zoomt an ein gewaltiges Wohndepot heran, sicher zwanzig Stockwerke hoch. »Das würde ich auch gern herausfinden«, murmelt er. »Aber von plötzlich kann keine Rede sein, so war das schon vor zwei Jahren.« Er streicht sich das Haar zurück. »Es hat meine Mutter das Leben gekostet.«

Es ist nicht sehr zartfühlend von mir, ihn daraufhin mit Fragen zu bestürmen, und ich verstehe, dass er mich abblitzen lässt. Aber er schlägt mir vor, am Abend gemeinsam etwas zu essen, vielleicht kommen Konrad und Jackie dazu. »In Cryptos. Wir haben ein wirklich hervorragendes Sushi-Restaurant.« Er sieht mich grimmig an. »Nachdem ich dich hier mit hineingezogen habe, bin ich dir zumindest ein Essen schuldig. Und wahrscheinlich auch ein paar Erklärungen.«

Bis zum Abend studiere ich die Weltenpässe, die ich jetzt zur Verfügung habe. Kerrybrook und Macandor sind dabei, das ist gut. London1622 ebenfalls, außerdem Kreativia und Diskurs – Welten, in denen meine Eltern sich gerne aufhalten. Was mich daran denken lässt, dass ich keine Ahnung habe, in welchen Depots sie derzeit leben. Zum ersten Mal frage ich mich, ob einer oder beide sich in der Nähe des Meeres angesiedelt haben.

Meinen Transfer nach Cryptos mache ich schon eine Stunde vor dem vereinbarten Zeitpunkt, dort versinkt gerade die Sonne als orangeroter Ball hinter grünen Hügeln. Der Abend ist warm, überall sitzen plaudernde Menschen in Wiesen und auf Bänken. Man könnte denken, alles wäre in Ordnung.

Zum verabredeten Zeitpunkt taucht Tivon allein auf. »Weil wir doch besser ungestört reden sollten«, erklärt er. Lässt sich von der Küche des Sushitempels einen Picknickkorb packen und führt mich zu einem kleinen See zwischen den Hügeln. Es sind Fackeln in die Wiese gesteckt, ab und zu quakt ein Frosch. Wir setzen uns, und Tivon sieht mich prüfend an. »Falls du jetzt denken solltest, das hier könnte romantisch werden, irrst du dich, okay?«

»Auf die Idee wäre ich nie gekommen«, gebe ich patzig zurück.

»Gut.« Tivon verteilt das Sushi auf Teller und gießt Sojasoße in ein Schüsselchen. »Du wolltest vorhin wissen, warum Mastermind im Notfall keine Evakuierungs- und Löschtrupps mehr schickt. Ich kann es dir nicht sagen, wir wissen es alle nicht, aber es hat vor ungefähr drei Jahren begonnen.« Er holt eine Flasche Wasser und zwei Gläser aus dem Korb. »Damals ist ein mittelgroßes Depot in der Nähe von Prag eingestürzt. Kein Depotmeister hat die Kapseln deaktiviert, nur vier Menschen haben überlebt. Es wurde nirgendwo bekannt gegeben, ich habe es nur erfahren, weil ich damals für Mastermind Welten gebaut habe.« Ein Seitenblick zu mir. »In Designcenter 12. Kennst du ja.«

Ich nicke. »Die Besten sind in zwölf«, zitiere ich unseren Trinkspruch.

»Wir fanden es schlimm, aber wir dachten uns nicht viel dabei. Ich weiß noch, dass Matisse meinte, Häuser stürzen nun mal plötzlich ein. Da kann auch der beste Depotmeister nichts mehr ändern. Der war außerdem selbst unter den Opfern.«

Auf meinem Teller liegen drei Maki-Röllchen, zwei Lachs- und drei Thunfisch-Sushi. Ich greife nach den bereitgelegten Stäbchen. »Und dann?«

»Dann habe ich immer wieder versucht, mich gezielt zu informieren. Habe in meiner Freizeit begonnen, an einem Frühwarnsystem zu arbeiten, mit dem man Depotbewohnern, egal in welcher Welt sie gerade stecken, mitteilen kann, dass sie schnell einen Exit machen sollen, notfalls gewaltsam.« Er blickt auf den See hinaus. »War zu auffällig, du hast das mit deinem Horoskop-System geschickter gemacht.«

»Danke«, sage ich unsicher. »Aber das war gar nicht mein Plan, ich wollte bloß etwas Lustiges …«

»Egal«, fällt er mir ins Wort. »Jedenfalls habe ich von Mastermind eins auf die Finger bekommen. Ich sollte mich lieber um einen attraktiveren Ausbau meiner Welten kümmern. Sicherheit wäre ihre Angelegenheit, und alles sei im Lot.«

Ich schiebe eines der Maki auf dem Teller mit den Stäbchen hin und her. Nicht schwer vorzustellen, wie die Geschichte weitergeht. Von da an hatte das Management ihn scharf im Blick. »Was ist mit deiner Mutter passiert? Denkst du, sie haben sie …«

»Nein, das glaube nicht einmal ich. Sie hat in einem kleinen Depot gelebt, in einem alten Gebäude, das sie sehr mochte. Ich habe ihr mehrmals gesagt, sie soll sich ein anderes suchen, dieses war viel zu nah an einem Fluss. Ich hätte das problemlos organisieren können, aber sie wollte nicht. Sie … mochte den Fluss.«

Tivons Stimme ist immer leiser geworden, und mir ist die Lust auf Sushi vergangen. »Keine Hochwasserwarnung?«, murmle ich.

»Nein.«

Er nimmt einen großen Schluck Wasser aus der Flasche. »Ich habe es nur durch Zufall erfahren und – na ja. Habe nicht sehr geschickt reagiert, sondern dem Management alles an den Kopf geworfen, was ich recherchiert hatte. Daraufhin wurde ich aus dem Team entfernt.« Er sieht mich an, todernst. »Meine Hintertürchen hatte ich schon ins System eingebaut. Das geht jetzt auf deine Kosten, und das tut mir leid.« Er unterbricht sich. Als müsse er erst genau überprüfen, ob er das, was er als Nächstes sagen wollte, wirklich aussprechen soll.

»Etwas anderes bedauere ich aber noch mehr«, fährt er leiser fort. »Und zwar, dass ich meine Daten nicht gründlich genug gelöscht habe. TBE – du weißt schon, Tod-bei-Exit …«

»Ja«, antworte ich grimmig. »Ich weiß.«

»Das habe ich erfunden.«

Für einige Sekunden fegt diese Neuigkeit alles andere aus meinem Kopf. Gedanken, Empfindungen – fort. Es bleibt nichts als dumpfe Leere. »Du?«, stammle ich mühsam. »Du hast für Mastermind einen Killermechanismus entwickelt?«

Seine Augen werden groß. »Was? Nein! Das war für meine eigenen Zwecke. Ich wollte, also …« Er ringt nach Worten. »Es war kaum auszuhalten, auf Lebenszeichen von meiner Mutter zu warten. Ich habe währenddessen TBE programmiert, weil ich mir dachte, ich würde es den Verantwortlichen heimzahlen, wenn sich herausstellen sollte, dass man sie bewusst hatte sterben lassen.« Er sieht mich bittend an. »Aber ich habe es nie eingesetzt. Nie. Was aber nichts daran ändert, dass ich Mastermind eine Waffe in die Hand gegeben habe, die es in sich hat. Und natürlich verwenden sie sie.« Er stützt den Kopf in beide Hände. »Es tut mir so leid. Für Zoe, für dich. Für jeden anderen, den es trifft.«

Würde ich Tivon besser kennen, würde ich ihn tröstend in den Arm nehmen oder ihm auf die Schulter klopfen. Ihm versichern, dass er nicht verantwortlich ist. Aber ich kann ihn zu wenig einschätzen, bisher hatte ich immer den Eindruck, er meidet Körperkontakt. Also versuche ich es mit einer Frage.

»Du hast es entwickelt – warum konntest du es bei mir nicht ausschalten?«

»Weil sie es natürlich an ihre Bedürfnisse angepasst haben. Neu abgesichert, gegen alle. Ganz besonders gegen mich.«

Nachdem ich schweige, hebt er irgendwann den Blick, sichtlich verwundert darüber, dass da nichts weiter kommt. Also sage ich genau das, was mir durch den Kopf geht. »Es muss schlimm für dich sein, vor allem wegen Zoe. Aber deine Schuld ist es nicht.« Mehr fällt mir nicht ein, also stopfe ich mir nun doch Sushi in den Mund, um meine Verlegenheit zu verbergen. Ich verschlinge meine ganze Portion, ohne jeden Appetit.

Irgendwann isst Tivon auch. Langsam, den Blick auf den See gerichtet, in dem sich das Licht der Fackeln spiegelt.

Ich lasse so viel Zeit verstreichen, wie ich aushalte, dann versuche ich, das Gespräch auf ein anderes Thema zu lenken. »Die Designstationen«, beginne ich zögernd. »Woher habt ihr die? Hat Mastermind sie beim Auszug einfach dagelassen?«

»So ähnlich.« Tivon gießt neue Sojasoße in das Schüsselchen. »Ich bin ein paar Monate im Realen geblieben, nach meinem Rauswurf, ich wollte, dass Mastermind mich aus den Augen verliert. Bin rumgewandert und habe in verlassenen Häusern geschlafen. Ab und zu Rüben und Mais von den Feldern geklaut. Irgendwann habe ich von Arbeitern eines Windparks gehört, dass es in der Nähe eine aufgelassene Designstation gibt, und habe mich sofort auf den Weg gemacht. Ich wollte unbedingt testen, ob meine Hintertürchen noch funktionierten. Zwei Tage nach mir kam ein Umsiedelungstrupp von Mastermind, der alles, was noch brauchbar war, abholen sollte.«

»Mist. Und?«

»Gar kein Mist.« Tivon wirft ein Steinchen in den See, Ringe bilden sich auf der spiegelglatten Oberfläche. »Mastermind hatte das Pech, dass Konrad für die technische Leitung dieser Umsiedelung verantwortlich war. Er sollte überprüfen, bei welchen der Stationen sich eine Umsiedelung lohnte. Wir sprachen eine Stunde lang, danach erklärte er zwölf perfekt arbeitende Designstationen für Schrott und ließ sie einfach stehen. Die älteren Kapseln, die hier angeschlossen waren, auch. Zwei Wochen später kam er zurück und meinte, es hätte ihm keine Ruhe gelassen, und er würde mir dabei helfen herauszufinden, ob Mastermind wirklich bewusst Menschen sterben lässt.« Er breitet die Arme aus. »Dann wurden es nach und nach immer mehr Leute. Jackie haben wir genauso aus ihrer Kapsel geholt wie dich. Sie hat früher in Designcenter 10 gearbeitet und sollte beseitigt werden. Zu viele falsche Fragen.«

»Wie?«, falle ich ihm ins Wort. »Wie habt ihr sie hergebracht? Oder mich?«

»Wir haben einen Solartransporter.« Nun strahlt Tivon und sieht zum ersten Mal, seit ich ihm begegnet bin, wirklich sympathisch aus. »Das ist auch Konrad zu verdanken. Er hat ihn repariert, in tagelanger Arbeit. Darauf haben wir schon Jackie in unserer Reisekapsel transportiert, Henry und Elvina. Du bist bisher die Letzte.«

Ein Solartransporter. Ich weiß ja nicht, welches Modell Konrad repariert hat, aber die Reichweite dieser Gefährte ist normalerweise nicht sehr groß. Was sofort meine inneren Alarmglocken läuten lässt. »Wie lange … also, wie weit mussten wir denn fahren?«

Tivon wirft noch einen Kiesel in den See. Dreht langsam den Kopf zu mir. »Du möchtest wissen, wie weit wir von Designcenter 12 entfernt sind, ja?«

Ich nicke. Wünsche mir eine große Kilometerzahl, irgendetwas über hundert.

Doch Tivon lässt mich abblitzen. »Es wäre völlig verrückt von mir, dir das zu verraten. Je weniger Menschen es wissen, desto sicherer sind wir.«

»Hast du Angst, dass ich Cryptos bewusst verpfeife? Oder dass ich mich verplappere?«

»Spielt keine Rolle. Irgendwann wird jemand sich in diese Welt einschleichen, und dann ist es wichtig, dass möglichst niemand weiß, wo Mastermind uns findet. Körperlich, du verstehst.« Er deutet auf das weiß leuchtende Gebäude, das durch die Bäume schimmert. »Es befinden sich derzeit hundertneununddreißig Menschen in Cryptos. Aber nur einundzwanzig von ihnen haben ihre Kapseln in dem Gebäude stehen, das du vorhin kennengelernt hast.«

Nur einundzwanzig? »Und die anderen sind …«

»Über ganz Europa verteilt. Viele von ihnen sind Mastermind schon irgendwann negativ aufgefallen, weil sie Beschwerden eingebracht haben. Zum Beispiel darüber, dass ältere Depotbewohner trotz Anfrage nicht ärztlich versorgt wurden.« Er dreht die Essstäbchen zwischen den Fingern. »Wir sammeln die Unbequemen und sorgen dafür, dass sie sich gut tarnen.«

Ich verstehe. Die Unbequemen. Die guten Beobachter. Die, die sich nicht mit ein paar Bonuspässen zur Beruhigung abspeisen lassen. »Und die einundzwanzig, die wirklich hier sind?«

»Die halten entweder unsere Tarnung aufrecht, wie Konrad. Oder sie waren in akuter Lebensgefahr und in geografischer Reichweite. Wie du.«

Er beißt sich auf die Lippen, und mir ist klar, warum. Mit dem letzten Satz hat er mir mehr verraten, als er eigentlich wollte. Geografische Reichweite. Wie weit fährt ein geladenes Solarmobil? Je nach Modell hundert bis hundertfünfzig Kilometer. Wenn ich mir vor Augen führe, dass sie einen Hin- und einen Rückweg bewältigen mussten, kann ich mir ausrechnen, dass wir uns höchstens fünfundsiebzig Kilometer von meinem Ausgangspunkt entfernt befinden. Vielleicht auch viel weniger.

Ich hätte nicht fragen sollen; heute Nacht werde ich kein Auge zutun.

Sieht man mir meine Beunruhigung an? Tivon macht eine

Bewegung, die mich denken lässt, er wird gleich nach meiner Hand greifen, doch stattdessen zupft er ein paar Grashalme aus und dreht sie zwischen den Fingern. »Es könnte sein, dass Mastermind gezielt nach Leuten Ausschau halten wird, die dich vor dem Stromschlag gewarnt haben. Oder dir bei der Flucht behilflich waren. Gibt es jemanden, den wir warnen sollten? Der möglicherweise gefährdet ist?«

Matisse, ist mein erster Gedanke. Er hat mir eine Warnung nach Cretaceous geschickt, wollte mich aus Austen rausholen und ist persönlich nach Aimera gekommen, um mir zu sagen, dass man mich aus meiner Kapsel geklaut hatte. Sitzt er noch unbehelligt an seiner Designstation? Oder hat man ihn in eine der Strafwelten gesteckt?

Die Antwort darauf ist maximal fünfundsiebzig Kilometer entfernt, aber es könnten ebenso gut fünfundsiebzig Lichtjahre sein. Ich darf mich nicht bei ihm melden, und schon gar nicht darf ich im Designcenter aufkreuzen, wenn ich Cryptos nicht in Gefahr bringen will.

Doch dann fällt mir noch jemand anderes ein, der eine Rettung zu schätzen wüsste. »In Trokar hat mir eine junge Frau geholfen, sie heißt Irma. Eigentlich müsste sie gut hierherpassen. Sie sagte, der Grund für ihre Haftstrafe wäre Unterwanderung des Systems, aber eigentlich hätte sie bloß Lügen aufgedeckt.«

Tivon zieht konzentriert die Brauen zusammen. »Irma? Hm. Unterwanderung des Systems klingt stark nach uns, aber eine Irma kenne ich nicht. Hat sie dir mehr erzählt?«

»Konnte sie nicht. Sie durfte bestimmte Worte nicht aussprechen, weil die bei ihr Schmerzimpulse auslösen.«

»Drecksbande.« Das nächste Grasbüschel muss dran glauben. »Hat sie dir ihren Personalcode verraten?«

»Nein.« Das ist die kurze Antwort; die lange ist, dass ich zwischen Durst, Dornenhecken und Skorpionen keine Sekunde lang daran gedacht habe, danach zu fragen. Wozu auch?

»Dann werden wir nicht herausfinden, wo sie liegt.« Bedauernd zuckt Tivon mit den Schultern. »Ich kann den Datenschutz umgehen und die Kapsel orten, wenn ich den Code habe. Sonst nicht.« Er streckt seine Beine lang aus. Seufzt. »Aber mach dir keine Vorwürfe. Wer in eine Strafwelt verlegt wird, kommt meistens auch in ein speziell bewachtes Depot. Wir könnten sie sowieso nicht aus ihrer Kapsel holen.«

Ich kann also niemandem, der mir geholfen hat, den gleichen Gefallen tun. Kann nicht einmal klären, was mit den Leuten passiert ist.

Durchdringendes Piepsen reißt mich aus meinen düsteren Gedanken, so laut, dass es fast schmerzt. Etwas blinkt rot, der Widerschein färbt das Wasser des Sees. Tivon ist aufgesprungen, er hält ein schmales Kästchen in der Hand. »Verdammt.« Ohne ein weiteres Wort, ohne sich noch einmal umzusehen, läuft er los, auf die Zentrale von Cryptos zu, die wie ein weiß strahlender Würfel in den Nachthimmel ragt.

Ich rapple mich auf und laufe ihm nach, versuche, mit ihm Schritt zu halten. »Was ist passiert?«

»Neuer Notfall. Dammbruch, diesmal sind zwei Depots betroffen.« Er beginnt zu rennen, ich renne mit. Wir steuern nicht auf den Exit-Point zu, sondern auf den Eingang zum Hauptgebäude, wo bereits reges Treiben herrscht. Mindestens dreißig Leute, die durcheinanderreden. Aufgaben übernehmen wollen.

Auch wenn Cryptos immerhin über zwölf reale Designstationen verfügt – virtuell sind es sicher zehn Mal so viele. Wir erreichen den Computerraum, in dem ich gestern Personalcodes entschlüsselt habe. Die meisten Plätze sind bereits besetzt, an einem davon sitzt Konrad, den Blick starr auf den Monitor gerichtet.

Tivon packt ihn an der Schulter. »Wie sieht es aus?«

»Schlecht. Fast tausend Menschen in den zwei Depots, und die Kellerräume stehen schon unter Wasser. Wir haben bisher vier Leute identifiziert und geortet, die Läufer sind unterwegs – aber mal ganz ehrlich: Was sollen die Leute tun, wenn die Kapseldeckel sich öffnen? Das Wasser wird weiter ansteigen. Sollen sie schwimmen?«

Der Platz neben Konrad ist frei, Tivon setzt sich vor den Monitor. »Haben wir Bilder? Gibt es in der Nähe Kameras, die wir anzapfen können?«

»Noch keine gefunden.« Konrads Finger fliegen über das Steuerungsboard. Ich blicke mich um, höchste Zeit, dass ich mir auch einen freien Platz suche.

»Ich habe jemanden!«, ruft eine helle Stimme. »Alban Dasch, befindet sich gerade in Macandor! Und dem Kreuzcheck zufolge gibt es in der Welt noch drei andere, aber von denen habe ich noch keine Codes …«

In Sekundenschnelle stehe ich neben der jungen Frau, die den Treffer gelandet hat. Notiere mir die Kapselnummern auf Zettel und verteile sie unter den Anwesenden. »Sucht die hier zuerst! Die finden wir alle in der gleichen Welt.«

Eine der Entschlüsselungen übernehme ich selbst, starte die Programme, starte den Booster. Vier Personen in Macandor, wo niemand sich so gut zurechtfindet wie ich. »Konrad!«

Er dreht sich nur halb zu mir um. »Ja?«

»Wenn wir die vier gefunden haben, möchte ich Läuferin sein. Ich gehe nach Macandor, dort kenne ich mich besser aus als jeder andere.«

Nun habe ich seine ganze Aufmerksamkeit. »Du verwendest aber deine neue Identität?«

»Klar. Ich gehe als Hanna Alt.« Was den Vorteil hat, dass der Tod für mich Illusion sein wird. Auf der Minusseite habe ich dann keine nennenswerten Gestaltungsrechte für meine eigene Welt und kann keine Exit-Points einrichten. Aber immerhin weiß ich genau, wo sie sich befinden.

»Gute Idee.« Konrad hat sich schon wieder abgewandt. »Ich muss weiterarbeiten.«

Mein Booster ist seit dem letzten Mal an fast allen Stationen im Einsatz, deshalb dauert es nur eine halbe Stunde, bis ich alle vier Personalcodes habe. Ich warte nicht so lange, bis auch die dazugehörigen Namen feststehen, sondern lade mir die Liste ins Inventar und laufe nach draußen.

Außerhalb des Computerraums finde ich eine leere Kammer, ideal für einen unbeobachteten Weltenwechsel. »Transfer.« Der erste gefährdete Bewohner müsste sich in der Nähe des *Triefenden Auges* befinden, einer Schenke am Rand der Stadt Zaina. »Macandor, Stadttor Zaina«, gebe ich an.

Als Hanna Alt muss ich den ganzen Prozess der Persönlichkeitsgestaltung noch einmal durchlaufen, der in Fantastikwelten nun mal üblich ist. Normalerweise macht das riesigen Spaß, aber nicht, wenn man es eilig hat. Elfe, so viel ist klar, ich muss fliegen können. Die Bewaffnung ist auch wichtig, nachts wimmelt es in den Wäldern Macandors von Wegelagerern und Ghulen. Also rüste ich mich mit so vielen Waffen aus, wie es nur möglich ist, lasse mir einen beliebigen Elfennamen ausspucken, den ich mir nicht einmal ansehe – dann bin ich endlich da.

Das nächtliche Zaina liegt vor mir, ein paar geflügelte Wesen schwirren um die Dächer herum. Ich entdecke das *Triefende*

Auge sofort, einen windschiefen Bau ein paar Meter neben dem Stadttor; aus den Fenstern und der geöffneten Tür dringen zu gleichen Teilen Licht und Lärm.

Keine Zeit zu verlieren. Ich trete über die Schwelle, leider ist die Taverne brechend voll und die Stimmung ausgelassen. An mehreren Tischen wird gesungen, eine Runde von Faunen ist in ein Spiel mit laut rasselnden Würfeln vertieft. Überall wird gelacht und gegrölt. Mich durchzufragen kann ich vergessen, also breite ich die Flügel aus und schwebe bis knapp unter die Decke. »Alban Dasch«, brülle ich über die anderen Stimmen hinweg. »Ich suche Alban Dasch!«

Niemand reagiert, also gleite ich weiter ins Innere. Schreie noch einmal, so laut, dass es mich in der Kehle schmerzt. Als das immer noch nichts hilft, lasse ich mich ein Stück tiefer sinken, greife mir einen riesigen Bierkrug von einem der Tische und schleudere ihn zu Boden. Er explodiert förmlich; Tonscherben fliegen herum, Bier verteilt sich auf den dunklen Holzdielen. Jetzt verstummen die Gespräche allmählich.

»Eine verrückte Elfe«, brummt jemand.

»Ich suche Alban Dasch!«, wiederhole ich. »Ist er hier?«

In einer der hinteren Ecken erhebt sich ein Gornak. Verändert seine Haut von Moos zu Spiegelmosaik. »Hier. Was gibt's denn?«

Ausgerechnet ein Gornak. Egal. »Ich habe eine wichtige Botschaft. Komm bitte mit mir nach draußen.«

Die Freunde, mit denen er rund um den Tisch sitzt, johlen und applaudieren. »Wir passen auf deine Getränke auf«, ruft ein Kobold.

Alban schiebt seinen massigen Körper durch die Menge. »Habe ich etwas gewonnen?«

An der Schwelle lasse ich mich zu Boden sinken, greife nach

seiner verspiegelten Hand und ziehe ihn bis zum Waldrand. Er sieht mich an. Lächelt. Nette Augen hat er.

»Hör zu«, beginne ich. »Wir müssen so schnell wie möglich zum nächsten Exit-Point. Dein Depot ist gefährdet, in der Nähe ist ein Damm gebrochen. Du musst raus, sonst ertrinkst du.«

Der einzige Ausdruck in den netten Augen ist Ungläubigkeit. »Aber – dann hätte es doch Alarm gegeben. Bei solchen Ereignissen wird automatisch abgeschaltet, und es kommen Transporter zur Evakuierung.«

»Ja, das dachte ich bis vor Kurzem auch.« Ich ziehe ihn noch ein Stück weiter. »Glaub mir doch bitte. Du musst raus.«

Einen Augenblick lang wirkt er verunsichert, dann fängt er an zu lachen. »Das ist ein Streich von meinen Kumpels aus der alten Grotte, nicht wahr? Die revanchieren sich jetzt, weil ich ihnen letzte Woche zwei Fässer mit ...«

Ich warte den Rest des Satzes nicht ab. Wenn es nicht auf die sanfte Art geht, dann eben anders. »Versuch noch ein paar andere Kapseln zu öffnen, bevor du abhaust«, sage ich, während ich mein Messer ziehe. »Und sieh zu, dass du etwas findest, das du als Schwimmhilfe benutzen kannst, falls das Wasser schon zu hoch steht.« Mit aller Kraft ramme ich ihm die Klinge in die Seite, auf Herzhöhe zwischen zwei Spiegelplatten. Hoffentlich habe ich gut getroffen.

Alban taumelt, sieht mich fassungslos an. »Aber ... aber ich habe dir doch ... nichts –«

Der gewaltige Körper kippt um. »Versuche, Kapseln zu öffnen«, wiederhole ich. »Und beeil dich. Bitte!«

Das blutige Messer immer noch in der rechten Hand, suche ich mir die Koordinaten für den nächsten Bewohner. Von ihm – oder ihr – habe ich keinen Namen notiert, nur den Personalcode. Was reichen muss, jeder kennt den eigenen auswendig.

Das Sumpfgebiet bei Lashan. Ich überlege kurz. Innerhalb einer Welt kann man nicht transferieren, und diesmal habe ich auch keinen Flügler. Aber der würde ohnehin zu lange brauchen.

Also mache ich einen blitzschnellen Transfer nach Sokratia, wo es dunkel und ruhig ist. Von hier aus kann ich zurück nach Macandor, an eine andere Stelle. Weltenhüpferei dieser Art wird nicht gern gesehen, aber das ist mir im Moment herzlich egal, so schnell wird mir niemand eine Transfersperre auferlegen.

Lashans Sümpfe gehören zu meinen Lieblingsgegenden in dieser Welt, vor allem bei Nacht. Hier öffnen die Blüten ihre Kelche erst, wenn es dunkel wird, und leuchten dann ebenso matt wie die Glühwürmchen, an deren Farben man das Wetter des nächsten Tages ablesen kann. Rot für Sonne, Blau für Regen, Grün für Sturm.

Ich lande im Schlamm und biege lange Schachtelhalme zur Seite. Ganz in der Nähe müsste sich ein Elfendorf befinden; wabenförmige Behausungen, die in Baumkronen gebaut wurden. Neben mir bläht eine faustgroße Unke ihren Kehlsack auf, und ich schwebe hoch. Hoffentlich ist Alban schon tot und zurück in der Kapsel und nicht zu benommen, um zu verstehen, in welcher Gefahr er sich befindet. Hoffentlich holt er Mitbewohner raus, die ebenfalls Mitbewohner rausholen.

Etwas in mir wünscht sich außerdem, dass Mastermind diesmal eingreift. Dass die Evakuierungstrupps schon vor Ort sind, mit aufblasbaren Rettungsinseln und großen Transportern.

Naiv von mir. Ich fliege los, die Behausungen sind jetzt gut zu erkennen, auch hinter den meisten der Waben brennt Licht. »Ich suche jemanden mit dem Personalcode H45R2L94«, rufe ich. »Bitte! Es ist dringend!«

Eine Elfe mit silbrig glänzendem Haar schiebt die Wabentür zur Seite. »Was ist denn los?«

Ich schwebe näher. »Bist du das?«

»Nein. Ich würde es aber trotzdem gern wissen.«

»Tut mir leid, es ist eine persönliche Angelegenheit. Kennst du jemanden mit diesem Code? H45R2L94?«

Das silbrige Haar schwingt sanft hin und her, als die Elfe den Kopf schüttelt. »Persönlich? Und du kennst nicht einmal den Namen? Da wüsste ich wirklich gerne …«

Ich lasse sie stehen. Fliege weiter, rufe immer wieder den Code in Richtung der Wabenhäuser. Bekomme nur undeutlich mit, dass die Silberhaarige hinter mir herschwebt.

Vielleicht meldet sich der Besitzer des Codes nicht, weil er bereits ertrunken ist. Weil das Wasser zu schnell gekommen ist, zu heftig. Dann wird es wohl auch für Alban zu spät gewesen sein, und ich habe ihm seine letzten Minuten nicht schöner gemacht. Erst Tod in Macandor, dann Tod im Depot.

Doch beim fünften Baum habe ich endlich Glück. Eine Elfe mit kinnlangem lackschwarzem Haar lugt heraus. »Das … das ist mein Code«, sagt sie zögernd. »Stimmt etwas nicht?«

»Wie gut, dass du noch lebst«, rufe ich, nehme sie an der Hand und ziehe sie hinaus in die Abendluft, ihre Flügel entfalten sich knisternd. »Komm bitte mit mir. Es ist ein Notfall, du musst dich in Sicherheit bringen.«

Immer noch erahne ich den Silberschimmer von Elfenhaar hinter uns, in nicht allzu großem Abstand. Neugierige Bande.

Aber diesmal packe ich es geschickter an als bei Alban. Dafür weniger ehrlich. »Ich komme von Mastermind, bin Teil der

Evakuierungsmaßnahmen. Der Damm in der Nähe deines Depots ist gebrochen, du musst sofort raus hier. Wenn wir uns beeilen, sind wir in fünf Minuten am nächsten Exit. Zügiger geht es, wenn wir dich eliminieren.«

»Der Damm bricht? Das gibt's doch nicht!« Hektisch sieht sie sich um. »Okay, dann machen wir es auf die schnelle Art, ich habe keine Lust zu ertrinken.« Sie entdeckt das blutige Messer an meinem Gürtel. »Ah. Ich bin nicht die Erste.«

»Nein. Hör zu, versuch doch, noch so viele Kapseln wie möglich zu öffnen, damit sich andere auch in Sicherheit bringen können.«

»Na klar. Wirklich toll, dass Mastermind sich so um jeden Einzelnen von uns kümmert!«

Ich unterdrücke das bittere Lachen, das in meiner Kehle hochsteigt. »Verlass dich aber nicht darauf, dass schon jemand vor Ort ist. Ihr werdet euch selbst helfen müssen.«

Sie lächelt und hebt einen Daumen, dann dreht sie in der Luft eine halbe Pirouette. »Zwischen die Flügel stechen, da tut es nicht weh.«

Ich habe das Messer bereits in der Hand, senke es dann aber noch einmal. »Sagst du mir deinen Namen? Ich kenne nur deinen Code.«

»Marit Frey.« Sie dreht den Kopf halb zu mir. »Na los, mach schon!«

Ich steche zu, so tief ich kann. Marit gibt einen ächzenden Laut von sich, ihre Flügel erschlaffen, sie taumelt in der Luft, kreiselt abwärts und stürzt in den Sumpf, zwischen weiß leuchtende Seerosen und grünliche Wasseranemonen. Ihr Körper ist noch einige Augenblicke lang zu sehen, dann versinkt er.

»Alarm!«, kreischt es hinter mir. Die silberhaarige Elfe natürlich. »Mord! Eine von uns wurde ermordet!«

Ich ignoriere das Geschrei und fliege in Richtung Wald, ich werde wieder einen kurzen Zwischenstopp in Sokratia einlegen und dann …

Etwas reißt an meinen Haaren, eine Hand krallt sich in meine Flügel. »Hiergeblieben! Du wirst nicht einfach so verschwinden, ich habe genau gesehen, was du getan hast!«

Ich habe das Messer noch in der Hand; wenn sie nicht loslässt, muss ich es leider gleich noch mal einsetzen.

»Das ist jetzt schon das zweite Mal in acht Tagen«, ruft sie. »Was soll das? Wollt ihr uns Macandor kaputt machen?«

Ich höre auf, mich zu wehren. »Das zweite Mal?«

»Tu nicht so scheinheilig. Letztens war ein ganzer Trupp hier, auch mit einem Personalcode in der Tasche, da haben sie einen Kobold getötet. Richtiggehend gejagt und erlegt. Der hatte drei Monate lang in einem Windpark die Räder geputzt, nur um einen Pass für Macandor zu bekommen. Findet ihr das fair?«

Das klingt nicht, als ob die Jäger aus Cryptos gekommen wären. Eher, als hätte der Kobold Zoe Uhlands Schicksal geteilt.

Keine Zeit, darüber nachzudenken, die Elfe hat sich jetzt eine meiner Haarsträhnen um die Hand gewickelt und zieht mich in Richtung Wabenhäuser zurück, wohl in der Hoffnung auf Verstärkung. Ich kann sie verstehen, aber ich habe für ihre Probleme jetzt leider keinen Sinn.

In einer schnellen Bewegung hebe ich das Messer und schneide damit die Haarsträhne durch. Das unerwartete Nachlassen des Widerstands bringt sie aus dem Gleichgewicht, sie taumelt in der Luft, sinkt ein Stück ab. Diesen Moment nutze ich. Steige höher und setze dann zum Sturzflug auf das nächste Waldstück an.

»Transfer. Sokratia.«

Die Philosophenwelt erweist sich wieder als idealer Ort für einen Zwischenstopp. Ich lande im gleichen Olivenhain wie vorhin, in der Nähe des Ziehbrunnens. Die Luft ist warm und duftet nach Gewürzen, Grillenzirpen erfüllt die Nacht. Um mich herum ist niem…

»Sei gegrüßt.« Ein hochgewachsener Mann tritt auf mich zu. Blond, in dem typischen griechischen Faltengewand, das im Dunkeln ebenso weiß schimmert wie meines.

Gesellschaft kann ich jetzt überhaupt nicht gebrauchen. »Sei ebenfalls gegrüßt«, antworte ich. »Leider muss ich gleich weiter.«

Er lächelt. »Möchtest du Begleitung? Man verirrt sich leicht in diesen Hainen.«

»Nein. Danke.« Ich versuche, möglichst schroff zu klingen, obwohl ich ihn sympathisch finde. Er ist vielleicht dreißig oder fünfunddreißig, und ich glaube nicht, dass er mir irgendetwas Böses antun will. »Ich kenne dich nicht«, sage ich. »Und wie gesagt, ich habe es eilig.«

Er streckt mir seine Hand entgegen. »Theo.«

Ich will mich schon umdrehen und ihn einfach ignorieren, als mir klar wird, wie verdächtig ich mich verhalte. Ich bin in Sokratia, einen Pass für diese Welt bekommt man nur, wenn man sich als innerlich reif, ruhig und besonnen erwiesen hat. Wenn ich weiterhin so gereizt auf ihn reagiere, wird der Mann sich fragen, ob ich wirklich hergehöre. »Hanna«, sage ich deshalb mit breitem Lächeln. »Tut mir leid, aber ich würde gerne allein sein. Ich muss nachdenken. Auf Wiedersehen.«

Ich drehe mich um, mit einem letzten höflichen Kopfnicken, und versuche, zwischen den Olivenbäumen zu verschwinden, doch so schnell werde ich Theo nicht los. Mit ein paar langen Schritten ist er wieder neben mir. »In Sokratia ist es doch

Brauch, Gedanken zu teilen. Deshalb sind wir hier. Nicht wahr?«

Ich nicht. Ich bin hier, weil ich einen guten Absprungspunkt für meinen nächsten Einsatz in Macandor brauche. Aber solange dieser Theo an mir klebt, komme ich nicht weg. »Du hast recht«, sage ich, um Beherrschung bemüht. »Aber manchmal muss ich beim Denken allein sein. Vor allem abends. Vor allem heute.«

Entweder versteht er den Wink nicht, oder meine Wünsche sind ihm schlicht egal. »Was ist es, das dich so beschäftigt, Hanna?«

Ich bleibe stehen. »Das Leben. Der Tod. Die Frage, warum manche Menschen die offensichtlichsten Hinweise nicht kapieren.«

»Ah.« Er lehnt sich gegen einen der Olivenbäume. »Die großen Fragen also. Hm.« Er blickt hinauf zum Himmel. »Das Leben ist unfassbar bunt und facettenreich. Der Tod …«

… ist eine Illusion, ergänze ich stumm, aber Theo führt den Satz nach einer kurzen Gedankenpause anders weiter. »Der Tod ist das große, undurchdringliche Geheimnis, das wir erst durchschauen werden, wenn wir seine Schwelle übertreten haben.« Er verschränkt seine Hände ineinander. »Ich denke viel über den Tod nach, und manchmal habe ich Sehnsucht nach ihm.«

Es ist eine Kurzschlussreaktion. Ich bekomme die Wassermassen nicht aus dem Kopf, die gerade dabei sind, zwei Depots zu fluten und echten Tod zu bringen. Tut mir leid für Theo, aber mir läuft die Zeit davon.

»Wenn du einen kurzen Vorgeschmack möchtest«, sage ich, ziehe das Messer aus dem Inventar und stoße es ihm in die Brust.

Im ersten Moment ist in seinem Gesicht nichts zu lesen als blankes Erstaunen. Plötzlich kommt er mir bekannt vor, auch wenn ich keine Ahnung habe, woher. Wahrscheinlich sieht er bloß jemandem ähnlich. Noch wahrscheinlicher sieht er in Wirklichkeit ganz anders aus.

Jetzt lächelt er, allen Ernstes. Flüstert »Un-fass-bar« und bricht zusammen.

Nur eine Illusion. Ich murmle eine Entschuldigung und laufe tiefer zwischen die Olivenbäume. Nun hat wieder ein Phantom einen unschuldigen Weltenbewohner getötet, doch Theo wird nicht wirklich tot sein, so wie Zoe Uhland, denn er ist kein Mitglied von Cryptos. Keiner von uns.

Ich wünschte, ich wüsste, wieso er mir so vertraut vorgekommen ist.

18

Der Fluss, der das Trypha-Tal in zwei Hälften teilt, schimmert silbern im Mondlicht. Das hohe Gras dämpft jeden meiner Schritte, in der Nähe schreit ein Käuzchen. Es fühlt sich an, als wäre ich völlig allein hier, aber ich weiß, dass die meisten Bewohner des Tals in einem verzweigten, labyrinthartigen Bau leben. Er sieht aus wie ein riesiger Termitenhügel, mit bizarren Kanten, mannshohen Löchern und verschlungenen Treppen.

Ich brauche fast eine Viertelstunde, um mich zu orientieren, fliege zuerst in die falsche Richtung, fluche, kehre um. Endlich kann ich den Hügel in einiger Entfernung vor mir erahnen. Als ich zuletzt nachgesehen habe, waren in diesem Bau zweihundertfünfzig Personen zu Hause. Bewohner aller Arten, deshalb bin ich auch nicht verwundert, als mir auf halbem Weg ein Sylphide entgegenkommt. Bevor er mich ganz erreicht, hält er an, verharrt abwartend in der Luft.

Um ihm zu signalisieren, dass ich nichts von ihm will, versuche ich, in einem großen Bogen um ihn herumzufliegen, doch er schneidet mir den Weg ab. Schwebt direkt vor mich; erst jetzt sehe ich, dass er ein Seil in den Händen hält.

»Wer bist du?«, zischt er mich an.

Alarmiert bringe ich mehr Abstand zwischen uns. Dass der Sylphide mir so feindselig begegnet, muss einen Grund haben. In diesem Tal lebt seine Art friedlich mit den Feen zusammen; an meiner Erscheinungsform kann es also nicht liegen.

»Ich bin nur auf der Durchreise.« Noch einmal versuche ich, an ihm vorbeizukommen. Keine Chance. Doch diesmal bin ich nah genug an ihm dran, um seine Gesichtszüge erkennen zu können. Oder ihre. Es ist dasselbe Exemplar, das mir bei Lennard Menks Leiche begegnet ist.

Kein Zufall, ganz sicher nicht. »Ich könnte dir dieselbe Frage stellen«, rufe ich und versuche, näher an das Wohngebilde heranzukommen. Doch genau das scheint dem Sylphiden nicht zu passen. »Auf der Durchreise, aha. Wohin möchtest du denn?«

»Das geht dich nichts an.« Wenn er mir noch lang im Weg herumschwebt, ist er der Nächste, der ein Messer im Bauch hat. Aber Sylphiden sind schwer zu töten, da versuche ich lieber einen Ausbruch nach links, steige gleichzeitig höher, doch auch diesmal ist mein Gegenüber schneller. »Wieso hast du es denn so eilig?«, fragt er gefährlich leise.

Ich lasse mich wieder sinken, und nun kommt unter uns Leben in die nächtliche Wiese. Drei weiße Gestalten schälen sich aus dem Dunkel; alle von der schaurigsten Art, die ich für Macandor kreiert habe. Albinofeen. Ihre Haut ist ebenso weiß wie ihr Haar, das Gesicht hager, Augen und Flügel schimmern blutrot. Eine von ihnen deutet mit einem langen Finger nach oben, und sie beginnen hochzuschweben. Zwei vor und eine hinter mir.

Der Sylphide lächelt, und erst jetzt wird mir klar, dass gerade seine Verstärkung eingetroffen ist. Ergänzt durch zwei Gornaks, die nun geräuschvoll durch das Gebüsch am Waldrand brechen.

Verdammt. Mit angelegten Flügeln lasse ich mich fallen, fange mich erst knapp über der Erde wieder und steige in einem Bogen über die Baumwipfel. Die Gornaks machen kehrt, die

Albinofeen teilen sich auf wie ein Kampfgeschwader. »Fangen, nicht töten«, höre ich den Sylphiden rufen.

Ich muss aus dem Sichtfeld verschwinden, ganz kurz nur. Für einen Transfer brauche ich zehn ungestörte Sekunden, zehn Sekunden unter einer Baumwurzel oder in einem Erdloch, ungesehen. Doch das ist auch meinen Verfolgern bewusst, ich höre über mir das Rauschen der Baumkronen, als eine der Albinofeen durch das Blätterdach taucht und mit hohler Stimme »Hier ist sie!« ruft.

Die Baumstämme stehen dicht, es ist schwierig, schnell zu fliegen. Aber Macandor ist meine eigene Welt, zum Teufel. Es sollte mir nicht so schwerfallen, ein Versteck zu finden.

Ich fliege im Zickzack, einmal höher, einmal tiefer, die Gornaks habe ich bereits abgehängt. Nicht weit von hier muss der Zugang zu einem Kobolddorf sein, einem, das unter der Erde liegt. Allerdings gut getarnt; wahrscheinlich werde ich ihn auf meiner hektischen Flucht übersehen.

Ein Blick über die Schulter. Zwei der Albinos sind hinter mir. Und nun taucht vor mir eine Amazone auf einem gepanzerten Flügler auf, den Speer wurfbereit erhoben.

Dem Flügler entkommen zu wollen, ist chancenlos. Er ist viermal so schnell wie ich und dabei wendig wie eine Fledermaus. Ich fliege einen Bogen nach rechts, versuche verzweifelt, eine Lösung für meine Lage zu finden. Mir bleibt immer noch mein Messer, das ich gegen mich selbst richten kann, bevor sie mich fangen. Aber auch Feen sind schwer zu töten, zumindest auf diese Art. Ihr Körper ist nicht so kompakt wie der eines Menschen, ein Messer würde zwar Schaden anrichten, wenn es ins Gewebe dringt, aber der Tod käme langsam. Außer bei einem Stich zwischen die Flügel, und den kann ich selbst nicht ausführen.

Feuer würde helfen, doch meine Dämonen habe ich schlafen gelegt. Ein schneller Blick zurück verrät mir, dass die Amazone aufholt. Und jetzt taucht vor mir ein Fels auf, ein hoher Fels, von dem ein Wasserfall stürzt.

Das ist sie, die Lösung, sie liegt direkt vor mir. Der Wasserfall speist einen kleinen, aber tiefen See. Mit all meiner Kraft lege ich noch einmal an Geschwindigkeit zu, mein Rücken schmerzt von den angestrengten Flügelschlägen, mein Herz rast. Aber ich werde gleich da sein, gleich. In einem letzten Haken weiche ich einem schlanken Baum aus, dann bin ich über dem schwarzen Wasser, mein Spiegelbild ist wie ein verwischter Schatten auf der Oberfläche. Wie ein Phantom auf einem Monitor, denke ich und lasse mich fallen. Schließe die Augen. »Transfer.«

Das Wasser umfängt mich eiskalt, ich stoße den angehaltenen Atem aus. Jetzt kann mich niemand mehr sehen, es müsste also funktionieren. Cryptos, forme ich mit den Lippen, aber es passiert nichts, natürlich nicht. Transferziele müssen deutlich ausgesprochen werden. Trotzdem versuche ich es noch einmal, Cryp…

Im gleichen Moment taucht neben mir jemand ins Wasser – die Amazone. Sie muss von ihrem Flügler gesprungen sein, nun schwimmt sie auf mich zu, den Speer in der Hand.

Ich werde nicht entkommen. Sie werden mich fangen, und wer weiß, was dann geschieht. Im schlimmsten Fall bringen sie mich dazu, Cryptos zu verraten. Es gibt keinen Ausweg mehr, außer einem einzigen.

Ich öffne den Mund und atme. Atme Wasser ein. Es schmerzt heftiger, als ich es mir vorgestellt habe, als würde sich mein Brustkorb mit großen, spitzen Scherben füllen. Die Amazone ist jetzt bei mir, sie packt meinen Arm, reißt daran, will mich nach oben ziehen.

Ich nutze die letzte Kraft, die mir noch bleibt, um sie abzuschütteln. Meine Flügel saugen sich mehr und mehr mit Wasser voll, werden schwerer, ziehen mich nach unten.

Die Amazone hält immer noch mein Handgelenk fest, versucht, uns beide an die Wasseroberfläche zu bringen, aber sie wird bald Luft holen müssen. Ich erkenne es an ihrem Gesicht, an der wütenden Verzweiflung darin.

Mein Blickfeld trübt sich ein, die Dunkelheit kommt von den Seiten. Das Letzte, was ich wahrnehme, ist, wie die Amazone mich loslässt und mit kräftigen Zügen nach oben schwimmt, während ich auf den Boden des Sees sinke.

Gewonnen.

Zischend öffnet sich über mir der Kapseldeckel, ich reiße mir die Maske vom Gesicht und schnappe nach Luft, keuche, fühle noch das Stechen in den Lungen, das nur langsam verebbt. Ich bin allein. In dem Raum, von dem aus ich eingestiegen bin, stehen noch zwei andere Kapseln, doch sie sind nicht besetzt.

Beim Aufstehen wird mir schwindelig, und ich lasse mich noch einmal zurücksinken. Es sind also eben zwei Phantome in Macandor aufeinandergetroffen. Ich und der Sylphide, mein alter Bekannter aus den Bergen. Wie schnell er und sein Trupp zur Stelle waren. Liegen sie hier auf der Lauer und warten auf verdächtige Ereignisse? Tun sie das in allen meinen Welten?

Ich sollte sofort wieder nach Cryptos transferieren. Oder doch erst mal hierbleiben? Jeder Gedanke, jede Entscheidung fällt mir schwer, mein Kopf fühlt sich an, als wäre er mit nassem Sand gefüllt. Als ich endlich beginne, mich aus der Kapsel und auf die Beine zu quälen, höre ich Schritte von draußen. Wenige Sekunden später steht Jackie im Raum. »Hey! Alles gut? Du siehst mitgenommen aus.«

»Bin gerade ertrunken«, krächze ich.

»Uuuuh, das ist unangenehm.« Sie schüttelt sich. »Ist mir auch schon passiert.«

Bei mir war es das erste Mal, und es zwingt den Gedanken an die überfluteten Depots in mein taubes Gehirn. »Wie läuft unsere Aktion? Ich hatte bei zwei Personen in Macandor Erfolg, ich hoffe, sie haben sich und ein paar andere gerettet. Mehr habe ich nicht geschafft, jemand wurde auf mich aufmerksam.«

»Soweit ich weiß, läuft es nicht schlecht«, sagt Jackie, enthusiastisch hört es sich nicht gerade an. »Du solltest besser Konrad fragen, der ist allerdings in Cryptos. Die meisten sind dort, entweder zum Entschlüsseln oder als Läufer. Im Moment sind nur zehn von uns draußen.« Sie lächelt. »Wache schieben und Kapselkontrolldienst.«

Damit ist meine Entscheidung gefallen. »Ich gehe auch wieder rein. Danke, Jackie.«

Sie reckt beide Daumen nach oben und hilft mir dabei, mich zurück in die Kapsel zu legen. »Bis später.«

Ich lande direkt hinter dem großen Nachrichtenboard, auf dem eine erste Zusammenfassung der Geschehnisse eingeblendet ist.

Rettungsaktion Depots Nord43s2 und Nord43s3:

89 Bewohner identifiziert.

42 Läufer unterwegs.

306 Exits, ob durch Flucht oder Tod, ist uns nicht bekannt.

Freiwillige werden weiterhin gesucht.

Dreihundertsechs Exits. Wenn das alles Menschen sind, die wir rausgeholt und die dann die Kapseln ihrer Mitbewohner geöffnet haben, ist das ein großartiger Zwischenerfolg. Vorausgesetzt, sie sind danach nicht in die heranströmenden Wassermassen geraten.

»Wir haben keine Nachrichten direkt von den Depots«, sagt Tivon, nachdem ich ihn im Computerraum aufgestöbert habe. Um ihn herum sind alle emsig mit ihren Entschlüsselungsvorgängen beschäftigt, auch sein Rechner jagt Zahlenkolonnen über den Monitor. »Ich versuche die ganze Zeit, mich in einen der internen Infokanäle von Mastermind einzuklinken, aber es klappt nicht.« Er blickt zu mir hoch. »Wie lief es bei dir?«

»Mittelmäßig.« Ich berichte ihm von Alban Dasch, den ich per Herzstich zu seinem Glück zwingen musste, und von Marit Frey, die deutlich kooperativer war. »Aber danach ging alles schief. Ich bin praktisch schon erwartet worden, es war eine ganze Horde von Gornaks und Albinofeen, die mich fangen wollte.«

Tivons Mundwinkel zucken belustigt. »Gornaks?«

»Ja. Aber die kannst du nicht kennen, wenn du noch nie in Macandor warst. Jedenfalls haben sie alles darangesetzt, mich lebendig in die Finger zu kriegen. Sie müssen etwas von unseren Rettungsaktionen mitbekommen haben.«

»Wahrscheinlich.« Er seufzt gequält. »Natürlich werden sie stutzig, wenn sich plötzlich Bewohner vor einer Gefahr in Sicherheit bringen, die sie eigentlich gar nicht mitbekommen sollten.«

Es sind Exits, denke ich. Kann Mastermind so schnell unterscheiden, ob jemand bloß die Kapsel geöffnet hat oder tot ist? Ja, wahrscheinlich. Die Sache mit dem Datenschutz gilt nur für die niedrigeren Ränge, die Alphas sehen, was sie wollen. »Weißt du, ob andere Läufer auch verfolgt wurden?«

Tivon schüttelt den Kopf, sichtlich besorgt. »Ein paar sind schon zurück, aber nicht alle.«

Wir schweigen beide, und ich vermute, aus dem gleichen Grund. Der Gedanke, dass einer der Läufer erwischt werden und Cryptos verraten könnte, ist wie eine weitere dunkle Wolke am Horizont.

»Wie bist du entkommen?«, erkundigt er sich schließlich.

»Ertrunken.«

»Ah. Wie passend. Und clever, da konnte dir keiner folgen.«

Eine Weile betrachten wir wieder die Zahlen auf dem Monitor. Jede davon ein Menschenleben. Ein Schicksal, das auf der Kippe steht. »Ich verstehe schon, warum Mastermind keine Überlebenden will«, sagt Tivon nach einiger Zeit. »Die reden nämlich. Stellen Fragen, zum Beispiel danach, warum die Warnsysteme versagt haben. Je mehr Leute der Sicherheit ihrer Kapseln misstrauen, desto mehr werden in der Realwelt bleiben. Und dann bekommt Mastermind ein Problem, denn dann wird die Unzufriedenheit groß sein. Hitze, schlechtes Essen, chlorhaltiges Trinkwasser – zwei oder drei Monate, dann gibt es erste Aufstände.«

Jetzt zitiert sogar Tivon Lauritz, der das Gleiche gesagt hat, bei seinem Besuch in Designcenter 12, als er sich Olga zur Brust genommen hat. *Wenn wir die Kontrolle verlieren, haben wir demnächst Unruhen, vielleicht sogar Aufstände. Ich tue das Meine, um das zu verhindern. Tun Sie das Ihre.*

Geschieht das gerade? Sorgt Cryptos dafür, dass Mastermind die Kontrolle verliert? Weil wir Menschen beim Überleben helfen, die anschließend erzählen können, was passiert ist? Oder vielmehr nicht passiert?

Die Tür springt auf, ein Junge um die siebzehn stürmt herein. »Zwei habe ich aus Celebrity rausgeholt, dann musste ich abhauen.«

Alarmiert steht Tivon auf. »Wurdest du verfolgt?«

»Ja, woher wisst ihr das? Mit Netzen, sie wollten mich fangen, nicht töten. War eine knappe Sache.«

Konrad hat sich von einem der Arbeitsplätze erhoben und legt dem Läufer die Hand auf die Schulter. »Aber … du hast keinen direkten Transfer nach Cryptos gemacht. Oder?«

»Natürlich nicht!« Der Junge wirkt beinahe empört. »Ich riskiere doch nicht, dass jemand die Zielangabe hört! Nein, ich bin über RamsesII gegangen. Bisschen altägyptische Sonne auf der Haut spüren.«

»Bestens«, sagt Konrad, und im gleichen Moment geht ein Ruck durch Tivons Körper. Er beugt sich vor, bis dicht an den Monitor heran. »Das sieht gut aus.« Mit dem Zeigefinger tippt er auf den Bildschirm. Strahlt. »Leute, ich glaube, wir haben einen Zugang zum Nachrichtenkanal. Jetzt können wir mitlesen, was Mastermind plant. Wir werden ihnen so was von in die Quere kommen!«

Sofort schart sich eine vielköpfige Gruppe um uns. »Lass sehen!«

Tivon hat die betreffende Seite geöffnet, doch da ist nichts als gähnende Leere. Das Management von Mastermind scheint sich derzeit nichts zu sagen zu haben. Wir warten minutenlang. »Bist du sicher, dass das ein Nachrichtenkanal ist?«, fragt Konrad in die Stille hinein, und fast im gleichen Moment erscheinen die ersten Sätze auf dem Bildschirm.

Wir wissen nicht, wo ihr seid, aber wir ahnen, wer ihr seid. Was ihr derzeit tut, richtet mehr Schaden als Nutzen an, aber uns ist klar, dass ihr diese Ansicht nicht teilt, deshalb müssen wir Maßnahmen ergreifen.

Wir schlagen klärende Gespräche vor. Dafür bitten wir eine Reihe von Personen, nach Konferenz4 zu transferieren. Da wir vermuten, dass ihr das nicht freiwillig tun werdet, müssen wir bedauerlicherweise unserer Bitte Nachdruck verleihen. Wir haben also bei jeweils einem eurer Verwandten eine Tod-bei-Exit-Einstellung eingerichtet. Sie wird sofort deaktiviert, wenn der Betreffende sich am Besprechungsort einfindet.

Renata Gerlach
Joel Deym
Hana Nakamura
Mika Olson
Tasso Berzing
Monty Pasco
Raven Lee …

Ich bin zurückgewichen, die Hände über den Mund. Immer mehr Namen werden aufgelistet, aber das sehe ich kaum noch, ich atme gegen eine Panikattacke an.

Monty. Sie bedrohen meinen Bruder mit dem Tod, weil sie wissen, dass ich nicht einfach aus Trokar verschwunden sein kann. Mein Transfer nach Cryptos muss für sie wie ein Ausfall gewirkt haben – aber offenbar glauben sie nicht, dass ich tot bin.

Mein Brustkorb ist so eng, dass ich kaum noch Luft schöpfen kann. Es ist Nacht, Monty schläft sicher längst, wenigstens hoffe ich das. Der Schlaf-Exit passiert beim Einschlafen, den muss er hinter sich haben. Wenn er jetzt aufwacht, passiert gar nichts, erst, wenn er sich das nächste Mal abends schlafen legt. Oder ein Nickerchen macht …

Der Gedanke lässt meine innere Lähmung verschwinden. Wir müssen sofort etwas tun. Ich zerre den ebenfalls erstarrt wirkenden Tivon von seinem Stuhl hoch. »Die Exit-Sperre, die du mir verpasst hast – wie programmiert man die?«

Er sieht mich nicht an, hat den Kopf zum Bildschirm gedreht. »Was?«

»Mein Bruder steht auf der Liste.«

Nun wendet er sich mir doch zu. »Meiner auch.«

In seinen Augen lese ich die gleiche Mischung aus Angst und Schuldgefühlen, die mich selbst erfasst hat. Mastermind bedroht unsere Geschwister, Eltern und Freunde, um uns in die Finger zu bekommen. *Wir wissen nicht, wo ihr seid, aber wir ahnen, wer ihr seid.* Leider liegt Mastermind ziemlich richtig mit seinen Ahnungen.

»Eine Exit-Sperre«, wiederhole ich. »Die hat doch bei mir auch funktioniert. Wer hat sie programmiert, warst du das?«

Er nickt. »Ich und Konrad. Es war ein langwieriger Prozess, obwohl wir von dir die wichtigsten Daten hatten. Zu zweit sind wir fünf Stunden drangesessen.« Er wirft einen Blick über die Schulter. »Es sind jetzt schon mehr als zwanzig Namen auf der Liste. Die können wir nicht alle schützen. Ich gehe.«

»Was?« Ich stelle mich ihm in den Weg. »Du kannst unmöglich so naiv sein. Denkst du, sie klopfen dir freundlich auf die Schulter, weil du so einsichtig warst, und alles wird gut?«

Er lacht bitter auf. »Nein. Sie werden mich beiseiteschaffen, natürlich werden sie das. Aber wenn ich nicht gehe, ist mein Bruder dran, und das kommt nicht infrage.«

Ich klammere mich an seinem Ärmel fest. »Du traust ihnen so weit, dass du denkst, sie verschonen unsere Brüder, sobald sie uns haben? Plötzlich glaubst du, Mastermind spielt fair? Ich schlage Variante drei vor: Niemand stirbt. Du programmierst so viele Sperren, wie du kannst. Gleichzeitig schicken wir Läufer. Ausliefern können wir uns am Ende immer noch, wenn nichts anderes hilft.«

Tivon reagiert nicht, aber Konrad hat offenbar gehört, was

ich gesagt habe. »Sie hat recht, wir geben nicht einfach auf.« Er schlägt Tivon so fest auf den Rücken, dass der aus seiner Erstarrung erwacht. »Okay. Wie gehen wir vor?«

»Wir fangen einfach an.« Ich ziehe ihn zu einem der freien Arbeitsplätze. »So. Erklär es mir.«

Es geht stockend voran, weil Tivon sich immer wieder ablenken lässt, wenn jemand aus dem Cryptos-Team einen vertrauten Namen entdeckt. Ein Mann, den ich nicht kenne, bricht beinahe zusammen, als er sieht, dass seine Tochter betroffen ist. Konrad läuft von einem zum anderen, um sie zu überzeugen, dass Nachgeben nicht helfen würde. Gerry sitzt in einer Ecke und tröstet eine junge Frau, die an seiner Schulter weint.

Nach zehn Minuten ist mir alles klar. Man braucht den Personalcode und außerdem einen Zugang in die Einstellungen des Betreffenden. Dort lässt sich mit einem kleinen, von Tivon entworfenen Virus ein Programm einschleusen, das den Exit-Mechanismus lahmlegt. Das Virus ist ein raffiniertes Biest, das den Vorgang wiederholt, wenn der Exit wieder freigeschaltet wird. Sollte eigentlich verlässlich funktionieren.

»Es ist aber höchstens eine Frage von Tagen, bis sie herausgefunden haben, wie wir das System blockieren, und dann eliminieren sie mein Virus«, sagt Tivon mit düsterer Miene. »Viel besser wäre es, wir könnten den Tötungsbefehl löschen, aber das ist uns bisher nicht gelungen. Möglicherweise klappt es nur mit einem Alpha-Zugang, und den kann ich nicht simulieren.« Er presst kurz die Lider zusammen. »Wir gewinnen also bloß ein wenig Zeit. Früher oder später …«

»Zeit ist im Moment das Wichtigste.« Ich setze mich an eine der Arbeitsstationen und logge mich mit einem der getarnten Zugänge bei Mastermind ein. Montys Personalcode weiß ich auswendig, aber dann ist erst mal Schluss. Wie Tivon gesagt hat, es ist eine zähe Angelegenheit, in die Einstellungen eines Benutzers zu kommen. Alles gesichert, alles codiert.

Während das Entschlüsselungsprogramm läuft, sehe ich mich um. Konrad sitzt jetzt ein paar Meter weiter und arbeitet an drei Rechnern gleichzeitig. Lennard ist zu uns gestoßen und hat sich mit grimmiger Miene einen Platz ganz am Rand des Computerraums gesucht.

Die Zeit kriecht dahin. Nach einer Stunde hat das Programm noch keinen Treffer gelandet, auch nach zwei Stunden sind Montys Einstellungen nach wie vor dicht. Ich kann nicht länger ruhig sitzen, also beginne ich, zwischen den Tischreihen herumzulaufen, steuere schließlich auf den Monitor zu, auf dem immer noch die verheerende Botschaft von Mastermind geöffnet ist. Fünfundzwanzig Namen. Und eine Forderung, von der sie wissen, dass wir nur im äußersten Notfall darauf eingehen würden.

Was haben sie davon, wenn sie unsere Angehörigen töten? Sie wissen, dass wir sie dann nur umso verbitterter bekämpfen würden.

Und im nächsten Moment begreife ich. Natürlich. Köder. Sie ahnen, dass wir erst noch eine andere Taktik versuchen werden, nämlich die Menschen zu warnen, die uns am Herzen liegen. Sie werden uns erwarten. Ich bin ihnen in Macandor knapp entkommen, aber irgendwann werden sie mehr Jagdglück haben, sie werden einen der Läufer erwischen. Jetzt wissen sie auch, in wessen Nähe sie suchen müssen. Wenn sie erst mal jemanden haben, finden sie Möglichkeiten, ein paar Informationen aus ihrem Gefangenen herauszupressen. Wie viele wir sind. Was wir wissen, was wir vorhaben. Und vor allem: wo wir stecken. Sie haben eine Falle gestellt und warten jetzt darauf, dass wir hineintappen.

Das Problem ist: Bei mir wird es funktionieren. Ich kann Monty nicht im Ungewissen darüber lassen, in welcher Gefahr er schwebt. Wir können zwar seinen Schlaf-Exit für gewisse Zeit stilllegen – hoffentlich –, aber was, wenn er in die Themse fällt und ertrinkt? Oder bei einer Schlägerei im Pub einen Bierkrug über den Schädel bekommt? Sein Tod wäre echt, und ich würde mir das nie verzeihen.

In meinem Schock vorhin habe ich mir die Liste mit den fünfundzwanzig Namen nicht genau angesehen, jetzt stelle ich mich vor den Monitor und gehe sie noch einmal durch. Hoffe, weder meine Eltern noch Matisse darauf zu finden.

Beide Wünsche werden mir erfüllt, dafür stoße ich auf einen Namen, mit dem ich nicht gerechnet habe: Irma. Irma Bentes, ist das die Irma, die mich in Trokar unter ihre Fittiche genommen hat? Die vor meinen Augen erschossen wurde? Wenn ja, schwebt sie in schlimmerer Gefahr als alle anderen, denn Sterben gehört in Trokar zum Alltag, das war nicht zu übersehen.

Ihr Vorname ist nicht häufig, und die Menschen auf der Liste stehen alle in Verbindung mit jemandem von Cryptos. Ich richte mich auf. »Kennt irgendwer von euch eine Irma Bentes?«

Allgemeines Schulterzucken. Kopfschütteln. Bloß Lennard sieht nachdenklich drein. »Könnte sein, dass sie mal in Designcenter 8 gearbeitet hat«, sagt er nach ein paar Sekunden. »Da gab es eine Irma in der Technikabteilung, aber sicher bin ich nicht.«

Kann das dieselbe Frau sein? Sie hat mir nicht erzählt, dass sie für Mastermind tätig war. Ging wahrscheinlich nicht, dazu hätte sie wohl ein paar der mit Stromstößen abgestraften Worte gebraucht.

Was war es noch mal, wofür sie zwei Jahre bekommen hat?

Unterwanderung des Systems, genau. Oder, nach ihrer Beschreibung: Aufdeckung von Lügen. Was mich nun denken lässt, dass Irma vielleicht von den Vorgängen rund um die gefährdeten Depots gewusst hat. Und den Mund nicht halten wollte.

Weiß sie noch mehr?

Ich blicke mich unter den emsig arbeitenden Cryptos-Leuten um, die sich die Nacht um die Ohren schlagen, um Exit-Sperren anzubringen. »Arbeitet schon jemand an Irma Bentes?«

Eine Frau mittleren Alters mit langem schwarzem Zopf hebt die Hand. »Ich. Aber ich habe noch nicht einmal ihren Personalcode herausgefunden.«

Shit. Langsam geht das alles, viel zu langsam. Ich ertappe mich dabei, wie ich mir das Bein reibe, in das der Skorpion gestochen hat. Ich bin Irma etwas schuldig, aber ich will erst sicherstellen, dass mein Bruder außer Gefahr ist.

Nur leider hat zwei Stunden später noch immer keines der Programme den Zugang zu seinen Einstellungen gefunden. Bald wird draußen der Morgen dämmern, in der virtuellen und der realen Welt. Am liebsten würde ich einen der Stühle durch den Computerraum schleudern, es ist zum Verrücktwerden.

Ein Blick auf Tivon, ihm muss es ähnlich gehen. Sein Mund ist nur noch ein schmaler weißer Strich, er hypnotisiert den Monitor geradezu. Ich stelle mich zu ihm. »Wie steht es um deinen Bruder?«

Tivon gibt ein gequältes Schnauben von sich. »Ich habe eben herausgefunden, dass er sich in Tjost aufhält.« Er sieht hoch, und zum ersten Mal, seit ich ihn kenne, kann ich in seinen Augen Hilflosigkeit lesen. »Weißt du, was Tjost ist?«

»Keine Ahnung, tut mir leid.«

»Mittelalterliche Lanzenturniere zu Pferd. Bei einem einzigen Turnier gehen bis zu fünfzehn Leute drauf. Werden durchbohrt, von Pferden totgetrampelt oder brechen sich beim Sturz das Genick. Was ja egal wäre, wenn …« Er lässt den Satz im Nichts enden, als wäre ihm die Atemluft ausgegangen.

Ich lege ihm eine Hand auf die Schulter. Möchte sie im gleichen Moment wieder zurückziehen, aber Tivon zuckt nicht einmal. »Du könntest ihn herholen«, schlage ich vor. »Schick ihm die gleichen Botschaften wie mir, ein Buchstabenpuzzle. Lass ihn nach Cryptos kommen.«

»Würde ich machen, wenn ich mir die geringste Chance ausrechnen würde, dass er auf kleine Zeichen achtet. Aber ich kenne Joel, das tut er nicht.«

Wieder habe ich Irma vor Augen. Könnte ich sie herholen?

»Wir müssen jetzt noch vorsichtiger sein als bisher.« Er gibt eine neue Zeichenfolge ein. »Wenn einmal zu viel durchgesickert ist, helfen auch die weißen Kammern nichts mehr. Derzeit weiß Mastermind nicht, wer sich alles in Cryptos befindet. Aber ein Spion, der über die Wiesen spaziert und mit den Leuten plaudert, hat sehr schnell sehr viele Namen. Dann lokalisieren sie die Kapseln der Systemfeinde, und dann …«

Er spricht nicht weiter. Muss er auch nicht, die Möglichkeiten sind offensichtlich. Strafwelt. Oder Schlimmeres. Warum nicht eine Tod-bei-Exit-Programmierung, diesmal ohne Warnung?

»Ein geschickter Spion findet dann auch schnell heraus, wer diejenigen sind, die den wahren Standort der Zentrale kennen«, führt Tivon seine Gedanken weiter aus. »Man kann jemandem auch hier so lange wehtun, bis er den Ort verrät. Und dann würde es keine zwei Stunden mehr dauern, bis bewaffnete Einsatzkräfte bei uns auftauchen.« Sein Gesichtsausdruck verhärtet sich. »Du hattest vorhin recht, niemand darf nach Konferenz4 gehen. Niemand darf den Namen Cryptos aussprechen. Sie hätten uns dann alle. Wenn sie uns im Virtuellen fangen, sind wir bald ganz real tot.«

Ich habe meine Hand von seiner Schulter gezogen, er scheint auch das nicht bemerkt zu haben. Mir ist klar, was er mir sagen will: Ich kann niemanden herholen, ohne die Sicherheit von Cryptos aufs Spiel zu setzen. Aber ich kann Monty sagen, dass er nicht einschlafen darf. »Ich gehe jetzt und warne meinen Bruder«, flüstere ich.

Er reagiert nicht sofort, aber er ballt seine linke Hand zur Faust, bis die Knöchel sich weiß verfärben. »Wie lange hast du gebraucht, um das Störsignal zu programmieren und mit dem neuen Personalcode zu verknüpfen?«

»Einen ganzen Tag.«

»Dann kostet das jetzt zu viel Zeit. Ich würde nichts lieber tun, als selbst nach Tjost gehen, aber …« Seine Faust öffnet und schließt sich. »Würdest du? Du verstehst schon. Gehen und Joel warnen?«

»Ich … ja. Natürlich.« Es klingt weniger kraftvoll, als ich es gerne hätte.

Tivon hat mein Zögern mitbekommen und den Grund sofort begriffen. »Ich kümmere mich einstweilen um die Exit-Sperre bei – wie heißt dein Bruder?«

»Monty.«

»Bei Monty. Du musst dir keine Sorgen machen, in zwei oder drei Stunden sitzt er fest.«

Es ist entweder dieser Satz oder meine innere Anspannung, die dringend ein Ventil braucht – jedenfalls beginne ich zu lachen, lache, bis ich mich krümme. Kann nicht aufhören.

Irgendwann fühle ich, wie Tivon seine Arme um mich schlingt, wie er mich an sich drückt. Mein Lachen verebbt, ist mir plötzlich unangenehm. Wie schlimm muss mein Kontrollverlust gewesen sein, dass er Tivon seine Zurückhaltung aufgeben lässt?

»Es tut mir leid«, murmelt er. »Dass ich dich in diese Situation gebracht habe. Ich habe sie selbst gewählt, du nicht.«

Wenn ich nicht aufpasse, schlägt der eben abgeebbte Lachkrampf in einen Heulanfall um. »Schon gut.« Ich befreie mich aus der Umarmung, bevor sie mir meinen Kampfgeist raubt. »Ich ziehe los. Tjost, hast du gesagt, richtig? Wo genau?«

»Die Festung heißt Tancarville. Hör mal, ich weiß, dass das nicht selbstverständlich …«

»Schon gut. Habe ich einen Pass für Tjost?«

»Ja.«

Ich blicke zu Boden. »Auch einen für Trokar?«

Tivons Augen werden groß. »Für Trokar? Nicht dein Ernst.«

»Doch. Füge ihn bitte in meine Kollektion ein.«

Ich kann sehen, wie er ein Kopfschütteln unterdrückt. »Wenn du meinst.« Er greift noch einmal nach meinem Arm, es ist eine ungeschickte Bewegung, zwischen Streicheln und Drücken. Tivon kann nicht leugnen, dass er ungeübt ist, wenn es um körperlichen Kontakt geht, egal ob virtuell oder real. »Viel Glück.«

19

Ich habe mir die Reihenfolge meiner Einsätze gut überlegt. Zuerst werden die gewarnt, bei denen die Gefahr am größten und gleichzeitig am schnellsten zu bannen ist. Daher ist Joel der Erste auf meiner Liste; ihn zu finden sollte kein Problem sein; Turniere sind schließlich keine unauffälligen Veranstaltungen.

Ich rieche Pferd, noch bevor ich meine Umgebung sehen kann. Es knistert unter meinen Schuhen, und als ich bei der Ankunft ein wenig schwanke und Halt suche, findet meine Hand glattes Holz.

Dann lichtet sich der Nebel, und ich stehe in einem Stall. Ein kurzer Blick an mir hinunter – aha. Meine Kleidung sieht sehr nach Magd aus. Ein Zufallsergebnis; ich wollte keine Zeit für die Auswahl des Outfits verschwenden; je früher ich Joel finde, desto eher kann ich mich um Irma kümmern. Und Monty, mein Gott, am liebsten würde ich ihn zuallererst suchen, aber wenn ich nicht nur einen Menschen retten will, sondern drei, muss er noch warten.

Draußen dämmert der Morgen. Das große braune Pferd, neben dem ich gelandet bin, sieht mich aus sanften Augen an und stupst mit der Nase gegen meine Schulter. Ich klopfe ihm den Hals, sehe die Staubpartikel im Licht tanzen, das durch die Bretterritzen des Stalls dringt. Keine Ahnung, wer diese Welt modelliert hat, aber er versteht etwas von seinem Job.

Mein Transfer scheint punktgenau geklappt zu haben; vor mir ragt eine mächtige Burg auf.

Die Ersten dort sind schon wach. Eine Frau, sehr ähnlich gekleidet wie ich, schüttet etwas aus einem Eimer über die Mauer; ich will gar nicht so genau wissen, was.

Links von mir farbige Zelte, rot, weiß, grün gestreift. Dahinter entdecke ich den Turnierplatz: eine lange Sandbahn, daneben eine Holztribüne, auf deren Dach Flaggen wehen. Erleichtert stoße ich die Luft aus den Lungen. Das Schwierigste sollte geschafft sein. Ich muss nur noch jemanden finden, der mich zu Joel bringt.

Der einzige Mensch, den ich weit und breit sehe, ist ein älterer Mann, der vor einem der Zelte eine Rüstung poliert. Ich trete zu ihm. »Hallo. Ich suche jemanden namens Joel. Er soll hier bei den Turnieren kämpfen.«

Der Alte hört nicht auf, die Brustplatte zu putzen. Er zieht die Nase hoch. »Joel, hm? Ja, den kenne ich. Heute habe ich ihn aber noch nicht gesehen.« Er grinst, entblößt dabei ein ziemlich lückenhaftes Gebiss. »Sonst allerdings auch keinen.« Er weist mit dem Kopf in Richtung der aufgehenden Sonne. »Du bist ganz schön früh dran, Mädchen.«

Ja, das wird mir leider erst jetzt richtig klar. Joel schläft garantiert noch. Wird irgendwann in seiner Kapsel erwachen, die knappe Stunde Realitätsstopp durchmachen und dann hertransferieren.

»Wann geht das Turnier denn los?«

Der Mann spuckt durch eine seiner Zahnlücken auf den Boden. »Welches? Zwei sind heute Vormittag, drei am Nachmittag. Wenn du das erste meinst, das beginnt um zehn Uhr.«

Bis dahin sind es noch gut vier Stunden. »Und ab wann werden die Ritter hier sein?«

Er kratzt sich am Kinn. »Kommt drauf an. Die meisten zwei Stunden vorher. Manche auch später. Schwer zu sagen.«

Ich verabschiede mich freundlich, während ich innerlich fluche. Vier Stunden, das ist zu knapp, um nach Trokar zu gehen und Irma zu warnen. Aber für Montys Rettung müsste die Zeit reichen.

Also zurück in den Stall. Das braune Pferd wiehert freudig, als es mich kommen sieht. Ich streichle über die wunderbar weiche Pferdenase. »Bis später, Süßer.«

Wie immer wirft der Gestank mich fast um. Ich habe beim Transfer »London1622, City of Westminster« als Ziel angegeben und bin unangenehm nah an der Themse gelandet. In einem abgerissenen Kleid und löchrigen Schuhen – kein Spaß bei dem Dreck auf den Straßen.

Es riecht nach vergammeltem Fisch und faulen Eiern, als ich mich auf den Weg in die Marktgasse bei St Paul's mache. London ist nicht mehr völlig ausgestorben, die ersten Leute schlendern herum oder lehnen sich aus ihren Fenstern. Eine Frau kommt mir entgegen, sie unterhält sich mit dem Huhn, das sie unter dem Arm trägt.

Hoffentlich ist Monty auch schon wach. Hoffentlich glaubt er mir. Ich bleibe an der Ecke stehen, spähe in die Gasse, wo er seinen Stand hat. Ist es wirklich nur ein paar Tage her, dass ich zum letzten Mal hier war?

Von meinem Bruder ist noch keine Spur zu sehen. Erst einer der Marktleute hat sich eingefunden, ein kräftiger junger Mann, der dabei ist, auf seinem Verkaufstisch Kohlköpfe zu einer Pyramide aufzuschichten. Als einer ihm davonrollt, springt ein anderer Mann aus einem Hauseingang, hebt den Kohl auf und überreicht ihn dem Händler.

Beide lachen, dann kehrt er wieder in die Deckung der Türpforte zurück, ich kann nur seine Schuhspitzen sehen. Er geht nicht ins Haus, er tritt nicht auf die Straße, er steht nur da, verborgen, und wartet.

Falle, hallt es in meinem Kopf. Er hält Ausschau nach Monty und vor allem nach mir. Sobald ich mich zeige, wird er zuschlagen.

Werden sie zuschlagen, korrigiere ich mich wenige Minuten später. Eben ist eine zweite Gestalt dazugekommen, eine Frau. Sie hat sich mit dem Mann in der Nische durch ein schnelles Kopfnicken verständigt und sich gegen die Mauer gelehnt. Beide haben den jetzt noch verlassenen Töpferstand gut im Blick.

Ich weiche ein Stück zurück, meine Hände sind schweißnass, meine Kopfhaut kribbelt. Sobald ich mich Monty nähere, haben sie mich. Egal, wie sehr ich mein Aussehen verändert habe. Zumindest einer von ihnen wird sicher ein Kontrollpanel bei sich haben. Sie werden mich scannen, werden feststellen, dass mein Personalcode nicht lesbar ist, und ihre Schlüsse ziehen: Ist als Phantom unterwegs. Geht ausgerechnet nach London1622. Wenige Stunden nachdem Monty Pascos Einstellungen auf tödliche Weise verändert wurden. Sie werden innerhalb von Sekunden wissen, mit wem sie es zu tun haben.

Verdammter Mist. Was mir jetzt noch bleibt, ist die Chance, über einen Hintereingang in Montys Haus zu kommen. Ihn direkt abzufangen, bevor er nach draußen geht.

Ich husche um die Ecke, wo die Straße in matschige Erde übergeht. Es gibt hier Hinterhöfe, aber keine Hintereingänge. Jemand treibt ein Schwein an mir vorbei, es wird voller jetzt, immer mehr Bewohner sind angekommen. So ähnlich wird es auch in Tjost sein, vielleicht würde ich Joel bereits antreffen.

Die Zeit ist mein Feind, jede Minute, die verrinnt, schmälert meine Chancen darauf, alle drei Rettungsmissionen mit Erfolg abzuschließen. Ich brauche eine Idee, und ich brauche sie schnell. Hinter einem Karren verborgen, krame ich mein Design-Kit hervor. Zu dumm, dass ich nicht an vorgefertigte Pennys gedacht habe, aber zwei silbrige Münzen mit hübschen Symbolen drauf habe ich in zehn Minuten zusammengebastelt.

Vorsichtig schleiche ich zur Straßenecke. Die Schuhspitzen sind immer noch an Ort und Stelle. Die Frau lehnt nicht mehr an der Mauer, sie steht jetzt an einem Stand, an dem Obst verkauft wird; hauptsächlich Äpfel.

Als sie ein Stück weitergeht, kommt etwas in ihren Bewegungen mir vertraut vor. Die geschmeidige Ruhe bei jedem Schritt. In ihrem langen Rock wirkt sie fast, als würde sie über dem Boden schweben –

Und dann ist es mir plötzlich klar. Natürlich. Der Sylphide. Ich taumle ein wenig zurück, außer Sichtweite. Er – oder wahrscheinlich doch sie – hat mich erst vor wenigen Stunden in Macandor gesehen, als Hanna Alt. Sie wird mein Gesicht erkennen, auch wenn es nicht mehr auf einem Feenkörper sitzt, sondern auf dem eines englischen Bürgermädchens.

Mein Kopf arbeitet auf Hochtouren. Welche Möglichkeiten habe ich noch? Monty einen Brief zukommen lassen? Nein, zu unsicher. Ich muss ihm in die Augen sehen, muss wissen, dass er meine Warnung ernst nimmt.

Mit Sarah sprechen. Seiner Verlobten. Ihr klarmachen, wie bedrohlich die Lage ist?

Auch nicht verlässlich genug, ich kenne sie ja überhaupt nicht. Und umgekehrt ist es ebenso, warum sollte sie mir glauben?

Wie eine Diebin, halb hinter eine Verkaufstheke für Schinken geduckt, versuche ich, noch einen Blick in die Marktgasse zu erhaschen. Und jetzt ist er da, Monty, er räumt seine Tonkrüge auf den Verkaufstisch und lacht über etwas, das ihm ein rundlicher kleiner Glatzkopf erzählt.

Die beiden Beobachter lassen ihn nun nicht mehr aus den Augen. Die Frau ist näher an den Marktstand herangetreten, der Mann hat seinen Posten im Hauseingang verlassen. Da ist außerdem noch ein Dritter, der sich sehr aufmerksam umsieht. Älter als die zwei anderen. Er gibt der Frau ein unauffälliges Zeichen.

Ich trete den Rückzug an, taumle die Straße entlang, ratlos wie noch nie. Ich kann dieses Spiel nicht gewinnen. Wenn ich Monty warne, schnappen sie mich und werden alles aus mir herauspressen, was ich über Cryptos weiß. Joel werde ich dann nicht mehr retten können, von Irma ganz zu schweigen, und ich bringe jeden in Gefahr, der mit Cryptos zu tun hat.

Wenn ich aufgebe, schwebt mein Bruder von nun an in ständiger Todesgefahr.

Mit der Hoffnungslosigkeit macht sich nun auch schwere Müdigkeit in mir breit. Die durchwachte letzte Nacht fordert ihren Tribut. Alles fühlt sich sinnlos an. Verloren.

Und dann bin ich plötzlich eine Gasse weiter und stehe vor dem Pub, in den Monty mich bei meinem vorigen Besuch geschleppt hat. Der Schankbursche lehnt in der Tür und grinst mich an. »Na? Wir haben gebratene Eier und Speck, wenn du Frühstück möchtest.«

Ich werfe einen Blick ins Innere; die Gaststube ist schon überraschend gut gefüllt. Vielleicht habe ich ja doch eine Idee.

In meiner klebrigen Hand halte ich immer noch die zwei Münzen, die ich gerade modelliert habe. Ich lächle den Jungen an. Einen Versuch ist es wert.

»Du kennst doch Monty, oder?«

»Töpfer-Monty? Na klar.«

Ich halte ihm die Münzen entgegen. »Tust du mir einen Gefallen? Hol ihn her, sag ihm, jemand hat eine Überraschung für ihn.« Ich beuge mich vor. »Es ist sein Geburtstag, musst du wissen. Aber sag ihm nicht, wer dich geschickt hat.«

Der junge Mann feixt und greift nach dem Geld. »Wie denn auch? Ich kenne dich überhaupt nicht.« Er streckt einen Daumen hoch und macht sich auf den Weg. Am liebsten würde ich folgen, um sicherzugehen, dass er seinen Auftrag wirklich ausführt und nicht bloß das Geld eingesteckt hat. Aber das wäre rekordverdächtig dumm. Ich verziehe mich in den stickigen Pub. Hier ist viel los, die Gespräche sind geräuschvoll. Sobald Monty sich auf den Weg hierher macht, wird ihm ganz sicher jemand folgen; die Frage ist, ob nur einer der drei oder alle. Ich brauche hoffentlich nicht mehr als ein paar Minuten, um ihm das Nötigste zu sagen. Und dann? Muss ich, so schnell ich kann, abhauen.

Ich halte den vorbeieilenden Wirt am Arm fest. »Habt ihr einen Keller? Oder ein Hinterzimmer? Irgendeinen Raum, in dem man kurz ungestört sein kann?«

»Keller«, brummt der Wirt. »Aber muss das unbedingt bei mir sein? Bist du überhaupt Gast hier?«

»Sicher. Ich würde gern etwas trinken«, antworte ich und überlege, wo ich am besten in Ruhe ein paar neue Münzen modellieren könnte. Im gleichen Moment bricht draußen die Hölle los.

Ein rotgesichtiger Mann reißt die Tür auf, gefolgt von vier anderen; er stürzt so schnell herein, dass er fast hinfällt. »Sie haben Adam!«, brüllt er. »Zwei Männer haben ihn sich geschnappt, sie schleppen ihn zum Fluss! Sie sagen, er hätte sie bestohlen – ausgerechnet Adam! Los, kommt! Er braucht Hilfe!«

Der Wirt lässt den Krug, den er gerade spült, einfach fallen und läuft nach draußen; die Hälfte der Gäste springt auf und folgt ihm.

Adam, das muss der Schankbursche sein. Ich entschuldige mich in Gedanken bei ihm, denn mir ist klar, was wohl passiert ist. Die drei Undercoverleute haben gedacht, er wäre ich – mit sehr stark verändertem Äußeren. Also haben sie sich ihn geschnappt, aber nicht damit gerechnet, dass er in London1622 vielen bekannt und offenbar sehr beliebt ist.

Hoffentlich ist er seine Botschaft noch losgeworden, bevor sie ihn von Monty weggezerrt haben. Sonst muss ich es doch selbst versuchen, und zwar schnell. Bevor Adam allen klargemacht hat, dass er im Auftrag einer jungen Frau unterwegs war. Und dass die jetzt in Hugos Pub wartet.

Ich habe meinen Entschluss gerade gefasst, als Monty durch die Tür kommt. Sein Blick schweift noch durch die halb leere Gaststube, da habe ich ihn schon am Arm gepackt und zerre ihn in den hinteren Teil des Pubs; dahin, wo die Kellertreppen sind.

»Was soll das? Wer bist du?«, protestiert er, aber ich habe die Kellertür schon geöffnet und schubse ihn hindurch.

»Monty, hör mir bitte zu.«

»Kennen wir uns?« Er ist auf der vierten Stufe stehen geblieben, ich habe die Tür hinter uns verschlossen und schiebe ihn weiter. Hinunter in die Dunkelheit. »Adam hat dir meine Nachricht überbracht, ja?«

»Ja, aber … wer …«

Dass er mich nicht erkennt, ist zwar beruhigend, im Moment aber hinderlich. »Jana, ich bin Jana. Ich dachte, das würdest du irgendwie spüren. Hör mal, es ist wichtig: Du darfst nichts Gefährliches mehr tun, verstehst du? Keine Schlägereien, kein

Balancieren auf Dächern, keine Verletzungen, von denen du Blutvergiftung bekommen könntest.«

»Jana?« Er zieht mich zu dem winzigen Kellerfenster, durch das trübes Licht fällt. »Vor drei Tagen hast du noch ganz anders ausgesehen.«

»Ich weiß«, sage ich ungeduldig. »Ich bin Designerin, schon vergessen? Ich kann ganze Welten entwerfen, da ist es echt nicht schwierig, mir eine neue Hülle zu basteln.«

Oben wird es nun wieder lauter, entweder ist es dem Wirt und seinem Gefolge gelungen, Adam zu befreien, oder seine Entführer haben ihm die Geschichte mit dem Auftrag abgekauft. Und suchen jetzt die Auftraggeberin.

»Wenn du wirklich Jana bist, dann müsstest du wissen, wo ich dich mal versehentlich angezündet habe, als du acht warst.«

Er treibt mich in den Wahnsinn. »In Experimentio, und ich war erst sieben. Bitte, Monty, glaub mir: Du musst ab sofort extrem vorsichtig sein, du hast eine Tod-bei-Exit-Sperre bekommen. Wenn du das nächste Mal stirbst, wird es echt sein.«

Sein Mund klappt auf, er schlingt sich die Arme um den Körper. »Eine was? So etwas gibt es?«

»Ja. Eine Frau ist schon auf diese Weise gestorben. Du musst vorsichtig sein!«

Die Ungläubigkeit in seiner Miene wandelt sich zu Fassungslosigkeit. »Ist das ein Fehler? Sind die Techniker von Mastermind schon dran?«

Als ob. Ich schließe kurz die Augen. »Es tut mir leid. Wir arbeiten gerade wie verrückt daran, deinen Schlaf-Exit zu deaktivieren, damit nicht schon der dich umbringt. Wäre aber gut, wenn du dich heute so spät wie möglich schlafen legst. Oder gar nicht. Jede Stunde, die wir gewinnen, ist Gold wert.«

Er sieht so verwundbar aus, dass ich ihn am liebsten in den Arm nehmen würde. »Aber wieso? Bist du sicher? Ist das nur bei mir so?«

Ich greife nach seiner Hand, oben nimmt der Lärm zu. »Nein, es gilt noch für über zwanzig andere. Und es könnte mit mir zu tun haben, genauer kann ich es dir jetzt nicht erklären. Tut mir wahnsinnig leid.«

Er schluckt, blickt zur Seite. »Sarah …«

»Sarah betrifft es nicht. Aber bitte, Monty, bitte sei vorsichtig! Keine riskanten Spielchen, keine Mutproben, bitte! Wir tun, was wir können, damit alles bald wieder normal läuft. Okay?«

Oben schlägt jemand gegen die Kellertür. »Wir? Wer ist wir?«, fragt Monty.

»Nicht wichtig. Ich und ein paar Freunde. Aber etwas anderes: In welchem Depot bist du derzeit?«

Er streicht sich über die Stirn. »In Sonnenseite. War früher mal ein Hotel. Die Nummer weiß ich leider nicht auswendig.«

»Kein Problem. Danke!« Ich drücke ihn kurz an mich; oben kracht wieder jemand gegen die Tür. »Ich muss jetzt abhauen, okay? Bitte sei vorsichtig. Ich schicke dir Nachricht, sobald ich kann.« Die Frage ist bloß, wie. Andererseits hat Tivon es auch geschafft, mir ständig tote Tauben vor die Füße zu werfen. »Ich ritze etwas in einen deiner Töpfe, gut? Wenn da plötzlich wirres Zeug draufsteht, war ich das.«

Monty nickt heftig. »Ja, melde dich bitte. Sag mir, wenn es vorbei ist. Ich werde vorsichtig sein – und Einschlafen kann ich für die nächste Zeit sowieso vergessen, haha.« Er drückt mir einen Kuss auf die Stirn. »Pass gut auf dich auf.«

Er lässt mich los, schnappt sich ein kleines Bierfass und läuft die Treppe nach oben, wo die Stimmen immer lauter werden.

Hört sich auch ganz so an, als würde Holz bersten. Jemand schreit schmerzerfüllt auf.

»Heee«, ruft Monty. »Was ist denn los bei euch? Ich habe Nachschub geholt!« Er macht das gut mit der Ablenkung. Hinter ihm knallt wieder die Tür ins Schloss, trotzdem höre ich noch Gelächter, dazwischen protestierende Stimmen, Geschrei.

Mit wundem Gefühl im Herzen drücke ich mich in die feuchtkalte Nische unter den Treppen. Wenn doch gleich noch jemand runterkommen sollte, entdeckt er mich hier nur mit Mühe.

»Transfer.« Es klingt erstickt. »Tjost. Festung Tancarville.«

Es ist höchste Zeit, noch einen Bruder zu retten.

20

Auf dem Turnierplatz herrscht nun reger Betrieb, Vorbereitungen sind im Gange. Vor den Zelten laufen die Kämpfer herum, manche haben schon ihre Brustplatten angelegt, andere lehnen am Zaun der Sandbahn, unterhalten sich und blinzeln gut gelaunt in die Sonne. Die meisten Pferde wurden bereits aus den Ställen geholt.

Ich halte ein Mädchen auf, das gerade zwei Eimer voll Wasser zu den Zelten schleppt. »Entschuldige. Ich suche einen Ritter namens Joel. Weißt du, wo ich ihn finde?«

Sie bleibt kurz stehen; Wasser schwappt über den Eimerrand. »Gehört habe ich den Namen hier schon, aber persönlich kenne ich keinen Joel. Tut mir leid.« Sie läuft weiter, ich folge ihr. Der Schmied, der gerade ein Pferd neu beschlägt, kennt auch keinen Joel, aber bei einem der Ritter habe ich Glück.

»Und ob ich den kenne«, sagt er, während er eine seiner Beinschienen festmacht. »Er hat gestern meinen besten Kumpel aus dem Sattel gehoben. Vorhin war er noch beim grünen Zelt, versuch es dort mal.«

Bei dem besagten Zelt herrscht Gedränge, was wahrscheinlich daran liegt, dass jemand in einer riesigen Pfanne etwas frittiert, das wie Krapfen aussieht. Und auch so riecht. Einer der Kämpfer, schon ziemlich fertig gerüstet fürs Turnier, hat eben einen davon ergattert. Als ich ihn nach Joel frage, hat er leider gerade den Mund voll, dafür dreht sich ein anderer zu mir um.

»Was willst du denn von Joel?«, fragt er.

»Ich muss ihn unter vier Augen sprechen. Weißt du, wo ich ihn finde?«

Der Ritter lächelt, in seinen Wangen bilden sich Grübchen. »Ziemlich genau hier.« Er deutet mit dem Daumen auf sich selbst.

Ich lache auf, es ist die blanke Erleichterung. Auf den zweiten Blick ist unübersehbar, dass ich es mit Tivons Bruder zu tun habe – die gleichen dunklen Locken, die grünen Augen, die ausgeprägten Wangenknochen. »Komm bitte mit. Es dauert nur ein paar Minuten, aber es ist wichtig.«

Seine linke Augenbraue wandert in Richtung seines Haaransatzes. »Tatsächlich? Na, dann werde ich nicht Nein sagen.« Er blickt sich um. »Am besten gehen wir ein Stück weit die Burgmauer entlang, dort ist jetzt Ruhe.« Er winkt mich mit sich; ein paar Minuten später haben wir den Trubel hinter uns gelassen.

Bisher ist niemand uns gefolgt. Ich blicke mich alle paar Meter um, aber weder der Sylphide noch jemand aus seinem Gefolge ist in Sichtweite. Kann sich aber nur noch um Minuten handeln. »Also«, beginne ich, »es ist so: Du darfst auf keinen Fall am Turnier teilnehmen. Das ist viel zu gefährlich.«

Er greift nach meiner Hand, lacht. »Wer hat dich denn geschickt? Einer meiner Gegner, der mich aus dem Weg haben will?«

»Nein, sondern …«

»Wie heißt du überhaupt?« Er zwinkert mir zu, was bei den meisten Mädchen sicher ankommt. Joel sieht mehr als nur gut aus, noch besser als Tivon. Aber was bedeutet das schon? Jeder kann sich zur perfekten Schönheit hochstylen, wenn er genug investiert.

»Hanna, ich heiße Hanna. Und du bist in Lebensgefahr. Nicht nur hier in Tjost, sondern überall.«

Sein Lächeln erlischt. »Wie meinst du das?«

Ich will ansetzen, es ihm zu erklären, als der Ausrufer von der Tribüne aus die ersten Ritter an ihre Plätze ruft. »Es treten gegeneinander an: Robert de Verigaud und Hamid al Sakar!«

Die Zuschauer jubeln, kurz danach ist Klirren und kollektives Aufstöhnen zu hören. Joel blickt interessiert in Richtung Turnierplatz. Streicht über seine Brustplatte.

»Wenn du im Kampf stirbst, stirbst du wirklich«, lenke ich seine Aufmerksamkeit zurück auf mich. »Der Mechanismus heißt Tod-bei-Exit, und sie haben ihn in deine Einstellungen programmiert.«

Kein Entsetzen in seinem Gesicht, eher Ungläubigkeit. Er stößt scharf den Atem aus und verschränkt die Arme. »Tod-bei-Exit? Halte ich für eine Erfindung. Wenn es so was gäbe, hätte ich davon gehört.«

»Ach ja? Von wem? Von denen, die es hinter sich haben?« Ich klinge gereizter, als ich gerne möchte. »Oder von denen, die schuld daran sind?«

Er wirft den Kopf in den Nacken, den Blick zum Himmel gerichtet. »Das heißt, wenn ich einschlafe, bin ich tot? Wie denn? Durch Gift?«

»Durch Stromschlag.« Ich schätze, Joel kann die Details verkraften. »Aber wir arbeiten gerade daran, deinen Schlaf-Exit zu deaktivieren. Bloß wenn du dich jetzt von einer Lanze aufspießen lässt, dann wirst du … äh, ja. Du weißt schon.«

»Sterben«, sagt er. Es klingt leicht belustigt. »Und du bist jetzt losgezogen, um mich zu retten. Warum eigentlich? Hat dich jemand geschickt?«

Kann er sich das nicht denken? »Ja. Dein Bruder.«

Langsames Nicken. »Tivon?«

»Natürlich Tivon. Oder hast du noch andere Brüder?«

»Nein.«

Wieder Gejohle vom Turnierplatz. Diesmal scheint der Kampf über mehrere Runden zu gehen.

»Du hast Tivon gesehen? Ich mache mir Sorgen um ihn, er ist völlig von der Bildfläche verschwunden.«

»Er macht sich auch Sorgen um dich.«

»Wo steckt er? Ich hätte so gerne wieder Kontakt zu ihm. Das letzte Mal habe ich ihn kurz nach dem Tod unserer Mutter gesehen, und er war völlig verstört.« Joel blickt zur Seite, ich kann sehen, wie er schluckt. »Es war auch für mich furchtbar, aber Tivon hat es noch härter getroffen.«

»Ich werde ihm deine Grüße ausrichten«, verspreche ich. »Und wir tun alles, um dich zu schützen. Es wäre allerdings gut, wenn du in eine andere Welt wechseln könntest, welche Pässe hast du in deiner Kollektion?«

»Lass mich überlegen.« Er presst die Lippen aufeinander, währenddessen wird am Turnierplatz die nächste Runde eingeläutet.

»Es treten gegeneinander an: Marc Löwenstein und Joel von Deym«, verkündet der Ausrufer. Joel zuckt nur kurz zusammen. »Keine Sorge, ich höre auf dich«, sagt er.

Ich könnte mich jetzt kurz hinsetzen und ein paar Minuten lang erleichtert sein, verdient hätte ich es, nötig auch. Aber ich bleibe besser stehen, wenn ich nicht einschlafen will. Meine Müdigkeit umgibt mich wie eine Hülle, die alles dämpft, die sich immer enger um mich schließt.

Wahrscheinlich begreife ich erst deshalb so spät, dass etwas nicht stimmt.

Wieder Geschrei aus Richtung des Turnierplatzes. Metall

schlägt auf Metall; wenn ich mich konzentriere, höre ich sogar die Hufschläge der Pferde.

Es dauert einige Sekunden, bis der Groschen fällt. Das Turnier geht weiter, es sind zwei Ritter auf dem Platz. Die zwei, die vorhin aufgerufen wurden.

Ich schnappe nach Luft. Joel – oder genauer gesagt, der Mann, der behauptet hat, Joel zu sein, bemerkt die Veränderung in meinem Gesicht, er streckt eine Hand nach mir aus. Doch ich bin schon zurückgewichen, habe mich umgedreht und bin losgerannt. Er ist hinter mir, aber ich kann hören, dass der Abstand sich vergrößert. Es wird mir gelingen, ihn abzuhängen. Er trägt eine schwere Brustplatte, ich nicht.

Das Publikum stöhnt kollektiv auf, und ich renne jetzt, als ginge es um mein eigenes Leben. Wie konnte ich nur so dumm sein, Tivon wird mich hassen, und das zu Recht.

Nun kann ich die Pferde und ihre Reiter sehen, einer sitzt auf einem braunen, der andere auf einem weißen Tier. Sie halten aufeinander zu, die Lanzen zu Beginn noch aufgerichtet, dann senken sie sie, zielen auf die Brust des jeweils anderen. »Joel!«, brülle ich, aber natürlich hört mich keiner, was auch gut ist, Ablenkung in diesem Moment wäre Wahnsinn. Der Ritter auf dem braunen Pferd landet einen Treffer, der andere schwankt im Sattel.

Keine Ahnung, wer hier wer ist. Ich bin jetzt knapp vor der Zuschauermenge angelangt, bei den Leuten, die nicht auf der Tribüne sitzen, sondern auf der gegenüberliegenden Seite stehen, vom Geschehen nur durch einen Holzzaun getrennt.

Und nun lösen sich zwei Gestalten aus der Menge. Die eine hochgewachsen und kräftig, die andere kleiner, mit fließend geschmeidigen Bewegungen.

»Da ist sie ja«, sagt die Frau, die Sylphe, und wieder kommt mir ihr Gesicht bekannt vor; wenn ich Zeit hätte nachzudenken, wüsste ich vielleicht sogar, woher. Ich schlage einen Haken, ignoriere das beginnende Seitenstechen. Da, da vorne ist eine Lücke in der Menge. Ich dränge mich durch, bis zu dem hölzernen Zaun. »Joel!«

Die beiden Ritter sind dabei, zurück an ihre Ausgangsposition zu traben. Der auf dem braunen Pferd wendet den Kopf, aber durch den Helm wird er mich kaum gehört haben.

Der auf dem weißen Pferd schwankt. Ich glaube, er blutet auch, aber meine beiden Verfolger sind schon so nah bei mir, dass mir keine Gelegenheit zum Überlegen mehr bleibt.

Die Ritter sind bereit für den nächsten Gang. Versetzen ihre Tiere in Galopp. Mir fällt nur eine einzige Lösung ein: Ich schlüpfe durch die Absperrung, springe dem braunen Pferd genau in den Weg. Es erschrickt, scheut, steigt. Die Hufe wirbeln hoch, einer davon trifft mich mit Wucht am Kopf, ich gehe zu Boden, und im nächsten Moment spüre ich einen grauenvollen Schlag gegen den Brustkorb. Höre, wie meine Rippen brechen. Mit einem seiner Hufe ist das Pferd auf mir gelandet.

Keine Luft mehr. Wie durch einen Schleier sehe ich den Reiter in seiner schweren Rüstung mühsam absteigen. Er lässt sich neben mir auf die Knie fallen und reißt sich den Helm vom Kopf.

Die Ähnlichkeit mit Tivon ist unleugbar, auf eine andere, weniger spektakuläre Art als bei dem Betrüger eben.

»Joel«, keuche ich. »Bring dich in Sicherheit. Wenn du … stirbst … bist du wirklich … tot.« Mit jedem Wort wird Sprechen schwieriger. Joel hat sein Gesicht ganz nah an meines gebracht.

»Tod-bei-Exit«, presse ich heraus, »Tivon … schickt mich.

Geh … in eine … ungefährliche Welt.« Die letzten beiden Worte werden von einem Schwall Blut begleitet. Ich huste, die Welt verschwimmt mir vor den Augen, ich habe nicht mehr viel Zeit. »Versprich …«

»Ist gut. Ich verstehe«, wispert Joel. »Wenn Tivon das sagt. Ich gehe weg. Ist gut. Kein Problem.« Er hält meine Schultern fest. »Aber – wie ist es mit Schlafen?«

»Wir … kümmern uns. Keine. Angst.«

Hinter ihm tauchen Schatten auf. Ein großer und ein etwas kleinerer. Der falsche Joel und die Sylphe, fürchte ich. Mit letzter Anstrengung presse ich noch einen Satz heraus. »Die zwei. Die zu uns kommen.« Mir bleibt der Atem weg, es fühlt sich scheußlich an. »Feinde.«

Ob Joel das noch mitbekommt, ob er reagiert – ich weiß es nicht. Vor meinen Augen wird alles schwarz, ich fühle, wie ich zu schweben beginne.

Ich sterbe. Wieder einmal.

Kaum hat der Kapseldeckel sich geöffnet, fahre ich hoch, immer noch atemlos. Ich Idiotin. Wie konnte ich so bescheuert sein, auf einen Betrüger reinzufallen? Als ob ich nicht wüsste, dass jeder, der erweiterte Rechte hat, sein Aussehen nach Lust und Laune anpassen kann. Habe ich aus Gründen der Tarnung ja selbst getan. Hoffentlich nimmt Joel meine Warnung wirklich ernst, hoffentlich haben die Sylphe und ihr Begleiter es tatsächlich nur auf mich abgesehen gehabt. Joel weiß nichts von Cryptos, also werden sie ihn doch in Ruhe lassen, nicht?

Ich muss sofort zu Tivon, doch als ich aufstehen möchte, versagen mir meine Beine den Dienst. Ich liege auf dem Boden – schon wieder – und hasse mich für meine Ungeschicklichkeit. Ein paar Minuten später ist der Schwindel verflogen, und ich richte mich langsam auf. Was zum Teufel wollte ich hier draußen ausrichten? Wenn ich mit Tivon sprechen will, klettere ich besser zurück in die Kapsel und sehe zu, dass ich nach Cryptos komme.

Ich lande ganz nah an dem See, wo wir unser Sushi-Picknick hatten, und laufe auf das Hauptgebäude zu. Auf dem Dach dreht sich die durchbohrte Taube, vor dem Eingang steht Konrad und isst einen Apfel. »Hey«, sagt er und klingt dabei so müde, wie ich mich fühle.

»Ist Tivon noch an seiner Station?«

Konrad nickt. »Ich glaube aber, er wird bald umkippen, so müde, wie er aussieht. Geh zu ihm. Er ist gerade dabei, eine neue Welt zu bauen.«

Er tut was? Ich laufe in den ersten Stock hinauf. Sollte Tivon nicht damit beschäftigt sein, die Exit-Sperren einzurichten? Dringendst?

Ich finde ihn an derselben Stelle wieder, an der ich ihn zuletzt gesehen habe. Vor seinen Monitoren. Er hat das Modellierungsprogramm geöffnet, seine Finger fliegen über das Bedienpanel. Als er mich neben sich entdeckt, zuckt er vor Schreck zusammen, dann springt er auf. »Wie ist es gelaufen? Hast du mit Joel gesprochen?«

»Ja. Ich habe ihn gewarnt, war aber knapp.« Meine unrühmliche Begegnung mit dem Turnierpferd erwähne ich besser nicht. »Leider wurde ich schon erwartet, sowohl in London als auch in Tjost. Sie waren zu dritt, und sie haben sich wirklich Mühe gegeben, mich zu schnappen. Erst in London, dann in Tjost.« Ich setze mich auf den nächstbesten Stuhl, mir zittern schon die Knie vor Müdigkeit. »Ist außer mir noch jemand losgezogen, um Verwandte zu warnen? Hat es geklappt? Wurde jemand erwischt?«

Wenn ich mir die grauen Schatten unter Tivons Augen ansehe, möchte ich mir gar nicht vorstellen, wie erledigt er in Wirklichkeit aussehen muss. »Nein.« Er reibt sich die Augen, danach sind sie noch röter als zuvor. »Ich hatte eine andere Idee, an der arbeite ich gerade.«

»Eine neue Welt, sagt Konrad. Ernsthaft?«

»Ja. Eine Fluchtwelt. Einen sicheren Hafen, verstehst du? Eine Welt, in der einen nichts umbringen kann. Ich nehme dafür die Programmierung von Cryptos als Grundlage, damit ist das Ganze schon mal verschlüsselt und ins System eingeschmuggelt. Dann muss ich nur noch ein paar zusätzliche Dinge einbauen, und es kann losgehen.«

Fluchtwelt. Ja, das ist eine gute Idee. Allerdings werden die Geretteten irgendwann schlafen wollen, egal in welcher Welt. »Wie steht es mit den Exit-Sperren?«

Er blinzelt. »Nicht schlecht. Sieben haben wir schon angebracht. Es sind jetzt vierzehn von unseren Leuten dran, das auch bei den restlichen zu schaffen.« Tivon wendet sich wieder seinen Monitoren zu. »Um deinen Bruder musst du dir erst mal keine Sorgen machen, er war der Zweite. Bei Joel sind wir noch nicht so weit.«

Ich versuche, mir meine Erleichterung nicht allzu sehr anmerken zu lassen. »Soll ich? Also, mich um Joels Sperre kümmern.«

Tivon betrachtet mich von oben bis unten. »Du fällst gleich vom Stuhl, Jana. Leg dich schlafen, danach wirst du uns eine größere Hilfe sein.«

Ich würde gerne widersprechen, aber leider stimmt es, was Tivon sagt. Ich habe das Gefühl, dass mein Bewusstsein mich tröpfchenweise verlässt. »Okay. Eine Stunde, höchstens zwei, dann komme ich zurück und helfe euch.«

Beim Aufstehen schwanke ich ein wenig, ich hoffe, ich finde den Ruheraum wieder, in den man mich nach meiner Ankunft gebracht hat. Ein Bett wäre jetzt großartig, aber notfalls lege ich mich auch auf den Fußboden.

»Jana?«

Ich drehe mich noch einmal um. »Ja?«

»Fällt dir auf Anhieb ein Name ein? Einer für die neue Welt?«

Ich will schon verneinen, als mein schläfriges Gehirn etwas ausspuckt, das passt und, soviel ich weiß, noch nicht im Weltenkatalog vertreten ist. »Was hältst du von Refugio?«

Ich finde ein Zimmer, lege mich ins Bett, und es ist, als würde mich im nächsten Moment jemand ausknipsen. Das Nächste, was ich mitbekomme, ist das Öffnungsgeräusch der Kapsel. Es muss meine innere Unruhe sein, die mich geweckt hat, denn ausgeruht fühle ich mich keineswegs. Im ersten Moment möchte ich einfach nur weiterschlafen, aber dann ist es, als würde mein Bewusstsein alle Schleusen der Erinnerung auf einmal öffnen. Die Fluchtwelt. Unsere gefährdeten Freunde und Verwandten. Meine Güte, und Irma, der ich nicht mehr zu Hilfe gekommen bin.

Wie lange habe ich geschlafen? Ich stehe kurz auf, sacke fast unter dem ungewohnten Gewicht meines Körpers zusammen und schleppe mich ans nächste Fenster. Es ist noch hell draußen – oder schon wieder? Geht die Sonne gerade unter oder auf?

Durch das trübe Glas kann ich ein Stück Straße sehen. Der Gedanke, dass Mastermind sofort bewaffnete Truppen schicken würde, sobald sie herausfinden, wo die Zentrale von Cryptos sich befindet, verfolgt mich, seit Tivon davon gesprochen hat. Aber bisher scheint es ihnen noch nicht gelungen zu sein. Die Straße liegt verlassen da. Alles ist ruhig, wenn man vom entfernten Surren der Windräder absieht.

Trotzdem lege ich mich nicht so unbefangen zurück in die Kapsel wie normalerweise, doch für Bedenken ist jetzt keine Zeit. Ich muss zurück nach Cryptos.

21

Wie sich herausstellt, habe ich fünf Stunden geschlafen. Tivon lediglich zwei, und auch das nur, weil er direkt an seiner Designstation eingenickt ist. Seine Augen sind immer noch rot, seine Lippen zusammengepresst.

»Wie steht es um die neue Welt?«, frage ich anstelle einer Begrüßung.

»Fast fertig.«

»Das sind doch gute Nachrichten!«, sage ich, übertrieben begeistert.

Er reagiert nicht. Entweder stört ihn mein gekünstelter Ton, oder die guten Neuigkeiten sind nicht die einzigen. »Was ist los?«

Er senkt das Kinn. »Wir haben jetzt für alle Menschen auf der Liste die Exit-Sperren aktivieren können. Bloß für zwei noch nicht.«

Ich verstehe. »Und Joel ist einer davon?«

»Ja. Es arbeiten jetzt schon drei Leute daran, aber wir knacken seine Einstellungen nicht.« Er gibt ein Geräusch von sich, das zwischen Seufzen und Knurren angesiedelt ist. »In einer halben Stunde lade ich Refugio ins System und versuche, ihn dorthin zu lotsen.«

»Wo ist er denn jetzt?«

»Whodunnit.«

»Ah. Die Detektivwelt?«

»Ja. Das war offenbar das Harmloseste, was er in seiner Kollektion hatte. Sieht ihm ähnlich. Ich hoffe einfach, dass er die nächsten dreißig Minuten lang nicht zum Mordopfer wird. Die Chancen dafür sind ganz gut. Trotzdem …« Er beendet den Satz nicht, aber ich kann mir vorstellen, was ihm Sorge bereitet. »Trotzdem wird er irgendwann müde werden, meinst du.«

Keine Antwort. Tivon arbeitet verbissen weiter, also lasse ich ihn in Ruhe und versuche ebenfalls, Joels verdammte Einstellungen zu entschlüsseln. Mehr nebenbei sehe ich, dass es mit Irmas Exit-Sperre geklappt hat. Und sie noch am Leben ist. Immerhin.

Während die Programme laufen, sehe ich mir an, wie Tivon die Sache mit den Tauben gemacht hat. Auf welche Weise er sie mir vor die Füße hat fallen lassen, eigentlich dürfte er in fremden Welten nämlich keine Designaktionen setzen. Von innen ja, harmlose Kleinigkeiten mit einem Design-Kit, aber von seiner Station aus? Doch offenbar hat er dafür ein eigenes Tool entwickelt. Ausgezeichnet. Nach fünf Minuten habe ich verstanden, wie es funktioniert, nach weiteren zehn Minuten habe ich eine tönerne Vase modelliert und die Worte Transfer – Refugio eingeritzt.

Kaum bin ich damit fertig, lässt ein triumphierender Schrei mich herumfahren. Hinter einem der Bildschirme springt ein junger Kerl auf; er heißt Hassan, wenn ich mich nicht täusche. »Hey! Ich hab Janines Einstellungen offen! Exit-Sperre ist an! Gebt ihrem Vater Bescheid!« Er vollführt ein kleines Tänzchen vor seinem Computer, setzt sich dann wieder hin und macht weiter.

Allgemeiner Applaus, auch Tivon stimmt mit ein, obwohl die Anspannung in seinem Gesicht sich verstärkt hat. Nun fehlt nur noch einer von der Liste, und das ist Joel, dessen Einstellungen gewissermaßen unter Panzerglas liegen. Vor ein paar Stunden habe ich ihm versprochen, wir kümmern uns um den Schlaf-Exit, ich fühle mich verantwortlich dafür, dass ihm nichts zustößt, also rufe ich auf meinen Monitoren Whodunnit auf.

Nebelige Straßen, alte Villen. Die Leute, die herumlaufen, scheinen alle etwas zu suchen, heben Dinge vom Boden auf oder spähen über Hecken. Ich weiß, dass ein gelöster Fall dem Detektiv zwei Weltenpässe bringt, das ist ein verlockender Preis.

Mit der Eingabe von Joels Personalcode bekomme ich auch seinen Aufenthaltsort. Er ist auf dem Friedhof hinter der Kirche. Ich zoome hinein, ja, da sitzt er. Beteiligt sich nicht an der Mördersuche, sondern scheint nur abzuwarten.

Ich modelliere einen Grabstein. Transfer – Refugio wird diesmal zur vergoldeten Inschrift.

»Fertig«, höre ich nur wenige Minuten später eine matte Stimme neben mir. Tivon lehnt sich zurück. Er deutet auf seine Monitore. »Refugio ist ans System angeschlossen. Möchte jemand es testen?«

»Mache ich!«, ruft Hassan und ist schon auf dem Weg aus dem Computerraum. Konrad taucht hinter einem der Monitore auf; ihn habe ich bisher gar nicht wahrgenommen. Er tritt hinter Tivon und legt ihm die Hände auf die Schultern. »Wir schaffen das.«

Tivons Augen glänzen verdächtig. »Es liegt an mir«, flüstert er. »Vielleicht haben sie Joel doppelt verschlüsselt, nachdem ich abgehauen bin. Weil sie etwas gegen mich in der Hand haben wollen.«

»Doppelt, hm?« Konrad gibt einer rothaarigen Frau mit Brille ein Zeichen. »Sieh mal nach, ob du darauf Hinweise findest, Alindra.«

»Habe ich doch längst«, begehrt Tivon auf, »was glaubst du denn …?« Er unterbricht sich, als die Tür aufgerissen wird. »Läuft wie geschmiert«, ruft Hassan. »Bin in einem Park angekommen, sieht alles sehr gut aus. Temperatur stimmt, und du hast ein echt appetitliches Buffet aufgebaut, Tivon. Ich musste mich extrem zurückhalten.« Er lacht. »Ich war noch nie ganz allein in einer der Welten. Fühlt sich apokalyptisch an.«

Ausgezeichnet. Dann werde ich zuallererst Joel den Grabstein vor die Nase pflanzen. Nur, dass dort, wo er sitzt, kein Platz für ein weiteres Grab ist. Wenn ich den Stein anderswo hinstelle, wird er ihn vermutlich gar nicht sehen.

Ein schneller Kontrollblick über den Friedhof. Im Moment ist niemand hier, also warum nicht deutlich sein? Ich lasse den Stein drei Meter neben Joel vom Himmel stürzen.

War vielleicht ein wenig zu forsch. Er springt entsetzt auf, taumelt zurück, sieht dann erst, was es war, das da neben ihm detoniert ist. Der Grabstein hat jetzt einen tiefen Sprung, aber die Inschrift ist noch lesbar. Joel ringt nach Atem, doch dann marschiert er auf die Kirche zu.

Bestens. Ich überlege, den Brocken wieder verschwinden zu lassen, entscheide mich aber lieber dafür, eine lustige falsche Spur zu legen. Jetzt lautet die Inschrift Transfer – Moskito-Coast, und ich grinse bei der Vorstellung, wie Joels potenzielle Verfolger sich bei ihrer Ankunft gegen Millionen blutsaugender Insekten wehren müssen.

Als Nächstes zoome ich mich in die Marktgasse von London1622. Montys Stand ist einer der wenigen, die noch nicht für die Nacht abgeräumt wurden. Von ihm selbst ist nichts zu sehen, nur von Sarah, die verloren in die Ferne blickt.

Ich zögere. Wer weiß, wie viel mein Bruder ihr erzählt hat.

Lieber möchte ich warten, bis er persönlich vor Ort ist, und dann erst den Krug platzieren. Ich sitze da, sehe Sarah dabei zu, wie sie mit Passanten plaudert, und werde zusehends unruhiger. Wo steckt Monty?

Da! Jetzt kommt er die Straße herauf, gemeinsam mit Adam, dem Schankburschen, dem jemand einen schmutzigen Lappen um den Kopf gewickelt hat. Er hinkt, Monty stützt ihn und redet auf ihn ein. Sagt etwas zu Sarah, die ins Haus läuft und mit einem gefüllten Krug wieder herauskommt. Unmittelbar danach beginnt sie, die Ware vom Stand zu räumen.

Ich sollte mich beeilen. Damit Sarah mein Gefäß nicht einfach wegräumt, färbe ich es in aller Eile blau ein und stelle es auf den Verkaufstisch.

Im gleichen Moment wendet Monty sich um, er entdeckt es sofort, greift danach, dreht es in den Händen, sucht offenbar nach meiner Nachricht. Ich sehe ihn leicht nicken, ich sehe aber auch, dass nun zwei Männer ins Bild kommen, die sich offensichtlich für meinen Krug interessieren. Einer streckt die Hand danach aus, der andere schnallt einen Geldbeutel von seinem Gürtel.

Monty weicht zurück, doch die beiden lassen nicht locker. Verdammt, das ist kein Zufall, das kann furchtbar schiefgehen. Aber mein Bruder ist clever. Er tut, als würde er nachgeben, und hält den Männern das Gefäß entgegen, so schwungvoll, dass es ihm aus den Fingern rutscht. Es zerbirst auf dem Boden, Monty schlägt sich eine Hand vor den Mund. Dann tritt er, wie unabsichtlich, auf die Scherben, zermahlt sie unter seinen Füßen. Ich sehe seine entschuldigenden Gesten, ich sehe die Wut der Männer.

Dann kommt Sarah aus dem Haus. Sie nimmt Monty am Arm und zieht ihn ins Innere, die Tür fällt zu. Die beiden Männer bücken sich nach den verbliebenen Scherben, drehen sie, versuchen, sie zusammenzusetzen. Aber es ist zu viel kaputtgegangen, der Krug war nicht glasiert, die Gravur nicht sehr tief. Zum Glück war ich vorsichtig.

Mit zornigem Gesicht wirft einer der beiden die eingesammelten Reste zu Boden, zieht ein Messer und stürmt zur Haustür, rüttelt daran. Scheitert. Dann kommt der zweite dazu, und gemeinsam … oh verdammt. Gemeinsam schaffen sie es.

Ich springe auf, werfe dabei meinen Stuhl um, alle fahren hoch. »Sorry«, stoße ich hervor. »Ich muss schnell weg.« Obwohl ich noch keine Ahnung habe, wohin am besten. Nach London1622? Da komme ich in jedem Fall zu spät. Wenn die Männer im Haus sind und sich Monty vornehmen …

Team Cryptos hat eine Exit-Sperre angebracht, aber gegen ein Messer zwischen den Rippen können wir alle nichts tun. Tot wäre tot wäre tot. Ich spüre, wie mir Schweiß über den Nacken läuft.

Zwei Ecken weiter bleibe ich stehen. »Transfer. Refugio.«

Die wenigen Sekunden, die es dauert, bis man von einer Welt in die andere geglitten ist, kommen mir diesmal unerträglich lang vor, doch dann stehe ich auf einer weiß gefliesten Terrasse mit gedeckten Tischen und dem von Hassan erwähnten Buffet. Völlig allein.

Wenn Monty alles richtig verstanden hat, müsste er dann jetzt nicht hier sein? War er zu langsam, und die Männer haben ihn erwischt? Ich laufe Treppen hinunter. Vor der Terrasse liegt ein gepflegter Park, die Welt sieht Cryptos tatsächlich sehr ähnlich. Bisschen mehr Ferienclub und weniger Businesscenter, aber darum geht es jetzt nicht. »Monty!«, brülle ich durch die Einsamkeit. »Hallo!«

Niemand hier. Niemand. Ich renne in den Park, umrunde einen kleinen Teich, schreie mir die Seele aus dem Leib. Dann, plötzlich, raschelt es neben mir. Doch es ist nicht mein Bruder, der sich aus dem Gebüsch schiebt, sondern Joel. Was normalerweise ein Grund zur Freude wäre, aber jetzt gerade ist er der Falsche.

Ich packe ihn an den Oberarmen. »Bist du allein hier? Hast du sonst noch jemanden gesehen?«

Verblüfft starrt er mich an. »Du?«

»Ja, ich. Ich suche meinen Bruder, hast du hier irgendjemanden gesehen, außer uns beiden?«

»Nein. Ich bin gerade erst gelandet. Ich habe die Transferanweisung auf einem Grabstein gelesen.«

»Weiß ich alles. War mein Grabstein. Aber mein Bruder müsste auch hier sein, außer ...«

»Ich helfe dir suchen.« Wir teilen uns auf, er läuft rechts, ich links. Die ganze Zeit über geht mir der Mann mit dem Messer nicht aus dem Kopf. Wenn Monty zu lange gewartet hat, dann haben die Männer ihn im Haus entdeckt, und er konnte den Transfer nicht mehr machen.

Würden sie ihn dann töten, um uns zu beweisen, wie ernst sie es meinen? Als ob wir das nicht wüssten. Oder sind sie eher darauf aus, mich zu erpressen, mir Informationen abzuzwingen? Vor meinem inneren Auge sehe ich meinen Bruder in seiner Werkstatt liegen, das Messer im Rücken. Blut, das in die Holzdielen sickert ...

»Jana!« Auf einem Hügel zu meiner Linken taucht eine Gestalt auf. Groß, breitschultrig, winkend. Es ist Monty, tatsächlich Monty. Keuchend und in ungewohnt normaler Kleidung. Gleich hinter ihm folgt Sarah, in hellen Jeans und ohne das Häubchen auf dem Kopf fast nicht zu erkennen.

Ich falle meinem Bruder um den Hals. »Das war so knapp, du Idiot. Hättest du dich nicht ein bisschen beeilen können?«

»Ich wollte nicht ohne Sarah gehen. Und sie wäre lieber geblieben, aber mir zuliebe hat sie nachgegeben.«

Sarah also, die dumme Kuh. Ich zwinge mich zu lächeln und verbeiße mir alles, was mir auf der Zunge liegt. »Schön, dass ihr jetzt hier seid. Ich bin so froh! Kommt mit, es gibt etwas zu essen.«

Auf der Terrasse haben sich mittlerweile fünf neue Ankömmlinge eingefunden, ich kenne niemanden davon. Joel kommt ebenfalls in Sichtweite, ich winke ihn heran, stelle ihm Monty vor. Dann verschwinde ich zurück nach Cryptos. Ich will nicht weiter in Versuchung sein, Sarah die Meinung zu sagen. Vor allem aber habe ich Angst davor, dass Joel mich nach seiner Exit-Sperre fragen könnte.

Drei Stunden konzentrierter Arbeit später sind wir keinen Schritt weiter. Tivon hat das Gesicht in den Händen vergraben, Konrad arbeitet, blass, aber verbissen, an einer neuen Entschlüsselungsoption, Hassan flucht in vier Sprachen abwechselnd.

Der Abend ist weit vorgerückt. Für viele wäre jetzt normale Schlafenszeit. Ich gehe zu Tivon hinüber und warte, bis er aufblickt. »Wir müssen es Joel sagen.«

Er wirft mir einen wütenden Blick zu. »Vor allem muss ich seine Einstellungen knacken. Ich bekomme das hin. Kann jede Minute so weit sein.«

»Jana hat recht«, meldet Konrad sich. »Geh nach Refugio. Ich arbeite hier weiter, Hassan, Lennard und Elvina tun das auch, wahrscheinlich stößt gleich noch Jackie dazu. Wir schaffen das, und du gehst jetzt zu deinem Bruder.« Es klingt so zuversichtlich, dass Tivon tatsächlich aufsteht. Er nickt und trottet nach draußen. Ich will ihm folgen, aber Konrad hält mich am Arm zurück. »Sorge dafür, dass er in Refugio bleibt. Wir tun hier alles, aber unsere Chancen sind dünn. Er soll bei seinem Bruder sein, wenn er einschläft, und danach kann er dich und mich dafür verantwortlich machen, dass es nicht geklappt hat.« Konrad seufzt. »Besser, als er hasst sich selbst für den Rest seines Lebens.«

Ein Gefühl, als hätte sich mein Brustkorb mit Steinen gefüllt. »So aussichtslos?«

Konrad sagt nichts, aber ich kann die Antwort von seinem Gesicht ablesen. »Wir versuchen noch zwei neue Ansätze. Wir geben nicht auf.«

Sie sitzen an einem Tisch ein Stück abseits von den anderen, als ich zu ihnen stoße. Tivon hat sich vorgebeugt und spricht beschwörend auf seinen Bruder ein.

Mein eigener stürmt sofort auf mich zu, kaum dass er mich entdeckt hat. »Tolles Essen habt ihr hier, Kompliment! Aber hör mal, was denkst du, wie lange wir noch bleiben müssen? Du weißt ja, wir haben ein Geschäft, um das wir uns kümmern sollten.«

Ich liebe Monty sehr, aber jetzt würde ich ihn gern schütteln. Oder ohrfeigen. Oder beides. »Stell dich drauf ein, dass es länger dauert«, sage ich schroff und laufe weiter bis zu Tivon und Joel.

»Ich verstehe das nicht«, sagt der gerade. »Wieso nur ich?«

»Weil du mein Bruder bist, fürchte ich«, sagt Tivon leise. »Und ich so etwas wie ein Staatsfeind. Oder jedenfalls ein Feind von Mastermind, was im Grunde dasselbe ist.«

Joel springt auf. »Verstehe. Du machst wieder Probleme, und

ich muss sie ausbaden! Kommt mir bekannt vor. Danke, Tivon.« Er stellt sich mit verschränkten Armen an den Rand der Terrasse und starrt in den dunklen Park hinaus. Ich gehe vorsichtig näher; als er mich hört, wendet er den Kopf und lächelt gezwungen. »Du schon wieder.«

»Ja. Hallo.«

»Du hast den Crash mit meinem Pferd gut überstanden, wie ich sehe.«

»Habe ich. Und du wirst das Ganze auch überstehen.« Zuversicht auszustrahlen kann überhaupt nicht schaden. »Die besten Leute sind immer noch dran, die Exit-Sperre bei dir einzubauen. Sie schaffen das, du musst nur solange wach bleiben.«

Er lacht auf. »Wenn ich das geahnt hätte. Ich habe gestern nach dem Turnier mit Freunden gefeiert und nur vier Stunden geschlafen. Ich habe schon jetzt Sehnsucht nach einem Bett.« Er blickt sich um. »Was ist es eigentlich, das Tivon macht? Ich habe seit über zwei Jahren nichts von ihm gesehen oder gehört, und auf einmal ist er – ein Staatsfeind?«

»Er rettet Leben. Er versucht es zumindest.«

»Mit vollem Risiko, hm? Das sieht ihm ähnlich.« Joel greift nach dem Terrassengeländer, als brauche er Halt. »Dabei mag er Menschen gar nicht so sehr. Das war schon so, als er noch klein war. Aber Ärger machen war schon immer sein Ding.«

Ich blicke über die Schulter zurück. Tivon sitzt immer noch am Tisch, knetet die linke Hand mit der rechten. Es sind wieder neue Leute angekommen. Ein junges Mädchen und ein älterer Mann. Refugio füllt sich. Joel gähnt.

»Weißt du was?«, sage ich. »Lass uns spazieren gehen. Tivon hat einen wirklich hübschen Park angelegt.«

Wir laufen im Kreis. Ich lasse Joel reden, lasse ihn von seinen Turnieren erzählen und von seiner Zeit in Jopur, wo er in vier Wochen vier Achttausender bestiegen hat. »Mit Sauerstoffgeräten, die Nächte haben wir bei minus zwanzig Grad in Zelten verbracht.« Er schüttelt sich. »Das waren die einzigen Wochen, in denen ich den Realitätsstopp als Erholung empfunden habe!«

Wir plaudern, die Zeit vergeht, aber immer öfter sehe ich Joel gähnen. Werfe Blicke zur Terrasse der Villa hinüber, in der Hoffnung, dass jemand aus Cryptos mit einer Erfolgsmeldung auftaucht. Fehlanzeige.

Aber dafür gesellt sich irgendwann Tivon zu uns. Schweigend. Ich frage nicht nach, ich sehe schon an seiner Miene, dass es immer noch keine guten Neuigkeiten gibt.

»Es tut mir leid, dass ich dich da reingezogen habe«, sagt er nach ein paar Minuten. »Ich habe nicht damit gerechnet, dass sie sich an meiner Familie vergreifen. Dumm von mir.«

»Tja.« Joel kickt einen Stein aus dem Weg. »Und da behaupten immer wieder Leute, du wärst ein Genie.«

»Die haben ja keine Ahnung.«

Endlich, endlich lacht Joel, kurz danach beginnen die beiden, über gemeinsame Kindheitserlebnisse in diversen Welten zu plaudern. Ich lasse sie allein und gehe zur Terrasse zurück.

Sarah knabbert an einer Salzbrezel, Monty dagegen hat drei leer gegessene Teller vor sich stehen. »Hey, Schwester. Du siehst immer noch so fremd aus. Bist du böse auf mich?«

»Nein.« Ich plumpse auf einen freien Stuhl. »Nur echt ausgelaugt und erschöpft.«

Er greift nach meiner Hand. »Wie steht es um mich? Ist ein Exit wieder ungefährlich? Darf ich einschlafen?«

»Ja.« Im Gegensatz zu anderen Leuten. »Aber du darfst nicht sterben, verstehst du? Das wäre dann immer noch endgültig.«

Er schiebt die Unterlippe vor, so wie früher, als er acht war. »Ist mir schon lange nicht mehr passiert. Sicher ein halbes Jahr lang.«

»Wie beruhigend. Aber jetzt hast du vielleicht ein paar Auftragskiller am Hals, die es darauf anlegen. Deswegen musst du erst mal hierbleiben«, sage ich bestimmt.

Er wechselt einen Blick mit Sarah, die ein Gesicht zieht, als wäre alles meine Schuld. Womit sie wohl richtigliegt.

»Och. Aber …«

Ich fühle, wie Ungeduld in mir hochkocht. »Wir diskutieren nicht darüber, okay?«, fauche ich. »Ich lege dir deine Passkollektion still, wenn du es nicht von allein kapierst.«

Monty macht ein Gesicht, als hätte ich ihm eine Ohrfeige verpasst, und ich schraube die Schärfe in meiner Stimme zurück. »Wir betreiben diesen ganzen Aufwand, um euch alle zu schützen!«

»Wir?«, fragt Sarah spitz.

»Ja. Wir. Ich und meine Freunde.« Ich darf keinesfalls den Fehler machen, das Wort »Cryptos« auszusprechen. »Also bleibt fürs Erste einfach hier und macht es euch gemütlich. Ich bin sicher, die Quartiere sind schön, und das Essen schmeckt euch ja offensichtlich.«

Wieder stolpert ein Neuankömmling auf die Terrasse, er sieht mitgenommen aus, aber es gibt bereits so etwas wie ein Empfangskomitee. Fünf Leute von Cryptos, die sich um die Eintreffenden kümmern.

Nach einer Stunde kommen Tivon und Joel zurück. »Ich muss mich hinsetzen«, gähnt Joel. »Wie spät ist es eigentlich?«

Man sieht ihm die Müdigkeit jetzt deutlich an. Ich springe

auf und hole eine Tasse starken schwarzen Kaffee vom Buffet. »Wir könnten etwas spielen«, schlage ich vor. »Wer weiß ein Rätsel?«

»Ich«, sagt Joel erschöpft. »Wie bleibt man auf unbegrenzte Zeit wach?« Er nimmt mir die Tasse aus den Händen und pustet den aufsteigenden Dampf weg. Nach dem ersten Schluck verzieht er das Gesicht. »Bitter.«

»Ja«, bestätige ich, »bitter«, und bin nicht sicher, ob er den Kaffee gemeint hat.

Er nickt ergeben, trinkt wieder einen Schluck. »Ganz im Ernst«, sagt er, kaum hörbar. »Es ist ein Todesurteil. Ich kann mich ablenken, mich bewegen, alles versuchen, aber irgendwann lässt sich das Einschlafen nicht mehr verhindern, oder?«

Da Tivon nach Worten ringt, springe ich ein. »Kein Todesurteil, nur ein Wettlauf gegen die Zeit. Wir finden einen Weg, ich weiß das. Du darfst jetzt nur nicht schlappmachen.«

Er lächelt gequält und trinkt seine Tasse leer. Die nächste Stunde über lenken wir ihn mit Reisegeschichten aus allen denkbaren Welten ab. Monty fährt sein ganzes Können auf, er ist ein begabter Unterhalter, unser Gelächter muss weit über den Park schallen. Außer mir bemerkt niemand, dass Tivon einmal verschwindet und nach zehn Minuten wiederkehrt, mit noch düsterer Miene als zuvor.

Ich begreife, ohne fragen zu müssen. Kämpfe gegen das sinkende Gefühl in meinem Inneren an, strahle nach außen hin vor guter Laune und hole noch mehr Kaffee für Joel. Doch auf Montys Geschichten kann ich mich nicht mehr konzentrieren. Wir verlieren diesen Wettlauf. Mit viel Mühe schaffen wir es vielleicht, Joel noch drei oder vier Stunden wach zu halten. Wenn wir Glück haben und nach dem Tief, durch das er jetzt sichtlich geht, wieder eine wachere Phase kommt. Aber er darf nicht einmal für Sekunden einnicken, und das kann leicht passieren. Ich weiß, wie oft ich an meiner Designstation in langen Arbeitsnächten ruckartig hochgefahren bin, aus einem Schlaf, der nicht mehr als zwei Atemzüge gedauert haben kann.

Das wäre für Joel bereits tödlich, und ich kann sehen, dass er immer häufiger blinzelt. Dass seine Schultern alle paar Minuten nach vorne sacken, bevor er sie wieder strafft. Wir brauchen wirksamere Mittel als Kaffee, damit er wenigstens für gewisse Zeit aus dieser gefährlichen Dämmerzone auftaucht.

Noch einmal stehe ich auf, gehe zum Buffet und fülle dort einen Krug mit Wasser und ein paar Eiswürfeln. Damit bewaffnet kehre ich zu unserem Tisch zurück und schütte Joel den gesamten Inhalt kommentarlos über den Kopf.

Es funktioniert wie erhofft. Er schreit auf, prustet, wischt sich das Wasser aus dem Gesicht. »Bist du wahnsinnig?«

»Gut möglich.« Ich stelle den Krug weg. »Aber du bist auf jeden Fall wieder wach.«

Monty hilft ihm lachend dabei, sich trockenzulegen. »Ich entschuldige mich für meine Schwester«, sagt er. »Sie war schon immer ein bisschen dramatisch in ihren Aktionen.« Die Stimmung unserer kleinen Gruppe hebt sich spürbar, wahrscheinlich nur für kurze Zeit, aber immerhin. Auch bei den anderen, die wir nach Refugio evakuiert haben, sorgt der Vorfall für Heiterkeit. Bei manchen auch für Kopfschütteln, doch sie können ja nicht wissen, dass es sich um eine lebensrettende Maßnahme gehandelt hat.

Bloß eine junge Frau steht ein wenig abseits und späht in die Nacht hinaus. Es wirkt, als hätte sie von Joels unfreiwilligem Bad gar nichts mitbekommen. Wartet sie auf jemanden?

Ich trage den Krug zum Buffet zurück und nutze die Gelegenheit, kurz bei ihr haltzumachen. »Ist alles in Ordnung?«

Sie fährt nicht herum, bleibt ganz ruhig stehen. »Dort vorne«, wispert sie. »Im Park, bei den Magnolien. Da hat sich etwas bewegt.«

Ich verenge die Augen, um besser sehen zu können, doch an der Stelle, die sie meint, rührt sich nichts. »Na ja, vielleicht ist noch jemand angekommen«, meine ich. »Und traut sich nicht raus.«

Sie antwortet nicht. Hält ihren Blick fest ins Dunkel gerichtet, ich folge ihrem Beispiel, und plötzlich sehe auch ich etwas: ein Aufblitzen. Als wäre das Licht einer Parklaterne auf etwas Glänzendes gefallen.

Diese Welt ist noch zu neu, als dass schon jemand irgendwelches Zeug im Gebüsch verloren haben könnte. Vielleicht ein Glitch, aber darum können wir uns kümmern, sobald das Problem mit Joel …

Ich habe den Gedanken noch nicht zu Ende gedacht, als fünf vermummte Gestalten aus den Büschen hervorbrechen. Sie halten Waffen in den Händen, Schnellfeuergewehre, wenn ich es richtig sehe, und sie rennen auf uns zu.

»Ins Haus!«, brülle ich. »Schnell, macht schnell!«

Tivon erfasst die Situation mit einem Blick, er zerrt Joel vom Stuhl hoch und von der Terrasse, Monty folgt ihm, die anderen drängen nach. Ich bleibe stehen und halte die Cryptos-Leute zurück. Ihnen kann nichts Schlimmeres zustoßen als ein unsanftes Erwachen in der Kapsel mit Phantomschmerzen von Schussverletzungen.

Die fünf Angreifer teilen sich auf, zwei halten auf die Haupttreppe der Terrasse zu, die anderen auf die Seitentreppen. Ich greife nach dem Krug, den ich gerade erst abgestellt habe. »Haut ab«, schreie ich, werfe ihn nach dem Vermummten, der am nächsten ist – und treffe tatsächlich. Das schwere Glasgefäß findet sein Ziel – die Stirn des Mannes, der taumelt und zu Boden geht. Aber nicht für lange, er kämpft sich schon wieder auf die Knie, und auch die anderen werden in Sekundenschnelle hier sein. Ihre Waffen sind angsteinflößend.

Ich will gerade in die Villa hasten, als ich jemanden rufen höre. Erst denke ich, die Angreifer haben Verstärkung bekommen, dann sehe ich, dass es Konrad ist, der laufend die Parkanlage durchquert. Er winkt, beide Arme über dem Kopf. »Geschafft!«, schreit er; im nächsten Augenblick streckt ihn eine Gewehrsalve nieder.

»Was soll das?«, ruft einer der Vermummten. »Den hätten wir befragen können!«

Ich ducke mich und stürze auf den Eingang der Villa zu, im letzten Moment, denn innen senken sich bereits Sicherheitswände aus Stahl nach unten. Mauern und Fenster werden gleich schusssicher versiegelt sein, ich schaffe es gerade noch, mich durch den verbliebenen Spalt zu zwängen.

»Konrad war eben hier«, keuche ich. »Er sagt, sie hätten es geschafft.« Hoffentlich habe ich das richtig verstanden, er war so schnell tot. Wir müssen uns vergewissern, bevor wir Joels Leben aufs Spiel setzen. »Hör zu, Joel. Es sieht aus, als wäre die Exit-Sperre angelegt. Ich lasse mir das noch bestätigen, dann kannst du schlafen.«

Keine Erleichterung in irgendeinem der Gesichter. Das Problem ist jetzt ein neues, Schlaf ist nicht mehr das Thema, für niemanden. Tod dagegen schon. Der ist immer noch sehr real, für alle unsere Flüchtlinge.

»Konrad?«, fragt Tivon knapp.

»Erschossen«, gebe ich in gleicher Weise zurück. »Halte du hier die Stellung, ich gehe zurück. Ich beeile mich.«

Schnell in den nächsten leeren Raum, Transfer nach Cryptos, Eingang Hauptquartier. Ich renne, als wären die Eindringlinge immer noch hinter mir her; in weniger als einer Minute bin ich im Computerraum angekommen.

»Stimmt es, was Konrad sagt? Ihr habt Joels Einstellungen geknackt?«

»Und wie wir das haben!«, ruft Hassan, bestens gelaunt. »Alles gut jetzt, kein Grund mehr zur Sorge!«

»Von wegen.« Eigentlich wollte ich sofort wieder zurück, aber der Anblick meiner Designstation macht mir klar, dass ich hier nützlicher sein kann. Ich setze mich hin, zoome mir die Außenansicht der Villa in Refugio heran.

Sieben Vermummte sind es jetzt. Sie schleichen geduckt ums Haus, auf der Suche nach einer Schwachstelle. Ich sehe, wie ein achter auftaucht. Was er in Händen hält, sieht aus wie ein Benzinkanister.

Um komplizierte Waffen zu modellieren, fehlt mir die Zeit. Aber – ich habe noch den Grabstein im Speicher, den ich für Joel erstellt habe. Ich entferne die Gravur, schreibe stattdessen *Drecksack* auf den Stein und vervielfältige ihn zehn Mal.

Den ersten Angreifer verfehle ich knapp, doch schon der zweite wird unter einem Stein begraben. Der dritte ist bereits auf der Terrasse, der Treffer eliminiert nicht nur ihn, sondern schlägt ein ziemliches Loch in den Steinboden.

Die verbliebenen Männer schlagen sich wieder in die Büsche, den Blick nach oben gerichtet, zum nächtlichen Himmel, aus dem es plötzlich Grabsteine regnet.

Aber das wird nicht lange anhalten, und den Kanistermann habe ich noch nicht erwischt. Nach ihm suche ich am intensivsten; Feuer in der Villa wäre eine Katastrophe.

Gleichzeitig arbeitet mein Gehirn auf Hochtouren. Wie zur Hölle sind die Männer nach Refugio gekommen? Die Welt ist noch keine sechs Stunden alt. Sie ist getarnt, sollte also im Weltenkatalog unauffindbar sein. Wie konnte das passieren?

Da – einer der Vermummten hat sich aus dem Gebüsch gewagt, und ich begrüße ihn mit meinem Marmorbrocken. Treffer, versenkt.

Warum eigentlich vermummen sich die Kerle? Wenn sie nicht wiedererkannt werden möchten, könnten sie doch ihr Äußeres ändern. Gut, vielleicht hatten sie es dafür zu eilig. Tatsache bleibt, sie wollten nicht erkannt werden. Von wem? Von Tivon? Von mir?

Ich kopiere noch einmal zehn Grabsteine, dann werfe ich drei auf das Gebüsch, in dem ich die meisten der Angreifer vermute. Irgendjemanden muss ich getroffen haben, denn wenig später läuft dunkles Blut auf den Gehweg.

Wieder Zoom auf die Villa. Dort ist es ruhig, unsere Leute sind immer noch hinter den stählernen Schutzwänden. Doch nun sehe ich wieder den Mann mit dem Kanister heranschleichen, er kriecht in den Schatten der Bäume, sehr vorsichtig, sehr langsam.

Hassan tritt hinter mich, wirft einen Blick auf die Monitore und atmet scharf ein. »Was ist denn da los?«

»Ein Überfall.« Ich positioniere meinen nächsten Grabstein. »Keine Ahnung, wie der Trupp nach Refugio gekommen ist, aber sie hatten es ganz offensichtlich auf die Leute auf der Liste abgesehen.«

»Tja, das sind auch die einzigen, die sie aktuell killen können.« Er zieht sich einen Stuhl heran. »Kann ich dir helfen?«

Der nächste Stein. So gut gezielt, dass er den Kanistermann völlig unter sich begräbt. »Danke, im Moment läuft es nicht schlecht.«

Die Tür springt auf, Konrad schlurft herein, er wirkt mitgenommen. »Hey«, sagt er. »Könnt ihr mir sagen, wie es um Refugio steht? Dort gibt es Eindringlinge.«

»Gleich nicht mehr«, murmle ich und werfe meinen nächsten Grabstein. Hassan lacht auf, Konrad schleppt sich näher. »Alles klar, du hast die Lage im Griff.«

»Hm.« Ich zähle kurz durch, es können jetzt höchstens noch drei Männer übrig geblieben sein, je nachdem, wie viele ich im Gebüsch erlegt habe. »Für den Moment schon, aber das wird nicht so bleiben. Mastermind hat erfahren, dass es Refugio gibt, keine Ahnung, woher.«

»Jemand wird bei seinem Transfer belauscht worden sein«, vermutet Konrad und stützt sich mit den Händen auf die Tischplatte. »Ist natürlich unangenehm. Haltet ihr hier die Stellung, ich versuche, noch eine Welt auf die Beine zu stellen. Dann können alle dorthin wechseln.«

»Das wird zu lange dauern.« Nächster Stein, diesmal leider daneben, aber der darauffolgende findet sein Ziel. »Es dauert vielleicht noch eine halbe Stunde, bis der nächste Trupp nach Refugio transferiert, und der wird dann besser geschützt und besser ausgerüstet sein.« Ich schaue zu Konrad hoch. »Wie geht's dir?«

Er zieht ein Gesicht. »Mäßig. Durchsiebt werden war unangenehm, aber schlimmer war der Schreck, mein Puls ist noch immer auf hundertachtzig.«

Zu dritt betrachten wir meine Monitore. Es scheint nun alles ruhig zu sein in Refugio. Die Villa ist dicht. Würde ich diesen Einsatz für Mastermind leiten, würde ich jetzt versuchen, Leute direkt ins Haus transferieren zu lassen. »Passt ihr hier auf? Bis zum nächsten Angriff könntet ihr versuchen, ein Abwehrsystem zu modellieren, das vielversprechender ist als fliegende Grabsteine.«

»Machen wir. Ich finde sicher etwas, das sich schnell kopieren lässt.« Er tappt zu seiner Designstation. »Du gehst zurück nach Refugio?«

»Ja. Es ist kein Zufluchtsort mehr, fürchte ich, sondern eine Falle. Wir müssen die Leute nach Cryptos holen, und zwar schnell.«

22

Tivon stimmt mir zu, auch wenn ich sehen kann, dass er sich nicht wohlfühlt bei dem Gedanken. »Dann haben wir Mitwisser, die wir nicht kennen. Was ist, wenn einer von den Leuten auf der Liste absichtlich mit draufgesetzt wurde? Als U-Boot, verstehst du?«

Wir gehen die Leute durch. Bis auf drei können wir alle einem Cryptos-Mitglied zuordnen. Die Unbekannten sind ein junger und ein älterer Mann sowie das Mädchen, das mir den Wink mit den Eindringlingen gegeben hat.

Was mir erst jetzt so richtig bewusst wird, ist, dass Irma nicht hier ist. Ihre Exit-Sperre ist aktiviert, aber sie hat keine Nachricht zu Refugio bekommen.

Das schlechte Gewissen legt sich um meine Brust wie eine Eisenklammer. Es wäre meine Aufgabe gewesen, das zu übernehmen, aber ich war so voller Angst um Monty, dass ich abgehauen bin.

»Wir evakuieren jetzt«, verkündet Tivon, nachdem er alle Anwesenden des Teams in einen Nebenraum gewunken hat. »Nur Betroffene.« Er wendet sich zu mir. »Das heißt, dein Bruder kommt mit, seine Frau nicht. Keine Begleitpersonen, wir halten das Risiko so gering wie möglich. Sobald sie drüben sind, sperren wir den Leuten alle ihre Weltenpässe. Wir können niemanden rauslassen, der dann vielleicht den Namen ausplaudert.«

Dass er Sarah zurücklassen muss, wird Monty gar nicht gefallen. Also werde ich es ihm verschweigen. Er wird es erst merken, wenn er in Cryptos angekommen ist, und dann ist es nicht mehr zu ändern. Draußen nehme ich ihn als Ersten beiseite. »Komm mit.«

»Okay.« Er greift nach Sarahs Hand.

»Nein. Jeder einzeln.«

Sie schnaubt empört. »Was ist denn das für ein Unsinn?«

»Sicherheitsmaßnahmen. Monty ist gefährdet, dir kann nichts passieren, deshalb kommt er zuerst dran.« Und du überhaupt nicht, füge ich im Geist an.

»Wir sehen uns ja gleich«, beschwichtigt Monty sie und lässt sich von mir mitziehen. In eine Art Bibliothek. »Also, wohin geht es?«

Ich lege ihm beide Hände auf die Schultern. »Ich werde dir jetzt das Transferziel sagen, dann werde ich rausgehen, und du haust sofort ab. Alles klar?«

»Sicher.«

Ich flüstere es ihm ins Ohr – wer weiß, ob seine reizende Verlobte nicht an der Tür lauscht – und gehe nach draußen. Als ich zwei Minuten später die Bibliothek wieder betrete, ist Monty verschwunden. Bestens.

Der Nächste ist ein gebückter grauhaariger Mann, danach kommt eine rundliche Frau mit tiefschwarzem Stachelhaar. Vor dem Haus regt sich etwas, unüberhörbar, aber davon darf ich mich jetzt nicht ablenken lassen. Wir müssen die Leute hier wegbekommen, bevor es ernst wird. Ich führe meine Schützlinge in die Bibliothek, nacheinander. Ein Mann, noch einer. Eine Frau.

Parallel zu mir macht Tivon in dem anderen Raum weiter und Lennard in einem dritten. Es dauert nicht lange, dann ist nur noch Sarah hier. Und die drei, von denen wir nicht wissen, mit wem sie in Verbindung stehen. Vor der Villa zischt es, ich kann das Geräusch nicht zuordnen, aber es muss laut sein, wenn es durch die Schutzwände dringt.

»Jetzt bin aber ich dran.« Sarah tritt mir in den Weg.

Ich weiche ihr aus. »Nein. Tut mir leid.«

Ihr Mund klappt auf, dafür verschmälern sich ihre Augen zu Schlitzen? »Was? Das ist nicht dein Ernst! Ich will sofort zu Monty, du kannst mich nicht abhalten!«

»Doch. Kann ich. Muss ich. Sobald es wieder sicher ist, kommt er zurück, aber –«

»Du hasst mich, das ist es, oder? Du willst uns auseinanderbringen!« Wenn sie sich aufregt, wird ihre Stimme ungewöhnlich schrill. Ich trete zwei Schritte zurück.

»Nein. Aber es muss einen Grund dafür geben, dass Refugio so schnell gefunden wurde. Jemand muss den Namen ausgeplaudert haben. Oder hat ihn unvorsichtig laut herausgebrüllt. Mit unserer anderen Welt darf das nicht passieren, und dir geschieht schon nichts. Deine Einstellungen sind sauber.«

Sie schnappt nach Luft, und ich drehe ihr den Rücken zu, im gleichen Moment stürzt Hassan herein. »Gas! Sie leiten Gas ins Haus! Zwanzig Leute in Schutzanzügen, mit einem riesigen Tank. Sie haben eine Kellerluke gefunden, dort pumpen sie es hinein!«

Sarah schenkt mir einen letzten hasserfüllten Blick, stürmt in die Bibliothek und knallt die Tür hinter sich zu. Sie haut also ab, bestens. Dann haben wir jetzt nur noch drei Probleme.

Tivon zieht mich zur Seite. »Sie spekulieren darauf, dass wir keine Unschuldigen sterben lassen werden«, murmelt er, so leise, dass nur ich es höre. »Sie wissen, wie wir ticken. Sonst wären uns die Leute in den überschwemmten Depots ja auch egal. Aber ich bin sicher, einer der drei ist ein Maulwurf. Vielleicht sind es sogar alle.«

Das Zischen wird lauter, ich fühle ein erstes Kratzen im Hals. »Die weißen Kammern«, sage ich. »Wir holen sie rein, aber sie müssen dort bleiben.«

»Für immer?« Tivon holt angestrengt Luft. »Sie wüssten über die Welt Bescheid, sie würden den Namen kennen. Nichts wäre mehr sicher. Wir könnten sie nie wieder rauslassen. Denkst du, das ist besser als sterben?«

»Es ist weniger endgültig.« Ich bin schon halb auf dem Weg zu dem Mädchen, das uns alle gewarnt hat. »Es gibt uns Gelegenheit, die Dinge zu klären.«

Fünf Minuten später stehen nur noch Tivon und ich in der Villa. Das Zischen des Gases kommt nun von zwei Seiten, ich fühle, wie die Atemluft immer knapper wird. Tivon blickt sich noch einmal prüfend um, dann sieht er mich an. Anders als sonst. Mit einer Art neuem Respekt. »Ich kümmere mich jetzt um die Leute in der weißen Kammer.« Er hustet. »Und du wirst deinem Bruder reinen Wein einschenken müssen.« Er drückt meine Hand und schiebt mich in die Bibliothek. »Bis gleich.«

Ja, denke ich. Bis gleich. Oder jedenfalls bis bald. Denn bevor ich nach Cryptos zurückkehre, habe ich noch etwas anderes vor.

Ich muss zweimal abbrechen, weil der Husten meine Befehle unverständlich macht, doch beim dritten Mal klappt es.

»Transfer. Venedig.«

Die Beleuchtung vor dem Dogenpalast ist schummrig; das Licht der Laternen spiegelt sich im Rio di Palazzo, dem Kanal, der direkt an dem prächtigen Gebäude vorbeiführt. Doch ich habe weder einen Blick für die Architektur noch für die Stimmung, obwohl Matisse wirklich tolle Arbeit geleistet hat. Ich stehe vollkommen allein auf dem ehemals berühmten Platz. Sogar die Tauben schlafen schon.

Keine schlechten Voraussetzungen für mein Vorhaben. Was ich tue, ist riskant, es ist verräterisch. Ich wage es nur, weil ich Matisse so sehr vertraue.

Ich hole mein Design-Kit aus dem Inventar und öffne die Vorlagen. Wähle den schwarzen Adler mit den roten Augen, mein Signal für den absoluten Notfall.

Er steigt in den Himmel, verschmilzt mit der Dunkelheit. Aber er wird unermüdlich über Venedig kreisen, und ich kann nur hoffen, dass Matisse ihn sieht, gleich morgen früh, wenn er sich an seinen Platz setzt.

Vielleicht kehre ich dann noch einmal zurück und lasse einen zweiten Adler frei. Niemand außer Matisse wird dieses Zeichen verstehen, aber wenn er es sieht, wird er wissen, dass ich lebe.

»Etwas ist schiefgegangen!« Monty wurde offenbar schon aus der weißen Kammer geholt. Er stürzt auf mich zu, kaum dass ich auf die nächtlich beleuchtete Wiese hinausgetreten bin. Rund um die kugelförmigen Lampen schwirren Nachtfalter. »Sarah ist nicht hier. Ich verstehe das nicht! Hat es Schwierigkeiten gegeben?« Er blickt sich hektisch um. »Alles mein Fehler, ich hätte sie zuerst schicken müssen.«

Mein großer Bär von einem Bruder mit diesem viel zu weichen Herzen. Ich nehme ihn an der Hand, suche für uns ein ruhiges Plätzchen auf einer Bank. Vor uns tanzen Glühwürmchen; das ist ein hübsches Detail, das ich Tivon gar nicht zugetraut hätte. Ich nehme Montys Hand. »Hör zu. Es tut mir leid, aber Sarah kommt nicht. Wir haben nur die mitgenommen, die gefährdet sind. Aus Sicherheitsgründen. Diese Welt hier ist versteckt, und das muss sie bleiben. Die herzuholen, die bedroht sind, war riskant genug, aber notwendig. Bei Sarah war es das nicht.«

Montys Miene hat sich mit jedem meiner Worte mehr verfinstert. »Du hast mich reingelegt?«, sagt er, in einem Ton, den ich von ihm noch nie gehört habe.

»Vor allem habe ich dich in Sicherheit gebracht. Das war mir am wichtigsten. Sarah kommt zurecht. Ein paar Tage werdet ihr es ohne einander aushalten.«

Monty hat seine Hand aus meiner gerissen und ist aufgesprungen. »Aha. Und das entscheidest natürlich du, ja? Was heißt da überhaupt ein paar Tage? Du glaubst doch nicht, dass ich unter diesen Voraussetzungen *hierbleibe*!«

Ich schließe kurz die Augen, konzentriere mich darauf, nicht loszubrüllen. Ist mein Bruder wirklich ein so hirnlos anhänglicher Klotz geworden? »Es wird dir nichts anderes *übrig bleiben*, fürchte ich.«

»Das werden wir ja sehen.« Er mustert mich unter grimmig zusammengezogenen Augenbrauen. »Ich bin so enttäuscht von dir.«

Ich nicke ergeben, während er aufsteht und auf die nächste Baumgruppe zusteuert. Ja, das wäre ein guter Platz für einen Transfer. Wenn man einen machen könnte.

Wie erwartet, kommt er drei Minuten später zurück, rot im Gesicht vor Wut. »Ich will sofort wieder nach London! Nach Hause! Ich verlange, dass du mir meine Pässe zurückgibst!« Er streckt mir drohend einen Zeigefinger entgegen. »Jana! Ich meine es ernst.«

»Ja, Monty. Ich auch. Es tut mir leid, aber für den Moment

musst du hierbleiben. Denk mal kurz nach, bitte: Wir hatten Refugio ganz neu eingerichtet. Eine verborgene Welt, wie diese hier. Innerhalb von fünf Stunden hatten wir einen bewaffneten Überfall, und warum? Weil irgendjemand nicht kapiert hat, dass man die Namen von Verstecken nicht durch die Gegend schreit.«

Er sieht mich verständnislos an. »Und?«

Okay, dann eben deutlich. »Und dir waren schon die zwei Typen auf den Fersen, die den Krug kaufen wollten. Aber du konntest nicht allein gehen, du musstest Sarah mitschleppen. Und wie durchdringend ihre Stimme sein kann, müsstest du ja am besten wissen.«

Ohne ein Wort dreht er sich um und geht, stapft durch die Wiese, verschwindet zwischen den Bäumen. Erschöpft lasse ich mich auf die Bank fallen. Es war die richtige Entscheidung, sage ich mir. Monty wird darüber hinwegkommen; so wie er drauf ist, kann ihm Abstand nur guttun.

Trotzdem hängt der Streit mir nach. Ich sehe Tivon und Joel zusammensitzen und wünschte, Monty und ich könnten uns dazugesellen. Vielleicht morgen. Ich möchte nicht, dass er hier einsam ist.

Ein paar Stunden schlafe ich, dann krieche ich aus meiner Kapsel und schäle mich aus dem Overall. Werfe ihn in den Reinigungsautomat und stelle mich unter die Dusche.

Der Wasserdruck ist nach wie vor ein Witz, es dauert ewig, bis ich das Gefühl habe, wirklich sauber zu sein. Danach schlüpfe ich in Shirt und Hose und stehle mich für ein paar Minuten ins Freie.

Obwohl es noch sehr früh am Morgen sein muss, ist es bereits unangenehm warm draußen. Ich bleibe eng an die Hausmauer gedrückt. Ein kurzer Blick in den Himmel: Keine Drohne zu sehen. In oder vor den Häusern, die entlang der Straße liegen, regt sich nichts. Geisterstadt. Das einzige Leben, das ich entdecke, sind ein paar Amseln, die es sich auf den Leitungen bequem gemacht haben. Sie beäugen mich wie einen Fremdkörper.

Ein Windstoß wirbelt Staub auf, er gerät mir in Augen und Kehle, ich huste. Es ist ohnehin Zeit zurückzugehen. Zurück nach Venedig.

Auch hier ist nicht viel los, aber im Vergleich zur Realwelt herrscht geschäftiges Treiben. Ein grauhaariger Mann malt den Dogenpalast; Ölfarbe auf Leinwand. Zwei Spaziergänger füttern Tauben. Eine junge Frau mit abenteuerlicher Turmfrisur und hochhackigen Schuhen baut Kameras auf, um Fotos von sich selbst auf einer der Brücken zu schießen. Wahrscheinlich verschwindet sie anschließend gleich nach Mirror.

Ich laufe in die Gassen hinein, überquere Brücken, bis ich zu einer Kirche mit einem kleinen Vorplatz komme. Hier ist außer mir niemand. In eine Mauernische geduckt, öffne ich mein Inventar und hole einen weiteren schwarzen Adler ans Tageslicht. Er fliegt nicht sofort los, sondern bleibt ein paar Sekunden auf dem Kopf einer Statue sitzen, bevor er sich abstößt und mit kräftigen Flügelschlägen in den Himmel steigt.

Jetzt kann ich nur noch abwarten. Ich stelle mich auf eine Stunde ein; maximal zwei. Länger sollte ich nicht hierbleiben. Doch die Frage stellt sich gar nicht, ich entdecke Matisse schon nach knapp vierzig Minuten an der gegenüberliegenden Seite des Kanals. Er läuft über die Brücke, hält auf die Kirche zu, wird aber immer langsamer, je näher er kommt. Sieht mich an, sieht wieder weg. Unsicher.

Klar, er erkennt mich nicht. Ich richte mich auf, winke ihn heran. »Matisse!«

Jetzt wird er schneller. Bleibt zwei Meter vor mir stehen und blickt mir forschend in die Augen, als würde er dort etwas suchen.

»Keine Sorge, ich bin's wirklich.«

»Du siehst völlig anders aus.« Er beißt sich auf die Lippen, wie so oft, wenn er scharf nachdenkt. »Woher soll ich wissen, dass du es bist?«

Misstrauen finde ich derzeit sehr beruhigend. »Der Adler ist doch ein gutes Indiz, oder? Den hatten wir als Zeichen vereinbart. Ich hätte auch blaue Schmetterlinge fliegen lassen können.«

Er wirkt noch nicht überzeugt. »Was trinke ich beim Arbeiten, wenn Eistee aus ist?«

»Synthetische Schokolade, kalt, mit zwei Stück Zucker«, antworte ich wie aus der Pistole geschossen.

»Und was sagst du dann immer?«

»Dass ich lieber in Milch pürierten Fisch trinken würde als dieses widerliche Gebräu, das wie Dünnpfiff aussieht.«

Er fällt mir um den Hals, drückt mich so fest, dass mir fast die Luft wegbleibt. »Ich dachte, du wärst tot«, murmelt er. »Du warst nirgendwo mehr aufzuspüren. Und dann hieß es, sie hätten dich gefunden. Tot. Lauritz sagte, du wärst entführt und ermordet worden. Von Rebellen, die Mastermind erpresst hätten.«

Mit einem Ruck befreie ich mich aus seiner Umarmung. »Das sagt Lauritz, ja?« Ich setze mich auf die Kirchenstufen. Über uns kreist der Adler.

Was soll, was kann ich Matisse anvertrauen? Ich will weder ihn noch Cryptos in Gefahr bringen. Er muss ja gleich wieder zurück an seine Designstation – und er ist nicht gut darin, sich zu verstellen. Würde er es schaffen, sich unverdächtig zu verhalten, wenn ich ihm verrate, was Mastermind treibt? Wenn ich von TBE erzähle, von eingestürzten Depots, von Hunderten Toten?

Er wäre schockiert. Man würde Matisse an der Nase ablesen können, dass er ein Geheimnis verbirgt. Oder, noch schlimmer, er würde versuchen, Klarheit zu bekommen, würde Olga oder gar Lauritz zur Rede stellen – und wäre mit einem Schlag in größerer Gefahr als ich.

Er setzt sich neben mich. »Was ist passiert in den letzten Tagen? Weißt du schon, wer dich verschleppt hat? Und wohin?«

»Ja.«

»Und?« Er stupst mich auffordernd an. »Erzähl es mir, ich muss doch wissen, wie ich dir helfen kann. Ich kann dem Management Bescheid geben, dass jemand dich festhält, und die holen dich raus.«

Genau da haben wir das Problem. »Auf keinen Fall, Matisse. Kein Wort zu irgendjemandem, und schon gar nicht zu Lauritz und Co. Ich kann dir nicht sagen, wo ich bin. Das alles ist … kompliziert.«

Er wendet sich ab, aber ich sehe seinen verletzten Gesichtsausdruck trotzdem. »Du vertraust mir nicht.«

»Doch! Bitte, Matisse, ich vertraue dir. Und wie. Ich bin extra hergekommen, um dir zu sagen, dass es mir gut geht! Aber es gibt ein paar Dinge, die ich im Moment noch für mich behalten muss.« Diesmal bin ich es, die die Arme um ihn schlingt. »Und jetzt erzähl. Wie läuft es bei euch? Ist viel zu tun?«

Er ziert sich noch ein wenig. Entschließt sich dann doch zu einem Nicken. »Es ist die Hölle los. In zwei Tagen wird Minus3 eröffnet, es soll ein Riesenspektakel werden. Sie haben in der

Nähe ein Luxusdepot eingerichtet, für Lauritz und ein paar andere Alphas. Angeblich kommen sogar die Fabers, um den Designern persönlich zu gratulieren.«

»Hm.« Wenn die Eigentümer anreisen, ist Minus3 wirklich eine große Sache. Das haben sie bisher noch nie getan. Ich blicke nach oben, nun kreisen beide Adler über der Lagune. »Wo genau richten sie das Luxusdepot ein?«

»In einem ehemaligen Hotel, dem auf dem Hügel. Weißt du, welches ich meine? Das mit dem Brunnen vor der Einfahrt, in dem nie Wasser ist.«

Obwohl ich so selten im Freien war, weiß ich tatsächlich, von welchem Gebäude Matisse spricht. Es ist eines der wenigen, die nach wie vor nicht nur instand gehalten, sondern wirklich gepflegt werden. Wahrscheinlich für solche Zwecke. »Wirst du dabei sein? Wenn sie Minus3 eröffnen?«

»Nein, ist nur für geladene Gäste und ausgesuchtes Personal. Ich wüsste auch gar nicht, was ich dort sollte. Thinktanks besichtigen? Wissenschaftlern den Bart kraulen?« Er lacht. »Rick hat gestern erzählt, nicht mal er darf in alle Bereiche rein, obwohl er die Empfangshalle modelliert hat. Drei geschwungene Marmortreppen, eine Glaskuppel, riesige Grünpflanzen.«

Rick. In meinem Kopf blitzt etwas auf, noch keine Idee, aber eine erste Saat dafür. Rick ist kein zartes Pflänzchen, er würde die Wahrheit verkraften können. Dass Mastermind sich nicht mehr die Mühe macht, Menschen in Gefahr zu retten. Dass man Mitwisser ausschaltet oder sie erpresst, indem man ihre Verwandten mit dem Tod bedroht.

Wahrscheinlich würde ihn das nicht mal besonders überraschen. Ich denke auch, er könnte sein Wissen für sich behalten, er hätte das nötige Pokerface. Außerdem schätze ich, er hat selbst einen Hang zur Rebellion. Aber ist er vertrauenswürdig? Keine Ahnung.

»Wird Rick bei der Eröffnung anwesend sein?«

»Glaube nicht, warum auch. Ist keine Veranstaltung für Designer, sondern für die hohen Tiere.« Belustigt tippt Matisse mir gegen die Schulter. »Langsam habe ich das Gefühl, du bist scharf auf eine Einladung.«

Er meint es als Scherz, aber was er sagt, ist nicht ganz falsch. Es hat mit dem Funken von vorhin zu tun, der sich nun wirklich immer mehr zur Idee formt. »Kannst du dir vorstellen, dass Rick heute seine Mittagspause opfern und hierherkommen würde? Auch wenn er nicht weiß, dass ich es bin, die ihn treffen will?«

Er zieht ein verdutztes Gesicht. »Warum?«

»Weil er mir vielleicht bei etwas helfen kann. Ich würde viel lieber dich bitten, aber es geht um etwas Spezielles.«

»Und es ist natürlich ein Geheimnis«, sagt Matisse düster.

»Ja. Du hilfst mir am besten, indem du einfach so weitermachst wie bisher.«

»Das kriege ich hin.« Er ringt sich ein Lächeln ab. »Obwohl ich sowieso schon durch verkrampftes Verhalten aufgefallen bin. Ich bekomme jedes Mal Schweißausbrüche, wenn Lauritz sich an deine Designstation setzt.«

Vor Schreck rutsche ich fast von meiner Stufe. »Er tut was?«

»Na ja, du bist verschwunden, und er sucht nach dir. Oder hat nach dir gesucht und wollte dazu Daten direkt aus deiner Station auswerten. Seit es offiziell heißt, dass du tot bist, macht er das nicht mehr.«

»Und das sagst du mir erst jetzt?« Ich stütze mein Gesicht in die Hände, versuche, mich zu konzentrieren, und wehre mich gegen den Satz, der mir jetzt durch den Kopf geht. Eine von

Tivons Gemeinheiten, Matisse betreffend: nett und naiv, aber nicht die allerhellste Kerze auf der Torte.

Quatsch, weise ich mich selbst zurecht. Nur ein offener, herzlicher Mensch, der für Situationen wie diese nicht gemacht ist.

Lauritz durchstöbert also meine Daten. Es ist klar, dass ich ihm völlig egal bin. Es sind wohl auch nicht meine Designs, meine Werkzeuge oder meine Ideensammlungen, die ihn interessieren, sondern …

Natürlich. Er versucht, Tivons Welten zu finden. Die über meinen Zugang ins System geladen wurden. Ich bin sicher, Tivon hat alle seine Spuren gut verwischt, aber vollständig löschen kann man sie nicht. Kälte kriecht mir den Nacken hoch.

»Hattest du den Eindruck«, krächze ich, »dass er etwas Hilfreiches gefunden hat?«

Matisse' Augen funkeln. »So wie er geflucht hat? Eher nicht. Aber er setzt ab morgen zwei seiner besten Leute dran, hat er angekündigt.«

Das zu wissen ist Gold wert. Ab morgen. Es kommt also nicht mehr infrage, dass wir noch eine schnell zusammengezimmerte Fluchtwelt hochladen, im Gegenteil, dann haben sie uns noch früher. Wahrscheinlich werden Lauritz' Experten sowohl Refugio als auch Cryptos in ein paar Tagen finden. Die Bewohner identifizieren. Ihre Kapselstandorte feststellen, die Leute herauszerren und festnehmen.

Oder, eleganter: ihnen allen TBE verpassen. Den Tod, der mit dem Schlaf kommt. Gegen den man sich irgendwann nicht mehr wehren kann.

»Sag Rick bitte Bescheid«, dränge ich. »Heute, zwölf Uhr. Aber er darf niemandem davon erzählen, ja?« Ich überlege kurz. »Sag ihm nicht, dass ich es bin, die ihn sehen will, sondern jemand, der schon lange heimlich in ihn verknallt ist.«

Matisse grinst. »Guter Schachzug. Da wird er nicht widerstehen können. Ich hoffe bloß, er kriegt überhaupt eine Pause, wo sie doch jetzt Minus3 den letzten Schliff geben müssen.«

Das hoffe ich allerdings auch. »Gib dein Bestes, okay? Ich muss mit ihm sprechen.«

23

Zurück in Cryptos, setze ich Tivon und Konrad ins Bild. Über die Aktivitäten bei Mastermind. Und darüber, was ich mir überlegt habe.

»Völliger Irrsinn«, sagt Konrad, noch bevor ich mit meinen Ausführungen fertig bin. »Das schaffen wir nicht ohne mindestens eine Woche Vorbereitung. Besser wären zwei.«

»Die wir nicht haben«, wirft Tivon trocken ein. »Wenn das stimmt, was Jana erzählt, dann gibt es genau zwei Möglichkeiten: Entweder wir machen Cryptos dicht, sagen allen unseren Mitgliedern, sie sollen sich in harmlosen Welten verkriechen, nicht auffallen und alles für sich behalten, was sie wissen. Kurz gesagt, wir geben auf.« Er sieht mich prüfend an. »Oder wir versuchen es mit Janas Plan. Der verrückt ist und wahrscheinlich schiefgehen wird.«

Konrad seufzt tief. »Verstehe. Du hast dich schon entschieden.«

»Noch nicht ganz.« Tivon greift nach meiner Hand und drückt sie. Ich bin seine distanzierte Art so gewohnt, dass mich Gesten wie diese völlig aus dem Konzept bringen. »Wir machen es davon abhängig, was dein Gespräch mit Rick bringt.«

Tivon hat vorhin schon erläutert, wie er Rick einschätzt. Als laut und unverschämt, aber auch als abenteuerlustig, mutig und vor allem als Gerechtigkeitsfanatiker. »Vielleicht sagt er Nein«, hat er gemeint. »Aber verpfeifen wird er uns nicht.«

Wir haben unsere Besprechung schon beendet, als mir noch etwas einfällt. Etwas, das ich nie hätte vergessen dürfen. »Kann jemand von euch versuchen, Irma zu orten? Sie steht auf der Liste, und sie ist in Trokar inhaftiert. Ihr wisst ja, wie hoch dort die Überlebenschancen sind.«

»Suchen kann ich sie«, sagt Konrad. »Aber rausholen? Höchstens nach Refugio. Und von dort eventuell …«

»Das wäre toll.« Ich drücke ihn kurz und mache mich auf die Suche nach Monty. Wenn ich unseren Streit beilegen kann, ist das noch eine Sorge weniger, die mir auf der Seele liegt.

Nur leider kann ich ihn nicht finden. Ich durchwandere den ganzen Park, sehe im Wellnesscenter und in der Spielhalle nach, im Café, der Bibliothek und der Kreativwerkstatt. Keine Spur von ihm, wahrscheinlich hat er sich in seinem Zimmer verschanzt und schmollt.

Mein Rundgang führt mich auch an den schimmernden Quadern vorbei, die wie große, verstreute Spielwürfel auf einer der Wiesen stehen. Die weißen Kammern; in einer davon bin auch ich bei meiner ersten Ankunft in Cryptos gelandet. Jetzt sitzen die drei Geretteten dort, die keiner von uns kennt. Zwei Männer, eine Frau. Potenzielle Spione.

Das Mädchen, das uns vor den angreifenden Schützen gewarnt hat, muss also auch hier ausharren. Gestern bin ich nicht mehr dazu gekommen, mich bei ihr zu bedanken, doch das würde ich gerne tun. Ohne sie hätten wir sicher einige der mühsam Geretteten verloren.

Wenn man genau hinsieht, findet man an jedem der Quader einen schmalen Guckschlitz, der von innen unsichtbar ist. Ich spähe in drei der Würfel hinein, sehe aber nur leere weiße Räume. Im vierten sitzt einer der Männer, im fünften die junge Frau. Sie lehnt entspannt an der Wand, ihr dunkles Haar fällt ihr über die Schultern, sie hält ein aufgeschlagenes Buch in den Händen.

Ich taste rund um den Sichtschlitz nach einem Öffnungsmechanismus. Nichts, aber irgendwie muss man in diese Würfel ja reinkommen. Jemand muss da gewesen sein und Bücher, Essen und die zwei Flaschen Zitronenlimonade gebracht haben, die ich auf dem Boden stehen sehe.

Es tut mir leid, dass wir sie so isolieren müssen, und ich werde anregen, dass man ihr wenigstens etwas von dem hervorragenden Sushi bringt. Aber nicht jetzt, die Zeit wird bereits knapp. Ich muss zurück nach Venedig, es wäre fatal, wenn ich Rick verpassen würde.

Immer noch kaum etwas los zwischen den Palazzi und Kanälen, das ist schade für Matisse, aber perfekt für mich. Auf den Stufen der kleinen Kirche sitzend, lege ich mir zurecht, was ich Rick erzählen möchte. Auf keinen Fall zu viel, aber genug, damit er den Ernst der Lage begreift.

Die Kirchenglocken schlagen zwölf, ich sehe mich um. Noch keine Spur von ihm. Ein Stück entfernt schlendern zwei Spaziergänger vorbei, beide schon älter. Würde er sein Aussehen verändern, um jemanden zu treffen, der angeblich auf ihn steht? Nein, das wäre unlogisch. Da ist es wahrscheinlicher, dass er nicht angebissen hat. Weil er in den letzten Tagen doch noch bei Babette landen konnte?

Das wäre übel.

Zehn bange Minuten vergehen, dann sehe ich endlich den schräg gegelten, knallrot gefärbten Haarschopf auf der gegenüberliegenden Seite der Brücke. Rick hat sich kein anderes Äußeres gegeben, aber sehr wohl hat er sich schick gemacht. Hellgrünes Hemd, verwaschene Jeans und eine spiegelnde

Sonnenbrille. Mit lässig in die Hosentaschen vergrabenen Händen und seinem typischen Siegerlächeln im Gesicht kommt er auf mich zu. »Du wartest doch auf mich, nicht wahr?«

»So ist es.« Ich klopfe neben mich auf die Steintreppe; er stutzt kurz, dann setzt er sich. Mustert mich konzentriert. »Wir müssten uns kennen, oder? Matisse ist ein gemeinsamer Freund. Er meinte, du würdest … mich mögen?«

»Und wie. Ich mag dich total.« Unter anderen Umständen würde mir das hier Spaß machen. »Trotzdem werde ich dich gleich enttäuschen müssen. Ich bin nicht hier, um mit dir zu flirten. Ich brauche deine Hilfe.«

Ich kann sehen, wie er meiner Stimme nachlauscht. »Äh. Moment mal, Moment. Du klingst wie Jana.«

»Genau.«

»Na endlich mal ein Witz, über den nicht einmal ich lachen kann. Jana ist tot. Von Rebellen entführt und ermordet.«

Ich schüttle den Kopf. »Falsch. Wenn jemand versucht hat, mich zu ermorden, dann Leute, die wir beide ganz gut kennen. Hat aber nicht geklappt.«

Er blinzelt irritiert. »Was willst du mir damit sagen?«

Jetzt wird es heikel. »Hast du in den letzten Tagen von zerstörten Depots gehört? Eine Flutwelle, ein Dammbruch, Hunderte Tote?«

»Was? Nein!«

»Nichts dieser Art im Newsfeed? Oder als Bulletin des Managements?«

»Nein. Sage ich doch.«

Ich hole tief Luft. »Ist aber passiert. Passiert fast täglich irgendwo. Nur schickt Mastermind keine Hilfsteams, von Evakuierungstransporten ganz zu schweigen.«

Rick lehnt sich zurück, die nächsten zehn Minuten hört er nur zu und spricht kein Wort, das habe ich bei ihm noch nie erlebt.

Ich erzähle so viel, wie ich mit meiner Vorsicht und meinem Gewissen vereinbaren kann. Darüber, was mir passiert ist. Dass allein in den letzten zwei Tagen drei Depots zerstört wurden, mit fast allen Bewohnern, die noch drin wohnten. Cryptos und Tivon erwähne ich mit keinem Wort, nur die Tatsache, dass es Menschen gibt, die versuchen, Gefährdete zu warnen, bevor es zu spät ist. Und die deshalb von Mastermind gejagt werden.

»Sie vertuschen es also«, ist das Erste, was Rick von sich gibt, als ich eine Pause einlege. »Traue ich ihnen zu. Speziell seit Lauritz an den Hebeln sitzt. Aber weißt du, was mich stutzig macht? Wir müssten massenhaft Ausfälle sehen. Die würden sich über verschiedene Welten verteilen, schon klar, aber sie müssten aufscheinen. Bei den Toten wären viele junge Leute, das würde jemanden stutzig machen.« Er kratzt sich am Ohr. »Mich zum Beispiel, ich schaue regelmäßig in die Statistik. Da passiert nichts Auffälliges.«

»Ist doch nichts einfacher, als Zahlen zu fälschen.« Ich verstumme, als ein Mann an uns vorbeigeht, mit einer Staffelei unter dem Arm. Er beachtet uns nicht, sucht wohl nur ein hübsches Motiv zum Malen. »Was ich dich bitten wollte, hat aber nicht direkt damit zu tun. Es ist so: Ich brauche einen Pass für Minus3.«

Seine Lippen kräuseln sich zu dem typisch spöttischen Grinsen. »Kannst du vergessen, sorry. Gibt es nur für Alphas, und nicht mal da für alle. Man kommt nur mit Einladung rein. Jeder Pass ist personalisiert. Keine Chance, Jana, tut mir echt leid.«

Damit habe ich gerechnet. »Ich will überhaupt keine Einladung, keinen regulären Pass. Sondern einen für Servicepersonal. Es gibt garantiert Servierer. Und Designer, die Zutritt haben, für den Fall, dass eine Panne eintritt, die man besser von innen behebt. Ein monströser Glitch, ein Dauerton, der einem den Verstand raubt – hatten wir doch alles schon.«

Er widerspricht mir nicht, das nehme ich als Zustimmung.

»So einen möchte ich. Du kommst da ran, das weiß ich. Wenn es einer schafft, bist du es.«

Rick gibt ein schnaubendes Geräusch von sich. »Nicht nötig, mir Honig ums Maul zu schmieren. Ich könnte versuchen, einen zu fälschen, aber rechne dir keine großen Chancen aus.« Auf seiner Stirn bilden sich zwei steile Falten. »Wozu brauchst du ihn überhaupt?«

Kann ich ihm wirklich alles verraten? Wahrscheinlich muss ich das, sonst wird er mir kaum Teil zwei meines Wunsches erfüllen. »Sagen wir es mal so: Ich suche ein Gespräch mit Leuten, die Einfluss haben.« Diesmal kann ich mir ein Grinsen nicht verkneifen. »Und damit alles so abläuft, wie ich mir das vorstelle, müsstest du mir noch einen Gefallen tun. Du mit deinen besonderen Fähigkeiten.«

Obwohl die nächsten Menschen in Sichtweite gut Hundert Meter entfernt sind, beuge ich mich zu Rick und flüstere ihm meine Idee ins Ohr. Nicht alles, aber die entscheidenden Eckpunkte. Zweimal zuckt er spürbar zusammen, und als ich fertig bin, sitzt er einfach nur wie versteinert da. Die Hände auf den Knien, das Gesicht völlig ausdruckslos. Dann geht ein Beben durch seinen Körper, und unmittelbar darauf beginnt er zu lachen, haltlos. Kann nicht mehr aufhören, krümmt sich nach vorne, schnappt irgendwann nur noch nach Luft.

Ich habe mit einer ganzen Palette von möglichen Reaktionen

gerechnet, ein Heiterkeitsanfall war allerdings nicht darunter. »Du bist wahnsinnig«, japst er, als er wieder zu Atem kommt. »Wie soll denn das funktionieren?« Bevor ich noch antworten kann, winkt er ab. »Auf meine Sonderkenntnisse kannst du zählen; ich bin schon dabei, um Lauritz eins auszuwischen. Aber was den praktischen Teil deines Plans angeht …«

»Um den kümmern sich andere.« In mir liefern sich Hochstimmung und Nervosität einen heftigen Kampf. Ich habe Rick für meine Pläne gewonnen. Außer, er macht mir etwas vor und läuft sofort zum Management. Eine Beförderung wäre ihm sicher, inklusive eines Haufens Vergünstigungen. Eines doppelt so großen Klimakontos zum Beispiel.

Man kann mir meine Zweifel offenbar am Gesicht ablesen, denn Rick legt mir eine Hand auf die Schulter. »Keine Sorge. Ich lasse dich nicht im Stich. Wie und wo sollen wir uns am besten verständigen?«

Ich überlege. »StayInTouch halte ich für unauffällig. Mein neuer Name ist Hanna Alt, mein Personalcode M94WQ82L.«

»Okay.« Er macht sich eine Notiz in sein Inventar. »Ich hinterlasse dir eine Nachricht, sobald ich einen Pass für dich organisiert habe, obwohl ich ehrlich noch nicht weiß, wie ich das hinkriegen soll.« Er setzt sich die Sonnenbrille wieder auf die Nase. »Der andere Teil ist kein Problem. Bloß dass sie mich vierteilen werden, wenn sie mir auf die Schliche kommen, aber darüber kann ich mir Gedanken machen, wenn es so weit ist.« Er steht auf. »Bis dahin wird es jedenfalls ein Riesenspaß. Ich melde mich, so schnell ich kann.«

Zurück in Cryptos, treffe ich zuerst auf Konrad, der auf die Nachricht, dass wir einen neuen Verbündeten haben, seltsam verhalten reagiert. »Das ist schön, Jana. Gute Neuigkeiten.«

Er will weitergehen, ich stelle mich ihm in den Weg. »Das ist alles, was du sagst? Wir könnten diesen Wettlauf gewinnen! Wir könnten Mastermind schachmatt setzen, bevor sie uns finden und aus dem Weg räumen.«

»Vielleicht.« Nun lächelt er doch, aber es sieht unbehaglich aus. »Am besten, du suchst jetzt Tivon und erzählst es ihm.«

Mit mulmigem Gefühl im Bauch laufe ich in den Computerraum. Tivon sitzt an seiner Station, er deutet auf den Stuhl neben sich, als er meine Anwesenheit bemerkt. »Ich habe gute Neuigkeiten«, platze ich heraus, aber er schüttelt den Kopf. »Ich habe leider schlechte.«

»Wieso? Was ist passiert?«

Er seufzt. »Ich habe nach deiner Freundin Irma in Trokar gesucht. War kompliziert, aber ich habe sie am Ende ausfindig machen können.«

In mir breitet sich eine Vorahnung aus. Leere, die sich gleichzeitig schwer anfühlt. »Ja?«

»Sie ist nicht mehr in Trokar. Das System qualifiziert sie als Ausfall.«

Die Schwere in meinem Inneren füllt jetzt alles aus. Irma war meinetwegen auf der Tod-bei-Exit-Liste, aber ich habe nicht einmal versucht, sie aus Trokar zu holen, obwohl ich selbst wusste, wie gering die Überlebenschancen dort sind. »Du bist sicher?«

Er sieht mich ernst an. »Ja. Und wir wissen doch beide: Die Wahrscheinlichkeit, dass das passieren würde, war hoch.«

Tivons Gesicht verschwimmt vor meinen Augen, ich wische hastig die Tränen weg. Die Wahrscheinlichkeit war deshalb so hoch, weil niemand Irma gewarnt hat. Sie wusste nicht, dass ihr nächster Tod endgültig sein würde, warum sollte sie also besonders vorsichtig sein?

Meine Schuld. Ich hätte erst nach Trokar gehen oder wenigstens jemanden schicken sollen. Irgendetwas. Aber ich konnte nur an Monty denken, der seine Chance beinahe für seine dämliche Verlobte in den Wind geschossen hätte.

Ich warte, bis ich einigermaßen sicher bin, meiner Stimme wieder vertrauen zu können. Tivon hat den Kopf gesenkt, er blickt erst wieder hoch, als ich mich räuspere. »Rick wird uns helfen.« Meine Stimme klingt sogar in meinen eigenen Ohren fremd. »Du kennst ihn ja, er war noch nie ein großer Fan des Managements. Wenn alles so gelingt, wie wir es uns vorstellen, dann werde ich …«

Ich spreche den Satz nicht zu Ende. Was werde ich dann? Die Schuldigen zur Rechenschaft ziehen? Köpfe rollen lassen? Die Vorstellung gefällt mir gerade sehr. Aber ich weiß, es ist nicht das Gleiche, sich auszumalen, wie man jemanden tötet, und es wirklich zu tun. Selbst in den Welten ist es mir schwergefallen, obwohl ich wusste, dass ich keinen echten Tod zu verantworten hatte. Mit allen Konsequenzen. Mit aller Endgültigkeit.

Tivon scheint meine Zerrissenheit zu bemerken. Er rückt näher, schließt mich wortlos in die Arme. Mir entgeht nicht, wie schwer ihm das fällt, er zieht mich in mehreren Etappen an sich. »Nicht deine Schuld«, murmelt er nah an meinem Ohr.

Doch, natürlich. Wessen Schuld denn sonst? Aber ich behalte meinen Einwand für mich. Tivons Umarmung macht meine Wut nicht kleiner, hilft mir aber, sie zu bündeln. Auf ein Ziel zu richten. Als ich mich nach einer Minute von ihm löse, glaube ich etwas wie Bedauern in seinen Augen zu lesen.

»Wir haben zu tun.« Immer noch klingt meine Stimme belegt. »Es ist so viel vorzubereiten, und die Zeit ist so knapp.«

»Du hast recht.« Er wendet sich wieder seiner Station zu.

»Ich war vorhin dabei, alle Dinge aufzulisten, die bei unserer Aktion schieflaufen können. Bisher bin ich auf einundvierzig gekommen. Mit ein bisschen Glück kann ich wenigstens drei davon heute ausschalten.«

Ich blicke kurz über seine Schulter. Er hat wirklich eine Liste angelegt, einen Punkt unter dem anderen. An jedem davon könnte unser Plan scheitern.

Ich höre auf zu lesen, sonst verlässt mich der Mut. Besser, ich mache noch einen Versuch, Monty zu finden.

Zu meiner Überraschung ist das diesmal überhaupt kein Problem, nach zehn Minuten entdecke ich ihn auf der Wiese mit den weißen Kammern. Er steht am Sichtschlitz eines der Quader und spricht mit dem darin befindlichen Mann. Als er mich kommen sieht, verfinstert sich seine Miene.

»Hey«, sage ich. »Fühlst du dich heute besser?«

Er baut sich mit verschränkten Armen vor mir auf. »Warum sollte ich? Ist etwa Sarah endlich hier? Na ja, besser nicht, sonst würdet ihr sie auch in eine dieser Zellen sperren.«

»Das hier sind keine Zellen.« Ich versuche, völlig ruhig zu bleiben. »Es sind eher … Quarantäneräume. Wir müssen einfach aufpassen, dass niemand sich einschleicht, der uns an den Kragen will. Deshalb halten wir die, die wir nicht kennen, von den anderen fern.«

»Ihr sperrt sie ein, bloß auf Verdacht«, knurrt Monty. »Ich habe mich mit ihnen unterhalten, sie fühlen sich schrecklich. Ich habe versucht, sie rauszulassen, aber ich kann die verdammten Würfel nicht öffnen.«

»Bist du verrückt?« Nun ist mein Ton doch lauter geworden. Ich habe ihn gerettet, habe Irma dafür geopfert, und er benimmt sich wie ein trotziger Fünfjähriger. »Hast du nicht kapiert, dass es um unser Leben geht? Wir haben mit Mühe und

Not eure Exits gesperrt, damit ihr nicht draufgeht, wenn ihr einschlaft. Mit ein bisschen Glück halten sie euch für tot, weil ein Transfer nach Cryptos als Ausfall angezeigt wird. Niemand weiß, wo ihr steckt, niemand kann euch orten, aber damit ist es ganz schnell vorbei, sobald jemand uns verpfeift. Dann kann nämlich jeder hierher transferieren. Truppen zum Beispiel, mit Waffen. So wie gestern.«

Er ist einen Schritt zurückgewichen, ich rücke nach, rücke noch näher, bis er mich auch flüsternd versteht. »Und dann sind wir alle dran. Mastermind will uns loswerden. Wir haben Dinge herausgefunden, die sie um jeden Preis geheim halten wollen. Deshalb können wir uns jetzt keine Fehler und keine Unvorsichtigkeit erlauben!«

Immer noch ist sein Blick vorwurfsvoll. »Du arbeitest doch für die.«

»Das war einmal.«

Ein kurzer Sprung in den Computerraum. Elvina, die groß gewachsene Frau mit dem dunklen Pagenkopf, hält mich auf. Sie will mir zeigen, dass sie das Horoskopsystem jetzt schon in sieben Welten eingeschmuggelt hat. »Sie bekommen Warnungen, und wenn sie nicht darauf hören, werden die wiederholt.«

Ich freue mich, oder tue zumindest so, aber die Wahrheit ist: Ich habe kein gutes Gefühl, was das Schicksal derer betrifft, die sich in Sicherheit bringen konnten. Vielleicht entkommen sie Feuern und Fluten und Erdbeben – aber dann müssen sie mitansehen, wie Hunderte den Tod finden, ohne dass jemand versuchen würde, sie zu retten. Und dann wissen sie es, sie wissen von den vielen Opfern. Sehr lästig für Mastermind, denn sie werden anderen davon erzählen.

Marit Frey fällt mir ein, die Elfe, die sich in Macandor so bereitwillig von mir erstechen ließ. Ob sie es geschafft hat, sich in Sicherheit zu bringen? Ich wünsche es mir von ganzem Herzen.

Eine halbe Stunde lang tigere ich noch übers Gelände, an Arbeit ist nicht zu denken, ich vibriere innerlich vor Unruhe. Jeder Gedanke an Irma ist wie ein Schlag in die Magengrube. Ob Rick schon etwas herausgefunden hat? Als Designer muss er nicht nach StayInTouch, um dort etwas zu hinterlassen, das funktioniert bestens über die Station.

Trotzdem. Ist es zu früh? Oder verschwende ich Zeit?

Als ich es nicht mehr aushalte, suche ich mir einen ruhigen Winkel und mache meinen Transfer. Nervös sein kann ich auch anderswo.

Wir haben verabredet, dass Rick seine Botschaften an eines der Nachrichtenboards im japanischen Garten senden wird; dort lande ich jetzt, direkt neben einem Goldfischteich. Die ersten Boards sehe ich schon von hier aus leuchten, aber keine der Mitteilungen ist für mich.

Ruby, komm nach Galaxcity, es ist so cool hier! Dein Chris

Eddie, ich suche dich seit Wochen! Offiziell heißt es, du bist in Sokar, aber ich kriege den Pass nicht! Bin in Fidschi, bitte melde dich! Frieda

Ich überfliege die Nachrichten nicht bloß, ich lese sie bewusst – Rick wird nicht Klartext schreiben, sondern die Botschaft verfremden. Ich darf sie nicht versehentlich übersehen.

Der Kies knirscht unter meinen Füßen; außer mir sind noch andere unterwegs, manche zu zweit oder zu dritt. Sie schlendern von einem Board zum anderen, lesen, lachen. An einer Stelle verharren die meisten von ihnen länger, manche schütteln die Köpfe. Muss nichts zu bedeuten haben, aber sobald wieder ein Grüppchen weitergezogen ist, laufe ich zu dem betreffenden Board.

Diese Botschaft hätte ich keinesfalls übersehen. Sie liest sich, als wäre der Verfasser betrunken gewesen, und sie ist ganz klar an mich gerichtet.

Hey! Tja, Hanna, so leid es mir tut – für dich habe ich nichts. Lass den Kopf nicht hängen. Weil Jajajajaaa, naaa? Dir stehen die Tore offen, aber nur dir. Du weißt schon, warum. Die Einladung gilt ab dem 23., nicht vor abends um acht. Überlege es dir gut. Wenn du es tust, bin ich nicht schuld!

Da habe ich also meine Antwort, aber sie nimmt mir kein Stück meiner Nervosität. Hanna bekommt keinen Pass für Minus3, Jana aber sehr wohl. Du weißt schon, warum, schreibt Rick, und ich denke, das stimmt. Es liegt daran, dass mein eigentlicher Personalcode mit Designerrechten verknüpft ist, die man offenbar noch nicht gelöscht hat. Aus diesem Grund muss es Rick gelungen sein, mich unter das Serviceteam zu schmuggeln.

Wenn der Plan vorher schon halsbrecherisch war, ist er jetzt praktisch Irrsinn. Selbstmord eigentlich. Für Jana gilt nach wie vor TBE. Und ich kann mir gut vorstellen, dass sie kurzen Prozess mit mir machen werden, sobald sie mich in die Finger bekommen.

Ich sinke auf eine Parkbank, ratlos. Wenn wir den Plan aufgeben, schieben wir den Zeitpunkt, zu dem sie uns aufstöbern, bloß hinaus. Dann sollten wir Cryptos auflösen und fliehen, schnell, uns in alle Windrichtungen verstreuen.

Oder …

Ich springe von meiner Bank auf und mache mich auf den Rückweg. Was ich vorhabe, kann ich nur in der Realwelt tun.

Über der staubigen Straße, in der die Cryptos-Zentrale sich befindet, schwebt eine Drohne. Ich entdecke sie zum Glück durch ein Fenster, bevor ich ins Freie trete. Sie kreist nicht, wird auch nicht langsamer, sondern fliegt nur surrend vorbei. Sieht nach einer normalen Überwachungs- und keiner Suchdrohne aus, trotzdem fühle ich meinen Herzschlag im ganzen Körper. Konrad hatte recht. Einfach nach draußen gehen ist riskant.

Ich warte, bis nichts mehr von der Drohne zu sehen oder zu hören ist, dann mache ich einen vorsichtigen Schritt aus dem Haus. Ein Rundumblick – alles ruhig. Leichter Wind wirbelt den Staub auf, bläst ihn mir in Augen und Mund. Ich huste. Irgendwo, hat Jackie mir erklärt, müssten zwei Solarbikes stehen, die angeblich funktionieren.

Ich entdecke sie halb abgedeckt von einer Plane; die Sonnenkollektoren sind schmutzig, Herumwischen mit dem Ärmel bringt nur bedingt Erfolg. Egal, ich werde eben in die Pedale treten. Meinen Overall packe ich in die Seitentasche, schwinge mich in den Sattel und fahre los. Was ich suche, ist eine funktionstüchtige Kapsel, weit entfernt von hier. Sobald ich als Jana Pasco in Minus3 auftauche, wird man versuchen, meinen Standort festzustellen. Ich vertraue zwar darauf, dass die Kapseln in der Zentrale weiterhin nicht aufzuspüren sind, aber ich will kein Risiko eingehen. Wenn sie auch nur vermuten, dass sie die ganze Gruppe finden, sobald sie meinen Standort lokalisiert haben, werden sie alles daransetzen, was sie haben. Also lieber eine falsche Spur legen. Deshalb mache ich mich auf die Suche nach einem Depot, das sich möglichst weit entfernt von der Cryptos-Zentrale befindet.

Ich fahre schnell und konzentriert, immer wieder mit Blick nach oben. Keine Drohnen im Himmel, keine Menschen auf der Straße. Sie liegt verlassen vor mir, und ich versuche, nur wenige Abzweigungen zu nehmen. Ich muss mir die Strecke merken, sonst finde ich nicht wieder zurück.

Der Zähler des Solarbikes zeigt fünf Kilometer, als ich das erste Mal anhalte. Ein ehemaliges Bankinstitut, das sieht vielversprechend aus. An den Leitungen und Verkabelungen ist klar zu erkennen, dass es in ein Depot umgewandelt wurde.

Im Inneren ist es schmutzig, die Räume sind fast alle leer, nur in zweien davon finde ich Kapseln. Ich suche mir die aus, die am besten erhalten wirkt, schlüpfe in den Overall und steige ein.

Nichts. Die Kontakte und Schläuche verbinden sich nicht, der Deckel bleibt weit offen stehen. Also wieder raus. Umziehen, weiterfahren.

Die beiden nächsten Depots, bei denen ich es versuche, sind kleiner, dafür aber fast voll besetzt. Nicht gut, da bringe ich völlig unschuldige Leute in Gefahr.

Nach geschätzt neun oder zehn Kilometern Fahrt finde ich endlich ein geeignetes Depot. Könnte früher eine Schule gewesen sein, es gibt eine Eingangshalle und viele große Räume. Von zwölf Kapseln sind drei belegt, und ich finde eine freie, die bestens funktioniert. Ich teste sie mit einem kurzen Trip nach Hongkong, esse dort gebratene Nudeln und trinke grünen Tee. Alles reibungslos. Immerhin ein Problem ist gelöst.

Auf dem Rückweg habe ich Gegenwind, entsprechend langsam komme ich voran, und einmal irre ich mich beim Abbiegen, aber nach einem kurzen Schreckmoment finde ich mich wieder zurecht.

An der Hinterseite unserer Zentrale steige ich ab. Keine Drohne am Himmel. Heute ist der Einundzwanzigste, in zwei Tagen ist es so weit.

24

Tivon und Konrad sehe ich nur ganz kurz, nachdem ich wieder nach Cryptos transferiert bin. Kaum ist es dunkel, gehen sie in die Realwelt, um das Solarmobil auf Herz und Nieren zu prüfen, Elvina begleitet sie – sie ist studierte Technikerin und war beim Aufbau von zwei Windparks dabei.

Darauf, mich noch mal mit Monty anzulegen, habe ich keine Lust. Aber ich merke jetzt, wie sehr Irmas Schicksal mir immer noch auf der Seele liegt. Ich setze mich an eine freie Station und rufe Trokar auf. Was nicht ohne Schwierigkeiten abläuft, aber Tivon hat die Beschränkungen schon einmal geknackt, als er mir die letzte Taube geschickt hat. Das kommt mir jetzt zugute, das Entschlüsselungsprogramm findet auch diesmal einen Zugang.

Ich zoome in die Wüstenlandschaft, ziehe einen Kakteenwald näher heran, beobachte zwei Männer, die um eine Wasserflasche kämpfen. Angeblich war es Jackie, die gestern mühevoll Irmas Personalcode ergründet hat, doch wenn ich ihn eingebe, erhalte ich keinen Treffer. Nur das rote Blinken für Ausfall.

Damit ist eigentlich alles klar. Sie ist seit gestern Abend nicht mehr im System. Niemand wird so lange aus einer Strafwelt rausgelassen. Ich schließe die Augen und stelle mir vor, dass Irma es geschafft hat, aus der Kapsel zu entkommen, und jetzt draußen ist, in der Realwelt. Dass sie über Straßen flieht, die denen ähneln, die ich heute befahren habe.

Aber die Vorstellung ist naiv. Die Wahrheit lautet: Irma ist tot. In ein paar Stunden wird wohl auch ihr Personalcode gelöscht sein.

Die Schuldgefühle sind hässliche kleine Vögel, die sich in meinem Inneren einnisten und nach allen Seiten picken. Was geschehen ist, kann ich nicht wiedergutmachen. Aber ich kann dafür sorgen, dass die Verantwortlichen dafür bezahlen.

Es sei denn, ich scheitere.

Mit einem Ruck schiebe ich den Stuhl zurück und verlasse den Computerraum. Gehe hinaus in die kühle Nacht. Obwohl ich in Hongkong genug gegessen habe, hole ich mir Pilzrisotto aus dem Café, setze mich damit in die Wiese und lehne mich gegen eine der Kugelleuchten. Beobachte die Leute um mich herum, während ich esse, und prompt fällt mir ein Mann auf, der mir vage bekannt vorkommt. Rundlich, mit Vollbart und Knollennase …

Der Fischer. Der sich von seinem Boot ins Wasser gestürzt hat. Ich stelle mein Essen auf die Wiese, stehe auf und gehe zu ihm. »Entschuldigung.«

»Ja?«

»Hast du früher in Kerrybrook gelebt?«

Er sieht mich überrascht an. »Ja! Wieso? Du auch?«

Ich wünschte, das hätte ich. »Nein, aber ich war einige Male da.« Die Sehnsucht überrollt mich wie eine Brandungswelle. »Hat es dir dort gefallen?«

Er lacht. »Und wie. Dort hätte ich alt werden können, aber ich musste raus, mein Depot hat gebrannt.« Sein Gesicht ist mit einem Schlag ernst. »Weißt du, was mein Horoskop gesagt hat?«

Ich schüttle stumm den Kopf.

»Stirb schnell oder stirb für immer.« Er blickt zu Boden. »Da bin ich ins Wasser gesprungen, mit Steinen in den Taschen. Ich hatte Glück; als die Kapsel aufging, war der Rauch noch nicht allzu dicht. Zehn Minuten später …« Er bricht ab, dreht sich zur Seite. »Ich habe nur drei andere retten können.«

»Wie bist du nach Cryptos gekommen?«

Er deutet um sich. »So wie die meisten anderen hier, denke ich. Ich bin zwei Tage lang rumgelaufen, dann habe ich eine neue Kapsel gefunden und wollte sofort nach Justizia, um den Vorfall untersuchen zu lassen. Vor dem Gericht hat Konrad aber jemanden in Stellung gebracht, und der hat mich abgefangen. Hat mir gesagt, dass ich wahrscheinlich nicht mehr rauskomme, wenn ich erst mal da drin bin und meine Geschichte erzähle. Ob ich nicht stattdessen lieber bei Rettungsaktionen mithelfen will.« Er sieht mich kämpferisch an. »Und das wollte ich.«

So läuft das also. Ich bedanke mich bei ihm und kehre zu meinem kalt gewordenen Risotto zurück. *Stirb schnell oder stirb für immer.* Die Horoskopfunktion hat ganz schön viel Dramatik entwickelt.

Der nächste Tag ist von Vorbereitungsstress geprägt, teils in Cryptos, teils in der realen Außenzentrale. Tivon schickt eine Drohne los, ich verbringe Stunden in StayInTouch, bis wieder eine Nachricht von Rick eintrifft:

Tor links, Lieferungen, Keller. 218, 312, 320. Start 20.30. Bei Abbruch blauer Kolibri. Bei Start grüner Papagei.

Gut. Ich memoriere die Zahlen, fühle, wie der Druck in mir wächst. Was bisher nur ein Plan war, bekommt nun sehr reale Konturen. Jetzt könnten wir noch stoppen, jetzt ginge es noch. Sich klein machen, fliehen, sich irgendwo in Sicherheit bringen. Mit gefälschtem Code ein unauffälliges Leben leben.

218, 312, 320. Ich sage stumm im Kopf die Zahlen vor mich hin, während ich mir einen ruhigen Platz für meinen Transfer suche. 218, 312, 320. Wieso eigentlich vertraue ich so sehr darauf, dass Rick uns nicht reinlegt? Bloß, weil ihm das nicht ähnlich sehen würde?

Ich finde Tivon in der Halle der Cryptos-Zentrale, wo er eine alte Drohne so weit in Schuss bringt, dass sie uns vor dem großen Tag noch Bilder aus der Umgebung schicken kann. Ich gebe ihm Ricks Nachricht weiter, er nimmt sie stumm zur Kenntnis. Auch er wirkt angespannt. Als ich ihm gestern Abend erzählt habe, dass ich die Sache nur als Jana Pasco durchziehen kann, hat er eine Stunde lang versucht, sie mir auszureden. »Wenn ihr erfolgreich seid«, habe ich erwidert, »kann mir nichts passieren.«

Seinen Vorschlag, die Rollen zu tauschen, habe ich abgelehnt. »Rick hat mir den Pass besorgt, nicht dir. Wahrscheinlich hast du längst keine Designrechte mehr. Wir machen es so wie besprochen.« Er hat mich lange angesehen, nein, eigentlich hat er mir in die Augen gesehen, als wollte er Hanna Alts Äußeres ausblenden und dahinter Jana finden. »Du wirst dort allein sein. Keiner wird dir zu Hilfe kommen können. Dein Exit ist gesperrt, und wenn sie dich töten …«

»Das werden sie nicht. Warum sollten sie? Im schlimmsten Fall sperren sie mich irgendwo ein. Und ich habe euch ja beschrieben, wo ich sein werde. Konrad kennt das Depot, sagt er. Ihr holt mich einfach aus der Kapsel, wie beim letzten Mal.«

Tivon war immer noch nicht beruhigt. »Wenn du Gelegenheit dazu hast. Einer unserer Leute hat mir erzählt, es gibt eine Welt, in der du ganz schnell den Verstand verlierst. Sie stecken dich hinein, und wenn du nach zwei Tagen wieder rauskommst, bist du nur noch ein zitterndes Bündel, das nicht mehr sprechen kann. Keine Erinnerungen mehr hat. Sie zerstören dich, verstehst du?«

Ja. Das tue ich, seit gestern denke ich immer wieder daran. Ich kann mir auch vorstellen, wer dort landet: die Leute, die sich aus einer Katastrophe retten, aber danach nicht den Mund halten können. Tivon wollte mich mit seiner Geschichte einbremsen, doch seit ich sie kenne, treibt sie mich noch stärker an.

Gleichzeitig wärmt mich das Gefühl, dass ihm mein Wohlergehen nicht egal ist. Ich ertappe mich dabei, mir zu wünschen, dass wir uns unter anderen Umständen kennengelernt hätten. Im Designcenter zum Beispiel. Bloß hätten wir einander dann wohl kaum gemocht.

218, 312, 320. Ich frage mich, in welcher Reihenfolge sie vorgehen werden. Seit heute Morgen arbeitet auch Elvina an einem seltsamen Gerät. Einem Gefährt, an dem sie Hochleistungssolarpanele anbringt. Es sieht aus, als würde ein Kind aus Bausteinen ein Flugzeug basteln wollen. Als ich nachfragen will, winkt sie nur ab und konzentriert sich weiter auf ihre Arbeit.

Ich sehe sie zum ersten Mal so, wie sie wirklich aussieht – ohne perfekten Pagenkopf, dafür mit einer ziemlich wirr zusammengeflochtenen Langhaarfrisur.

Es ist ein merkwürdiger Schwebezustand. Es gibt nichts mehr, was ich vorbereiten könnte – außer mir wieder meinen alten Personalcode zuzulegen, doch das möchte ich erst im letzten Moment machen. Die anderen haben alle Hände voll zu tun, während ich jetzt nur noch abwarten kann. In Gedanken alles durchgehen, was dazu führt, dass mir ständig neue potenzielle Katastrophen einfallen.

Ich könnte mich in die Kapsel legen und im virtuellen Cryptos die Aussprache mit Monty suchen, aber dazu fehlt mir heute die Geduld. Ich könnte in irgendeine der Welten transferieren und dort Fallschirm springen oder auf Safari gehen. Ich könnte in Klondirwas ein lila Tier mit grünen Streifen erschaffen und mit ihm spazieren gehen, aber ich weiß genau, dass mich das auch nicht ablenken würde. Der morgige Tag hängt über mir wie ein in Zeitlupe stürzendes Fallbeil.

Am Ende setze ich mich auf die Hintertreppe der Zentrale und schaue auf die von breiten Sprüngen durchzogene Betonfläche hinaus, die früher ein Parkplatz gewesen sein muss. Ich werde mich nützlich machen und den Himmel nach Drohnen absuchen.

Erst als es dunkel wird, entschließe ich mich zu einem weiteren Abstecher nach StayInTouch, um nachzusehen, ob Rick etwas geschickt hat. Ob es Planänderungen gibt oder gar eine Warnung, die uns alles abblasen lässt. Doch das Board ist leer. Er hat die Botschaft gelöscht und keine neue hinterlassen.

Tivon, Konrad und Jackie ziehen noch in derselben Nacht mit dem vollgeladenen Solarmobil los, sie nutzen die Dunkelheit als Deckung. Drohnen mit Nachtsicht werden nur selten und nie ohne Anlass ausgeschickt. Elvina und Lennard folgen ihnen eine Stunde später – das merkwürdige Gefährt ist nun ebenfalls beladen; es sieht aus wie ein sehr langer Servierwagen mit zwei Etagen, monströs großen Akkus und Solarpanelflügeln.

Sie alle wissen, wo wir uns befinden, wie weit wir von der Mastermind-Niederlassung entfernt sind. Mir hat es immer noch niemand anvertraut, worüber ich jetzt froh bin. Für meine Aufgabe spielt es keine Rolle.

Ich lege mich in ein sehr reales, sehr unbequemes Bett, weil ich aufwachen will, wenn rund um die Zentrale etwas passieren sollte. Nicht in einer Kapsel zu schlafen ist ungewohnt, und ich schrecke mehrmals hoch, aber es ist jedes Mal nur der Wind, der mich weckt.

Am nächsten Morgen ist es so ruhig in der Straße, dass es mir beinahe Angst macht. Die wenigen Cryptos-Leute, die noch hier sind, liegen in ihren Kapseln. Ich streife durchs Haus und sehe durch verschmierte Fensterscheiben der Sonne beim Steigen zu.

Tivon und die anderen müssen längst an ihrem Ziel angekommen sein. Wenn sie nicht erwischt worden sind, aber den Gedanken verbiete ich mir. Erfahren werde ich es erst, wenn ich in Minus3 gelandet bin.

Der Tag zieht sich endlos hin. Ich mache einen letzten Transfer nach StayInTouch, mein Magen ist ein einziger harter Knoten, während ich auf das Nachrichtenboard zugehe. Aber es gibt nichts Neues, das Board zeigt Werbung für eine Welt namens Robotronic, von der ich noch nie gehört habe.

Ich kehre zurück, das war vorerst meine letzte Reise als Hanna Alt. Den Nachmittag verbringe ich damit, an einem der realen Computer meinen alten Personalcode zu reaktivieren. Es fühlt sich an, als würde ich Scheinwerfer auf mich selbst richten.

Zwischendurch immer wieder hastige Blicke durch die trüben Fenster. Hätten sie Tivon, Konrad und die anderen erwischt, wüssten sie wohl schon, wo sie den Rest von uns finden. Dass nichts, absolut nichts, passiert, ist ein gutes Zeichen, oder? Keine Drohne am Himmel, keine gepanzerten Wagen vor dem Gebäude.

Kurz nach fünf packe ich meinen Overall, hole das Solarbike unter der Plane hervor und mache mich auf den Weg, plötzlich erfüllt von der Angst, ich könnte das Depot von gestern nicht mehr finden. Oder es wären alle Kapseln besetzt.

Der Himmel ist wolkenverhangen, aber frei von Überwachungsflugkörpern. Trotzdem trete ich in die Pedale, als wäre mir eine Armee auf den Fersen. Als könnte ich die Dinge dadurch schneller hinter mich bringen.

Viel zu früh komme ich am Depot an. Alles sieht aus wie gestern, die Kapsel ist nach wie vor frei. Ich stelle das Solarbike in eine kleine Kammer und setze mich in einem leeren Raum auf den Boden. Noch über zwei Stunden, bis ich Zutritt habe. Jede einzelne Minute fühlt sich wie eine Ewigkeit an.

Sobald ich mich wieder ins System einklinke, bin ich gefangen. Mein Personalcode ist eine Falle, die mich in den Welten festhält oder tötet. Trotzdem ertrage ich das Warten nur mit Mühe.

Ab acht Uhr kann ich den Transfer vornehmen, ich wende kaum noch den Blick von der Zeitanzeige an der Kapsel. Um halb acht steige ich in den Overall, meine Kleidung falte ich sorgfältig zusammen; alles, was mich wenigstens ein paar Sekunden lang beschäftigt, lindert meine Anspannung.

Draußen ist es dunkel, die Straße liegt so ruhig und verlassen da, als wäre die Menschheit ausgestorben. Acht Uhr. Ich lege mich in die Kapsel, die Anschlüsse schnappen ein, der Deckel schließt sich. Das Prozedere, das bei jedem Neueinstieg abläuft, beginnt. »Jana Pasco«, sagt die weibliche Stimme. »Zuletzt angemeldet in Trokar. Rückkehr?«

Ein Bild von Trokar wird eingeblendet. Karger Boden, ein Stacheldrahtzaun, im Hintergrund ein Bunker. Daneben, briefmarkenklein, ein einziger leuchtender Fleck.

»Nein«, antworte ich heiser. »Minus3.«

25

Das Erste, was ich höre, ist vielstimmiges Geplauder, Lachen, Gläserklirren. Unmittelbar darauf wird es hell um mich. Ich stehe zwischen einer Mauer und einer dichten Blätterwand. Büsche, Bäume, Palmen. Das alles ist offenbar Dekoration für den Empfang, der sich rund um mich herum abspielt. In einem gläsernen Kuppelgebäude, das mich an ein Gewächshaus erinnert. Durch die gewölbte Decke strahlen die Sterne des Nachthimmels, es wirkt, als würden sie die Halle erleuchten. Herren im Anzug und Damen in eleganten Roben spazieren herum und werden mit Häppchen und Sekt versorgt. Von Servierkräften in glänzenden blauen Overalls mit Mastermind-Logo; ein Blick an mir hinunter verrät mir, dass auch ich in ebenso einem Dress stecke. Rick hat mich zum Servier-, nicht zum Technikpersonal eingeteilt.

Mein Hals schnürt sich zu. Das ist also Minus3, ich bin wirklich hier gelandet, und ich sollte mich schnellstmöglich nützlich machen.

Die Tabletts mit den bunten Spießchen werden über eine Art Theke zu meiner Rechten ausgegeben. Ich versuche, möglichst selbstverständlich zu wirken, als ich darauf zugehe, aber meine Sorge war grundlos: Niemand vom Serviceteam beachtet mich. Ich bekomme mein Tablett ausgehändigt und mische mich unter die Gäste.

Das Gebäude hat zwei Ebenen; eine große Halle unten, mit Rednerpult, einer riesigen Projektionswand für Präsentationen und dem unübersehbaren Schriftzug Minus3 an der Wand, der funkelt, als bestünde er aus Schneekristallen. Die obere Ebene besteht aus einer Galerie mit Tischchen, einer Bar und ungemein vielen Pflanzen. Hier bin ich gelandet, und hier bleibe ich erst mal, zumal sich unten Leute befinden, die mich möglicherweise erkennen könnten. Lauritz' bullige Gestalt überragt die meisten anderen. Er unterhält sich mit einem Mann, den ich für einen bekannten asiatischen Wissenschaftler halte.

Gregor Faber, den Eigentümer von Mastermind, entdecke ich ebenfalls; er sieht genauso aus wie auf den Bildern, die in unserem Designcenter hängen. Seine dichten grauen Locken sind unverkennbar. Sein Anblick versetzt mir einen merkwürdigen Stich – so, als wäre mir etwas entgangen, aber ich wüsste nicht, was das sein könnte.

Mit gesenktem Kopf trage ich meine Häppchen auf der Galerie herum – Spießchen mit Shrimps, Fleischbällchen, Räucherlachs. Blätterteigschälchen mit Kaviar oder Thunfischcreme. Die Gäste greifen zu, ohne mich auch nur eines Blickes zu würdigen, trotzdem fühle ich mich keinen Atemzug lang sicher. Hat meine Ankunft schon irgendwo Alarm ausgelöst? Bisher sind keine Sicherheitsleute aufgetaucht, ich sehe bloß die vier, die an den beiden Eingängen postiert sind, aber die wirken entspannt.

Das Tablett ist leer, ich bringe es zurück und hole ein neues. Blicke mich jetzt genauer um. Schwirrt irgendwo ein blauer Kolibri herum? Ricks Warnzeichen, wenn etwas schiefgelaufen ist? Macht nicht den Eindruck, aber ich wage es trotzdem nicht, mich erleichtert zu fühlen.

Immer noch strömen neue Gäste herein, der offizielle Akt wird bald beginnen. Ich frage mich, wie weit Tivon, Jackie und

Konrad mit ihrem Teil des Plans sind. Ob bisher alles glattgegangen ist. Ob Rick Wort hält und die Sache bis zum Ende durchzieht.

Und vor allem: ob ich es schaffe, mich zum richtigen Zeitpunkt bemerkbar zu machen und das zu sagen, was ich sagen muss, hier vor all diesen Menschen, die gekommen sind, um Lösungen für den Planeten zu finden.

Werden sie mir glauben? Oder mich für irre halten?

Wahrscheinlich Zweiteres.

Die nächste Häppchen-Platte, nur noch fünf Minuten, bis es losgeht. So, wie meine Hände zittern, bin ich froh, dass ich keine Sektgläser herumtragen muss.

Die gespannte Vorfreude der Menschen ist nun fast mit Händen zu greifen. Immer mehr gehen nach unten und suchen sich Sitzplätze vor der Bühne; einige bleiben aber auf der Galerie, stellen sich an die Balustrade, mit direkter Aussicht auf das Geschehen.

Um Punkt halb neun ertönt ein Gong, das Licht wird gedämpft, auf dem riesigen Display hinter dem Rednerpult erscheint der glitzernde Schriftzug Minus3. Ich stehe ganz am Rand der Galerie, im Schatten an die Wand gedrückt. Unter lautstarkem Applaus betritt Gregor Faber die Bühne.

»Meine sehr geehrten Damen und Herren«, beginnt er. »Liebe Fördernde, liebe Forschende. Wir sind heute hier, um den Startschuss für Minus3 zu geben. Hier werden wir die wissenschaftliche Basis für eine neue Welt legen, wir werden sie lebenswerter machen, wir werden die Abwärtsspirale stoppen. Sie alle, die heute hier sind, haben sich bereit erklärt, dazu beizutragen. Ich danke Ihnen dafür im Namen von Mastermind – ach was, im Namen der ganzen Menschheit.«

Applaus. Faber hebt in einer bescheidenen Geste die Hände,

wartet, bis der Beifall verebbt ist, und fährt dann fort. »Was bisher an Ideen und Konzepten zusammengetragen wurde, sieht sehr vielversprechend aus. Zur Präsentation darf ich nun Kurt Lauritz auf die Bühne bitten, der die Maßnahmen koordinieren wird. Vielen Dank.«

Neuer Applaus, dann tritt Lauritz hinters Mikrofon. Er sieht noch breitschultriger aus, als ich ihn in Erinnerung hatte. Bevor er zu sprechen beginnt, schweift sein Blick über die Zuschauermenge, unwillkürlich trete ich noch zwei Schritte zurück. Verstecke mich hinter der voluminösen Frisur einer der Besucherinnen.

»Meine Damen und Herren.« Lauritz' Stimme ist tief und voll, ihr Klang füllt jeden Winkel der Halle. »Ich bin sehr froh, dass Sie sich alle heute hier eingefunden haben. Sie wissen, uns stehen schwierige Zeiten bevor. Obwohl wir unsere Emissionen bereits enorm reduziert haben, ist es uns bisher nicht gelungen, die Erde wieder abzukühlen. Doch das müssen wir. Unser Trinkwasser wird knapp, wir schaffen es kaum noch, die Felder zu bewässern. Die Entsalzungsanlagen laufen auf Hochtouren, aber sehr bald werden wir nicht mehr alle versorgen können.« Er macht eine Pause, sieht sich wieder um. »Hier sind nun viele Fachleute versammelt, die besten der Welt. Sie können Bäume und Algen so klonen, dass sie mehr CO_2 binden. Sie haben riesige Schirme entworfen, die vom All aus die Sonneneinstrahlung reduzieren werden. Sie arbeiten an unzähligen neuen Konzepten, die uns die gewünschte Abkühlung bringen sollen.«

Wieder legt er eine Pause ein. Ich drücke mich enger gegen die Wand, ich kann spüren, dass er nun gleich zum Kern der Sache kommen wird.

»Doch das alles«, fährt Lauritz fort, »ist bereits im Ansatz zum Scheitern verurteilt, denn wir sind sehr spät dran. Und vor allem – wir sind zu viele.«

Auf dem wandhohen Display hinter ihm erscheint eine Eins mit zehn Nullen. »Durch die Beschränkung der Fortpflanzungszertifikate und natürliche Todesfälle haben wir bereits eine Schrumpfung der Weltbevölkerung erreicht – aber die genügt nicht. Derzeit beläuft sich die Anzahl der Menschen auf der Welt auf über zehn Milliarden. Parallel dazu verlieren wir immer mehr Lebensraum. Der Anstieg des Meeres lässt Küstenregionen versinken, gleichzeitig werden immer mehr Landstriche so heiß, dass sie nicht mehr bewohnbar sind.«

Ein Raunen geht durch den Saal. Hörbar und teils bestätigend, teils beunruhigt. Den Leuten dürfte dämmern, worauf Lauritz hinauswill.

»Uns geht der Platz aus«, fährt er fort. »Uns geht das Wasser aus. Sie alle wissen das. Die Menschen, die ihr Leben in virtuellen Welten verbringen, bekommen nichts davon mit. Jetzt ist es an der Zeit, ein Opfer zu bringen.«

Er blickt Faber an. Der nickt.

»Minus drei«, sagt Lauritz langsam, »bedeutet minus drei Grad. Aber nicht nur das. Es bedeutet auch minus drei Milliarden Menschen. In den nächsten zehn bis fünfzehn Jahren.« Er seufzt. »Das ist eine Zahl, die wir auf natürlichem Weg nicht erreichen können.«

Mir ist schwindelig, ich halte mich an der Wand fest. Er gibt es zu, Lauritz gibt es zu. Ich habe gedacht, ich werde vortreten und verkünden müssen, dass Mastermind bewusst Leute sterben lässt, aber nun tut er es selbst. Und mehr als das: Er spricht davon, sie aktiv zu töten.

»Unsere Strategie bisher war: der Natur ihren Lauf lassen. Das heißt, wir haben bei Überschwemmungen, Erdbeben,

Bränden oder Krankheit nicht mehr eingegriffen. Dadurch ist die Todesrate aber nur minimal gestiegen, es war ein Tropfen auf den heißen Stein. Ab jetzt müssen wir das Problem anders angehen.«

Ich kann nicht glauben, was ich da höre. Drei Milliarden, er hat wirklich drei Milliarden gesagt.

»Wir werden uns dabei nicht auf Personen höheren Alters konzentrieren«, fährt er fort. »Diese Bevölkerungsgruppe reduziert sich ja ganz von selbst.« Vereinzeltes Gelächter, ich kann es nicht fassen, jemand findet das tatsächlich witzig.

»Und selbstverständlich werden wir diejenigen schützen, die für das System unentbehrlich sind. Zum Beispiel alle, die sich derzeit hier im Raum befinden.«

Das Bild auf dem Display wird gewechselt, jetzt steht nur noch das Wort »MINUS« da, von oben nach unten geschrieben. »Für den Rest der Bevölkerung gilt das Zufallsprinzip. Als günstig erweisen sich natürlich wie bisher Naturereignisse wie Feuer oder Flutwellen. Denn sie unterstützen uns nicht nur in unserer schweren Aufgabe, sondern entheben uns auch der Pflicht, uns um die sterblichen Überreste zu kümmern.«

Ich kann spüren, wie mein Magen sich hebt. Lauritz hat ein gewisses Mitgefühl in seine Stimme gelegt, aber das ist nichts als Fassade. Er kalkuliert kalt wie ein Roboter: Wenn Leichen verbrennen oder ins Meer gespült werden – perfekt. Müssen nicht wir sie entsorgen.

Seine nächsten Worte bestätigen meine Einschätzung.

»Wir müssen natürlich darauf achten, dass die Öffentlichkeit nichts von dieser notwendigen Maßnahme erfährt. Deshalb wird es neben den Personen, die der Zufallsgenerator weltweit auswählt, auch eine Gruppe geben, die ebenfalls in die drei Milliarden einfließen muss.«

Das Bild auf dem Display hinter ihm verändert sich erneut.

M – misstrauisch

I – intelligent

N – neugierig

U – unbeeinflussbar

S – sozialromantisch

ist dort nun zu lesen.

Neues Raunen im Publikum. Lauritz deutet auf die Grafik. »Menschen mit dieser Kombination von Eigenschaften könnten für unser Vorhaben das Ende bedeuten. Wenn sie beginnen nachzuforschen, ihre Beobachtungen herumzuerzählen und für Unruhe zu sorgen, bekommen wir schwerwiegende Probleme. Zwei der genannten Wesenszüge sind tolerierbar, bei drei wird es schwierig. Weist jemand vier oder fünf davon auf, müssen wir sicherstellen, dass er ruhig bleibt.« Sein Blick gleitet über die Reihen der Anwesenden. »Oder sie.«

Niemand gibt einen Ton von sich. Ich kann sehen, wie manche der Gäste auf der Galerie einander verunsichert ansehen. Nicht wissen, ob sie richtig verstanden haben.

»Wenn Sie sich fragen«, spricht Lauritz weiter, »was wir unter sozialromantisch verstehen: Das ist eine eigentlich sehr positive Eigenschaft. In guten Zeiten. Es bedeutet, dass man sich gleiche Rechte, Chancen und Lebensbedingungen für alle wünscht. In der Praxis hat es das aber noch nie gegeben, und heute weniger denn je. Eine Tatsache, der wir ins Auge sehen müssen.«

Nun setzt doch Gemurmel ein. »Wie wollen Sie diese Leute denn identifizieren?«, ruft jemand aus der Zuhörerschaft.

»Das haben wir uns natürlich genau überlegt.« Nun lächelt Lauritz zum ersten Mal. »Unter den Experten, die in Minus3 arbeiten werden, befinden sich nicht nur Physiker, Chemiker, und Experten für Geoengineering, sondern auch einige hoch qualifizierte Psychologen. Sie sind dabei, ein Programm zu entwickeln, das das Verhalten unserer User analysiert und die entsprechenden Kandidaten markiert.«

»Na, hoffentlich klappt das auch«, murmelt eine der anwesenden Frauen, die ein paar Meter von mir entfernt an der Brüstung steht. Erst jetzt merke ich, dass ich die einzige verbliebene Servicekraft auf der Galerie bin. Alle anderen wurden wohl vor der Präsentation zurückbeordert. Aber mein Personalcode steht nicht auf der Liste der Hilfskräfte.

Ich rücke noch ein wenig weiter zurück in die Schatten, so weit, dass ich Lauritz auf dem Podium gerade noch sehen kann.

»Gibt es Fragen?«, wendet er sich nun an seine Zuhörer.

Eine Hand schnellt in die Höhe. »Wie wollen Sie die drei Milliarden Menschen denn … äh … ausschalten?«

Lauritz nickt. »Sehr gute Frage. Wir sind auf der Suche nach einer völlig schmerz- und angstfreien Methode, natürlich soll niemand leiden müssen. Auch daran wird derzeit geforscht. Eine Möglichkeit besteht darin, überdosierte Narkosemittel durch die Zuleitungsschläuche einzuleiten, während die Person schläft. Stromstöße wären eine zweite Option. Aber wie gesagt, da ist noch nichts entschieden.«

Ich fühle, wie Schweiß mir über den Rücken rinnt. Entschieden ist vielleicht noch nichts, getestet aber sehr wohl. An Zoe Uhland zum Beispiel. Ich könnte die Nächste sein, TBE ist bei mir immer noch aktiv. Ich wünschte, ich hätte als Hanna Alt herkommen können.

Fast noch mehr wünschte ich, ich könnte mit jemandem von Cryptos Kontakt aufnehmen. Keiner von uns hat auch nur im Ansatz geahnt, was es mit Minus3 wirklich auf sich hat. Dass ich Mastermind hier öffentlich die paar Toten aus den Katastrophendepots vorwerfen wollte, ist angesichts des tatsächlichen Plans geradezu lächerlich.

Wenn ich wenigstens wüsste, ob Tivon und die anderen erfolgreich waren. Ob sie wieder zurück sind.

Nun hebt jemand oben auf der Galerie die Hand, ein kleiner, rundlicher Mann. Lauritz fordert ihn mit einer Geste zum Sprechen auf.

»Ich frage mich«, sagt der Mann zögernd, »ob das wirklich nötig ist? Ob man wirklich Menschen töten muss, um das System am Laufen zu halten?« Er fühlt sich sichtlich nicht wohl in seiner Haut. »Ich bin kein Sozialromantiker«, fügt er rasch an. »Aber … so viele Menschen?«

Lauritz nickt ihm beruhigend zu. »Ich verstehe Sie vollkommen. Wir haben lange überlegt und gerechnet und uns die Entscheidung nicht leicht gemacht. Aber wenn wir den verbleibenden sieben Milliarden ein einigermaßen angenehmes und sicheres Leben ermöglichen wollen, haben wir keine andere Möglichkeit.«

Während er noch spricht, huscht hinter seinem Kopf ein Schatten vorbei, ein kleiner, fliegender Schatten. Wie ein Fehler im Display. Ich bin nicht die Einzige, die ihn gesehen hat. Ein paar Leute lachen auf, hörbar erleichtert, dass etwas so Harmloses sie vom Thema Massentötung ablenkt.

Der rundliche Mann sagt nichts mehr, ich sehe, wie er sich auf die Lippen beißt und es sichtlich bereut, seine Frage gestellt zu haben.

»Das Leben soll lebenswert bleiben«, sagt Lauritz nun. »Für sieben Milliarden Menschen kann es das sein. Bei zehn Milliarden hat niemand etwas davon.«

Lebenswert, denke ich. Für viele. Und für ein paar Alphas weiterhin der pure Luxus.

Wieder ein Auflachen im Publikum, und nun kann ich erstmals erkennen, was hinter Lauritz herumgeflattert ist. Ein Papagei. Grün. Ricks Zeichen, an das ich in den letzten Minuten überhaupt nicht mehr gedacht habe.

Es ist also so weit, ich kann jetzt loslegen. Oder könnte es wenigstens, wenn ich nicht so sehr fürchten müsste, dass mir sowohl die Beine als auch die Stimme den Dienst versagen.

Sie wollen neugierige und misstrauische Menschen eliminieren. Da kann ich mir ausrechnen, wie groß meine Überlebenschancen sein werden, sobald sie meine Anwesenheit bemerken. Wenn ich gesagt habe, was ich sagen muss, sind sie gleich null.

Aber ich kann die anderen nicht im Stich lassen, sie haben genauso viel riskiert. Ich atme gegen die aufsteigende Übelkeit an. Los jetzt. Ein Schritt nach vorne. Noch einer. Der Papagei fliegt auf eine der Palmen zu, direkt über mich hinweg. Ich wünschte, Tivon könnte mir ebenfalls ein Zeichen schicken.

Ich habe den Gedanken noch nicht zu Ende gedacht, als das Display hinter Lauritz sich grün färbt, als würde es sich ausschalten. 218, flackert für den Bruchteil einer Sekunde auf. 312. 320. Dann wird wieder die Präsentation von eben sichtbar.

Deutlicher geht es kaum noch. Die anderen haben ihren Teil erledigt, jetzt muss ich meinen tun. Ich gehe hinter den Gästen an der Brüstung vorbei, auf die Treppe zu. Über mir krächzt der Papagei, ich spüre meine Beine fast nicht mehr, schwanke, remple versehentlich jemanden an, entschuldige mich murmelnd.

»Gibt es sonst noch Fragen?«, erkundigt sich Lauritz. »Sie sind unsere Teilhaber, wir stehen Ihnen sehr gerne Rede und Antwort.«

Jemand meldet sich, will wissen, ob das plötzliche Verschwinden von Menschen in den Welten ihren Angehörigen nicht auffallen wird.

»Das haben wir auch bedacht«, höre ich Lauritz wie aus weiter Ferne antworten. »Die Aktionen werden natürlich hauptsächlich nachts stattfinden, wenn die Betreffenden schlafen. Wir wollen ja nicht, dass auffällig viele Menschen sich plötzlich vor Zeugen in Luft auflösen. Wenn sie am nächsten Tag einfach nicht mehr in der gewohnten Welt auftauchen, ist das wesentlich unauffälliger. Ausfälle, die unseren Maßnahmen geschuldet sind, werden ab sofort als Transfers maskiert. In eine Welt namens Sokar, für die es natürlich keine Pässe gibt.«

Sokar, das ist mir schon einmal untergekommen, aber ich kann mich nicht erinnern, wo. In meinen Ohren rauscht das Blut wie Brandung an einer Felsküste. Da ist die Treppe, ich steige die erste Stufe hinunter. Die zweite. Lauritz sagt wieder etwas, einige lachen, ich bin jetzt gleich unten. In meinem Kopf ist Nebel, ich habe keine Ahnung, wie ich anfangen werde. Wahrscheinlich zerrt die Security mich nach draußen, bevor ich noch das erste Wort gesagt habe.

Jetzt bin ich in der großen Halle angekommen, hinter den Sitzreihen. Jemand wendet den Kopf und sieht mich irritiert an. Lauritz blickt sich entspannt um. »Ich denke, wir haben das Wichtigste geklärt. Oder gibt es noch andere Fragen?«

Mein Herz schlägt doppelt so schnell wie sonst. Mein Mund ist trocken. Ich hebe die Hand.

26

Lauritz blinzelt gegen die Scheinwerfer. Während er gut sichtbar im Licht steht, kann ich für ihn nicht mehr als eine unscharfe Silhouette sein. »Ja?«, sagt er mit dem gleichen höflichen Interesse wie bei den vorherigen Wortmeldungen.

Vor mir liegt der schmale Durchgang, der die rechte und die linke Sitzreihengruppe trennt. Meine Stimme funktioniert noch nicht, aber meine Beine tun es. Ich setze mich in Bewegung, gehe auf die Bühne zu.

»Oh«, sagt Lauritz, und plötzlich hat sein Ton wieder die Schärfe, die ich von unserer Begegnung im Designcenter kenne. »Wer ist dafür verantwortlich, dass sich noch Servierkräfte hier befinden? Habe ich nicht klare Anweisungen gegeben? Das ist ein Fehler, der Folgen haben wird!«

Ich bin jetzt fast vorne angekommen, wahrscheinlich wird gleich Security auf mich zustürmen, aber im Moment hält noch niemand mich davon ab, die zwei Stufen auf das Podium hochzusteigen. Ich trete neben Lauritz, weiß immer noch nicht, was ich gleich sagen soll. Nur, dass ich etwas sagen muss. In seinem Blick leuchtet plötzliches Erkennen auf. »Du!«, sagt er. »Das kann nur ein schlechter Witz sein.« Er gibt ein Zeichen nach links und in den hinteren Bereich der Halle, bevor er sich wieder dem Publikum zuwendet. »Eine minimale Panne, die wir sofort beheben werden.«

Ich hole tief Luft, die Mikrofone im Bühnenbereich tragen das Geräusch durch den ganzen Raum. »Ich«, beginne ich zögernd, »bin Jana Pasco. Ich arbeite in Designcenter 12, ich habe die Welten Macandor, Cretaceous und Kerrybrook geschaffen. Vielleicht kennen Sie ja eine davon?«

Lauritz packt mich an den Schultern und beginnt, mich vom Podium zu drängen. »Es tut mir sehr leid«, sagt er. »Wir kümmern uns um …«

Ich ducke mich weg. Er ist stärker, ich wendiger. Meine Bewegungen laufen ab wie von selbst, es ist, als würde ich mir von oben dabei zusehen, wie ich wieder in die Mitte der Bühne zurücklaufe. »Bevor mich Herr Lauritz gleich abführen lässt«, sage ich schnell, »sollten Sie alle wissen, dass für Minus3 seit einigen Minuten die gleichen Bedingungen gelten wie für eine Strafwelt. Sie sitzen hier fest. Kein Exit möglich, kein Transfer.«

Von der Galerie her kreischt der Papagei, aber er wird übertönt von den aufgebrachten Stimmen der Anwesenden. Eine solche Reaktion hat Lauritz auf keine seiner Ankündigungen erhalten.

»Was soll das heißen?«, schreit ein Mann aus der zweiten Reihe. »Ist das eine Geiselnahme? Ein terroristischer Akt?«

Gute Frage. Ist es das? In gewisser Hinsicht vielleicht.

»Es ist Selbstverteidigung«, gebe ich zurück. »Ich dachte erst, ich würde hier nur versuchen, Leute in gefährdeten Depots zu retten.« Ich deute auf das Präsentationsdisplay hinter mir. »Sie wissen schon. Die, die praktischerweise verbrennen oder fortgespült werden. Mich selbst hätte ich auch ganz gern gerettet, Mastermind versucht nämlich schon seit Tagen, mich umzubringen.« Ich drehe mich zu Lauritz um. »Dabei erfülle ich bestimmt nicht alle Ihrer Minus-Kriterien. Ich bin gar nicht besonders misstrauisch. Und auch nicht allzu intelligent, fürchte ich, sonst hätte ich früher mitbekommen müssen, was im

Busch ist. Schließlich habe ich jahrelang im Zentrum des Geschehens gesessen.«

Mit einer Hand packt Lauritz meinen Oberarm, mit der anderen winkt er die Wachleute heran, doch im gleichen Moment tritt ein zweiter Mann auf die Bühne. Groß, blond, mit sympathischem Gesicht. Er lächelt mich an.

Ich kenne ihn, aber für einen kurzen Moment denke ich trotzdem, dass ich mich täuschen muss. Er sieht aus wie der Mann aus Sokratia, der mich in ein nächtliches Gespräch verwickeln wollte, während ich auf Rettungsmission war. Der sich als Theo vorgestellt hat. Dem ich ein Messer zwischen die Rippen gejagt habe.

»Lassen Sie mal, Lauritz«, sagt er lässig, und der Sicherheitschef gehorcht prompt. Im nächsten Moment weiß ich auch, warum. Schon bei unserer ersten Begegnung ist mir Theos Gesicht vertraut vorgekommen – aber ich kannte nur Fotos von ihm, auf denen er ernst dreinsieht. Ebenso wie die seines Vaters hängen sie an verschiedenen Stellen in den Designcentern, niemand schenkt ihnen groß Aufmerksamkeit. Theo. Theodor Faber.

Er wirkt überhaupt nicht aufgebracht, eher interessiert. »Du hast uns wirklich eingesperrt?«, erkundigt er sich heiter. »Gab es dagegen keine Absicherung?« Er stellt mir die Frage, trotzdem fühlt Lauritz sich sofort angesprochen. »Dafür übernehme ich die Verantwortung. Mit diesem Szenario haben wir nicht gerechnet.«

Im hinteren Bereich der Halle wird es laut. »Wir kommen nicht raus! Ich habe es versucht!«

Aus den Zuschauerreihen springen immer mehr Menschen auf, und ich bedanke mich stumm bei Rick und demjenigen, der ihn an Molar hat mitbauen lassen. Gute Arbeit. Im nächsten Moment ist Lauritz bei mir und packt mich im Nacken. »Du wirst diese Sperre sofort wieder aufheben, Pasco.«

»Das kann ich nicht.« Vergeblich versuche ich, mich aus seinem Griff zu befreien. Sehe, wie der erste der Security-Leute im Laufen seine Pistole zieht. »Du weißt, was dir blüht, solltest du dummerweise sterben?«

»Ja. Aber Sie wissen nicht, was Ihnen dann blüht. Ihnen und der Familie Faber.«

Lauritz lacht. »Was sollte uns groß passieren? Du bluffst doch.«

»Tut sie das?« Theo Faber hat ihm die Hand auf den Arm gelegt, der Griff um meinen Nacken löst sich. Theo wendet sich an mich, mit der gleichen entspannten Fröhlichkeit, die ihm schon in Sokratia zu eigen war. »Tust du das?«

»Nein. Ich habe schlechte Nachrichten für dich, deinen Vater«, ich blicke zur Seite, »und für Herrn Lauritz.«

Wenn sich etwas in Theos Miene ändert, dann höchstens, dass er jetzt noch amüsierter wirkt als zuvor. »Ist das so? Schlechte Nachrichten, hm. Was könnte das sein? Verluste, Krankheit, Tod?«

Ich sehe ihm direkt in die Augen, versuche, mich genau an unsere Begegnung zu erinnern. »Der Tod«, zitiere ich, »ist das große, undurchdringliche Geheimnis, das wir erst durchschauen werden, wenn wir seine Schwelle übertreten haben.«

Einen Wimpernschlag lang wirkt er verunsichert, dann kann ich sehen, wie ihm die Zusammenhänge dämmern. »Ist ja nicht wahr!«, ruft er. »Ernsthaft? Du?«

Ich nicke.

»Aber du siehst völlig anders aus. Und – war dein Name nicht, warte mal … Hanna?«

»Ja. Ich konnte bloß schlecht mit meinem echten Personalcode rumlaufen, dann hätten Lauritz und seine Leute mich in null Komma nichts gehabt.«

Theo gluckst, dann beginnt er laut zu lachen; die Gäste unterbrechen ihre hektischen Gespräche, kommen aus den versteckten Ecken, in die sie sich für ihre vergeblichen Transferversuche zurückgezogen haben, heraus. Manche setzen sich wieder hin.

»Sie sollten vorsichtig sein, Lauritz«, japst Theo. »Die hier versteht keinen Spaß. Sie hat mich abgestochen, weil ich sie mit meinem Gespräch so gelangweilt habe. Ich war noch nie im Leben so überrascht. Un-fass-bar!«

Der Blick, mit dem Lauritz mich durchbohrt, ist angsteinflößend. »Sie hat was?«

»Ich muss sie ziemlich genervt haben, aber mir war so nach Plaudern. Unter diesem wunderschönen griechischen Sternenhimmel.« Er wischt sich eine Lachträne aus dem Gesicht. »Tja. Wir sollten die Drohungen dieser jungen Dame besser ernst nehmen.« Er wendet sich wieder zu mir um. »Was wird uns denn diesmal zustoßen?«

Ich darf mich von seinem freundschaftlichen Gehabe nicht täuschen lassen. Ein Blick über die Schulter, auf die Minus-Grafik genügt. Misstrauisch, intelligent, neugierig … Das hier ist kein Spaß.

»Solange mir nichts passiert, gilt das auch für euch. Aber sobald TBE bei mir ausgelöst wird, werden wir wohl alle vier das große, undurchdringliche Geheimnis durchschauen.« Ich lächle Theo grimmig an. »Du sagtest doch, du hättest Sehnsucht danach.«

Bisher hat der alte Faber sich nicht eingemischt, hat versucht, seine Gäste zu beruhigen. Nun kommt auch er aufs Podium und baut sich vor Lauritz auf. »Was ist das für ein Chaos, Kurt?

Jahrelang bereiten wir diese Präsentation vor, sammeln Daten, investieren Millionen – und dann funkt uns eine von deinen Nachwuchsdesignerinnen dazwischen?« Seine Augen sind klein, blau und kalt. »Sorge dafür, dass dieser Zwischenfall der einzige bleibt. Und dass er keine Folgen nach sich zieht.«

Völlig klar, was damit gemeint ist. Der Security-Mann greift nach mir, will mich fortzerren. Erschießungen vor aller Augen sind – trotz Bereitschaft zum Massenmord – vermutlich schlecht fürs Image.

Ich springe zurück, der Mann fasst ins Leere. »Ich mache keine Scherze«, rufe ich. »Bringt mich um, und ein paar sehr aufgebrachte Leute werden das Gleiche mit euch tun.« Ich deute auf den alten Faber, dann auf Lauritz, zuletzt auf Theo. »Euch drei. Den anderen wird nichts passieren.«

Theo stellt sich mit verschränkten Armen vor mich. Ob er es bewusst tut oder nicht, er schirmt mich damit gegen Lauritz und seine Leute ab. »Erklär mir das.«

Ich ringe nach einer dramatischen Formulierung, aber mir fällt keine ein. »Wir haben euch«, sage ich schlicht.

»Wie bitte?«

In der riesigen Glashalle ist es ruhig geworden. Die Gäste haben ihre Transferversuche aufgegeben, alle Aufmerksamkeit ist wieder auf das Podium gerichtet.

»Wir haben euch. Körperlich, verstehst du? Meine Freunde waren vorhin da, haben euch in Transportkapseln umgebettet und fortgebracht.« Über Theos Schulter hinweg suche ich Augenkontakt zu Lauritz. »Erstaunlich, nicht wahr? Ihr habt so viel Energie in die Geheimhaltung rund um diese Welt gelegt, dass ihr die Sicherheitsmaßnahmen in der Realwelt völlig vernachlässigt habt. Kann man auch verstehen, da tut sich schon so lange nichts mehr, das Mastermind nicht kontrolliert.«

Lauritz ist blass geworden vor Wut. Er stürmt davon, vermutlich versucht er, Verbindung zu einem Designcenter aufzunehmen. Theo dagegen kann sich kaum noch halten vor Lachen. »Ihr habt uns einfach geklaut!«, prustet er. Sein Vater beobachtet ihn mit einer Mischung aus Zorn und Befremdung. »Hör auf mit dem Gekicher, tu lieber etwas. Ist dir klar, welchen Eindruck du bei unseren Gästen hinterlässt?«

»Sie haben uns weggetragen wie Mehlsäcke, und wir haben nichts davon mitbekommen.« Theo amüsiert sich immer noch köstlich. »Denkst du, sie werfen uns demnächst ins Meer?«

Im Laufschritt kehrt Lauritz zurück. »Es ist leider wahr.« Er bemüht sich, leise zu sprechen, aber die Bühnenverstärkung trägt seine Stimme trotzdem durch die ganze Halle. »Unsere Kapseln wurden eben überprüft, sie sind leer. Die Security sucht jetzt rund um das Hotel.«

Er schiebt sich an Theo vorbei, packt mich an den Armen, schüttelt mich. »Wo habt ihr uns hingebracht?«

»Keine Ahnung. Wirklich nicht, man hat mir den Standort nicht anvertraut.«

Lauritz' Finger bohren sich immer schmerzvoller in meine Muskeln. »Wer sind deine Komplizen? Wer ist für die Entführung verantwortlich?«

»Weiß ich leider auch nicht so genau«, lüge ich, aber ich kann sehen, dass Lauritz mir das nicht abkauft. Über die Schulter hinweg wendet er sich an Gregor Faber. »Wir müssen einen Maulwurf im Team haben, vielleicht sogar mehrere. Die Strafwelteinstellungen hätten nur wenige Designer hinbekommen. Jemand muss außerdem die Information über unseren genauen Aufenthaltsort geleakt haben. Es wurden nur die Zimmer 218, 312 und 320 aufgebrochen.«

»Finden Sie das heraus«, höre ich hinter mir den alten Faber sagen. Der Ruck, mit dem Lauritz mich wegzerrt, lässt mich beinahe das Gleichgewicht verlieren. Nach dem dumpfen Gefühl der Betäubung zu Beginn und dem darauffolgenden Adrenalin-High kehrt nun die Angst mit neuer Kraft zurück. Lauritz kann aus mir herausprügeln, was er wissen will, das ist uns beiden klar. Ob er mich im Anschluss töten wird, hängt wohl davon ab, wie er meine Verbündeten einschätzt.

»Moment noch«, höre ich Theo sagen, doch der alte Faber nickt, jetzt sind auch drei schwarz gekleidete Sicherheitsmänner zur Stelle, greifen nach mir und schleppen mich von der Bühne.

Ich wehre mich nur schwach. Weglaufen kann ich nicht, der einzige Weg wäre ein Transfer nach Cryptos, und der kommt nicht infrage.

Rechts und links sehe ich die Gesichter der Sponsoren und Wissenschaftler – teils hass- und teils angsterfüllt. Nur in den wenigsten lese ich etwas wie Mitleid, in dem des rundlichen Mannes zum Beispiel, der nun von der Galerie nach unten gekommen ist. Unsere Blicke treffen sich kurz, er sieht schockiert und verängstigt aus. Aber er protestiert nicht, im Gegensatz zu Theo. »Vater, wirklich!«, höre ich es durch den Saal schallen; die Security-Leute zerren mich auf eine halb geöffnete Tür zu, dahinter ist es dunkel.

Dann ein Schlag auf den Kopf, und die Dunkelheit wird allumfassend.

Tot. Wahrscheinlich bin ich tot. Es war kein Schlag, sondern ein Stromstoß. Sie haben mich erschossen. Tod-bei-Exit. Drei Milliarden minus eins. Warum habe ich dann immer noch Kopfschmerzen?

Mein erster Versuch, die Augen zu öffnen, scheitert. Aber ich kann kalt und hart den Boden fühlen, auf dem ich liege.

»Sie wacht auf.«

»Wird auch Zeit.«

Ich rege mich nicht mehr; je länger sie mich für bewusstlos halten, desto besser. Wir alle haben uns meinen Fluchtplan nicht so klar überlegt – das ist großteils meine eigene Schuld. Weil ich gesagt habe, ich wüsste schon, was ich zu tun hätte, keine Sorge. Aber Tatsache ist, ich hatte mir Minus3 nicht so abgeschlossen vorgestellt, sondern mehr wie eine Landschaft mit verstreuten Forschungsgebäuden, wo ich leicht einen einsamen Fleck finden würde, um »Cryptos« zu murmeln und abzuhauen.

Jetzt darf mir der Name keinesfalls über die Lippen kommen. Ich darf weder Rick noch Matisse erwähnen; Tivon, Jackie, Konrad und die anderen ebenso wenig, obwohl die hoffentlich in Sicherheit sind.

Ruhig atmen.

Ein Tritt in die Rippen macht diesen guten Vorsatz sofort zunichte. Ich unterdrücke einen Schrei.

»Steh auf, Pasco.« Lauritz' Stimme. »Du hast noch genau eine Chance, den Kopf aus der Schlinge zu ziehen.«

Ich rühre mich nicht, also heben sie mich zu zweit hoch und setzen mich auf einen Stuhl. »So.« Lauritz baut sich vor mir auf. »Nummer eins: Wohin habt ihr uns gebracht?«

Ich tue, als müsste ich erst langsam zu Bewusstsein kommen. Jede Sekunde kann die entscheidende sein; die eine, die Rick, Tivon oder irgendjemandem sonst die Möglichkeit gibt einzugreifen.

»Hör sofort auf, dich zu verstellen.« Er greift mir ins Haar und zieht meinen Kopf hoch. »Wohin habt ihr uns entführt?«

»Das weiß ich nicht«, flüstere ich.

Sein Griff wird fester. »Dann fangen wir anders an: Wer bei Mastermind hat dir geholfen? Woher hattest du den Zugang zu Minus3?«

Die Stelle, gegen die er getreten hat, schmerzt beim Atmen. »Den habe ich mir allein organisiert, mir musste niemand helfen.«

»Blödsinn!«, schreit er, gewinnt dann aber sofort wieder seine Selbstbeherrschung zurück. »Es gab keine Zugriffe von außen, darauf haben wir durchgängig geachtet. Jemand vom Team muss dir einen Pass beschafft haben, jemand, der an Minus3 mitgearbeitet hat. Wer?«

Soweit sein Griff es zulässt, schüttle ich den Kopf. »Niemand! Ich habe mein eigenes Schlupfloch gefunden. Ich bin ein überdurchschnittlich begabtes Jungtalent, das müssten Sie doch wissen.«

Lauritz lässt mein Haar los, aber nur, um mir in der nächsten Sekunde eine schallende Ohrfeige zu verpassen. »Mit den Lügen ist sofort Schluss. Ich habe da draußen über dreihundert wichtige Leute sitzen, die keinesfalls gegen ihren Willen festgehalten werden können. Ich will sofort wissen, wer Minus3 verschlossen hat, ich will Namen!«

»Ihre wichtigen Leute werden es überleben.« Zur Abwechslung versuche ich es mit Überheblichkeit, vielleicht funktioniert das bei Lauritz besser, als die Ahnungslose zu spielen. »Ich bin sicher, ihre Depots stehen nicht in Risikogebieten.«

Ich mache mich innerlich für die nächste Ohrfeige bereit, aber die kommt nicht. Lauritz mustert mich nur. Tritt zwei Schritte zurück und zieht seine Pistole.

»Ab und zu mache ich mit Freunden Trips in Shooter-Welten«, sagt er. »Manchmal schleusen wir uns auch nach Trokar oder Molar ein und gehen dort auf die Jagd.« Er entsichert die Waffe und richtet sie auf mich. »Aber die Erfahrung ist nie richtig vollständig, weil man ja weiß, dass das Ergebnis nicht endgültig ist.« Er lächelt, zielt genauer. »Bei dir wäre es das.«

In seinen Augen kann ich sehen, wie gerne, wie unglaublich gerne, er abdrücken möchte. Panik steigt in mir auf wie eine dunkle Wolke. »Aber dann …«, stammle ich.

»Was dann?« Lauritz packt den Griff der Waffe fester. »Du kannst uns nicht sagen, wo unsere Kapseln stehen, du kannst die Strafwelteinstellung von Minus3 nicht aufheben. Angeblich gibt es keine Komplizen bei Mastermind, die du uns verraten könntest. Wozu dich also leben lassen?«

Ein Knall. Die Kugel trifft mein Bein, knapp unterhalb des Knies. Der Schmerz ist unglaublich, er erfüllt die ganze Welt. Ich höre mich wie aus weiter Entfernung schreien, rutsche vom Stuhl und schlage schwer auf dem Boden auf, beide Hände um mein zerschmettertes Schienbein geklammert. Blut läuft zwischen meinen Fingern hindurch, tropft auf die Steinfliesen.

Nicht echt, flüstere ich mir innerlich zu, der Schmerz ist nicht echt, dein Bein ist in Ordnung. Aber es ändert nichts, er bleibt unerträglich. Die Angst ebenfalls.

»Na?« Lauritz' Stimme klingt jetzt deutlich fröhlicher. »Hat das geholfen? Fällt dir doch etwas ein, das du gern erzählen möchtest?«

Ich schüttle stumm den Kopf, aber ich weiß, wenn er noch einmal schießt und noch einmal fragt, werde ich einknicken. Ich werde ihm Namen sagen, ich werde Rick ans Messer liefern, Konrad, Jackie. Sogar Tivon. Ich werde versuchen, mich auch an die Namen derer zu erinnern, denen ich nur flüchtig begegnet bin. Ich werde verraten, dass unsere Rebellenwelt Cryptos heißt, ich werde alle anderen mit ins Verderben reißen.

Verschwommen sehe ich Lauritz über mir. Wie er die Waffe wieder hebt, sie leicht hin- und herschwenkt, als würde er das perfekte Ziel für seinen nächsten Schuss suchen.

Vielleicht werde ich ja bewusstlos. Das wäre das Beste, was passieren könnte. Dann kann ich nichts sagen, und die Schmerzen hören auf, diese Schmerzen, die mit jeder Sekunde schlimmer werden.

»Die Schulter, hm?«, schlägt Lauritz vor. Es klingt liebenswürdig, als würde er mir eine Empfehlung geben, oder etwas zu essen anbieten.

Ich reagiere nicht. »Du kannst mir natürlich auch sagen, was ich wissen möchte«, fährt er im gleichen Ton fort. »Ein paar Namen. Einen Ort. Mehr will ich gar nicht.«

Ich kann mich selbst leise wimmern hören, es ist, als hätte man die Knochen meines linken Unterschenkels durch glühendes Metall ersetzt.

»Na?«, sagt Lauritz. Ich schließe die Augen.

»Gib mir einfach einen Namen, hm?«, sagt er und stupst mich mit einer Schuhspitze an. »Einen unwichtigen. Nenne mir jemanden, den du nicht besonders magst, das kann doch nicht so schwierig sein.«

Ich beiße die Zähne zusammen. So fest ich kann, damit mir nicht aus Versehen etwas herausrutscht. Es ist nicht echt, denke ich, mein Bein ist in Ordnung, ich überstehe das, ich …

Der Schuss kommt ohne weitere Vorwarnung und zerreißt mir fast das Trommelfell. Der neue Schmerz setzt erst einen Atemzug später ein, er breitet sich so schnell aus, dass ich seinen Ursprung nicht feststellen kann. Schlüsselbein, Schulter, Arm …

Die Welt versinkt in weißem Rauschen. Ich kann Lauritz weder sehen noch hören, um mich herum wird es dunkel, der harte Boden fühlt sich plötzlich weich an. Ich sterbe. Wieder einmal. Endgültig diesmal.

27

Alles fort, der Schmerz nur noch ein Echo. Aber meine Gedanken sind nach wie vor da. Ich bin tot, denke ich. Aber könnte ich das, wenn ich wirklich tot wäre?

Dunkelheit, dann ein Blitz, ein plötzlicher Ruck, ein Geräusch wie das Fauchen eines Drachen. Über mir ist Licht und ein heller Schemen, der sich bewegt. Der spricht.

»Jana?«

Ich fahre hoch, blicke wild um mich. Kahle Mauern, Nacht hinter trüben Fensterscheiben. Ein geöffneter Kapseldeckel über mir. Mit einem erstickten Laut reiße ich mir die Maske vom Gesicht.

Ich bin wieder zurück. In dem Depot zwölf Kilometer von der Cryptos-Zentrale entfernt. Vor mir steht Tivon, der reale Tivon, mit den etwas zu eng stehenden Augen. Also lebe ich. Ich taste nach meiner Schulter, meinem Bein. Alles unversehrt.

Damit, dass ich in Tränen ausbrechen würde, habe ich nicht gerechnet, aber nun ist es unmöglich, mich dagegen zu wehren. Ich steige nicht aus meiner Kapsel, ich krieche heraus, schluchzend und nach Luft ringend.

Tivon hilft mir auf die Beine, und als ich ihm die Arme um den Hals schlinge, umarmt er mich zurück.

»Ich habe ihnen nichts gesagt«, stoße ich hervor, sobald mein Atem dafür reicht. »Sie wissen nichts. Aber es war so knapp.«

»Es tut mir leid, ich bin so schnell gekommen, wie ich konnte.« Er drückt mich fester an sich. Es ist ein seltsames Gefühl. Sich zu umarmen, in der Realwelt. Weniger perfekt. Aber schöner. Obwohl die Overallanschlüsse drücken.

»Ihr habt alles mitbekommen? Ihr wisst, was Minus3 wirklich ist?«

»Wir nicht«, sagt Tivon. »Es gab keine Möglichkeit, von außen Einblick zu nehmen. Aber Rick konnte es. Er hat die Situation im Auge behalten und Konrad auf dem Laufenden gehalten.« Tivon rückt ein Stück von mir ab, er sieht betreten drein. »Ich werde mich bei ihm und Matisse entschuldigen müssen, für das, was ich über sie gesagt habe. Ohne Rick hätten wir keine Chance gehabt. Er hat nachts vor dem Hotel auf uns gewartet und uns über einen Nebeneingang eingeschleust. Hat Wache gestanden, während wir Lauritz und die Fabers in die Transportkapseln verlegt haben. Er und Konrad sind ständig in Verbindung, sie haben einen abhörsicheren Kommunikationskanal eingerichtet.« Tivon dreht hastig den Kopf, als hätte er ein Geräusch gehört. Entspannt sich dann wieder. »Ich bin losgefahren, sobald wir wussten, dass du dich mit Lauritz und dem alten Faber angelegt hast, ich habe so schnell gemacht, wie ich konnte. Aber trotzdem war da die ganze Fahrt über der Gedanke in meinem Kopf, dass ich dich tot aus der Kapsel würde ziehen müssen.«

Er presst mich noch einmal fest an sich, nur um mich unmittelbar darauf loszulassen. »Wir müssen zurück.« Flüchtig deutet er auf meine zusammengefalteten Kleidungsstücke. »Beeil dich. Ich warte draußen.«

Er ist mit dem Solarmobil gekommen, offenbar war noch genug Saft im Akku. Wir laden mein Bike auf und fahren los, die Scheinwerfer gerade nur so hell aufgedreht, dass wir nicht von der Straße abkommen. Einerseits, um Energie zu sparen, andererseits, um nicht auf uns aufmerksam zu machen.

Die Fahrt über ist Tivon schweigsam, als wäre es ihm peinlich, vorhin so viel Nähe zugelassen zu haben. Erst als ich schemenhaft den Gebäudeklotz erkennen kann, in dem sich die Cryptos-Zentrale befindet, räuspert er sich. »Willst du dich ausruhen? Oder möchtest du sie vorher noch sehen?«

»Auf jeden Fall. Schlafen kriege ich jetzt sowieso nicht hin.«

Er parkt das Solarmobil so hinter dem Gebäude, dass man es von der Straße aus nicht sehen kann. »Komm mit.«

Schon in der Eingangshalle stürzt Jackie auf mich zu und fällt mir um den Hals. »Wir hatten solche Angst um dich! Rick hat durchgegeben, es wären Schüsse gefallen!« In ihren Augen stehen tatsächlich Tränen, und ich könnte glatt mitheulen, wenn ich daran denke, wie knapp ich daran war, sie zu verraten.

»Ist ja alles gut gegangen«, murmle ich. »Wo sind die anderen? Wo steckt Konrad?«

»Er lässt sich von Rick auf dem Laufenden halten. Die Situation in Minus3 scheint immer weiter hochzukochen.«

Das kann ich mir vorstellen. »Könnte daran liegen, dass ich mich vor Lauritz und drei Security-Leuten in Luft aufgelöst habe«, sage ich.

Jackie lacht, und Tivon zieht mich weiter. »Komm. Wir müssen uns überlegen, wie es weitergeht. Ich würde gerne deine Meinung hören.«

Er führt mich durch eine Tür im Erdgeschoss, in ein mittelgroßes Zimmer mit geschlossenen Rollläden vor den Fenstern. Der Anblick ist der, den ich erhofft habe: Im Raum verteilt stehen drei Reisekapseln, bewacht von Elvina, die grimmig nickt, als sie uns sieht.

Ich gehe von einer Kapsel zur anderen. Durch die Plexiglasfenster auf Kopfhöhe kann man den Nutzer nur erahnen, die Masken bedecken das ganze Gesicht. Aber sie liegen so eng an, dass die Kopfform klar erkennbar ist. Der in der ersten Kapsel muss der alte Faber sein. Der einflussreichste Mann der westlichen Welt, aber so fokussiert darauf, dass alles Wichtige sich im Virtuellen abspielt, dass seine Sicherheitsmaßnahmen ein Witz waren. Niemand rechnet mehr damit, dass jemand im Realen aktiv wird.

Bei der zweiten Kapsel bleibe ich länger stehen. Lauritz, keine Frage. Ich kämpfe gegen den Hass an, der in mir aufsteigt. Gegen das Bedürfnis, ihm ebensolche Schmerzen zuzufügen wie er mir vorhin.

Sinnlose Energieverschwendung. Außerdem müsste ich dazu den Deckel öffnen, was absoluter Wahnsinn wäre. Meine Hand streicht über den glatten Kunststoff. Der Mann, der darunter liegt, hat seine eigenen Ideen für die Beseitigung von Milliarden Menschen. *Eine Möglichkeit besteht darin, überdosierte Narkosemittel durch die Zuleitungsschläuche einzuleiten, während die Person schläft. Stromstöße wären eine zweite Option.*

Sehr verlockend, seine Vorschläge in die Tat umzusetzen. Leider wäre das dumm, zudem würde ich mich spätestens morgen scheußlich fühlen.

Als ich vor der dritten Kapsel stehe, bedaure ich fast, dass ich mit Theo nicht ein paar Worte wechseln kann. Er hat immerhin den linkischen Versuch gemacht, mich zu schützen – erfolglos, aber dennoch.

Während meiner Prozession von einem Alpha zum nächsten beobachtet Tivon mich wortlos. Stellt sich jetzt neben mich. »Wir müssen uns überlegen, was wir mit ihnen tun sollen. Bisher hatte noch niemand einen guten Vorschlag.«

Narkosemittel, höre ich Lauritz' Stimme in meinem Kopf. Ich reibe mir die brennenden Augen. »Einen Vorschlag habe ich auch nicht. Nur ein paar Gedanken.«

Wir setzen uns in einen der staubigen Räume, denen man ansieht, dass sie seit Jahren nicht mehr genutzt wurden. Da und dort liegen noch Dinge herum, die daran erinnern, dass sich hier einmal ein kleineres Designcenter befunden hat: ein kaputter Simulationsassistent, eine Testmaske und eine Tasse, auf der *Die Welt gehört mir* steht.

Wir haben ein paar alte Sessel hereingebracht und jeden, der hier in der Zentrale lebt und gerade nicht in Cryptos gebraucht wird, gebeten, sich den nächsten Exit-Point zu suchen. Da sitzen sie nun, manche von ihnen habe ich noch nie real gesehen. Gerry zum Beispiel, der mir mit seinen Bartstoppeln und dem verstrubbelten Haar auf Anhieb sympathischer vorkommt als bisher. Wer fehlt, ist Konrad; er hat ein Auge auf Cryptos und hält den Kontakt mit Rick aufrecht.

»Wir sollten darüber abstimmen, was als Nächstes zu tun ist«, beginnt Tivon. »Die drei Männer, die wir entführt haben, wird man suchen, und zwar bald. Wir haben dafür gesorgt, dass der Standort ihrer Kapseln nicht geortet werden kann, aber das wird nur eine gewisse Zeit lang helfen. Sobald engmaschige Suchaktionen beginnen, wird einer der Trupps uns aufspüren.« Er blickt in die Runde. »Wie sollen wir weiter vorgehen?«

Lennard hebt die Hand. »Wir stellen ein Ultimatum: Straffreiheit für uns, außerdem Reaktivierung der Warn- und Evakuierungssysteme für die Wohndepots. Sie müssen versprechen, dass sie die Bewohner wieder schützen. Dann kriegen sie die Fabers zurück.«

Niemand aus der Runde stimmt ihm zu, ich habe eher den

Eindruck, dass einige sich einen bissigen Kommentar verkneifen. Jackie betrachtet ihn mitleidig. »Selbst wenn sie sich darauf einlassen – du glaubst doch nicht wirklich, dass die von Mastermind sich daran halten würden? Hast du mitbekommen, welchen Zweck Minus3 tatsächlich verfolgt? Wer diese Art von Plänen schmiedet, hat doch keine Skrupel, sein Wort zu brechen.« Sie zuckt mit den Schultern. »Wir wären innerhalb von Tagen tot, und Minus3 würde seine Arbeit aufnehmen.«

Die Vorschläge, die danach kommen, höre ich nur so halb und halb. Je länger ich über meine eigene Idee nachdenke, desto vielversprechender finde ich sie. Vorausgesetzt, meine Menschenkenntnis ist so gut, wie ich hoffe.

Ich warte, bis für ein paar Momente ratloses Schweigen eintritt. Hole tief Luft. »Mein Vorschlag wäre, wir holen Theo Faber aus der Kapsel.«

Lennard lacht auf. »Das ist völlig verrückt. Dagegen war mein Vorschlag ein Geniestreich.«

Er und ich werden wahrscheinlich keine Freunde mehr. »Ich meine ja nicht, dass wir ihn laufen lassen sollen. Wir holen ihn heraus und reden mit ihm. Wir sind in der Überzahl, er kann uns kaum davonlaufen. Wenn es nichts bringt …«

»… dann stopfen wir ihn einfach wieder in die Kapsel, ja?«, höhnt Lennard. »Dann kann er zurück nach Minus3 und allen dort erzählen, wer wir sind. Außerdem: Was soll das denn bringen? Denkst du, er läuft zu uns über?«

Diesmal gibt es leider wirklich vereinzelte Lacher. Haben sie recht? Bin ich einfach naiv? »Ich bin Theo begegnet«, erwidere ich. »Zwei Mal. Ich glaube, dass man mit ihm reden kann. Die Frage ist eher, wie viel er bei Mastermind überhaupt zu sagen hat. Ob er das Ruder herumreißen könnte, wenn er wollte.«

Elvina hat bisher hauptsächlich zugehört, die Unterlippe

zwischen die Zähne gezogen, die Stirn in Denkfalten gelegt. Nun beugt sie sich vor. »Ich finde Janas Vorschlag gut. Ich würde ihn unterstützen.«

»Ich finde ihn … interessant«, sagt Tivon zögernd. »Aber es ist ein endgültiger Schritt, wir können Theo Faber dann nicht einfach zurückschicken. Wir müssen uns das gut überlegen. Jackie?«

Wie ich es erwartet habe, ist auch sie für meine Idee zu haben; sie ist auch bereit, schnell nach Cryptos zu transferieren und Konrad nach seiner Meinung zu fragen.

»Ihm gefällt die Idee«, verkündet sie, als sie eine Viertelstunde später zurückkehrt, und damit scheint die Sache entschieden. Selbst Lennard und ein zweiter, mir unbekannter Mann geben sich achselzuckend geschlagen. »Aber beschwert euch später nicht, wenn ich recht behalte«, brummt Lennard.

Tivon wirkt todmüde, als er sich von seinem Stuhl hochstemmt. »Also gut. Lasst uns alles vorbereiten.«

Wir haben einen kleinen Raum ohne Fenster ausgewählt, Theo soll keine Chance auf einen Blick in die Umgebung bekommen. Mit einem der geladenen Akkus überbrücken wir die Stromzufuhr für seine Kapsel, während wir sie in die Kammer schieben. Vor der Tür gehen vier Leute in Position, im Raum selbst bleiben nur Tivon, Jackie und ich. Wir nicken einander zu, dann trennt Tivon die Kapsel vom Strom.

Mit dem charakteristischen Zischen hebt sich der Deckel. Ich stelle mir vor, wie Theos Gestalt in Minus3 plötzlich erstarrt, als hätte man flüssigen Stickstoff über ihn gegossen. Wie er nach dem nächsten Blinzeln seines Gegenübers einfach verschwunden ist. Manchen, so wie Lauritz, wird dann klar sein, was passiert ist.

Ein paar Sekunden lang bleibt Theo vollkommen ruhig liegen. Dann erst hebt er einen Arm, rudert ein wenig in der Luft herum und greift nach der Maske. Noch während er sie abnimmt, setzt er sich auf. Schwankt ein wenig, schaut in die Runde. Sein Blick bleibt an mir hängen. »Na, so was«, sagt er und lächelt. »So schnell sehen wir uns wieder.«

Wir beobachten ihn, während er mühsam aus der Kapsel klettert. Keuchend lehnt er sich an die Wand. »Du hast also wirklich die Wahrheit gesagt. Alle Achtung. Wärst du so nett, mich den anderen vorzustellen?«

»Das tue ich ganz bestimmt nicht. Aber du kannst dich hinsetzen.« Ich schiebe einen Stuhl in seine Richtung, er lässt sich mit einem Seufzer darauffallen. »Dieses Gefühl nach dem Exit ... so scheußlich jedes Mal«, stellt er fest.

Ich wechsle einen verunsicherten Blick mit Tivon. Theo hat offensichtlich keine Angst. Er sieht sich nicht nach Fluchtmöglichkeiten um. Er fragt nicht, was wir fordern, er scheint die Situation eher spannend als bedrohlich zu finden. Schmunzelnd zeigt er auf mich. »Hat sie euch erzählt, dass sie mich einmal eiskalt abgestochen hat? Fand ich irre. Meistens erkennen die Leute mich, wenn sie mir irgendwo begegnen, und wollen sich mit mir anfreunden, aber sie – rammt mir einfach ein Messer rein. Das war schon cool.«

Seelenruhig beginnt er, aus seinem Overall zu steigen. »Hat jemand etwas zum Anziehen für mich?«

Tivon öffnet kurz die Tür und gibt draußen Bescheid. »Wird ein paar Minuten dauern.«

»Kein Problem«, erklärt Theo und fährt damit fort, sich auszuziehen. »Vater und diesen Lauritz habt ihr auch einkassiert, nicht wahr? Holt ihr die auch raus?«

»Bestimmt nicht«, sagen Tivon und ich unisono.

»Gute Entscheidung.« Splitterfasernackt und völlig entspannt lehnt Theo sich in seinem Stuhl zurück. »Sie würden euch das hier übel nehmen.«

»Und du nicht?«, erkundige ich mich.

»Nein. Ich stehe auf interessante Erfahrungen.«

Das ist eine Vorlage, die ich mir nicht entgehen lassen kann. »Was verstehst du unter interessant? Ein bisschen Geisel spielen? Kurz ungewohnte Atmosphäre schnuppern und dann zurück ins Alpha-Leben? Das hier ist nicht Sokratia; wenn ich dich hier ersteche, bleibst du tot.«

»Ich bin nicht dumm, weißt du.« Er verschränkt die Arme vor der nackten Brust. »Worauf willst du hinaus?«

»Auf so etwas wie – hm. Zusammenarbeit?« Ich ignoriere Tivons warnenden Blick. Für seinen Geschmack gehe ich zu schnell vor, aber wir haben wirklich keine Zeit zu verplempern. »Um ehrlich zu sein, wir stehen hier auf ziemlich verlorenem Posten, und je übler unsere Lage ist, desto schlechter sieht es auch für dich aus. Das Problem ist, im Prinzip können wir mit dir, deinem Vater und diesem Dreckskerl von Lauritz nichts anfangen. Wir können niemanden groß erpressen, wir könnten euch höchstens umbringen, wenn es nötig werden sollte. Und das widerstrebt mir. Also, uns allen eigentlich.«

»Das ist schön zu hören.« Theo streckt sich. »Habt ihr vielleicht etwas zu trinken?«

Diesmal ist es Jackie, die nach draußen ruft. Ich nehme den Faden wieder auf. »Aber wir können euch auch nicht einfach laufen und die Sache mit Minus3 durchziehen lassen. Ist also ein ziemliches Dilemma.«

Elvina reicht einen Becher mit Wasser zu uns herein, zieht die Augenbrauen hoch, als sie den nackten Theo sieht, und verschwindet wieder. Theo lässt sich den Becher reichen, trinkt ein paar Schlucke und verzieht das Gesicht. »Schmeckt ja widerlich.«

»Allerdings.«

Er hebt den Becher, senkt ihn wieder. »Seht ihr, das ist eben das Problem. Ich finde das Konzept von Minus3 auch nicht toll, aber Vater hat mit einem recht: Wir sind zu viele. Das hier ist aufbereitetes Wasser, das kann man echt keinem zumuten, aber das trinkbare wird immer knapper. So wird es mit vielen anderen Dingen bald auch sein. Die Nährlösung, die in die Kapseln läuft, muss ja auch irgendwo herkommen. Das ist alles viel komplizierter, als ihr euch das vorstellen könnt.«

Es klopft an der Tür. Unterwäsche, ein Shirt und eine Hose werden hereingereicht. Sieht alles ein wenig klein aus für Theos lange Gestalt, aber er nimmt es entgegen, ohne mit der Wimper zu zucken, und beginnt in aller Ruhe, sich anzuziehen.

»Die Opfer wählt ein Zufallsgenerator aus, nicht wahr?«, frage ich, während er in die Hose schlüpft.

»Richtig.«

»Hm. Weißt du, was mich interessieren würde? Ob da alle mit drin sind. Alle Personalcodes. Oder werden die Alphas ausgespart?«

Zum ersten Mal habe ich den Eindruck, dass eine Frage ihm unangenehm ist. »Ja, natürlich«, sagt er, während er seinen Hosenknopf schließt. »Und ich finde das auch unfair. Ich habe im Vorstand beantragt, dass alle Codes in den Topf kommen sollen, aber niemand wollte sich darauf einlassen. Ich wäre wohl auch so ein Sozialromantiker. Weil wir ja die sind, die die Dinge am Laufen halten, sagten sie, und nicht bloß nutzlos in den virtuellen Welten rumhängen. Vater hat mir anschließend ziemlich den Kopf gewaschen. Na ja.« Er blickt an sich hinunter, die Hose reicht ihm nicht mal bis zu den Knöcheln.

Ich überlege mir meine nächsten Worte genau. »Wenn dein Vater aus irgendwelchen Gründen nicht mehr imstande wäre, Mastermind zu führen – wer würde dann seinen Platz einnehmen?«

Es ist unübersehbar, wie sehr es in Theos Kopf arbeitet. »Ich«, sagt er langsam. »Ich bin der Juniorchef. Meine Mutter ist bloß noch auf dem Papier Mitglied der Geschäftsleitung, sie will nicht mehr zurück ins Arbeitsleben.« Er sieht von einem zum anderen. »Aber – wenn ihr gerade vorschlagt, Vater zu töten, um mich in seinen Sessel zu bugsieren, werde ich nicht mitspielen. Ich mag meinen Vater nicht besonders, aber das kommt nicht infrage.«

»Das meint sie nicht«, sagt Tivon kalt. »Wir wollen überhaupt niemanden töten. Das ist der Unterschied zwischen uns und euch.«

Einige Sekunden lang herrscht Schweigen. Theo betrachtet seine ineinander verschränkten Finger. »Irgendwann werden unsere Leute diesen Ort hier finden«, sagt er. Es ist keine Drohung, bloß eine Feststellung.

»Ja«, antworte ich. »Und irgendwann wird dein Vater sterben, und du wirst sein Erbe antreten. Das dann wohl aus drei Milliarden Toten bestehen wird. Drei Milliarden, die dann – wie hast du es ausgedrückt? Die Schwelle übertreten haben und das große Geheimnis kennen. Denkst du, damit zu leben wird eine interessante Erfahrung nach deinem Geschmack?«

Ich weiß selbst, wie theatralisch ich mich anhöre und wie großkotzig. Ich wünschte, ich könnte die letzten paar Sätze zurücknehmen, aber offenbar haben sie in Theo eine Saite zum Klingen gebracht. Vielleicht hat er sich noch nicht recht bewusst gemacht, dass Minus3 automatisch zu seinem Projekt werden würde, sobald sein Vater die Leitung abgibt. Aus welchem Grund auch immer.

Er schwenkt das verbliebene Wasser in seinem Becher. »Ich muss nachdenken. Könnt ihr mich ein wenig allein lassen?«

»Wir werden dich einschließen müssen«, sagt Tivon. »Und transferieren kannst du vergessen, die Kapsel ist nicht angeschlossen.«

»Schon klar.« Er nippt noch einmal an seinem Wasser. Seufzt.

»Wenn du etwas brauchst, klopfe gegen die Tür. Bis später.« Wir gehen, Tivon versichert sich, dass das Schloss auch gut schließt, und bittet Lennard darum aufzupassen. Wir wollen gerade zurück in unseren Besprechungsraum gehen, als Konrad uns entgegenstürmt, ein breites Grinsen im Gesicht.

»Jana! Ich habe gute Nachrichten!«

Sie haben den Minus3-Plan aufgegeben, denke ich, auch wenn ich nicht verstehe, wie das zugegangen sein soll. »Was ist passiert?«

»Deine Freundin. Irma. Du erinnerst dich?«

Natürlich tue ich das. Ich nicke.

»Sie ist am Leben und nicht mehr in Trokar. In welche Welt sie überstellt wurde, konnten wir nicht rausfinden, aber wir haben ihren Kapselstandort lokalisiert. Ist gar nicht so weit von hier, jemand könnte sie holen. Dann wäre sie sicher!«

Die Nachricht ist zwar nicht die, mit der ich entgegen jeder Vernunft gerechnet hatte, aber sie ist tatsächlich gut. »Fantastisch. Ich bin dabei, wenn du willst. Gibt es noch eine freie Transportkapsel?«

Konrad winkt ab. »Bleib du ruhig da, du musst völlig erledigt sein. Wenn du willst, kannst du die Kommunikation mit Rick übernehmen, oder du legst dich kurz schlafen. Den Transport mache ich gemeinsam mit Lennard.« Konrad strahlt, sein Gesicht ist gerötet. Die Büschel über seinen Ohren stehen wirrer ab als sonst.

Mit Rick sprechen. Ja. Das ist genau, was ich will.

Den Overall noch einmal überzuziehen, kostet mich viel Zeit und fast meine ganze verbliebene Kraft, aber als ich in Cryptos ankomme, drückt mir Henry sofort eine Tasse Kaffee und ein Glas Orangensaft in die Hand. Er führt mich zu Konrads Station, wo Kopfhörer bereitliegen. »Kein Bild«, erklärt er. »Nur Ton.«

Ich setze das Headset auf, höre jemanden am anderen Ende ein Lied summen. »Rick?«

»Oh! Hey! Wer ist da?«

»Jana. Ich hab's zurückgeschafft.«

Triumphierendes Lachen. »Good Girl!«

»Danke. Wie sieht es im Moment aus? In der Designstation und in Minus3?«

»Könnte nicht besser sein.« Die Übertragung aus der Realwelt ist wirklich gut, ich kann im Hintergrund noch die dumpfen Stimmen anderer hören, die alle sehr fröhlich klingen. »Wir haben hier ziemlich die Kontrolle übernommen, alle wichtigen Leute stecken ja fest. Olga ist hier, aber ohne Lauritz im Nacken ist sie ein ganz anderer Mensch.«

Das klingt gut. »Und in Minus3?«

»Haha. Dort herrscht der blanke Wahnsinn. Lauritz versucht, die hysterischen Alphas unter Kontrolle zu bringen; seit der letzten Stunde brüllt er nur noch herum. Einige versuchen zu schlafen, weil sie hoffen, dass sie im Anschluss ihren üblichen Realitätsstopp haben werden. Die werden böse enttäuscht sein. Der alte Faber hat alle Hände voll damit zu tun, seine engsten Unterstützer zu beruhigen – klappt auch nicht so richtig. Ich zoome die ganze Zeit von einem Grüppchen zum nächsten. Ist sehr unterhaltsam.« Er räuspert sich. »Was vielleicht auch interessant ist: Um Professor Cohen hat sich eine ganze Gruppe von Wissenschaftlern gebildet, die auf seiner Seite sind.«

Vergeblich versuche ich, den Namen zuzuordnen. »Wer ist das?«

»Cohen? Er leitet drei Forschungsinstitute! Er war derjenige, der sich gegen Lauritz' Killerpläne ausgesprochen hat.«

Ach. Der kleine, rundliche Mann auf der Galerie. Ich nippe an meinem Saft. Denke an das aufbereitete Wasser und wie sehr wir damit werden sparen müssen. »Klingt nach ziemlicher Feierstimmung bei euch.«

»Absolut. Ein paar habe ich mithören lassen bei Lauritz' Ankündigung, da war der Teufel los. Jetzt fühlen sich alle als Retter der Menschheit.«

Ein bisschen verfrüht vielleicht. »Du solltest mit Babette darauf anstoßen«, necke ich ihn.

»Würde ich ja, aber die hat frei.« Er lacht auf. »Aber du würdest bestimmt gern mit Matisse sprechen, nicht wahr? Boa, du hättest sehen sollen, wie fertig er war, als Lauritz dich aus dem Sichtfeld gezerrt hat. Er ist in eurem Arbeitsraum, warte mal, ich rufe ihn.«

Ich höre ohrenbetäubendes »Matisse! Matiiiissssse!«-Gebrüll, kurzes Rauschen, dann die vertraute Stimme. »Ja?«

»Hallo, ich bin's.«

»Jana!« Er lacht. »So gut, dich zu hören. Rick sagte schon, du hättest es geschafft, aber ich habe noch nicht gewagt, es wirklich zu glauben.«

»Mir geht es gut. Bei euch laufen die Dinge rund? Hör mal, ihr müsst aufpassen. Es gibt bestimmt Leute, die auf der Seite des Managements sind oder einfach Angst haben – wenn einer von denen Minus3 abschaltet, dann wären alle mit einem Schlag draußen und …«

»Keine Sorge«, sagt Matisse schnell. »Rick hat die Admin-Rechte modifiziert.«

»Genau!«, höre ich ihn im Hintergrund rufen. »Ohne mich geht da gar nichts mehr!«

Die euphorische Stimmung, die im Designcenter herrscht, lässt mich lächeln, gleichzeitig macht sie mir Sorgen. Es ist die Stimmung von Menschen auf einer Himmelfahrtsmission, die einen endgültigen Schritt gegangen sind. Entweder ihre Rechnung geht auf, oder alles ist verloren. Ein Rauschzustand wie im freien Fall.

»Gibst du mir noch mal Rick?«

Erneutes Rascheln, dann ist er wieder dran. »Du glaubst gar nicht, wie fassungslos wir waren, als rausgekommen ist, was sie in Minus3 vorhaben«, sprudelt er hervor.

»Hm. Alle?«

»Ja doch. Niemand hat es geahnt, ich habe mit ein paar von denen gesprochen, die von Anfang an bei dem Projekt dabei waren. Die wussten von nichts. Dachten die ganze Zeit, sie würden eine Welt bauen, die hilft, den Planeten zu retten.«

Den Planeten ja. Die Menschen eher nicht. »Pass trotzdem auf, Rick. Hab ein Auge auf Leute wie Olga. Wenn Lauritz wieder ans Ruder kommen sollte, wird sie nicht zu uns halten, und glaube mir – er wird uns nicht einfach nur nach Trokar stecken.«

Unwilliges Brummen. Rick hat hörbar keine Lust, sich seine gute Laune verderben zu lassen. »Ob Lauritz jemals wieder auftaucht, habt doch ihr in der Hand, nicht wahr?«

Ich weiß, was er meint. Aber auf den Gedanken will ich mich überhaupt nicht einlassen. »Gewissermaßen. Solange er in Minus3 festsitzt, ist er jedenfalls keine Gefahr.«

»Der steckt bombenfest. Verlass dich ruhig drauf.«

Ich nehme die Kopfhörer wieder ab, ohne die Verbindung zu trennen. Es fühlt sich gut an, jederzeit mit meiner Truppe Kontakt aufnehmen zu können. Vor allem mit Matisse.

Als Nächstes sollte ich zurück ins Reale und zu Theo, aber ich schaffe es nicht mehr. Ich bin fast zu erschöpft, um aufzustehen, und die Schlafzimmer der Mitarbeiter sind nur einen Korridor entfernt. Eine halbe Stunde, denke ich mir und lasse mich auf das erstbeste Bett fallen. Vielleicht auch eine ganze, danach wird es besser gehen.

Als das Zischen der sich öffnenden Kapsel mich weckt, tanzen Staubpünktchen im Sonnenlicht, das schräg durch die Fenster fällt. Jackie steht lächelnd vor mir, eine merkwürdige Brezel und ein Glas mit trüb-grünem Inhalt in der Hand. »Ich dachte, ich hole dich raus. Ausgeschlafen?«

Der Morgen ist bereits angebrochen, meine innere Uhr hat mich im Stich gelassen. »Danke! Aber wenn das Frühstück für mich sein soll, muss ich leider passen.« Immer noch schlaftrunken, stehe ich auf und ziehe mich an, ich sollte so schnell wie möglich herausfinden, was den Rest der Nacht über passiert ist.

Von Jackie abgesehen, wirkt die Zentrale wie ausgestorben. Mit mulmigem Gefühl im Bauch tappe ich zuerst in den Raum mit den Transportkapseln, aber dort ist alles in Ordnung. Gregor Faber und Kurt Lauritz sind nach wie vor an Ort und Stelle. Als ich wieder auf den Gang trete, kommt mir Elvina entgegen, ebenfalls einen Becher hellgrün gefärbtes Wasser in der

Hand. »Guten Morgen. Ausgeruht? Dann könntest du mich bei der Bewachung der zwei Alphas ablösen.«

»Gleich. Gib mir noch eine halbe Stunde.«

Vor der Kammer, in der Theo untergebracht ist, sitzt Gerry auf einem wackeligen Stuhl. In Wirklichkeit ist er kleiner, als ich ihn aus Cryptos kenne. Das Kinn ist ihm auf die Brust gesunken, das blonde Haar ist zerzaust, er atmet tief und gleichmäßig. Ich muss kräftig an seiner Schulter rütteln, um ihn zu wecken.

»Oh! Bin ich … verdammt … echt eingeschlafen?« Er fährt sich übers Gesicht. »Ähm. Können nur ein paar Minuten gewesen sein.«

»Alles okay, solange Theo Faber noch an Ort und Stelle ist. Ich würde gern mit ihm sprechen, lässt du mich rein?«

Gerry war schon bei meiner Ankunft in Cryptos derjenige, der mir mit dem größten Misstrauen begegnet ist – das flackert auch jetzt wieder auf. »Wozu?«

Ich beuge mich vor. »Nicht, um mich mit ihm gegen euch zu verschwören.«

»Das habe ich doch gar nicht gemeint.« Nun wirkt er gekränkt. »Nach allem, was gestern war, würde ich das niemals denken. Aber ist es klug, allein zu ihm zu gehen? Was, wenn er dich angreift?«

Ich glaube nicht, dass Theo das tun würde, aber wer weiß. »Dann rufe ich um Hilfe. Ganz laut.«

Als ich eintrete und das Licht anschalte, rührt Theo Faber sich kein Stück. Er liegt in seiner offenen Kapsel und schläft. Ich betrachte ihn ein paar Sekunden lang. Sein ganzes Leben lang war er der Sohn eines unglaublich einflussreichen Mannes. Musste noch nie Verantwortung übernehmen, sich nie um etwas sorgen. Für ihn ist die Realwelt genauso ein Spielplatz wie für uns andere die virtuellen Welten. Soweit ich ihn bisher kennengelernt habe, scheint sein Charakter trotzdem in Ordnung zu sein, aber genügt das? Wäre er fähig, Mastermind zu leiten?

Auf jeden Fall besser als sein Vater, beschließe ich und lege ihm sanft eine Hand auf die Schulter.

Er schlägt sofort die Augen auf. Erschrickt nicht, sondern lächelt. »Guten Morgen.«

»Guten Morgen.« Ich trete einen Schritt zurück. Er setzt sich auf und blickt sich um. »Du bist allein gekommen?«

»Ja. War das ein Fehler?«

Er sieht mich aus großen Augen an. »Was denkst du denn von mir? Ich tue dir doch nichts.« Er streckt sich. »Nett, dass du mir Gesellschaft leisten willst.« Er legt sich eine Hand auf den Bauch. »Hey!«, stellt er belustigt fest. »Ich habe ja Hunger!«

Seine freundlich-naive Art ist einerseits liebenswert, andererseits beunruhigend. »Ich sehe gleich zu, dass ich etwas für dich auftreibe. Aber hör mal, wegen dem, was wir gestern besprochen haben …«

Er winkt ab. »Wenn du hier bist, weil du von mir eine Antwort willst, muss ich dich enttäuschen. Ich habe keine. Ich weiß überhaupt nicht, was es bedeutet, Mastermind zu leiten, woher soll ich also wissen, ob ich es kann?«

Damit spricht er das aus, was ich eben noch gedacht habe. Ich lehne mich gegen die Wand neben der Tür. »Das verstehe ich. Aber vielleicht interessiert dich, was derzeit in Minus3 abläuft?« In knappen Worten schildere ich ihm das, was Rick mir erzählt hat. Erwähne besonders auch Professor Cohen. »Sieht aus, als gäbe es einige Forscher, die bessere Möglichkeiten sehen als Massenmord.«

Theo gähnt. Seufzt. »Ich weiß. Vater weiß das auch. Allerdings sind diese anderen Möglichkeiten viel aufwendiger, viel teurer. Sie würden es nötig machen, dass gewisse Leute Privatland opfern, das sie über Jahrzehnte hinweg erworben haben. Riesige Gebiete, sage ich dir. Und ich kenne diese Typen, das sind die großen Solarkraftwerkbesitzer, die Agrarkonzerne, die Kapselfabrikanten. Die, die sich die schönen Stücke der Welt aufteilen. Glaub mir, die wollen sie behalten.« Er verzieht das Gesicht. »Sie meinen, sie erhalten ja den ganzen Rest der Menschheit – füttern ihn, tränken ihn und geben ihm die Illusion eines echten, abwechslungsreichen Lebens. Dafür wollen sie aber ihre Privilegien haben.« Theo nestelt an seiner zu kurzen Hose. »Ich habe Vater ein paar Mal sagen gehört, dass es nicht schade sei um die Kapselmenschen in den Vergnügungswelten. Weil die ja nichts beitragen. Nur verbrauchen.«

»Das hat er gesagt?« Ich denke an meine Eltern, an Monty, an all die schönen Begegnungen, die ich in den Welten hatte. An die verliebten Pärchen in Honeymoon. An die Leute, die in Kerrybrook auf Wiesen sitzen, sich Geschichten erzählen, miteinander lachen. Alles nichts wert.

Theo muss mir meine Bestürzung am Gesicht ansehen. »Das ist nicht meine Meinung, okay? Ich trage ja selbst nichts bei, wenn wir mal ehrlich sein wollen.« Er lächelt unbehaglich. »Aber ich habe auch keine Idee, wie wir es besser machen könnten. Ich philosophiere gern, aber in der Praxis bin ich ziemlich unbrauchbar.«

Ich lag vorhin schon richtig mit meinen Zweifeln, fürchte ich. Theo will sich lieber raushalten, nicht anstrengen, das ist er nicht gewohnt. Aber vielleicht muss er das auch gar nicht, das könnte jemand anderer übernehmen, wenn Theo nur sein Gesicht hinhält.

Vor der Tür plötzlich Getöse, als würde etwas sehr Schweres durch die Gänge geschleppt. Ich höre dumpf Lennards Stimme, dann Konrads, dann heftiges Klopfen an der Tür. »Jana! Du bist da drin? Komm raus, wir sind zurück!«

Ich stoße mich von der Wand ab. So wie Konrad sich anhört, haben sie Erfolg gehabt, sie haben Irma mitgebracht. Irma, die sich gegen das System aufgelehnt hat, ohne zu wissen, dass es Cryptos gibt. Sie wird perfekt hierherpassen, vielleicht hat sie sogar eine Idee, wie wir jetzt weitermachen sollen.

»Ich komme später wieder«, sage ich zu Theo gewandt. »Denk noch ein bisschen über meinen Vorschlag nach. Ich sehe dann zu, dass jemand dir Frühstück bringt.«

Seine Mundwinkel heben sich. »Super«, murmelt er, winkt mir lässig zu und legt sich wieder hin. Gerry schließt die Tür für mich auf und sofort hinter mir ab. »Sie sind da vorne reingegangen«, sagt er und deutet den Gang entlang. »Dritte Tür links.«

Die Kapsel steht in der Mitte des Raums, durch einen Akku mit Strom versorgt. Konrad lehnt sich keuchend dagegen. »Jetzt haben wir alle!«, strahlt er. »Alle von der verdammten TBE-Liste. Und – wir haben die Drahtzieher. Mastermind kann uns mal.«

Ich umarme ihn kurz, sein Shirt ist durchnässt von Schweiß. »Du wirst sehen, es hat sich gelohnt. Irma ist genau die Richtige für Cryptos.«

Er strubbelt mir durchs Haar. »Ich hab das vor allem für dich gemacht. Du warst großartig gestern, und ich wollte nicht, dass Irmas Schicksal dir auf der Seele liegt.« Gemeinsam mit Lennard klemmt er die Batterie ab. Ohne Strom in der Kapsel kein TBE. Dann löst er den Anschluss.

Der Deckel öffnet sich, aber Irma bleibt völlig ruhig liegen.

Schläft sie? Ich gehe näher heran, während in mir Angst aufsteigt. Ist auf dem Transport etwas schiefgegangen? Ist sie nicht mehr am Leben?

Doch. Ja, sie bewegt sich. Greift nach der Maske, nimmt sie aber nicht sofort ab, sondern setzt sich erst auf. Versucht offenbar, ihre Umgebung durch den Kunststoff zu betrachten, obwohl das fast unmöglich ist – mehr als hell und dunkel kann man so nicht unterscheiden.

Dann, endlich, zieht sie die Maske vom Gesicht. Mit einem erstickten Laut weiche ich zurück. Ich kenne diese Frau. Aber es ist nicht Irma.

28

Gefühlte Ewigkeiten lang kann ich nichts sagen, starre sie nur an. Sie steigt aus der Kapsel, öffnet das lange dunkle Haar, blickt sich um.

»Ich verstehe nicht«, krächze ich. Sie lächelt kurz in meine Richtung, bevor sie sich an Konrad wendet. »Hallo. Wo sind wir hier?«

Er breitet die Arme aus. »Herzlich willkommen! Wir sind so froh, dass du jetzt in Sicherheit bist, Jana war ganz verzweifelt, weil wir dich so lange nicht ausfindig machen konnten.«

Sie nickt nur flüchtig, dreht sich um die eigene Achse, prüft mit einem Blick die Lage der Tür, der Fenster. Ich bin überzeugt, sie sucht sich jetzt schon Anhaltspunkte in der Außenwelt, alles mit diesen geschmeidigen, fließenden Bewegungen.

»Denk nicht einmal daran, Babette.« Ich erkenne meine Stimme kaum wieder.

Sie blickt mich auf die ihr eigene freundlich-kühle Art an. »Was ist dein Problem? Ihr habt mich doch hergeholt.«

»Wieso Babette, ich dachte, Irma«, höre ich Konrad murmeln, da springt sie schon in Richtung Tür, aber ich bin schneller. Was garantiert nur daran liegt, dass sie eben erst in der Realwelt angekommen ist und mit der Umstellung kämpft. »Jemand zum Fenster«, schreie ich. »Sie darf nicht raus!«

Konrad ist noch zu perplex, aber Lennard reagiert sofort. Jetzt, wo beide Wege nach draußen blockiert sind, dreht Babette sich demonstrativ gelangweilt um und setzt sich an den

Rand der Kapsel. »Worüber regst du dich so auf, Jana? Freust du dich nicht, mich zu sehen?«

»Wieso denn Babette«, murmelt Konrad. »Haben wir einen Fehler gemacht? Ist das nicht Irma?«

Nein. Oder doch, in gewisser Weise. »Ich fürchte, es gibt keine Irma«, sage ich. »Aber es gibt ein Phantom, das in Kerrybrook Zoe Uhland getötet hat. Und in Macandor Lennard erstochen – darf ich euch bekannt machen?« Ich deute erst auf sie, dann auf ihn. »In Gestalt einer Sylphide nicht wiederzuerkennen, außer an der Art, wie sie sich bewegt.«

»Du meinst, sie war es, die mich ...« Lennard schnappt nach Luft, fixiert Babettes Profil mit zusammengekniffenen Augen. Spricht nicht weiter.

»In Austen ist sie nicht richtig an mich rangekommen, aber in Mirror hätte sie es fast geschafft, mich zu killen, und schließlich hat sie mich als Irma in Trokar aufgegabelt. So freundlich. So hilfreich. War vermutlich mein Glück, dass irgendein Idiot sie erschossen hat, bevor sie mich töten konnte. Keine Ahnung, warum sie sich so viel Zeit gelassen hat – wahrscheinlich in der Hoffnung, dass jemand von euch auftaucht, der dann mit in der Falle sitzt.« Die Wut macht meine Stimme dünn. »Wenn ich Tivons Botschaft früher begriffen hätte, wäre ihre Rechnung aufgegangen. Denn ich hätte ihr die Lösung des Rätsels verraten. Ich hätte versucht, ihr auch einen Transfer aus Trokar zu ermöglichen.«

Babette bestätigt meine Theorien nicht. Sie tut, als würde sie das alles nichts angehen, betrachtet ihre Fingernägel, seufzt missmutig.

»Hat Lauritz dich auf mich angesetzt?« Ich gebe nicht auf, irgendwann muss eine Reaktion von ihr kommen. »Ja, nicht wahr? Er hat dich hinter mir hergeschickt, nachdem ich nicht bloß friedlich Urlaub gemacht habe. Tja, dann fürchte ich, es gibt schlechte Nachrichten für dich.«

Immer noch blickt sie zur Seite. Dreht eine Haarsträhne zwischen den Fingern.

»Lauritz ist nicht mehr in Amt und Würden. Er ist jetzt bei uns, nicht ganz freiwillig, aber endgültig, fürchte ich.«

Nun fährt sie erstmals herum. »Was meinst du damit?«

Dass ich ihr Details erzähle, kann sie vergessen. »Er wird dir nicht mehr helfen können, das meine ich. Sieht aus, als wäre hier die Endstation für euch beide.«

Vielleicht habe ich damit zu viel gesagt, denn ich sehe etwas in Babettes Augen aufblitzen. Sie nimmt mich ins Visier und ist im nächsten Moment bereits aufgesprungen. Fliegt förmlich auf mich zu, rempelt mich zur Seite und ist schon durch die Tür.

Wir rennen ihr zu dritt hinterher, aber sie bewegt sich hier ebenso schnell und gewandt, wie ich es in den Welten an ihr beobachtet habe. Im Vorbeilaufen stößt und tritt sie Türen auf, fast ohne dabei an Tempo zu verlieren. Der Raum, in dem Lauritz und Faber liegen, ist bewacht, und auch das entdeckt sie schon von Weitem. Mit geballten Fäusten rennt sie auf Elvina zu, die sichtlich nicht weiß, wie ihr geschieht. »Pass auf«, schreie ich noch, aber da hat Babette sie schon mit einem Tritt und zwei gezielten Schlägen zu Boden befördert.

Ich renne, so schnell ich kann. Sie wird nicht zögern, ihren Auftraggeber zu befreien, und dafür genügt ein Handgriff. Sekunden nach ihr jage ich ins Zimmer, da hebt sie schon die Hand, um die Stromverbindung einer der Kapseln zu trennen.

Ich denke nicht nach, ich werfe mich einfach gegen sie, ihr Kopf knallt gegen den Kapseldeckel, wir gehen gemeinsam zu Boden.

Sie stöhnt, hält sich mit beiden Händen die Stirn. Blut quillt aus ihrer Nase. Ich bin auf sie gefallen, und da bleibe ich; drücke sie mit meinem ganzen Gewicht zu Boden. »Konrad! Lennard! Bitte!«

Die beiden springen an meine Seite, und nur Sekunden später stürzt Tivon in den Raum. Er erfasst die Situation mit einem Blick. »Babette? Verdammt, was macht die hier?«

Konrad hat sie hochgezogen und hält sie am Arm fest. Sie wehrt sich nicht, dreht sich nur angewidert von Tivon weg und wischt sich mit dem Handrücken das Blut von der Nase.

»Ihr kennt euch?«

»Flüchtig. Haben gemeinsam Designseminare besucht. Aber Design war nicht so sehr Babettes Stärke. Andere auszuhorchen und vertrauliche Informationen weiterzugeben dafür umso mehr.« Er neigt den Kopf. »Nicht wahr, Babette? Wer braucht schon Freundschaften, wenn er Ehrgeiz hat. Hast du es schon in die Riege der Alphas geschafft? Oder wäre es erst nach dieser Aktion so weit gewesen?«

Er bekommt keine Antwort, Babette wirkt so ungerührt, als hätte sie ihn überhaupt nicht gehört. Resigniert wendet Tivon sich an uns. »Wieso zum Teufel ist sie hier?«

Konrad sieht todunglücklich drein. Bevor er sich selbst die Schuld gibt, komme ich ihm mit einer Erklärung zuvor. »Es liegt an mir, ich habe mich von ihr täuschen lassen. Sie hat unter falschem Namen auf der TBE-Liste gestanden, als Irma, erinnerst du dich? Konrad hat sie gerettet. Mir zuliebe. Sozusagen.«

»Shit.« Tivon lehnt sich gegen die Wand und streicht sich das Haar aus der Stirn. »Noch jemand, den wir bewachen müssen.«

Betretenes Schweigen. Allen ist klar, dass nun allmählich die

Kapazitäten knapp werden. In der realen Zentrale leben nur eine Handvoll Menschen, und die befinden sich die meiste Zeit über in Cryptos. Vier Gefangene lassen sich aber nicht einfach nebenbei beaufsichtigen. Gregor Faber und Lauritz bedeuten kaum Aufwand – sie stecken in Minus3 fest und werden über die Leitungen versorgt.

Aber Babette und Theo? Jemand muss vor ihren Zimmern Wache schieben. Wir müssten Lebensmittel für sie organisieren. Wir selbst klinken uns ja meist ins System ein, wenn wir hungrig sind. Woher sollen wir Nahrung für sie bekommen?

Während Konrad und Tivon überlegen, welcher Raum sich am besten für Babettes sichere Verwahrung eignet, beginnt in meinem Kopf eine Idee Form anzunehmen. Ich muss noch ein wenig an ihr feilen, aber vielleicht lassen sich so gleich mehrere Fliegen mit einer Klappe schlagen.

Elvina verspricht mir, sich um Theos Verpflegung zu kümmern, und ich werde wieder zu Hanna Alt und transferiere nach Cryptos. Suche dort als Erstes nach Monty, der vor dem leuchtenden Würfel sitzt und sich mit dem Mädchen im Inneren unterhält. Ich höre ihn lachen, aber das endet abrupt, als er mich kommen sieht. »Wow, Schwester.« Er springt auf. »Ich hätte nicht gedacht, dass du dich noch an meine Existenz erinnerst.« Seine Wut scheint immer noch nicht verraucht zu sein, im Gegenteil. »Wie lange soll ich eigentlich noch hier rumlungern? Wie lange lasst ihr Gitta in dieser Schachtel sitzen? Das ist einfach unverschämt.«

Ich antworte nicht, ich gehe einfach nur auf ihn zu, schlinge meine Arme um ihn und lege meinen Kopf an seine Brust. Monty. Einer dieser Kapselmenschen, der nichts beiträgt, sondern nur verbraucht. Der in einem imaginären London des 17.

Jahrhunderts lebt und dort nichtexistente Töpfe töpfert. Der, wenn man es aus Gregor Fabers Perspektive sieht, überflüssiger ist als jeder Grashalm. Und der jetzt endlich meine Umarmung erwidert.

»Alles okay, Jana?«, murmelt er.

»Ich weiß nicht. Wir werden sehen.«

»Kann ich dir irgendwie helfen?«

»Schon gut. Tust du gerade. Wahrscheinlich wird es noch ein wenig dauern, bis du zurück nach London kannst, aber wir arbeiten dran.«

Er seufzt. »Ich hoffe bloß, dass es Sarah gut geht. Wir waren noch nie so lange getrennt. Aber immerhin habe ich Gitta als Gesellschaft. Sie sagt, wenn wir hier raus sind, wird sie zusehen, dass sie einen Pass kriegt und mich besuchen kann.«

Ohne Gitta zu kennen, gehe ich davon aus, dass sie mir sympathischer wäre als Sarah. »Wir müssen die Todeseinstellung wegkriegen, dann kannst du zurück. Ich bin sicher, Sarah freut sich schon auf dich.«

Mich an eine Designstation zu setzen ist ein Gefühl wie nach Hause kommen. Die drei riesigen Monitore bilden einen Schutzschild gegen die Außenwelt, und ich bin hier Herrin über alles, was passiert. Aus dem Restaurant habe ich mir Thunfischwraps geholt, genug, damit ich in den nächsten Stunden die Station nicht verlassen muss. Es ist wieder einmal Zeit, eine neue Welt zu erschaffen.

Eine Insel, habe ich mir vorgenommen. Und auch wenn es mich in den Fingern juckt, sie kahl und hässlich zu gestalten, modelliere ich dann doch eine sanft geschwungene Küstenlinie. Heideland, in dem lila blühende Kräuter wachsen. Ein paar Klippen mit nistenden Vögeln und oben ein rot gestrichenes Häuschen, von dem aus man den Sonnenuntergang sehen kann. Ein Stück weit entfernt einen Leuchtturm. Eine Bucht mit großen, von den Wellen rund geschliffenen Steinen.

Es muss schnell gehen, ich gestalte nicht alles selbst, sondern verwende Basiselemente und verändere sie. Ein zweites Häuschen, etwas weiter im Zentrum der Insel, streiche ich blau und setze einen Ziehbrunnen direkt daneben. Die Lebensmittelversorgung halte ich karg – Brot, getrocknete Würste, harter Käse und Obst.

Ich bin schon ein paar Stunden dran, als Tivon vorbeikommt, hinter mir stehen bleibt und das entstehende Werk betrachtet. »Sieht aus, als würde es hier immer Sturm geben.«

»Vielleicht.« Ich platziere ein gestrandetes Boot am Ufer. Morsches Holz, abgesplitterter Lack. »Kannst du ein paar der Insassen von Minus3 Exitsperren verpassen? Und alle Pässe aus den Kollektionen löschen?«

Er zögert. »Nicht allein, da werde ich Hilfe brauchen. Alphapässe sind viel besser gesichert als unsere Durchschnittskollektionen. Aber wenn Rick mir hilft … und Matisse – eventuell.«

»Frag auch Elsie, sie hat ein teuflisches Gespür für Lücken im System.« Ich siedle einen silbrig glänzenden Fischschwarm, drei Kormorane und ein Seeadlerpärchen auf meiner Insel an. »Wenn sie euch hilft, seid ihr wahrscheinlich schneller bereit als ich.«

Tivons Hand legt sich auf meine Schulter. »Tauben«, sagt er. »Du solltest unbedingt Tauben aussetzen.«

»Weiße«, entgegne ich, ohne mich umzudrehen.

»Natürlich. Wie wird deine Insel heißen?«

Das habe ich mir bereits überlegt. »MinusNull.«

Wir arbeiten den ganzen Tag und die halbe Nacht durch. Ab und zu stehe ich auf, strecke mich und nutze Konrads Arbeitsplatz, um mich mit Rick und Matisse zu unterhalten, die ebenfalls alle Hände voll zu tun haben. Matisse hat sich die Leute gekrallt, die Tivons TBE-Prinzip neu verschlüsselt und in unsere Personalcodes gepflanzt haben. Zwei davon helfen ihm jetzt, es bei unseren Freunden und Verwandten aufzuheben – und nicht zuletzt bei mir. Aber selbst sie haben Schwierigkeiten. »Was für ein fieser Mechanismus«, murrt er.

Es ist fast drei Uhr morgens, als ich mit MinusNull fertig bin. Den ersten Transfer mache ich selbst und lande in der Nähe des roten Häuschens. Ein paar Schritte entfernt steht das Messageboard, das ich eingerichtet habe; für Uneingeweihte sieht es aus wie ein großer, runder Steintisch. Oder ein Opferaltar. Der Himmel über der Insel ist klar, das Licht des Leuchtturms und der Sterne genügt, um mich den Weg zur Tür finden zu lassen.

Vier kleine Schlafzimmer, eine gemütliche Küche mit Holzofen und einem langen Eichentisch. Auch durch die geschlossenen Fenster hört man das Meer rauschen. Zufrieden kehre ich nach Cryptos zurück. Alles ist bereit.

Fünf Stunden Schlaf, dann besuche ich Theo in seiner Zelle. »Schon schlauer als gestern?«

Er liegt in der offenen Kapsel, ein Arm hängt bis zum Boden herab. »Ster-bens-langweilig ist das hier. Habt ihr nicht etwas zu lesen für mich?« Er richtet sich auf. »Oder könntest du nicht hierbleiben? Unterhalten wir uns, du interessierst dich doch auch für Philosophie!«

Ich lächle ihm freundlich zu. »Leider keine Zeit. Bis später.«

Das mit der Zeit war nur die halbe Wahrheit, denn erst gegen Mittag meldet sich Rick und gibt grünes Licht. »Ich habe

Lauritz, den alten Faber und eine Handvoll von den anderen präpariert. Sie können raus, aber nur in eine Richtung. Ich hoffe, ihr verleiht mir dafür ein paar Medaillen, das war nämlich alles andere als einfach.«

»Ist Cohen dabei?«

»Ist er. Dein Todesdings haben wir noch nicht entschärfen können, aber Matisse ist nach wie vor dran. Kann sich nur noch um Tage handeln.«

»Dann muss es eben so gehen. Danke, Rick.« Ich lege die Kopfhörer ab und gebe Tivon Bescheid. »Ich mache mich auf den Weg.«

Mir ist unbehaglich zumute, als ich den Transfer starte. Beinahe wäre ich nicht lebendig aus Minus3 rausgekommen, jetzt gehe ich freiwillig zurück. Rick hat mir versprochen, er schickt mir Nachrichten über das große Bühnendisplay, wenn etwas Wichtiges passiert. Das beruhigt mich ein wenig, trotzdem hätte ich gern eine Waffe in mein Inventar gepackt. Ging aber nicht, die sind dort nur für Security zugelassen.

Dass ich ausgerechnet in dem Raum lande, in dem Lauritz auf mich geschossen hat, macht die Sache nicht besser. Mein Blut klebt noch auf dem Boden, aber immerhin ist gerade niemand hier. Ich spähe vorsichtig in die Halle. Die Menschen haben sich verteilt; einige liegen quer über drei Stühlen und schlafen, andere stehen in kleinen Gruppen herum, ein paar sehe ich weinen.

Lauritz und Faber sitzen am Rand der Bühne. Faber mit verschlossenem Gesicht, Lauritz sichtlich wütend. Allein sein Anblick lässt neue Panik in mir hochsteigen. *Gib mir ein paar Namen*, habe ich seine Stimme wieder im Ohr. *Einen Ort. Mehr will ich gar nicht.*

Ich straffe mich und gehe die ersten Schritte aus der Kammer. Ein paar Namen und einen Ort. Genau das bekommt er jetzt von mir.

Er entdeckt mich erst, als ich den Mittelgang zwischen den Stühlen schon zur Hälfte zurückgelegt habe. Seine Verblüffung ist nicht zu übersehen, er springt auf, sein Mund formt ein dunkles O, dann blickt er sich wild in der Halle um. »Security! Sofort hierher!«

Von den Sicherheitsleuten sehe ich niemanden, aber die Aufmerksamkeit der Eröffnungsgäste ist geweckt. Sie rappeln sich hoch, rütteln Schlafende wach.

Ich wende Lauritz den Rücken zu, hebe die Arme. »Ich bin nicht hier, um jemandem etwas anzutun!«, rufe ich hastig. »Im Gegenteil. Wir möchten Sie alle so schnell wie möglich hier rauslassen.« Ein paar Schritte näher an die Bühne heran, damit die Mikrofone meine Stimme einfangen können. »Wir heben die Gefängniseinstellungen für Minus3 sofort auf, und Sie können einen Transfer oder Exit vornehmen, ganz wie Sie möchten.«

Immer mehr Leute sammeln sich in der Mitte der Halle und an der Balustrade der Galerie. Ich sehe in viele freudige, aber auch eine Menge misstrauische Gesichter.

»Natürlich gibt es dafür eine Bedingung.«

»Ja, sicher!«, höhnt Lauritz von der Bühne aus. »Meinen Kopf und den von Herrn Faber hier auf einem Teller.«

Ich checke kurz, ob immer noch keine Security in Sicht ist, bevor ich mich zu ihm umdrehe. »Ihre Köpfe könnten wir jederzeit haben«, sage ich freundlich. »Sie beide sind schließlich bei uns in Verwahrung, erinnern Sie sich? Wir hätten sie also längst abschneiden können, aber es freut Sie bestimmt zu hören, dass Sie nach wie vor in bestem Zustand sind.«

Vereinzeltes Gelächter aus der Riege der Gäste. Das scheint den alten Faber mehr zu empören als die Situation an sich. »Lachen Sie nicht, wir haben es mit Terroristen zu tun«, schreit er. »Wir befinden uns in Lebensgefahr, das ist nicht lächerlich. Mein Sohn ist in der Gewalt dieser Leute, wer weiß, ob er noch lebt!«

»Das tut er, da kann ich Sie beruhigen.« Ich denke an Theo, wie er halb aus seiner Kapsel hängt. So relaxt, dass es beinahe unverschämt ist. »Ihm ist hauptsächlich langweilig, aber Sie bekommen in Kürze die Chance, ihn wiederzusehen.«

Faber presst die Lippen aufeinander, stiert wütend in Lauritz' Richtung, der seinerseits nach den Security-Leuten Ausschau hält. Sein Gesicht hellt sich auf, ich wende mich um – verdammt. Da kommen zwei der schwarz gekleideten Männer, die Gewehre bereits in Händen. Ich unterdrücke meinen Fluchtreflex, balle die zitternden Hände zu Fäusten.

»Es wäre besser, Sie bleiben stehen!«, rufe ich. »Außer, Sie wollen für den Rest Ihres Lebens in dieser Glashalle bleiben. Ich bin hier, um Ihnen einen Ausweg anzubieten.«

Die Security lässt sich von meinen Worten nicht aufhalten. Sehr wohl aber von einigen der Gäste, die sich ihnen in den Weg stellen. Offenbar wichtige Gäste, denn Lauritz gibt seinen Leuten mit einem Wink zu verstehen, sie sollen warten.

»Es ist ganz einfach.« Zu meiner eigenen Überraschung klingt meine Stimme ruhig. »Herr Faber und Herr Lauritz begeben sich jetzt in eine andere Welt. Dort wartet nichts Gefährliches auf sie, keine Sorge. Ich würde auch einige der anderen Anwesenden bitten, sich anzuschließen. Vor allem«, ich ziehe eine Liste aus meinem Inventar, »Professor Cohen, Professor Lutenga, Doktor Ishikawa, Professor Bergström, Professor Ziegler und Doktor Hesterton.« Die Namen haben

Konrad, Elvina, Tivon und Rick gestern zusammengestellt. Sie kennen sich in der Wissenschaftsszene viel besser aus als ich.

Nach und nach sammeln sich um den rundlichen Professor Cohen drei Frauen und zwei Männer. Alle sehen sie verunsichert aus.

»Die Welt heißt MinusNull«, erkläre ich, »die genannten Personen haben sie bereits in Ihrer Kollektion und können problemlos von hier dorthin transferieren. Die anderen müssen leider noch hierbleiben, bis Herr Faber und Herr Lauritz sich zu einem Transfer entschlossen haben. Das ist die Bedingung für ein Aufheben der Sperre.« Ein schneller Blick zu den beiden Männern auf der Bühne, die wie erstarrt wirken, dann gehe ich auf wackeligen Beinen den Weg zwischen den Stuhlreihen zurück. Das ist vielleicht der heikelste Moment meiner Mission. Ein Zeichen von Lauritz genügt, und die Security hat mich am Kragen. Ich muss knapp an den Bewaffneten vorbei, habe unwillkürlich die Luft angehalten – aber sie rühren mich nicht an.

Während hinter mir vielstimmige Diskussionen laut werden, steuere ich auf die Kammer zu, in der ich gelandet bin, und stelle mich direkt neben den verschmierten Blutfleck. »Transfer. MinusNull.«

29

Bei Tag zeigt MinusNull sich rau, aber von wilder Schönheit. Genau die Art von Insel, auf der man die Einsamkeit nutzen kann, um nachzudenken. Das Meer ist eher grau als blau, der Himmel hat die Farbe von Rauchkristall. Schneeweiße Möwen kreisen über den ebenso weißen Klippen.

Ich stehe im Schatten des Leuchtturms und atme die Seeluft ein. Von hier aus kann ich gefahrlos zurück nach Cryptos gehen, aber erst will ich sehen, ob jemand aus Minus3 meiner Aufforderung folgt.

Fünf Minuten, dann sehe ich aus der Entfernung zwei Leute über den Hügel spazieren. Sie sind noch weit entfernt, aber einer von ihnen ist klein und untersetzt. Mir wird warm vor Dankbarkeit. Professor Cohen hat sich nicht lange geziert, darauf hatte ich gehofft.

Die beiden kommen näher, und jetzt erkenne ich auch die zweite Gestalt: Amali Lutenga, die Landwirtschaftsexpertin. Ein guter Anfang. Ich gehe ihnen entgegen, drücke erst Lutengas, dann Cohens Hand. »Ich bin so froh, dass Sie hier sind. Vielen Dank.«

Lutenga nickt, sieht aber ernst drein. »Ich fürchte nur, die Herren Faber und Lauritz werden sich uns nicht anschließen.«

»Abwarten«, sagt Cohen. »Es sitzen ihnen dreihundert Leute im Nacken, die in ihre Luxuswelten zurückwollen. Real oder virtuell.«

Ich deute auf das rote Häuschen, das am anderen Ende der Klippe steht. »Dort sollten Sie fürs Erste alles finden, was Sie brauchen. Arbeitsmaterial liefern wir noch. Ich stelle eine kleine Hütte neben das Haus, da legen wir Ihnen alles rein, was Sie über das Messageboard bestellen.«

»Schokolade«, sagt Cohen. »Bestelle ich einfach jetzt schon mal. Hilft mir beim Denken und sicher auch dabei, Lauritz zu ertragen.«

»Vermerkt.« Ich blicke über seine Schulter, sehe wieder jemanden näher kommen. Cara Bergström, glaube ich, die Wassertechnikerin. MinusNull füllt sich mit klugen Köpfen, und ich sollte zurückgehen.

Bevor ich den Transfer mache, lehne ich mich noch kurz gegen den rot-weiß gestreiften Leuchtturm, blicke aufs Meer hinaus. Auf die sanften Wellen, auf das Glitzern des Wassers, wenn ein Sonnenstrahl es berührt. Zum ersten Mal wird mir klar, dass ich das noch nie in der wirklichen Welt gesehen habe.

Zurück in Cryptos, führt mein erster Weg mich in den großen Computerraum, zu Konrads Designstation. »Bist du mit Rick in Verbindung?«

»Bin ich.« Er reicht mir die Kopfhörer.

»Hey, Jana, gelungener Auftritt!« Die Worte dringen nur undeutlich zu mir, klingt, als wäre Rick beim Essen.

»Danke. Siehst du gerade rein nach Minus3? Weißt du, wie die Dinge stehen?«

»Hmja«, nuschelt er. »Also: Cohen, Lutenga, Hesterton und Bergström sind gegangen. Ishikawa und Ziegler zieren sich noch, sie diskutieren heftig mit Faber und Lauritz. Worüber, weiß ich nicht, sie haben die Mikros ausgeschaltet.«

»Schon klar. Wie steht's um die anderen Leute?«

»Die werden immer ungeduldiger. Mischen sich ein. Einer weicht Faber kaum noch von der Seite, ich wünschte, ich könnte hören, was er brüllt, sein Gesicht färbt sich jedenfalls immer mehr von rot zu blau.«

»Okay. Du behältst das weiter im Auge, ja? Ich klinke mich fürs Erste aus.« Ich gebe Konrad die Kopfhörer zurück und suche Tivon hinter seinen Bildschirmen.

»Hast du Zeit für einen Exit?«

Er fragt nicht, warum, scheint sich aber zu freuen. Wir treffen uns zehn Minuten später bei Fabers und Lauritz' Kapseln. Ich bin schon etwas früher da, linse durch die Sichtfenster auf die maskierten Gesichter. Zwei ruhig daliegende Körper, denen man nicht ansieht, dass ihre Besitzer gerade höchst aktiv sind. Vielleicht ist einer schon dabei, sich nach MinusNull zu begeben. Oder sogar beide.

»Da bin ich«, höre ich Tivon hinter mir sagen.

»Gut. Wir sollten jetzt unsere ganze Überzeugungskraft bündeln.«

Theo sitzt missmutig in einer Ecke seiner Zelle. »Habt ihr endlich etwas Vernünftiges zu essen für mich?«

Ich seufze. Er ist ein großes Kind, aber möglicherweise ist das eine gute Sache. Er will keine Macht, er will nur Bequemlichkeit und ein angenehmes Leben. »Ich könnte dir Brot, Wurst, Käse und Obst anbieten.«

Sein Gesicht hellt sich auf. »Oh ja, bitte! Das hört sich richtig gut an!«

»Kannst du haben. Du musst nur einen kleinen Transfer machen. Die Welt heißt MinusNull, ist hübsch da. Alles mein Werk, ich habe mir Mühe gegeben.«

Er blinzelt misstrauisch. »MinusNull, hm? Hat das was mit Minus3 zu tun? Entsorgt ihr dort Alphas, als Revanche für Vaters Pläne?«

Ich setze mich neben ihn. »Wir entsorgen niemanden. Es ist eine harmlose Welt mit wenig Ablenkung. Ein paar Leute sind schon da. Wissenschaftler. Du kriegst dort genug zu essen und sollst mit ihnen reden.«

»Reden?«

»Auch«, meldet Tivon sich zu Wort. »Aber vor allem zuhören.«

Ich kann Theo beim Denken förmlich zusehen. Er wägt seine Möglichkeiten gegeneinander ab und kommt schulterzuckend zu einer Entscheidung. »Meinetwegen. Gibt's außer ein paar Klugscheißern noch etwas dort?«

»Nahrung. Eine Küste, ein gemütliches Bett für dich, einen Leuchtturm.«

»Na immerhin.« Er stemmt sich hoch. »Ich werde spazieren gehen können.«

Wir nehmen diesmal nicht die Transportkapsel, sondern stellen ihm eine fest installierte, bereits angeschlossene in der Kelleretage zur Verfügung. Als wir an dem Raum vorbeigehen, der seinen Vater und Lauritz beherbergt, wirft er nur einen flüchtigen Blick hinein. Macht keine Anstalten, sich zu befreien. Während er sich in seinen Overall zwängt, grinst er. »Immerhin habe ich dort Ruhe vor Papa.«

Nach Theos Abreise wenden wir uns Babette zu. Wir gehen zu zweit rein, zwei weitere Leute stehen für den Notfall bereit. Ihr traue ich viel weniger über den Weg. Umgekehrt ist es ähnlich, sie sieht weder mich noch Tivon an, als wir ihr den Vorschlag unterbreiten, nach MinusNull zu gehen.

»Was soll ich da?«, fragt sie nur.

»Lauritz und Faber werden dort sein«, erklärt Tivon. »Du wolltest sie doch so dringend befreien? Erzähl es ihnen, vielleicht belohnen sie dich.«

Babette sieht sich in ihrer Kammer um. Sie steckt immer noch in ihrem Overall, was außerhalb der Kapsel verdammt unangenehm ist. »Gut«, sagt sie. »MinusNull, ja?«

Mit einem Mal ist mir nicht mehr wohl dabei, sie zu den Alphas zu stecken. Sie geht zu bereitwillig auf unseren Vorschlag ein. Sie wird für Unruhe sorgen, die Gespräche stören. Aber trotzdem kann sie nicht so viel Schaden anrichten wie hier.

Tivon nimmt ihren linken, ich den rechten Arm, als wir sie aus ihrer Zelle führen, Lennard begleitet uns auf dem Weg durch die Gänge. Die Kapsel, die wir auswählen, steht allein in einem kleinen Raum, den man abschließen kann.

»Hat Spaß gemacht, dich auf Trab zu halten«, sagt sie zu mir, bevor der Deckel sich schließt. »Bis bald dann!«

Wir warten, bis die Kapselanzeige bestätigt, dass der Transfer vollzogen wurde. »Jetzt müssen wir Geduld haben«, sagt Tivon, nimmt mich an der Hand und führt mich nach draußen in die heiße, trockene Wirklichkeit. Wir spazieren an schäbigen Häusern vorbei, über verlassene Straßen; machen an einer Baumplantage halt, deren Bewässerungssystem alle paar Sekunden pfeifende Geräusche von sich gibt.

Tivon legt mir einen Arm um die Schultern. Zieht mich an sich, wortlos. Seine Hand streicht über mein Kinn, er neigt sich zu mir, seine Lippen finden meine.

Es ist nicht perfekt. Aber echt. Mein erster Kuss in der Realwelt, mit jemandem, der sich am gleichen Ort befindet wie ich. Dessen Äußeres echt ist. Ich horche in mich hinein. Der Unterschied zu den Küssen, die ich bisher kannte, ist nicht groß, aber er ist da.

Danach blicken wir beide zu den Baumkronen hoch. An manchen Ästen sind die Blätter trocken, trotz Bewässerung. Ich sehe Tivon an, finde grüne Sprenkel in seinen braunen Augen. Baumfarben. Echtes Leben.

30

In den nächsten Tagen haben wir MinusNull ständig im Blick. Theo genießt sichtlich die erste Zeit sehr, er versteht sich offenbar gut mit Cara Bergström, die beiden machen ausgedehnte Spaziergänge über die Insel. *Cool hier*, lässt er uns über das Nachrichtenboard wissen. *Könntet ihr Picknickdecken schicken?*

Die anderen Wissenschaftler sitzen ebenfalls viel zusammen. Die Diskussionen sehen manchmal hitzig aus, aber meistens scheint die Atmosphäre gut zu sein.

Bis Gregor Faber endlich bereit ist, nach MinusNull zu transferieren, vergehen über drei Tage. Lauritz folgt ihm, und die Stimmung schlägt unmittelbar um. Theo schickt uns entsetzte Botschaften. *Warum tut ihr mir das an?* Seine Spaziergänge werden länger, er schließt sich nun auch den Fachgesprächen von Cohen und Ishikawa an, um Lauritz und seinem Vater aus dem Weg zu gehen.

»Dann sollten wir die anderen jetzt mal rauslassen«, sagt Konrad vergnügt und gibt Rick Bescheid. Fünfzehn Minuten später ist Minus3 verlassen. Eine Geisterwelt. Ich transferiere noch einmal hin, um mich in Ruhe umzusehen. Rund um die Glashalle erstreckt sich ein weitläufiger Campus mit Forschungslaboren und riesigen Klimasimulationsgebieten. Sogar mit einer Halle, in der Weltraumbedingungen nachgebildet werden können, und zwar wissenschaftlich korrekt, nicht benutzerfreundlich wie in unseren Space-Welten.

Kein Wunder, dass es so lange gedauert hat, diese Welt zu errichten. Sie ist wie fünf oder sechs Welten in einer, es wäre ein Paradies für Forscher gewesen. Und wird es hoffentlich sein. Minus3 brachliegen zu lassen wäre eine Schande.

Als ich zurückkomme, verkündet Tivon, dass das Solarmobil fast wieder ganz aufgeladen ist. »Jedenfalls reicht es für einen Kurztrip.« Er nimmt meine Hand. »Willst du?«

Ich würde fragen, wohin es gehen soll, wenn ich nicht stark das Gefühl hätte, dass Tivon mich überraschen möchte. Wir fahren los, in die gleiche Richtung, die wir gestern eingeschlagen haben, aber er hält nicht an dem Wäldchen an. Das Fahrzeug ist nicht allzu schnell, ich habe Gelegenheit, die Umgebung ausgiebig zu betrachten, und als nach zwanzig Minuten vier schlanke, turmartige Gebäude in Sichtweite kommen, wird mir klar, was unser Ziel ist. So nah war ich also die ganze Zeit über. Mir wird noch nachträglich übel, und ich muss mich beherrschen, um nicht nach dem Lenker zu greifen. »Ernsthaft, Tivon? Dorthin? Ist das nicht viel zu gefährlich?«

»Alles abgeklärt«, entgegnet er. »Wir werden schon erwartet.«

Es ist Matisse, der vor dem Eingang von Designcenter 12 steht und mit beiden Händen winkt. Er wartet nicht, bis ich ausgestiegen bin, sondern fällt mir sofort um den Hals. »Ich wäre so sauer auf dich gewesen, wenn du dich hättest umbringen lassen«, schnieft er in mein Haar.

Im Schatten des Eingangs steht Olga; ihre Freude, mich zu sehen, ist sichtlich weniger groß, aber auch sie schüttelt mir die Hand. Tivon dagegen umarmt sie. »Ich bin so froh, dass du gesund und am Leben bist! Wenn du wüsstest, wie oft ich nach deinem Personalcode gesucht habe!« Sie drückt ihn an sich und zieht ihn ins Gebäude. Matisse und ich folgen mit einigen Metern Abstand.

»Sie macht sich gar nicht schlecht«, flüstert er mir zu. »Zugeben würde sie es nie, aber ich glaube, sie ist froh, dass ihr Lauritz aus dem Verkehr gezogen habt. Er hat ihr vor seinem Transfer nach Minus3 ziemlich umfassende Rechte übertragen. Für die Zeit, in der er abwesend ist. Die nutzt Olga jetzt. Hat schon die Warnsysteme und Sicherheitsvorkehrungen für Depots wieder in Kraft gesetzt. Bloß stirbt sie fast vor Angst davor, was passiert, wenn Lauritz zurückkehrt.«

Ich hake mich bei ihm unter. »Werft ihr gelegentlich einen Blick nach MinusNull?«

»Und ob. Entspannt mich total. Lauritz hat die Insel schon dreimal durchkämmt, auf der Suche nach einem Exit-Point, Faber terrorisiert seinen Sohn. Wir finden das alle extrem unterhaltsam, bloß Rick ist deprimiert wegen Babette. Wirst ja gleich sehen.«

Tatsächlich ist Rick erst mal gar nichts anzumerken, im Gegenteil. Als wir seinen Arbeitsraum betreten, reißt er in Siegerpose beide Arme hoch. »Na? Bin ich ein Genie oder ein Genie? Hättet ihr ohne mich irgendetwas hingekriegt?«

»Nein, Rick«, bestätige ich grinsend. »Wir wären alle verloren gewesen. Und tot. Und gelöscht.«

»Genau.« Er seufzt zufrieden. »Übrigens nette Arbeit, dein MinusNull. Für die kurze Zeit, in der du es zusammengebastelt hast.«

»Danke. Aber sagt mal, gab es die letzten Tage keine Schwierigkeiten hier im Center? Hat niemand Security-Trupps geschickt? Was ist mit den Alphas, die wieder zurück sind aus Minus3?«

Rick und Matisse wechseln einen schnellen Blick. »Im Moment ist noch alles ruhig«, sagt Matisse, »vor allem, weil es mit Olga jemanden gibt, der offiziell zuständig ist. Aber ewig wird das natürlich nicht halten. Mastermind besteht ja nicht nur aus den Fabers und Lauritz, da haben auch noch andere Leute etwas zu sagen.« Er bleckt die Zähne zu einem übertriebenen Grinsen. »Aber viele von ihnen waren gar nicht happy, als sie erfahren haben, wozu Minus3 wirklich geschaffen worden ist. Ich denke, da haben die alten Herren sich verschätzt.«

»Ein paar fanden die Idee natürlich schon toll«, wirft Rick ein. »Leute eliminieren, damit ihr eigener Arsch sicher ist.« Er schiebt die Unterlippe vor. »Ich kann immer noch nicht glauben, dass Babette dazugehört.«

Matisse klopft ihm freundschaftlich auf den Rücken. »Du kommst drüber weg.«

»Oh, bestimmt. Nachdem ich sie jetzt auf der Insel schon bei drei Tobsuchtsanfällen beobachtet habe – ich kann euch sagen, die waren nicht schön.«

Es tut so gut, wieder hier zu sein, es fühlt sich normal an. Nach Zuhause. Elsie stößt zu uns und überredet uns zu einem Snack in der Cafeteria. Wo mir als Erstes die Porträts von Gregor und Theo Faber entgegenblicken. Ich hole mir Maisküchlein vom Buffet und wende den Bildern den Rücken zu.

Ohne Rücksicht auf sein Klimakonto holt Rick für uns alle synthetischen Orangensaft. »Die Besten sind in zwölf!«, ruft er und prostet uns zu.

Gut eine Stunde lang plaudere ich mit Elsie über Vampyrion, erzähle ihnen allen von den Rettungseinsätzen, die ich als Hanna Alt durchgeführt habe, von meinen Gesprächen mit Theo.

Dass ich den Namen Cryptos dabei kein einziges Mal ausspreche, fällt mir erst gar nicht auf. Dann bedrückt es mich.

Wenn ich den drei Menschen am Tisch nicht trauen kann, wem dann?

Wir sind noch ins Gespräch vertieft, als Tivon die Cafeteria betritt. »Wir sollten langsam zurückfahren.« Er zögert. »Kommst du mit, Jana? Oder … willst du lieber hierbleiben?«

Der Gedanke ist mir überhaupt nicht gekommen. »Ich fahre mit, natürlich fahre ich mit. Wir haben noch jede Menge zu tun.«

»Olga macht sich Sorgen«, erzählt Tivon, als wir wieder auf der Straße sind. »Sie sagt, lange wird man sie in der Führungsposition nicht mehr akzeptieren. Es gibt außerdem ein paar Leute, die finden, Lauritz hätte nicht zu entscheiden gehabt, wer ihn als Sicherheitschef vertritt. Das sei Sache der Fabers.« Wir biegen um eine Kurve, vor uns liegt die Tiefgarage. Das Depot, aus dem die Cryptos-Leute mich geklaut haben.

»Das heißt, die Situation wird demnächst kippen?«

»Wahrscheinlich. Olga meint außerdem, es wird nicht mehr lange dauern, bis Lauritz' Anhänger im Management Erfolg dabei haben, die Sperre von MinusNull zu knacken. Versucht wird es schon seit Tagen. Dann wären Faber und Lauritz raus und machen da weiter, wo sie aufgehört haben.«

Ich halte meinen Blick starr geradeaus auf die Straße gerichtet. »Nur, dass ihre Pläne jetzt kein Geheimnis unter Alphas mehr sind. Das macht doch einen Unterschied.«

»Sicher. Fragt sich, ob der genügt. Und was uns persönlich angeht …« Er zieht scharf Luft durch die Zähne. »Für uns sieht es dann düster aus.«

Bleibt also nur die Hoffnung, dass die Wissenschaftler in MinusNull Faber und Lauritz zur Vernunft bringen. Sie schnell davon überzeugen können, dass es bessere Lösungen gibt als milliardenfachen Mord.

Den Rest des Wegs bin ich schweigsam, und Tivon scheint es zu bedauern, dass er mir die gute Laune verdorben hat. Er legt mir eine Hand aufs Knie. »Wir bekommen das schon hin«, sagt er betont fröhlich. »Wart's nur ab.«

Immerhin: In Cryptos gibt es wirklich gute Neuigkeiten. Konrad hat die drei Leute rausgelassen, die noch in den weißen Kammern ausharren mussten. Einer von ihnen hat sich als entfernter Verwandter von Henry erwiesen, ein Zweiter als Schulfreund von Joel. Gitta entpuppt sich als Elvinas Cousine zweiten Grades, allerdings sind die beiden einander vorher nie begegnet.

Elvina ist es auch, der ich die beste Nachricht des Tages verdanke, kurz vor Sonnenuntergang. »Matisse hat sich gemeldet, sie haben es geschafft, die Todeseinstellung bei deinem Bruder zu löschen. Alles wieder normal bei ihm. Möchtest du es ihm selbst sagen?«

Und ob ich das will. Ich laufe über die Wiese mit den Leuchtkugeln, sehe Monty gemeinsam mit Gitta im Café vor einem riesigen Eisbecher sitzen. »Hey! Bruderherz!«

Er blickt auf. Ganz der alte Monty, keine Wut mehr, bloß Freude, mich zu sehen. »Jana! Komm, setz dich zu uns, das Eis ist irre gut!« Er schiebt mir den Becher hin, ich schiebe ihn zurück. »Vergiss das Eis. Deine Tod-bei-Exit-Einstellungen sind gelöscht. Du kannst den Exit-Point da vorne nehmen und abhauen. In einer halben Stunde bist du zurück in London.«

»Tatsache?« Er strahlt mich an. »Das ist fantastisch. Danke! Aber ich denke, ich lasse mir noch Zeit bis morgen. Wäre unhöflich, Gitta mitten im Gespräch einfach sitzen zu lassen. Und das Essen«, er verdreht genießerisch die Augen, »ist hier einfach viel besser.«

Er hält mir einen gehäuften Löffel Eis hin, aber ich winke ab. »Mach es, wie du möchtest. Bis bald!« Ich drücke ihm einen Kuss auf die Wange und laufe ins Gebäude zurück. Die durchbohrte Taube dreht sich vor einem nachtblauen Himmel. Ich denke an Rick, Olga und Matisse. Sie haben unfassbar viel riskiert für mich. Für uns. Was würde mit ihnen passieren, wenn es Lauritz' treuen Anhängern gelingt, MinusNull zu entsperren und ihn rauszuholen? Ich will es mir nicht vorstellen.

Allerdings hätten wir dann trotzdem noch die Möglichkeit, ihn zu stoppen. Seine Kapsel würde sich in unserer Zentrale öffnen.

Ich kann nicht schlafen in dieser Nacht, also sitze ich vor meiner Designstation und hole mir MinusNull auf die Monitore. Der Zufallsgenerator lässt eine Sternschnuppe über dem Meer verglühen. Darf ich mir auch etwas wünschen, wenn sie nicht echt ist?

Im roten Haus brennt noch Licht. Ich zoome näher heran und sehe Lauritz auf und ab gehen, wild gestikulierend.

Keine Lust, mir das anzusehen. Ich will gerade wieder rauszoomen, als die Tür aufspringt und Theo aus dem Haus stürmt. Er hält auf den runden Steintisch zu. Das Messageboard.

Eine Minute später leuchtet eine Botschaft durch die Nacht. *Holt mich raus hier! Ich halte das nicht mehr aus!*

Er steht da und winkt, beide Hände über dem Kopf, als wollte er ein vorbeifahrendes Schiff auf sich aufmerksam machen.

Luxusprobleme, schreibe ich zurück, dann schalte ich die Station aus und gehe doch zu Bett.

In dieser Nacht wache ich mehrmals auf. Schon beim ersten Mal öffnet sich die Kapsel, aber ich bleibe liegen. Nehme nur die Maske ab und starre in die Dunkelheit. Schlafe irgendwann wieder ein. Als ich das nächste Mal erwache, graut draußen schon der Morgen. Ächzend stemme ich mich hoch und tappe im Overall in den Raum, wo Lauritz und Faber liegen.

Es wäre so einfach, sie loszuwerden. Trotzdem würde ich es nicht über mich bringen, das Nötige mit eigenen Händen zu tun. Mir fällt auch niemand von den Cryptos-Leuten ein, dem ich es zutrauen würde.

Ein letzter Blick in die Kapseln, dann kehre ich zurück in meine eigene. Transferiere nach Cryptos, öffne MinusNull und modelliere zwei Robben, die in der Bucht planschen.

Am Nachmittag kommt die nächste Nachricht von Theo. *Sie treiben mich in den Wahnsinn. Das könnt ihr nicht wollen. Holt mich raus.*

Völlig klar, was ich antworte: *Du kennst die Bedingungen.*

Er liest es, tritt wütend einen Stein durch die Landschaft und verschwindet im blauen Haus.

Außer ihm meldet niemand sich über das Board. Ich wüsste gern, was die Wissenschaftler tun; manchmal sehe ich sie zu zweit oder dritt über die Insel wandern.

Am Abend noch einmal Theo, verzweifelt diesmal. *Bitte. Bittebittebittebitte. Ich stürze mich sonst von der Klippe.*

Haha, schreibe ich zurück. *Würde dir nichts nützen. Tod = Illusion, du erinnerst dich?*

Am Tag danach – Funkstille. Ich würde mir Sorgen machen, wenn ich Theo nicht am Leuchtturm sitzen sehen könnte. Er schaut aufs Meer hinaus. Einmal kommt sein Vater den Weg entlang, offensichtlich auf der Suche nach ihm, aber Theo bemerkt es und stiehlt sich davon.

Etwas später sehe ich ihn auf das blaue Haus zusteuern. Bergström öffnet ihm.

Am darauffolgenden Tag bleibt er die meiste Zeit über verschwunden. Nur einmal entdecke ich ihn am Messageboard. Er steht in nachdenklicher Haltung davor, macht dann aber kehrt und geht zurück ins blaue Haus.

In Cryptos ist die Stimmung angespannt. Zwei Leute müssen immer im Realen bleiben und nach Drohnen oder Suchtrupps Ausschau halten. Jemand ist laufend mit Rick oder Matisse verbunden, die uns warnen würden, wenn sich etwas Gravierendes an der Lage ändern sollte.

Wir waren unvorsichtig, denke ich jetzt. Sind einfach zu Designcenter 12 gefahren und danach wieder zurück. Wer sagt, dass niemand uns gefolgt ist?

Dann hätten wir vermutlich schon Panzerwagen vor der Tür stehen. Ist bisher nicht passiert, trotzdem komme ich kaum zur Ruhe, und ich kann Tivon ansehen, dass es ihm ebenso geht.

Sehr früh am Morgen des vierten Tages beobachte ich Theo dabei, wie er aus dem blauen Haus kommt und auf das Nachrichtenboard zurennt. *Okay*, schreibt er. *Ihr habt gewonnen. Ich mache euch den Boss von Mastermind, auf eure Verantwortung. Aber holt mich raus hier.*

Mit angehaltenem Atem überlege ich mir eine Antwort. Außer mir ist nur Konrad im Raum, ich rufe ihn her, er stößt einen freudigen Laut aus.

Hol Professor Cohen, schreibt er über das Board. *Danke, Theo.*

Wir sehen ihm dabei zu, wie er sich unwillig abwendet und zurückgeht. Wenige Minuten später tritt der Professor aus dem Haus. Stapft bis zum Board und blickt fragend auf die Steinfläche.

Theo Faber hat sich gerade bereit erklärt, Mastermind zu leiten. Bekommt er das hin? Wie schätzen Sie ihn ein?

Cohen liest. Überlegt kurz, schreibt dann zurück. *Er hat keine Ahnung von Wissenschaft, Wirtschaft oder davon, was Arbeit bedeutet. Aber er hat einen akzeptablen Charakter. Viel wird davon abhängen, welche Leute ihn beraten.*

Die Antwort hätte schlimmer ausfallen können. *Wären Sie dazu bereit? Ihn zu beraten?*, fragt Konrad.

Ich kann Cohens Gesichtsausdruck nicht erkennen, er beugt sich tief über das Board. *Damit habe ich bereits begonnen*, antwortet er.

In der nächsten Viertelstunde schildert der Professor uns in knappen Worten die Stimmung auf der Insel. Dass Lauritz immer wütender wird, Faber seinem Sohn ununterbrochen Vorwürfe macht und das junge Mädchen, Babette, einen Mordversuch an Amali Lutenga unternommen hat. Ein Stoß über den Rand der Klippe, wahrscheinlich auf Lauritz' Anweisung. Weiß keiner so genau. Aber natürlich ohne anhaltende Wirkung.

Beim Frühstück berichte ich den anderen von Theos Einwilligung. Alle wirken erleichtert, aber die Freude ist nicht ungetrübt. Wir haben etwas wie eine Lösung. Perfekt ist sie allerdings nicht.

Ich verbringe den Tag mit Tivon. Wir gehen spazieren. Sitzen am See. Halten uns an den Händen und küssen uns, jetzt nicht mehr wirklich am selben Ort, sondern getrennt durch Masken, Kapseln und ein Stockwerk. Ich spüre das nicht, ich weiß es bloß, und ich habe das Gefühl, ihm geht es ähnlich.

Am nächsten Morgen versammeln wir uns um Theos Kapsel. Wir sind zu fünft – Elvina, Konrad, Gerry, Tivon und ich. Sollte Theo abhauen wollen, sind wir in der Überzahl.

Konrad trennt die Stromverbindung, der Deckel öffnet sich, und langsam, sehr langsam richtet Theo sich auf. »Ihr seid üble

Erpresser«, sind seine ersten Worte, kaum dass er die Maske abgenommen hat.

Aber auch nachdem die Wirkung des Exits verflogen ist, startet er keinen Fluchtversuch. Zieht sich mit der gleichen gemächlichen Selbstverständlichkeit wie beim letzten Mal vor uns allen den Overall aus und die viel zu kurze Hose an. »Und was jetzt?«

»Wir fahren zu Designcenter 12«, sagt Tivon. »Von dort aus gibst du eine Erklärung ab, dass du die Geschäfte von Mastermind übernimmst, solange dein Vater verhindert ist. Am besten setzt du Olga Helling offiziell als Nachfolgerin für Lauritz ein – du kannst sagen, er hätte schließlich dabei versagt, Minus3 vernünftig abzusichern.«

Über Theos Gesicht breitet sich ein Strahlen aus. »Lauritz absetzen! Das wird mir ein Vergnügen sein, der Mann ist die Hölle. Sitzt ihr einmal mit ihm auf einer einsamen Insel fest.«

»Aber Cohen mochtest du?«, erkundigt sich Konrad.

»Ja. Der ist in Ordnung.«

»Gut. Er wird nämlich die Expertengruppe leiten, die dich bei deinen Entscheidungen unterstützt.« Er klopft Theo auf den Rücken. »Du kriegst jede Menge Hilfe, versprochen. Und so viel Freizeit wie möglich.«

Wir machen uns zu fünft auf den Weg nach Designcenter 12. Ich bleibe nicht lange dabei, als Olga Theo in Empfang nimmt, und schlage den vertrauten Weg zu meiner Designstation ein, zu dem Arbeitsraum, den ich mit Matisse teile. Ein wenig fürchte ich mich davor, dass mein Platz jetzt von jemand anderem besetzt sein könnte, aber der Stuhl ist frei. Die Monitore zeigen meine drei Welten an. Überblicksmodus.

Matisse blickt auf, als ich eintrete. Er hat einen Becher mit seiner grauenvollen synthetischen Schokolade in der Hand, den er abstellt, um mich umarmen zu können. »Ihr habt den jungen Faber mitgebracht?«

»Ja. Er will es versuchen.«

»Großartig.«

Ich setze mich an meine Station. Es fühlt sich so gut an, wieder hier zu sein, und ich beginne meinen Check, so wie ich es immer getan habe. In Cretaceous wächst die Anzahl der Bewohner weiterhin, obwohl die tägliche Todesrate nach wie vor extrem hoch ist. Eine schnelle Suche zeigt mir, dass Tobias Harklin noch dort ist. Wurde also nicht von Kronosauriern gefressen.

In Macandor hat eine Bande von Gornaks begonnen, Ishadar zu terrorisieren, da sollte ich vielleicht eingreifen. Dafür entsteht im Osten gerade eine neue Stadt. Die Einwohnerzahlen sind stabil.

Ich schrecke herum, als jemand mir auf die Schulter tippt. Konrad. »Hast du kurz Zeit? Ich wollte dir nur sagen, dass ich wohl auch in Theos Beraterteam aufgenommen werde. Er meint, er möchte mich dabeihaben. Weil er mich nett findet und ich mich mit Technik auskenne.« Er hebt in einer hilflosen Geste die Arme. »Tja. Er ist ein bisschen kindlich, der gute Theo, aber was Cohen gesagt hat, stimmt. Menschlich ist er okay.«

»Ich bin froh, dass du dabei bist«, sage ich. »Dein Charakter ist nämlich auch ziemlich okay. Und du hast wirklich was im Kopf.«

»Danke dir.« Konrad ist schon fast wieder an der Tür, als er noch einmal innehält. »Übrigens meint Olga, es wäre gut, den alten Faber und Lauritz nicht bei uns in der Zentrale rumliegen zu lassen. Sie sollen in ein Depot hier im Haus überstellt werden.«

»Ist das nicht riskant?«

Konrad lacht auf. »Das würdest du nicht sagen, wenn du eben miterlebt hättest, wie froh Theo darüber ist, dass sein Vater auf der Insel sitzt. In den nächsten paar Monaten wird das sicher so bleiben, und dann läuft Mastermind längst auf neuen Schienen.«

Er winkt noch einmal und geht. Ich drehe mich zu meinen Monitoren um. Über den Wiesen vor Zaina kreiseln Blattelfen in der Luft.

Heute lasse ich in Kerrybrook die Sonne scheinen. Aus ganz egoistischen Gründen, ich bin dort nämlich mit Freunden verabredet.

»Guten Morgen, Jana«, sagt die freundliche Männerstimme. »Hier kommt dein Horoskop für den heutigen Tag. Dir drohen keine Gefahren, aber rechne mit erfreulichen Begegnungen. Das Meer wird ruhig bleiben, die Temperaturen erreichen dreiundzwanzig Grad. Es ist ein guter Tag, um sich auf dem Trödelmarkt einen neuen Hut zu kaufen. Aber meide das Hühnerfrikassee in der *Silbernen Glocke*. Du solltest mindestens zweieinhalb Liter Wasser trinken.«

Die *Silberne Glocke* wollte ich sowieso meiden, ich habe vorgeschlagen, dass wir uns im *Gekrönten Schwan* treffen. Von allen Gaststätten in Kerrybrook hat er die beste Aussicht auf die Bucht.

Ich rechne damit, dass Tivon sich verspäten wird. Seit zwei Wochen ist er wieder im Designteam, er hat Babettes Station übernommen und damit begonnen, seine alten Welten auf Vordermann zu bringen. An einer neuen arbeitet er auch, doch um die macht er ein großes Geheimnis. Aber er hat mir versprochen, ich werde die Erste sein, die sie betreten darf.

Vor einer Woche haben wir ein gemeinsames Quartier bezogen. Matisse wird nicht müde, mich damit aufzuziehen, er fragt ständig, wann wir ein Fortpflanzungszertifikat beantragen werden und ob er Patenonkel sein darf.

Ich umrunde den Burghügel und raffe meinen Rock, um die kleine Anhöhe, auf der der *Gekrönte Schwan* liegt, besser hinaufsteigen zu können. Das Meer glitzert, ich zähle zwölf Fischerboote. Eine Möwe fliegt knapp über meinen Kopf hinweg.

Zu meiner Überraschung bin ich nicht die Erste, die eintrifft. Tivon sitzt bereits an einem der Tische, und er hat Konrad dabei. »Hey!« Ich streiche ihm freundschaftlich über die perfekt polierte Glatze. »Dich habe ich lange nicht gesehen! Wie läuft es?«

»Gut. Anstrengend. Beides.« Er zieht eine Grimasse. »Theo hat die Aufmerksamkeitsspanne einer Stubenfliege, aber er gibt sich Mühe. Gestern hat er drei Reflektoren in Auftrag gegeben, die baldmöglichst ins All gebracht werden sollen. Die Pflanzungen in Südeuropa sollen ausgeweitet werden, und ein paar andere Dinge sind auch noch in Planung, speziell was die Wasserversorgung angeht.« Wenn er lächelt, bilden sich um Konrads Augen Fältchen, die wie Flussdeltas aussehen. »Es ist viel Arbeit, aber wir sind nicht schlecht unterwegs.«

Er unterbricht sich, als Matisse, Rick und Elvina sich zu uns setzen. Für Elvina ist es die erste Reise nach Kerrybrook; sie war in den letzten zwei Monaten damit beschäftigt, die Cryptos-Zentrale wieder in ein richtiges kleines Designcenter umzuwandeln. Acht Stationen mit neuester Technik hat Theo genehmigt, außerdem hat er einen Trupp von Bau- und Putzrobotern geschickt, die das Gebäude sanieren. »Wird hübsch«, sagt Elvina. »Aber nicht so hübsch wie das hier. Echt schön, Jana, danke für den Pass.«

Tivon hat einen Arm um meine Hüfte gelegt. »Konrad, habt ihr euch überlegt, wie es mit Gregor Faber und Lauritz weitergehen soll? Die beiden hatten seit neun Wochen keinen Realitätsstopp mehr, gerade in Fabers Alter ist das nicht ungefährlich.«

»Nett von dir. Aber mach dir keine Sorgen.« Konrad blinzelt gegen die Sonne. »Sie werden medizinisch überwacht und demnächst überstellt. In ein prächtiges Resort, das den Fabers gehört. Dort wohnt auch Gregors Frau. Sie hat uns versichert, sie wird ihn dazu überreden, in Ruhestand zu gehen. Was Lauritz angeht …«

»Ja?«

»Der wird uns noch Probleme machen, damit kannst du rechnen. Aber darum kümmern wir uns, wenn es so weit ist.«

Die Kellnerin tritt an den Tisch, wir bestellen unsere Getränke und eine große gemischte Spezialitätenplatte für fünf.

Tivon fährt mit dem Finger die Maserung des Holztisches nach. »Ist schon geklärt«, fragt er leise, »was mit Cryptos geschehen wird? Wird es gelöscht?«

Elvina schüttelt entschieden den Kopf. »Nein, aber stillgelegt. Es ist ja niemand mehr dort. Theo hat es letztens besichtigt und fand es sehr gelungen. Er sagt, zwischen den Leuchtkugeln könnte er wunderbar spazieren gehen und nachdenken.«

Über den Tod, erinnere ich mich. Das große, undurchdringliche Geheimnis. »Gib mir Bescheid, wenn Theo das tut. Dann können wir gemeinsam dort rumschlendern, ich glaube, das würde ihn freuen.«

Minuten später wird das Essen serviert. Es ist köstlich, aber ich habe kaum Hunger. Mir ist viel eher danach, auf die Bucht hinauszublicken. Eine Brise weht zu uns herauf; sie trägt den Duft von Salz und Algen und ein paar Takte eines Seemannslieds mit sich. Perfekt. Aber nicht echt.

Ich lehne meinen Kopf an Tivons Schulter. »Hast du eigentlich schon einmal das Meer gesehen?«

Foto: Gaby Gerster | © Loewe Verlag GmbH

Ursula Poznanski ist eine der erfolgreichsten deutschsprachigen Jugendbuchautorinnen. Ihr Debüt *Erebos*, erschienen 2010, erhielt zahlreiche Auszeichnungen (u. a. den Deutschen Jugendliteraturpreis) und machte die Autorin international bekannt. Ihre Bücher sind regelmäßig auf den oberen Plätzen der *Spiegel*-Bestsellerliste zu finden und werden in den Feuilletons namhafter Zeitungen und auf den Kulturseiten im Netz besprochen. Ursula Poznanski lebt mit ihrer Familie im Süden von Wien.

ISBN 978-3-7432-1658-7